Die Bücherkiepe

Kiepenheuer ist ein charaktervoller Name, mit dem Klang nach der norddeutschen Küste. Hat ein Vorfahre im Hafen die Schiffe bestiegen, mit Körben, ganzen Türmen leerer Körbe, die er den ausfahrenden Fischern abtrat? Aus ihren Netzen schütteten sie nachher das Gewimmel der gefangenen Fische in die Kiepen. Ihr Heuer schätzte die Ware und trug sie zum Markt.

Heinrich Mann

KIN PING MEH

ODER
DIE ABENTEUERLICHE GESCHICHTE
VON HSI MEN
UND SEINEN SECHS FRAUEN

Aus dem Chinesischen übertragen
von Franz Kuhn
Mit 200 Holzschnitten
einer alten chinesischen
Ausgabe

ERSTER BAND

1988
Gustav Kiepenheuer Verlag
Leipzig und Weimar

Mit einem Nachwort sowie Ausführungen zur chinesischen Buchgraphik von Boris Riftin

Rainer Schwarz, der diese beiden Arbeiten aus dem Russischen übertrug, besorgte auch die Auswahl und die Übersetzung der Texte von Lu Hsün, Dschĕng Dschĕn-duo und Robert Hans van Gulik aus dem Chinesischen und Englischen

Die Gedichte von Dschau Nan-hsing und Hsje Lun-dau (Herbsteinsamkeit) in der Nachdichtung von Ernst Schwarz sind dem Band ›Von den müßigen Gefühlen‹, Gustav Kiepenheuer Verlag Leipzig und Weimar, entnommen

Der Abdruck der ebenfalls von Ernst Schwarz übertragenen Gedichte und Prosatexte von Dschu Dsai-yü, Feng We-min, Hsje Lun-dau (Die unbeantwortete Frage), Lü Kun, Li Dschih, Sun Wen-tschi und Yüan Hung-dau erfolgt mit freundlicher Genehmigung des Verlages Rütten & Loening, Berlin, der sie in den Anthologien ›Chrysanthemen im Spiegel‹ und ›So sprach der Weise‹ veröffentlichte

Die Briefe Franz Kuhns drucken wir mit Genehmigung des Archivs des Insel-Verlages Anton Kippenberg, Leipzig

ISBN Sammel-Nr. 3-378-00256-5
Bd. 1 ISBN 3-378-00257-3
(Bd. 2 ISBN 3-378-00258-1)

Dritte Auflage
Lizenz Nr. 396/265/51/88 · LSV 7281
Reproduktionen: Sachsendruck Plauen
Satz, Druck und Einband: Karl-Marx-Werk Pößneck V 15/30
Schrift: Garamond-Antiqua
Reihengestaltung und Vorsatz: Renate Schiwek
Typographie: Lore Jacobi
Printed in the German Democratic Republic
Bestell-Nr. 788 408 5
02500 (I/II)

Was Mensch? Was Macht?
Einmal ist's aus.
Flöten, Harfen verklungen,
Sänge stocken ungesungen –
Vorbei!

Was Glanz? Was Pracht?
Einmal ist's aus.
Lauten geborsten sinken,
Erloschen Liebessternes Blinken –
Vorbei!

Stumm die Jadeterrassen,
Herbstlich Nebel wallen,
Alter Mond gelassen
Schaut in alte Hallen.
Die drin jauchzten, tranken
Längst zu Asche sanken.

ERSTES KAPITEL

Heißen Herzens knüpft Hsi Men den Bund der Zehn. Mit Kühle begegnet Wu Sung seines Bruders Weib.

Unsere Geschichte ereignete sich zur Sung-Zeit unter der Ära des Kaisers Hui Tsung während einer Epoche, die den Namen Tschong ho, ›Harmonische Regierung‹, führt. Damals lebte in Schantung im Kreise Tsing ho hsiän, der zur Präfektur Tung ping fu gehört, ein junger Wüstling namens Hsi Men. Der stattliche, lebensfrohe Dreißiger war mit Tausendkäschschnüren überreich gesegnet. Sein verstorbener Vater hatte früher in den kräuterreichen Provinzen Se tschuan und Kwang tung einen schwungvollen Handel mit Drogen und Arzneimitteln getrieben und zuletzt eine große Apotheke in der Kreisstadt Tsing ho hsiän besessen. Sein Haus zählte fünf Räume in der Vorderfront und ging sieben Zimmer in die Tiefe; es barg eine Menge Dienerschaft und wohlgefüllte Pferde- und Maultierställe. So konnte sich Hsi Men, wenn auch nicht unter die ganz Reichen und Vornehmen, doch unter die vermögenden Leute des Kreises zählen. Seit früher Jugend als Einziger verwöhnt und verzärtelt, hatte er sich beizeiten an ein ungebundenes Leben gewöhnt und verabscheute alle Bücher. Besonders nach dem Tode der Eltern gab's für ihn weiter nichts, als ›sich auf den Wogen der Vergnügungen treiben, von Mond und Winden umschmeicheln zu lassen und die Nächte unter Blumen und Weiden hinzubringen‹. Boxen und Fechten, Karten- und Würfelspiel, Schach und Rätselraten, das waren die einzigen Fertigkeiten, in denen er sich auskannte. Eine Rotte von neun wüsten, unnützen, glattmäuligen Gesellen leistete ihm bei seinen Ausschweifungen Gesellschaft. Unter diesen neun war es Ying Po Küe, der ihm am nächsten stand. Das war ein verkrachter Seidenhändler, der sein Leben jetzt damit fristete, daß er die Frauengemächer der Ortsmandarine mit frischer Ware belieferte. ›Schnorrer Ying‹ hieß er allgemein im Munde der Leute. Er verstand sich etwas auf Schach-, Fußball- und Würfelspiel. Dann war da ein gewisser Hsiä Hsi Ta, der Enkel eines früheren Stadtkommandanten von Tsing ho hsiän. Nach dem frühen

Tode der Eltern hatte er ein Lotterleben angefangen und sich jede Aussicht auf die Beamtenlaufbahn verscherzt. Er war im Lautenspiel einigermaßen geübt und genoß in Hsi Mens Freundeskreis gleichfalls eine bevorzugte Stellung. Die anderen sieben waren Tschu Schi Niän, Sun Tiän Hua, Yün Li Schou, Tschang Schi Kiä, Pu Tschi Tao, Pai Lai Kwang und Wu Tiän En. Der Letztgenannte war eine Zeitlang Kreisgeomant gewesen und betätigte sich, nachdem er von diesem Posten enthoben worden war, als Mittler und Bürge bei privaten Geldgeschäften der Ortsbeamten. So war er dem reichen Hsi Men, der bei solchen Geschäften häufig als Geldgeber auftrat, nähergekommen. Diese neun verstanden Hsi Mens Wohlstand und generöse Art weidlich auszunutzen und verleiteten ihn, wo sie nur konnten, zu Zechgelagen, Spiel und Hurerei.

Wenn die Becher munter kreisen,
Leichthin flattern Bruderschwüre –
Eines Tags, wenn Stürme wettern,
Wird sich Bruderschaft erweisen.

In geschäftlichen Dingen konnte Hsi Men eine gehörige Portion Pfiffigkeit und Tatkraft entwickeln. Nicht nur war ihm die Beamtenschaft des Kreises verschuldet, sein Einfluß reichte weit hinauf bis in den Kreis gewisser korrupter Hofschranzen, die in der Geschichte unter dem Namen ›Die vier großen Staatsverbrecher‹ bekannt sind. Gemeint sind natürlich der allmächtige Kanzler Tsai King, der Marschall Yang Kiän und die beiden Obereunuchen Kao Sui und Tung Kwan. Kein Wunder, daß er im ganzen Kreis einen heillosen Respekt genoß, hatte er doch bei allen wichtigen Gemeindeangelegenheiten seine Hand im Spiele und hing doch die Entscheidung oft von seinem Wort, seiner Fürsprache ab.

Hsi Men besaß aus erster Ehe eine noch unvermählte, aber bereits verlobte Tochter. In zweiter Ehe war er seit kurzem mit ›Mondjungfer‹, der fünfundzwanzigjährigen Tochter des linken Stadtkommandanten Wu von Tsing ho hsiän, verheiratet. Mondjungfer oder vielmehr ›Mondfrau‹, wie sie seit ihrer Verheiratung genannt wurde, war eine gute, verständige Natur und wußte sich nach außen hin mit Geschick dem grundverschiedenen Charakter des Gatten anzupassen. Außerdem lebten noch zwei Nebenfrauen im Hause, Li Kiao'rl und die magere, kränkliche Tscho Tiu'rl, zwei ehemalige Blumenhoffavoritinnen Hsi Mens. Unter der weiblichen Dienerschaft waren ferner drei, vier hübsche Dinger, denen er auch hin und wieder seine Gunst schenkte. Doch damit nicht genug, trieb ihn häufig unbändiges Verlangen, außerhalb des Hauses ›mit den Winden zu tollen, mit dem Mondstrahl zu spielen‹ und anderer Leute Frauen und Töchter zu verführen.

Mit dem Nachbar westlich, östlich
Froh gezecht an Tafeln köstlich!
Pfirsichblüten, Päonien zart,
Keiner, keiner bleibt's erspart!

»Heute haben wir den Fünfundzwanzigsten des neunten Monats«, sprach er eines Tages zu seiner Hauptgattin, »am Dritten nächsten Monats feiere ich mit meinen neun Freunden die herkömmliche Jahreszusammenkunft. Richte dich hübsch beizeiten darauf ein, daß wir den Tag hier mit einem würdigen Festschmaus begehen. Sorge auch für ein paar Singmädel!«

»Bleib mir bloß mit dieser Sorte vom Halse!« schmollte Mondfrau. »Sag selber, sind das Menschen? Diese Horde schlimmer Teufel, die von der Unterwelt losgelassen sind, um hier abgeschiedene Seelen zu schnappen, willst du wirklich in unserem anständigen Hause bewirten? Du solltest etwas Rücksicht auf deine dritte Gattin nehmen, der es in letzter Zeit gar nicht gut geht!«

»Liebe Frau, so gern ich dir sonst recht gebe, in diesem Punkte – nein! Dein abfälliges Urteil über meine Freunde mag meinetwegen auf die anderen sieben zutreffen, aber, bitte, nimm Ying und Hsiä aus. Das sind zwei treffliche, famose Burschen, auf die unbedingt Verlaß ist. Übrigens plane ich diesmal etwas Besonderes mit unserer Zusammenkunft. Bloß so kommen und wieder auseinandergehen ist ja im Grunde ohne Wert. Nein, diesmal wird feierlich Schwurbrüderschaft geschlossen, damit jeder am anderen künftig einen kräftigen Anhalt hat.«

»Das klingt ganz schön. Nur fürchte ich, wird es so kommen, daß wohl die anderen bei dir Anhalt suchen und finden werden, im umgekehrten Falle aber die anderen dir ebensowenig nützen werden wie leblose Theatermarionetten.«

»Um so besser für mich, wenn ich immer in der Lage bleiben

sollte, den anderen ein Anhalt zu sein«, versetzte lächelnd Hsi Men. »Doch laß es nur gut sein, ich werde das Weitere mit Freund Ying besprechen.«

»Die Onkel Ying und Hsiä!« meldete in diesem Augenblick der kleine Kammerdiener Tai A'rl, ein schmuckes Bürschchen mit blanken Augen und feingezeichneten Brauen. Gleich darauf begrüßte Hsi Men die beiden Ankömmlinge in der Empfangshalle. Ying stak in einem etwas mitgenommenen himmelblauseidenen, gefütterten Oberrock, doch war sein schwarzes Kreppbarett offensichtlich ganz frisch aus der Hutpresse gekommen, auch war er tadellos beschuht und bestrumpft.

»Wo habt ihr denn die letzte Zeit gesteckt?«

»Oh, gestern waren wir bei Tante Li zu Besuch und haben nach langer Zeit wieder die kleine Nichte deiner zweiten Frau bestaunt. Ei, wie hat sich das Mädel inzwischen entwickelt! Das wird ja noch mal eine richtige Schönheit! Ihre Mutter legte uns zwei-, dreimal ans Herz, ihr nur ja beizeiten einen netten jungen Mann zu besorgen, wenn es an der Zeit sei, die Kleine zu entjungfern; sie hat Angst, daß sie schließlich auch deine Beute werden könnte.«

»So, so! Dann muß ich doch selber mal gehen und mich durch den Augenschein überzeugen. Und wo wart ihr noch?«

»Ach, die Tage vorher haben wir der Witwe unseres leider heimgegangenen Freundes Pu Tschi Tao bei der Erledigung des Trauerzeremoniells etwas Beistand geleistet. Sie läßt dir übrigens durch uns für deine Trauerspende danken. Sie getraute sich nicht, dich in ihr enges, ärmliches Haus zur Teilnahme an der Totenopferfeier zu laden.«

»Ja, wer hätte gedacht, daß es mit dem Armen so rasch zu Ende gehen würde! Er hatte mir vor kurzem einen echten, vergoldeten Se-tschuan-Fächer verehrt; und gerade wollte ich ihm ein Gegengeschenk machen, da stirbt er, und meine Gegengabe besteht nun in papierenem Totengeld!«

»Es wird uns nichts übrigbleiben, als seine Lücke auszufüllen, damit unsere Zehn wieder voll wird«, meinte seufzend Hsiä. »Überhaupt feiern wir in wenigen Tagen unsere Jahreszusammenkunft. Aus diesem Anlaß können wir wohl auf deine bewährte Gastfreundschaft zählen, Freund Hsi Men?«

第一回
西門慶熱結十弟兄

武二郎冷遇親哥嫂

金瓶梅

第二回　俏潘娘簾下勾情

金瓶梅

老王婆茶坊說技

金瓶梅

第三回

定挨光虔婆受賄

設圈套浪子挑私

»Gerade hatte ich mit meiner Frau davon gesprochen. Ich habe mir diesmal nämlich etwas Besonderes ausgedacht. Sagt doch selbst, hat dieses Zusammenkommen und Auseinanderlaufen, dieses Zechen und Tollen eigentlich irgendeinen Nutzen? Ich schlage vor, wir verlegen unsere Zusammenkunft diesmal in einen Tempel und schließen unter feierlicher Gottesanrufung eine förmliche Schwurbrüderschaft, damit wir zeitlebens gegenseitig einen Anhalt haben. Natürlich werde ich den Kauf der drei Opfertiere auf eigene Rechnung übernehmen, ihr anderen könnt, jeder nach seinen Kräften, auch etwas zu den Unkosten des Tages beitragen. Was meint ihr zu meinem Vorschlag?«

»Gewiß, selbst zu Buddha beten ist zweifellos mehr wert, als sich nach dem Tode von der Witwe Weihrauch brennen zu lassen. Selber muß man nach Kräften mittun!« fiel Ying behende ein. »Aber vergiß, bitte, eins nicht, wir anderen sind neben dir armselige Rattenschwänze, deren kümmerliche Eiterpickel verflucht wenig Saft hergeben.«

»Verrückter Hund, wer verlangt denn viel von euch?« gab Hsi Men lachend zurück.

»Dein Vorschlag ist ausgezeichnet«, ließ sich jetzt Hsiä vernehmen. »Aber wen wählen wir als Ersatzmann für den verstorbenen Pu Tschi Tao? Unser Bund möchte doch vollzählig sein.«

Hsi Men stieß nachdenklich einen Schub Luft durch die Nase.

»Wie wäre es mit dem jungen Hua, dem Neffen des Obereunuchen Hua? Unsre beiden Familiengrundstücke stoßen dicht aneinander; wenn er in seinem Garten spazierengeht, trennt uns nur eine Schicht Mauerwerk. Übrigens hat er eine offene Hand. Ich habe öfters mit ihm verkehrt, brauchte nur hinüberzuschicken und ihn holen zu lassen.«

»Meinst du Hua Tse Hsü, den Stammgast bei der kleinen Wu Yi'rl?« erkundigte sich lebhaft Ying.

»Eben den.«

»Ei, dann laß ihn schleunigst holen. Bei dem wird's manchen fetten Schmaus zu ernten geben.«

»Alter Schnorrer! mußt du immer ans Essen denken? Du wirst noch mal an Verstopfung eingehen!« schalt unter allgemeinem Gelächter Hsi Men. Dann verständigte er seinen Burschen Tai A'rl und schickte ihn zum Nachbargrundstück.

»Wo soll denn die Sache am Dritten vonstatten gehen, hier oder in einem Tempel?« wollte Ying wissen.

»Wir haben die Wahl zwischen einem Buddha- und einem Taoistentempel«, meinte Hsiä. »Es kommt entweder der Yung fu se, der ›Tempel des unendlichen Wohlergehens‹, oder der Yü huang miao, der ›Nephritkaisertempel‹, in Betracht.«

»Mit Buddhismus hat unsere Angelegenheit eigentlich nichts zu schaffen«, entschied Hsi Men. »Auch kenne ich den Oberbonzen im Yung fu se nicht. Dagegen ist mir der Oberpriester Wu im Yü huang miao wohlbekannt. Ich schlage den geräumigen, abgelegenen Taoistentempel vor.«

»Halt, der Bonze ist zwar nicht mit dir, um so mehr aber mit Freund Hsiäs Frau bekannt«, neckte Ying. »Deshalb schlage ich den Yung fu se vor.«

»Mußt du, alberner Kerl, immer dazwischenstänkern, wenn andere vernünftig reden?« gab der Gehänselte lachend zurück.

Ihre Unterhaltung wurde durch den Eintritt des Burschen Tai A'rl unterbrochen.

»Herr Hua selber war nicht zu Hause«, meldete er seinem Herrn. »Ich habe meine Bestellung seiner Frau ausgerichtet. Sie schien nicht sehr erfreut zu sein, doch läßt sie Euch grüßen und sagen, ihr Mann werde Euren ehrenvollen Antrag natürlich nicht gut ausschlagen können und sie wolle nicht verfehlen, ihm zuzureden, daß er am Dritten des nächsten Monats pünktlich erscheine. Zuletzt gab sie mir noch zwei Stück Teekuchen auf den Weg mit.«

»Eine nette, verständige Frau«, brummte befriedigt Hsi Men. Man trank noch eine Tasse Tee, dann erhoben sich die beiden Besucher.

»Wir werden die anderen sechs verständigen«, versprachen sie beim Weggehen, »und die Beiträge eintreiben, und du, Bruder Hsi Men, wirst wohl alles Weitere mit dem Priester Wu abmachen.«

»Gewiß.«

»Und sorge dafür, daß ein paar Singmädel zur Stelle sind!«

»Wird gemacht!«

Unter Lachen und Späßen zogen die beiden ab. –

Am Morgen des nächsten Ersten – Hsi Men weilte gerade im

Gemach seiner Hauptfrau – stellte sich ein junger Bote aus dem Nachbarhause ein. Er überbrachte eine schöne polierte, goldbemalte Präsentschachtel.

»Mein Herr läßt Euch vielmals grüßen und bedauert, daß er neulich ausgegangen war, als Ihr zu ihm schicktet, und Eure Weisungen nicht persönlich entgegennehmen konnte. Er wird sich am Dritten pünktlich einfinden und sendet Euch durch mich einstweilen einen geringfügigen Beitrag. Ihr möchtet ihm später eine Rechnung über seinen Kostenanteil vorlegen, er wird dann das Fehlende ergänzen.«

Hsi Men nahm die Schachtel entgegen. Er las auf dem roten Streifen, der sich um sie wand, die Worte: ›Inliegend eine Silberunze Kostenbeitrag.‹

»Genügt«, sagte er. »Weiteres braucht dein Herr nicht zuzuzahlen. Bestelle ihm nur, er möchte sich für übermorgen nichts anderes vornehmen und sich rechtzeitig bei mir einfinden.«

»Und richte seiner Gattin Grüße von mir aus«, fügte Mondfrau hinzu. »Ich hoffe, sie in ein paar Tagen bei mir zu sehen und ergiebig mit ihr zu plaudern.«

Sie winkte der Dienerin ›Nephritflöte‹ und ließ dem Boten aus einer Gebäckschale zwei warme Pfannkuchen reichen. Der Bote machte seinen Kotau und trabte ab. Kaum war er fort, da stellte sich ein zweiter Bote ein. Er kam vom Hause Ying und hielt gleichfalls eine Präsentschachtel in der Hand.

»Im Auftrag meines Herrn überbringe ich hier die gesammelten Beiträge.«

Hsi Men gönnte dem Inhalt der Schachtel, der aus acht Päckchen bestand, nur einen flüchtigen Blick und übergab sie seiner Frau. Dann entließ er den Boten und begab sich zu seiner dritten Frau. Er hatte sich eben an deren Seite niedergelassen, als er von der Hauptgattin zurückgerufen wurde. Sie hatte die acht Papierpäckchen auseinandergefaltet vor sich liegen.

»Sieh doch, welche ansehnlichen Beiträge!« rief sie ihm spöttisch lachend entgegen.

»Dein Ying hat sich wenigstens zu einem Silberbatzen und zwei Käsch aufgeschwungen. Aber in den anderen Päckchen waren immer nur ganze drei, höchstens fünf schäbige Kupferlinge drin. Solcher Bruch, solch dreckiger Abfall, der von einer umgekippten billigen Bronzefigur abgekratzt sein könnte, ist wahrlich noch nicht in unser Haus gekommen! Es beschmutzt unseren guten Namen, wenn wir das Zeug behalten. Wir wollen es ihnen zurückgeben!«

»Laß gut sein!« beschwichtigte Hsi Men sie. »Die Sache ist keine Aufregung wert. Schmeiß den Bettel meinetwegen weg!«

Am nächsten Tage wog er vier Unzen Silbers ab und schickte seinen Diener Lai Hsing'rl aus, um ein Schwein, einen Hammel, Hühner, Enten, sechs Krüge Wein, Marke ›Goldblüte‹, und was sonst zu einem solchen Schmaus gehört, sowie Weihrauchkerzen und Papiergeld zu kaufen. Zu dritt mußten Lai Hsing'rl, Lai Pao und Tai A'rl alles zum Tempel schleppen und dem Priester Wu in Obhut geben.

»Morgen will unser Herr mit seinen Freunden hier eintreffen und Schwurbrüderschaft schließen«, bestellten sie ihm. »Den ganzen Tag wollen sie hier festlich verbringen. Habt die Güte, Meister, setzt eine passende Schwurformel auf und richtet beizeiten den Festschmaus her.«

Pünktlich am nächsten Vormittag fanden sich die Geladenen alle neun in feierlichem Staat bei Hsi Men ein. Man bildete einen Kreis, begrüßte sich förmlich voreinander, nahm schnell noch einen Frühstücksimbiß ein und begab sich dann gemeinsam zum Tempel des Nephritkaisers. Dort angelangt, gewahrten sie ›Hallen, Dächer ragend mächtig, Mauern hoch und wuchtig‹. Am Eingangsportal eine Achtzeicheninschrift golden prunkend auf rotem Grund. Ins Innere führen drei gewundene Pfade. Wasserheller Marmor, wohin das Auge schweift. An der Haupthalle leuchtet's golden und blaugrün von den Wänden. In steilem Schwung wölben sich Dachfirste aufwärts. Drinnen in der Mitten thront in hehrer Majestät der ›alte Stammvater der dreifachen Reinheit‹. In der Halle dahinter, auf schwarzem Büffel reitend, Lao tse.

Hinter der rückwärtigen Halle gelangten die Besucher nach Durchschreiten einer Seitenpforte in das Reich des Priesters Wu. Rings demantene Blumenpracht auf jaspisgrünem Rasen, dazwischen das azurne Blauschwarz der Pinien, das hellere Eisvogelblau des Bambus. Den Blick aufrichtend, las Hsi Men an den zwei Pfeilern der Pforte die Inschrift:

In unsern Geistergrotten
Versinken Raum und Zeit,
Vor unsern seligen Inseln
Verwehen Lust und Leid.

Das Wohngebäude des Priesters wies vorn drei Räume auf, in denen er tagsüber seine geistlichen Arbeiten zu verrichten pflegte. Zu Ehren der Besucher prangten sie heute in schönster Ordnung und Sauberkeit. Im mittleren Raum hing ein Bildnis des ›Nephritkaisers des himmlischen Goldpalastes‹, von den Wänden der Seitenräume grüßten Bildnisse der ›Purpurpalastgenien‹ und der vier ›Himmelsmarschälle‹ Ma, Tschao, Wen und Huang. Vor seiner Andachtshalle empfing der Priester die Ankömmlinge mit einer Verbeugung und lud sie zum Platznehmen und Teetrinken ein.

Daran schloß sich ein Rundgang. Die losen Gesellen konnten sich's nicht versagen, beim Anblick dieses und jenes Heiligen ihre schnoddrigen Bemerkungen zu machen. Jetzt war es der Tiger auf dem Bildnis des Himmelsmarschalls Tschao, der es Freund Pai Lai Kwang angetan hatte.

»Freunde, seht den Tiger da neben dem alten Tschao!« rief er aus.

»Der ist offenbar Vegetarier, andernfalls könnte ich mir solche Begleitung nicht gerade behaglich denken.«

»Dummkopf, der gehört doch zum Gefolge des Himmelsmarschalls!« belehrte ihn Ying.

»Eiwei! Ich würde mich für solche lebensgefährliche Gefolgschaft schön bedanken!« meckerte Hsiä und ließ in komischem Entsetzen die Zunge zum Munde herausschlenkern.

»Wovon sprecht ihr?« erkundigte sich Hsi Men, der jetzt an die Gruppe vor dem Tigerbild herantrat.

»Ach, Hsiä regt sich über den einen lebensgefährlichen Begleiter auf«, versetzte trocken Ying. »Da hättest du längst vor Schreck sterben können, wenn du dich über deine acht gefräßigen Gefolgsleute aufregen wolltest.«

Allgemeines Gelächter.

»Da die Herren gerade von Tigern sprechen«, mischte sich jetzt der Priester Wu ein, »eben jetzt in diesen Tagen wird unser Distrikt von solch einer Bestie heimgesucht. Eine Menge Menschen hat er schon angefallen, an die zehn Jäger haben ihr Leben durch ihn eingebüßt.«

»Was?« platzte Hsi Men heraus.

»Ach, die Herren wußten es noch nicht? Ich erfuhr es auch erst kürzlich von einem meiner Leute, den ich wegen Almosen zu unserm Patron, dem reichen Herrn Tschai, nach Hong hai kün in der Präfektur Tsang tschou fu geschickt hatte. Auf dem Rückwege im Gehölz der King-yang-Höhe hat er das Vieh gesehen, mit seinen Quellaugen und seiner weißgefleckten Stirn. Die Reisenden und Kaufleute getrauen sich gar nicht mehr allein über die King-yang-Höhe hinüber und schließen sich truppweise zusammen. Neuerdings hat unser Kreismagistrat eine Prämie von fünfzig Tael ausgesetzt für den Glücklichen, der den Tiger erlegt. Ach, die armen Forstaufseher, was haben die schon für Strafprügel bezogen, weil es ihnen nicht gelungen ist, die Bestie zu fassen!«

Bei dem Wort ›Prämie‹ war Pai Lai Kwang aufgeregt in die Höhe gesprungen.

»Ei, gleich morgen gehe ich auf die Jagd! Das schöne Stück Geld lasse ich mir nicht entgehen.«

»Und dein Leben, das gilt dir wohl nichts?« meinte Hsi Men.

»Leben hin, Leben her, Geld ist doch die Hauptsache!«

»Großartig! Da muß ich euch gleich eine Anekdote erzählen«, ließ sich im Chor der Lacher Yings Stimme vernehmen.

»Ein Geizkragen zappelt im Maul eines Tigers. Sein Sohn hat schon hilfsbereit das Messer gezückt und will den Tiger erstechen. ›Halt ein!‹ schreit ihm der Geizkragen zu. ›Du wirst doch nicht das kostbare Tigerfell ruinieren!‹«

Brüllendes Gelächter.

Jetzt schlug der Priester vor, mit der Zeremonie zu beginnen, die Opferspeisen seien bereitet. Er brachte ein Schriftstück zum Vorschein.

»Hier habe ich die Schwurformel aufgesetzt. In welcher Reihenfolge wünschen die Herren ihre Namen verlesen?«

»Natürlich gehört Hsi Mens Name an die Spitze«, rief alles.

»Dem Alter nach kommt Ying vor mir«, widersprach Hsi Men.

»Ach was, heutzutage geht's nach dem Geld, nicht nach dem Alter«, wandte Ying ein. »Außerdem genießt unter uns allen keiner so viel Respekt und Achtung wie du. Dir gebührt der erste Platz.«

»Ihr reißt mir die Eingeweide entzwei«, entgegnete Hsi Men, bequemte sich aber nach einigem Sträuben, den ehrenvollen Rang eines ›Großbruders‹ anzunehmen. Für die zweite Stelle einigte man sich auf Ying, für die dritte auf Hsiä, die vierte räumte man um seines Geldes willen dem neu aufgenommenen Hua Tse Hsü ein, dann kamen die übrigen dran. In dieser Reihenfolge trug der Priester die zehn Namen nachträglich in seinen Text ein. Dann zündete er Weihrauch an, die zehn reihten sich feierlich vor dem Bildnis des Nephritkaisers auf, und der Priester las mit lauter Stimme wie folgt:

»Am heutigen, dem soundsovielten Tag des soundsovielten Monats des soundsovielten Jahres der Epoche Harmonische Regierung versammeln sich hier an geweihter Stätte zehn Gläubige aus dem Kreis Tsing ho hsiän, der zur Präfektur Tung ping fu der Provinz Schantung des großen Sung-Reiches gehört, nämlich: Hsi Men Tsing, Ying Po Küe, Hsiä Hsi Ta, Hua Tse Hsü usw. Nachdem sie mit frischgewaschenen Händen Weihrauch gebrannt haben, tun sie in Demut ihren Entschluß kund, nach dem erhabenen Vorbild des ›Bundes vom Pfirsichgarten‹, mit der gleichen Inbrunst wie einst das Freundespaar Kwan I Wu und Pao Schu Ya, eingedenk des Wortes des heiligen Kung tse ›Alle Menschen zwischen den vier Meeren sollen Brüder sein!‹, fest und unlöslich wie Fleisch und Knochen einen Bruderbund zu schließen. Von diesem Vorhaben geleitet, nahen sie sich heute gemessenen Schrittes, legen ihren Tribut an Opferfleisch und Opferpapiergeld nieder, neigen sich in schuldiger Ehrfurcht und beten also: O erhabener Herr und Nephritkaiser des himmlischen Goldpalastes, o ihr Stadt- und Erdgeister von Tsing ho hsiän und ihr übrigen guten Geister aller fünf Himmelsrichtungen, die ihr heute Tagesdienst habt, laßt die Düfte des Weihrauchs, den wir aufrichtigen Herzens abbrannten, zu euch aufsteigen und hört gnädig unseren Schwur an:

Wenn auch ungleichen Tags geboren, sind wir bereit, am gleichen Tag zu sterben. Auf ewig ungetrübt soll unser Bund bestehen. Glück und Freude wollen wir teilen, im Leid wollen wir uns getreulich helfen. Immerdar soll das Band, das uns umschlingt, neu geknotet werden. Wer unter uns reich und ansehnlich dasteht, soll sich der Armen und Elenden unter uns annehmen. Mit jedem Tag, jedem Mond sei dieser Bund erneuert. Hoch wie der Himmel, dick wie die Erde sei unsere Freundschaft. Möge uns allen langes Leben, Glückseligkeit ohne Grenzen und himmlischer Beistand beschieden sein!«

Nach beendeter Vorlesung vollzogen die Schwurbrüder eine gemeinsame Verneigung und dann einzeln der Reihe nach acht Verneigungen vor dem Bildnis des Nephritkaisers. Mit dem Abbrennen von Papiergeld fand die Zeremonie ihren Abschluß.

Inzwischen waren zwei Tafeln mit mächtigen Platten und Schüsseln aufgebaut worden, und die Gesellschaft machte sich nun über den leckeren Festschmaus her. Zur Seite an einem gesonderten Tisch nahm der Priester Wu Platz. Mitten im fröhlichen Zechen wurde Hsi Men von der vorsorglichen Mondfrau unter dem Vorwand, die dritte Gattin habe eine schwere Ohnmacht erlitten, heimgerufen. Er entschuldigte sich und verließ, begleitet von seinem Nachbarn Hua, der ja denselben Weg hatte, vorzeitig die Kumpanei.

»Da ziehen die beiden reichen Kerle ab und überlassen uns Arme unserem Schicksal!« rief ihnen Ying nach. Im übrigen tat ihr Weggang der Feststimmung der andern keinen Abbruch. ›Einen ganzen Tai schan im Maule wiederkäuend, aber ohne Dank im Herzen für die gütige Spenderin Erde‹, verweilten sie in toller Ausgelassenheit bis Mitternacht im Tempel und schlemmten und zechten drauflos, was nur ihre Kräfte hergaben.

Am Maulbeerbaumgeäste Sonne aufwärts kroch – sie tranken.
Den Strahlenwagen schluckten sacht die Berge – und sie tranken.
Die Neumondsichel endlich hinter Wipfel lugend,
Sieht sie, auf fremden Arm gestützt, nach Hause wanken. –

Es war ein paar Tage später, als Hsi Men eines Morgens den Besuch seines Freundes Ying erhielt.

»Wie ist das Befinden meiner dritten Schwägerin?«

»Es will nicht besser werden. Ich mußte eben wieder nach dem Arzt schicken lassen. Doch erzähle, wie lange habt ihr denn neulich noch gezecht?«

»So um den zweiten Trommelschlag herum war's, als wir aufbrachen. Der gute alte Wu hatte uns so dringend zum Bleiben genötigt, da ist es etwas spät geworden. Wir hatten alle einen gehörigen sitzen; sei froh, daß du dich früher gedrückt hattest. Doch um auf den Zweck meines Besuches zu kommen: ich habe dir eine erstaunliche Neuigkeit mitgebracht.«

»Pack aus!«

»Denke dir, das Tigervieh auf der King-yang-Höhe, von dem uns neulich der Priester Wu erzählte, ist gestern von einem Mann mit der bloßen Faust totgeschlagen worden.«

»Dummes Zeug! Das glaube ein anderer!«

»Was, du glaubst mir nicht? Hör zu, ich will dir genau erzählen ...« Und aufgeregt mit den Händen fuchtelnd und unruhig von einem Fuß auf den anderen hüpfend, legte er los. Der Mann nenne sich Wu Sung und stamme aus dem Nachbarkreis Yang ku hsiän; er sei der jüngere von zwei Brüdern, habe wegen der und der Ungelegenheiten seinen Wohnsitz gewechselt und eine Zeitlang auf dem Gut des reichen Tschai in Hong hai kün Unterkommen gefunden; von der und der Krankheit genesen, habe er sich auf die Suche nach seinem älteren Bruder gemacht, sein Weg habe ihn dabei über die King-yang-Höhe geführt, dort sei ihm auf einmal der Tiger begegnet, und da habe er ihn derart mit den Fäusten und mit Fußtritten bearbeitet, daß der Tiger tot am Platze geblieben sei, – das alles berichtete er mit weitschweifigen Einzelheiten und begleitete seine Schilderung mit so lebhaften Gestikulationen, als ob er selber dabei gewesen und den Tiger eigenhändig niedergeschlagen habe.

»Und noch in dieser Stunde wird er mit seiner Beute feierlichen Einzug im Kreisvorsteheryamen halten«, schloß er erschöpft seinen Bericht.

»Oh, da müssen wir dabeisein. Wir wollen zuvor schnell frühstücken.«

»Dazu ist keine Zeit mehr, wir würden zu spät kommen. Nein, wir wollen uns lieber einen guten Platz im ersten Stock einer Weinschenke an der Hauptstraße sichern, wo er vorüberkommen wird.«

Hsi Men war einverstanden, bestellte das Frühstück ab, warf sich rasch in Straßenkleidung und stürzte Hand in Hand mit Ying davon. Unterwegs trafen sie auf Hsiä.

»Ach, ihr wollt euch gewiß auch den Tiger ansehen?«

»Erraten. Komm mit!«

»Natürlich. Auf der Hauptstraße ist vor Menschen schon kaum mehr ein Durchkommen.«

Bald darauf saßen alle drei glücklich auf gutem Beobachtungsplatz im ersten Stock einer großen Weinschenke an der Hauptstraße. Sie brauchten nicht lange zu warten, da ließ sich näherkommendes Gongdröhnen und Trommelrasseln hören, und die Menge drunten auf der Straße reckte die Hälse. Paarweise geordnet, kam ein Zug von Weidmännern vorübergeschritten, alle mit langen Spießen bewaffnet, unter deren Spitzen rote Quastenschnüre flatterten. Hinter ihnen, behutsam von vier Mann getragen, einem mit gelbseidenem Tuch überspannten Sack ähnlich, kam der erlegte Tiger zum Vorschein. Den Schluß machte, auf einem großen weißen Zelter reitend, der starke Kämpe, der Tigertöter selber. Hu, welch gewaltiger Recke! Dieser Körper maß mindestens seine sieben Fuß in der Länge. Ein breit ausladendes, scharfkantiges Antlitz. Die Augen, funkelnden Sternen gleich, festen und durchdringenden Blickes in ferne Weiten gerichtet. Seine Hand umklammerte eine wuchtige eiserne Keule. Da muß ja den Tigern und Leoparden in tiefer Bergwildnis der Atem wegbleiben, wenn der Kerl, auf den Fußballen sich aufrichtend, mit dieser Eisenmasse zum Schwunge ausholt; da muß ja den Bären in Schluchten und Klüften die Seele entweichen, wenn diese Faust zum Schlage niedersaust! Auf dem Haupt trägt der junge Held einen mit Svastika-Zeichen bestickten Turban, zwei Silberblumen sind darangeheftet. Sein Leib steckt in einem mit Blutstropfen besprenkelten, geflickten, derben Jägerwams, darüber trägt er einen offenen, eckig geschnittenen Überwurf von rotem Atlas.

»Da müßte man schon die Stärke eines tausendpfündigen Wasserbüffels besitzen, um den zum Weichen zu bringen!« flüsterte aufgeregt, an den Fingernägeln kauend, Hsi Men seinen beiden Gefährten zu. Und zwischen hastigem Weinschlürfen tuschelten sich die drei ihre bewundernden Urteile zu. Das also war der Held des Tages, der berühmte Wu Sung aus Yang ku hsiän!

Dann war der Zug vor dem Kreisvorsteheryamen angelangt. Wu Sung stieg vom Rosse und begab sich in die Amtshalle, wo ihn der Kreisvorsteher mit der versammelten Beamtenschaft erwartete. Beim Anblick des gewaltigen Recken und der riesigen toten Bestie, die vor der Zinnoberestrade niedergelegt wurde, sagte sich der Mandarin:

›Wer außer diesem ist der Mann, der das fertiggebracht hätte?‹ Dann wandte er sich mit leutseligem Gruß Wu Sung zu und ließ sich vom Kopf bis zum Schwanz den genauen Hergang des Abenteuers schildern. Und die Beamtenschaft zu beiden Seiten starrte und lauschte voll schlotternden Entsetzens.

Dann kredenzte der Mandarin dem Recken einen dreifachen Ehrentrunk und ließ ihm die ausgesetzte Prämie von fünfzig Silbertael überreichen. Wu Sung verneigte sich und sprach bescheiden: »Nicht meiner schwachen Kraft, lediglich den segensreichen Einflüssen, die von Eurer Herrlichkeit ausgehen, und einigen glücklichen Umständen danke ich's, daß ich die Bestie überwinden konnte. So reichen Lohn habe ich wahrlich nicht verdient. Es tut mir weh, daß so viele wackere Weidleute um des Tigers willen schwere Bestrafung erleiden mußten. Eure Herrlichkeit vergönne mir den untertänigen Vorschlag, daß die Prämie unter diese Braven verteilt werde, auf daß sich Eurer Herrlichkeit Großmut strahlend offenbare.«

»Es geschehe nach dem Wunsche des starken Kämpen«, entschied gnädig der Mandarin.

Wu Sung machte sich unverzüglich an die Verteilung. Von so viel Menschenfreundlichkeit, Pflichtgefühl und Kameradschaftlichkeit gerührt, war der Mandarin entschlossen, Wu Sung in öffentliche Dienste zu nehmen.

»Dein Heimatkreis Yang ku hsiän und mein Kreis Tsing ho hsiän liegen dicht beieinander«, sprach er. »Ich bin gesonnen, dich zu meinem Wachthauptmann zu machen. Deine besondere Aufgabe wäre es, mit dem Raubgesindel östlich und westlich des Tsing-Flusses aufzuräumen. Was ist deine Meinung?«

Wu Sung beugte die Knie und neigte sich dankend.

»Mein Letztes will ich hingeben, um mich Eurer Gnade würdig zu erweisen.«

Der Mandarin winkte seinen Sekretären, ließ eine Bestallungsurkunde aufsetzen, und damit war Wu Sungs Ernennung zum Wachthauptmann vollzogen. Aus dem ganzen Kreis fanden sich die angesehenen Bürger ein, um Wu Sung zu beglückwünschen, und einige Tage lang folgte ihm zu Ehren ein Festschmaus auf den anderen. Sein Name ging in beiden Kreisen der Präfektur Tung ping fu von Mund zu Mund.

Starker Recke, Held verwegen!
In des King yang Waldgehegen
Trunken schlugst den Tiger nieder!
Ringsum hallt es preisend wider. –

Eines Tages auf der Straße hörte sich Wu Sung plötzlich angerufen.

»He, Bruder, übersieh mich doch nicht!«

Er wandte sich um, da sah er Wu Ta, seinen lange vergebens gesuchten Bruder, vor sich stehen.

Freudig zuckt es um die Schläfe,
Lachend öffnet sich der Mund. –

Teuerung und Mißernte hatten Wu Ta veranlaßt, seinem Heimatkreis den Rücken zu kehren und nach der Stadt Tsing ho hsiän überzusiedeln, wo er in der Purpelsteinstraße eine bescheidene Behausung gemietet hatte. Sein schwächlicher Körperbau, sein gedrücktes Wesen, sein schmales Gesicht und seine rissige Haut hatten ihm in der Nachbarschaft die Spottnamen ›Dreizollmännchen‹ und ›Krüppelbaumrinde‹ eingetragen, und er mußte manches Hänseln und Necken über sich ergehen lassen. Seinen Lebensunterhalt verdiente er damit, daß er den ganzen Tag lang mit einer Traglast über den Schultern die Straßen auf und ab lief und warme Pasteten feilbot. Doch das Geschäft ging schlecht; nach einem halben Jahr Aufenthalt in Tsing ho hsiän war seine geringe Habe so zusammengeschmolzen, daß er das bisherige Heim aufgeben mußte und sich im Hause eines gewissen Herrn Tschang billig einmietete, wo er eine kleine, nach der Hauptstraße zu gelegene Ladenwohnung bezog. Während er weiterhin mit seinen Pasteten hausieren ging, wußte er mit seiner freundlichen, hilfsbereiten Art die Dienerschaft des Hauswirts derart für sich einzunehmen, daß ihm auf deren Fürsprache hin die Miete erlassen wurde. Der alte Tschang war ein sehr vermögender Sechziger, der Zehntausende von Tausendkäschschnüren besaß, hingegen nicht einen Zoll von Sohn oder Tochter sein eigen nennen konnte. Seine Umgebung bildete einzig seine Frau, eine strenge alte Dame; kein bißchen junges, frisches Blut war im

Hause, das seinen Sinn erquickt hätte. Oftmals schlug er sich betrübt an die Brust und seufzte:

»Ich armer, alter, kinderloser Mann, was habe ich nun von all meinem Geld!«

Da hatte einmal seine Frau erwidert:

»Schön, ich werde eine Mittlerin beauftragen, daß sie dir zwei hübsche junge Sklavinnen kauft. Die mögen dir meinetwegen von morgens bis abends mit Tanz und Lautenspiel Kurzweil bereiten.«

Diesen Vorschlag hatte der alte Herr mit Freuden angenommen, und tatsächlich hatte ein paar Tage später die Mittelsfrau zwei hübsche junge Dinger ins Haus gebracht. Leider war die sechzehnjährige Pai Yü Liän bald darauf gestorben. Die andere, die fünfzehnjährige Pan Kin Liän, war die sechste Tochter eines armen Schneiderleins namens Pan aus der südlichen Vorstadt. Den Namen Kin Liän, ›Goldlotos‹, verdankte sie ihren früh entwickelten Reizen und besonders ihren hübschen, zierlichen Füßen. Nach dem Tode des Vaters war die Neunjährige von der Mutter in das vornehme Haus eines Herrn Wang verkauft worden. Dort war sie in Gesang und Lautenspiel und auch in der Schreib- und Lesekunst unterrichtet worden. Sie war eine äußerst aufgeweckte und geschmeidige Natur. Mit knapp dreizehn verstand sie bereits ihre Brauen und Augen zu verschönern und kunstgerecht Rot aufzulegen; sie konnte die Bambusflöte blasen und Gitarre spielen, sie war in aller feinen Hand- und Nadelarbeit geübt, sie beherrschte die Schwierigkeiten der Schrift. Ihr Haar trug sie wohlfrisiert in schön gewelltem Knoten. Über ihrem jungen Leib straffte sich eng anliegend das Gewand. So wuchs sie zu einer koketten kleinen Schönheit heran. Als sie fünfzehn zählte, starb der alte Herr Wang. Da kaufte ihre Mutter sie für zwanzig Tael von der bisherigen Herrschaft los und veräußerte sie an das Haus Tschang. Dort vervollkommnete sie sich weiter in mannigfachen Künsten und lernte besonders die siebensaitige Pi pa meistern. Nun zählte sie achtzehn Lenze und war zu einer vollendeten Schönheit erblüht. ›Ein Antlitz pfirsichblütenhold, zwei Brauen fein geschwungen wie die Neumondsichel . . .‹ Schon lange hatte Herr Tschang nach ihrem Besitz gelechzt, doch die Angst vor der strengen Gattin hatte ihn stets abgehalten, die Hand nach der kostbaren Blume auszustrecken. Da, eines Tages, während seine Frau in einem Nachbarhause zu Besuch weilte, war es ihm endlich geglückt. Freilich mußte er die kurze Wonne des heimlichen Liebesgenusses nachträglich auf fünferlei Art büßen. Denn es stellten sich alsbald bei ihm ein: zum ersten Lendenweh, zum zweiten Augentränen, zum dritten Ohrensausen, zum vierten Schnupfen, zum fünften Blasenkatarrh.

Natürlich konnte der Anlaß seiner Leiden der Gattin nicht lange verborgen bleiben, und es setzte eine heftige eheliche Szene und für die arme Goldlotos obendrein Schimpfworte und Schläge. Das dauerte Herrn Tschang gar sehr, und er beschloß, sie außer dem Hause zu vermählen. Die Aussteuer wollte er spenden. Da schlugen ihm nun seine Diener den freundlichen Mitbewohner und Witwer Wu Ta als passende Partie vor. Herr Tschang sagte sich, daß er auf diese Weise die Möglichkeit haben würde, Goldlotos hin und wieder heimlich zu sehen, und ging auf ihren Vorschlag mit Vergnügen ein. Der glückliche Wu brauchte keinen Käsch zu bezahlen, er erhielt seine neue Gattin ganz umsonst.

Und nach der Heirat wurde Herr Tschang nicht müde, sich angelegentlich um das Wohlergehen des jungen Paares zu kümmern und dem Ehemann bereitwillig zu helfen, wenn er einmal in Geldverlegenheit war. Wenn dann Wu Ta außer Hause weilte und arglos seine Pasteten in den Straßen feilhielt, pflegte sein Wohltäter, sobald er sich unbeobachtet sah, in die Wohnung seiner Mieter zu schlüpfen und mit Goldlotos heimlichen Verkehr zu pflegen. Zwar ertappte ihn bei solcher Gelegenheit einmal der Ehemann, doch der wagte nicht zu mucksen, da er sich sagte, daß er doch nur ein Stück Ware in der Hand des Alten sei. So ging das eine Zeitlang fort, bis eines Tages Herr Tschang von einem schweren Blasenkatarrh dahingerafft wurde. Seine Frau, die hinter den Sachverhalt gekommen war, setzte erbost das Ehepaar kurzerhand auf die Straße. So mußte sich Wu Ta von neuem nach einem Heim umsehen. Er fand auch glücklich zwei kleine Mietsräume in der Wohnung eines gewissen Wang, auf der westlichen Seite der Purpelsteinstraße. Nach wie vor ging er mit der Tragstange auf den Schultern umher und verdiente sich mit Pasteten seinen kärglichen Lebensunterhalt.

Es läßt sich denken, daß Goldlotos für ihren Jammerlappen von Gatten nur Geringschätzung übrig hatte. Nicht selten geriet sie heftig mit ihm zusammen oder machte ihrer Wut in lauten Verwünschungen gegen den alten Tschang Luft.

»Warum hat er mir unter allen Männern in der weiten Welt nur gerade diesen erbärmlichen Wicht ausgesucht, der wehrlos jeden Schlag einsteckt, den schon der kleinste Schluck Wein derart mitnimmt, daß ihn keine spitze Schusterahle mehr wachkitzeln kann! Was habe ich Unglückliche nur eigentlich in einem früheren Dasein verbrochen, daß ich mit dieser Ehe bestraft wurde!« Und gar manches Mal, wenn sie allein war, ließ sie nach der Trauerweise des Liedes ›Das verirrte Lamm am Abgrund‹ ihren Schmerz also hinaustönen:

»O Irrtum! o unselige Verstrickung!
Nicht Überhebung sei's, doch –
Darf die garstge Krähe sich
Dem schimmernden Phönix zugesellen?
Bin ich nicht Gold, in Straßenkot gebettet?
Mag er mit Kupfer bester Sorte sich vergleichen,
Kann Kupfer sich mit Golde messen?
Er – ein Klumpen schlechter Quarz, den Zufall
Läßt meinen lammfettglatten Jaspisleib umklammern.
Ich – auf eklem Miste wachsend,
Das edle Kraut, das wundertätge Düfte haucht.« –

Hochansehnliche Leserschaft, es ist ja klar, daß eine schöne Frau zu ihrer Befriedigung einen netten Liebhaber braucht, und wenn sie mit einigem Witz begabt ist, weiß sie sich ihn zu verschaffen. Denn von selbst, das ist eine alte Erfahrung, fügt sich Schönheit und Talent leider nur selten zusammen. Die Nachfrage nach Gold ist nun einmal größer als das Angebot, kurz, dieser Wu Ta mochte ein kreuzbraver Kerl sein, das hinderte nicht, daß er seiner Frau gründlich zuwider war. Vormittags konnte sie es gar nicht erwarten, bis er mit seinen Pasteten losgezogen war und sie endlich für den ganzen Tag allein ließ. Dann pflegte sie mit Vorliebe hinter dem Balkonfenster, das auf die Straße hinausging, zu verweilen, etwa Melonen unterhalb des Vorhangs hindurch auf dem Boden auszulegen und bei dieser Gelegenheit ihre beiden entzückenden ›Goldlilien‹ zu zeigen. Es bereitete ihr Vergnügen, die eleganten jungen Flaneure der Straße auf sich aufmerksam zu machen, und bald hatte sie es erreicht, daß man alltäglich vor ihrem Haus Fensterpromenade machte und mit girrenden Lautenklängen, kosenden Weisen und verliebten Anspielungen hinauflockte. Etwa:

»O armes, zartes Lammfilet!
Von Hundemaul geschnappt, o weh!«

So und ähnlich floß es schmalzig von glatten Jünglingslippen. Natürlich fiel das auf und mußte schließlich dem Ehemann zu Ohren kommen. Der sagte sich, daß unter diesen Umständen seines Bleibens auf der Purpelsteinstraße unmöglich länger sein könne, und begann eines Tages mit seiner Frau die Frage eines abermaligen Umzuges zu erörtern.

»Tagedieb, einfältiger Tölpel!« schnob sie ihn an. »Möchtest wohl noch billiger bei Fremden wohnen, uns noch mehr zum Gespött der Leute machen? Wenn du durchaus umziehen willst, dann strenge dich gefälligst an und sorge für das nötige Geld, damit wir endlich eine anständige eigene kleine Wohnung bekommen!«

»Wo soll ich denn die teure Miete hernehmen?«

»Pah, unfähiger Trottel! Stück Dreck du! Und so was nennt sich Mann! Wenn kein Geld da ist, dann versetze doch meinetwegen meinen Schmuck! Den können wir später immer noch einlösen!«

Nun, Wu Ta borgte sich schleunigst zehn Tael zusammen und mietete sich in der Weststraße eine Vierzimmerwohnung, zwei Räume im Erdgeschoß, zwei im Obergeschoß gelegen, dazu ein kleines Gärtchen. Es war eine hübsche, ruhige Wohnung. Der Umzug war glücklich bewerkstelligt, und wie vordem zog er mit seinen Pasteten durch die Straßen und ging seinem mühsamen Broterwerb nach.

Da hatte es nun der Zufall heute gefügt, daß er unterwegs seinem Bruder Wu Sung begegnete. Hocherfreut nahm er ihn in sein neues Heim mit. Er führte ihn in die oberen Räume und machte ihn, voller Stolz, mit seiner Frau bekannt.

»Das ist der berühmte Tigertöter von der King-yang-Höhe und jetzige Wachthauptmann, dein Schwager Wu Sung!«

Bewundernd, mit gefalteten Händen, schaute Goldlotos zu ihrem Schwager auf.

»Zehntausendfaches Glück!« murmelte sie, und beide vollzogen einen leichten Begrüßungskotau voreinander. Mit scheuer Zurückhaltung im Blick musterte Wu Sung ihre vollendete Schönheit. Der Ältere ließ es sich nicht nehmen, den Gast zum Essen dazubehalten, und um die bescheidenen Vorräte der Küche würdig zu ergänzen, machte er sich selber zum Einholen auf. So kam es, daß seine Frau und sein Bruder eine Zeitlang sich selber überlassen blieben.

Goldlotos betrachtete das Urbild von Mann, das ihr da gegenübersaß, mit heimlichem Entzücken; es schauerte sie bei der Vorstellung von soviel Kraft, die dazu gehört hatte, einen Tiger zu erlegen.

›Wie ist es nur möglich, daß die zwei ein und derselben Mutter entstammen sollen!‹ dachte sie bei sich. ›Der eine ein verkrüppelter Zwergbaum, zu drei Zehnteln Mensch, zu sieben Zehnteln häßlicher Teufel! Der andere ein kraftstrotzender Recke! Oh, er muß unbedingt zu uns ziehen!‹

Ihr Plan war fertig.

»Wo habt Ihr Quartier gefunden, Schwager?« erkundigte sie sich, indes ein Lächeln ihr Antlitz überschichtete. »Und wer besorgt Euch die Wirtschaft?«

»Mein Dienst verbietet es mir, allzu weit weg von dem Kreisvorsteheryamen zu wohnen. Ich habe aufs Geratewohl in einem Gasthof in der Nähe Quartier genommen. Zwei meiner Leute besorgen mir die Wirtschaft.«

»Lieber Schwager, wollt Ihr nicht lieber zu uns ziehen? Schmutzige Soldaten zum Kochen und Bedienen, brr, wie unappetitlich! Hier wird Eure Schwägerin Euch Euer Essen bereiten und sich mit Sorgfalt Eurer Sachen annehmen.«

»Ich bin Euch tief verbunden, Schwägerin«, wich Wu Sung zögernd aus.

»Ihr habt doch sicher eine Gefährtin?« tastete sie behutsam weiter. »Ihr könnt hier getrost und ungestört mit ihr zusammensein.«

»Ich bin unvermählt.«

»Wie viele grünende Lenze zählt mein Schwager?«

»Achtundzwanzig Jahre habe ich unnütz vergeudet.«

»Dann seid Ihr fünf Jahre älter als ich. Und wo hattet Ihr zuletzt Aufenthalt?«

»Ich habe vorher ein Jahr in der Präfektur Tsang tschou fu zugebracht. Ich ahnte nicht, daß mein Bruder inzwischen hierher gezogen war.«

»Schwager, mit einem Wort läßt sich's nicht gut auseinandersetzen ... Jedenfalls, seit meiner Verheiratung mit Eurem Bruder – er mag sonst seine guten Seiten haben – habe ich viel unter dem Spott der Leute leiden müssen. Wenn Ihr, ein so ansehnlicher, starker Mann, mit uns zusammenwohntet, wer würde es wohl wagen, sich ein einziges vorlautes Wort gegen uns herauszunehmen?«

»Hm ... mein Bruder ist ein gutmütiger Mensch ... ich dagegen gerate gar leicht in Händel.«

»Ach was!« entgegnete sie lachend.

»Nur Mut und Kraft
Uns Ruhe schafft.

Das ist eine alte Regel. Ich bin eine rasche Natur und kann es nicht ertragen, daß man sich alles gefallen läßt.«

»Andererseits hat Euch die sanftmütige Art meines Bruders bisher vor ernstem Leid bewahrt.«

Also ging zwischen beiden eine Zeitlang in der oberen Kammer die Wechselrede, einseitig von geheimem Verlangen durchzittert, hin und her. Endlich erschien Wu Ta wieder auf der Bildfläche.

»Liebe Frau, möchtest du nicht hinuntergehen und nach dem Essen sehen?«

»Schau doch einer diesen Tölpel!« versetzte sie gereizt. »Ist das eine Art, den Besuch hier oben ohne Gesellschaft zu lassen? Schick doch zur alten Wang nebenan, die mag sich um die Küche kümmern.«

Gehorsam trollte sich der Ehemann und holte die Nachbarin Wang herüber, und endlich konnte man sich an den gedeckten Tisch setzen, der Fisch, Braten, Gemüse, Punsch und Kuchen aufwies.

»Nehmt, bitte, vorlieb, Schwager, mit der dürftigen Kost, mit dem wäßrigen Wein!« sprach Goldlotos, als sie dem Gast den ersten Becher darbot.

»Habt Dank, Schwägerin, und erspart Euch, bitte, jedes unnötige Wort der Entschuldigung.«

barn ins Haus schicken solle. Die Nachbarn beeilten sich, zu einem Freundschaftsmahl zu subskribieren, und dann war die Reihe an Wu Ta, sich durch die Veranstaltung eines Essens erkenntlich zu zeigen. So verstand es Wu Sung, die Beziehungen seines Bruders zur Nachbarschaft zu bessern. Höflich, wie er war, versäumte er auch nicht, seine Schwägerin mit einem Stück bunter Atlasseide für ein neues Kleid zu überraschen, worüber sie hochbeglückt war.

Mit unterwürfiger Hingebung war sie, ganz gleich, ob er früh oder spät vom Dienste kam, um sein Wohlbefinden und seine gute Laune bemüht und verwöhnte ihn mit den besten Gerichten, die ihre Küche hergab. Er in seiner schlichten Einfalt und Dickfelligkeit schien nichts von den Absichten zu merken, die dahintersteckten, und wenn sie gelegentlich mit anzüglichen Bemerkungen etwas deutlicher wurde, blieb er wortkarg.

Einen Monat weilte er nun schon im brüderlichen Heim, inzwischen war es Winter geworden, und seit einigen Tagen tobte vom Norden ein schneidender Novembersturm daher. Der ganze Himmel hatte sich mit dichtem, rötlichem Gewölk bedeckt, und dann setzte mit einemmal ein gewaltiger, wohltätiger Schneefall ein:

Zehntausend Meilen in der Runde
Rotes Gewölk.
Aus den Lüften
Wohltätig wallt ein lichter Vorhang.
Lieblich vom Dachrand
Flockentanz.
Bald lastet's
Schwer auf Dächern und Terrassen.
Der Flußläufe Silber
Geht über in das Silber der Höhn.
Wie Salzschwaden, stiebendes Mehl,
Füllt's den Raum.

Der Schneefall währte bis zum Abend. Weit und breit lag die Landschaft im Silberschmuck da, als ob Himmel und Erde soeben als ungeheure Walzen Reis enthülst hätten. Am nächsten Tage, nachdem sie ihren Mann wie gewöhnlich zum Straßenhandel aus dem Hause geschickt hatte, ließ sich Frau Goldlotos von der

Nachbarin Wang Fleisch und Wein besorgen. Im Zimmer des Schwagers hatte sie beizeiten ein Becken mit Holzkohle in Glut gesetzt.

›Heute muß mir's gelingen‹, hatte sie sich vorgenommen, ›diesmal soll er nicht gleichgültig bleiben!‹

Lange hatte sie in fröstelnder Einsamkeit hinter dem Vorhang nach ihm ausgelugt. Endlich, die Mittagszeit war schon längst vorüber, sah sie ihn durch den Schnee und einen Wirbel feinster Kristalle heranstapfen. Sie schob den Vorhang beiseite.

»Hübsch kalt heute, Schwager, nicht?«

»Dank Euch, Schwägerin, daß Ihr so um mich besorgt seid.«

Er trat ins Haus und nahm seinen breitrandigen Filzhut vom Kopf. Hilfsbereit wollte sie ihm den Hut abnehmen.

»Bemüht Euch nicht, Schwägerin!« wehrte er ab, klopfte den Schnee von der Krempe und hängte den Hut an die Wand.

Dann entledigte er sich seines Gürtels, zog seinen papageigrünen, geflickten, wattegefütterten Drillichrock aus und begab sich in sein Zimmer. Sie folgte ihm auf dem Fuße.

»Ich habe seit heute morgen vergeblich auf Euch gewartet. Warum seid Ihr nicht zum Frühstück gekommen?«

»Ein Bekannter hatte mich zum Essen geladen. Eigentlich wollte er noch weiterzechen, aber ich habe mich gedrückt.«

»Ach so. Macht's Euch bequem am Feuer, Schwager!«

»Ei, das tut gut.«

Er zog seine eingefetteten Wetterstiefel aus, wechselte die Socken und schlüpfte in ein Paar warme Pantoffeln. Dann rückte er eine Bank dicht ans Kohlenbecken und ließ sich nieder.

Mittlerweile hatte die kleine Ying'rl auf Geheiß ihrer Herrin den Querbalken vor die Eingangspforte schieben und auch die rückwärtige Tür schließen müssen. Goldlotos selbst begann, auf dem Tisch in Wu Sungs Zimmer eine Anzahl Schalen mit warmen Gerichten aufzubauen.

»Wo steckt denn mein Bruder?« unterbrach er sie in ihren Vorbereitungen.

»Draußen bei seinem Straßenhandel. Wir können auch ohne ihn mit Essen anfangen.«

»Ich bin dafür, daß wir seine Heimkehr abwarten. Es wird dann immer noch Zeit zum Essen sein.«

»Ach, auf den brauchen wir keine Rücksicht zu nehmen.«

Da erschien auch schon die kleine Ying'rl und setzte eine Kanne Punsch auf den Tisch. Goldlotos rückte sich gleichfalls ein Bänkchen ans Feuer. Zweimal hintereinander reichte sie ihm einen gefüllten Becher.

»Bitte, austrinken, Schwager«, ermunterte sie ihn.

Anstandshalber mußte er sich dazu bequemen, dann erwiderte er die Zeremonie. Sie trank und setzte ihm einen dritten Becher hin. Ihr Gewand hatte sich mit einem Male derart verschoben, daß der Ansatz ihres glatten Busens zum Vorschein kam; ihre lose geknoteten Haarflechten hatten sich gelockert und fielen halb über den Nacken herab. Ihr Gesicht verzog sich jetzt zu einem schelmischen Lächeln.

»Schwager, man erzählt, daß Ihr in einem Haus unweit des Yamens ein Singmädel aushaltet. Stimmt's?«

»Hört bloß nicht auf solches Geschwätz! Ich bin keiner von der Sorte.«

»Wer weiß! Vielleicht redet Ihr anders, als Ihr denkt?«

»Bitte, erkundigt Euch bei meinem Bruder.«

»Ach der! Was versteht der schon! Der träumt ja halb besoffen durchs Leben! Würde er wohl mit Pasteten hausieren müssen, wenn er etwas Grips hätte? – Trinkt, Schwager!«

Und sie nötigte ihm drei, vier neue Becher auf. Sie selbst hatte drei Becher hinuntergespült. Nun loderte brennend wie Feuer in ihr unstillbares Lenzverlangen. Und ihre Rede wurde immer deutlicher. Wu Sung war trotz allem Weingenuß noch zu neun Zehnteln nüchtern. Er dachte nicht daran, einen schmutzigen Gelegenheitsgewinn einzuheimsen, senkte den Kopf und schwieg. Nun erhob sie sich und ging in die Küche, um neuen Punsch aufzugießen. Die lange Zeit, die sie draußen weilte, vertrieb er sich damit, die Glut im Kohlenbecken mit dem Feuerhaken zu schüren. Endlich erschien sie wieder im Zimmer. In der einen Hand die dampfende Punschkanne haltend, legte sie ihm die andere Hand auf die Schulter. Er spürte einen leisen Druck ihrer Finger.

»So leicht gekleidet, Schwager! Friert's Euch da nicht?«

Er war mit seinen Gedanken nur halb anwesend und beachtete sie nicht weiter.

Da entwand sie seiner Hand den Feuerhaken.

»Schwager, Ihr versteht nicht mit dem Ding umzugehen. Laßt mich machen, und Ihr sollt heiß werden wie das Feuerbecken selber!«

Es kochte sowieso schon lange in ihm, aber er hielt noch an sich. Ihr schien sein verhaltener Ingrimm zu entgehen. Jetzt warf sie den Feuerschürer hin und tat hastig einen Schluck aus einem frisch gefüllten Becher.

»Trinkt aus, Schwager, wenn Ihr ein Herz habt!« ermunterte sie ihn, ihm den halbgeleerten Becher hinhaltend.

Da packte Wu Sung den Becher und schüttete wütend den Inhalt auf den Boden aus. Und während er seine andere Hand abwehrend gegen sie vorhielt, schrie er, sie aus weit aufgerissenen Augen anblitzend:

»Laßt endlich diese Schamlosigkeiten, Schwägerin! Ich bin ein ehrlicher Kerl, der mit beiden Beinen aufrecht zwischen Himmel und Erde steht und seine Zähne und seinen Schopf fest beisammen hat! So ein lockerer Schweinehund, der sich über Anstand und menschliche Grundbeziehungen hinwegsetzt, bin ich nicht! Laßt also diese Geschichten! Wenn Ihr Euch wie Gras von jedem Lufthauch hin und her biegen laßt, dann kann es passieren, daß Euch zwar meine Augen, nicht aber meine Fäuste als Schwägerin anerkennen.«

Über und über errötend, schluckte sie seinen Tadel hinunter. Dann rief sie die Magd herein und befahl ihr abzuräumen.

»Ich hatte nur gescherzt«, stammelte sie endlich, »wer denkt denn, daß so etwas gleich ernst genommen wird! Wie grob Ihr seid!«

Und sie wandte den Rücken, um in der Küche zu verschwinden.

Vom Bach sich treiben lassen,
Wie schön! – denkt die Blüte im Fallen.
Der Bach aber bleibt gelassen
Und erweist ihr nicht den Gefallen –

Goldlotos hatte eingesehen, daß ihr nicht gelingen würde, den spröden Schwager an sich zu fesseln. Im Gegenteil, sie war deutlichem Widerstand begegnet. Er seinerseits saß verdrossen in seiner Kammer und sann auf einen Ausweg.

金瓶梅

第四回

赴巫山潘氏幽歡

金瓶梅

鬧茶坊鄆哥義憤 一

金瓶梅 第五回 捉奸情鄆哥設計

飲鴆藥武大遭殃

金瓶梅

第六回

何九受賄瞞天

王婆幫閒遇雨

Es war um die vierte Nachmittagsstunde, als Wu Ta mit seiner Traglast über der Achsel mitten im dicksten Schneetreiben heimkehrte.

»Hast du mit jemandem Streit gehabt?« fragte er erstaunt, als er die rotgeweinten Augen seiner Frau bemerkte.

»Daran ist nur deine Duckmäuserei schuld, daß ich mir von hergelaufenen Leuten Beleidigungen gefallen lassen muß!«

»Wer hätte sich denn erlaubt, dich zu beleidigen?« – »Na, bitte, wer kann es anders gewesen sein als dieser Bursche, der Wu Sung? Gutherzig, wie ich bin, hatte ich ihm heute, wie er bei dem argen Schneewetter nach Hause kam, etwas Warmes zu essen und zu trinken vorgesetzt. Wie er sich nun unbeobachtet sieht, erlaubt er sich mir gegenüber dreiste Bemerkungen. Ying'rl kann's bezeugen, ich beschuldige ihn nicht zu Unrecht.«

»Ach, das kann ich meinem Bruder gar nicht zutrauen. Der war sonst immer die Bravheit selber. Aber tu mir den Gefallen und schrei nicht so, sonst hören's die Leute in der Nachbarschaft und lachen über uns.«

Er ließ sie stehen und suchte seinen Bruder auf.

»Höre mal, wollen wir nicht etwas essen?«

Statt zu antworten, verharrte der Jüngere in tiefem Hinbrüten, dann erhob er sich nach einer Weile und schritt wortlos zur Haustür hinaus.

»He, wohin?« rief ihm der andere nach. Doch jener schritt stumm und starr seinen Weg geradeaus weiter. Wu Ta kehrte zu seiner Frau ins Zimmer zurück.

»Ich rief ihn an, er antwortete aber nicht, starrte geradeaus und ging in der Richtung nach dem Yamen weg. Ich begreife nicht, was das bedeuten soll.«

»Miserables, pfannkuchenweiches Reptil!« wetterte sie los. »Das ist doch nicht schwer zu erraten! Der Kerl schämt sich, hat vor dir sein Gesicht verloren, drum ist er auf und davon. Bestimmt wird er seinen Kram abholen lassen und nicht länger bei uns wohnen wollen. Soll er auch nicht! Daß du mir ihn nicht etwa noch zum Bleiben nötigst!«

»Sein Wegzug würde den Leuten Anlaß zu Spott geben.«

»Du stupider, häßlicher Zwergteufel! Und wenn er mich hier beleidigen darf, werden wir wohl weniger Spott zu fressen haben, he? Geh nur, geh zu ihm, wenn dich's verlangt, wohne mit ihm zusammen, schreib mir einen Scheidungsbrief aus! Mir recht! An solcher Gesellschaft liegt mir durchaus nichts!«

Er wagte nicht mehr zu mucksen und ließ sie noch eine Weile toben. Gerade hatten die beiden Gatten angefangen, sich endlich wieder über gleichgültige Dinge zu unterhalten, da erschien Wu Sung wieder auf der Bildfläche, diesmal begleitet von einem Soldaten mit einer Laststange über der einen Schulter. Ohne ein Wort zu verlieren, schritt er stracks in sein Zimmer, ließ seine Sachen aufladen und ging wortlos, wie er gekommen, wieder davon.

»He, Bruder, warum ziehst du denn aus?« rief ihm der Ältere nach.

»Erspar mir die Erklärung! Du könntest sonst denken, ich machte dir unlauteren Wettbewerb«, lautete die dunkle Antwort des anderen; »laß mich getrost ziehen, es ist das beste!«

Der Ältere fragte also nicht weiter und ließ ihn ziehen. Die Frau zischelte indes leise vor sich hin:

»Recht so! Die eigenen Verwandten sind immer die faulsten Schuldner, das ist eine alte Erfahrung. Aber der hier, anstatt seinen älteren Bruder und seine Schwägerin etwas zu unterstützen, wie man's erwarten könnte, nachdem er's zum Wachthauptmann gebracht hat, bringt's auch noch fertig, uns zu verleumden. So eine Quitte! Hübsch anzusehen und nichts dahinter! Dem Himmel und der Erde Dank, daß er zieht! Da ist uns der gehässige Kerl doch aus den Augen!«

Ihren Worten wußte Wu Ta nichts entgegenzuhalten, aber innerlich konnte er sich bei ihrem Urteil nicht beruhigen.

Wu Sung war in seine frühere Herberge beim Yamen übergesiedelt. Der Ältere hatte zwar daran gedacht, ihn dort aufzusuchen, aber nachdem ihm die Frau jeden weiteren Verkehr strikt verboten hatte, getraute er sich nicht, seine Absicht auszuführen. –

Es war etwa vierzehn Tage später, da wurde Wu Sung zum Kreismandarin bestellt. Dieser wollte nämlich den beträchtlichen Gold- und Silberschatz, den er in den zwei Jahren seiner Amtstätigkeit an diesem Ort angesammelt hatte, zur östlichen Hauptstadt bringen lassen, um ihn dort in die Obhut eines Verwandten, des Palastkommandanten Tschu, zu legen. Später, wenn die dreijährige Amtszeit um sein würde, sollte ihm der Schatz die Türen bei den Großwürdenträgern am Hofe und den Weg zu einer Audienz öffnen. Um den wertvollen Transport sicher ans Ziel zu leiten, brauchte er einen unbedingt zuverlässigen, kräftigen und besonnenen Mann. Und da war ihm der Wachthauptmann Wu Sung in den Sinn gekommen.

»Du bist mir der rechte Mann dafür«, sprach er zu ihm. »Nun tu mir nicht etwa den Schmerz an, den Auftrag abzulehnen. Eine schwere Belohnung ist dir nach deiner Rückkehr gewiß.«

Wu Sung erklärte sich, bescheiden dankend, bereit, der Mandarin beehrte ihn mit drei Bechern Wein und entließ ihn gnädig mit einem Geschenk von zehn Silberunzen.

Am selben Tag begab sich Wu Sung zur Wohnung seines Bruders. Ein Begleitmann brachte eine Kanne Wein und verschiedene Eßvorräte mit. Er hockte sich vor der Schwelle nieder und betrat das Haus nicht eher, als bis der Ältere von seinem Geschäftsgang zurück war.

In Frau Goldlotos' Busen schlummerte immer noch ein Rest von Neigung zum Schwager. Als sie ihn jetzt auf einmal mit der Kanne Wein und verschiedenen anderen guten Dingen ankommen sah, dachte sie bei sich:

›Er scheint doch noch etwas für mich übrig zu haben, wie wäre sonst seine Rückkehr zu verstehen? Na, ich werde schon dahinterkommen.‹ Rasch war sie droben in ihrer Kammer verschwunden, um gleich darauf frisch gepudert, wohlfrisiert und mit einem farbenfrohen Gewand angetan dem Schwager gegenüberzutreten.

»Lieber Schwager, es muß wohl ein Mißverständnis vorgefallen sein, daß Ihr unsere Schwelle so lange gemieden habt. Ich war schon lebhaft beunruhigt deswegen. Um so freudiger überrascht mich Euer heutiger Besuch. Doch warum habt Ihr Euch auch noch in Unkosten gestürzt? Es lag doch gar kein Anlaß vor.«

»Ich bin lediglich gekommen, um ein Wort mit meinem Bruder zu sprechen«, gab er trocken zurück.

Man begab sich nach oben und setzte sich zu Tisch. Wu Sung ließ den Bruder und die Schwägerin obenan sitzen, er selbst setzte sich auf einer Bank ihnen quer gegenüber nieder. In der Küche hörte man seinen Soldaten noch eine Weile mit rauher

Stimme rumoren, dann erschien er oben zum Servieren. Während des Mahls konnte Goldlotos nicht umhin, ihren Blick ab und zu erwartungsvoll auf den Schwager zu heften. Doch der schien nur für Essen und Trinken Sinn zu haben. Endlich, zum Bruder gewandt, hub er feierlich an:

»Im Auftrag des Kreisvorstehers werde ich morgen eine Dienstreise nach der östlichen Hauptstadt antreten. Vor zwei Monaten werde ich kaum zurück sein. Lieber Bruder, du bist etwas weich und gutmütig veranlagt. Ich fürchte, man wird dich während meiner Abwesenheit wieder hänseln und kränken wollen. Laß dich keinesfalls in Wortgeplänkel ein, warte, bis ich zurück bin, ich werde dann die Sache in Ordnung bringen. Ferner würde ich an deiner Stelle von morgen an nur noch fünf Schichten Pasteten täglich austragen, nicht mehr zehn wie bisher. Nimm dir Zeit mit dem Ausgehen und bleib nicht zu lange weg! Geh nicht mit Bekannten zechen! Laß den Vorhang herunter, sobald du zum Haus hinaus bist, und schließe die Tür beizeiten! Das wird dir viel Verdruß ersparen. Also daraufhin – trink!«

Der Ältere trank den dargebotenen Becher aus.

»Du hast recht, ich werde mich ganz danach richten«, versprach er. Jetzt reichte Wu Sung einen zweiten Becher der Schwägerin hinüber.

»Schwägerin, Ihr seid so feinfühlig veranlagt, da kann ich mir viel Worte ersparen. Seht, mein Bruder ist ein guter, harmloser Tropf, er verläßt sich ganz auf Euch.

Schlicht und solid taugt mehr
Als außen Schein, drin leer –

so heißt es im Sprichwort. Also, Schwägerin, sorgt für ein gemütliches Heim, damit Euer Mann keinen Grund zur Verstimmung hat.

Ein Zaun muß fest und sicher sein,
Dann kann kein fremder Hund hinein.«

Während seiner Rede hatte sich eine purpurne Welle, von den Schläfen ausgehend, über das ganze Gesicht der Angeredeten ergossen. Mit dem Finger auf ihren Mann weisend, legte sie jetzt wütend los:

»Du blödes Stück! Was hast du draußen über mich geschwatzt, daß ich mir jetzt solchen Schimpf bieten lassen muß? Denkst du, weil ich keinen Männerturban trage, sei ich deswegen weniger wert als eins von euch Mannsleuten? Ich bin eine Hausfrau so brav und folgsam wie der Schall des Gongs, wenn man ihn anschlägt! Auf meiner Faust kann man sicher stehn, über meine Brust, über meinen Leib kann ein Pferd spazieren! Ich bin doch keine schlappe, weiche Kröte, die in blutigen Eiterschleim geraten ist und in der zähen Glitsche nicht weiter kann. Seit meiner Verheiratung ist uns keine Ameise über die Schwelle gekrochen. Was soll also die Redensart von dem Hund und dem Zaun? Schwager, unterlaßt, bitte, gefälligst diese wirren, ungereimten Andeutungen, für die jegliche Unterlage fehlt! Ein Dachziegel fällt doch nicht ins Leere, sondern irgendwo auf festen Grund.«

Wu Sung schien über ihren temperamentvollen Ausbruch belustigt.

»Also Ihr fühlt Euch selber verantwortlich für den Frieden hier im Hause? Dann ist's ja gut. Allerdings müßt Ihr auch mit dem Herzen bei der Sache sein. Jedenfalls, ich werde mir Eure Rede ins Gedächtnis einprägen. In diesem Sinne, Schwägerin – trinkt!«

Doch sie stieß den hingeschobenen Becher unwillig mit der Hand beiseite, daß er umkippte, und lief stracks die Treppe hinunter. Unterwegs rief sie noch zurück:

»Ihr tut so altklug, Schwager, und wißt nicht einmal, daß man die Frau des älteren Bruders wie eine Mutter respektieren muß! Als ich heiratete, habe ich übrigens von der Existenz eines jüngeren Schwagers keinen Ton gehört. Wer weiß, wie weit es mit der angeblichen Verwandtschaft überhaupt her ist! Jedenfalls paßt mir's nicht, daß Ihr Euch hier wie der Herr im Hause aufspielt und so abscheulich ungerechtes Zeug vorbringt.«

Und hell aufschluchzend rannte sie die Stufen hinunter.

Ob man sie tadelt bitter,
Sie mahnt mit Worten gut –
Wie die Welle im Ungewitter
Schäumt sie in eitel Wut.
Wie durfte ihr das begegnen,
Sich schämen müssen rot! –
Dem Schwager, dem verwegnen,
Wünscht sie nur eins: den Tod.

Nach diesem theatralischen Auftritt waren die beiden Brüder nicht dazu aufgelegt, noch lange beim Becher sitzen zu bleiben, und sie gingen bald danach ans Abschiednehmen.

»Bruder, gib doch dein Geschäft einstweilen ganz auf und geh lieber gar nicht mehr aus dem Haus!« riet zu guter Letzt der Jüngere. »Was du zum Leben brauchst, schicke ich dir durch Boten. Gib sorgfältig acht auf Tür und Tor! Hörst du?« –

Am nächsten Morgen ließ sich Wu Sung im Yamen den genauen Marschplan aushändigen und machte sich mit der ihm anvertrauten Kamellast Gold und Silber wohlbewaffnet auf die Reise nach der östlichen Hauptstadt. –

Drei, vier Tage mußte Wu Ta noch das Schimpfen seiner Frau über sich ergehen lassen. Er beherrschte sich, schluckte geduldig seinen Ärger hinunter und ließ sie austoben. Im übrigen befolgte er den brüderlichen Rat und trug von nun an nur noch die halbe Last Pasteten aus. Am frühen Nachmittag kehrte er bereits heim, und kaum daß er sein Traggestell abgesetzt hatte, schloß er sorgfältig die Haustür, ließ die Vorhänge herab und setzte sich in der Wohnstube nieder. Das war natürlich ein neuer Anlaß, um Frau Goldlotos in Hitze zu bringen.

»Du Narr, jetzt hast du gar die Zeitrechnung nicht mehr im Kopfe! Während die Sonne noch mitten am Himmel steht, das Haus verriegeln! Hat man je so etwas erlebt? Da werden die Nachbarn wieder was zu lachen haben! Werden sagen, bei uns spukt's am hellichten Tage. Aber das kommt davon, wenn man auf so einen lockeren Vogel von Bruder hört, der zwar nur taube Eier zu legen versteht, aber desto lauter und frecher schnattern kann.«

»Laß die Leute lachen! Mein Bruder hat ganz recht, wir ersparen uns auf diese Weise Schlimmeres.«

»Pah, du Dreckstück!« rief sie und spuckte ihm verächtlich mitten ins Gesicht. »So etwas nennt sich Mann, hat keinen eigenen Willen und läßt sich von anderen Leuten gängeln!«

»Laß nur, laß!« wehrte er ab. »Seine Worte sind für mich gediegenes Gold und harter Fels.« –

Es blieb also bei der neuen Tageseinteilung. Und allmählich, nachdem es noch einige heftige Auftritte gegeben hatte, war ihr Ärger verflogen. Sie hatte sich abgefunden. Ja, sie schlug die Taktik ein, bei seiner Heimkehr immer persönlich die Haustür zu verriegeln und die Vorhänge herabzulassen. Er bemerkte diese Wandlung nicht ohne Genugtuung. Freilich bei näherem Nachdenken stieg ihm leiser Argwohn auf. Wie heißt es doch so treffend?

Mag er noch so ängstlich Vorsicht üben:
Tor verriegeln, früh nach Hause eilen –
Zwischen ihm und ihrer Liebe drüben
Türmt sich eine Wand von Felsen, steilen.
Nur ein Funke lenzliches Begehren –
Und der Ehe Fäden laufen quer.
Mag er sie mit Gittern streng bewehren –
Einmal findet er den Käfig leer.

Flüchtig wie ein munteres Füllen, wenn es über den Graben setzt, eilt das Leben dahin, hurtig wie ein Weberschiffchen flitzen Tage und Monde vorüber. Mit Ende des zwölften Monats hatte Yang, das lichte Prinzip, die Herrschaft wieder angetreten, und nun war die Zeit der Pflaumenblüte da.

An einem verführerisch strahlenden Lenzvormittag war's, Goldlotos hatte sich in blendend frischen Staat geworfen und bloß den Weggang ihres Mannes abgewartet, um den gewohnten Platz unterm Sonnendach vor der Tür einzunehmen. Es ist eine alte Erfahrung, daß vom Schicksal gewollte Begegnungen meist von kleinen Zufälligkeiten herbeigeführt werden. Kurz, die junge Frau war gerade dabei, die Stützgabel unter den Bambusvorhang vor der Tür zu schieben, als ein jäher Windstoß den Stecken in ihrer Hand seitwärts kippen und an den Kopf eines gerade vorübergehenden Spaziergängers streifen ließ.

Erschrocken und gleichzeitig belustigt, schaute sich Goldlotos den Fremden näher an: Typ Lebemann, etwa fünfunddreißig, die stattliche Gestalt in einem Rock von dünner, grüner Seide steckend, auf dem Haupt einen noblen Quastenhut, geziert mit goldenen Pfeilen, deren lose Anhänger in der Bewegung ein feines Klingeln ertönen ließen, um die Taille einen goldenen, an den Rändern jadeeingefaßten Gurt, an den Füßen baumwollene Sokken von peinlicher, wasserheller Sauberkeit und feine dünnsohlige Schuhe, in der Hand einen goldgesprenkelten Se-tschuan-Fächer, alles in allem ein rechter Tschang Schong, ein zweiter

Pan An, ein schicker Kavalier, wie sich ihn ein Frauenherz nur wünschen kann. Das also war er, auf den, unterm Türdach stehend, Frau Goldlotos neugierig musternd ihren Blick richtete.

Als ihn die Stützgabel am Kopfe traf, hemmte er den Schritt und wollte schon ärgerlich aufbrausen. Aber während er sich umblickt, sieht er sich zu seiner Überraschung einer verführerischen Schönen gegenüber: dicht ballt sich auf ihrem Haupt schwärzliche Haarpracht, wie Rabenfedern zeichnen sich vom schneeigen Teint die kühn in die Schläfen gestrichenen Winker ab, der Neumondsichel gleich schwingt sich der Bogen der blauschwarzen Brauen, klar und kühl blicken zwei mandelförmige Augen, Duftatem entströmt dem Kirschmund, wie ein rosa Jaspisstein wölbt sich die kleine Nase vor, wohlgerundet spannen sich die zartroten Wangen, ein Gesicht untadelig wie eine blanke Silberschale, die Figur schlank und biegsam wie der Stengel einer Blume, zarte Zwiebelsprossen die wie aus Jade geschnittenen Finger, geschmeidig wie eine Weidengerte die schmale Taille, die man mit den Händen fast umspannen kann, und dann dieser weiche, puderweiße Leib, dieser volle, straffe Busen, diese Füßchen, die wie zierliche Sterne hervorlugen, diese blanken Schenkel, ja, und dann war irgendwo ein straff Schließendes, knospig Frisches, Schwärzliches, Polsterartiges, ich weiß nicht, was ... Ach, wer könnte sich satt sehen an solcherlei Reizen!

Dunkle Haarpracht zu schwerem Knoten geballt,
Duftschwaden entquellen seinen Furchen.
Rundherum zierliche Pfeile gesteckt,
Schräg seitlich ein Blumenstengel mit doppelter Knospe.
Flott hinten am Schopfe der Kamm.
Unbeschreiblicher Schwung der Brauen:
Schmale Weidenblätter, zwei Pfirsichblüten überwölbend.
Höchst schick das leise Klickklack der Ohrenhänger.
Unter dem weitärmeligen Jäckchen
Von azurgrünem geschmeidigem Musselin
Zeichnet sich des Jaspisbusens weiche Rundung.
Über dem Rock, nach Hunan-Art geschlitzt,
Von glänzendem Taffet ein kurzer Jupon.
Aus der Armelöffnung lugt ein feingeblümtes Batisttuch,
Ein Parfümbeutel schlenkert an der Taille,

über der Brust und am Hals je ein Knopfpaar.
Abwärts schweifend gewahrt das Auge
Zwei zierlich behende Goldlilienfüßchen:
Begnadet der Staub, über den sie
Auf wolkenleichten, kunstvoll gesteppten,
Weißen Satinpantoffeln hinschweben.
Beim Schreiten wird sichtbar das rotseidne Höschen,
Am Knie mit Goldammer- und Blumenspangen gerafft.
Bisweilen beim Gehen, beim Niederlassen,
Entlockt ein Luftzug den Dessous
Wie von Moschus und Orchideenduft
Einen Hauch seltsam pikanten Wohlgeruchs. –
Sie zu schaun! – Ach, welchem Mann
Möchten da nicht alle Sinne schwinden!
Und von ihr gefoppt zu sein
Wäre wahrlich Todespein. –

Die unvermutete Erscheinung bewirkte, daß sich im Nu der Ingrimm des Fremden weit weg bis zum fernen Javaland verflüchtigte. Die Strenge seiner Gesichtszüge wandelte sich in mildes Schmunzeln. Die junge Frau wiederum, ihres Ungeschicks sich wohl bewußt, hob grüßend die ineinander verschränkten Hände zu ihm auf, verneigte sich tief und sprach:

»Ein Windstoß ließ meine Hand ausgleiten, so daß die Stange versehentlich den Herrn traf. Der Herr möge verzeihen!«

Der Angeredete rückte zunächst seinen Turban wieder gerade, dann krümmte er seinen Rumpf so tief, daß er fast den Boden berührte, und erwiderte:

»Hat nichts zu sagen. Die Dame mag ganz beruhigt sein.« – Mutter Wang, die Teestubenbesitzerin von nebenan, die den ganzen Vorgang beobachtet hatte, mischte sich jetzt, nähertretend und behäbig grinsend, ein:

»Da hat der hohe Herr im Vorbeigehen aber ordentlich eins abbekommen!«

»Ganz meine Schuld!« beteuerte höflich lächelnd der Fremde. »Die Dame möge freundlichst verzeihen!«

»Aber bitte, der Herr hat gar keinen Grund, sich zu entschuldigen«, warf Goldlotos ein.

»O bitte sehr, bitte sehr!« gab er im Ton tiefster Ergebenheit zurück, indem er sich bemühte, seinem Organ einen singenden Wohlklang zu verleihen. Gleichzeitig aber konnten sich seine zwei diebisch begehrlichen Augen, seit Jahren daran gewöhnt, lüstern nach Blumen und Gräsern auszuspähen, wenn sie im Winde der Leidenschaft beben, von dem Körper der Schönen nicht trennen. Endlich, nicht ohne den Kopf noch sieben-, achtmal zu wenden, wandte er sich lässig wiegenden Ganges, den Fächer schwenkend, zum Gehen.

Die Lüfte sind so lind, der Himmel lacht,
Zur Promenade hat er sich aufgemacht.
Unterm Türdach will er vorübergehn,
Da sieht er sie hold und schämig stehn.
Mag sich nur ungern von ihr wenden,
Muß ihr manch glühenden Blick zusenden.
Ach, Lenzverlangen, kaum erwacht,
Hat ihn gar dumm und schwach gemacht.

Auch auf Goldlotos hatte die flotte, elegante Erscheinung, die kultivierte Sprechweise des Fremden einen beträchtlichen Eindruck gemacht. Ob er beim Gehen den Kopf wohl sieben-, achtmal nach ihr gewandt haben würde, wenn er nicht Feuer gefangen hätte? Wenn sie nur Namen und Wohnung von ihm wüßte! Sie konnte sich's nicht versagen, ihm nachzuschauen, bis er ihrem Blick entschwunden war. Dann erst zog sie die Matte ein, schloß das Tor und begab sich ins Hausinnere zurück.

Werte Leser, wer meint ihr wohl, wer jener Fremdling war? Nun, niemand anders als der Häuptling jener Bande wüster Gesellen, die mit den Winden zu tollen, mit dem Mondstrahl zu scherzen liebten, der Oberanführer im Pflücken blauer Wunderblumen, im Aufstöbern von Zauberdüften, unser Apothekenbesitzer, der hochansehnliche Herr Hsi Men.

Noch trübe gestimmt durch das kürzliche Hinscheiden seiner kränklichen dritten Nebenfrau, die er soeben zur letzten Ruhe geleitet hatte, war er heute ausgegangen, um etwas Zerstreuung zu suchen. Es hatte ihn nach Freund Ying Po Küe verlangt, von seiner Gesellschaft versprach er sich etwas Aufheiterung. Da war ihm nun unterwegs dieses unvermutete Erlebnis unter der Türmatte eines fremden Hauses begegnet. Er hatte daraufhin den Besuch bei Freund Ying unterlassen, sich heimwärts gewandt und zu Hause seinen Gedanken überlassen. So ein allerliebstes Vögelchen! Wie könnte er sich das bloß einfangen? Da war ihm plötzlich eingefallen: Mutter Wang, die Teestubenbesitzerin von nebenan, die konnte die Sache machen! Auf die paar Silberunzen würde es ihm nicht ankommen. – Ohne sich Zeit zum Mittagessen zu nehmen, war er also stracks zu Mutter Wangs Teestube geeilt und hatte sich's draußen unter dem Regendach auf einem Schemel bequem gemacht.

»Ei, der hohe Herr hat da vorhin ja eine gehörige schmalzige Tonart angestimmt!« neckte ihn, verschmitzt lächelnd, die würdige Dame.

»Werte Adoptivmutter, kommt her, ich muß Euch unbedingt etwas fragen. Wessen Frau ist eigentlich das Vögelchen von nebenan?«

»Ei, das ist die jüngere Schwester des Höllenfürsten, die Tochter des Marschalls der fünf Bahnen. Weshalb fragt Ihr nach ihr?«

»Laßt den Unsinn und redet gefälligst ernsthaft!«

»Wie, Ihr kennt sie nicht? Ihr Alter ist doch der Garkochhändler beim Yamen.«

»Ach, Ihr meint wohl den Dattelkuchenverkäufer Yü San?«

»Nein! Wenn es der wäre, würde es noch ein ganz leidliches Paar abgeben. Ratet weiter, hoher Herr!«

»Dann meint Ihr wohl den Bouillonhändler Li San?«

»Nein, nein. Auch der würde nicht übel zu ihr passen. Weiterraten!«

»Nun, dann käme noch Liu Siao'rl mit der schiefen Schulter in Betracht.«

»Falsch! Auch der wäre als Partner schließlich noch passabel. Weiter!«

»Werte Adoptivmutter, ich bringe es nicht heraus.«

»Haha! Dann will ich's Euch verraten. Ihr Mann ist der Pastetenhändler Wu Ta.«

»Was! Das Dreizollmännchen, die Krüppelbaumrinde?«

»Eben der!«

Hsi Men schüttelte sich vor Lachen. Dann aber mit bitterem Ton:

»Es ist doch ein Jammer, wie dieses köstliche Stück Lammbraten in ein so dreckiges Hundemaul geraten konnte!«

»Ja, so geht's alleweil«, seufzte die Alte. »Die dämlichsten Kerle reiten die besten Rösser und schlafen mit den schönsten Weibern. Der Alte im Mond liebt nun mal solche ungleiche Paarung.«

»Adoptivmutter, was macht die Zeche?«

»Ist nicht der Rede wert. Bleibt nur noch ein Weilchen, wir rechnen später ab.«

»Bei wem ist übrigens Euer Sohn Tschao zur Zeit in Stellung?«

»Wenn ich das wüßte! Er hatte sich damals einem Reisekaufmann aus Anhui angeschlossen und hat sich seitdem nicht wieder blicken lassen. Ich habe keine Ahnung, ob er lebendig oder tot ist.«

»Ein geschickter, aufgeweckter Bursche, Ihr hättet ihn mir anvertrauen sollen.«

»Oh, wenn der hohe Herr ihn fördern wollte, so wäre freilich sein Glück gemacht.«

»Warten wir seine Rückkunft ab, dann wollen wir weiter drüber reden.«

Er stand auf und empfahl sich.

Es mochten noch nicht zwei Doppelstunden verstrichen sein, da hatte er sich wieder vor Mutter Wangs Teestube eingefunden und unterm Regendach, das Antlitz unverwandt nach dem Eingang zum Nachbarhaus gerichtet, niedergelassen.

»Wie wär's mit einer Pflaumensuppe?« fragte ihn die Wirtin.

»Ausgezeichnet! Aber bitte, reichlich Essig dran.«

Bald darauf setzte sie ihm eine gefüllte Schüssel und eine Eßschale hin. Er ließ sich's eine Weile munden.

»Adoptivmutter, Ihr versteht Euch trefflich auf diese Art Pflaumensuppe. Habt Ihr viel davon vorrätig?«

»Was heißt vorrätig? Mein Lebtag vermittelt die alte Person Heiraten.«

»Wer spricht denn von Heiratsvermittlung? Ich lobte Eure Pflaumensuppe.«

»Erlaubt, ich hörte deutlich, wie Ihr bemerktet, ich verstünde mich trefflich auf Heiratsvermittlung.«

»Schon gut«, lenkte er lachend ein. »Ihr könnt doch Berge zusammenbringen. Wärt Ihr geneigt, einmal für mich Mittlerin zu spielen? Wenn Ihr Eure Sache gut macht, setzt es eine schwere Belohnung.«

»Der Herr beliebt wohl zu scherzen? Wenn nun Eure Hauptgattin dahinterkäme? Die würde mich schön bei den Ohren nehmen!«

»Seid unbesorgt! Meine Erste ist eine gute, verständige Natur. Die Sache ist die, daß unter den verschiedenen Nebenfrauen, die ich zu Hause habe, keine ist, die mir recht zusagt. Vielleicht wißt Ihr etwas Passendes für mich? Dann macht mir getrost Euren Vorschlag. Es könnte auch eine Geschiedene sein . . .«

»Ich hätte ja seit kurzem etwas Passendes für den Herrn auf Lager, nur weiß ich nicht . . .«

»Sprecht Euch deutlich aus! Ich habe starkes Interesse.«

»Also, was ihre äußeren Vorzüge betrifft, so ist sie mehr als vollkommen. Bloß in den Jahren ist sie etwas vorgeschritten.«

»Nun, mitunter ist eine reife Schönheit nicht zu verachten. Wie alt ist sie denn? Mit ein paar Jährchen nehme ich's nicht so genau.«

»Sie ist im sechzigsten Jahre des Sechziger-Zyklus unter dem Zeichen des Ebers geboren, zählt also zu Neujahr ihre Dreiundneunzig.«

»Nun seht mir doch diese windige Alte!« platzte Hsi Men lachend heraus. »Muß immer dumme Witze im Kopfe haben!«

»Unser Abkommen müssen wir aber unbedingt begießen!« animierte die Alte den Gast.

»Mir recht. Und süßt den Trank kräftig!«

Es war schon später Abend geworden, als Hsi Men endlich seinen Beobachtungsposten räumte und sich auf den Heimweg machte.

»Adoptivmutter, ich bleibe Euch die Zeche bis morgen schuldig. Schreibt sie einstweilen an. Einverstanden?«

»Schon gut, schon gut. Beehrt mich bald wieder!«

Zu Hause hatte Hsi Men weder Lust zu essen, noch konnte er Schlaf finden. So sehr weilte sein Sinn noch bei der schönen Unbekannten. Mondfrau, seine Hauptgattin, schrieb diese Nervosität der Trauer über den Verlust seiner Dritten zu und nahm nicht sonderlich davon Notiz.

Am nächsten Vormittag, Mutter Wang hatte kaum ihren Laden aufgemacht, – wen sieht sie unweit des Hauses auf der Straße auf und ab spazieren? Herrn Hsi Men.

›Dem ist's ja mächtig dringlich!‹ dachte sie bei sich. ›Wie der Bursche nach dem Sirup leckt, den ich ihm auf die Nase gestrichen habe! Na, der hat den ganzen Kreis geschröpft; jetzt ist er mir in die Hände geraten, da soll er ein gehöriges Stück Freudengeld loswerden!‹

Es muß bemerkt werden, daß die alte Wang eine von moralischen Skrupeln unbeschwerte Person war, die sich seit Jahren als eifrige Maklerin und Kupplerin, als geschickte Hebamme und Geburtshelferin und schließlich als gerissene Hehlerin betätigt hatte. –

Sie war jetzt wieder im Ladeninnern verschwunden und begann geschäftig am Teekessel zu hantieren. Es dauerte nicht lange, da trat Hsi Men unter die Schutzmatte und ließ sich auf seinen gewohnten Beobachtungsposten nieder. Mutter Wang tat, als ob sie ihn nicht bemerkte, und schien nur Sinn für das Herdfeuer zu haben, das sie eifrig anzufachen bemüht war.

»He, Adoptivmutter, zwei Schalen Tee!« meldete sich endlich von draußen der frühe Gast.

»Ach, Ihr seid's, hoher Herr!« tat sie erstaunt. »Hatte schon seit ein paar Tagen nicht die Ehre. Bitte, macht's Euch bequem!«

»Leistet mir Gesellschaft!« lud er sie ein, als sie gleich darauf zwei Schalen starken dunkelgrünen Tee vor ihm auf den Tisch setzte.

»Haha! Ich Euch Gesellschaft leisten!« lachte sie geradeheraus. »Ihr wollt mich doch nicht gar verführen?«

Er konnte sich gleichfalls eines Lächelns nicht erwehren, dann fuhr er fort:

»Sagt, bitte, was hat der von nebenan eigentlich Gutes zu verkaufen?«

»Ei, knusprige Brezeln, Krautwickel, Schnitzel, Blätterteignester, Muschelnudelsuppe, warmen Gewürzkäse.«

»Ihr seid wohl gänzlich übergeschnappt? Laßt doch endlich mal vernünftig mit Euch reden! Wenn der Nachbar wirklich brauchbare Pasteten zubereitet, hätte ich Lust, ihm vierzig, fünfzig Stück abzukaufen.«

»Ich würde lieber warten, bis er ausgeht. Es wirkt doch unauffälliger, wenn Ihr ihm seine Ware auf der Straße abnehmt als drinnen im Hause.«

»Da habt Ihr eigentlich recht.«

Er trank aus und trat auf die Straße hinaus. Gespannt verfolgte die Alte von drinnen aus seine Bewegungen. Er wandte sich nach Osten, dann kehrte er um und schritt nach Westen, machte aber bald wieder kehrt und kam abermals vorbei, und so ging das sieben-, achtmal hin und her. Endlich erschien er wieder in der Teestube.

»Ach, hoher Herr! Welche Freude! Seit Tagen hatte ich nicht mehr den Vorzug!« begrüßte sie ihn ironisch.

Er zog einen blanken Silberling aus der Tasche und reichte ihn ihr. »Hier, Adoptivmutter, eine Anzahlung auf die Zeche.«

Sie steckte das Geldstück ein und dachte bei sich: ›Mir recht, der Bursche soll noch gehörig dran glauben. Von dem hier kann ich morgen meine Miete bezahlen.‹ Und laut fuhr sie fort:

»Mir scheint, Ihr habt etwas auf dem Herzen.«

»Wie Ihr das bloß erraten habt!«

»War doch gar nicht so schwer zu raten. Kennt Ihr nicht die alte Regel?

Tritt ein Fremder bei dir ein,
Spare ihm der Fragen Pein,
Mußt in seinen Mienen lesen,
Da erkennst du schnell sein Wesen.

Ach du meine Güte, was hat unsereins schon für ganz absonderliche, verzwickte Geschichten erraten!«

»Hört, wenn Ihr wirklich herausbekommt, was mir augenblicklich am Herzen liegt, zahle ich Euch eine Prämie von fünf Silberunzen.«

»Oh, da ist kein langes Raten nötig, ich will es Euch geradeheraus leise ins Ohr flüstern: Daß Ihr Euch gestern und heute die Beine abgelaufen habt, daran ist eine gewisse Person von nebenan schuld, die Euch nicht aus dem Sinn will. Na, stimmt's?«

»Meine Hochachtung, Ihr habt's erraten. Ich muß gestehen, seit ich sie gestern vor ihrer Haustür gesehen, habe ich meine drei Seelen und sechs Sinne nicht mehr beisammen. Weder bei Tag noch bei Nacht kann ich Ruhe finden. Zum Essen und Trinken fehlt mir die Lust; wenn ich irgendeine Beschäftigung anfangen will, bin ich wie gelähmt. Könnt Ihr nicht einen guten Rat für mich herausknobeln?«

»Nun, ich will auch offen reden. Wenn ich mich auf mein armseliges Teegeschäft verlassen wollte, könnte ich ebensogut ein Gespenst zum Nachtwächter bestellen. Es ist nun schon drei Jahre her, daß ich zum letztenmal eine schäbige Schaumblase aus meinem Teekessel losgeworden bin. Ich erinnere mich noch deutlich, es war ein kalter Schneetag Anfang Juni. Seitdem steht mein Laden still. Unter diesen Umständen bin ich natürlich auf etwas Nebenverdienst angewiesen. Ich bin doch seit meinem sechsunddreißigsten Jahr ohne Mann. Wovon sollten ich und mein Junge denn leben? Also da ist die Heiratsvermittlung, die Geburtshilfe und Wochenpflege, ferner der Kommissionshandel in getragenen Kleidern, die Gelegenheitsvermittlung, auch verstehe ich mich etwas auf Wunden ausbeizen und Krankheiten mit der Nadel sondieren.«

»Alle Wetter, seid Ihr aber vielseitig! Nun, wenn Ihr mir zu einer Zusammenkunft mit meinem Vögelchen verhelft, will ich Euch ein Honorar von zehn Silberunzen bewilligen. Da habt Ihr das Kapital für Euren Sarg beisammen.«

»Ha, Ihr fallt auch drauf rein! Ich habe doch nur Spaß gemacht.«

DRITTES KAPITEL

Mutter Wang streicht den Kuppellohn ein. Ihre List verschafft dem Wüstling verbotenen Genuß.

»Also, werte Adoptivmutter, zehn gute Silberunzen sind Euer, wenn Ihr das Geschäft zuwege bringt«, drängte Hsi Men von neuem.

»Hört mich an, hoher Herr! So einfach ist es mit der Buhlschaft keineswegs. Was heißt denn heutzutage Buhlschaft? – Gestohlene Minne. Also dazu gehört unbedingt sechserlei: gutes Aussehen, Geld, lenzgrüne Jugend, die sanfte Festigkeit einer in Watte gewickelten Nadel, viel Zeit zum Bummeln und schließlich ein Etwas, stark wie das Ding eines Esels.«

»Offen gestanden, mit diesen sechs Erfordernissen kann ich dienen. Was zunächst mein Aussehen betrifft, so will ich mich zwar nicht mit einem Pan An vergleichen, aber sonst, ich kann wohl sagen: oho! Zweitens habe ich reichlich zu verzehren. Drittens darf ich mich zur jüngeren Generation zählen. Was die Sanftmut anlangt, so lasse ich mich von einer Frau eher vierhundertmal schlagen, ehe ich nur die Faust balle. Zeit zum Bummeln habe ich mehr als genug. Könnte ich Euch sonst so fleißig besuchen? Und was schließlich den sechsten Punkt betrifft, so bin ich seit früher Jugend in sämtlichen Freudengassen zu Hause und habe mir ein niedliches Ungeheuer großgezüchtet.«

»Dann wäre ja soweit alles in Ordnung. Aber da ist noch eine Schwierigkeit, an der die Sache meistens scheitert.«

»Und die wäre?«

»Seid mir nicht böse, wenn ich ganz offen spreche, aber mitunter scheitert so eine Liebessache daran, daß man ein einziges Prozent der Unkosten scheut. Ich kenne Euch als sparsamen Herrn, der das Geld nicht unbedacht wegwirft. Darin liegt die Schwierigkeit.«

»Ach, damit hat's keine Sorge. Ich werde mich ganz nach Euren Wünschen richten.«

»Nun, wenn sich's so verhält, dann wüßt ich ein feines Plänchen, um Euch mit dem Vögelchen zusammenzubringen.«

»Wirklich? Los, sprecht!«

»Geht vorerst hübsch nach Hause! Nach drei oder sechs Monaten wollen wir dann weiterberaten!«

»Hört auf! Das ist ja die reine Examenstortur! Denkt an den Lohn, der Euch winkt!«

»Nicht so stürmisch, hoher Herr! Das Vögelchen ist zwar von einfachster Herkunft – der alte Pan, ihr Erzeuger, ist ein schlichtes Schneiderlein draußen vorm Südtor –, aber sie besitzt doch Intelligenz und vielseitige Bildung: kann singen, Gitarre zupfen, würfeln, Schach spielen, weiß in den Liedern aller hundert Dichter Bescheid und kennt sich in sämtlichen weiblichen Handfertigkeiten aus. Das Singen und Gitarrespiel lernte sie im Hause des alten Tschang, Ihr wißt doch, des hochmögenden Herrn Tschang, der sie später dem Dreizollmännchen ganz umsonst zur Frau gelassen hat. Da sie viel allein zu Hause sitzt und nie ausgeht, leiste ich ihr öfters Gesellschaft, sie nimmt häufig meinen Rat in Anspruch und nennt mich ganz vertraut Adoptivmutter.

Wenn Ihr etwas erreichen wollt, so rate ich Euch folgendes: Kauft zunächst zwei Posten grobe Seide, einen Posten blaue, einen Posten weiße, ferner einen Posten feine weiße Seide und zehn Unzen beste Watte und schickt mir alles her. Dann werde ich zu ihr hinübergehen und sie um den Kalender bitten, angeblich um einen geeigneten Tag auszusuchen, an dem ich den Schneider kommen lassen kann. Wenn sie sich nun nicht erbietet, die Schneiderarbeit selbst für mich zu besorgen, dann müssen wir die ganze Sache von vornherein aufgeben. Meint sie dagegen, ich brauche keinen Schneider dazu, sie wolle die Arbeit herzlich gern selber für mich übernehmen, dann haben wir das Spiel zu einem Zehntel gewonnen. Kommt sie dann auf meinen Wunsch zu mir ins Haus, um bei mir zu schneidern, so wäre das zweite Zehntel gewonnen. Ich werde ihr nun Wein und Essen vorsetzen und sie zum Zulangen nötigen. Lehnt sie ab und empfiehlt sie sich, ohne zugelangt zu haben, dann müssen wir die Sache aufgeben. Langt sie dagegen zu, ohne ein Wort zu verlieren, so ist das Spiel zu drei Zehnteln gewonnen. Das erstemal dürft Ihr nicht zugegen sein. Erst das drittemal, so um die Nachmittagsstunde herum, dürft Ihr Euch zeigen. Zieht Euren besten Staat an und macht Euch von draußen durch Räuspern bemerkbar. Sagt, Ihr hättet mich so lange nicht gesehen und möchtet eine Schale Tee trinken. Dann werde ich Euch zu uns hereinbitten. Erhebt sie sich bei Eurem Eintritt und kann ich sie nicht zum Bleiben bewegen, dann müssen wir die Sache aufgeben. Rührt sie sich dagegen nicht vom Fleck, dann ist das Spiel zu vier Zehnteln gewonnen. Nun werde ich Euch als Spender des Stoffes vorstellen und Eure zahllosen Vorzüge herausstreichen, und Ihr Eurerseits werdet ihre Kunst und Fertigkeit rühmen. Gewinnt sie's nicht über sich, Euch zu erwidern, so müssen wir die Sache aufgeben. Läßt sie sich dagegen in ein Gespräch mit Euch ein, so ist das Spiel zur Hälfte gewonnen. Alsdann werde ich bemerken, wie außerordentlich glücklich dieses Zusammentreffen von euch beiden sei, denen ich das Zustandekommen des Werkes zu danken hätte, und zwar Euch den Stoff, ihr die Arbeitskraft. Ich könne mir wirklich was auf meine Kunst, entfernte Berge zusammenzubringen, einbilden, und im übrigen sei das für Euch ein Anlaß, zu Ehren der Dame etwas Wein zu spendieren. Ihr geht natürlich auf meine Anregung ein und gebt mir Geld zum Einholen. Drängt sie nunmehr zum Aufbruch und läßt sie sich trotz Zureden nicht halten, dann müssen wir die Sache aufgeben. Bleibt sie dagegen sitzen, so wäre das Spiel zu sechs Zehnteln gewonnen. Ich werde alsdann Euer Geld in Empfang nehmen und sie beim Weggehen bitten, sie möchte ruhig sitzen bleiben und dem Herrn inzwischen Gesellschaft leisten. Sträubt sie sich dagegen, steht sie auf und beharrt darauf, sich zu empfehlen, dann müssen wir die Sache aufgeben. Verweilt sie dagegen auf ihrem Platz, dann steht die Sache günstig für Euch, und Ihr habt das Spiel zu sieben Zehnteln gewonnen. Nach meiner Rückkehr werde ich den Tisch hübsch herrichten und zu ihr sprechen: ›Nun legt Eure Arbeit beiseite und trinkt einen Becher mit! Der Herr will doch sein Geld nicht umsonst ausgegeben haben.‹ Weigert sie sich, an einem Tisch mit Euch zu trinken, und will sie gehen, dann ist die Sache verloren. Ziert sie sich dagegen nur mit dem Munde und bleibt sitzen, dann ist die Aussicht gut, und Ihr habt das Spiel zu acht Zehnteln gewonnen. Sobald sie nun etwas in Weinlaune und das Gespräch in den rechten Hafen gekommen ist, werde ich vorschützen, der Wein sei alle, und abermals verschwinden, um neuen einzukaufen, wozu Ihr mir wieder Geld geben müßt. Beim Weggehen werde ich euch zwei einfach einschließen. Macht sie vor Schreck Skandal, dann müßt Ihr die Sache aufgeben. Läßt sie's dagegen ruhig zu, daß ich die Tür verriegle, dann habt Ihr das Spiel zu neun Zehnteln gewonnen. Nun fehlt nur noch ein Zehntel. Und das eine zu gewinnen, kostet freilich noch beträchtliche Schwierigkeiten. Wenn Ihr so mit ihr allein im Zimmer seid, dann müßt Ihr mit recht süßen Worten in sie dringen, entblödet Euch auch nicht, die Sprache der Hände und Füße anzuwenden. Es hängt jetzt alles von Euch selbst ab. Streift versehentlich mit dem Ärmel ein paar Eßstäbchen vom Tisch, tut so, als wolltet Ihr sie vom Boden aufheben, und tappt beim Bücken unterm Tisch getrost an ihren Fuß. Ist sie empört und macht Skandal, dann komme ich herein und helfe Euch aus der Klemme. Freilich müßten wir die Sache dann als so gut wie verloren ansehen. Verhält sie sich dagegen bei allem still, so habt Ihr das Spiel zu allen zehn Zehnteln gewonnen. Aber werdet Ihr Euch später auch erkenntlich zeigen?«

»Das habt Ihr Euch großartig ausgedacht, Adoptivmutter!«

lobte begeistert Hsi Men. »Ihr verdient fast einen Ehrenplatz in der Halle der auf Wolken Schwebenden.«

»Na, na. Laßt's nur bei den versprochenen zehn Silberunzen bewenden!«

»Keine Sorge! Doch spreche, wann soll der Plan ausgeführt werden?«

»Ich will gleich jetzt, solange das Dreizollmännchen außer dem Hause weilt, zu ihr hinübergehen, den Kalender erbitten und alles Nähere mit ihr besprechen. Sorgt Ihr nur inzwischen dafür, mir baldigst die Seide und Watte ins Haus zu schicken, heute abend gebe ich Euch dann Nachricht.«

»Verlaßt Euch ganz auf mich! Ich halte Wort«, versprach Hsi Men und empfahl sich. Auf dem Nachhauseweg besorgte er drei Posten der gewünschten Seide sowie zehn Unzen beste wasserhelle Watte. Sein Bursche Tai A'rl mußte alles in ein Tuch wikkeln und flugs Mutter Wang überbringen. Hocherfreut nahm sie die Spende entgegen und begab sich gleich darauf durch das Hinterpförtchen ins Nachbarhaus.

»Die Dame hat ja die letzten Tage meine armselige Hütte gar nicht mehr beehrt?« begrüßte sie Goldlotos.

»Ich fühlte mich die letzte Zeit nicht recht wohl und wenig zum Ausgehen aufgelegt.«

»Habt Ihr vielleicht einen Kalender im Haus? Die alte Person möchte einen passenden Tag zum Schneidern aussuchen.«

»Was wollt Ihr denn schneidern, Adoptivmutter?«

»Ach, die alte Person wird von zehn Wehs und neun Achs geplagt. Es wird Zeit, ans Sterben zu denken. Mein Junge ist auch nicht im Hause.«

»Wo steckt er denn?«

»Er hat sich einem Reisekaufmann angeschlossen und ist in die Fremde gezogen. Er läßt nichts von sich hören, und ich ängstige mich von Tag zu Tag mehr um ihn.«

»Wie alt ist er jetzt eigentlich?«

»Siebzehn.«

»Warum sucht Ihr ihm keine Frau? Dann hättet Ihr doch jemand, der Euch im Hause zur Hand gehen könnte.«

»Freilich, doch solange ich mich ohne Stütze behelfen muß, komme ich nicht dazu, mich um die Brautsuche zu kümmern; ich werde mich aber, sobald er zurück ist, darübermachen. Ach, ich leide so unter Atemnot und Husten. Der ganze Körper ist mir wie zerschlagen. Nachts kann ich vor Schmerzen kein Auge zutun. Deshalb wird's Zeit, ans Sterbekleid zu denken. Da hat mir nun zufällig ein reicher, guter, alter Stammgast, dem ich mich hin und wieder nützlich gemacht habe, sei es, daß ich in seinem Hause Krankenpflege leistete, sei es, daß ich ihm diese und jene Dienerin besorgte oder ihm zu einer Nebenfrau verhalf, also dieser reiche Herr hat mir in seiner fürsorglichen Teilnahme den vollständigen Stoff zu einem Sterbegewand gestiftet. Er liegt schon über ein Jahr bei mir bereit. Ich bin bloß noch nicht dazu gekommen, ihn zu verarbeiten. Doch nun duldet mein Zustand keinen längeren Aufschub, außerdem trifft sich's günstig, daß wir in diesem Jahre einen Schaltmonat haben, so daß ich ein paar Tage für die Schneiderei erübrigen kann. Da hat mich nun der Schneider erst gehörig geschröpft und dann auf einmal unter dem Vorwand von Arbeitsüberhäufung im Stich gelassen. Ach, diese Widerwärtigkeiten! Es ist gar nicht zu sagen.«

»Ich weiß nicht, ob ich Euren Geschmack treffen würde, sonst, Adoptivmutter, falls Ihr meine Hilfe nicht verschmäht, hätte ich dieser Tage Zeit für Euch.«

»Oh, wenn Ihr Eure kostbaren Finger für mich bemühen wolltet, dann könnte ich ja zufrieden sterben! Ich habe ja schon immer Eure Kunstfertigkeit rühmen hören, nur getraute ich mir nicht, Euch mit meinem Anliegen zu behelligen.«

»Was ist denn weiter dabei? Jetzt habt Ihr meine Zusage, und dabei bleibt's. Nun nehmt meinen Kalender mit und laßt Euch von jemandem einen passenden Tag aussuchen.«

»Aber bestes Frauchen, verstellt Euch doch nicht! Ihr wißt so gut Bescheid in sämtlichen gereimten und ungereimten Poesien unserer hundert Dichter, ist es da wirklich nötig, den Kalender von jemand Fremden lesen zu lassen?«

»Ich habe längst alles wieder verlernt«, scherzte Goldlotos.

»Ausrede, Ausrede!« beharrte Mutter Wang und drückte ihr den Kalender in die Hand.

»Morgen und übermorgen sind ungünstige Tage«, meinte Goldlotos, nachdem sie den Kalender eine Weile studiert hatte. »Aber überübermorgen ist ein Glückstag.«

Mutter Wang nahm ihr ungeduldig den Kalender wieder aus der Hand und hängte ihn an die Wand.

»Ach, wozu brauchen wir eigentlich einen besonderen Glückstag? Damit, daß Ihr Hand für mich anlegt, entzündet Ihr sowieso einen Glücksstern für mich.«

»Übrigens, da es sich um ein Sterbekleid handelt, wäre eigentlich gerade ein trüber Tag für die Arbeit angemessen«, meinte Goldlotos nachdenklich.

»Wenn Ihr nur mittut, ob guter oder trüber Tag, mir ist jeder Tag recht«, stimmte Mutter Wang eifrig bei. »Ich darf Euch also morgen in meiner kalten Behausung erwarten?«

»Warum wollt Ihr nicht lieber zu mir herüberkommen?«

»Ich möchte Euch doch gern bei der Arbeit zuschauen, und andererseits habe ich niemand, der mir in meiner Abwesenheit das Haus hütet.«

»Ihr habt recht. Also morgen nach dem Frühstück.«

Noch am selben Abend war Hsi Men verständigt. Er möchte sich am dritten Nachmittag einfinden. –

Goldlotos hielt Wort und begab sich am nächsten Vormittag, sobald ihr Mann das Haus verlassen hatte, zur Nachbarin, die ihr zum Willkommen einen besonders starken, mit einem Aufguß von Walnüssen und Pinienkernen gewürzten Tee vorsetzte. Dann machte sie sich ans Maßnehmen und Zuschneiden und begann zu nähen. Unverwandt schaute ihr die alte Wang bei der Arbeit zu und geizte nicht mit lauten Ausrufen der Bewunderung. Sie habe doch nun schon an die siebzig Jahre hinter sich, aber so etwas von Kunst und Fingerfertigkeit sei ihr noch nicht vorgekommen. Gegen Mittag wurde die Arbeit durch einen Imbiß unterbrochen, dann ging's rüstig weiter bis zum Abend.

Das Dreizollmännchen schritt mit seiner Traglast gerade über die Schwelle, als Goldlotos in ihre Behausung zurückkehrte. Ihr vom Arbeitseifer leicht gerötetes Gesicht fiel ihm auf.

»Wo kommst du denn her?« fragte er.

»Von der Nachbarin Wang. Sie hatte mich gebeten, ihr beim Schneidern des Sterbekleides zu helfen. Sie hat mich mittags gleich zu Tisch behalten.«

»Das hättest du aber nicht annehmen sollen. Wir beanspruchen von ihr ja auch manche Gefälligkeit. Das bißchen Imbiß ist ja nicht der Rede wert, aber immerhin ist es besser, du kehrst zu den Mahlzeiten heim, damit du ihr nicht zur Last fällst. Auf alle Fälle stecke morgen, wenn du wieder hingehst, etwas Geld ein, damit du dich revanchieren kannst.

Gute Nachbarn und Bekannte
Taugen mehr als ferne Verwandte.

Das ist eine alte Regel. Wir müssen uns die Frau warmhalten. Und wenn sie keine Gegenspende von dir annehmen will, dann machst du lieber die Arbeit bei uns im Hause fertig.«

Sie hörte ihn schweigend an. –

Anderntags setzte Goldlotos die Näharbeit im Nachbarhause fort. Als die Mittagsstunde herankam, brachte sie aus ihrem Ärmel dreihundert Kupferkäsch zum Vorschein und reichte sie der alten Wang dar.

»Hier, Adoptivmutter, kauft davon etwas Speise und Trank ein.«

»Ei, was soll denn das heißen?« meinte die Alte erstaunt. »Ich habe von Euch einen Dienst erbeten, und nun wollt Ihr Euch auch noch Ausgaben machen! Oder scheint Euch mein Essen nicht bekömmlich?«

»Mein Tölpel von Gatte wollte es so. Wenn Ihr indes die kleine Spende verschmäht, soll ich die Arbeit bei mir daheim fertigmachen.«

»Der Herr Gatte versteht sich auf Lebensart, das muß ich sagen. Nun, da Ihr's wünscht, will ich Eure Gabe annehmen«, beeilte sich die Alte einzulenken, denn sie sah ihren Plan schon gefährdet. So legte sie also aus der eigenen Tasche noch etwas zu und kaufte extraguten Wein und einige besonders leckere Dinge für den Mittagstisch ein. Unter überschwenglichen Danksagungen verabschiedete sie gegen Abend ihre Besucherin.

Es war in der Nachmittagsstunde des folgenden Tags, die beiden Frauen saßen wieder in Mutter Wangs Stube über der Näharbeit, da vernahmen sie von draußen ein lautes Räuspern und gleich darauf eine Stimme:

»He, Mutter Wang, lange nicht gesehen!«

Prüfend blickte die Alte auf: »Wer ist denn draußen?«

»Ich«, kam es zurück.

Es war natürlich niemand anders als Hsi Men. Er hatte den

heutigen Tag kaum erwarten können und sich nun, pünktlich wie verabredet, mit seinem besten Staat angetan, fünf Silberunzen in der Tasche, seinen goldgesprenkelten Se-tschuan-Fächer in der Hand, vor der Teestube eingefunden. Mutter Wang eilte geschäftig hinaus.

»Ach, Ihr seid's! Tretet bitte näher, Ihr kommt gerade recht zum Zuschauen.«

Und sie zog Hsi Men am Ärmel in die Stube hinein.

»Hier, liebes Frauchen, stelle ich Euch den hohen Stoffspender, Herrn Hsi Men, vor.«

Der konnte inzwischen sein Auge nicht von diesem zarten, lenzfrischen Antlitz wenden, über dem sich eine Wolke eisvogelblauschwarzen Haupthaares üppig schichtete. Sie trug über dem Untergewand von weißem Kattun einen pfirsichroten geschlitzten Seidenjupon und Hosen von blauem Satin. Bei seinem Eintritt fuhr sie mit Nähen fort und senkte lediglich das Haupt etwas. Er krümmte seinen Körper nun zu einer tiefen Verneigung und brachte mit melodischer Stimme seine Begrüßungsfloskel vor. Sie legte die Arbeit hin und erwiderte mit einem leisen »Zehntausendfaches Glück!«

»Denkt Euch, hoher Herr«, mischte sich jetzt die alte Wang ein, »bis heute war ich nicht dazu gekommen, den Stoff, den Ihr mir damals vor einem Jahr verehrt habt, zu verarbeiten. Nun danke ich's den hilfsbereiten Fingern dieser Dame, meiner Nachbarin, daß das Werk endlich zustande kommt. Und wie ihre Finger das Nähen verstehen, wie akkurat da Stich an Stich sitzt, es ist kaum zu glauben! Kommt mal näher, hoher Herr, und seht es Euch selber an!«

»Ausgezeichnet! Einfach göttlich!«

»Seid doch nicht so spöttisch!« bemerkte Goldlotos lächelnd, den Kopf immer noch gesenkt haltend.

»Darf ich fragen, welchem Hause die Dame angehört?« wandte er sich jetzt, sich unwissend stellend, an Mutter Wang.

»Ratet doch mal!«

»Ich habe keine Ahnung.«

»Dann will ich's Euch sagen; aber, bitte, nehmt zuvor Platz«, und sie setzte ihn Goldlotos gerade gegenüber.

»Also entsinnt Ihr Euch noch, wie Ihr neulich unter einem gewissen Haustor vorübergingt und dabei so fein eins abbekamt?«

金瓶梅

第七回

薛媒婆說娶孟三兒

楊姑娘氣罵張四舅

金瓶梅

第八回

盼情郎佳人占鬼卦

燒夫靈和尚聽淫聲

金瓶梅　第九回　西門慶偷娶潘金蓮

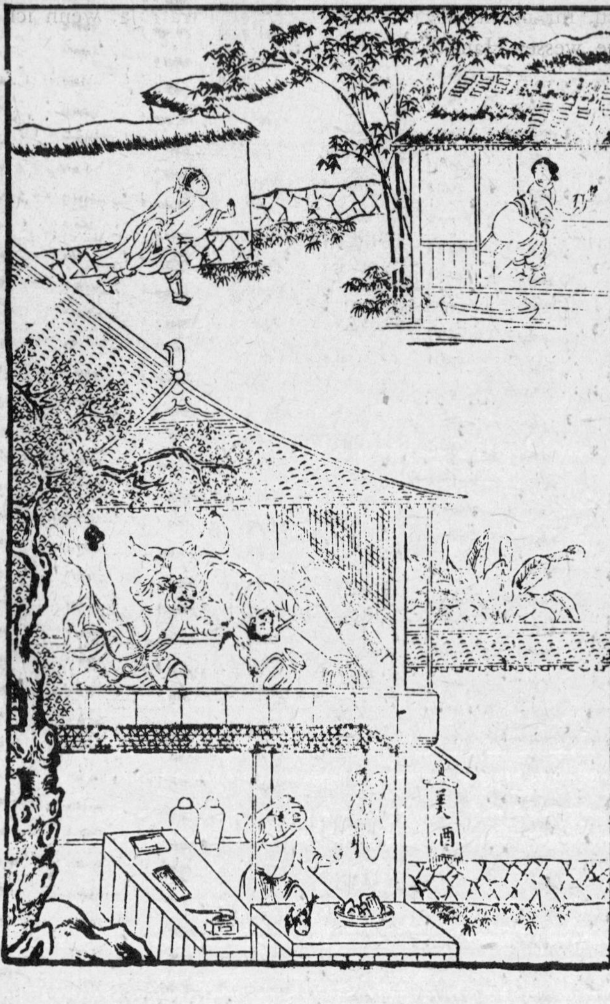

武都頭悞打李皂隸

»Ach, Ihr meint, als mich die Stützgabel traf? Ja, wenn ich wüßte, wessen Haus das wäre!«

Goldlotos neigte den Kopf noch tiefer und warf schelmisch dazwischen:

»Hoffentlich seid Ihr mir nicht mehr böse wegen meiner Unachtsamkeit von damals.«

»Aber, bitte sehr, wieso?«

»Also das ist die Dame, und zwar ist sie die Gattin meines Nachbars Wu Ta«, vollendete Mutter Wang die Vorstellung.

»Ah! Ich versäumte es bisher, Euch meine Aufwartung zu machen«, murmelte Hsi Men.

Nun wandte sich die alte Wang an die junge Frau.

»Kennt Ihr diesen Herrn?«

»Nein.«

»Das ist Herr Hsi Men, einer unserer Reichsten im Kreise. Er genießt die Ehre des persönlichen Umgangs mit Seiner Würden dem Herrn Kreismandarin. Sein Vermögen zählt nach zehntausendmal zehntausend Tausendkäschschnüren. Der Große Wagen am Himmel hat nicht Raum, sein Geld zu fassen. Die große Apotheke vor dem Yamen gehört ihm. In den Speichern fault ihm der überflüssige Reis nur so in Massen. Alles Gelbe in seinem Haus ist Gold, alles Weiße Silber, alles Runde sind Perlen, alles Funkelnde sind Edelsteine. Da gibt es Rhinozeroshörner und Elefantenzähne. Seine Hauptfrau ist eine geborene Wu, Tochter des linken Stadtkommandanten Wu, eine kluge, tüchtige Frau, ich habe diese Ehe seinerzeit vermittelt. – Aber sagt, Herr Hsi Men, warum habt Ihr mich so lange nicht besucht?«

»Ich war dieser Tage viel durch die Verlobung meiner Tochter in Anspruch genommen . . « Er erzählte von häuslichen Dingen, und eine Weile ging die Unterhaltung zwischen ihm und der alten Wang hin und her, wobei diese bestrebt war, über ihren Schützling eine Fülle von Glanz auszugießen. Unterdes saß Goldlotos stumm mit gesenktem Köpfchen dabei, hörte zu und nähte.

Frauen gleichen der Welle,
Veränderlich ist ihr Sinn.
Hinter des Gatten Rücken
Treibt sie's zu anderen hin.

Mit Genugtuung stellte der erfahrene Hsi Men fest, daß ihm die Schöne zu einigen Zehnteln gewogen war, und es tat ihm leid, daß er sie nicht auf der Stelle in Besitz nehmen konnte. Aber es schien ihm klüger, sich zu gedulden und die Alte ihren Plan Punkt für Punkt durchführen zu lassen. Jetzt war die wichtige Etappe erreicht, daß sie nach umständlicher Begründung ihrem Gast nahelegen konnte, zu Ehren der Dame ein gutes Weinchen zu spendieren. Er heuchelte Überraschung.

»Ich war zwar nicht vorbereitet, aber zufällig habe ich etwas Geld bei mir; bitte, hier.«

Er griff in seine Tasche und brachte eine Silberunze zum Vorschein. Goldlotos bedeutete der Alten, sie dürfe das nicht annehmen, aber ihr Einwand war nur Form, im übrigen rührte sie sich nicht vom Platze. Die Alte kehrte sich also nicht dran, nahm das Silberstück und wandte sich zum Gehen.

»Darf ich Euch bitten, liebe Frau, dem Herrn einstweilen Gesellschaft zu leisten? Ich bin im Nu zurück«, sagte sie noch zu Goldlotos.

»Ich möchte nicht, Adoptivmutter«, zierte sich diese, rührte sich aber nicht vom Fleck.

So blieben die beiden allein in der Stube zurück. Sie redeten kein Wort. Seine Pupillen waren unverwandt auf sie gerichtet, und auch sie, über ihre Näharbeit gebeugt, konnte sich's nicht versagen, hin und wieder einen verstohlenen Blick nach ihm zu tun.

Es dauerte nicht lange, da kam Mutter Wang zurück. Sie hatte in einer Garküche eine fette Gans, eine knusprige Ente, gebratenes Fleisch und frisch gebackenen Fisch gekauft, dazu verschiedene erlesene Früchte und besten Wein. Und bald war eine festliche Tafel mit üppigen Schalen und Platten hergerichtet. Die Alte blinzelte Goldlotos ermunternd zu.

»Legt die Arbeit jetzt hin und trinkt einen Becher mit!«

»Ach nein, das wäre kaum schicklich für mich. Leistet Ihr doch dem Herrn Gesellschaft!«

»Aber liebes Frauchen, was sprecht Ihr da für Zeug! Gerade Euch zu Ehren hat er sich doch die Hände sauber gespült!«

Und ohne weiteren Widerspruch abzuwarten, schob sie ihr ein paar volle Platten hin. Zu Anfang des Mahls gab es noch etwas

Ziererei auf seiten der Schönen und einiges höfliches Getue auf seiten des Galans, aber nach der dritten Runde – Mutter Wang war gerade hinausgegangen, um neuen Punsch aufzusetzen – hatte sich die Unterhaltung bereits zwangloser gestaltet.

»Wieviel grünende Lenze zählt die Dame heute?« fragte er.

»Ich bin fünfundzwanzig.«

»Dann seid Ihr mit meiner ›billigen Inneren‹ gleichaltrig. Ihre Geburt ereignete sich im Jahre des Drachens, am Fünfundzwanzigsten des achten Mondes.«

»Zuviel Ehre! Mich mit Eurer Hauptgattin in einem Atemzug nennen heißt Himmel und Erde gleichstellen.«

»Oh, Frau Goldlotos besitzt die feinste Bildung!« mischte sich da die alte Wang ein. »Nicht nur, daß sie mit Nadel und Zwirn trefflich umzugehen versteht, nein, sie weiß auch Bescheid bei unseren hundert Dichtern und sämtlichen Philosophen, ganz zu schweigen von der Schreibkunst, dem Schach- und Würfelspiel, dem Kartenlegen und Zeichendeuten und ähnlichen Künsten, die sie glänzend meistert.«

»Wo fände man sonst so vielerlei Vorzüge beisammen?« rief Hsi Men bewundernd aus.

»Hm, die alte Person möchte sich kein Urteil anmaßen, aber ist unter den vielen Frauen Eures Haushalts auch nur eine, die sich mit Frau Goldlotos messen könnte?«

»Eigentlich habt Ihr recht. Seht, mit einem Wort läßt sich das nicht sagen, aber ich habe nun einmal Pech, es ist mir nie geglückt, die Richtige in mein Haus zu bekommen.«

»Und Eure verstorbene Erste, die geborene Tschen?«

»Ach, sprechen wir nicht von ihr. Zwar war sie geringer Herkunft, aber wie klug und umsichtig! In allem konnte ich mich auf sie verlassen. Ein Jammer, daß sie mir vor drei Jahren wegsterben mußte. Wenn sie noch lebte, würde es heute bei mir im Hause nicht so drunter und drüber gehen. Fünf, sieben Münder wollen mitessen, aber keine kümmert sich um den Haushalt. Es fehlt die rechte Herrin. Meine jetzige billige Innere ist beständig leidend und läßt die Wirtschaft verwahrlosen. Deshalb gehe ich auch soviel aus, daheim habe ich doch nur Ärger.«

»Nehmt mir's nicht übel, hoher Herr, wenn ich's frei heraussage, aber weder Eure frühere noch Eure jetzige Erste können sich an inneren und äußeren Vorzügen mit Frau Goldlotos vergleichen.«

»Gewiß, auch nicht an Charme und Lebenslust.«

»Übrigens, da habt Ihr doch eine kleine Freundin in der Oststraße? Warum laßt Ihr mich nicht bei der die Mittlerin spielen?«

»Ach, die kleine Tschang, die so langweilig singt. Seit ich erfahren habe, daß sie Seitenpfade wandelt, mag ich sie nicht mehr.«

»Und Li Kiao'rl aus dem Freudenhaus? Mit der verkehrt Ihr doch schon ziemlich lange?«

»Ist bereits meine zweite Frau. Leider versteht sie nichts vom Haushalt, sonst hätte ich sie zur Ersten gemacht.«

»Aber mit der Tscho Tiu'rl habt Ihr Euch doch immer ausgezeichnet verstanden?«

»Schweigt, bitte, von der! Sie war meine Dritte. Vor kurzem erkrankte sie und starb.«

»O weh! Angenommen, ich wüßte nun jemand so recht nach Eurem Sinne; stünde etwas im Wege, wenn ich Euch mit Vorschlägen ins Haus käme?«

»Da meine Eltern nicht mehr leben, bin ich mein eigner Herr. Wer sollte mir dreinreden?«

»Ich hatte nur gescherzt. Wo soll denn im Nu die Passende auftreiben sein?«

»Warum denn nicht? Ach, daß ich so gar kein Glück in der Ehe habe!«

»Nun ist der Wein wieder alle!« brach auf einmal die Alte das Gespräch ab. »Gerade, wenn man am meisten nach Wein aufgelegt ist, muß er ausgehen! Scheltet mich nicht, daß ich so schlecht vorgesorgt habe. Wie wär's, soll ich nicht eine frische Kanne besorgen?«

Hsi Men griff in seinen Beutel und holte alle vier übrigen Silberlinge auf einmal heraus.

»Hier, Adoptivmutter, nehmt alles, damit wir genügend Vorrat haben, wenn's wieder an Stoff fehlt.«

Die Alte dankte und entfernte sich geschäftig, nicht ohne zuvor einen prüfenden Blick auf die Schöne geworfen zu haben. Die drei großen Becher, deren Inhalt über ihre Lippen geflossen war, hatten ihre Wirkung nicht verfehlt. Lenzverlangen war in ihr entfacht. Der beiden Unterhaltung, deren Anspielungen ihr keineswegs entgangen waren, hatte sie stumm und gesenkten Blikkes, ohne sich zu rühren, mit angehört.

VIERTES KAPITEL

Auf dem Zauberberg genießt Goldlotos verstohlene Freuden. In der Teestube tobt voll gerechter Entrüstung Brüderchen Yün.

Mit behäbigem Grinsen wandte sich Mutter Wang der jungen Frau zu: »Ich gehe jetzt in die Oststraße, dort, beim Kreisyamen, weiß ich, wo man ein prima Weinchen bekommt. Es wird eine gute Weile dauern, bis ich zurück bin. Seid so gut und leistet dem Herrn einstweilen Gesellschaft! Im Krug dort ist noch etwas Stoff drin; schenkt davon ein, wenn Eure Becher leer sind.«

»Meinetwegen bemüht Euch, bitte, nicht, ich brauche keinen Wein mehr.«

»Ei, ihr beiden seid euch doch nicht mehr fremd. Warum sollt ihr nicht noch einen Becher zusammen trinken? Seid doch nicht so zaghaft!«

»Laßt doch!« widersprach Goldlotos nochmals, rührte sich indes nicht vom Sitz.

Mutter Wang stieß die Tür auf und befestigte sie draußen mit Schnüren an den Pfosten. Dann ließ sie sich an der Straßenseite nieder und begann in Seelenruhe Garn zu flechten.

Das Pärchen war im Zimmer eingeschlossen. Sie hatte ihren Sessel etwas abgerückt und äugte hin und wieder verstohlen nach ihrem Gegenüber. Er stierte sie unverwandt aus schwimmenden Augen an.

»Wie war doch gleich der werte Familienname?« begann er endlich.

»Wu.«

»Ach ja, Wu«, sagte er zerstreut. »Kommt selten vor in unserem Kreis, der Name Wu. Sollte der Pastetenhändler Wu Ta, das sogenannte Dreizollmännchen, etwa zu Eurer Sippe gehören?«

Sie wurde über und über rot.

»Mein Mann«, hauchte sie, den Kopf senkend.

Eine Weile blieb er stumm und blickte wie geistesabwesend drein. Dann stieß er pathetisch hervor: »Welches Unrecht!«

»Was hat man Euch denn zuleide getan?« fragte sie, ihn belustigt von der Seite anblickend.

»Nicht mir, Euch galt der Ausruf!«

Und nun hub er ein flottes Schmusen an, wobei er mit geschmeidigen Floskeln, mit ›Gnädige‹ und ›Verehrte‹ nicht sparte. Sie spielte indes an ihrem Rock und kaute an ihrem Ärmelsaum und begleitete sein Gerede, ohne im Kauen innezuhalten, gelegentlich mit trotzigen Entgegnungen und mutwilligen Seitenblikken. Jetzt lästige Wärme vorschützend, zog er auf einmal sein dünnes, grünseidenes Obergewand aus.

»Würdet Ihr mir den Gefallen tun, es auf das Ofenbett der Adoptivmutter zu legen?« fragte er sie bittend.

Sie drehte sich mit einem Ruck von ihm weg.

»Warum tut Ihr's nicht selbst? Eure Hände sind doch noch ganz«, versetzte sie, munter am Ärmel weiterkauend.

»Na, dann eben nicht.«

Mit ausgestrecktem Arm langte er das Gewand über den Tisch hinweg und warf es auf das Ofenbett. Dabei wußte er's einzurichten, daß sein Ärmel eins seiner Eßstäbchen streifte und vom Tisch herabwischte. Und, o Vorsehung, das Stäbchen kollerte gerade unter ihren Rock! Als er sich nun anschickte, ihr von neuem einzuschenken und Speisen vorzulegen, da vermißte er natürlich das eine Stäbchen.

»Ist das etwa Euer Stäbchen?« fragte sie lachend, indem sie mit ihrem Füßchen darauftrat.

»Oh, das ist es!« tat er erstaunt und bückte sich nieder, hob aber das Stäbchen nicht auf, sondern tastete mit sanftem Druck ihren bunt bestickten Pantoffel ab. Sie mußte auflachen.

»Was fällt Euch ein! Ich schreie!«

Da fiel er auf beide Knie nieder.

»Gnädigste, habt doch Mitleid mit mir Armen!« seufzte er, während seine Hand gleichzeitig an ihrem Schenkel aufwärtsstrich.

Zappelnd, die Finger gespreizt, rief sie: »Ei, Ihr unartiger, loser Bursche, ich werde Euch eine gehörige Ohrfeige versetzen!«

»Ach Gnädige, mit Wonne würde ich mich von Eurer Hand sogar töten lassen!«

Und ohne ihr Zeit zur Erwiderung zu lassen, nahm er sie in seine Arme und legte sie auf Mutter Wangs Ofenbett nieder. Da löste er ihr den Gürtel und entkleidete sie. Und nun genossen sie auf gemeinsamen Kissen gemeinsame Freuden. –

Werte Leser, bedenkt, es war ein schwacher Greis, der alte Geldsack Tschang, der Goldlotos zum ersten Mal besessen hatte. Nun, dieser schwache Greis mit seinem tröpfelnden Nasenschleim, seiner trüben Bohnenmehltunke . . . was konnte sie dabei für Vergnügen haben? Dann ehelichte sie das Dreizollmännchen. Wie weit es mit dessen Kraft her war, könnt ihr euch gleichfalls denken. Wenn sie jetzt an Hsi Men geriet, der, seit langem mit dem Spiel des Mondes und der Winde vertraut, ein Urding hoch und stark besaß, mußte sie da nicht endlich Befriedigung empfinden?

Hals an Hals – zwei verliebte Mandarinenenten,
Die munter sich im Wasser tummeln.
Kopf an Kopf – ein zärtliches Phönixpärchen,
Das froh geschäftig sich das Nest aus Zweigen fügt.
Sie – fest die roten Lippen auf seine Wange heftend,
Er – stark ihr schräggeneigtes Haupt umfassend.
Auf seinen Schultern suchen ihre seidenflorbestrumpften Beine Halt,
So daß der Doppelbogen ihrer Neumondsichel sichtbar wird,
Verrutscht ist bald die eine und die andere Goldagraffe,
Und schwärzlich breitet eine Wolke ihres Haars sich übers Kissen.
Seine Schwüre, meerestief und bergehoch,
Und seines Kosens tausend Varianten
Lassen ihre letzte Scheu hinschwinden,
Wie wenn Gewölk im Winde jäh verflattert.
Von seiner Zärtlichkeit Ungestüm erdrückt,
Stößt sie, dem Schrei der Goldamsel vergleichbar,
Wonnelaute aus.
Es sammelt sich in ihrem Munde süßer Speichel,
Und vor Behagen reckt sich geil ihr Zünglein,

Durch alle Adern und Gefäße ihres weidengertenschlanken Leibes
Flutet schwer und drückend dumpfer Wollust Strom.
Keuchend und matter geht aus ihrem Kirschenmund der Atem.
Vor ihren Augen lastet Dämmerdunkel,
In hundert duftgen Perlen auf der Haut glänzt feiner Schweiß.
Der glatte Busen wogt in kurzen Wellenstößen.
Jetzt – alle Süßigkeit gestohlener Minne ausgesogen,
Zwei Liebende haben ihre Paarung vollzogen.

Die Wolke hatte ihren Inhalt ausgeschüttet. Die beiden waren gerade dabei, ihre Kleidung wieder in Ordnung zu bringen, da stieß plötzlich die alte Wang die Tür auf und trat ein. Größtes Erstaunen markierend, schlug sie die Hände zusammen und rief aus: »Ei, ei! Das sind mir ja schöne Geschichten!« Und zur betreten dastehenden Goldlotos gewandt:

»Ich hatte Euch zum Schneidern hergebeten, nicht zum Buhlen. Das beste ist, ich gehe gleich zu Eurem Gatten und erzähle es ihm, sonst bekomme ich noch Vorwürfe, wenn er's hinter meinem Rücken erfährt.«

Und schon wollte sie sich zum Gehen wenden. Aber Goldlotos, Schamröte auf den Wangen, hielt sie hastig am Rock fest:

»Adoptivmutter, übt Nachsicht!« flehte sie leise.

»Unter einer Bedingung: Von heute an müßt ihr Herrn Hsi Men jederzeit heimlich zu Willen sein; ob ich Euch früh oder morgens oder spät abends rufe, Ihr müßt kommen. Dann will ich schweigen. Andernfalls erzähle ich alles Eurem Gatten.«

Vor Scham brachte Goldlotos kein Wort hervor.

»Nun, wie steht's? Antwortet, bitte rasch!« drängte die Alte.

»Ich will«, kam es kaum hörbar zurück.

Nun die Alte zu Hsi Men:

»Hoher Herr, Euch ist zu zehn Zehnteln Erfüllung zuteil geworden, denkt an Euer Versprechen! Sonst . . .«

»Keine Sorge, Adoptivmutter, ich halte Wort.«

»Da ist noch ein Punkt«, fuhr die Alte fort. »Eure Erklärungen habe ich wohl, aber ohne sichtbaren Beweis sind sie nicht viel wert. Ich schlage vor, ihr vermacht euch gegenseitig ein Andenken zum Zeugnis dessen, daß ihr's aufrichtig meint.«

Hsi Men löste flugs eine goldne Haarspange und steckte sie Goldlotos in die Nackenfrisur. Sie aber zog sie wieder heraus und barg sie im Ärmel. Denn sie fürchtete, ihr Mann könnte sie entdecken und Argwohn schöpfen. Auch sträubte sie sich ihrerseits, ein Erinnerungsstück herzugeben, konnte es indes nicht verhindern, daß ihr Mutter Wang ein Schweißtüchlein von feiner Hang-tschou-Florseide aus dem Ärmel zerrte und Hsi Men zusteckte. Man trank noch ein paar Becher, dann erhob sich Goldlotos und schlüpfte durch die hintere Pforte wieder in ihr Haus.

»Nun, habe ich's gut gemacht?« wollte Mutter Wang von Hsi Men wissen.

»Ausgezeichnet! Ich stehe wirklich tief in Eurer Schuld.«

»Und verstand sie sich aufs Lieben?«

»Oh, sie ist eine leibliche Tochter der Wollust . . . es ist gar nicht zu beschreiben.«

»Dann vergeßt nur auch den versprochenen Dank nicht!«

»Sobald ich zu Hause bin, schicke ich Euren Lohn.«

Die Alte zitierte lachend:

»Das Auge sieht schon Siegesbanner wehn,
Von ferne hört das Ohr Triumphgetön!

Na, hoffentlich brauche ich nicht noch aus dem Sarge zu steigen, um das Honorar für meine Grabsänger bei Euch einzutreiben!« –

Nun, am nächsten Vormittag durfte sie ihre zehn blanken Silberlinge einstreichen. Hsi Men überbrachte sie ihr persönlich. Es ist eine alte Erfahrung, daß Geld die Menschen gefügig macht. Mutter Wangs schwarze Augen funkelten vor Freude beim Anblick des schneeigen Metallglanzes, sie begnügte sich nicht mit überschwenglichen Danksagungen, sondern machte sich ganz von selbst erbötig, die schöne Nachbarin auf der Stelle herüberzubitten. Zwar sei es noch früh am Tage und das Dreizollmännchen sicherlich noch daheim, sie wolle aber den Versuch wagen und unter dem Vorwand, daß sie sich eine Flaschenkürbisschöpfkelle auszuleihen wünsche, die junge Frau verständigen. Und schon war sie hinübergewischt.

Goldlotos war gerade dabei, ihrem Mann das Frühstück vorzusetzen, als ihr die kleine Ying'rl meldete, daß Mutter Wang an die Hinterpforte gepocht habe und um eine Flaschenkürbisschöpfkelle bitte. Goldlotos eilte sogleich hinaus, gab der Alten die gewünschte Kelle und lud sie ein, näherzutreten. Die Alte dankte, sie könne nicht bleiben, da sie drüben niemand im Hause habe, gleichzeitig aber gab sie durch einen verstohlenen Händekniff zu verstehen, daß Hsi Men zu Besuch gekommen sei. Goldlotos begriff. Sie trieb ihren Mann zu raschem Essen an, und kaum, daß er sich mit seiner Traglast getrollt hatte, sprang sie die Stiege hinauf in ihr Schlafgemach, wo sie sich in aller Eile in besten Staat warf und fein herausputzte. Bevor sie hinüberging, schärfte sie noch der kleinen Ying'rl ein:

»Ich gehe jetzt eine Weile zur Mutter Wang, hüte mir inzwischen das Haus und melde mir rechtzeitig, sobald mein Mann zurückkehrt. Hast du meinen Befehl verstanden? Wenn du nicht folgst, schlage ich dich, elendes, billiges Ding, in Stücke!«

Hsi Men glaubte eine Erscheinung des Himmels zu erblicken, als Goldlotos in die Stube trat. Und bald saßen die zwei zärtlich Schulter an Schulter und Schenkel an Schenkel geschmiegt nebeneinander.

»Hat der Herr Gemahl gestern etwas geäußert?« forschte beiläufig Mutter Wang, während sie Tee und Wein auftrug.

»Er fragte, ob wir mit Eurem Sterbekleid fertig seien. Ich bejahte und fügte hinzu, daß ich noch an den Pantoffeln und Strümpfen für Euren letzten Gang zu arbeiten hätte.«

Inzwischen nahm sich Hsi Men Zeit, die Geliebte eingehend zu mustern. Sie erschien ihm noch viel reizvoller als vorher. Wie entzückend sich beim Trinken das Weiß vom Rot auf ihren Wangen abhob! Und die beiden Haargerinnsel, die sich kühn über ihre Schläfen gossen, wie mit dem Pinsel hingemalt! Überirdisch schön wie die Mondfee dünkte sie ihn.

Entzückt drückte er sie an seine Brust. Dabei verschob sich ihr Rocksaum und ließ ihre niedlichen Füßchen sehen, die in krähenschwarzen Atlaspantöffelchen steckten. Er streifte ihren Rock noch etwas höher empor, und schon regte sich's prickelnd in seinen Sinnen. Verliebt tranken sie zusammen vom gleichen Becherrand.

»Wie alt seid Ihr eigentlich?« fragte sie nebenbei.

»Fünfunddreißig. Am Achtundzwanzigsten des siebenten Monats habe ich Geburtstag.«

»Wieviel Frauen besitzt Ihr?«

»Außer meiner Hauptfrau nur noch drei, vier Nebenfrauen. Aber keine von allen gefällt mir recht.«

»Und wieviel Kinder habt Ihr?«

»Nur eine junge Tochter, sie wird über kurz oder lang heiraten.«

Jetzt holte er aus seinem Ärmel eine flache, innen vergoldete Silberdose hervor, die mit einer feinen parfümierten Tee- und Olivenpaste gefüllt war. Auf der Zungenspitze bot er ihrem Munde etwas davon dar, und unter lautem Seufzen und Stöhnen preßten sie sich innig aneinander. Die alte Wang war diskret genug, sie ungestört ihrem Liebesspiel zu überlassen, und kümmerte sich nur ums Weineinschenken und Speisenauftragen. Immer mehr geriet das Pärchen in Wallung. Mit einemmal sich aufreckend, ward sein Glied an seiner Leibesmitte sichtbar. Stumm ließ er ihre zarte Hand dahin gleiten. Nun, seit Jahren in sämtlichen Freudengassen zu Hause, besaß Hsi Men ein in häufigem Gebrauch bewährtes und erprobtes Ding, ein Ding, lang und stark, fest und hart, kurz, ein gutes, rechtschaffenes Ding.

Während Goldlotos hastig ihre Kleider abstreifte, tastete Hsi Mens Hand zitternd ihre Scham ab, und da spürte er, daß sie fast gänzlich unbehaart war. Sie fühlte sich glatt, rund und weich an wie ungebackener, noch gärender Brotteig. Eine köstliche Fruchtfüllung, die ein wenig über den Kuchenrand herausquillt! Ein herrliches Etwas, nach dem jedes Mannes Herz schmachtend verlangen mußte!

Weich, doch fest! – ein Lotoskelch ihr Duftmund trocken.
So seidig, so geschmeidig! – ach, es will die Sprache stocken.
In seliger Laune tut sie sich lächelnd auf, hervor ein Zünglein schießt.
Doch trübgestimmt, sie eng dem Schenkel angepreßt sich schläfrig schließt.
Wo anders als im Innenhosenbodenkreis kann ihr Zuhause sein?
Von spärlichen Gräslein rings ein Zirkel ist ihr Heimatgärtlein klein.
Begegnet ihr ein junger Fant von lüstern-kecker Sorte,
Erwartet sie gelassen Kampf, erwartet keine Worte.

Doch um die Zunge der Erzählung nicht durchgehen zu lassen: seit diesem Tage traf sich Goldlotos täglich bei Mutter Wang zum Stelldichein mit Hsi Men. Sie hafteten fest und innig zusammen wie Leim und Lack. Es ist eine alte Erfahrung, daß die Kunde von guten Werken kaum über des Hauses Schwelle hinausdringt, dagegen eine schlimme Tat alsbald in Tausendmeilenrunde ruchbar wird. Es war noch kein halber Monat vergangen, da sprach man auf den Gassen und Plätzen der ganzen Gegend über die Vorgänge im Hause Wang. Nur einer wußte nichts davon, das war der gute Wu Ta.

Dem Gelderwerb zum Leben dient sein ganzes Trachten,
Wie kann er auf Verrat und nahe Tücke achten? –

Unsere Geschichte spaltet sich an dieser Stelle. Es muß erwähnt werden, daß im Kreise ein fünfzehnjähriges Bürschchen mit Familiennamen Kiao lebte, der allgemein, da er aus der Präfektur Yün tschou stammte, ›Brüderchen Yün‹ genannt wurde. Es war ein recht aufgewecktes, verschmitztes Bürschlein. Abgesehen von seinem hochbetagten Vater, stand es ganz allein auf der Welt und schlug sich damit durchs Leben, daß es in den zahlreichen Schenken beim Kreisyamen frisches Obst feilbot. Der reiche Hsi Men war sein Gönner und pflegte ihm hin und wieder ein paar Käsch obendrein zu spendieren.

Also besagtes Bürschlein zog eines Tages wieder einmal, mit seinem Korb Blankbirnen unterm Arm, die Straßen auf und ab und wollte gerade seinen Gönner Hsi Men aufsuchen. Da kam es unterwegs mit einem gewissen Schwatzbold ins Gespräch, und der meinte:

»Ei, wenn du Hsi Men suchst, so kann ich dir verraten, wo der steckt.«

»Wo denn? Sagt mir's bitte, alter Onkel«, drängte Brüderchen Yün.

»Nun, der treibt sich mal wieder bei der Frau Goldlotos herum. Er trifft sich ja täglich mit ihr in Mutter Wangs Teestube in der Purpelsteinstraße. Geh nur getrost hin, Bürschlein, dort triffst du ihn jetzt bestimmt.«

Brüderchen Yün dankte für die Auskunft, nahm seinen Korb Blankbirnen wieder unter den Arm und begab sich zu Mutter Wangs Teestube. Mutter Wang saß auf einer Bank vor der Tür und war mit Garnwickeln beschäftigt. Er setzte seinen Korb nieder.

»Ergebensten Gruß, Adoptivmutter!« begann er, sie dreist anblickend. »Was suchst du hier?«

»Ei, einen gewissen großen Herrn, um ein paar Batzen für meinen alten Vater zu verdienen.«

»Was für einen großen Herrn meinst du?«

»Aber, Adoptivmutter, Ihr macht wohl Spaß? Ich meine doch Herrn Hsi Men«, und schon wandte sich Brüderchen Yün der Haustür zu. Aber Mutter Wang faßte ihn und ließ ihn nicht weiter.

»Wohin, kleiner Affe?« rief sie unwirsch, »hier gibt's kein Herein für dich!«

»Ich will ihn doch nur herausholen, um ein Wort mit ihm zu sprechen.«

»Halt, du kleiner Strolch! Hier gibt's keinen Herrn Hsi Men zu suchen«, wetterte jetzt Mutter Wang erbost los.

»Adoptivmutter, eßt nicht alles allein auf! Laßt mich auch ein paar dreckige Tropfen aufschnappen! Was habe ich denn eigentlich Unrechtes getan?«

»Das fragst du auch noch, du Eindringling, du kleiner Verbrecher?« Jetzt verlor auch Brüderchen Yün die Geduld.

»Du bist plump wie ein Pferdefuß, grob wie eine hölzerne Schüssel zum Gemüseschneiden, die keinen Tropfen Wasser durchläßt. Wenn du durchaus willst, daß ich alles ausplappern soll, gut ... nur fürchte ich, wird Bruder Pastetenhändler schön in Wut geraten.«

›Er ist nicht bei Sinnen‹, dachte erschrocken die Alte bei sich und platzte wütend heraus: »Du kleiner Affe, bist du nur hergekommen, um zu stänkern?«

»So, wenn ich ein kleiner Affe bin, dann bist du eine alte störrische Kuh!«

Erbost packte ihn die Alte und versetzte ihm zwei derbe Püffe.

»Au, du tust mir weh!« schrie das Bürschlein.

»Du Affenbrut einer Gaunerin, wenn du laut schreist, haue ich dir noch ein paar mächtige Ohrfeigen runter!«

»Verruchtes altes bissiges Reptil, was habe ich dir denn getan?«

Als Antwort versetzte ihm die Alte einen Schlag nach dem andern und drängte ihn dabei bis auf die Straße hinaus. Dann schmiß sie ihm seinen Korb mit Blankbirnen nach, so daß sich der Inhalt nach allen vier Himmelsrichtungen über den Erdboden verstreute. Was blieb dem geschundenen armen Äffchen anderes übrig, als im Weglaufen die umherliegenden Birnen aufzulesen und dabei seiner Wut durch Heulen und Schimpfen Luft zu machen?

»Altes bissiges Reptil!« zischte er, nach der Teestube hinüberdrohend. »Keine Sorge, dem will ich's schon stecken! Der soll dir noch einmal deine Ladentür eintreten, daß du nichts mehr zu verdienen hast!«

Also grollte das arme Äffchen, packte seinen Korb und trollte sich.

Er lüftete das Stroh, mit dem der Fuchsbau zugedeckt,
Und hat ein Entenpaar, im Sande schlummernd, aufgeschreckt.

FÜNFTES KAPITEL

Brüderchen Yün ersinnt einen Plan, um das buhlerische Paar zu ertappen. Wu Ta schluckt den giftigen Arzneitrank und findet ein trauriges Ende.

Prüft man mit philosophischer Ruhe
Dieses ganze Liebesabenteuergetue,
Dann erweist sich als böser Reinfall zumeist,
Was man so Gunst des Zufalls heißt.
Solange der Verstand mit den Sinnen durchgeht,
Ist's Liebe, was man darunter versteht.
Doch kommt die Zeit, es nüchtern zu betrachten,
Dann möchte man sich eher hassen und verachten.
Soll ich euch raten, laßt das eitle ›Blumenpflücken‹,
Laßt das ›Nach-wilden-Gräsern-Bücken‹.
Im Echten, im Soliden liegt die Kraft,
Die einzig unserer Seele Ruhe schafft.

Ich lobe mir ein schlichtes Weib im Haus,
Kinder ein paar dazu und Alltagsschmaus.
Warum solch Leben mir besser gefällt? –
Man schont die Nerven und spart sein Geld.

Nachdem Brüderchen Yün seine Tracht Prügel weg hatte, war er, seinen Korb Blankbirnen unterm Arm, weggerannt, um das Dreizollmännchen zu suchen. Schon zwei Straßen weiter lief er ihm in den Weg.

»Lange nicht gesehen«, begrüßte er ihn. »Ihr habt aber gehörig Fett angesetzt.«

»Ich wüßte nicht, daß ich gegen früher fetter geworden wäre.«

»Hört, ich wollte mir kürzlich Weizenspelt kaufen und konnte nirgends welchen auftreiben. Da sagen mir die Leute, bei Euch könnte ich ihn bekommen.«

»Wieso? Ich betreibe doch keine Geflügelzucht.«

»Ach, was Ihr sagt! Vielleicht seid Ihr selber so ein wackliger Mastenterich, der sich vor vielem Fett nicht auf den Beinen halten kann und sich widerstandslos in den Kochtopf stecken läßt?«

»Du willst mich wohl gar uzen, kleiner Bandit? Meine Frau verkehrt nicht heimlich mit fremden Männern; wieso nennst du mich Mastenterich?«

»Und ich behaupte geradezu, Eure Frau verkehrt heimlich mit fremden Männern!«

Wu Ta packte das Bürschlein: »Nenne mir den Betreffenden!«

»Haha, da muß ich lachen! Anstatt mich zu rütteln, solltet Ihr lieber jenen Kerl neben Euch wegbeißen!«

»Gutes Brüderchen, nun sage mir endlich, wer es ist. Du bekommst zur Belohnung auch zehn Pasteten.«

»Mit Pasteten ist da nichts zu machen. Nein, das kostet Euch ein solennes Gelage. Nach dem dritten Becher will ich's Euch verraten.«

»So ein Schlaukopf! Na, komm nur mit!« und Wu Ta verschwand mit dem Jungen in einer nahen kleinen Weinschenke. Nachdem es reichlich mit Speisen und Wein traktiert worden war, bequemte sich das Äffchen endlich zum Sprechen.

»Fühlt mal die Beulen auf meinem Kopf.«

»Hallo, wo hast du denn die her?«

»Von der alten Schweinehündin Wang ...«, und Brüderchen Yün erzählte den Vorfall von vorhin. »Aber erst mußte ich Euch ein bißchen mit Andeutungen reizen. Sonst hättet Ihr mich schwerlich eingehend befragt«, schloß er.

»Ist das alles wirklich wahr?«

»Wenn ich's Euch Steißvogel sage! Die beiden warten immer nur, bis Ihr fort seid, dann treffen sie sich bei Mutter Wang, und das Vergnügen kann losgehen. Ich mache Euch nichts weis!«

Nachdenklich meinte Wu Ta:

»Brüderchen, ich kann dir's nicht verhehlen, meine Frau ist tatsächlich die letzte Zeit täglich bei der alten Wang zu Besuch gewesen, sie wollte ihr bei der Fertigstellung der Sterbeausstattung helfen. Es fiel mir schon auf, daß ihr Gesicht stets gerötet war, wenn sie zurückkam. Und dann macht mich noch eins stutzig. Sie ist zu Ying'rl, meiner Kleinen aus erster Ehe, so garstig, schlägt sie, schilt sie von früh bis spät, gibt ihr häufig nichts zu essen. Auch ist sie in der letzten Zeit oft zerstreut und blickt unfreundlich drein, wenn sie mich sieht. So war mir schon selbst ein leiser Argwohn aufgestiegen, den ich nun durch deine Worte bestätigt finde. Was meinst du, soll ich gleich meine Traglast heimtragen und das buhlerische Paar überrumpeln?«

»Ihr habt für Euer Alter aber auch gar keinen Verstand. Meint Ihr, diese alte Hündin läßt sich von irgend jemand einschüchtern? Bei der würdet Ihr schön ankommen! Sobald Ihr Euch zeigt, wird sie das Paar durch ein verabredetes Zeichen warnen und Eure Frau heimlich zur Hintertür hinauslassen. Dann bekommt Ihr's nur noch mit Hsi Men zu tun, und der wird Euch seine Faust schön zu spüren geben. Außerdem hat er Geld, hat Einfluß, er wird die Sache umdrehen und Euch verklagen. Ihr werdet einen Prozeß bekommen, niemand wird Euch beistehen, Ihr werdet sogar Euer Leben riskieren.«

»Da hast du eigentlich ganz recht. Aber wie soll ich meiner Wut Luft schaffen?«

»Oh, ich habe meine Wut an der Alten auch noch nicht auslassen können. Hört, ich will Euch sagen, wie wir vorgehen müssen. Kehrt heute wie gewöhnlich heim, macht noch keine Szene, verliert kein Wort – morgen früh backt weniger Pasteten als sonst. Am Eingang der nächsten Seitengasse werde ich auf Euch warten. Haltet Euch dann in der Nähe auf. Sobald ich Hsi Men in das Haus der Alten verschwinden sehe, gebe ich Euch ein Zeichen.

Ihr müßt dann mit mir kommen und Euch dicht beim Hause auf die Lauer legen. Ich werde zuerst hineingehen und die alte Hündin reizen. Natürlich wird sie mich wieder schlagen wollen. Sobald Ihr mich nun meinen Birnenkorb mitten auf die Straße schleudern seht, müßt Ihr heranstürmen, in die Teestube eindringen und laut ›Untat‹ schreien. Ich werde inzwischen die Alte festhalten. Nun?«

»Ausgezeichnet! Ich stehe in deiner Schuld, Brüderchen. Hier hast du zur Belohnung zwei Käschschnüre. Also abgemacht. Morgen vormittag an der Ecke der Purpelsteinstraße treffen wir uns.«

Mit seinen Käschschnüren und einigen Pasteten dazu zog Brüderchen Yün ab.

Wu Ta bezahlte die Zeche, machte noch einen kurzen Verkaufsgang und wandte sich dann heimwärts.

Schuldbewußt, wie sie war, hatte sich Goldlotos das frühere Keifen und Schelten abgewöhnt und neuerdings eine versteckt beobachtende Haltung angenommen.

»Du hast dir wohl einen Schoppen geleistet?« warf sie beiläufig hin, als er an diesem Abend zurückkam.

»Sogar drei, in Gesellschaft eines befreundeten Maklers«, erwiderte er ruhig.

Sonst verlief der Abend wie gewöhnlich. Andern Vormittags begab er sich wie immer mit seiner Traglast Pasteten auf die Tour. Diesmal hatte er aber nur drei Fächer voll mitgenommen. Seiner Frau, deren Gedanken meist bei dem Geliebten weilten, war es gar nicht aufgefallen, daß er diesmal weniger Vorrat gebacken hatte. Sie hatte es kaum erwarten können, bis er außerhalb des Hauses war, dann war sie schleunigst auf dem üblichen Wege zur Teestube hinübergeschlüpft.

Genau wie verabredet traf Wu Ta am Eingang der ersten Quergasse zur Purpelsteinstraße Brüderchen Yün auf der Lauer.

»Nun?«

»Noch etwas zu früh, Ihr könnt noch einen kleinen Rundgang machen, aber entfernt Euch nicht allzu weit. Der Bursche wird bestimmt gleich kommen.«

Wu Ta segelte wie eine Wolke davon, um schnell noch ein paar Pasteten umzusetzen. Nach einiger Zeit erschien er wieder.

»Jetzt geht's los!« bedeutete ihm Brüderchen Yün. »Sobald mein Korb auf die Straße fliegt, ist's für Euch Zeit.«

Und er schritt geradenwegs auf die Teestube zu. Patzig pflanzte er sich vor der alten Wang auf und schrie sie an:

»Alte Schweinehündin, was ist dir eigentlich gestern eingefallen, mich zu schlagen, he?«

Die Alte, die ihre Natur nun einmal nicht ändern konnte, schrie zurück:

»Du Affe, was habe ich mit dir zu schaffen? Was kommst du schon wieder und beschimpfst mich?«

Wutentbrannt wollte sich die Alte auf ihn stürzen, da hatte der kleine Affe geschwind seinen Korb mitten auf die Straße geschleudert, und während er in einem fort »Hau zu!« schrie, hatte er sie am Gürtel gefaßt und rannte mit vorgestrecktem Kopf gegen ihren Leib an, so daß sie taumelte und unfehlbar hingefallen wäre, wenn sie nicht an der Hauswand hinter sich Halt gefunden hätte. Während sie nun der Kleine aus Leibeskräften an die Wand preßte, kam von draußen das Dreizollmännchen mit hochgerafftem Rock in langen Sätzen hereingestürmt. Die Alte, unfähig, ihm den Weg zu versperren, da sie von dem Äffchen festgehalten wurde, mußte sich damit begnügen, laut zu schreien: »Wu Ta kommt!« Durch ihren Ruf gewarnt, stob drinnen das Pärchen erschrocken auseinander. Goldlotos, für die es zum Entwischen zu spät war, stürzte an die Tür und stemmte sich mit ihrer Körperlast dagegen. Hsi Men hatte sich in der ersten Aufregung unterm Bett verkrochen.

»Saubere Geschichte das!« schrie Wu Ta von draußen, der sich vergeblich anstrengte, die Tür nach innen aufzuschieben.

Goldlotos, vor Anstrengung außer Atem, wandte sich ihrem feigen Liebhaber zu:

»Sonst kannst du wie ein Vogel schnattern«, schalt sie halblaut, »tust dich wichtig mit deiner starken Faust, jetzt, wo's drauf ankommt, taugst du nichts und zitterst schon beim Anblick eines Papptigers!«

Wenn sie mit ihren Worten erreichen wollte, daß Hsi Men sich auf ihren Mann stürzen und ihr den Abzug erzwingen sollte, so hatte sie ihre Absicht erreicht. Hsi Men, bei seiner Ehre gepackt, kam unter dem Bett hervorgekrochen.

»Ich hatte nur einen Augenblick den Kopf verloren«, entschuldigte er sich. »Ich will dir gleich zeigen, was ich kann.«

Und mit einem plötzlichen Ruck hatte er die Tür aufgerissen.

»Mach, daß du fortkommst!« brüllte er das Dreizollmännchen an. Der wollte sich auf ihn stürzen, aber da hatte er einen heftigen Fußtritt mitten in die Magengrube weg, der das schmächtige Kerlchen hintenüber zu Boden kollern ließ. Diesen Augenblick benutzte Hsi Men, um sich eilends davonzumachen. Als Brüderchen Yün sah, daß die Sache schlimm auslief, stieß er die Alte beiseite und rannte gleichfalls davon. Die Nachbarn hatten aus Respekt vor der Person Hsi Mens nicht gewagt, sich einzumischen.

Die alte Wang bemühte sich jetzt, den am Boden liegenden Wu Ta etwas aufzurichten. Als sie gewahrte, daß aus seinem Munde Blut quoll und seine Gesichtsfarbe bleich wie Wachs war, ließ sie Goldlotos eine Schale Wasser holen und besprengte damit den Ohnmächtigen, so daß er wieder zu sich kam. Mit vereinten Kräften hoben ihn beide an den Schultern hoch und schleppten ihn durch die Hinterpforte zum Nachbarhaus, die Stiege empor bis in sein Schlafgemach, wo sie ihn aufs Bett niederlegten.

Da nichts Besonderes erfolgte, fand bereits der nächste Vormittag die beiden Liebesleute wieder beim gewohnten Stelldichein. Sie hofften, daß es mit Wu Ta nun ganz von selber bald zu Ende gehen würde. Der Arme lag fünf Tage krank darnieder, ohne sich erheben zu können. Vergebens verlangte er nach heißer Suppe, nach frischem Wasser, vergebens rief er nach seiner Frau. Sie überhörte geflissentlich alle seine Wünsche. Wohl aber mußte er mit ansehen, wie sie sich putzte und schön machte, bevor sie ausging, und wie sie dann stets mit geröteten Wangen wiederkam. Die kleine Ying'rl aber, seine eigene Tochter, durfte ihm auch nicht zu nahe kommen. Mit strengen Worten war sie verwarnt worden: »Untersteh dich ja nicht, ein Wort mit ihm zu sprechen oder ihm gar etwas zu reichen! Sonst sollst du etwas erleben, du elendes Ding du!«

Die Kleine getraute sich also nicht, dem Kranken, der vor Erschöpfung schon einige Male in Ohnmacht gefallen war, einen Löffel Suppe, einen Schluck Wasser zu bringen. Da rief er eines Tages Goldlotos ans Lager.

»Du hast da ein Verhältnis angeknüpft – bitte, ich habe euch ja neulich selbst ertappt, du warst die Anstifterin, daß mich dein Buhle in die Magengrube getreten hat, und deinetwegen schwebe ich jetzt zwischen Tod und Leben. Schön, amüsiert euch, ich kann's mit euch nicht aufnehmen, ist mir auch schließlich gleich, ob ich sterbe. Aber denke an meinen Bruder! Du kennst seine Natur. Früher oder später wird er wiederkommen, und dann ... Also du hast die Wahl: zeige dich endlich ein wenig mitfühlend, hilf mir, daß ich bald wieder gesund werde, und ich will ihm bei der Rückkehr kein Wort von der Geschichte sagen – oder aber, bleibst du so lieblos wie bisher, so soll er alles erfahren!«

Goldlotos äußerte darauf nichts und eilte ins Nachbarhaus hinüber, um sich mit der alten Wang zu beraten. Hsi Men, der gleichfalls anwesend war, fühlte sich wie von einem Zuber kalten Wassers übergossen.

»Verdammt, an diesen Tigertöter vom King-yang-Berg hatte ich gar nicht gedacht!« meinte er, zu Goldlotos gewandt. »Aber andererseits liebe ich dich schon zu lange, hänge zu sehr an dir, ich kann dich unmöglich freigeben. Wo ist ein Ausweg? Verdammt!«

»Seht an!« bemerkte trocken Mutter Wang. »So etwas will Steuermann sein und zittert an allen Gliedern! Ich einfacher Schiffsknecht habe nur auf Kommando zu staken, ich bin nicht bange.«

»Schon gut, ich bin wirklich ein unbrauchbarer Geselle, habe keine Ahnung, wohin ich steuern soll. Habt Ihr nicht einen guten Einfall?«

»Ich wüßte schon Rat. Es kommt bloß darauf an, ob ihr ein Paar auf Dauer oder Zeit sein wollt.«

»Was meint Ihr damit?«

»Angenommen, ihr trennt euch jetzt einstweilen, laßt Wu Ta wieder gesund werden und redet ihm gut zu, so daß er bei der Heimkehr des Bruders kein Wort über die Geschichte verliert; wartet ruhig ab, bis der Bruder in einem neuen Auftrag nach auswärts muß, und nehmt dann eure Beziehungen wieder auf, so nenne ich das Paarung auf Zeit. Wollt ihr dagegen ein Paar auf Dauer sein, euch täglich weitertreffen und alle Folgen furchtlos auf euch nehmen, so wüßte ich einen ausgezeichneten Plan. Freilich fällt mir's nicht leicht, euch davon zu sprechen.«

»Teure Adoptivmutter, Ihr seid wirklich fürsorglich zu uns wie eine Gluckhenne zu ihren Kücken. Natürlich wollen wir ein Paar auf Dauer sein.«

»So, dann brauche ich bloß eine ganze Kleinigkeit, eine Sache, die der Himmel wachsen läßt. Freilich kann ich sie mir nirgends anders beschaffen als bei Euch, hoher Herr.

Hört, der Wicht liegt doch schwerkrank darnieder. Nützt die Stunde seiner Wolfsnot. Ihr habt doch Arsenik in Eurer Apotheke. Überlaßt Frau Goldlotos ein Quantum. Ein wenig davon in einen Heiltrank gegen Magenbeschwerden gemischt, und mit dem Knirps ist's vorbei. Die Leiche wird fein säuberlich verbrannt, so daß keine Spur übrigbleibt. Dann mag sein Bruder getrost heimkehren! Und dann ... Es gibt eine alte Regel:

Erste Heirat – Elternwille,
Zweite Heirat – eigner Wille.

Darf dieses Schwägerlein euch später etwa noch in eure Heiratspläne dreinreden? Nicht mal im stillen aufregen darf er sich darüber! Wartet ein halbes Jährchen, bis die Anstandstrauerfrist für die Witwe vorüber ist, und eurer Vermählung steht nichts im Wege. Und dann seid ihr ein Paar auf Dauer und gehört euch bis zum Tode. Nun?«

»Ganz ausgezeichnet, liebe Adoptivmutter! Ich kenne noch eine andre schöne Lebensregel:

Willst du leben und dich freuen,
Darfst du anderer Tod nicht scheuen.

Basta! Es bleibt dabei!«

»Also abgemacht. Wir schneiden das Unkraut mit der Wurzel aus, dann kann es später nicht nachwachsen. Und nun, hoher Herr, sputet Euch und schafft das Zeug herbei. Wie man damit umgeht, werde ich der jungen Frau schon beibringen. Und später gibt's eine dicke Belohnung?«

»Das bedarf keines Wortes.«

Eine kleine Weile später übergab Hsi Men der alten Wang ein Päckchen mit dem verlangten Arsen. Sie wandte sich Goldlotos zu.

»Nun merkt auf: Euer Gatte hat Euch doch heute nahegelegt, Ihr möchtet Euch etwas um seine Genesung kümmern. Tut so, als ob Ihr Euch seine Worte zu Herzen genommen hättet, stellt Euch rührend anhänglich. Wenn er nun nach einer Medizin gegen Magenbeschwerden verlangt, dann mischt eine Dosis Arsen in den Trank. Wartet, bis sich Schüttelfrost einstellt, dann flößt ihm noch mehr von dem Trank ein. Wenn das Gift erst richtig wirkt, werden ihm die Eingeweide platzen, er wird vor Schmerz laut schreien, da müßt Ihr achtgeben, daß ihn niemand hört. Stopft ihn unter die Bettdecke und preßt die Zipfel recht fest nieder. Das Gift wird ferner bewirken, daß er aus allen sieben Leibesöffnungen zu bluten anfängt. Er wird sich auch im Krampf in die Lippen beißen. Da müßt Ihr beizeiten einen Kessel heißen Wassers und ein Wischtuch bereithalten. Sobald es mit ihm zu Ende ist, wischt mit dem nassen heißen Tuch sorgfältig alle Blutspuren weg. Haben wir ihn erst im Sarge aus dem Hause geschafft und glücklich eingeäschert, dann hat es keine Not mehr.«

»Sehr schön! Aber meine Hand ist schwach. Wenn sie nun versagt?«

»Dann braucht Ihr bloß an die Wand zu pochen, so komme ich hinüber und stehe Euch bei.«

»Geht recht sorgsam zu Werke!« mahnte Hsi Men die beiden Frauen. »Morgen zur Stunde des fünften Trommelschlags bin ich wieder hier.«

Damit empfahl er sich.

Auch Goldlotos kehrte gleich darauf in ihre Wohnung zurück. In ihrem Ärmel barg sie das Päckchen mit dem Arsen, das ihr zuvor die Alte zwischen den Fingern zu feinem Pulver zerrieben hatte.

Sie stieg hinauf und trat an das Krankenlager. Des Kranken Atem ging fadendünn, sein Auge schaute todesergeben drein. Sie setzte sich an den Bettrand und zwang sich ein erheucheltes Schluchzen ab.

»Was soll dein Jammer?« fragte er erstaunt. Sie tat, als ob sie sich Tränen aus dem Auge wischte.

»Ich habe in einem unbedachten Augenblick gefehlt und mich von diesem Hsi Men einfangen lassen. Wer hätte denn gedacht, daß der rohe Mensch dir einen Fußtritt in die Magengrube versetzen würde! Aber ich habe erfahren, daß es eine Arznei gegen deine Beschwerden gibt. Ich wollte sie schon besorgen, aber ich weiß nicht, vielleicht mißtraust du mir und willst sie nicht einnehmen?«

»Ich vertraue dir. Und die ganze Angelegenheit soll mit einem Pinselstrich ausgelöscht sein, wenn du mir helfen willst. Mein Bruder soll kein Wort davon erfahren. Also eile und besorge die Medizin!«

Goldlotos steckte ein paar Kupferstücke zu sich, suchte schleunigst die alte Wang auf und ließ sich von ihr die fragliche Arznei besorgen. Dann kehrte sie in die Krankenstube zurück.

»Hier ist das Mittel gegen Magenschmerzen, das dir der Arzt verordnet hat«, sprach sie und hielt ihrem Manne die Arznei hin. »Du sollst um Mitternacht etwas davon einnehmen und dich dann zum Schlafen strecken, auch soll ich dich gut mit Decken zudecken, damit du in Schweiß kommst. Morgen kannst du dann vielleicht schon aufstehen.«

»Wie schön! Aber dann muß ich dir schon zumuten, daß du heute etwas aufbleibst, damit du mir um Mitternacht die Medizin reichen kannst.«

»Mach dir keine Gedanken. Ich werde dich pflegen.«

Als es dunkelte, steckte Goldlotos in der Küche die Lampe an und setzte einen Topf Wasser aufs Herdfeuer. In den Topf steckte sie ein Wischtuch. Nun lauschte sie gespannt auf die Stundenzeichen der Nachtwache. Jetzt kündete der dritte Trommelschlag die angehende Mitternacht. Da erhob sie sich, schüttete das Arsenpulver in einen Becher und trug den Becher sowie eine Schale heißes Wasser hinauf.

»Wo hast du die Medizin hingetan?« fragte sie ihren Mann.

»Unter die Matratze neben dem Kopfpolster. Rasch, gib sie mir ein!«

Sie zog das Arzneipulver an der bezeichneten Stelle unter der Matratze hervor, schüttete es in den Becher und goß zuletzt die Schale heißen Wassers darüber. Dann zog sie eine silberne Agraffe aus ihrem Haar und rührte damit den Inhalt des Bechers gut um. Während sie mit der linken Hand den Kopf des Kranken etwas hochgestützt hielt, flößte sie ihm mit der rechten Hand von dem Trank ein.

»Das schmeckt aber eklig!« meinte er nach dem ersten Schluck.

»Der Geschmack ist Nebensache. Hauptsache, daß der Trank wirkt«, beruhigte sie ihn.

Als er jetzt den Mund zum zweiten Schluck öffnete, da goß sie ihm gewaltsam gleich den ganzen Inhalt des Bechers die Kehle hinab. Dann ließ sie ihn auf die Kissen zurückfallen und sprang mit hastiger Bewegung von seinem Lager hinweg.

»Frau, das schmerzt ja entsetzlich im Leib!« stöhnte er laut auf. »Au, au! Das ist ja nicht zum Aushalten!«

Jetzt trat sie rasch ans Fußende des Lagers, rollte von dort aus zwei Bettdecken dergestalt über ihn hin, daß auch sein Kopf völlig und fest verhüllt war.

»Mir geht die Luft aus!« ließ sich schwach seine erstickte Stimme unter den Decken vernehmen.

»Das wird dich zum Schwitzen bringen, der Arzt hat es so angeordnet«, beschwichtigte sie ihn. Nochmals setzte seine Stimme zum Sprechen an, da bekam sie's mit der Angst zu tun, er könnte sich wieder aus den Decken herausrappeln. Rasch entschlossen sprang sie auf das Lager, setzte sich ihm rittlings auf die Brust und preßte mit ihren Händen die Deckenenden um seinen Kopf so fest nieder, wie sie nur konnte, und ohne im geringsten locker zu lassen. Zwei erstickte Aufschreie, ein Röcheln – und der Kranke regte sich nicht mehr. Goldlotos hob die Decken etwas auf. Seine Zähne hatten sich in die Lippen verbissen, aus den sieben Leibesöffnungen sickerte Blut. Da packte sie Grausen. Mit einem Satz war sie vom Lager herab und an der Wand. Nun pochte sie wild. Es dauerte nicht lange, da verriet ihr ein lautes Räuspern vor der hinteren Pforte, daß die alte Wang ihr Signal verstanden hatte. Sie stürmte die Stiege hinab und öffnete.

»Fertig?« flüsterte die Alte.

»Fertig«, war die leise Antwort. »Aber ich fühle mich sehr schwach.«

»Ich helfe Euch.«

Sie gingen in die Küche. Die Alte krempelte ihre Ärmel hoch, goß das heiße Wasser aus dem Kessel in einen Eimer, tauchte ein Wischtuch hinein und trug den Eimer die Stiege hinauf. Sie trat ans Lager und schlug die Decken zurück. Mit dem nassen heißen Wischtuch wischte sie zunächst das Blut um den Mund und an den Lippen des Toten weg, dann säuberte sie seine sieben Leibesöffnungen. Nun faßten beide vereint zu und trugen den Toten, den sie mit seinen Kleidern zugedeckt hatten, behutsam die Stiege hinunter. In der Hausflur legten sie ihn auf einem alten

金瓶梅

第十回

義士充配孟州道

妻妾翫賞芙蓉亭

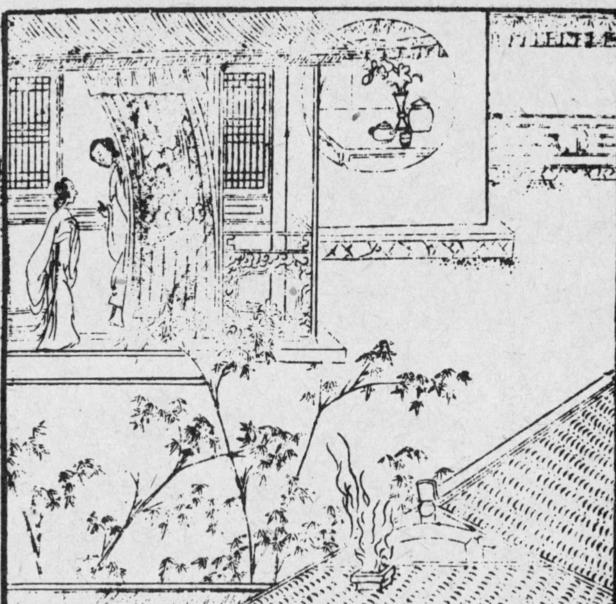

金瓶梅

第十一回　潘金蓮激打孫雪娥

金瓶梅

西門慶梳籠李桂姐

金瓶梅

第十二回

潘金蓮私僕受辱

金瓶梅

劉理星魘勝求財

Türflügel nieder, kämmten ihm das Haar, stülpten ihm eine Mütze über und zogen ihm Rock, Schuhe und Strümpfe an. Sein Gesicht bedeckten sie mit einem weißen Kreppschleier. Dann warfen sie ein frisches Bettlaken über den Leichnam. Zuletzt gingen sie wieder hinauf und brachten die Krankenstube in Ordnung. Nach dem Weggang der Alten kauerte sich Goldlotos neben dem Leichnam nieder und stimmte zum Schein die übliche Totenklage an, wie sie für eine trauernde Witwe vorgeschrieben ist.

Werter Leser, es gibt für Witwen drei Arten der Totenklage: weinen und dazu Schreie ausstoßen, das heißt wehklagen, weinen ohne Geschrei, das ist die nasse Klage, und schließlich weder Tränen vergießen noch Schreie ausstoßen, das ist die trockene Klage. Goldlotos begnügte sich mit dieser dritten Art, während sie den Rest der Nacht am Totenlager verweilte.

Zur Stunde des fünften Trommelschlags, während der Morgen noch graute, stellte sich Hsi Men bei der alten Wang ein. Nachdem er sich alle Einzelheiten hatte berichten lassen, gab er der Alten das nötige Geld für die Anschaffung eines Sarges und für die Deckung der Bestattungskosten. Dann ließ er die Geliebte herüberholen.

»Nun ist er tot«, sprach Goldlotos zu ihm. »Ich kann mich wohl auf dich verlassen, daß ich nicht etwa später ins Netz gerate?«

»Aber sorge dich doch nicht unnötig!«

»Und wenn du mir nun untreu wirst?«

»Dann soll mir's gehen wie Wu Ta.«

Die Alte fiel ihnen in die Rede.

»Jetzt steht nur eine Sorge voran, hoher Herr. Wenn es heute ans Einbetten geht, bekommen wir es vielleicht mit einem schwierigen Leichenbeschauer zu tun, der den Dingen durchaus auf den Grund gehen will. Unser Bezirksvorsteher, Herr Hou Kiu, ist ja ein kluger, einsichtiger Mann. Hoffentlich lehnt er's in diesem Falle nicht ab, die Leichenschau zu überwachen.«

»Haha, das laßt meine Sorge sein! Ich werde mir den guten Hou Kiu persönlich vornehmen; er wird meinen Wunsch schon respektieren.«

»Dann eilt, ihn zu unterrichten. Wir dürfen keine Zeit verlieren.«

SECHSTES KAPITEL

Hou Kiu läßt sich bestechen und täuscht den Himmel. Mutter Wang tut geschäftig mit und gerät in die Traufe.

Einmal, mein Liebchen, kommt die Trennung!
Auch Edelsteine, Perlen splittern und bersten.
Vergessen Schwüre, meerestief und bergehoch.
Dem ewigen Himmel gleich sollte euch Liebe überdachen?
Ach, von dem Phönixweibchen zur Fasanenhenne
Ein kurzer Sprung!
Umsonst ist's, daß die brave Siao Lang
Beim Gang ins Freudenhaus das Haupt
Freudlosen Blickes rückwärts wendet. Umsonst!
Und mag die neue Buhle auch die erste überstrahlen,
Auch ihrer wartet Trennung und ein Meer der Qualen.

Als es heller Tag geworden war, hatte sich die alte Wang aufgemacht, um einen Sarg, Weihrauch, Kerzen sowie einige Silberschuhe und sonstige Gegenstände aus Pappe zu kaufen, wie man sie bei einem Leichenbegräbnis zu verbrennen pflegt. Nach ihrer Rückkehr zündete sie eine Totenlampe an und stellte sie zu Häupten der Leiche.

Bald kamen die Leute aus der Nachbarschaft hinzu und besahen die aufgebahrte Leiche und die junge Witwe, die daneben kauerte und, ihr schönes Antlitz zum Schein mit den Händen bedeckend, stumme Trauer zur Schau trug.

»An welcher Krankheit ist er denn gestorben?« wollten die neugierigen Nachbarn wissen.

»An Magenkrampf«, erklärte die Witwe, »es wurde von Tag zu Tag schlimmer, und gestern nacht um die Stunde des dritten Trommelschlags ist er leider verschieden. Ach, wie bitter für mich!« Und sie zwang sich ein lautes Aufschluchzen ab.

Die Nachbarn dachten sich natürlich ihr Teil dabei, drangen aber nicht weiter mit Fragen in sie und spendeten ihr allerhand Trost.

»Tote kann man nicht aufwecken, das Leben fordert auch sein

Recht. Übertreibt's nicht mit Eurem Schmerz, es greift an bei dieser Hitze!«

Goldlotos heuchelte dankbare Rührung, und die Leute verzogen sich wieder.

Inzwischen war Mutter Wang nicht müßig gewesen: sie hatte den Sarg aufstellen lassen, alles zum Einbetten Notwendige gekauft und bereitgelegt, den Bezirksvorsteher Hou Kiu zur Leichenschau gebeten und schließlich zwei Bonzen aus dem ›Kloster der gnadenreichen Vergeltung‹ bestellt, die des Abends Totenwacht halten und für des Verstorbenen Seelenheil beten sollten.

Es war um die elfte Vormittagsstunde, als der Bezirksvorsteher Hou Kiu gemächlich dem Trauerhause zuschritt. Vorher hatte er bereits zwei Leichenverbrenner hinbeordert. An der Kreuzung der Purpelsteinstraße und einer Seitengasse lief ihm auf einmal Hsi Men in den Weg.

»Wohin, alter Freund?« begrüßte ihn Hsi Men kordial.

»Geradeaus zum Hause des verstorbenen Pastetenbäckers Wu Ta, den wir heute einbetten.«

»Halt, ich habe etwas mit Euch zu bereden.« Der andere ließ sich von ihm um die Straßenecke herum in eine kleine Weinschenke geleiten. In einem im Oberstock gelegenen abgesonderten Trinkstübchen nahmen sie Platz. Überhöflich nötigte Hsi Men dem anderen den Ehrensitz auf und ließ eine Kanne besten gewärmten Weins und einige fleischlose Zukost anfahren. Hou Kiu war über soviel Zuvorkommenheit nicht wenig verwundert und dachte im stillen: ›Früher hat er doch nie mit mir gezecht. Und heute auf einmal? – Das hat etwas zu bedeuten!‹

Eine Weile wurde stumm gegessen und getrunken, dann kramte Hsi Men einen schneeig schimmernden Silberbarren aus seinem Ärmel hervor, legte ihn vor sich auf den Tisch und sagte:

»Alter Freund, verschmäht die unansehnliche Gabe nicht! Nächstens werde ich mich noch besonders erkenntlich zeigen!«

Der andere machte mit der Hand eine abwehrende Bewegung.

»Wie komme ich Unwürdiger dazu? Ich habe für den hohen Herrn niemals auch nur ein halbes Tüpfelchen geleistet. Wie kann ich da gleich ein Zehnunzengeschenk annehmen? Aber falls der hohe Herr irgendwelche Befehle . . .«

»Schon gut. Steckt nur ein!«

»Worum handelt sich's denn?«

»Es ist gar nichts Besonderes weiter. Ihr müßt doch ein kleines ›Bittergeld‹ für Eure Mühewaltung in jenem Hause haben. Beiläufig, tut mir den Gefallen und seht heute beim Einbetten von Wu Tas Leiche persönlich etwas nach dem Rechten, vor allem, daß die Leiche hübsch bedeckt bleibt!«

»Wenn's weiter nichts ist! Ich dachte wunder, was kommt. Und darum diese üppige Spende?«

»Wenn Ihr die Kleinigkeit nicht einsteckt, muß ich das als Weigerung auslegen.«

Hou Kiu hatte gewaltigen Respekt vor Hsi Men, denn er wußte, welchen Einfluß dieser bei der Behörde besaß. Also steckte er das Geld ein. Bald danach brachen sie auf. Hsi Men hatte den Kellner angewiesen, die Zeche einstweilen auf Rechnung zu setzen und sie dann in der Apotheke einzufordern.

»Alter Freund«, sagte Hsi Men vorm Schenkeneingang, »ich kann also auf Euch zählen? Diskretion! Später revanchiere ich mich noch besonders.«

Er empfahl sich. Der andere, den schönen Silberbarren in der Ärmeltasche, kalkulierte also:

›Natürlich steckt da etwas dahinter. Aber was geht das mich an? Das Geld kommt mir zur Zeit gerade gelegen. Und bis zur Rückkehr des jüngeren Wu findet sich schon Rat.‹

Unter solchen Betrachtungen war er am Trauerhaus angelangt. Draußen erwarteten ihn bereits die beiden Leichenverbrenner und drinnen, Feuer im Leibe, die alte Wang.

»Woran ist er denn verschieden?« befragte er seine Leute.

»An Magenkrämpfen, sagt seine Frau.«

Er lüftete die Türmatte und trat ein.

»Wir haben schon geraume Zeit auf Euch gewartet«, begrüßte ihn Mutter Wang im Flur. »Warum kommt Ihr erst jetzt? Der Totenscheinbeamte ist längst da.«

»Schon gut, eine kleine Abhaltung.«

Jetzt erschien, in einfachem farblosem Trauergewand, ein weißes Tuch um das Haar geschlungen, unter erkünsteltem Schluchzen, Frau Goldlotos.

»Härmt Euch nicht allzusehr ab, verehrte Dame«, sprach ihr

Hou Kiu tröstend zu. »Euer Gatte ist nun in den Himmel eingegangen.«

Zum Schein die Augen bedeckend und Tränen heuchelnd, erwiderte sie: »Ach, es ist unaussprechlich bitter! Vor ein paar Tagen stellte sich etwas Bauchweh bei ihm ein, und nun hat er gleich sein Leben lassen müssen. Ach, es ist zu bitter!«

Aufmerksam ihre Gestalt von oben bis unten musternd, dachte Hou Kiu bei sich: ›Sonst hörte ich immer, sie hätte ihren Mann nicht leiden mögen. Und nun? ... Doch was schert's mich? Warum hat er sie denn geheiratet?‹

Hsi Mens zehn Silberunzen taten ihre Wirkung, und er schritt gleichgültig zur Leiche hin. Erst mußte der Totenscheinbeamte eine Sutra verlesen und das ›Fähnchen der tausend Herbste‹ aufpflanzen. Dann lüftete er den weißen Kreppschleier und sah sich den Toten näher an. Er bemerkte blaugrün angelaufene Fingernägel, dunkelbraun verfärbte Lippen, ein wachsgelbes Antlitz, weit hervorgequollene Augen. Daß hier eine Untat verübt worden war, konnte ihm natürlich nicht entgehen und den beiden Leichenverbrennern auch nicht.

»Die Verfärbung im Gesicht ist verdächtig«, bemerkten sie, »die Lippen zeigen Zahneindrücke, die Mundhöhle ist blutig . . .«

»Unsinn!« unterbrach er sie. »Das kommt von der Hitze. Vorwärts, zufassen!«

Und hurtig, mit sieben Händen und acht Füßen, ging's ans Werk des Einbettens und Einsargens. Zuletzt wurde der Sarg beiderseits mit ›Nägeln des langen Lebens‹ zugenagelt. Geschäftig war die alte Wang hinter der Sache her und trieb beständig zur Eile an, auch spendete sie Hou Kiu eine Schnur Kupferkäsch.

»Wann soll denn der Sarg hinausgeschafft werden?« erkundigte er sich, nachdem er die Leichenverbrenner entlassen hatte.

»Übermorgen, auf Wunsch der Witwe. Er wird vor der Stadtmauer verbrannt.«

Hou Kiu empfahl sich.

An diesem Abend gab's einen solennen Schmaus für die Trauergäste, am nächsten Tag mußten die Bonzen aus dem Kloster der gnadenreichen Vergeltung Totenmesse lesen; endlich am übernächsten Tag früh um die Stunde des fünften Trommelschlags erschien ein Trupp Leichenverbrenner und trug den Sarg hinaus vor den Stadtwall. Etliche Nachbarn gaben das Geleit, voran in der Sänfte folgte die Witwe in weißer Trauerkleidung. Den ganzen Weg entlang führte sie mit künstlichem Schluchzen die Rolle der trauernden Witwe, die ihren Ernährer beweint, trefflich durch. Nachdem der Zug außerhalb des Stadtwalls am ›Platz der irdischen Wandlung‹ angelangt war, wurde ein Feuer entfacht und der Sarg den Flammen übergeben. Bald war er fein säuberlich in Asche verwandelt. Was an Knochen und Gebeinen übrigblieb, wurde in den nahen Stadtgraben geworfen. Hieran schloß sich eine Abspeisung im Refektorium des Klosters der gnadenreichen Vergeltung, selbstverständlich auf Hsi Mens Kosten.

Wieder daheim, stellte Goldlotos im Obergeschoß eine Seelentafel mit der Inschrift ›Seele meines verstorbenen Ehemannes Wu Ta‹ auf und setzte auf das Tafeluntergestell eine brennende Wasserlampe. An dem Gestell befestigte sie goldene und silberne Totenfähnchen und vergaß auch nicht, etwas Totengeld aus Gold- und Silberpappe hinzulegen.

Noch am selben Tage hatte sie ein Stelldichein mit dem Geliebten. Mutter Wang war weggeschickt worden, und so konnten sich die beiden zum ersten Male ungestört dem Vergnügen hingeben, was sie ›senkrecht und waagerecht‹ besorgten. Früher, in der Teestube der alten Wang, hatte das Vergnügen immer den fatalen Beigeschmack eines Hühnerdiebstahls gehabt. Nun waren sie Herren im Hause und konnten sich nach Herzenslust austoben und ausschlafen.

Anfangs machte Hsi Men aus Scheu vor den Nachbarsleuten immer erst den Umweg über Mutter Wangs Teestube, später wählte er, sogar in Begleitung seines kleinen Burschen, ganz ungeniert den geraden Weg zum hinteren Eingang des Hauses Wu Ta. Seine Beziehung zu Goldlotos gestaltete sich immer enger und leidenschaftlicher, so daß er mitunter drei, fünf Nächte lang nicht nach Hause kam, was natürlich bei seinen eigenen Angehörigen, die sich, groß und klein, zurückgesetzt und vernachlässigt fühlten, argen Verdruß auslöste.

Zwei Monate währte bereits das Verhältnis zwischen Hsi Men und Goldlotos. Nun war der fünfte Tag des fünften Monats, das liebliche Drachenbootfest herangekommen.

Weidenblätter, Smaragdfädengerinnsel
Schwingen hin und her.
Wie Tupfen rötlicher Tusche
Leuchtet's aus des Granatapfelbaums Wipfel.
Sanftes Windessäuseln
Fächelt linde Kühlung.
Frohes Bechern in jedem Nest:
Heute feiert man Drachenbootfest!

Hsi Men hatte aus Anlaß des Festes den Markt im ›Tempel der fünf heiligen Berge‹ besucht und war auf dem Rückweg in Mutter Wangs Teestube eingekehrt. Seine erste Frage galt der Geliebten.

»Gerade hat sie ihre Mutter zu Besuch; ich fürchte, sie ist noch nicht frei«, berichtete die Alte. »Ich will gleich mal hinüber und nachsehen.«

Sie traf Mutter und Tochter noch zusammen bei einem Becher Wein sitzen. Goldlotos forderte sie gastfreundlich zum Mittrinken auf: »Kommt, wir wollen auf Euren künftigen Nachwuchs trinken!«

»Ach, darüber bin ich alte, verlassene Person hinaus. Aber vielleicht wäre es bei Euch angebracht, junge Frau?«

Goldlotos bemerkte scherzend:

»Junge Knospen sind meist leer,
Späte Blüten bringen mehr.«

Die Alte, mit einem Seitenblick auf Mutter Pan:

»Nun seht doch, was sich Eure Tochter gegen mich Respektperson herausnimmt! Aber eines Tages wird sie die späte Blüte noch einmal brauchen!«

»Sie hatte ihr Lebtag einen losen Mund. Verargt's ihr nicht weiter!«

»Sonst ist sie ja klug und tüchtig, nein, ich will nicht ungerecht sein, ein treffliches Frauchen. Wer weiß, was für eine gute Partie sie noch machen wird.«

»Verehrte, wenn wir uns in dieser Beziehung auf Euch verlassen könnten . . . Ihr bringt ja doch Berge zusammen!«

So ging das Gespräch eine Weile hin und her. Mutter Wang langte kräftig zu und hatte von mehreren, rasch hinuntergespülten Bechern bereits ein weinrotes Gesicht; endlich wollte sie ihren

Auftraggeber nicht länger warten lassen, sie warf Frau Goldlotos einen raschen, bedeutungsvollen Blick zu und drückte sich gleich darauf.

Goldlotos drängte nun ihre Mutter zu baldigem Aufbruch und richtete in Eile alles, einschließlich wohlriechenden Räucherwerks, für den Empfang des Geliebten her.

Nach ihres Mannes Tode hatte sie es mit der Trauer nicht allzu genau genommen, hatte seine Seelentafel bald in die Ecke gestellt und einen Bogen weißen Papiers darübergedeckt. Die vorgeschriebenen Speiseopfer hatte sie sich natürlich auch geschenkt. Pudern, schminken und sich für den Geliebten schmücken, das war ihre einzige Sorge gewesen. Nun hatte er sich schon einige Tage nicht mehr sehen lassen, so empfing sie ihn jetzt etwas gereizt: »Treuloser Bandit, hast du deine ergebene Sklavin bereits kalt verstoßen? Hast wohl woanders etwas Süßes fürs Herz gefunden, he?«

»Die Geschäfte, Liebe, die Geschäfte! Aber heute habe ich mich frei gemacht und dir vom Tempelmarkt etwas Hübsches mitgebracht.«

Er winkte seinem Burschen Tai A'rl, worauf dieser die Handtasche öffnete und eine Anzahl Schmuckstücke, wie Perlen, Eisvogelfedern von Emaille und dergleichen, sowie mehrere Posten Kleiderstoff zum Vorschein brachte. Hocherfreut nahm sie alles entgegen, dann nötigte sie ihn zum Platznehmen und befahl der kleinen Ying'rl zu servieren. Sie hatte ja das junge Ding durch Schläge hinreichend eingeschüchtert und brauchte sich jetzt vor ihr keinen Zwang mehr aufzuerlegen.

»Aber mach doch keine Umstände«, wehrte ihr Hsi Men, »ich habe bereits der alten Wang Geld gegeben, damit sie das Erforderliche besorgt, denn den heutigen Tag möchte ich recht vergnügt mit dir feiern.«

»Oh, ich bin zufällig vorbereitet, weil ich heute meine Mutter zu Besuch hatte. Auf die alte Wang können wir lange warten, laß uns nur immer zulangen!«

Und dabei schmiegte sie ihr Köpfchen zärtlich an seine Wange und preßte ihren Schenkel an seinen.

Mittlerweile war die alte Wang mit ihrem Korb zum Einholen unterwegs. Nun ist ja der fünfte Monat als Regenmonat bekannt, kurz, sie wurde unterwegs von einem Unwetter überrascht. Schwarzes Gewölk verhüllte plötzlich die Sonne, die eben noch heiter am Himmel gestanden hatte, und dann schüttete es los wie aus umgestülpten Zubern.

Düster ballt sich's am Horizont,
Schwärzliche Schwaden verriegeln den Raum.
Wie ein ungeheurer Besen rasselt's daher.
Durch die Lüfte fegend, schiebt sich ein Wandschirm
vor die Sonne.
Tropfen auf Tropfen klatscht's
Auf die Bananenblätter schwer.
Tolle Winde packen mit gesammeltem Stoß
Den uralten Wacholderbaum und legen
Blitzgeschwind seine Wurzeln bloß.
Ehrwürdige Bergeshäupter beben.
Doch fortgespült Schwüle, verscheucht die Glut.
Es schlürfen die Fluren erquickende Flut.
Von neuen Wässern strotzende Ströme ziehn,
Und frisch gewaschen lacht des Bambus Grün.

Nachdem sich das Unwetter verzogen hatte, war Mutter Wang, die unter einem Dachvorsprung Unterschlupf gefunden hatte, hastigen Laufs heimgeeilt. In klitschnassen Sachen, ein rotes Kopftuch ums Haar, den vollgepackten Korb unterm Arm, erschien sie außer Atem in der Teestube.

»Hihi, die sitzen im Trockenen und lassen sich's wohlergehen!« polterte sie los. »Seht mich an, wie ich triefe! Dafür müßt Ihr mich entschädigen, hoher Herr.«

»Ihr seid wohl nicht bei Trost?«

»Ei, ich bin ganz bei Trost. Das kostet Euch einen Ballen seeblauen Kattun.«

»Schon gut«, fiel Goldlotos ins Wort, »stärkt Euch mit einem Becher Wein!«

Die Alte stürzte gleich drei Becher hinunter, dann verschwand sie in der Küche, um ihre Kleider am Herd zu trocknen. Sie machte sich geschäftig ans Essenzubereiten, und bald war ein lekkeres Menü von kleingeschnittenem Gänse- und Hühnerfleisch, gesottenem Reis und verschiedenen Gemüsen und Früchten fertig. Schenkel an Schenkel saßen die beiden, langten zu und schlürften aus gleichem Becher. Da fiel sein Blick auf die Gitarre an der Wand. Es war eine sechssaitige Pi pa.

»Zupfe mir ein Liedchen«, bat er. »Ich habe schon immer gehört, daß du so schön Gitarre spielen kannst.«

»Ach, ganz früher habe ich's ein bißchen geübt. Es ist nicht weit her mit meiner Kunst. Du wirst mich auslachen.«

Hsi Men nahm die Gitarre herab und schob sie ihr hin. Gespannt schaute er zu, wie sie die Gitarre auf ihre Knie legte und wie sich ihre jadegeschnittenen, bambussprossenzarten Finger spreizten und spielend über die wasserhellen Saiten hinglitten. Nun begann sie sacht zu zupfen, und leise kam es singend von ihren Lippen:

»Mit bloßem Kopf, in leichtem Negligé,
Das bläulichschwarze Haar nur lose aufgesteckt,
Schräg drin ein Pfeil von Golde blank,
Ruft sie: ›Komm, kleine Meh Hsiang,
Bring aus der Truhe mir ein Kleidchen!‹
Dann, eine zweite Hsi Schi, schön, doch schlicht,
Tritt aus der Kammer sie herfür und spricht:
›Die Matte vor der Türe rolle ein,
Und für die Nacht brenn Weihrauchstäbchen fein.‹«

Hsi Men wußte sich vor Entzücken über ihr Spiel und ihren Sang nicht zu fassen. Er schlang seine Hand um ihren Nacken und küßte sie auf den Mund.

»Wer hätte gedacht, daß du eine so große Künstlerin bist! Ich kenne mich doch wahrhaftig in sämtlichen Blumenhöfen aus, aber da kann sich doch keine mit dir messen.«

»Du übertreibst. Heute bist du ein Herz und eine Seele mit deiner kleinen Sklavin, hoffentlich vergißt du sie später nicht!«

»Niemals!« beteuerte er, ihre Wange streichelnd. Bald gerieten sie in die angeregteste Stimmung. Verliebt, wie er war, zog er ihr ein buntgesticktes Satinpantöffelchen vom Fuß, füllte ein Schälchen Wein hinein und trank es leer. Dann verriegelte er die Tür; sie entkleideten sich und überließen sich auf dem Bett einem munteren Liebesspiel. In ihrer Ausgelassenheit glichen sie einem tollenden Phönixpärchen oder zwei Fischlein, die sich im Wasser tummeln. Sie zeigte sich als Meisterin des Pfühls und trieb es wilder und raffinierter als irgendeine berufsmäßige Dienerin der

Liebe. Er wiederum handhabte mit Kraft nach allen Regeln der Kunst seinen Speer. Beide standen ja auch, er an Leistungsfähigkeit, sie an Reizen, im Zenit der Jahre. Während sich auf solcherlei Art das verliebte Paar bis zum späten Abend vergnügte, saß Mutter Wang mit der kleinen Ying'rl ruhig in der Küche. Endlich entschloß sich Hsi Men zum Aufbruch. Beim Abschied schenkte er ihr ein paar Unzen Silberbruch. Vergebens versuchte sie ihn noch zwei-, dreimal zum Bleiben zu bewegen. Er setzte seine Augenmaske auf, und weg war er.

An den Türpfosten gelehnt,
Sie stand und stand –
Ein Rauch, eine treibende Blüte,
Er ihrem Blick entschwand.

SIEBENTES KAPITEL

Bekümmert befragt Goldlotos das Schicksal. Ein Bonze, der die Seelentafel zu verbrennen kam, vernimmt Wollusttöne.

Längst kroch der rote Morgen
Durch die Gardine.
Endlich, die Arme halb entblößt,
Räkelt sie sich matt vom Lager.
Eine verschlossene Blüte,
Die der Sonne trotzte.
Freilich, wenn Nachtwind an die Kammer rüttelt,
Hält's schwer zu ruhn.
So raubte stürmisches Gedenken
An ihn, den einen, ihr den Schlaf.

Ein Monat war verstrichen, ohne daß sich Hsi Men bei Goldlotos hätte blicken lassen. Er hatte inzwischen eine reiche Dreißigerin, die Witwe Mong Yü Loh, heimgeführt, damit sie die Stelle der Tscho Tiu'rl, seiner verstorbenen Dritten, einnehme, und obendrein die Zofe Sun Hsüe O zum Rang einer vierten Gattin erhoben.

Täglich pflegte die verlassene Goldlotos, die Augen starr in die Ferne gerichtet, am Türpfosten zu lehnen. Zwar hatte sie die Nachbarin Wang öfters nach Hsi Men ausgeschickt, aber der Türhüter in Hsi Mens Haus wußte, in wessen Auftrag sie kam, und übersah sie geflissentlich. Und die kleine Ying'rl, die dann in der Regel hingeschickt wurde, wenn die Alte wieder einmal unverrichtetersache zurückkam, getraute sich erst recht nicht in das große, weitläufige Anwesen hinein, sondern begnügte sich damit, draußen etwas herumzuspionieren. Wenn dann die Kleine von ihren fruchtlosen Gängen heimkehrte, pflegte es ihr übel zu ergehen. Sie mußte sich beschimpfen, ins Gesicht spucken lassen, zur Strafe wohl auch halbe Tage niederknien und hungern.

Es war eines Tages zu Anfang August, in der Zeit der großen Hitze. Goldlotos hatte sich von Ying'rl ein heißes Bad bereiten lassen und sich, nur mit einem dünnen, kurzen Musselinhemd bekleidet, auf einen Schemel gesetzt. Ob er wohl heute endlich kommen würde? Für alle Fälle hatte sie ein Körbchen voll selbstgemachter Knusperhörnchen mit Fleischfüllung bereitgestellt. »Undankbarer Bandit!« grollte sie ein paarmal leise vor sich hin. Unfähig, etwas Vernünftiges zu beginnen, streifte sie aus Langerweile ihre roten Satinpantöffelchen ab und versuchte es mit einem Schicksalswurf. Sie wollte wissen, ob er noch an sie dächte:

Zwar hat man sich intim getroffen,
Doch darf man davon reden offen?
Lieber heimlich fragen das Geschick.
Bringt ihn die Ferne wohl zurück?

Auch das Lied vom ›Lämmchen am Abgrund‹ kann hier mit Fug zitiert werden, wo es heißt:

Ihr Schuhe, rote Wolken,
In die zwei Füßchen tauchen,
Zwei seidenflorbestrumpfte Füßchen,
So zart wie Lotosblumenblätter
Leicht über Wellen schwebend,
Zeigt, Schuhe, ob er meiner noch gedenkt,
Gedenkt, wie seiner immer ich gedacht.
Wie oft, mich lehnend an der Türe Pfosten,
Stand ich und schaute, ach, und schaute!
Wie trostlos, ach, wie trostlos ist des Abends

Hinter verhangenen Fenstern mein Allein!
Vergebens, daß ich aus des Lagers Kissen
Nachts wild verlangend seinen Namen rufe.
Hält's ihn beim Opium, in den Blumengassen,
Daß ich muß einsam leiden Qualen?
Ach, meine Brauen mehr und mehr verblassen.
Für wen denn lohnt's, sie schön zu malen?
An welcher grünen Weide mag er wohl
Sein Rößlein angebunden haben?
Wahrlich, ihn muß ich schnöden Undanks zeihn.
Mich aber trifft kein Vorwurf, nein!

Eine Weile unterhielt sich Goldlotos mit Schicksalbefragen, dann wurde sie müde. Sie warf sich quer über das Bett und schlummerte ein. Zwei Stunden später erhob sie sich mißgelaunt. Ying'rl meldete ihr, daß das Bad bereitet sei. Da fiel es ihr ein, sich von der Kleinen den Fächerkorb mit den Fleischhörnchen bringen zu lassen und die Hörnchen mit ihren feinen Fingern zu überzählen.

»Ich hatte dreißig gebacken, jetzt zähle ich nur neunundzwanzig. Wo ist das dreißigste?« fuhr sie die Kleine drohend an.

»Ich weiß nicht. Vielleicht hat sich meine Herrin verzählt?«

»Keine Spur! Ich habe zwei-, dreimal nachgezählt. Sie waren für den Herrn bestimmt. Wie konntest du dich unterstehen, eins davon wegzunehmen? Du eitle, lüsterne Sklavendirne du! Du bekommst noch die Verstopfung mit deiner Gefräßigkeit! Ob man dir große oder kleine Schüsseln vorsetzt, alles mußt du hinunterschlingen. Aber warte, ich will dich lehren, mir zu gehorchen!«

Und die Kleine herumzwirbelnd, schälte sie ihr kurzerhand die Kleider herunter und ließ an die dreißigmal die Reitpeitsche auf ihren bloßen Rücken niederklatschen.

»Willst du endlich gestehen?« schrie sie ihr Opfer an, das wie ein Ferkel beim Abschlachten quiekte. »Sonst mach dich auf hundert Hiebe gefaßt!«

»Ja, ja«, heulte die Mißhandelte, »hört bloß auf zu schlagen! Ich habe eins genascht, weil mir vor Hunger ganz dumm geworden war.«

»So! Und mich wagst du zu beschuldigen, ich hätte mich verzählt! Du liederliches Frauenzimmer, du elendes Verbrechergeschöpf! Als dein Hahnrei von Vater noch lebte, hättest du lieber etwas Gescheites lernen sollen, anstatt dich in Angeberei zu üben! Jetzt ist er nicht mehr da, und doch wagst du in meiner Gegenwart, dein freches Spiel zu treiben! Zu Fetzen sollte ich dich hauen, du lockere, nichtsnutzige Dirne!«

Sie zog ihr noch eins mit der Peitsche über, dann streifte sie ihr das Hemd wieder hoch und befahl ihr, aufzustehen, neben sie zu treten und ihr mit dem Fächer Kühlung zuzuwedeln. Nachdem sie sich eine Weile hatte befächeln lassen, fuhr sie auf einmal wieder los: »Zeig mal dein Gesicht her! Ich will es mit meinen Nägeln zeichnen.«

Folgsam hielt ihr Ying'rl das Gesicht hin, und schon hatten die scharfen Fingernägel ihrer Herrin zwei blutige Streifen über ihre Wange gezogen.

Nun ließ sie die Arme laufen. Sie selbst trat vor den Spiegel, putzte und puderte sich in aller Ruhe zurecht und ging dann hinaus, um den gewohnten Platz unter der Türmatte einzunehmen.

O Gunst des Zufalls! In diesem Augenblick sah sie Herrn Hsi Mens Burschen Tai A'rl, eine Reisetasche unterm Arm, vorüberreiten.

»He, wohin?« rief sie ihn an.

Nun, der Bursche war ja von Haus aus nicht blöde, und da ihn sein Herr auf seinen früheren Besuchen bei Frau Goldlotos ihn auch häufig mit kleinen Geschenken ›befeuchtet‹ hatte, so fühlte er sich ihr gegenüber ganz ungeniert. Er stieg gelassen vom Pferd und trat näher.

»Zur Kommandantur«, erwiderte er ihre Frage. »Ich soll etliche Geschenke hinbringen.«

»Was treibt denn dein Herr daheim?« forschte sie weiter, während sie ihn ins Haus führte. »Warum ist denn nicht ein Schatten mehr von ihm zu sehen? Er hat wohl anderweit etwas Süßes fürs Herz gefunden?«

»Nicht, daß ich wüßte. Doch dringende Geschäfte erlaubten ihm nicht, sich für Euch frei zu machen.«

»Ach, Geschäfte! Das ist kein Grund, mich einen ganzen Monat lang zu vernachlässigen, mir nicht einen Ton, nicht ein Wörtchen zukommen zu lassen. Was denn für Geschäfte?«

Statt einer Antwort feixte der Junge.

»Also, bitte, was für Geschäfte?« fragte sie noch dringender.

»Laßt's Euch genügen, wenn ich sage: Geschäfte. Was habt Ihr davon, auf den Pelz zu blasen, wenn Ihr dabei nur schadhafte Stellen entdeckt?«

»Liebes kleines Ölmaul, ich bin dir zeitlebens böse, wenn du es mir nicht sagst.«

»Gut, ich will reden; aber versprecht, daß Ihr mich bei meinem Herrchen nicht verraten werdet.«

»Ich verspreche es.«

»Also er hat inzwischen Frau Mong Yü Loh geheiratet . . .«

Während der Bursche das Drum und Dran dieser Affäre vom Kopf bis zum Schwanz berichtete, begannen der Schönen die Tränenperlen nur so über die Duftwangen herabzurollen. Betroffen hielt der Junge inne.

»Ihr denkt in solchen Dingen nicht weitherzig genug, ich wußte es, darum wollte ich überhaupt nicht sprechen.«

Sie lehnte sich an die Tür zurück, tat einen langen Seufzer und sagte: »Tai A'rl, du weißt nicht, wie lieb wir uns hatten! Warum hat er mich nun auf einmal verlassen?«

»Nehmt's doch nicht so tragisch!« suchte Tai A'rl sie zu trösten. »Seine anderen Frauen daheim machen sich doch auch nichts draus.«

»Hör zu!« bat sie leise und begann zu singen:

»Der treulose Mann, der Herrlichste er,
Ein Mond verging, er kam nicht mehr.
Unter Decken, mit Entenpärchen besticket fein,
Trug ich dreißig einsamer Nächte Pein.
Er tat so herzlich das letztemal,
Ich Närrin, mir blieb der Enttäuschung Qual.
Ja, tadelt nur: ich war zu heiß.
Was leicht gewonnen, gibt leicht man preis.
Ach, Liebe entzwei!
Und Glück vorbei!«

Als sie geendet, hub sie laut zu schluchzen an.

»Weint doch nicht!« tröstete sie der Bursche. »Mein Herr hat nächstens Geburtstag, da wird er sich gewiß blicken lassen. Schreibt ihm ein paar Worte, ich werde Eure Botschaft überbringen.«

»Ach ja! Ich werde dich mit einem Paar schöner, selbstgefertigter Schuhe belohnen. Ich erwarte ihn also an seinem Geburtstag bei mir. Aber wehe dir, mein kleines Ölmaul, wenn er dann nicht kommt!«

Sie befahl Ying'rl, ihm Tee und einen Teller Fleischhörnchen vorzusetzen. Dann ging sie in ihre Kammer, holte einen Streifen geblümten Briefpapiers, nahm den Pinsel zwischen die Finger, drehte und spielte etwas an seiner Spitze aus weichem Schafshaar, und dann hatte sie im Nu ein Gedicht niedergeschrieben, das sie ›Blumenbotschaft‹ betitelte:

Von einer, einer,
Die ihn verstand,
Du Blütenstreifen,
Sei ihm gesandt.
Denkt er noch dran,
Wie er sie fand?
Wie unterm Türdach
Erschrocken sie stand?
Nun untreu er ward,
In Ängsten sie harrt,
Ob das Seidentüchlein,
Das duftige Pfand,
Er einer zurückbringt,
Die ihn verstand.

Sie faltete den Streifen zu einem viereckigen Brief zusammen, versiegelte ihn und reichte ihn Tai A'rl.

»Hüte den Brief wie die Bruthenne das Ei! Ich erwarte deinen Herrn an seinem Geburtstag unter allen Umständen bei mir, hörst du?«

Nachdem sich der Bursche gestärkt hatte, drückte sie ihm beim Gehen noch ein paar Kupferkäsch in die Hand.

»Richte deinem Herrn noch aus, ich wäre sehr böse auf ihn gewesen, und wenn er nicht käme, würde ich die Sänfte besteigen und selber kommen.«

Tai A'rl versprach, es zu bestellen, schwang sich auf sein Rößlein und trabte davon.

Während der nächsten Tage saß sie und lauerte, doch nichts rührte sich auf ihren Brief hin; es war, als hätte sie einen Stein in den tiefen Ozean plumpsen lassen. Nun war der siebente Monat schon bald um, und immer näher kam der Geburtstag des Geliebten. Und je näher er heranrückte, desto länger wurde ihr die Zeit, ein Tag dehnte sich ihr zu drei Herbsten und eine durchwachte Nacht zum halben Sommer. Keine Kunde, kein Laut! Enttäuschung ließ sie gar manches Mal mit ihren Silberzähnen knirschen und lockte ihr das Naß aus den Sternenäuglein.

Am Abend des Geburtstages rief sie die Nachbarin Wang herüber. Erst traktierte sie die gefräßige Alte gebührend, dann schenkte sie ihr eine silberne, mit goldenem Kopf gezierte Agraffe aus ihrem Haar. Denn ohne Entgelt, das wußte sie, war die Alte für nichts zu haben.

»Tut mir den Gefallen und holt ihn her!« flehte sie.

»Der kommt heute bestimmt nicht mehr«, gab die Alte zu bedenken. »Der steckt heute von früh bis spät hinten und vorn in Gelagen. Aber morgen in aller Frühe will ich mich aufmachen.«

»Werdet Ihr's aber auch nicht vergessen?«

»I, wie sollte ich denn! Da sich's doch um Herrn Hsi Men handelt!«

Vollgegessen und mit weingerötetem Gesicht zog sie wieder ab. Frau Goldlotos aber konnte diese Nacht in ihrer Kammer unter den parfümduftenden, mit zärtlichen Mandarinenentenpärchen bestickten Decken keinen Schlaf finden, hantierte müßig mit dem Lampenstocher am Docht ihrer silbernen Öllampe herum und wand sich unter langen und kurzen Seufzern. Es war, wie es in jenem Gedicht heißt:

Lauten gar viel,
Um die lange Nacht
Zu kürzen mit Spiel.
Doch auf einsamer Wacht
In der Kammer leer
Fällt das Spielen so schwer.

Sie nahm ihre Pi pa zur Hand und sang leise ein Liedchen, sie nannte es ›Seidenflockengestammel‹, vor sich hin:

»Zu denken, daß eine andre
Sich für ihn schmückt!
Oh, Wut macht mich trunken,
Macht mich verrückt.

Schräg lehne ich sinnend
Vorm Bett am Schrein.
Warum warf er mich weg?
Nichts fällt mir ein.
Treuloser! Schwüre so zu brechen!
Wenn Menschen nicht, wird mich der Himmel rächen!«

Das erste, was sie anderntags tat, als sie sich nach unruhig durchwachter Nacht erhob, war, die kleine Ying'rl zum Nachbarhaus hinüberzuschicken und nachsehen zu lassen, ob Mutter Wang Wort gehalten habe. Ying'rl kam mit der tröstlichen Kunde zurück, daß Mutter Wang sich bereits in aller Frühe zu Herrn Hsi Men aufgemacht habe.

Es verhielt sich in der Tat so. Die Alte war schon früh am Morgen weggegangen, hatte dann geraume Zeit vorm Portal von Hsi Mens Anwesen gelauert, bis sie endlich den Geschäftsführer zu Gesicht bekam, wie er gerade die Apotheke aufmachen wollte. Da war sie grüßend auf ihn zugegangen und hatte ihn gefragt, ob sein Herr zu Hause sei.

»Da hättet Ihr früher kommen müssen«, hatte sie Fu beschieden. »Gestern war er daheim, da hatte er zur Feier seines Geburtstages eine Menge Gäste bei sich, abends ist er dann mit seinen Freunden zum Vergnügen ausgegangen. Er wird jetzt noch irgendwo in einem Freudenhaus stecken. Ihr müßt ihn schon dort suchen.«

Daraufhin hatte sich Mutter Wang zu der nächsten Freudenhausgasse gewandt, die unweit des Yamens in die Oststraße einmündete. Und richtig, dort kam er ihr, von zwei Burschen begleitet, in den Weg geritten. Deutlich merkte man ihm den Rausch der letzten Nacht an. Er saß schwankend im Sattel und döste aus Weinäuglein vor sich hin.

»He, hoher Herr, Ihr solltet etwas mäßiger trinken!« rief ihn die Alte an. Gleichzeitig faßte sie den Gaul am Gebißring und brachte ihn zum Stehen.

»Ach, Ihr seid's, Adoptivmutter«, lallte er. »Schwesterchen Goldlotos hat Euch wohl auf die Suche ausgeschickt?«

Sie flüsterte ihm leise ein paar Worte zu.

»Schon gut«, unterbrach er sie, »der Kleine hat mir's ausgerichtet. Ich weiß, sie ist mir böse. Aber jetzt will ich gleich zu ihr hin.« Und unterwegs weiterplaudernd, schlugen sie gemeinsam die

Richtung nach der Purpelsteinstraße ein. Nun waren sie angelangt. Die Alte eilte ein paar Schritt voraus.

»Ihr könnt Euch gratulieren und bei mir bedanken, junge Frau«, platzte sie ins Zimmer. »Ich habe noch keine Stunde gebraucht, da bringe ich ihn Euch schon.«

Frau Goldlotos hatte sich von ihrem freudigen Schreck noch nicht erholt, da trat er auch schon fächerwedelnd, noch nicht ganz nüchtern, ins Zimmer.

»Welch seltene Ehre!« begrüßte sie ihn vorwurfsvoll. »Ihr habt Eure arme Sklavin wohl ganz beiseite getan, daß sie keinen Schatten von Euch zu sehen bekommt? Freilich, wenn man mit der ›Neuen‹ so fest wie Leim und Lack zusammenklebt, dann bleibt für die arme Sklavin natürlich keine Zeit übrig.«

»Tu mir den Gefallen und hör nicht auf das dumme Gerede der Leute. Die Neue? Pah! Ich hatte nur soviel mit den Vorbereitungen für die Heirat meiner Tochter zu tun, deshalb konnte ich nicht kommen.«

»Mach mir nichts weis!« schmollte sie. »Bei deinem blanken Deckhengstleib schwöre mir, daß du mir noch treu bist und keine Neue liebst!«

»Ich schwöre, so wahr ich von tellergroßen Eiterbeuteln zerfressen, fünf Jahre lang von der Gelbsucht geplagt und von einer Laus, groß wie eine Tragmulde, in den Hintern gebissen werden will!«

»Du Lump, du, was würde dir das schon ausmachen!« rief sie, riß ihm dabei sein schönes neues Fransenbarett vom Kopf und schleuderte es zu Boden.

Erschrocken hob es die alte Wang wieder auf und legte es behutsam auf den Tisch.

»Aber Frauchen«, griff sie beschwichtigend ein, »nicht ihn, mich müßt Ihr schelten, daß ich den gnädigen Herrn nicht hergebeten habe. – So steht die Sache!«

Die Erzürnte überhörte sie und zog auf einmal eine breite goldene Agraffe aus seinem Schopf. Prüfend drehte sie das von Haaröl feuchte Schmuckstück in der Hand. Auf der einen Fläche waren zwei Sätze in Kursivschrift eingraviert:

Wiehernd auf blumiger Halde
Goldgeschirrte Rößlein springen.

Wenn die Aprikosen blühn,
In der Nephritkammer die Becher klingen.

Natürlich war die Agraffe ein Geschenk der neuen Gattin Mong Yü Loh, was ja die beiden Zeichen ihres Rufnamens Yü Loh, ›Nephritkammer‹, im zweiten Satz deutlich genug verrieten. Goldlotos aber wähnte, es sei das Geschenk irgendeines Singmädels. Sie steckte die Agraffe in ihren Ärmel und fuhr hitzig los: »Unverbesserlicher du! Wo ist denn die Nadel, die ich dir geschenkt hatte?«

»Ach, die habe ich neulich verloren, als ich in der Trunkenheit vom Pferd fiel. Meine Mütze war mir in den Dreck gerollt, dabei hatte sich mein Schopf gelockert, und da ist sie herausgerutscht.«

Sie schnalzte ihm schnippisch mit den Fingern ins Gesicht.

»Freundchen, das kannst du nicht einmal einem dreijährigen Kind weismachen.«

Da mischte sich die Alte ein.

»Frauchen, hört nun endlich auf mit Vorwürfen! Unser Herrchen leitet an Weitsichtigkeit, er bemerkt auf vierzig Li Entfernung, wenn eine Biene draußen vor der Stadt ihr Bedürfnis verrichtet, und stolpert über den Elefanten vor der Tür. Ihr müßt etwas Rücksicht darauf nehmen.«

»Ich werde schon von ihr genug bedrängt, nun zieht Ihr auch noch über mich her!« seufzte Hsi Men.

Jetzt bemerkte Frau Goldlotos den aus rotem Bein geschnitzten goldgesprenkelten Se-tschuan-Fächer in seiner Hand. Schon hatte sie ihm den Fächer entrissen und hielt ihn nun prüfend gegen das Tageslicht. Da entdeckte sie auf seiner Randfläche eine Anzahl von Zahneindrücken, und erfahren in allem Drum und Dran des Liebesspiels, wie sie war, argwöhnte sie natürlich, er stamme von irgendeiner Schönen. Ohne ein Wort zu verlieren, hatte sie ihn auch schon mitten entzweigebrochen.

»Aber das ist doch bloß ein Andenken meines lieben und verstorbenen Freundes Pu Tschi Tao«, klärte sie vorwurfsvoll Hsi Men auf, der ihr den Fächer vergebens zu entwinden versucht hatte.

»Immer hatte ich ihn sorgsam gehütet, erst seit ein paar Tagen benutze ich ihn, und da mußt du mir ihn zerbrechen!«

Derart kühlte sie eine Weile lang ihr Mütchen an ihm. Nun trat

Ying'rl mit dem Teegeschirr ein. Auf Geheiß ihrer Herrin mußte sie das Teebrett hinsetzen und zunächst vor Hsi Men Kotau machen. Die alte Wang hielt den Zeitpunkt für gekommen, sich in die Küche zu verziehen.

»Ihr habt Euch nun lange genug die Ohren wundgeschrien, verpaßt nur nicht die Hauptsache!« brummte sie beim Weggehen.

Während Ying'rl den Tisch deckte, brachte Goldlotos aus einer Truhe ihre Geburtstagsgaben für den Geliebten zum Vorschein und breitete sie auf einer Schale vor ihm aus: ein Paar schwarze Atlasschuhe, zwei an Schnüren zu tragende Parfümbeutel, ein Paar Knieschützer von dunkelrötlichem Atlas, gemustert mit Kiefern, Bambus und Kalykanthos als den drei kältetrotzenden Gefährten des Winters, einen Streifen dünnes, grünes, wie Schan-hsi-Öl geschmeidiges Satinfutter, einen bastgeflochtenen Gürtel aus purpurrotem Seidengarn, eine rosarote Leibbinde und einen breiten Haarpfeil mit einer Lotoszwillingsblüte als Kopf. In den Haarpfeil war folgender Vierzeiler eingeritzt:

»Eine Lotoszwillingsblüte
Steckt ich meinem Herrn ins Haar.
Mag er nie sich von ihr trennen
Und sie tragen immerdar.«

Gerührt schloß Hsi Men sie in die Arme und küßte sie. Diesen ganzen Tag und die folgende Nacht wich er nicht mehr von ihrer Seite, und in wilder Hingabe, in Umarmungen ohne Maß beschlossen die beiden das Fest ihrer Wiedervereinigung. –

Es ist eine alte Erfahrung, daß Übermaß von Glück gewöhnlich in Leid umschlägt. Es war am nächsten Vormittag zur Frühstückszeit, die beiden Liebesleute waren noch nicht aufgestanden, da hielt vor dem Hause des verstorbenen Wu Ta ein reitender Bote. Er kam von Wu Sung. Wu Sung hatte sich inzwischen seines Auftrags in der östlichen Hauptstadt entledigt, hatte dem Palastkommandanten Tschu das Schreiben seines Kreismandarin nebst der Kamellast Geschenke abgeliefert und sich dann einige Tage später mit einem Antwortschreiben auf die Heimreise gemacht. Im vierten Monat war er zur Hinreise aufgebrochen; inzwischen war der Sommer vergangen, es ging auf den Herbst, als er zurückkehrte. Dauernde Unwetter hatten ihn unterwegs aufgehalten, so daß er zum Hin- und Rückmarsch volle drei Monate gebraucht hatte. Auf dem ganzen Wege, im Wachen und Schlafen, hatte ihn eine seltsame Unruhe und Sorge um seinen älteren Bruder nicht verlassen. So hatte er sich entschlossen, einen von seinen Leuten vorauszuschicken, der dem Kreismandarin seine Ankunft melden und dann gleich Wu Ta einen Brief überbringen sollte. Heute nun war dieser Bote erschienen. Er fand das Haus des älteren Wu noch verschlossen und wollte schon anklopfen, da fragte ihn die Nachbarin Wang, die zufällig vor der Tür stand, nach seinem Begehr.

»Ich habe einen Brief vom Wachthauptmann Wu Sung für seinen Bruder abzugeben.«

»Der ist nicht daheim. Die ganze Gesellschaft ist auf der Begräbnisstätte. Gebt nur den Brief her, ich kann ihn ebensogut abliefern, wenn er zurückkommt.«

Der Bote händigte ihr also den Brief aus, grüßte und trabte davon. Die alte Wang aber begab sich mit dem Brief schleunigst zu dem Pärchen im Nachbarhaus.

»Auf, auf, ihr Leutchen!« platzte sie aufgeregt hinein. »Eben war ein Bote vom jüngeren Wu hier. Bald wird er selber eintreffen. Der Bote hatte einen Brief für den älteren mit, ich habe ihm den Brief abgenommen und ihn weitergeschickt. Jetzt heißt's keine Zeit verlieren. Die Lage fordert raschen Entschluß.«

Hätte man Hsi Men sonst was erzählt, er würde gar nicht draufgehört haben. Aber bei dieser Mitteilung war ihm, als ob ihm sein Schädeldach in acht Stücke gespalten worden wäre, als ob man ihn jählings in ein mit Schneeschlicker gefülltes Faß gestülpt hätte. Im Nu hatten sich beide, er und Goldlotos, erhoben und waren in die Kleider gefahren. Dann machten sie sich im Wohnzimmer über die Lektüre des Briefes her. Wu Sung schrieb darin, daß er spätestens im mittleren Herbstdrittel zurück sein würde. Den beiden bebten vor Schreck alle Glieder, und sie flehten stürmisch die Alte um Rat an.

»Die Sache ist ganz einfach«, sprach Mutter Wang beruhigend auf sie ein. »Wie ich schon früher sagte, lautet eine alte Regel:

Erste Heirat – Elternwille,
Zweite Heirat – eigner Wille.

Ferner verbietet das Gesetz das Alleinsein von Schwager und Schwägerin unter einem Dach. Die hundert Trauertage seit Wu

Tas Tod sind bald um. Jetzt braucht unser Frauchen nur ein paar Bonzen herzubitten, damit sie die übliche Zeremonie der Verbrennung der Seelentafel vornehmen, und sich noch rechtzeitig vor Wu Sungs Rückkehr in der Sänfte von Herrn Hsi Men als Gattin heimführen zu lassen. Dann steht der Bursche vor vollendeten Tatsachen, und im übrigen will ich schon mit ihm fertig werden. Ihr aber seid fürs ganze Leben vereint. Na, habe ich das nicht großartig ausgedacht?«

»Großartig! Und so wird's gemacht!« stimmte Hsi Men eifrig zu und machte sich mit der Geliebten beruhigt übers Frühstück her. –

Der Sechste des achten Monats, der letzte der hundert Trauertage seit Wu Tas Tode, war gekommen. Mit mehreren Unzen Bruchsilber versehen, fand sich Hsi Men bei Frau Goldlotos ein. Bald waren sechs Bonzen aus dem Kloster der gnadenreichen Vergeltung zur Stelle. Sie sollten den Tag über für den Verstorbenen Seelenmessen lesen und dann abends feierlich die Seelentafel verbrennen. Der Oberpriester hatte sich schon frühmorgens zur Zeit der fünften Nachtwache mit einer Traglast frommer Gebetbücher eingefunden, einen Gebetplatz hergerichtet und ein Buddhabild aufgehängt. Dann war er mit Mutter Wang in der Küche mit dem Bereiten der Opferspeisen beschäftigt. Unterdes vergnügte sich Hsi Men mit Frau Goldlotos im Bett.

Nun war der ganze Trupp der Bonzen vollzählig beisammen, und bald tönte das Schwirren der Geisterkeulen, das Rasseln der Trommeln, das Bimmeln der Glöckchen und der murmelnde Singsang der Gebete. Inzwischen lag Goldlotos, weit entfernt von allen Gedanken an Frommheit und Enthaltsamkeit, bei ihrem Geliebten im Bett und dachte auch, als es schon fast Mittag geworden war, nicht daran, sich vom Lager zu erheben. Nun aber verlangte das Rituell, daß sie als Hauptleidtragende persönlich am Gebetplatz erschien, um Weihrauchstäbchen anzustecken, Gebetsformeln zu unterschreiben, Schwurzeugnis abzulegen und dem Buddhabildnis Reverenz zu erweisen. Sie erhob sich also, wusch sich, frisierte sich und trat, in einfache, aber geschmackvolle Trauertracht gehüllt, auf den Gebetplatz hinaus. Anmutig vollzog sie ihre Verneigungen vor dem Buddhabild. Als die frommen Klosterbrüder sie gewahrten, da verflüchtigte sich bei ihnen im Nu ihre Buddhaergebenheit und innere Sammlung. Gegen solche Reize waren sie nicht gewappnet, sie verloren jeden Halt, wurden schlapp wie Käse und samt und sonders von einer wahren Affengeilheit und Pferdebrunst befallen.

Der Bande Oberhaupt, zerstreut und toll,
Vergißt, wie er die Gottheit invozieren soll.
Verspricht sich, kann sich kaum mehr sammeln,
Beginnt statt Sutras wirres Zeug zu stammeln.
Und gar die andern völlig außer Rand und Band!
Der Weihrauchschwenker stößt mit täppscher Hand
Die Blumenvase um, daß sie zu Boden fällt.
Der zweite statt der Kerze eine Räucherschale hält.
Der dritte, der als Eidesformelkünder ausgewählt,
Anstatt vom Reiche Sung vom Reiche Tang erzählt.
Und der vom reuigen Mut des Toten zeugen soll,
Vom Lob der Witwe einzig überquoll.
Der Abt des nächsten Hand besessen packt
Und schlägt mit ihr als Trommelklöppel Takt.
Und ein Novize aller Fassung bar,
Benutzt als Trommel eines Fraters Glatze gar.
Die Würde, die in harter Klosterzucht gewonnen,
In dieser Stunde ist sie jäh zerronnen.
Doch wäre einer tausendmal metallen,
Hier wäre er nicht minder umgefallen.

Nachdem Frau Goldlotos ihre Weihrauchstäbchen abgebrannt, ihre Unterschriften erteilt und ihre Verneigungen vor dem Buddhabild absolviert hatte, zog sie sich in ihre Kammer zurück und kroch flugs wieder zu Hsi Men ins Bett, um das unterbrochene Vergnügen fortzusetzen. Daß sie sich dabei allen frommen Karenzvorschriften zum Trotz ungeniert an Wein und knoblauchgewürzter Fleischkost delektierte, versteht sich von selbst. Hsi Men aber bat die alte Wang, dafür zu sorgen, daß Goldlotos nicht wieder von den Kahlköpfen behelligt würde.

Die Kahlköpfe aber waren mit ihren Gedanken immer noch bei der schönen jungen Witwe. Als die Mittagspause um war, während der sie sich in ihr Kloster zurückbegeben hatten, um dort ihr frugales Mahl einzunehmen, traf es sich, daß einer von ihnen früher als die andern wieder im Trauerhaus anlangte. Zufällig be-

第十三回　李瓶姐隔牆密約

金瓶梅

迎春兒隙底私窺 一

金瓶梅 第十四回 花子虛因氣喪身

金瓶梅

李瓶兒迎奸赴會

金瓶梅

第十五回　佳人笑賞翫燈樓

金瓶梅

狎客幇嫖麗春院

fand sich der Raum, wo die Priester ihren liturgischen Dienst erledigten, unmittelbar neben der Schlafkammer der jungen Witwe. Es war nur eine dünne Holzwand dazwischen. Also der betreffende Priester war eben an einen Wasserkübel, der dicht unter dem Kammerfenster stand, herangetreten, um sich die Hände zu waschen. Da vernahm er von nebenan ein verdächtiges Bibbern und Keuchen, Seufzen und Stöhnen, Ächzen und unterdrücktes Kreischen, kurz jene untrüglichen Begleitgeräusche eines Beischlafs. Scheinbar die Hände waschend, rührte er sich nicht vom Fleck und lauschte. Und da drangen auch ganz deutlich abgerissene Worte, von einer weiblichen Stimme gestöhnt, an sein Ohr, wie:

»Ta ta! . . . Vorsicht, du tust mir weh! . . . Ach, sie werden gleich wiederkommen und uns hören . . . laß mich! Rasch weg! . . .«

Und dann eine männliche Stimme: »Keine Bange! . . . den Ofendeckel auf, ich muß mir schnell noch eins abbrennen . . .«

Wenn sie geahnt hätten, daß ihre Zwiesprache aus dem Versteck von einem Kahlkopf unter gieriger Anteilnahme mit angehört wurde!

Als die ganze Gesellschaft wieder beisammen war und der rituelle Tamtam von neuem anhob, da flüsterte es einer dem andern zu, daß sich nebenan Frau Goldlotos mit einem Manne vergnüge. Ei, wie den Kerlen da der Schwung in die Glieder fuhr, wie sie aufgeregt mit den Händen zu fuchteln und mit den Füßen zu zappeln anfingen! Endlich näherte sich die Zeremonie ihrem Abschluß, und gegen Abend wurde die Seelentafel samt den papierenen Totengaben, die mit verbrannt werden sollten, feierlich hinaus vor die Haustür getragen. Frau Goldlotos hatte sich längst wieder weltlich frisiert und ein farbenfreudiges, hübsches Gewand angetan. Hinter dem Fenstervorhang stand sie an Hsi Mens Schulter gelehnt da und schaute zu, wie die Bonzen draußen die Seelentafel und das Buddhabild einäscherten. Die alte Wang machte sich beim Aussprengen des Opfertranks und beim Feueranzünden nützlich. Die kahlköpfigen Schelme schielten indessen beständig mit lüsternen Augen nach dem Vorhang hinüber, hinter dem sie schattenhaft die Schöne und ihren Galan eng aneinandergepreßt stehen sahen. Und in Gedanken an die am hellen Tage aufgeschnappten Fetzen einer zärtlichen Schlafzimmerunterhaltung gerieten sie in Hitze und trommelten und bimmelten wie besessen mit ihren Instrumenten drauf los. Als zufällig ein Windstoß dem Oberbonzen seine Tiara zu Boden wehte, so daß seine schwärzlich umsäumte runde blanke Glatze zum Vorschein kam, da bückte sich niemand danach, so sehr waren alle mit ihrem Getrommel und Gebimmel beschäftigt. Wirklich ein Schauspiel zum Lachen!

»Meister«, wandte sich die alte Wang an einen Bonzen, »es ist doch nun alles längst in Asche verwandelt, warum wird denn noch weiter getrommelt und gebimmelt?«

»Unter dem Ofendeckel gibt's noch was abzubrennen«, war die Antwort.

Natürlich verstand Hsi Men die Anspielung. Eilends hieß er die Alte, den Bonzen ihr Honorar zu verabfolgen und sie heimzuschicken. Der Abt wollte gar zu gern noch seinen Dank bei der schönen Spenderin persönlich anbringen. Aber Goldlotos winkte ab.

»Na, dann wollen wir sie in Ruhe lassen!« brummten die Mönche und zogen grinsend ab.

Ja, ja, mitunter haben Wände Ohren,
Von Spähern bleibt kein Fenster ungeschoren!

ACHTES KAPITEL

Heimlich gehen Hsi Men und Goldlotos die Ehe ein. Im Irrtum befangen erschlägt Wu Sung den Agenten Li.

Anderntags lud Goldlotos die alte Wang zum Abschiedsmahl und empfahl die kleine Ying'rl in ihre Obhut und Pflege. Hsi Men bemerkte besorgt:

»Wenn ich nur wüßte, wie wir es anstellen können, daß dieser Wu Sung von unserer Heirat gar nichts erfährt.«

»Das laßt nur meine Sorge sein, hoher Herr!« beruhigte ihn die Alte. »Sollte er hier eigenmächtig eindringen und herumschnüffeln wollen, so werde ich ihm schon Rede stehen.«

Hsi Men faßte neue Zuversicht, und wohlgelaunt schenkte er der Alten drei Silberunzen. An diesem Abend ließ er die gesamte Habe der jungen Frau, in Truhen und Koffern verstaut, nach seinem Anwesen schaffen. Einiges altes Gerümpel, wie zerbrochene Tische und Schemel, und abgetragene Garderobe durfte die alte Wang an sich nehmen. Am nächsten Tag, es war der Achte des achten Monats, ließ er die festlich gekleidete Geliebte mit der Sänfte abholen. Mutter Wang, der Bursche Tai A'rl und vier Stocklaternenträger gaben ihr das Geleit. Natürlich war den Anwohnern die ganze Purpelsteinstraße entlang der Sachverhalt wohlbekannt. Indes fürchtete jedermann Hsi Mens Geld und Einfluß; wer hätte sich da einzumengen gewagt? Die öffentliche Meinung kam aber in folgendem Spottgedicht, das bei dieser Gelegenheit entstand, treffend zum Ausdruck:

Ei pfui! Herr Hsi Men, was sind das für Sachen!
Solche Heirat ist doch wirklich zum Lachen.
Erst ehebrechen und dann frein!
Nie wieder wird Euer Name rein.
In roter Sänfte, als Braut geziert,
Man eine Hure zu Euch führt.
Kein Anverwandtes bringt sie hin,
Nur eine alte Kupplerin.

In einem abseits gelegenen Parkwinkel, zu dem eine versteckte Seitenpforte führte, ließ Hsi Men der Geliebten die unteren drei Räume eines einstöckigen Pavillons wohnlich herrichten. Die Umgebung wurde hübsch mit Beeten und Topfpflanzen geschmückt. Es war ein lauschiges, ganz verstecktes Plätzchen, das den ganzen Tag über kaum ein Mensch betrat. Besondere Sorgfalt verwandte er auf die Ausstattung des Schlafzimmers, die er sich nicht weniger als sechzig Silberunzen kosten ließ. Dafür erstand er: ein großes, mit Goldbemalung geziertes Schwarzlackbett mit rotseidenen, goldkreisgemusterten Vorhängen, einen kostbaren Toilettentisch mit Blumenmustern aus Juwelen- und Elfenbeineinlagen sowie etliche weiche, mit buntem Damast bespannte Polstersessel.

Mondfrau, seine Hauptgattin, hatte bis dahin zwei Zofen namens ›Lenzpflaume‹ und ›Nephritflöte‹ zur persönlichen Bedienung gehabt. Hsi Men ordnete an, daß Lenzpflaume künftig

Goldlotos zur Verfügung zu stehen und mit in ihrem Pavillon zu wohnen habe. Sie mußte sie mit ›Herrin‹ anreden. Außerdem kaufte er ihr noch für sechs Unzen eine Küchenmagd namens ›Herbstaster‹ und für Mondfrau zum Preise von fünf Unzen eine Ersatzzofe namens ›Juwelchen‹. Goldlotos erhielt den Rang einer fünften Gattin, denn inzwischen hatte ja Hsi Men, wie bereits erwähnt, seinen Bestand an Frauen um eine dritte und vierte Gattin vermehrt.

Am Tag nach ihrer Übersiedlung in Hsi Mens Heim begab sich Goldlotos wohlfrisiert und im besten Staat zum Gemach von Mondfrau, um sich den dort versammelten weiblichen Insassen des Haushalts, groß und klein, vorzustellen. Interessiert musterte Mondfrau, die auf dem Ehrenplatz saß, die Neue. Ihr Eindruck war: Lebenslust vom Kopf bis zu den Füßen, Sinnlichkeit von den Füßen bis zum Kopf. Dieses gewisse Fluidum von Lebenslust und Sinnlichkeit, das um ihren Körper floß, weckte die Vorstellung an eine schimmernde Perle, die über eine Kristallschale kollert. Ihre Erscheinung wirkte wie ein Zweig mit roten Aprikosen, um die der Mondschein spielt.

Nachdem Mondfrau die Neue eine Weile stumm betrachtet hatte, dachte sie bei sich:

›Immer, wenn der Bursche nach Hause kam, schwärmte er, wer weiß wie sehr, von Wu Tas Gattin. Bisher war ich skeptisch. Jetzt, da ich sie zum ersten Male zu Gesicht bekomme, begreife ich freilich, warum sie die Männer so verrückt macht.«

Goldlotos warf sich vor Mondfrau zu Boden, vollzog einen viermaligen Kotau und überreichte die üblichen Willkommenpantoffeln. Dann begrüßte sie mit dem kleineren Zeremoniell, wie es unter Schwestern üblich ist, der Reihe nach Li Kiao'rl, Mong Yü Loh und Sun Hsüe O. Hierauf trat sie bescheiden zur Seite. Mondfrau ließ ihr einen Sessel bringen und gab den anwesenden Zofen und Dienerinnen zu verstehen, daß sie in ihr künftig die ›fünfte Herrin‹ zu respektieren hätten.

Von ihrem Platze aus musterte Goldlotos ihrerseits verstohlen, ohne die Pupille zu verdrehen, die vier anderen Frauen. Da war zunächst Mondfrau, die sie auf siebenundzwanzig Jahre schätzte. Ein Antlitz ebenmäßig blank wie eine Silberschale, die Augen rund und frisch wie Aprikosen. Ihre Bewegungen sanft und geschmeidig, ihre Haltung würdig, knapp und gemessen ihre Sprache. Dann Li Kiao'rl, die ehemalige Sängerin aus dem Freudenhaus. Eine etwas üppige, behäbige Schönheit. Zwar fraglos eine Kurtisane von Klasse, aber in der Liebestechnik Goldlotos doch weit unterlegen. Mong Yü Loh, die dritte, eine Dreißigerin. Von Aussehen eine Birnenblüte, die Taille geschmeidig wie eine Weidengerte, groß und verführerisch die Figur. Im melonenrunden Gesicht hier und da kleine Tupfen, die ihre natürliche Schönheit keineswegs beeinträchtigten. Unter ihrem Jupon zwei Füßchen von genau den gleichen Abmessungen wie die von Goldlotos. Schließlich Sun Hsüe O, die als Zofe im Hause groß geworden war. Vollschlank, etwas untersetzt. In der Kochkunst ebenso vollkommen wie im Tanzen und Tellerjonglieren. In raschem Überblick hatte sich Goldlotos soweit wie möglich die charakteristischen Merkmale eingeprägt.

Vom dritten Tage an gewöhnte sie sich daran, immer schon in aller Frühe aufzustehen und pünktlich ihre Morgenvisite bei Mondfrau zu machen, ihr auch gefällig alle möglichen Nadel- und Handarbeiten abzunehmen. Mondfrau brauchte sie nie zu irgend etwas zu nötigen, rührig und umsichtig ging sie immer von selbst zur Hand. Im Umgang mit den Dienerinnen sprach sie von Mondfrau stets respektvoll als von der ›großen Herrin‹. Mit kleinen Aufmerksamkeiten und durch anhängliches Benehmen wußte sie binnen kurzem die Sympathie von Mondfrau zu gewinnen, so daß diese sie bald vertraulich ›Schwester Sechs‹ – sie war ja zu Hause die jüngste von sechs Schwestern gewesen – titulierte. Li Kiao'rl und die anderen zwei Frauen waren davon natürlich wenig erbaut und machten ihrem Verdruß hinter dem Rücken von Mondfrau manchmal Luft, indem sie sprachen: »Mit uns, die wir zuerst da waren, macht sie keinen Sums, und mit jener Neuen, die kaum ein paar Tage zur Familie gehört, tut sie wer weiß wie intim!«

Hsi Men aber war seit der Übersiedlung von Goldlotos auf einmal häuslich geworden. Kaum daß er einmal den Fuß aus seinem schönen großen Ansehen und tiefen Park setzte. Es erübrigt sich, zu erwähnen, daß er mit Goldlotos wie Leim und Lack zusammenklebte und täglich mit ihr von neuem alle Wonnen des Sinnenrausches auskostete.

Im ersten Drittel des achten Monats traf Wu Sung wieder in der Kreishauptstadt Tsing ho hsiän ein. Er erstattete zunächst dem Kreismandarin Bericht und überbrachte ihm das Antwortschreiben des Palastkommandanten Tschu. In Anerkennung seiner guten Dienste wurde er vom Kreismandarin gastlich bewirtet und mit zehn Silberunzen belohnt. Nun begab er sich in sein Quartier, kleidete sich von oben bis unten um und machte sich dann sofort auf die Suche nach seinem Bruder. Die Kunde von seiner Rückkehr versetzte die Nachbarn zu beiden Seiten der Purpelsteinstraße in nicht geringe Aufregung und preßte ihnen zwei Handvoll Angstschweiß ab.

»O weh, jetzt gibt's eine Familienkatastrophe. Der Unglücksstern zeigt sich wieder. Nun ist kein Halten mehr«, so ging die allgemeine Rede.

Vor dem brüderlichen Haus angelangt, lüftete Wu Sung die Türmatte und trat ein. Er rief: »He, Bruder!« Keine Antwort. »Schwägerin!« Keine Antwort.

Er dachte: ›Bin ich denn taub geworden, daß ich niemand antworten hörte?‹

Jetzt sah er Ying'rl oben auf der Veranda sitzen und nähen. Er rief sie an. Ihr aber blieb vor Schreck über sein plötzliches Erscheinen das Wort im Munde stecken, und als er jetzt wissen wollte, wo Bruder und Schwägerin steckten, fing sie an zu weinen. Inzwischen war Mutter Wang auf sein Kommen aufmerksam geworden und, entschlossen ihre Angst abschüttelnd, herbeigeeilt.

»Wo steckt denn mein Bruder, und weshalb ist meine Schwägerin unsichtbar?« fragte er die Alte.

»Nehmt nur erst mal Platz, dann will ich Euch ausführlich erzählen. Also Euer Bruder ist im vierten Monat, bald, nachdem Ihr fort wart, einer tückischen Krankheit erlegen.«

Wu Sung wollte bis auf den Tag genau wissen, wann und woran er gestorben und mit welcher Arznei er behandelt worden sei.

»Am Zwanzigsten des vierten Monats«, log sie, »befielen ihn zum erstenmal heftige Magenkrämpfe. Acht, neun Tage lag er krank. Er hat alle möglichen Arzneien eingenommen, aber alles Kurieren und Beschwören war umsonst. So ist er gestorben.«

»Wie ist er denn zu diesen Magenbeschwerden gekommen? Er hat doch früher nie darunter zu leiden gehabt?«

»Herr Wachthauptmann, da verlangt Ihr zuviel zu wissen. Der Himmel ist unberechenbar in seinen Schickungen. Die Menschen müssen sich damit abfinden, daß Glück und Unglück abwechseln wie Abend und Morgen. Heute abend mögt Ihr noch ganz froh Eure Schuhe und Strümpfe ausziehen und seid doch nicht sicher, ob Ihr sie morgen früh wieder anziehen könnt. Wer ist denn gegen Schicksalsfälle gefeit?«

»Und wo liegt er begraben?«

»Als es Euren Bruder hinwarf, war im ganzen Hause kein Kupferkäsch mehr da. Seine Frau war behindert wie ein Krebs ohne Beine. Wo sollte sie denn das Geld zu einem Begräbnisplatz hernehmen? Dank dem großherzigen Eingreifen eines reichen Herrn aus der Nachbarschaft, der früher mit ihrem Manne befreundet gewesen war, konnte sie wenigstens einen Sarg erstehen. Drei Tage ließ sie den Sarg anstandshalber im Hause stehen; was blieb ihr denn anderes übrig, als ihn vor den Stadtwall schaffen und einäschern zu lassen?«

»Und wo steckt meine Schwägerin?«

»Sie ist doch ein schwaches junges Frauchen, nun hatte sie auf einmal keinen Ernährer mehr. Da hat sie eben schlecht und recht die vorgeschriebenen hundert Trauertage durchgehalten und sich dann auf Anraten ihrer Mutter wieder verheiratet, und zwar nach auswärts, mit einem Herrn aus der Hauptstadt. Ihre ganze Habe hat sie mitgenommen, außer dieser jungen Magd, die sie mir einstweilen zur Pflege dagelassen hat. Ich wollte nur Eure Rückkunft abwarten, um Euch das junge Ding zu übergeben. Damit ist die Angelegenheit für mich erledigt.«

Wu Sung tat einen langen, tiefen Seufzer. Dann ließ er die Alte stehen und begab sich in sein Quartier zurück. Er zog seine schlechtesten Sachen an und schickte einen seiner Leute aus, um grobhanfenen Stoff zu einem Trauerrock, ferner baumwollene Socken, einen Trauerhut und verschiedene Opfergegenstände, wie Früchte, Süßigkeiten, Räucherkerzen, papierene Figuren, Totengeld und ähnliches zu kaufen. Alle diese Sachen ließ er nach der brüderlichen Behausung bringen. Dort stellte er von neuem eine Seelentafel auf, setzte die verschiedenen Opferspeisen nebst Schalen guten Opferweins vor sie hin, hißte eine bunte papierene Totenfahne und setzte das Räucherwerk in Brand. Abends etwa in der zehnten Stunde verneigte er sich feierlich vor der Seelentafel und rief, eine Räucherkerze zwischen den Fingern haltend, also den Geist des Toten an:

»Bruder, noch weilt deine Seele nicht fern. Du warst zu Lebzeiten weich und schwach. Noch sehe ich nicht klar, wie du zum Sterben kamst. Sollte dir von irgend jemand ein Leid angetan sein, dann offenbare es mir, deinem jüngeren Bruder, im Traume, damit ich dich rächen und die Schmach abwaschen kann!«

Hierauf versprengte er zu Ehren des Abgeschiedenen Wein und setzte die papierenen Opferfiguren in Brand. Dann stimmte er laut die Totenklage an. Schon auf dem Hinwege hatten ihm manche Leute durch Wehklagen ihr Beileid zum Ausdruck gebracht. Nun vollends gab es in der ganzen Nachbarschaft niemand, der nicht laut jammernd in den Trauerchor mit eingestimmt hätte. Als er die Totenklage beendet hatte, verzehrte er gemeinsam mit Ying'rl und seinen Leuten die verschiedenen Opferspeisen und Getränke. Für die Nacht hatte er zwei Schlafmatten bereitlegen lassen, eine für seine Wachtleute draußen im Hof unter freiem Himmel und eine im Haus für Ying'rl. Er selbst wählte als Lager den Platz vor dem Tisch mit der Seelentafel des Toten. Bis Mitternacht konnte er keinen Schlaf finden, ruhelos und seufzend wälzte er sich von einer Seite auf die andere. Die Wachtleute dagegen lagen längst in tiefem Schlummer und schnarchten. Jetzt richtete er sich etwas in die Höhe und blickte umher. Halb erloschen flackerte die gläserne Totenlampe vor ihm auf dem Tisch. Er setzte sich aufrecht auf die Matte und begann ein Selbstgespräch:

»Er war zu Lebzeiten so schwach und nachgiebig, ich ahne, es stimmt da etwas nicht mit seinem Tode ...«

Mitten in seiner Selbstbetrachtung fuhr es da plötzlich wie ein kalter Windhauch unter dem Tisch mit der Seelentafel hervor.

Kein Körper, kein Schatten,
Kein Nebel, kein Rauch,
Ein gespenstischer Wirbel,
Ein Todeshauch.

Eisig kriecht's daher,
Dringt schauernd durch Fleisch und Bein,
Finsternis lastet schwer,
Trübe der Lampe Schein.
Die Totenfahne knatternd
Läßt huschende Schatten laufen.
Zur Decke aufwärts flatternd
Zerstiebt ein Papierschnitzelhaufen.
Vom Dunkel geborgen,
In finsterer Nacht
Der Geist des Toten
Hält mahnend Wacht.

Wu Sungs Haare sträubten sich steil aufwärts, als ihn der plötzliche eisige Hauch anwehte. Jetzt glaubte er undeutlich eine menschliche Gestalt unter dem Tisch, auf dem die Seelentafel stand, hervorkriechen zu sehen und eine Stimme zu hören, die zu ihm sprach: »Bruder, man hat mir ein Leid angetan!«

Er tat einen Schritt vorwärts, um genauer hinzusehen und die Erscheinung zu befragen, da war sie verschwunden, und auch von dem eisigen Hauch war nichts mehr zu spüren. Taumelnd fiel Wu Sung auf die Matte zurück. Dann suchte er seine Gedanken zu sammeln.

›Seltsam! Es schien ein Traum und war doch nicht geträumt. Gerade wollte mir sein Geist etwas offenbaren, da hat ihn mein lebendiger Atem verscheucht. Jedenfalls stimmt hier etwas nicht.‹

Er lauschte. Gerade schlug draußen die Trommel des Nachtwächters dreimal an. Also Mitternacht. Er wandte den Kopf und schaute zu dem Platz hin, wo die Wachtleute lagen. Schade, sie schliefen fest. Gern hätte er in diesem Augenblick einen Menschen zur Aussprache gehabt, es war ihm so trüb zumute. Nun mußte er bis zum Morgen auf seinem einsamen Posten ausharren. Endlich, um die Stunde des fünften Trommelschlags, hörte er die ersten Hähne krähen. Im Osten dämmerte es langsam. Dann erhoben sich die Wachtleute und gingen daran, sich die Morgensuppe zu kochen. Wu Sung begnügte sich mit Waschen und Mundausspülen und entfernte sich dann mit seinen Leuten, das Haus in der Obhut von Ying'rl lassend. Unterwegs forschte er alle möglichen Leute der Nachbarschaft aus. Er wollte herausbringen, an welcher Todesursache sein Bruder gestorben sei und wen die Schwägerin geheiratet habe. Die Nachbarn wußten natürlich genau Bescheid, aber aus Angst, es mit dem reichen, mächtigen Hsi Men zu verderben, hielten sie mit ihrer Auskunft zurück.

»Erkundigt Euch doch bei der Nachbarin Wang . . . fragt doch den Birnenverkäufer Brüderchen Yün oder den Bezirksvorsteher Hou Kiu, die werden Euch alles genau erzählen können . . .« Das war das einzige, was er von den Leuten herausbekommen konnte.

Er machte sich daraufhin unverzüglich auf die Suche nach Brüderchen Yün. Es währte auch nicht lange, da lief ihm, einen Weidenrutenkorb in der Hand, der kleine Affe in den Weg. Er hatte eben Reis eingekauft.

»Guten Tag, Brüderchen Yün!« begrüßte er ihn freundlich.

»Herr Wachthauptmann, Ihr kommt einen Schritt zu spät«, legte der Bursche, der sofort im Bilde war, los. »Ich kann leider nicht, wie ich möchte. Ich habe einen sechzigjährigen, alleinstehenden Vater zu versorgen. So werdet Ihr bei Eurem Prozeß schwerlich auf mich zählen können.«

»Liebes Brüderchen, komm mit!« lud Wu Sung den Burschen ein und führte ihn in eine nahe Schenke. Zunächst ließ er zwei reichliche Mahlzeiten anfahren, dann begann er:

»Ich sehe, du weißt trotz deiner jungen Jahre, was ein braver, fürsorglicher Sohn seinem alten Vater schuldig ist. Viel ist es zwar nicht, was ich dir geben kann . . . hier« – er schob ihm fünf Unzen Bruchsilber hin –, »eine kleine Beihilfe für dein Väterchen. Wenn die Geschichte erst erledigt ist, bekommst du noch weitere zehn Unzen, dann hast du ein kleines Geschäftskapital beisammen. Nun aber erzähle! Hatte mein Bruder mit irgend jemand Streit? Von wem ist der Anschlag gegen ihn ausgegangen? Wen hat meine Schwägerin geheiratet? Raus mit der Sprache, und nichts verheimlicht!«

Brüderchen Yün steckte zunächst den schönen Batzen Silber ein und dachte bei sich: ›Davon kann Väterchen fünf Monate lang zehren, nun hat's keine Gefahr mehr, wenn ich bei seinem Prozeß aussage.‹

»Schön, ich werde reden«, sprach er, »aber hoffentlich regt Ihr Euch nicht allzusehr auf!«

Und nun berichtete er in aller Ausführlichkeit die Vorgänge in der Teestube, seinen Zusammenstoß mit der alten Wang, und wie das Dreizollmännchen ein paar Tage nach dem verhängnisvollen Fußtritt, den ihm Hsi Men in die Magengrube versetzt hatte, plötzlich gestorben war.

»Und wen hat meine Schwägerin geheiratet?«

»Hsi Men hat sie mit der Hochzeitssänfte abgeholt.«

»Hast du auch nicht geschwindelt?«

»Ich würde vor der Behörde genauso aussagen.«

»So, dann sei doch morgen früh vor dem Kreisamt. Ich brauche dich als Zeugen. Übrigens, wo wohnt eigentlich dieser Hou Kiu?«

»Da kommt Ihr zu spät. Er ist vor drei Tagen auf die Kunde von Eurer Rückkehr hin verreist, unbekannt wohin.«

Sie verzehrten ihre Mahlzeit, dann ließ Wu Sung den Jungen laufen.

Am andern Morgen mußte ihm Magister Tschen eine förmliche Klageschrift aufsetzen. Mit dieser ausgerüstet, begab sich Wu Sung zum Kreisamt, wo ihn bereits, wie verabredet, Brüderchen Yün erwartete.

Er schritt in die Amtshalle, wo der Kreismandarin öffentlich Recht sprach, kniete am Eingang nieder und rief mit lauter Stimme »Unrecht!« in den Saal, worauf ihn der Mandarin aufforderte, seine Klage vorzubringen. Wu Sung überreichte seine Klageschrift und bezichtigte in kurzen Worten den geflüchteten Hou Kiu der Bestechung und Verdunkelung, die alte Wang der Kuppelei und Mordanstiftung und Hsi Men als Ehebrecher und Mörder seines Bruders. Er berief sich dabei auf das Zeugnis von Brüderchen Yün, den er gleich mitgebracht hatte.

Der Mandarin war wegen der engen Beziehung, die ihn und seine Beamtenschaft mit Hsi Men verband, in nicht geringer Verlegenheit. Er zog sich also zunächst einmal zur Beratung zurück. Seine Beamten rieten ihm sämtlich davon ab, ein Verfahren zu eröffnen. Als er den Sitzungssaal wieder betrat, verkündete er:

»Wu Sung, als amtlich bestellter Wachthauptmann solltest du in den Gesetzesvorschriften etwas besser Bescheid wissen. Man kann doch kein Verfahren wegen Ehebruchs einleiten, wenn der eine Ehegatte fehlt. Und ebensowenig ist ein Mordverfahren ohne Leichenschau angängig. Du stützest dich einzig auf die mündliche Aussage dieses jungen Burschen. Das ist kein ausreichendes Beweismittel. Es wäre parteiisch und unverantwortlich von mir gehandelt, wenn ich daraufhin ein Verfahren wegen Mordes eröffnen wollte. Du warst etwas zu rasch. Überdenke die Sache lieber noch einmal in aller Ruhe!«

Wu Sung gab sich nicht zufrieden. Er bat, man möge Hsi Men, Frau Goldlotos und Mutter Wang verhaften und an Gerichtsstelle vernehmen. Sollte sich dann seine Anklage als unbegründet erweisen, so wolle er gern jede Buße auf sich nehmen.

»Darüber kann ich mir nur nach reiflicher Überlegung schlüssig werden«, beschied ihn der Mandarin. »Wenn möglich, werde ich deinem Antrag entsprechen. Einstweilen steh auf!«

Damit war Wu Sung entlassen. Er begab sich in sein Quartier. Den Jungen nahm er mit und ließ ihn vorläufig nicht nach Hause. Er wollte für alle Fälle seinen Zeugen zur Hand haben.

Hsi Men, dem alsbald die Kunde von Wu Sungs Vorgehen hinterbracht wurde, befiel kein geringer Schrecken. Es war ihm klar, daß er sofort handeln müsse. Er schickte als seine beiden vertrauten Kammerdiener Lai Pao und Lai Wang mit reichlichen Geldbeträgen los, und noch am selben Abend hatte er den Kreismandarin und seine Beamten gekauft.

Als sich Wu Sung am nächsten Morgen vertrauensvoll wieder im Yamen einfand, da reichte ihm der Mandarin zu seiner höchsten Überraschung die Klageschrift wieder zurück.

»Gib doch nicht allzuviel auf solche Ausstreuungen!« sprach er väterlich mahnend. »Du wirst es doch nicht mit Herrn Hsi Men verderben wollen? Die Sache ist viel zu ungeklärt, als daß ich von Amts wegen eingreifen könnte. Eine alte Weisheitsregel lautet:

Mit eignen Augen zwar gesehn,
Doch Augen können irregehn.

Um wieviel weniger kann man auf solch nachtragliches Gerede geben! Nein, nein, keine Übereilung!«

Und der Gefängnisaufseher, der dabeistand, setzte hinzu: »Wachthauptmann, in Eurer Eigenschaft als Beamter müßtet Ihr doch die Gesetzesvorschriften kennen und wissen, daß ein Mordverfahren nicht eher eröffnet werden kann, als bis genau ermittelt ist, welche Verletzungen oder Krankheitsmerkmale die Leiche zeigt und welche Mordwerkzeuge und sonstige Tatspuren in Betracht kommen. In diesem Falle ist überhaupt keine Leiche da. Wie kann man da etwas von Amts wegen unternehmen?«

Wu Sung erwiderte trotzig: »Nach Euer Gnaden Auffassung müßte das meinem Bruder angetane Unrecht einfach ungesühnt bleiben. Aber ich behaupte, meine Anklage ist begründet.«

Er nahm seine Klageschrift und verließ den Sitzungssaal. Seinen Zeugen gab er frei. Er wollte sich durchaus mit der Sachlage nicht abfinden. Zum Himmel aufblickend, knirschte er mit den Zähnen, seufzte und murmelte ingrimmig vor sich hin:

»Diese Hure! Was wäre ich, Wu Sung, für ein Kerl, wenn ich diese Schmach schlucken wollte!«

Und kurz entschlossen machte er sich zur Apotheke auf. Er wollte den Burschen Hsi Men greifen und mit eigener Hand züchtigen. Im Kassenraum der Apotheke sah er den Geschäftsführer Fu stehen. Er stürmte in den Laden hinein und fragte barsch: »Ist dein Herr zu Hause?«

»Nein. Was gibt's denn, Herr Wachthauptmann?« erwiderte Fu.

»Komm mal einen Schritt mit. Ich habe dir etwas zu sagen.« Fu, der wohl wußte, mit wem er es zu tun hatte, wagte nicht, sich seiner Aufforderung zu widersetzen, trat aus dem Laden heraus und folgte Wu Sung in eine abseits gelegene Seitengasse. Dort änderte Wu Sung plötzlich seine Miene. Er packte Fu am Rockkragen, und drohend mit rollenden Augen fragte er: »Möchtest du leben, oder willst du sterben?«

»Herr Wachthauptmann, ganz zu Euren Diensten«, stotterte, an Händen und Füßen zitternd, der erschrockene Fu. »Was seid Ihr denn so aufgebracht? Meine Wenigkeit hat Euch doch nie etwas zuleide getan!«

»Antworte, wenn dir dein Leben lieb ist! Wo steckt augenblicklich der Bursche Hsi Men? Und seit wann hat er meine Schwägerin zu sich genommen? Rede! oder ...«

»Herr Wachthauptmann, seid doch nicht gleich so zornig! Ich bin doch nur sein Angestellter, für zwei Unzen Monatsgehalt in seinen Diensten, habe nur mit dem Laden zu tun, was weiß ich denn von den Vorgängen hinter seinen Gardinen? Ich weiß nur so viel, daß er eben mit einem Bekannten ausgegangen ist, um einen Schoppen Wein in der großen Weinstube auf der Löwenstraße zu trinken! Das ist die reine Wahrheit. Wie käme ich dazu, Euch etwas vorzumachen?«

Wu Sung lockerte seinen Griff und ließ ihn frei. Während Fu noch dastand und vor Schreck kein Glied rühren konnte, stürmte der andere bereits mit langen Sätzen der Löwenstraße zu.

Im Oberstock der bewußten Weinschenke auf der Löwenstraße unterhalb der Brücke saß mittlerweile Hsi Men mit dem Yamensekretär Li zusammen und zechte. Dieser Li war dafür bekannt, daß er sich bei Prozessen, die vor dem Kreisamt oder der Präfektur schwebten, als Horcher und Zwischenträger betätigte und für Nachrichten, die er bald der einen, bald der anderen Partei verkaufte, gut bezahlen ließ. Auch pflegte er Beamtenbestechungen zu vermitteln und dabei von beiden Seiten zu profitieren. Man hatte ihm daher den Spitznamen ›Agent Li‹ beigelegt.

Als nun heute die Entscheidung des Kreismandarins erging, wonach Wu Sungs Klage abgewiesen wurde, da hatte sich Agent Li spornstreichs zu Hsi Men aufgemacht und ihm die erfreuliche Kunde überbracht. Hsi Men hatte ihn daraufhin mit fünf Silberunzen belohnt und in die bewußte Weinstube eingeladen. Während sie so in der besten Laune zusammensaßen und becherten, schaute Hsi Men zufällig durch das Fenster auf die Straße hinab, und da gewahrte er auf einmal Wu Sung, wie er einem Rachegeist gleich von der Brücke her auf die Schenke zugestürmt kam. Nichts Gutes ahnend, dachte der Erschrockene sofort an Flucht. Aber der Weg zur Straße hinunter war ihm bereits versperrt, daher verdrückte er sich also schleunigst in die hinteren Räume des Oberstocks. Er müsse einmal austreten, hatte er seinem Gast vorgegeben.

Inzwischen war Wu Sung in die Schenke eingetreten.

»Ist Hsi Men hier?« fragte er den Wirt.

»Er sitzt oben mit einem Bekannten zusammen.«

Den Rock aufraffend, setzte Wu Sung die Stiege hinauf. Oben sah er einen Mann in Gesellschaft von zwei geschminkten Singmädchen sitzen. Hsi Men konnte er nicht entdecken. Jetzt erkannte er in dem Mann den Agenten Li, und nun war er sofort im Bilde. Der hatte Hsi Men sicherlich die Kunde von der Klageabweisung überbracht. Jähe Wut stieg in ihm auf. Er trat dicht an ihn heran und schrie:

»He, Bursche, wo hast du den Hsi Men versteckt? Raus mit der Sprache, oder du sollst meine Faust zu spüren bekommen!«

Dem unglücklichen Li blieb vor Schreck die Sprache weg. Er stand schlotternd da und brachte keinen Laut hervor. Sein Schweigen versetzte Wu Sung in noch größere Wut. Ein Tritt, und er hatte den Tisch, an dem Li saß, umgestoßen. Teller, Platten, Becher, alles kollerte unter lautem Scherbengeklirr zu Boden. Die beiden geschminkten Schönen fielen in Ohnmacht. Li aber, seiner fürchterlichen Lage bewußt, wollte flüchten. Doch schon hatte ihn Wu Sung gepackt.

»Halt, Bursche! Wohin? Du willst nicht reden? Gut, dann soll dich meine Faust zum Sprechen bringen!«

Und schon klatschte dem andern ein Schlag ins Gesicht. Li stöhnte vor Schmerz laut auf.

»Herr Hsi Men ist eben einmal ausgetreten. Was habe ich denn mit Euren Angelegenheiten zu schaffen? Laßt mich doch in Ruhe!«

Aber der Rasende war nicht mehr zu halten. Mit einem Ruck hatte er das Fenster aufgerissen, und im nächsten Augenblick den Agenten mit starkem Griff zum Fenster hinaushaltend, schrie er grimmig: »Du wolltest fort, gut, das kannst du haben!«

Dumpf klatschte Lis Körper auf die Straße. Wu Sung aber stürzte nach den hinteren Räumen, um Hsi Men zu suchen.

Der hatte in seinem Versteck das Getöse vorn gehört. Da war ihm der Mut geborsten, und seines Lebens nicht achtend, war er mit einem Satz über den Dachrand hinweg in den Hof des Nebengebäudes gesprungen. Da Wu Sung ihn nicht mehr entdecken konnte, glaubte er, Li habe ihn belogen. In wilden Sätzen sprang er die Stiege hinab auf die Straße. Da sah er Li halbtot, starr und steif daliegen. Nur die Augen bewegte er noch. In maßloser Wut versetzte ihm Wu Sung noch zwei Tritte. Da hauchte Li mit einem letzten Aufstöhnen seinen Geist aus.

Inzwischen hatte sich eine Menge Leute angesammelt.

»Das ist doch der Sekretär Li«, sagten die Umstehenden zu Wu Sung. »Was hat Euch denn der getan? Warum habt Ihr ihn umgebracht?«

»Ich hatte es auf Hsi Men abgesehen. Dieser Bursche war mit ihm beisammen, und da ist er mir eben in die Hände geraten.«

Jetzt waren auch die Aufseher des zuständigen Zehn- und Hundertfamilienverbands hinzugekommen. Da ein Totschlag geschehen war, mußten sie eingreifen. Aber sie getrauten sich nicht, Hand an den gefürchteten Wachthauptmann zu legen, sondern blieben nur hart an seiner Seite und ließen ihn nicht mehr aus ihrer Mitte. Mitsamt dem Wirt Wang Luan und den beiden geschminkten Schönen geleiteten sie ihn zum Yamen. Natürlich war die ganze Löwenstraße in heller Aufregung, und überall in der Stadt war der Vorfall das Tagesgespräch. Wie gewöhnlich in solchen Fällen bildeten sich übertriebene Gerüchte, und so hieß es allgemein, der Erschlagene sei Hsi Men.

NEUNTES KAPITEL

Der Streiter fürs Recht wird nach Mong tschou verbannt. Die Frauen ergötzen sich im Wasserrosenpavillon.

Achter Monat, Mittelherbst,
Kühle Winde kosen.
Nun auf Teich und Weiher
Blühn die Wasserrosen.
Geschwätzig beim Kuchenbacken
Schwestern groß und klein.
Gern in Park und Wäldchen
Ergeht man sich zu zwein.
Pflückt Blumen und Gezweig,
Zu zieren Vasen fein.
Im Zimmer dann am Abend
Ergötzt man sich am Wein.
Drei Becher, und schon sinken
der Trübsal Wälle nieder.
Schade, kaum ernüchtert,
Umwallt uns Trübsal wieder.

Durch einen Sprung aus dem Fenster hatte sich Hsi Men in den Hof des Nachbargrundstücks gerettet, das dem alten Hu, einem

Arzte, gehörte. Als er nun behutsam gebückt an der Mauer entlangschlich, bemerkte ihn plötzlich eine Magd des Hauses, die gerade an einem abgelegenen Ort des Hofes ihr stattliches Gesäß zurechtrückte, um ein Geschäft zu verrichten. Auf ihr lautes Geschrei: »Einbrecher! Einbrecher!« kam der alte Hu herbeigelaufen.

»Ach, Ihr seid's, hoher Herr!« rief er lachend, als er Hsi Men erkannte. »Na, da könnt Ihr nur froh sein, daß Euch Wu Sung nicht erwischt hat. Den andern hat er totgeschlagen. Nun hat man ihn zum Kreisamt gebracht. Die Geschichte kostet ihn sicher den Kopf. Ihr könnt getrost nach Hause gehen, für Euch dürfte der Fall erledigt sein.«

Erfreut dankte Hsi Men für die angenehme Botschaft und schlenkerte wiegenden Schrittes und hocherhobenen Hauptes nach Hause zurück, wo er den ganzen Vorfall Frau Goldlotos berichtete. Beide konnten sich vor Freude nicht lassen und klatschten übermütig in die Hände, denn sie wähnten sich nunmehr außerhalb aller Gefahr. Ihrem Rat folgend, hetzte er aber noch am gleichen Tag seinen vertrauten Diener Lai Wang los, um dem Kreismandarin ein üppiges Geschenk in Gestalt von fünfzig Silberunzen bar und einem vollständigen goldsilbernen Weinservice zu überbringen. Was sonst noch von der Beamtenschaft in Betracht kam, erhielt gleichfalls ein stattliches Geldgeschenk. Und keiner war, der Hsi Mens Wohltaten verschmäht hätte.

Als Wu Sung am nächsten Tag dem Kreisvorsteher vorgeführt wurde, wechselte dieser die Miene und herrschte ihn ungnädig an: »Bursche, gestern hast du brave friedliche Bürger fälschlich bezichtigt. Wiederholt habe ich Nachsicht gegen dich walten lassen. Zum Dank vergehst du dich nun selber gegen das Gesetz und schlägst am hellichten Tage einen Menschen tot!«

»Ich hatte eigentlich eine Rechnung mit Hsi Men abzumachen«, verteidigte sich Wu Sung. »Da ist mir unglücklicherweise jener andere in die Quere gekommen. Er hatte Hsi Men, hinter dem ich her war, versteckt und wollte mir nicht sagen, wo. In der Wut vergaß ich mich und habe ihn erschlagen. Ich bin bereit, meine Schuld zu sühnen, nur hoffe ich, Euer Gnaden werden auch Hsi Men festnehmen lassen und dafür sorgen, daß die meinem Bruder angetane Unbill gerechte Vergeltung findet.«

»Ach, Geschwätz! Du mußtest doch wissen, wen du vor dir hast! Daß du den Sekretär Li erschlugst, hat sicher eine ganz andere Bewandtnis und mit Herrn Hsi Men gar nichts zu tun. Aber ich sehe, ohne Prügel willst du nicht gestehen.«

Auf seinen Wink sprangen drei, vier Amtsbüttel von rechts und links wie der Blitz auf Wu Sung zu, drückten ihn platt mit dem Rücken nach oben zu Boden und begannen ihn mit zwei Bambusknüppeln zu bearbeiten. Zwanzig Streiche hatten sie ihm aufgezählt, da erinnerte er den Mandarin vorwurfsvoll an die guten Dienste, die er ihm geleistet. Vergebens. Er mußte noch weitere fünfzig Streiche hinnehmen und bekam auch noch die Fingerpresse zu spüren. Dann legte man ihm einen schweren hölzernen Kragen um und führte ihn in den Kerker zurück.

Das ganze Kerkerpersonal und auch zwei Beamte vom inneren Yamendienst, nämlich der Vizekreisvorsteher und dessen Gehilfe, waren auf seiner Seite, denn sie schätzten ihn als wackeren, rechtliebenden Kerl und alten Freund. Aber so gern sie ihm geholfen hätten, – sie waren sämtlich auch von Hsi Men geschmiert worden, und so blieb ihnen der Mund zunächst wie verkleistert. Doch nach ein paar Tagen entschlossen sie sich, zugunsten des gefangenen Freundes, der unablässig nach Recht verlangte, ein fingiertes Geständnisprotokoll aufzusetzen, um seine Lage zu erleichtern und dennoch nicht den gefürchteten Hsi Men bloßzustellen. Unter Beistand des Gefängnisaufsehers und verschiedener Tatzeugen aus der Nachbarschaft wurde zunächst in der Löwenstraße ein Lokaltermin abgehalten und die Leiche des Li besichtigt, wobei sich ergab, daß die Stirn, die linke Brustseite, die Magengrube und der Unterleib blaurot unterlaufene wunde Stellen aufwiesen. Die Sache wurde nun in dem Protokoll so dargestellt, daß Wu Sung mit dem erschlagenen Li wegen einer Geldforderung, die er an Li hatte, in Streit geraten sei und ihn in der Wut durch Faustschläge und Fußtritte tödlich verletzt hätte. Das Protokoll samt einem Begleitbericht wurde dem Präfekten von Tung ping fu zur weiteren Veranlassung übersandt. Wu Sung und die Zeugen, der Weinstubenwirt Wang Luan und die beiden Singmädel, die sich damals in Lis Gesellschaft befunden hatten, wurden nach der Präfekturstadt Tung ping fu überführt.

Herr Tschen, der Präfekt, stammte aus der Provinz Ho nan

und war wegen seiner gerechten Amtsführung rühmlich bekannt. Ohne Aufschub machte sich besagter Präfekt an die Prüfung des Falles Wu Sung. Er ließ sich den Angeklagten und die Zeugen vorführen und durchlas aufmerksam den vom Kreisvorsteher von Tsing ho hsiän und vier seiner Beamten unterzeichneten Bericht, dem das fingierte Geständnis beigefügt war. Der Bericht hob hervor, daß Wu Sung von Li vergebens eine alte Schuld von dreitausend Käsch zurückgefordert und ihn im Rausch erschlagen habe. Von Hsi Men war überhaupt nicht die Rede.

»Wie kamst du dazu, den Mann totzuschlagen?« begann der Präfekt das Verhör.

»Alter Gebieter, vor Eurem Richtertisch zu knien, ist mir tröstlich und labend wie der lang entbehrte Anblick des himmlischen Gestirns. Darf ich frank und frei reden?«

»Sprich dich aus!«

Wu Sung schilderte wahrheitsgemäß den Hergang. Der Name Hsi Men fiel.

»Weil ich vor dem Kreisamt kein Recht fand, wollte ich selbst meinen Bruder rächen«, schloß er. »Mein Zorn galt Hsi Men. In unseligem Irrtum erschlug ich Li. Gern nehme ich für meinen Bruder den Tod auf mich.«

»Genug, mir ist jetzt alles klar«, sprach der Präfekt und ließ zunächst einmal dem mit anwesenden Kreissekretär Kiän Lao als einem der fünf Mitunterzeichner des falschen Berichts zwanzig mit dem leichten Bambusknüppel überzählen.

»Netter Beamter, dein Kreisvorsteher!« bemerkte er sarkastisch. »Macht das Recht einfach zur käuflichen Ware!«

Er verhörte hierauf die Zeugen, setzte dann seinen Schreibpinsel in Bewegung und änderte mit eigener Hand das angebliche Geständnis gründlich um. Zu seinen Beamten zur Rechten und Linken gewandt, sagte er: »Er wollte seinen Bruder rächen. Im Irrtum befangen, hat er Li erschlagen. Er ist ein rechtschaffener, wackerer Bursche; man darf ihn keinesfalls mit gewöhnlichen Mördern auf eine Stufe stellen.«

Auf sein Geheiß wurde Wu Sung der schwere Holzkragen abgenommen und gegen einen leichteren eingetauscht, wie er bei geringeren Vergehen üblich ist. Die Zeugen wurden nach Hause entlassen. Die ganze Sache wurde an den Kreisvorsteher von

Tsing ho hsiän zur erneuten Untersuchung zurückverwiesen. Es wurde ihm aufgegeben, vor allem Hsi Men, Frau Goldlotos, Mutter Wang, Brüderchen Yün und Hou Kiu in öffentlicher Sitzung zu vernehmen, den Sachverhalt ohne Ansehen der Person bis zur Wurzel aufzuklären und dann erneut zu berichten.

Wu Sung war in ganz Tung ping fu als redlicher Kerl bekannt; daher dachte kein Wächter, kein Aufseher im Gefängnis daran, auch nur einen Kupfer von ihm zu fordern. Im Gegenteil, man bemühte sich, ihm die Haft durch Spenden von Wein und Fleischgerichten zu erleichtern.

Inzwischen war Hsi Men durch seine Horcher von der neuen Entwicklung der Angelegenheit in Kenntnis gesetzt worden. Der Schreck darüber ließ ihn an allen Gliedern schlottern. Bei diesem Präfekten, das wußte er, durfte er keinen Bestechungsversuch wagen, da konnte nur hintenherum gehandelt werden.

Er preschte also seinen bewährten Lai Wang in Tag- und Nachtritten nach der östlichen Hauptstadt, um dem ihm befreundeten Truppenmarschall Yang eine Bittschrift zu überbringen. Marschall Yang wieder mußte sich bei dem Kanzler und kaiserlichen Prinzenerzieher Tsai für ihn verwenden. Tsai nämlich begönnerte den Kreisvorsteher Li von Tsing ho hsiän, dessen Ruf und Karriere ja jetzt ernstlich gefährdet waren. Tsai also richtete schleunigst ein geheimes Schreiben an den Präfekten Tschen, in dem er ihn ersuchte, von der Vernehmung Hsi Mens und der anderen Beteiligten Abstand zu nehmen. Nun hatte Tschen seinerzeit die Beförderung zum Präfekten der Empfehlung Tsais zu danken gehabt, war also Tsai verpflichtet. Dieser Umstand und die weitere Erwägung, daß Marschall Yang bei Hofe aus und ein ging und das Ohr des Himmelssohnes besaß, bewirkten einen teilweisen Umfall Tschens. Er ließ also ein Urteil gegen Wu Sung ergehen, wonach dieser seine Tat zwar nicht mit dem Tode, aber mit vierzig Streichen auf den Rücken, mit Brandmarkung und mit Verbannung nach einer zweitausend Li entfernten Militärstation an der Grenze zu büßen hatte. Gegen alle übrigen Beteiligten wurde das Verfahren eingestellt.

So sah sich also Wu Sung eines Tages wieder vor der Purpurestrade knien. Der Präfekt ließ ihm nach der Urteilsverlesung notgedrungen die vierzig Streiche verabfolgen und dann an Stelle des hölzernen Kragens einen bequemeren, neun Pfund schweren Eisenschuppenkragen um den Hals nieten. Ferner wurden ihm zur Brandmarkung zwei Reihen Schriftzeichen ins Gesicht eingeätzt.

Unter der Begleitung zweier Wächter wurde er hierauf zunächst nach Tsing ho hsiän zurückgebracht. Dort ließ man ihm genügend Zeit, seine häuslichen Angelegenheiten zu ordnen und seine Habe zu veräußern. Den Erlös händigte er großmütig seinen beiden Transportwächtern aus: sie möchten ihn als Zehrgeld für unterwegs betrachten. Ferner bestellte er fürsorglich einen zuverlässigen Mann aus der Nachbarschaft des verstorbenen Bruders zum Pfleger für die kleine Ying'rl. Er werde sich später erkenntlich zeigen, falls ihm ein Gnadenakt des Hofes die Heimkehr ermöglichen sollte. Die allgemeine Sympathie, deren sich Wu Sung in der ganzen Nachbarschaft erfreute, ging so weit, daß ihm einzelne begüterte Familien reichlich Geld, Wein und Lebensmittel spendeten. Endlich war der Tag des Aufbruchs gekommen, und es begann der lange Marsch auf der Landstraße nach Mong tschou an der Großen Mauer.

Hsi Men fühlte sich wie von einer innerlichen Verstopfung befreit, als er vernahm, daß sein grimmiger Widersacher zur Grenze abgeschoben sei. Es war ihm, als sei ein schwerer Stein von seiner Brust gefallen. Das mußte natürlich gebührend gefeiert werden. Zu diesem Zwecke ließ er den ›Wasserrosenpavillon‹ im hinteren Parkviertel hübsch sauber herrichten und die Parkwege reinfegen. Wandschirme und bunte Damastvorhänge mußten den Pavillon verschönern helfen. Ein Trupp Musikanten, Tänzerinnen und Sängerinnen hatten für Unterhaltung zu sorgen. Alle fünf Frauen, umgeben von der gesamten Dienerschaft, nahmen an dem Gelage im Wasserrosenpavillon teil.

Aus kostbaren Bronzebecken
Wirbelt würziger Rauch.
Aus Schalen und Vasen
Grüßen Chrysanthemen.
Aufgereiht seltene Stücke
Aus dem Elfenbeinland Kwang hsi.
Schimmernde Schnüre von Perlen,
Die Kwang tungs Küste gespendet

In kristallenen Schalen,
Datteln und Birnen geschichtet,
Pokale aus blaugrünem Jade
Füllt edelster Saft zum Rand.
Berauschend steigt es empor
Aus Krügen von rötlichem Gold.
Eßstäbchen wühlen in Dingen,
Zehntausende Kupfer wert:
Gesottene Drachenleber,
Geschmortes Phönixgekröse,
Pranken vom schwarzen Bär,
Vom rotbraunen Kamel die Klauen,
Feinste Drachenphönixteepaste,
Den Gaumen neu zu beleben –
Wahrlich ein Mahl ohnegleichen.
Würdig der Reichsten der Reichen.

Während des Mahles führte der Kammerdiener Tai A'rl zwei hübsche muntere Kinder, einen Jungen und ein Mädchen, in den Pavillon. Sie hatten jedes eine Schachtel in der Hand.

»Das Nachbarhaus Hua schickt Blumen für die Damen«, meldete Tai A'rl.

Die beiden vollzogen vor Hsi Men und Mondfrau einen Kotau, dann traten sie bescheiden beiseite und sprachen:

»Unsere Herrin schickt Frau Hsi Men etwas Gebäck und ein paar Blumen fürs Haar.«

Sie öffnete ihre Schachteln und setzten sie vor Mondfrau nieder. Die eine enthielt goldgelbes, fruchtgefülltes, mit Pfeffer und Salz bestreutes Gebäck, wie es an der Hoftafel gegessen wird. Die andere war mit frischgepflückten Tuberosen gefüllt. Mondfrau war sichtlich erfreut.

»Da hat eure Herrin wieder Umstände gemacht«, bemerkte sie. Dann ließ sie den Kindern etwas süßen Nachtisch vorsetzen. Dem Mädchen schenkte sie außerdem ein Schweißtüchlein, dem Jungen hundert Kupferlinge. Sie fragte die Kinder noch nach ihrem Namen und entließ sie dann freundlich.

»Empfehlt mich eurer Herrin und bestellt ihr vielen Dank!« trug sie ihnen auf.

»Diese Frau Hua ist wirklich zu liebenswürdig«, bemerkte

Mondfrau zu Hsi Men. »Sie hat uns schon wiederholt solche Aufmerksamkeiten erwiesen. Ich habe mich bisher noch nie revanchiert.«

»Freund Hua hat sie vor knapp zwei Jahren geheiratet«, fügte Hsi Men hinzu. »Er hat immer ihren guten Charakter gelobt. Wie wäre es auch sonst denkbar, daß sie neben sich im Hause zwei so hübsche Zofen duldet?«

»Ich bin ihr nur einmal persönlich begegnet«, fuhr Mondfrau fort. »Das war damals beim Begräbnis des alten Obereunuchen Hua. Sie ist, wenn ich mich recht erinnere, etwas untersetzt und etwas rundlich im Gesicht, aber ihre Brauen zeigen Linie. Im übrigen eine nette, sympathische Person. Ich schätze sie auf höchstens fünfundzwanzig.«

»Weißt du, sie war zuerst eine Nebenfrau des kaiserlichen Großsekretärs Liang aus Ta ming fu. Ihrem jetzigen Mann hat sie ein hübsches Vermögen mit in die Ehe gebracht.«

»Wir müssen unbedingt bei nächster Gelegenheit ihre Aufmerksamkeit erwidern.« –

Werte Leser, besagte Frau Hua war eine geborene Li, und weil zufällig am Tag ihrer Geburt ihre Eltern von Bekannten mit einem Paar Fischvasen beschenkt worden waren, hatte sie den Beinamen Schwester Ping, ›Vase‹, erhalten. Sie war, wie gesagt, ursprünglich eine Nebenfrau des Großsekretärs Liang, der wiederum den Kanzler Tsai in der östlichen Hauptstadt zum Schwiegervater hatte. Liangs Hauptfrau war äußerst eifersüchtig veranlagt und hatte schon manche hübsche Konkubine und Zofe umbringen und heimlich im hintersten Parkwinkel verscharren lassen. Liang ließ die geborene Li, seine Favoritin, daher vorsichtshalber ganz in seiner Nähe, in einem Seitenflügel seiner Bibliothek, wohnen und durch eine zuverlässige Dienerin betreuen. Eines Nachts, im ersten Monat des dritten Jahres der Epoche Harmonische Regierung, als Herr Liang mit seiner Hauptgattin gerade im ›Pavillon der eisvogelblauen Wolken‹ weilte, wurde er samt seiner ganzen Familie ermordet. Nur der geborenen Li und ihrer Dienerin gelang es damals, in dem allgemeinen Wirrwarr zu entkommen. Sie flüchtete sich zu ihrer eigenen Familie in der östlichen Hauptstadt, und bei dieser Gelegenheit konnte sie einhundert große westländische Perlen und ein Paar tiefblaue, zwei Unzen schwere Türkise mit in Sicherheit bringen. Später wurde sie vom Obereunuchen Hua als Hauptgattin seines bis dahin unvermählten Neffen Tse Hsii ins Haus aufgenommen. Als dann der alte Hua zum Verteidigungskommissar des Südens befördert wurde, nahm er das junge Paar mit auf seinen Posten im Süden und behielt es auch bei sich, als er später wegen Krankheit seinen Abschied nahm und sich in seiner Heimatstadt, eben unserm Tsing ho hsiän, zur Ruhe setzte. Nach seinem Tode gelangte sein ganzes großes Vermögen in die Hand seines Neffen.

Dieser Neffe Hua Tse Hsü gehörte, wie sich die werten Leser erinnern werden, zu jenen neun Gesellen, die sich damals im Nephritkaisertempel mit Hsi Men zu einem Schwurbruderbund zusammengetan hatten. Täglich pflegte er sich mit diesem Ying Po Küe oder Hsiä Hsi Ta und wie die Mitglieder dieses Klubs der Zehn sonst hießen, zusammenzufinden und in Weinstuben und Freudenhäusern gemeinsam Orgien zu veranstalten. Die anderen Klubbrüder, mit Ausnahme von Hsi Men alles arme Schlucker, animierten natürlich den reichen Hua nach Kräften zum Prassen und Geldausgeben. So kam es, daß er mitunter drei, fünf Nächte lang vom Hause wegblieb.

Wie schön, im Lenz zu schlendern
Die Purpurgasse lang,
Im roten Turm zu zechen
Bei Flöten- und Lautenklang.
Was nützt denn alles Grämen?
Genießt das kurze Heut!
Solang wir hoffen dürfen,
Ein Narr, der sich nicht freut! –

Bis zum Abend währte das Gelage im Wasserrosenpavillon, dann brach man auf. Hsi Men zog es zum Schlafzimmer seiner Favoritin. Er war leicht berauscht, und die Weinstimmung hatte in ihm das Verlangen nach Liebesgenuß geweckt.

Goldlotos machte das Lager zurecht und setzte die Räucherbecken in Brand. Dann halfen sie sich gegenseitig beim Auskleiden und schlüpften unter die seidenen Behänge. Hsi Men war heute nicht zum üblichen Wolken- und Regenspiel aufgelegt. Er kannte ihre Meisterschaft im Flötenspiel. Sie mußte sich ihm also rittlings auf den Leib setzen und ihre Hände zu einem zart schlie-

金瓶梅

第十九回　草裡蛇邏打蔣竹山

金瓶梅

應伯爵追歡喜慶

金瓶梅　第十七回　宇給事劾倒楊提督

金瓶梅

李瓶兒許嫁蔣竹山

金瓶梅　第十八回　賂相府西門脫禍

金瓶梅

見嬌娘敬濟魂消

ßenden Goldreif krümmen. Die Flöte fest umspannend, setzte sie sie an den Mund und ließ das Ende in rhythmischem Auf und Ab bald hinaus-, bald hineingleiten. In wohligem Behagen, den Kopf vornübergeneigt, ließ er sich das schmatzend saugende Spiel ihrer Lippen gefallen, und je länger es währte, desto mehr steigerte sich sein Lustgefühl.

Auf einmal rief er nach Tee, und gleich darauf erschien Zofe Lenzpflaume im Zimmer. Geniert ließ Goldlotos eilig den Bettvorhang herunter. Er lächelte.

»Warum genierst du dich vor ihr? Frau Hua von nebenan geniert es nicht einmal, wenn ihr Mann mit ihrer älteren Zofe, die sie immer um sich hat, verkehrt. Die ist übrigens genauso alt wie unsere Lenzpflaume. Die Kleinere ist die, die dir heute die Blumen brachte. Hübsche Dinger, die beiden! Nein, dieser Hua! Wer hätte ihm das zugetraut, daß er mit solchen ganz Jungen anbändelt?«

Sie schaute ihn gelassen prüfend an.

»Erzschelm du! Doch ich will mich nicht mit dir zanken. Natürlich steht dir der Sinn nach dieser Lenzpflaume. Gut, nimm sie! Wozu diese Umschweife, dieses Um-den-Berg-herum-Reden, wenn du die Mühle dahinter meinst? Du brauchst mir gar nicht erst andere Frauen als Muster vorzuhalten. Ich bin gar nicht so, nein, durchaus nicht! Schön, morgen will ich deiner Kleinen für eine Weile Platz machen.«

Hsi Men war entzückt.

»Kind, wie du es verstehst, für meine Annehmlichkeiten zu sorgen! Ich muß dich wirklich liebhaben!«

Und ihre Unterhaltung ging in voller Harmonie aus. Als dann langsam das Flötenspiel verklungen war, schliefen sie, Kopf an Kopf und Schenkel an Schenkel eng aneinandergepreßt, endlich ein. Nicht mit Unrecht heißt es:

Willst du den Liebsten fesseln schlau,
Die Purpurflöte spiele, kleine Frau!

Auch folgende Zeilen aus der Ode ›Der Mond über dem Westfluß‹ passen trefflich hierher:

Von Moschus und Orchideen
Weht's durch die Seidenbehänge.
Eine, deren Brauen fein

Wie Schmetterlingsfühlhörner geschwungen,
Eine vor allen weiß die Flöte zu meistern,
Ach, ihren jaspisglatten Leib
Schneeig aufs Lager gleiten sehen!
Da flieht Vernunft, Verstand zerbricht.
Doch gar, wenn ihre zarte Hand sich hohl,
Dem goldenen Armreif gleich, zusammenschließt,
Dann faßt ihn trunkner Taumel wild.
»Ich kenne dein Begehren«, spricht sie mild,
»Weiß, was dich zu beglücken mag am besten taugen,
Drum laß mich noch ein Weilchen an der Flöte saugen.«

Goldlotos hielt Wort. Den nächsten Tag verbrachte sie in Gesellschaft von Mondfrau. So konnte Hsi Men ungestört die kleine Tschun Meh in Besitz nehmen.

Rote Pfirsichblüten,
Lenzwind kam gesaust,
Hat sich eine ausgesucht
Und sie arg zerzaust.
Junge Weiden grün,
Lenzwind kam gezogen,
Hat sich eine ausgesucht
Und sie arg verbogen.

Seit dieser Stunde erfreute sich Tschun Meh der besonderen Gunst ihrer Herrin. Sie brauchte sich fortan nicht mit groben Arbeiten abzuplagen, nicht mehr in der Küche mit schweren Kochtöpfen zu hantieren und den rostigen Herd abzufegen. Ihr ganzer Dienst beschränkte sich aufs Bettenmachen und Teeservieren. Was sie an Kleidern und Schmuck begehrte, schenkte ihr Goldlotos von ihrem eigenen Besitz. Sie lehrte sie auch die Kunst, die Füße klein zu schnüren. Tschun Meh war, abgesehen von ihrem hübschen Äußeren, ein kluges, anstelliges Ding, behend im Antworten, stets fröhlich und zu Scherz aufgelegt, völlig verschieden von der schwerfälligen, unpraktischen Herbstaster, die gleichfalls bei Goldlotos Dienst tat und von ihr häufig Schläge erhielt.

Spatzen mit zerzaustem Gefieder,
Schwalben mit blutig gefärbtem Kinn
Schwirren auf und flattern nieder,
Nach Lärm und Streiten steht ihr Sinn.

Alles Vögel. Ohne Zahl
Eint sie selben Fluges Hast.
Aber fremd von Art und Wahl,
Jede Art die andre haßt.

ZEHNTES KAPITEL

Goldlotos hetzt Hsi Men auf, Frau Sun Hsüe O zu züchtigen. Er entjungfert Fräulein Zimmetblüte.

Kein Wunder, daß Goldlotos als bevorzugte Favoritin allmählich herrisch und launisch wurde. Von Natur mißtrauisch, konnte sie bei Tag und Nacht keine Ruhe mehr finden, jederzeit war ihr Argwohn wach und bereit, hinter Zäunen und Wänden zu spähen und zu lauschen. Eines Tages, aus irgendeinem geringfügigen Anlaß übel gelaunt, hatte sie die Zofe Tschun Meh ausgescholten. Die kleine Tschun Meh wiederum war etwas hitzig veranlagt und durchaus nicht geneigt, alles geduldig einzustecken. Sie rannte also aus dem Pavillon weg in die Küche, um dort ihren Ärger über die ihr zuteil gewordene Zurechtweisung ungestört auszutoben. Wütend trommelte sie mit ihren kleinen Fäusten auf Tische und Bänke. Ihr Gebaren veranlaßte Frau Sun Hsüe O, die wie gewöhnlich in der Küche wirtschaftete, zu einer Bemerkung, die scherzhaft klingen sollte: »Komisches Ding, du könntest deine hysterischen Anwandlungen wirklich woanders austoben!«

Lenzpflaume, ohnehin schon verdrießlich gestimmt, fuhr gereizt in die Höhe.

»Ich verbitte mir die unverschämten Bemerkungen!« zischte sie. Frau Sun war verständig genug, ihre Antwort zu überhören.

Die Kleine lief zu ihrer Herrin, die in den vorderen Räumen weilte, und packte erbost gegen Sun Hsüe O aus, wobei sie den kleinen Zwischenfall durch eigene Zutaten gröblich aufbauschte.

»Denkt Euch, Herrin, sie hat gesagt, Ihr selber hättet mich Herrn Hsi Men zugeschoben, um Euch seine Gunst zu erhalten.«

Ihre Darstellung verursachte natürlich Frau Goldlotos kein geringes Unbehagen. –

Goldlotos fühlte sich müde und abgespannt. Sie war an diesem Morgen zeitiger als sonst aufgestanden, weil sie Mondfrau, die an einem Begräbnis teilzunehmen hatte, bei ihrem frühen Ausgang ein Stück Wegs begleiten mußte. So legte sie sich noch eine Weile schlafen. Dann erhob sie sich und begab sich zu ihrem Pavillon zurück. Unterwegs traf sie mit Mong Yü Loh zusammen.

»Aber Schwester, warum so verdrossen und wortkarg?« fragte unbefangen heiter Mong Yü Loh.

»Ich fühle mich etwas abgespannt. Wo kommst du denn her?«

»Aus der Küche.«

»Hat dir die in der Küche irgend etwas erzählt?«

»Nicht, daß ich wüßte.«

Goldlotos verbarg, so gut es ging, ihr Unbehagen und schwieg. Beide setzten sich zusammen nieder und vertrieben sich eine Weile die Zeit mit Nadelarbeit. Dann beschlossen sie, eine Partie Schach zu spielen. Sie hatten eben zu spielen begonnen, da trat Hsi Men ins Zimmer. Wohlgefällig musterte er die beiden nur leicht, aber wie immer sorgfältig gekleideten Frauen. Wie gut machte sich dieses Silbermaschennetz um ihre Frisur, wie kokett die Winker an den Schläfen, die Ohranhänger von blauem Saphir, das rotgestickte Entenmuster auf ihren Pantöffelchen, wie vorteilhaft hob sich das Rotsilber des Brustkollers von dem Weiß ihres dünnen seidenen Gewandes ab!

»Schick und raffiniert wie zwei teure Kokotten, nicht unter hundert Silberunzen zu haben!« konnte er nicht umhin, scherzend zu bemerken. »Bitte sehr, Kokotten! Die gibt's vielleicht anderswo in deinem Haus, aber nicht hier!« widersprach gereizt Goldlotos.

Mong Yü Loh hatte sich erhoben und wollte sich taktvoll entfernen. Er haschte mit der Hand nach ihr und zog sie wieder ins Zimmer hinein.

»Wohin? Kaum bin ich da, da rennt sie weg! Was habt ihr hier getrieben, während ich abwesend war?«

»Jedenfalls nichts Unrechtes. Wir haben Schach gespielt«, erwiderte Goldlotos, während sie ihm beim Ablegen der Sachen behilflich war. »Du bist recht früh vom Begräbnis zurück.«

»Ja, ich wollte der offiziellen Abfütterung im Tempel aus dem

Weg gehen, und dann diese lästige Hitze! So habe ich mich etwas früher aus dem Staube gemacht.«

»Und Mondfrau?« fragte Mong Yü Loh.

»Kommt später mit der Sänfte nach.«

Er ließ sich nieder. »Ich sehe, ihr wart gerade beim Schach. Um welchen Einsatz geht's denn?«

»Ach, wir spielen nur so, ohne Einsatz.«

»Gut, jetzt werde ich mit jeder von euch eine Partie spielen. Wer verliert, muß eine Unze für ein Festessen stiften.«

»Wir haben kein Geld bei uns«, meinte Goldlotos.

»Macht nichts. Ihr gebt mir einfach eine Haarspange zum Pfande.«

Er spielte zunächst eine Partie mit Goldlotos. Goldlotos verlor. Gerade wollte er die Figuren neu ordnen, um die nächste Partie mit Mong Yü Loh zu spielen, da stand Goldlotos geschwind auf, stieß das Schachbrett um, so daß die Figuren durcheinanderpurzelten, und fort wirbelte sie in den Park hinein. Hsi Men hinter ihr her. Schließlich entdeckte er sie unter blütenduftendem Gezweig geborgen, an einen Felsen gelehnt, am Rande des Wasserrosenteichs.

»Also hier hat er sich versteckt, mein kleiner glattmäuliger Liebling!« rief er noch ganz außer Atem.

Sie blinzelte ihn schelmisch an.

»Bösewicht, mir so zuzusetzen, weil ich verloren habe! Bei der andern würdest du dir das nicht getrauen!«, und ihre kleine Faust öffnend, überschüttete sie ihn mutwillig mit einer Handvoll Blüten. Hsi Men schlüpfte nun vollends unter die Zweige, nahm sie verliebt in seine Arme und legte sie sanft auf das Felsgesims. Wieder hatte sie es verstanden, sein Verlangen nach ihrem Körper zu entzünden. Mitten im brünstigen Spiel der Zungen überraschte sie Mong Yü Loh.

»Auf zu Mondfrau! Sie ist eben heimgekommen«, rief sie Goldlotos zu.

Goldlotos machte sich von Hsi Men frei und eilte mit Mong Yü Loh davon, um Mondfrau pflichtschuldig zu begrüßen.

»Ihr seid ja recht vergnügt?« forschte die stets würdige und gesetzte Mondfrau.

»Ja, Schwester Fünf hat beim Schachspiel mit unserem hohen

Gebieter einen Silberling verloren, dafür gibt's morgen etwas Feines für uns zu essen. Willst du nicht auch eine Partie wagen?«

Goldlotos empfahl sich bald darauf, um Hsi Men im Pavillon weiter Gesellschaft zu leisten. Fürsorglich ließ sie ihm ein heißes Bad herrichten, und als es Abend wurde, vergnügten sich beide wieder einmal wie die munteren Fischlein im Wasser. –

Werte Leser, es muß hier eine Bemerkung eingeschaltet werden: Wenn Mondfrau unter den fünf Frauen Hsi Mens auch die erste Stelle einnahm, so war sie doch durch Kränklichkeit meist an der Ausübung der Pflichten, die sich aus ihrem Rang ergaben, behindert. Alle Repräsentation bei Besuchen besorgte an ihrer Stelle in der Regel Li Kiao'rl, die zweite Gattin. Sie führte auch die Wirtschaftskasse. Sun Hsüe O wiederum, die Vierte, hatte die Küche und das Personal unter sich. Soviel zum Verständnis des Folgenden. –

Hsi Men hatte also wieder eine Nacht bei seiner Favoritin Goldlotos verbracht. Generös gelaunt, wie er war, versprach er ihr, am nächsten Morgen, gleich nach dem Frühstück, den Tempelmarkt aufzusuchen und ihr einen Perlenschmuck zu kaufen. Als er nun Tschun Meh auftrug, das Frühstück aus der Küche zu holen – er bestellte sich extra Lotoskernpastete und Silberkarpfensuppe –, da weigerte sich auf einmal die Kleine. Sie wollte durchaus nicht den Gang zur Küche antreten. Goldlotos, die den Grund ihrer Weigerung kannte, bemerkte erklärend:

»Es gibt ja jemand, der behauptet, ich hätte die Kleine animiert, sich von dir gebrauchen zu lassen, woraus man ersehen könnte, daß meine Liebe zu dir gemeine Heuchelei sei, ein Jemand, der mich treffen will, indem er andere schmäht. Schicke die Kleine lieber nicht in die Küche, schicke an ihrer Stelle meinetwegen Herbstaster.«

»Wer ist die Person?«

»Die Frage ist überflüssig. Sämtliche Kochtöpfe sind Zeugen.«

Hsi Men schickte also Herbstaster in die Küche. Eine lange Weile verstrich, lang genug, um inzwischen zweimal zu frühstükken. Herbstaster kam nicht zurück. Hsi Men war bereits ungeduldig in die Höhe gefahren, da entschloß sich Goldlotos, doch noch Lenzpflaume zu schicken.

»Sieh nach, wo das Ding bleibt. Es scheint, sie wartet darauf, Gras wachsen zu sehen.«

Widerwillig gehorchte Lenzpflaume. Sie fand Herbstaster noch in der Küche herumstehen und warten.

»Unartiges Ding!« schalt sie. »Die Füße wird dir unsere Herrin abhacken! Warum kommst du denn gar nicht wieder? Herr Hsi Men ist schon vor Ungeduld in die Höhe gefahren. Er will doch ausgehen, den Tempelmarkt zu besuchen. Ich soll dich schleunigst holen ...«

Sie wollte noch weitersprechen, da wurde sie von Sun Hsüe O zornig unterbrochen.

»Alberne Dirne! Der Kessel ist doch aus Eisen; denkst du, die Suppe drin wird so rasch heiß? Die Pasteten sind auch noch nicht gar. Man darf doch sein Essen nicht unfertig hinunterschlingen, sonst gibt's Würmer im Leib!«

»Unverschämte!« brauste Tschun Meh auf. »Glaubst du, ich wäre zum Vergnügen hergekommen? Herr Hsi Men wird schön böse werden, wenn ich's ihm erzähle.«

Sie faßte Herbstaster beim Ohr und zerrte sie mit sich hinaus.

»Eher habe ich Grund, mich über dich zu beschweren, freches Ding!« rief ihr die andere erbost nach.

»Ob du dich beschwerst oder nicht beschwerst, das soll mir einerlei sein!« gab Tschun Meh zurück. »Aber es wird dir nicht gelingen, hier im Hause Zwietracht zu stiften.«

Und wütend stürmte sie davon. Ganz gelb vor Ärger trat sie mit Herbstaster vor ihre Herrin.

»Was ist denn los?« fragte Goldlotos.

»Fragt die Kleine hier! Als ich in die Küche komme, steht sie noch herum und muß zusehen, wie die andere die Arbeit an dem bißchen Frühstück nudelmäßig in die Länge zieht. Kaum habe ich ein Wort zu der Kleinen gesagt, daß es unserem Herrn eilig sei mit dem Frühstück, da poltert diese Elende los, schimpft mich in einem fort ›Sklavendirne‹, erlaubt sich Ausfälle und Anzüglichkeiten gegen unseren Herrn, kurz, gehabt sich, als ob die Küche nur zum Schimpfen und nicht zum Kochen da wäre.«

»Habe ich's nicht gesagt?« bemerkte Goldlotos zu Hsi Men. »Man durfte Lenzpflaume überhaupt nicht erst zu ihr hinschikken. Mit jedem Menschen fängt diese Person Streit an. Mir und

Lenzpflaume gibt sie zu verstehen, daß wir dich angeblich für uns mit Beschlag belegt haben und gar nicht mehr aus unserem Schlafzimmer herauslassen. Solchen Schimpf muß man sich von dieser Person bieten lassen!«

Ihre Worte erreichten die gewollte Wirkung. Zornig stürzte Hsi Men in die Küche und versetzte Sun Hsüe O mehrere Fußtritte.

»Gemeiner, boshafter Knochen du!« schrie er sie an. »Was fällt dir ein, die Kleine, die das Frühstück für mich holen sollte, zu beschimpfen und ›Sklavendirne‹ zu titulieren? Spiegele dich gefälligst selber in deiner Pfütze!«

Kaum wandte er den Rücken, da packte die Geschmähte der gleichfalls in der Küche hantierenden Frau des Dieners Lai Pao gegenüber aus:

»Du warst dabei. Du hast mit angesehen, wie sie gleich einer bösen Furie angeschnaubt kam. Habe ich das Geringste zu ihr gesagt? Rennt einfach mit der anderen Magd weg, verpetzt mich bei unserem Herrn, macht aus leicht schwer, hetzt ihn auf, mich ganz ohne Grund zu mißhandeln! Aber warte, ich will meine Augen waschen und aufpassen! Diese freche Sklavendirne soll sich mal wieder hierher verlaufen! Dann wehe ihr!«

Sie hatte in ihrem zornigen Eifer nicht bedacht, daß ihre Worte von dem draußen lauschenden Hsi Men mit angehört wurden. Auf einmal stand er wutentbrannt wieder vor ihr und langte ihr rechts und links ein paar herunter.

»Verfluchte, lasterhafte Sklavin! Du behauptest, du hättest sie nicht beleidigt? Mit eignen Ohren habe ich eben gehört, wie du sie beschimpft hast!«

Und er knuffte und puffte sie erneut, so daß sie vor Schmerzen aufheulte. Dann stürmte er davon.

Inzwischen war Mondfrau, die gerade beim Frisieren saß, auf den Lärm in der Küche aufmerksam geworden und hatte sich von Zofe Juwelchen den Sachverhalt berichten lassen.

»Sonst hat er doch nie Pasteten zum Frühstück bestellt«, meinte sie. »Aber ganz gleich, sie müssen rasch fertiggemacht werden, und Sun Hsüe O durfte die Kleine keinesfalls grundlos beschimpfen.«

Und sie schickte Juwelchen nochmals in die Küche, um Sun Hsüe O zu größerer Eile anzutreiben. Nach solcherlei Zwischenfällen kam Hsi Men endlich zu seinem Frühstück und verließ dann das Haus, um den Tempelmarkt zu besuchen.

Sun Hsüe O konnte die ihr widerfahrene Behandlung nicht verwinden. Nachdem Hsi Men das Haus verlassen hatte, begab sie sich zu Mondfrau, um sich zu rechtfertigen. Sie ahnte nicht, daß Goldlotos ihr nachgeschlichen kam und draußen unterm Fenster alles mit anhörte, was sie drinnen im Zimmer Mondfrau und der gleichfalls anwesenden Li Kiao'rl erzählte.

»Du ahnst gar nicht, was diese mannstolle Frau, die Hsi Men für sich mit Beschlag belegt hat, alles hinter unserem Rücken treibt und redet«, so hörte die lauschende Goldlotos sie sagen. »Man läßt sich gefallen, daß eine Frau mit ihrem Manne einmal eine Nacht durchtollt. Aber dieses Weib ist ohne Mann überhaupt nicht zu gebrauchen. Bei der kann man auf allerhand gefaßt sein. Hat sie nicht ihren ersten Ehemann mit Gift beseitigt? Wer weiß, was die gegen uns noch aushecken wird. Die kann uns doch nicht ausstehn, diese Person, die ihre schwarzen Kulleraugen wie eine Gackerhenne nach jedem Mann verdreht!«

»Die Sache fing doch ganz harmlos an«, entgegnete Mondfrau ruhig. »Du brauchtest doch bloß die Kleine mit dem Frühstück wieder wegzuschicken, dann war alles gut. Wozu denn diese grundlose Schimpferei?«

»Ich will kahl und blind sein, wenn ich sie beschimpft habe! Hör ja nicht auf sie, wenn sie gleich nach mir hier erscheinen wird! Womöglich erzählt sie dir, ich hätte sie hinterrücks mit dem Küchenmesser erstechen wollen. Seit sie Bruder Hsi Men in ihre Hand bekommen hat, ist sie ja dermaßen arrogant und dreist ... «

»Die fünfte Gattin ist draußen«, meldete in diesem Augenblick Zofe Juwelchen, und gleich darauf trat Goldlotos ein. Den Blick fest auf ihre Feindin heftend, begann sie:

»Angenommen, ich hätte meinen ersten Mann wirklich umgebracht, dann durftest du doch gar nicht erst zulassen, daß mich Herr Hsi Men in sein Haus nahm, und so wäre es dir erspart geblieben, daß ich ihn daran hindere, sich mit dir zu vergnügen. Was ferner Tschun Meh betrifft, so ist sie nicht mein Eigentum. Wenn es dir nicht paßt, daß sie bei mir Dienst tut, so laß sie doch meinetwegen wieder bei Mondfrau Dienst tun, dann brauche ich mich nicht mehr getroffen zu fühlen, wenn du mit ihr herumstreitest. Im übrigen ist es doch wohl heutzutage erlaubt, daß eine Witwe wieder heiratet. Aber bitte, ich kann ja auch gehen, ich werde mir einfach von ihm einen Scheidungsbrief geben lassen, wenn er nach Hause kommt.«

»Ich begreife nicht recht, was ihr im Grunde gegeneinander habt«, lenkte Mondfrau vermittelnd ein. »Jedenfalls solltet ihr alle zusammen etwas sparsamer mit Worten umgehen, dann wäre alles in Ordnung!«

»Da hast du's!« wehrte sich gereizt Sun Hsüe O. »So ein Mundwerk, das geht wie ein reißender Strom über die Lippen! Wer kommt denn dagegen an? Und wenn sie vor seinen eigenen Augen die Zunge abgeschnitten bekäme, sie würde ihn immer noch mit Augenverdrehen das Gegenteil glauben machen. Wenn's nach ihr ginge, dann müßten wir anderen Frauen, dich allenfalls ausgenommen, samt und sonders aus dem Hause gejagt werden.«

Eine Weile hörte Mondfrau die hitzigen Reden und Gegenreden und das wechselseitige Beschimpfen der beiden Gegnerinnen ruhig mit an; dann, als die Debatte in Handgreiflichkeiten auszuarten drohte, ließ sie Sun Hsüe O einfach von Juwelchen aus dem Zimmer führen. Goldlotos aber begab sich in ihren Pavillon zurück. Dort riß sie allen Schmuck herunter und wusch sich Schminke und Puder von den Wangen. Mit aufgelöstem Haar, das Blumenantlitz verstört und von Tränen naß, warf sie sich aufs Bett und blieb da liegen, bis es Abend wurde und Hsi Men endlich zurückkehrte. Betroffen fragte er, was denn vorgefallen sei. Da erzählte sie unter lautem Schluchzen den ganzen Hergang und wollte den Scheidungsbrief von ihm haben.

»Ich habe damals gewiß nicht auf dein Geld spekuliert, sondern bin dir aus Herzenstrieb gefolgt«, beteuerte sie. »Und nun muß ich mir heute solchen Schimpf bieten lassen! Gattenmord und immer wieder Gattenmord hat sie mir vorgehalten. Am besten, ich hätte überhaupt niemand zum Bedienen. Kann ich einer Magd zumuten, bei mir zu dienen, wenn sie um meinetwillen fortwährend Schimpf und Tadel gewärtigen muß? . . .«

Hsi Men ließ sie nicht zu Ende reden. Seine drei Seelen taten einen mächtigen Satz, seine fünf Sinne sprangen bis an den Himmel. Wie ein Windstoß kam er zu Sun Hsüe O angefegt. Er packte sie beim Schopf und ließ den kurzen Bambusprügel mit aller Kraft einige Male auf sie niedersausen, bis ihm Mondfrau in den Arm fiel.

»Ihr solltet euch alle zusammen etwas mehr beherrschen«, sprach sie sanft tadelnd zu der Geschlagenen, »und euren Herrn nicht unnötig reizen!«

»Verruchter, tückischer Knochen!« fuhr Hsi Men weniger sanft dazwischen. »Ich selbst war Zeuge, wie du sie in der Küche geschmäht hast. Wenn du sie weiter behelligst, stehe ich für nichts ein, was noch mit dir geschieht!«

Er kehrte in den Pavillon zurück und überreichte Goldlotos das versprochene Geschenk, das er ihr vom Tempelmarkt mitgebracht hatte. Es waren Perlen im Gewicht von vier Unzen. Goldlotos durfte zufrieden sein. Er hatte ihre Partei genommen und ihr Genugtuung verschafft. Sie stand höher denn je in seiner Gunst. Sie brauchte nur eins zu fordern, und sie erhielt das Zehnfache. Hatte sie nicht Grund, sich zu freuen? –

Eines Tages war wieder einmal die Reihe an Hsi Mens Nachbarn, Hua Tse Hsü, seine Freunde zu bewirten. Alle waren vollzählig erschienen. Die Tafel war wie immer üppig beschickt. Für Unterhaltung mit Tanz und Gesang und Lautenspiel sorgten zwei entzückende Singmädchen, deren Talent und Anmut einem kaiserlichen Pfirsichhain Ehre gemacht hätte.

Schneeig Seide sie umwallt,
Zu Wolken herrliches Haar geballt.
Kirschmund, Aprikosenwange,
Hüften weidengertenschlanke.
Seltne Wonne, sie zu sehn:
Unter Blumen Orchideen.
Wie im Gezweig die Amsel singt,
Es weich aus ihrer Kehle dringt.
Dem Phönix, zwischen Blumen hüpfend, gleich,
Ihr Tanz behend und anmutreich.
Nach alten Weisen ihr Gesang
Ertönt wie himmlischer Sphärenklang.
Ihr Tanzen bannt den Mond zur Stelle.
Ihr Singen hemmt der Wolken Schnelle.
Ob hoch, gering, in Hast, in Ruh,

Voll Andacht hören alle zu.
Vor solcher Harmonien Kraft,
Da schwindet Krankheit, Schmerz erschlafft.
In schöner Ordnung, wie Wildenten ziehn,
So reihen sich Töne, Melodien.
Der rotgezahnte Griffel rupft,
Der Liliensprossenfinger zupft,
Und lieblich, ohne Fehl erschallt
Zu neuem Text die Weise alt.

Nach dem zweiten Lied legten die Sängerinnen ihre Instrumente hin, näherten sich gleich zwei im Winde schwankenden Blütenzweigen der Tafelrunde und vollzogen einen Kotau. Hsi Men war so entzückt, daß er ihnen auf der Stelle je drei Silberbatzen von seinem Burschen Tai A'rl auszahlen ließ.

»Wer sind eigentlich die beiden?« fragte er den Gastgeber. »Die verstehen ja wirklich etwas von Kunst.« Bevor Hua Tse Hsü zum Antworten kam, schnatterte vorlaut wie immer Bruder Ying dazwischen:

»Der hohe Herr leidet ja gänzlich an Gedächtnisschwund. Die mit der zwölfsaitigen Laute ist doch ›Silberchen‹, das teure Liebchen unseres guten Hua von der hinteren Freudenhausgasse, und die mit der sechssaitigen Pi pa ist doch Fräulein ›Zimmetblüte‹, deren Lob ich schon früher einmal gesungen habe. Da hat der hohe Herr nun ihre Tante Li Kiao'rl als zweite Frau im eigenen Hause und kennt nicht einmal die liebliche Nichte!«

»Ah, die Kleine ist's!« schmunzelte Hsi Men; »ich habe sie seit drei Jahren nicht mehr gesehen. Alle Wetter, hat die sich herausgemacht!«

»Wie geht's denn deiner Mutter und deiner Schwester?« fragte er in vorgerückter Stunde die kleine Zimmetblüte, als sie beim Weineinschenken kokett tändelnd an seinen Platz trat. »Warum hast du deine Tante gar nicht einmal aufgesucht?«

»Mutter war seit vorigem Jahr kränklich, so konnte ich bis heute keinen halben Schritt aus dem Hause tun. Nur manchmal mußte ich meiner Schwester, die seit einem halben Jahre einen Fremden aus der Kiang-su-Gegend zum Freund hat, in dessen Wohnung bei der Gästebedienung behilflich sein und konnte dann manchmal zwei, drei Tage nicht nach Hause. Und dabei hatten wir doch selber das Haus voll, und ich habe immer für die ganze Unterhaltung zu sorgen! Seht, so blieb mir leider keine Zeit, zu Euch zu kommen, so gern ich auch Tante besucht hätte. Doch warum habt Ihr unser Haus so lange gemieden und auch Tante gar nicht einmal hergeschickt?«

Hsi Men glaubte aus ihren Worten etwas wie eine leise Aufforderung herauszuhören. Er sann einige Augenblicke nach. Dann sagte er: »Wie wäre es, wenn ich dich nachher mit zwei guten Freunden nach Hause brächte?«

»Ihr scherzt wohl? Euer vornehmer Fuß wird schwerlich unsere niedere Schwelle überschreiten.«

»Ich scherze nicht.«

Und zur Bekräftigung zog er aus seinem weiten Ärmel ein feines Schweißtüchlein und eine Dose mit parfümierter Teepaste hervor und verehrte ihr beides.

»Wann gehen wir?« fragte sie. »Wir möchten meine Begleiterin vorausschicken, damit sich Mutter auf Euren Empfang vorbereiten kann.«

»Sobald sich die anderen verabschiedet haben, brechen wir auf.«

Es dauerte nicht lange, da wurde die Tafel aufgehoben, und mit Laternen in der Hand gingen die Freunde auseinander. Hsi Men blieb mit Bruder Ying und Hsiä Hsi Ta bis zuletzt. Dann stiegen sie zu Pferd und begleiteten gemeinsam die Sänfte mit Zimmetblüte zum Blumenhofviertel.

Keller, Gruben, Menschenfallen,
Zaubergrotten heimlich lauern.
Backsteinschichten sie umwallen
Finster wie Gefängnismauern.
Wie im Schlachthof Stück an Stück,
Menschenware steht zur Wahl.
Denen fremd der Freiheit Glück,
Tragen dumpf hier Daseins Qual.
Draußen lockt in großen Zeichen
Schild an Schild Besucher 'rein.
Drinnen Kuppelmütter streichen
Ihre ›Blumengelder‹ ein.
Denn solche Ware, werte Herrn,
Gibt man auf Kredit nicht gern.

Man war vor dem Hause von Mutter Li angelangt. Die Sänfte war im Eingang verschwunden, und dann hatte die ältere Schwester von Zimmetblüte die Ankömmlinge ins Gastzimmer hineinkomplimentiert. Bald darauf kam Mutter Li selber angeschlurft, sich mühsam auf einen Stecken stützend, den Buckel von Rheumatismus steif und krumm.

»Himmel, Himmel!« rief sie aus. »Welcher Windstoß hat denn da den edlen Gemahl meiner Schwester hergeweht?«

»Seid mir nicht böse, Mutter Li, aber vor Geschäften kam ich die ganze Zeit nicht dazu, Euch zu besuchen.«

Sie wandte sich an die beiden Begleiter von Hsi Men.

»Die beiden Herren haben sich auch recht lange nicht blicken lassen.«

»Keine Zeit«, erwiderte Schnorrer Ying. »Aber heute trafen wir Eure Kleine bei Bruder Hua, da haben wir sie hergebracht und gleich die Gelegenheit benutzt, einmal bei Euch vorzusprechen. Doch nun rasch her mit dem Stoff! Uns verlangt's nach ein paar guten Bechern.«

Man ließ sich nieder, Mutter Li säuberte die Tischplatte, ließ Speise und Trank auftragen und festliche Kerzen anstecken, und bald kam auch Zimmetblüte, neugewandet, wieder zum Vorschein. Beide Schwestern unterhielten nun die Gäste mit Tanz und Spiel, bliesen die Drachenflöte, schlugen die Trommel von Rhinozeroshaut und bewegten die feinen Glieder in rhythmischem Takt. Hier paarten sich Kunst und jugendliche Anmut. Hier konnte man nicht von nutzlos vergeudeten Lenzen sprechen. Sie glichen silbernen Krügen, in denen goldene Sonnenstrahlen spielen. Hsi Men verlangte es, ein Lied von Zimmetblüte zu hören. Er wandte sich an die Ältere: »Meine beiden Freunde haben so viel von der Gesangskunst deines Schwesterleins gehört. Möchtest du sie nicht bitten, ein Lied zu singen?«

»Ach ja«, schloß sich Bruder Ying seinem Wunsche an. »Ich werde mich auch ganz ruhig verhalten und mir etwas von Freund Hsi Mens überschüssigem Glanz leihen, um mir die Ohren zu putzen, damit mir ja kein Laut entgeht.«

Mutter Li ebenso wie die beiden Mädchen merkten natürlich, daß Hsi Men nur um die Sache herumredete und darauf brannte, Zimmetblüte zu entjungfern. Da schien ihnen Zurückhaltung geboten, um einen vorteilhaften Preis zu erzielen. Zimmetblüte blieb also lächelnd sitzen und rührte sich nicht. Ihre Schwester ergriff das Wort und sagte entschuldigend: »Sie hat eine sorgfältige Erziehung genossen, und sittsam, wie sie ist, möchte sie sich nicht so aufs Geratewohl zum Singen hergeben.«

Hsi Men verstand. Er legte einen Silberbarren im Gewicht von fünf Unzen auf den Tisch.

»Einstweilen eine Kleinigkeit für Schminke und Puder«, sagte er. »Später bekommt sie noch ein paar hübsche goldgewirkte Seidenkleider.«

Nun erhob sich Zimmetblüte, bedankte sich für das Geschenk, das sie von einer Dienerin in Verwahrung nehmen ließ, und bequemte sich endlich zu einem Liedchen. So jung sie war, zeigte sie keine Hast, keine Aufregung und begleitete ihren Vortrag mit vollendet sicheren Gesten, wobei sie bisweilen ein aus dem Ärmelsaum lugendes rotsilbernes gefranstes Seidentüchlein graziös schwenkte wie eine auf Wellen tanzende Blüte. Was sie sang, war eine Strophe aus dem Lied ›Der Wolkenreiter‹. Die Worte lauteten also:

Herrlich gelassen stieg er nieder,
Preßt sich wuchtig in den Brodem,
Der dumpf das Lustquartier erfüllt.
Seine Nähe wandelt
Stickigen Dampf in würzigen Hauch.
Das Kräuseln seiner Braue macht
Die Leute scheu erbeben.
Was taugt in Schmutz, in Kot und Schlamm
Von edelstem Nephrit der Stab? –
Doch eine singt, und ihre Weise
Macht alle Hörer jäh erschauern
Und läßt sie selige Wonnen spüren,
Wie einstens Konig Hsiang im Traum,
Im Traume König Hsiang.

Hsi Men wußte vor Begeisterung nicht, wohin er treten sollte, als sie geendet hatte. Er blieb die Nacht über im Zimmer der älteren Schwester. Daß er bei der noch unberührten Jüngeren unbedingt der erste sein mußte, stand bei ihm fest. Anderntags schickte er Tai A'rl in ein Seidengeschäft und ließ ihn zum Preis von fünfzig Silberunzen vier kostbare Gewänder für Zimmetblüte besorgen. Li Kiao'rl, Hsi Mens zweite Gattin, war nicht wenig stolz, als sie hörte, daß ihrer Nichte die Ehre zuteil werden sollte, von ihm entjungfert zu werden. Zur Feier dieses festlichen Ereignisses spendierte sie Mutter Li, ihrer Schwester, einen Silberbarren im Gewicht von fünfzig Unzen als Beitrag für Tafel, Musik, Schmuck und Kleidung. Drei Tage lang wurde also das Ereignis der Entjungferung von Zimmetblüte gebührend gefeiert und begossen. Selbstverständlich stellten sich Hsi Mens sämtliche Freunde als Gratulanten ein, und nachdem sie pro forma ihren Unkostenbeitrag in der stattlichen Höhe von je fünf Kupferkäsch entrichtet hatten, benutzten sie den willkommenen Anlaß, um wieder einmal auf Hsi Mens Kosten nach Herzenslust zu fressen und zu saufen.

Lieder, Schlagzeug, Tänze, Weib –
Lustig geht's den ganzen Tag.
Hoppla! für den eignen Leib
Fremdes Geld zerrinnen mag.
Warum von der Tafel fliehn,
Wenn beim Reichtum du zu Gast?
Mäßigkeit ist Medizin,
Die zum Tisch der Armut paßt.

ELFTES KAPITEL

Goldlotos wirft sich an einen Sklaven weg. Sterngucker Liu hilft ihr mit Zauber und macht seinen Schnitt dabei.

An Ast und Wurzel bebend,
Ein Bäumlein einsam steht.
Der Tau, der's morgens netzet,
Im Winde bald verweht. –
Auf unbenutztem Lager
Wacht ein verlassenes Weib.
Kein Liebster, der ihr streichelt
Den feinen jungen Leib.

Einen halben Monat weilte nun Hsi Men bereits bei Zimmetblüte im Freudenhause, ohne sich in dieser ganzen Zeit auch nur ein einziges Mal daheim blicken zu lassen. Mondfrau hatte wiederholt seinen Burschen und sein Pferd hingeschickt, um ihn abzuholen, aber stets hatte man ihn im Hause von Mutter Li festzuhalten gewußt, wobei man sich der List bediente, einfach seine Kleider zu verstecken.

So sahen sich denn seine fünf Frauen daheim schnöde verlassen und beiseite geworfen. Bei den anderen mochte es noch angehen. Aber Goldlotos, deren grünende Lenze noch längst nicht die Zahl dreißig erreicht hatten und deren feuriges Liebesverlangen klafterhoch loderte, konnte sich nur schwer darein finden. Täglich lehnte sie, sorgfältig frisiert, geschminkt und gepudert und fein geputzt wie ein wohlgeschliffenes Juwel, am Pavilloneingang und hielt sehnsüchtig nach ihm Ausschau. Wenn dann die gelbe Dämmerung kam, kehrte sie enttäuscht in ihr Gemach zurück. Aber die Einsamkeit, die über Kissen und Bettbehängen lastete, reizte sie und raubte ihr den Schlaf. So pflegte sie sich oft mitten in der Nacht zu erheben und ruhelos durch den Park zu streichen, leise durch Moos und Blumen zu gleiten und gedankenverloren die mondscheinglitzernde Fläche des Lotosteiches anzustarren. –

Als Mong Yü Loh seinerzeit in Hsi Mens Haus übersiedelte, hatte sie einen hübschen, aufgeweckten jungen Diener namens Kin Tung mitgebracht. Er mochte jetzt etwa sechzehn Jahre zählen. Hsi Men hatte ihn als Gärtnerburschen angestellt und ihm ein ›Ohrhäuschen‹ seitlich des Gartenportals als Behausung angewiesen. Wenn Goldlotos und Mong Yü Loh tagsüber bei der Handarbeit oder beim Schachspiel in einer der Parklauben weilten, dann pflegten sie ihn häufig zu kleinen Dienstleistungen und Handreichungen heranzuziehen. Er zeigte sich immer gefällig und dienstbeflissen, auch hielt er beständig Ausschau nach dem abwesenden Hausherrn, um dessen Rückkehr ja beizeiten melden zu können. Frau Goldlotos fand an dem jungen schmucken Burschen Gefallen, lud ihn öfters in ihren Pavillon, setzte ihm zu essen und zu trinken vor, und schließlich wurde es ihr geradezu Bedürfnis, ihn früh und spät um sich zu haben.

Nun war der siebente Monat herangekommen, und Hsi Mens

Geburtstag stand bevor. Mondfrau unternahm aus diesem Anlaß einen neuen Versuch, ihn aus der Region ›des Rauschs und der Blumen‹ loszureißen, indem sie abermals sein Pferd und seinen Burschen zu ihm hinschickte. Goldlotos benutzte die Gelegenheit, dem Burschen heimlich eine schriftliche Botschaft für Hsi Men mitzugeben. Er möchte sie ihm unauffällig zustecken und ihn in ihrem Auftrag um baldige Heimkehr ersuchen.

Der Bursche Tai A'rl überraschte seinen Herrn im Quartier von Mutter Li bei fröhlichem Pokulieren, ein gepudertes Dämchen im Arm. Um ihn herum tollte die unvermeidliche Rotte seiner Zechkumpane.

»Was suchst du denn hier? Ist was Besonderes zu Hause vorgefallen?« fragte Hsi Men den Ankömmling.

»Nichts Besonderes.«

»Hast du für Schwester Zimmetblüte etwas zum Anziehen mitgebracht?«

»Hier.«

Tai A'rl öffnete die Tasche, die er in der Hand hielt, und brachte ein rosa Seidenhemd und einen blauen geschlitzten Jupon zum Vorschein. Zimmetblüte nahm die Sachen erfreut entgegen und führte den Boten hinunter, damit er sich zur Belohnung mit einem Imbiß und einem Becher Wein stärke. Als er wieder hinaufkam, beugte er sich dicht an Hsi Mens Ohr und flüsterte ihm zu: »Hier, eine Botschaft von der fünften Gattin. Ihr möchtet doch recht bald heimkommen.«

Bevor Hsi Mens Hand zufassen konnte, hatte Zimmetblüte den Brief, den der Bursche ihm hinreichte, bereits an sich gerissen. ›Gewiß ein Liebesbrief irgendeiner Schönen‹, sagte sie sich, während sie das Schreiben neugierig musterte.

»Lest vor!« bat sie Tschu Schi Niän, denn sie konnte die Reihen schwarzer Tuschezeichen, die auf den gerollten bunten Seidenstreifen hingeworfen waren, nicht entziffern.

Tschu Schi Niän rollte den Streifen auf und las. Es war eine Ode, überschrieben ›Vom Sturm geknickte Blüte‹:

Ob Dämmerung fahl,
Ob heller Tag,
Sein muß ich denken.
Fühle Qual,

Wie kaum beim Anblick
Des toten Liebsten eine fühlt.
Um ihn ich leide,
Zum Sterben bang.
Einsam die Kissen.
Matt flackert der Docht.
Durch das halbgeöffnete Fenster
Schaut der Mond.
Ach, kann bei seinem Schein
Ein Herz, und wär's von Eisen,
Unempfindlich sein?
Ach, wie soll die frostge Nacht
Ich Arme überwinden?
Es grüßt
die liebende Nebenfrau,
die sechste Tochter Pan.

Zimmetblüte hatte kaum zu Ende gehört, da stand sie von der Tafel auf und zog sich in ihr Zimmer zurück. Sie warf sich aufs Bett, und das Gesicht in die Kissen gepreßt, schlief sie alsbald ein. Hsi Men aber nahm den beschriebenen Seidenstreifen, die Ursache ihres Verdrusses, und riß ihn in Fetzen. Dann verabfolgte er dem unglücklichen Überbringer, seinem Burschen Tai A'rl, vor allen Anwesenden zwei Fußtritte und schickte ihn zornig seines Wegs. Endlich, nachdem er zweimal vergeblich nach Zimmetblüte geschickt hatte, sprang er empor und suchte sie selbst auf. Er trat an ihr Lager, zog sie empor und sprach beruhigend auf sie ein: »Schwesterlein Zimmetblüte, gräme dich nicht! Mit diesem Schreiben hat es nichts Besonderes auf sich. Meine Fünfte schickte es. Ich möchte einen Sprung nach Hause kommen, um etwas mit ihr zu besprechen, das ist alles.«

»Glaubt ihm nicht! Er macht Euch etwas weis!« meckerte Tschu Schi Niän, der Hsi Men nachgeschlichen war, dazwischen. »Die Schreiberin ist nämlich sein neuestes Liebchen, eine ganz gefährliche Konkurrentin für Euch. Laßt ihn ja nicht weg!«

Lachend versetzte ihm Hsi Men einen Klaps.

»Du verfluchter Spaßmacher bringst einen noch zur Verzweiflung mit deinem törichten Dreinreden!«

Zimmetblüte bemerkte ironisch: »Ihr seid im Unrecht, Herr

Hsi Men. Da Ihr daheim schon so gut versorgt seid, brauchtet Ihr fremden Mädchen nicht noch die Jungfrauschaft zu nehmen. Ihr solltet hübsch zu Hause bleiben. Nun habt Ihr lange genug bei uns verweilt, es wird höchste Zeit, daß Ihr Euch nach Hause schert.«

Hsi Men drückte sie zärtlich an seine Brust und blieb. –

Inzwischen war der arme Tai A'rl daheim angelangt. Nun stand er gänzlich verstört und verheult vor Mondfrau und sollte über das Ergebnis seiner Mission berichten. Mong Yü Loh und Goldlotos waren gleichfalls im Zimmer anwesend.

»Hast du deinen Herrn mitgebracht?« wurde er bestürmt.

»Ach, Fußtritte und Schelte habe ich bekommen. Alles wird er hier in Stücke zerschlagen, wenn wieder nach ihm geschickt wird, hat er gesagt.«

»Das ist entschieden unrecht von ihm«, wandte sich Mondfrau an ihre beiden Gefährtinnen. »Er braucht nicht zu kommen, gut. Aber warum schlägt er den armen Burschen?«

»Er mag ihn meinetwegen mit Fußtritten traktieren, gut. Aber warum ist er gegen uns geladen?« setzte Mong Yü Loh entrüstet hinzu.

»Er soll sich nur nicht einbilden, daß so eine Dirne Liebe für ihn empfindet«, bemerkte Goldlotos geringschätzig. »Diese Sorte hat es doch nur auf sein Geld abgesehen. Wie heißt's doch gleich im Sprichwort?

Es reicht von Golde eines Schiffes Fracht nicht aus,
Den Schlund zu stopfen einem Freudenhaus.«

Sie ahnte nicht, daß ihre Worte von Li Kiao'rl verstanden wurden, die draußen vorm Fenster lauschte und wenig davon erbaut war, zu hören, wie sich Goldlotos also abfällig über ihre Nichte und Verwandtschaft äußerte. Seit dieser Stunde hatte Goldlotos in Li Kiao'rl eine neue Feindin.

Worte wirken zwiefach Wunder:
Süße Worte schmelzen Eis,
Doch ein böses Wort mitunter
Flugs in Kalt verwandelt Heiß.

Mißmutig suchte Goldlotos ihren Pavillon auf. Unerträglich langsam schlich ihr die Zeit dahin, die Stunden dehnten sich ihr zu Monden. Endlich gelangte sie zum Entschluß. Er würde ja doch heute nicht nach Hause kommen, darüber hatte sie nun Gewißheit. Sie schickte also, als die Dunkelheit gekommen war, beide Zofen zu Bett. Dann schritt sie in den Park hinaus, als ob sie eine ihrer gewohnten nächtlichen Promenaden unternehmen wollte. Diesmal aber hatte sie ein Ziel. Es war das Wohnhäuschen des jungen Gärtnerburschen Kin Tung. Leise bestellte sie ihn in den Pavillon. Nachdem sie ihn eingelassen und die Tür sorgfältig verschlossen hatte, setzte sie ihm Wein vor und nötigte ihn so lange zum Trinken, bis er berauscht war. Nun löste sie den Gürtel, entkleidete sich und gab sich ihm hin.

Ewige Regeln sie mißachtet,
Die Natur uns läßt erkennen:
Daß sich hoch und nieder scheiden,
Edel von gemein soll trennen.
Keck in ihrem Brunstverlangen,
Schreckt sie nicht vor Gattengrimme,
Heiß und zügellos begehrend,
Folgt sie nur der eignen Stimme.
In dem Park der hundert Blumen
Läßt gemeinen Trieb sie walten,
Macht zum Lustquartier die Stätte,
Wo sie züchtig sollte schalten.
Was gilt Ehre ihr, was Name?
Liebe ist ihr Zeitvertreib.
Eines Esels schlechter Same
Darf entweihn den Jaspisleib.

Allabendlich ließ Goldlotos von nun an den Gärtnerburschen in ihren Pavillon ein. Früh am Morgen, bevor es heller Tag ward, ließ sie ihn dann wieder hinausschlüpfen. Sie schenkte ihm obendrein als Zeichen ihrer Gunst einen goldenen Stirnreif, drei silberne Haarpfeile und einen seidenen Parfümbeutel. Natürlich glaubte sie sich auf die Verschwiegenheit ihres jungen Liebhabers verlassen zu können. Sie ahnte nicht, daß der Bursche öfters mit seinesgleichen zechen und würfeln ging und sich bei dieser Gelegenheit verplapperte. Kurz, eines Tages blies es der Wind des Gerüchtes ihren beiden Feindinnen Sun Hsüe O und Li Kiao'rl ins Ohr: sie halte es mit der Treue heute ebensowenig genau wie früher in ihrer ersten Ehe. Natürlich erschienen die beiden sofort bei

Mondfrau und teilten ihr mit, was das Gerücht von der verhaßten Fünften wisse. Mondfrau wollte es nicht glauben.

»Ach, ihr könnt sie bloß nicht leiden«, entschied sie und ließ die beiden wieder abziehen.

Es war in einer der nächsten Nächte, da wollte es das Unglück, daß Goldlotos die Küchentür abzuschließen vergessen hatte und so von Zofe Herbstaster, die zufällig noch spät nachts in die Küche kam, in flagranti überrascht wurde. Am nächsten Tag wußte es Zofe Juwelchen, und durch Juwelchen wieder erfuhr es Sun Hsüe O. Diese teilte es Li Kiao'rl mit, und beide begaben sich gemeinsam abermals zu Mondfrau.

»Ihre eigene Zofe ist diesmal Zeugin«, versicherte sie; »und wenn Ihr es Herrn Hsi Men nicht mitteilen wollt, dann werden wir es tun. Er könnte ja ebensogut einen Skorpion gewähren lassen, wenn er diesem Weib Nachsicht schenken wollte.«

Vergebens riet ihnen Mondfrau, Stillschweigen zu bewahren und ihm nicht die Geburtstagsstimmung zu verderben. Als Hsi Men am Siebenundzwanzigsten des siebenten Monats, zwei Tage vor seinem Geburtstag, tatsächlich nach Hause kam, machten die beiden ihren Vorsatz wahr und teilten ihm die Neuigkeit mit.

In Hsi Men stieg es gallenbitter auf. Die tausend anderen häuslichen und geschäftlichen Angelegenheiten, die seiner harrten, waren für ihn im Augenblick nicht vorhanden. Er schrie nach dem Missetäter Kin Tung. Frau Goldlotos, von dem heraufziehenden Gewitter rechtzeitig benachrichtigt, hatte gerade noch Zeit gehabt, den Jungen in ihren Pavillon kommen zu lassen. Er möge ja nichts verraten, hatte sie ihm befohlen und ihm in aller Eile ihre Geschenke, den Reif und die Haarpfeile, abgenommen. Lediglich an den seidenen Parfümbeutel hatte sie in der Aufregung nicht gedacht.

Nun kniete der Sünder vor seinem Herrn in der vorderen Halle, und das Verhör begann.

»Gestehst du, elender Schurke?«

Kin Tung blieb stumm.

»Reißt ihm die Spangen aus dem Haar und zeigt sie her!« schrie Hsi Men den vier knüppelbewehrten Dienern zu, die rechts und links von ihm Posto gefaßt hatten. Aber sie konnten keine Spangen entdecken.

»Wo hast du den goldenen Ring und die silbernen Spangen versteckt, he?«

»Ich habe nichts derlei gehabt.«

»Du phantasierst wohl? – Herunter mit den Kleidern!«

Kräftige Fäuste packten zu, streiften ihm Jacke und Hose herunter, und siehe, da kam, am Bund der Unterhose baumelnd, ein buntseidener Parfümbeutel zum Vorschein. Auf den ersten Blick erkannte Hsi Men in ihm den Parfümbeutel, den Goldlotos zu tragen pflegte.

»He, wo hast du denn den her, Bursche?«

Der bestürzte Kin Tung brauchte eine geraume Weile, sich zu sammeln, dann log er: »Ich habe ihn einmal beim Fegen im Garten gefunden.«

Die Wut ließ Hsi Men mit den Zähnen knirschen.

»Bindet ihn, und gebt's ihm gehörig!« schrie er den Dienern zu. Dreißigmal ließ er den schweren Bambusprügel auf Kin Tungs Rücken niederklatschen, daß ihm die Haut platzte und sich von Blut rot färbte. Dann mußte ihm Diener Lai Pao zwei Haarbüschel über den Schläfen herausreißen. Hierauf jagte er ihn aus dem Hause. –

Goldlotos fühlte sich wie in einen Kübel Eiswasser gestülpt, als sie von fern die Wehrufe des Geschlagenen hörte. Jetzt überschritt Hsi Men ihre Schwelle. Die Angst ließ sie an allen Gliedern schlottern, das Blut in ihren Adern hörte auf zu fließen, ihr Atem stockte, aber trotzdem schickte sie sich mit äußerster Anstrengung an, ihm wie gewöhnlich aus den Überkleidern zu helfen. Da klatschte ihr eine Ohrfeige ins Gesicht. Dann wurde Tschun Meh hereingerufen. Sie bekam Befehl, sämtliche Außentüren zu schließen und niemand in den Pavillon hereinzulassen.

Eine Roßpeitsche in der Hand, nahm Hsi Men nunmehr auf einem Schemel im Hofe Platz und hieß Goldlotos in schroffem Ton, sich zu entkleiden und vor ihm hinzuknien. Stumm und gesenkten Hauptes gehorchte sie.

»Verruchtes Frauenzimmer, nun heraus mit der Wahrheit!« herrschte er sie an. »Der Schuft hat bereits alles gestanden. Also, bitte, keine Ausflüchte! Wie oft hast du mit ihm in meiner Abwesenheit Buhlschaft getrieben?«

»Himmel, Himmel, laß mich nicht unschuldig hingemordet werden!« jammerte sie. »Ich habe all die Zeit wahrhaftig nichts Unrechtes getrieben, bei Tage mit Mong Yü Loh über Nadelarbeiten gesessen, des Abends die Tür verriegelt und mich zeitig schlafen gelegt. Die Seitenpforte habe ich überhaupt nie benutzt. Wenn du mir nicht Glauben schenkst, frage Tschun Meh!«

Und mit lauter Stimme rief sie die Zofe herbei.

»Aber du hast ihm doch, wie mir gesagt wurde, einen goldenen Stirnreif und drei silberne Spangen geschenkt! Dein Leugnen ist vergeblich!« fuhr er sie unwillig an.

»Man tut mir tödliches Unrecht!« beteuerte sie leidenschaftlich. »Die ganze Geschichte hat nur jene Verruchte erfunden, die mich nicht leiden kann, weil du mir ein wenig deine Gunst geschenkt hast. Die Zunge sollte ihr an der Wurzel abgeschnitten werden, und eines elenden Todes sollte sie sterben! Der Reif und die Spangen, die du mir geschenkt hast, alles ist da! Überzeuge dich selbst! Sollte ein einziges Stück fehlen, dann will ich unzurechnungsfähig sein! Sollte jener kleine Schurke etwas anderes behauptet haben, dann hat seine Zunge gelogen!«

»Gut, mit den Spangen und dem Reif mag es stimmen. Aber dies hier« – er zog den seidenen Parfümbeutel aus dem Ärmel – »erkennst du das als dein Eigentum? Wie kommt das Ding an den Leib des Burschen unter seiner Kleidung? Willst du noch immer leugnen . . .?«

Er hatte sich mehr und mehr in Zorn geredet, und jetzt ließ er die Roßpeitsche auf ihr blankes duftendes Fleisch niedersausen.

»Lieber Herr«, flehte sie, von Schmerz gepeinigt, »schont das Leben Eurer Sklavin! Sie wird sprechen. Diesen Beutel habe ich eines Tages im Park verloren. Mein Gürtel hatte sich gelöst, als ich gerade mit Mong Yü Loh an der Kaschmirdistellaube vorüberging, da ist er zur Erde geglitten. Ich merkte es erst später, und da konnte ich ihn nicht mehr finden. Konnte ich ahnen, daß dieser kleine Halunke ihn aufgelesen hatte? Nie und nimmer hat er ihn aus meiner Hand empfangen.«

Hsi Men stutzte. Ihre Darstellung stimmte mit der Aussage des Gärtnerburschen überein. Und wie er sie so in ihrer rosigen Nacktheit, einer lieblichen Blüte gleich, am Boden liegen sah, schön noch im Leid, betörend in ihrem Jammer, da ergriff Rüh-

金瓶梅　第十六回　西門慶擇吉佳期

金瓶梅

李瓶兒情感西門慶

金瓶梅 第二十回

傻幫閑趨奉鬧華筵

金瓶梅

癡子弟爭鋒毀花院

金瓶梅

第二十一回 吳月娘掃雪烹茶

金瓶梅

應伯爵簪花邀酒

rung von seinem Herzen zu neun Zehnteln Besitz, und sein Grimm verflüchtigte sich im Nu zum fernen Javaland.

Zofe Lenzpflaume mußte hereinkommen und sich auf seinen Schoß setzen.

»Von deiner Aussage hängt es jetzt ab, ob ich deiner Herrin Nachsicht schenke. Sprich, hat die Geschichte, daß sie sich mit dem Gärtnerburschen eingelassen habe, Kopf und Schwanz?«

Die kokette Kleine, nicht blöde, erwiderte behend:

»Davon, was Ihr meint, kann gar keine Rede sein. Ich war den ganzen Tag mit meiner Herrin zusammen, wir waren unzertrennlich wie Lippe und Wange. Die ganze Geschichte mit dem Gärtnerburschen ist erfunden und nichts weiter als gemeine Intrige. Ihr solltet es nicht dulden, daß man Euer Haupt noch weiter mit häßlichem Klatsch verunziert!«

Ihre Worte wirkten. Hsi Men warf die Roßpeitsche hin und forderte Goldlotos auf, sich anzukleiden. Währenddessen mußte Zofe Herbstaster den Tisch decken und Wein und Speisen auftragen. Kniend kredenzte ihm Goldlotos den ersten Becher. Er sprach: »Ich vergebe dir. Doch künftig, wenn ich wieder außer Haus weile, benutze die Einsamkeit, dein Herz zu waschen und zu läutern! Schließe beizeiten Türen und Pforten! Hüte dich auch nur in Gedanken vor Unregelmäßigkeiten! Sollten mir wieder Klagen zu Ohren kommen, würde ich dich nicht schonen.«

»Die Sklavin hört den Befehl«, stammelte sie und vollzog vier Kotaus. Und damit war der Zwischenfall beigelegt. –

Aber der Groll über die erlittene Behandlung fraß in ihrem Herzen weiter. An Hsi Mens Geburtstag, der zwei Tage später fiel und Scharen von Gästen ins Haus brachte, kam sie überhaupt nicht zum Vorschein. Und als Zimmetblüte, die gleichfalls zum Gratulieren gekommen war, in Begleitung ihrer Tante Li Kiao'rl den Pavillon aufsuchte, um der Fünften korrekterweise ihre Aufwartung zu machen, da mußte Lenzpflaume sämtliche Pforten verriegeln, so daß sie in ihrem Pavillon wie in einer Tonne von Eisen eingeschlossen war. Und so ließ sie ihre Besucherinnen, Tante und Nichte, das Gesicht mit Schimpf bedeckt, wieder abziehen.

Als Hsi Men an diesem Abend zu ihr kam, da fand er sie traurig, das Wolkenhaar wirr und aufgelöst, das Blumenantlitz blaß und abgespannt. Noch demütiger als sonst war sie um ihn bemüht, löste ihm den Gürtel, half ihm beim Auskleiden, netzte ihm die Füße mit lauem Wasser. Mitten in der Nacht aber, zwischen den gewohnten Freuden des Lagers, gab das unerträgliche Gefühl der Schmach, das sie bedrückte, ihr ein, also zu ihm zu sprechen:

»Mein Ko ko, wer im ganzen Hause liebt dich denn echt und aufrichtig? Die andern sind alles Frauen, deren Liebe flüchtig ist wie der Tau, die sich ohne Bedenken an eine neue Hochzeitstafel setzen würden, falls du zum Sterben kämest. Nur ich verstehe dich ganz. Wenn du doch auch mich verstehen wolltest! Merkst du nicht, daß all die Redereien nur von Haß und Neid herrühren, weil du meine Nähe etwas bevorzugt hast? Es sollte mich nicht wundern, wenn man mich noch zu erdolchen trachtete. Und nun hast du die einzige, die dich wahrhaftig liebt, so herzlos gedemütigt! Hast nicht an das Sprichwort gedacht:

Bekümmert flattert hin und her
Das Haushuhn, wenn es roh getroffen.
Ein Feldhuhn hat es minder schwer,
Ihm steht zur Flucht der Himmel offen.

Fühlst du nicht, daß du in mir dein treuestes, bestes Haushuhn mißhandelt hast? Als du neulich im Freudenhaus deinen Burschen Tai A'rl mit Fußtritten bedacht hattest, habe ich kein Wort des Tadels geäußert. Mondfrau und Mong Yü Loh können es bezeugen. Nur die eine Sorge bewegte mich, du könntest dich bei diesen fremden Pudergesichtern ruinieren. Verstehe mich recht! Diese Sorte liebt doch nur dein Geld, nicht deine Person. Laß dich nicht von dieser Sorte beeinflussen, halte zu mir, deiner treu ergebenen Sklavin!«

Also bettete sie ihn geschickt in ein warmes Nest zärtlicher Worte. –

Aber ungeachtet ihrer Mahnungen trieb es ihn ein paar Tage später wiederum zum Quartier von Mutter Li. Zimmetblüte, die gerade mit der Unterhaltung von Gästen beschäftigt war, verzog sich auf die Kunde von seinem Erscheinen hin schleunigst in ihr Zimmer, wusch sich Schminke und Puder vom Gesicht, legte Spangen und Ringe ab, warf sich aufs Bett und vergrub sich in die Kissen.

Hsi Men mußte geraume Zeit warten, ehe die alte Li zum Vorschein kam.

»Lange nicht die Ehre gehabt, Herr Schwager!« begrüßte sie ihn.

»Ja, der Trubel an meinem ›billigen Tage‹ ließ mich nicht weg.«

»Hoffentlich hat Euch der Besuch der Kleinen nicht inkommodiert!«

»Im Gegenteil. Wo steckt sie denn eigentlich?«

»Ach, sie ist so verändert, seit sie von Euch zurückkam. Sie muß über irgend etwas verstimmt sein. Liegt den ganzen Tag zu Bett, ist nicht zum Aufstehen zu bewegen, hat bis heute ihr Zimmer nicht ein einziges Mal verlassen.«

»Das ist ja sonderbar. Dann will ich doch gleich mal nach ihr sehen.«

Und er ließ sich nach hinten zu ihrem Schlafzimmer führen. Dort sah er sie mit aufgelöstem, unordentlichem Haar übers Bett hingestreckt daliegen, das Gesicht in die Kissen gepreßt. Bei seinem Eintritt rührte sie sich nicht aus ihrer Lage.

»Was fehlt dir?« fragte er sie. »Warum bist du seit neulich, als du bei mir warst, schlechter Laune? Hat dir irgend jemand Verdruß bereitet?«

Eine lange Weile blieb sie stumm. Endlich, als er seine Fragen zum soundsovielten Male wiederholt hatte, öffnete sie den Mund:

»Natürlich, du hast deine Fünfte um dich. Wozu brauchst du unsereins? Aber wenn ich auch in einem öffentlichen Haus aufgewachsen bin, habe ich auch meine Vorzüge und brauche mich nur etwas auf der Fußspitze aufzurecken, um so ein braves Bürgerweib zu überragen. Neulich war ich nicht beruflich in dein Haus gekommen, sondern als Verwandte und Gratulantin. Deine Erste hat mich aufs wärmste aufgenommen, mir Schmuck und Kleider geschenkt, sie zählt darauf, daß ich sie auch künftig und unaufgefordert besuche. Soll man unsereins nachsagen, daß wir in unserem Blumenhof kein Verständnis für Form und Anstand haben? Also ich machte mich mit Tante auf, um auch deiner Fünften pflichtschuldig meine Aufwartung zu machen. Was tut die Fünfte? Sie schließt sich in ihrem Pavillon ein und läßt uns durch die Zofe sagen, sie sei nicht zu sprechen. Ist das eine Art? Ist das Anstand?«

»Nimm dir's nicht zu Herzen!« beruhigte sie Hsi Men. »Sie war an diesem Tag nicht ganz bei Sinnen. Aber wenn sie dich wieder schneiden sollte, dann bekommt sie Prügel.«

Zimmetblüte fuhr ihm erschrocken mit der Hand übers Gesicht. »Schlingel, du würdest dich nicht genieren, sie zu schlagen?«

»Hast du eine Ahnung!« lachte er. »Wie könnte ich wohl sonst Ordnung unter meinen Frauen halten? Zwanzig, dreißig Hiebe mit der Peitsche! Und wenn das nicht hilft, werden die Haare abgeschnitten.«

»Ach, du tust dich nur wichtig vor mir. Wer weiß, wie schnell deine Strenge in Freundlichkeit umschlägt, wenn du erst bei ihr bist. Ich bin ja nicht dabei. Du müßtest mir schon zum Beweis eine abgeschnittene Strähne ihres Haupthaars vorzeigen, erst dann würde ich an deine berühmte Stärke glauben.«

»Verlaß dich drauf, du sollst daran glauben.«

Als er sich in der Morgendämmerung des nächsten Tages von Zimmetblüte verabschiedete, mahnte sie ihn nochmals:

»Also das nächstemal laß dich nicht ohne das betreffende Etwas sehen! Du würdest sonst schmählich dein Gesicht verloren haben.« –

Noch halb im Rausch und noch ganz im Banne ihrer letzten Worte befangen, traf er zu Hause ein. Ohne sich in den vorderen Räumen aufzuhalten, begab er sich geradenwegs ins Schlafzimmer von Goldlotos. Sie merkte sofort, daß er nicht ganz nüchtern war, und bemühte sich noch rücksichtsvoller als sonst um ihn. Er setzte sich auf den Bettrand und befahl ihr, ihm die Schuhe auszuziehen. Kaum hatte sie diese niedere Dienstleistung vollbracht, da herrschte er sie plötzlich unvermittelt an: »Ausziehen! Niederknien!«

Eine wilde Angst befiel sie und preßte ihr zwei Handvoll Schweiß ab. Sie kniete nieder, wollte sich aber nicht ausziehen.

»Herr, erleuchtet endlich Eure Sklavin mit einem Wort der Aufklärung!« flehte sie. »Lieber den Tod als diese täglichen Quälereien! Warum kann ich's Euch nicht recht machen, ob ich mich auch tausendfach bemühe! Dieses langsame Martern mit einem stumpfen Messer ertrage ich nicht länger!«

»Runter mit den Kleidern, oder du erlebst etwas!« erwiderte er drohend. Dann schrie er Zofe Tschun Meh nebenan zu: »Die Peitsche her!«

Aber Tschun Meh versagte den Gehorsam. Er mußte seinen Befehl noch einige Male wiederholen, ehe sie endlich langsam die Tür aufmachte und zögernd näher kam. Als sie ihre Herrin am Boden vorm Bett knien sah und die umgestürzte Lampe unterm Tisch bemerkte, blieb sie stehen und rührte sich nicht vom Fleck.

»Schwester Tschun Meh, hilf mir! Er will mich wieder schlagen!« tönte verzweifelt die Stimme ihrer Herrin.

»Kümmere dich nicht um sie, kleines Ölmaul!« rief ihr Hsi Men zu. »Gib mir lieber die Peitsche her, damit ich sie züchtige.«

Jetzt hielt die Kleine mit ihrer Empörung nicht länger zurück.

»Schämt Ihr Euch nicht, Herr? Was hat sie Euch denn zuleide getan? Ohne allen Anlaß, nur auf fremdes Geschwätz hin, fallt Ihr über sie her wie ein Orkan, der über der flachen Steppe gegen nicht vorhandene Hindernisse tobt. Wer kann Euch denn noch begreifen, Euch achten? Ich jedenfalls tue nicht mit.«

Und schon war sie zur Tür hinausgestürmt.

Hsi Men lachte ein trockenes, verlegenes Lachen. Dann wandte er sich der Knienden zu.

»Komm her! Ich werde dich nicht schlagen. Ich möchte bloß etwas von dir haben. Willst du mir's geben?«

»Lieber Herr, mit meinem ganzen Leib gehöre ich Euch. Was Ihr auch verlangt, Ihr sollt es haben. Nur verstehe ich nicht recht, was Ihr meint.«

»Ich möchte eine schöne Strähne deines Haupthaares.«

»Wozu?«

»Für ein Haarnetz.«

»Wirklich? Gut, du sollst eine Strähne haben. Aber versprich mir, daß du keinen Mißbrauch damit treiben wirst.«

»Ich verspreche es.«

Sie löste ihr Haar, und Hsi Men schnitt ihr mit der Schere eine schöne dicke Strähne heraus. Er wickelte sie sorgfältig in Papier und steckte sie in die Tasche. Goldlotos schmiegte sich zärtlich an seine Brust.

»Ach, ich will dir ja in allem zu Willen sein«, sprach sie unter Tränen. »Nur tu mir den Gefallen und sei nicht so veränderlich in deinem Wesen! Ich will gewiß kein Wort verlieren, wenn du auch zu den anderen Frauen lieb und zärtlich bist, nur behandle mich nicht wieder so abweisend!«

Hsi Men konnte es kaum erwarten, bis er anderntags wieder vor Zimmetblüte stand. Triumphierend hielt er ihr die dicke, schwarzglänzende Strähne aus Goldlotos' Haupthaar hin.

»Nun, habe ich Wort gehalten? Hat aber auch beträchtliche Anstrengung gekostet, ehe ich sie soweit hatte. Ohne einen kleinen Schwindel ging's auch nicht ab. Zu einem Haarnetz brauche ich die Strähne, habe ich ihr weisgemacht, haha!«

»Was ist schon weiter dran, daß du deswegen so aufgeregt tust! Wenn du solche Angst vor ihr hast, brauchtest du gar nicht erst zur Schere zu greifen. Na, gib schon her! Wenn du gehst, bekommst du das Zeug wieder.«

Sie winkte ihrer älteren Schwester, Herrn Hsi Men einstweilen Gesellschaft zu leisten. Sie selbst verschwand mit der Beute in ihrem Zimmer. Dort zog sie ihren Pantoffel aus und barg die Haarsträhne als Futter in der Sohle. Es sollte ihr tägliche Genugtuung sein, gehörig auf dem Haar ihrer Feindin herumzutrampeln. —

Ein Tag nach dem andern verstrich, und Hsi Men kehrte nicht zurück. Die verlassene Goldlotos war seit dem letzten Zwischenfall, der sie eine schöne Strähne ihres Haupthaares gekostet hatte, von schwerer Melancholie befallen. Sie mochte den Fuß nicht mehr aus dem Pavillon setzen, jede Nahrung widerstrebte ihr. Die besorgte Mondfrau glaubte daher, Mutter Liu, die ständige Gesundheitsberaterin in Hsi Mens Haushalt, heranziehen zu müssen. Mutter Liu verschrieb der Patientin täglich zwei schwarze Heilpillen und eine ungewürzte Kraftsuppe für den Abend. Im übrigen schlug sie vor, anderntags ihren Mann mitzubringen, damit er ihr das Horoskop stelle.

»Versteht er etwas vom Schicksaldeuten?« fragte Goldlotos interessiert.

»Ei, gewiß. Er geht zwar mit der Blindentrommel über die Straße, aber auf drei Dinge versteht er sich. Erstens kann er Horoskop stellen und Geister beschwören. Zweitens weiß er mit der Ätznadel Geschwüre auszubeizen. Und drittens versteht er sich aufs ›Bannen‹.«

»Bannen? Wieso?«

»Angenommen, Eltern und Kinder sind uneins, Geschwister haben sich verzankt, Hauptfrau und Nebenfrau leben in Streit, da wendet mein Alter seine Bannformeln an, die, zu Asche verbrannt und in ein Getränk geschüttet, getrunken werden müssen, und Ihr sollt mal sehen, es braucht nicht drei Tage, da ist alles wieder in schönster Ordnung. Sein Zauber vermag nicht nur von Krankheit und Trunksucht zu heilen, sondern auch Handel blühend, Äcker ertragreich, Geschäfte nutzbringend zu machen. Und weil er sich ganz besonders auf die Sterne versteht, heißt er bei den Leuten allgemein Liu, der Sterngucker.«

Goldlotos hatte mit gespannter Aufmerksamkeit zugehört. Sie ließ der Alten Tee und Kuchen vorsetzen und händigte ihr beim Weggehen etliche Silberbatzen ein.

»Hier habt Ihr drei Batzen Arzthonorar«, sagte sie. »Von den anderen fünf Batzen sollt Ihr Eure Auslagen für die Papieramulette, und was Ihr sonst benötigt, decken. Also morgen zur Frühstücksstunde erwarte ich Euch wieder, und vergeßt nicht, Euren Mann mitzubringen.«

Pünktlich am nächsten Morgen fand sich Mutter Liu in Begleitung ihres blinden Mannes ein. Der alte Gauner ließ sich von Goldlotos zunächst die vier astronomischen Doppelzeichen der Stunde, des Tages, des Monats und des Jahres ihrer Geburt angeben. Hierauf knetete er eine Weile mit seinen Fingern unsichtbare Figuren, und dann schnurrte er seinen mit dunklen astrologischen Formeln durchsetzten Horoskopspruch herunter, aus dessen Inhalt Goldlotos nur so viel entnahm, daß die Konstellation ihres Ehesternes unharmonisch sei und daß sie sich vor den Zungen kleiner Leute hüten müsse.

Als er mit seinem Spruch zu Ende war, sagte sie:

»Meister, ich wäre Euch sehr verbunden, wenn Ihr nunmehr Euren Bann wirken lassen wolltet. Es kommt mir lediglich auf zweierlei an: daß ich vom Gerede kleiner Leute verschont bleibe und daß mich mein Gatte liebt und achtet.«

Der blinde Gauner erwiderte:

»Nehmt ein Scheit Holz vom Weidenstamme, schneidet daraus die Figuren eines Mannes und einer Frau, schreibt darauf die vier Doppelzeichen, die Eure und Eures Mannes Geburtsstunde angeben, umwickelt die beiden Figuren mit siebenmal sieben roten

Seidenfäden, schlagt einen Streifen roten Seidenkrepp darum und legt das Ganze des Nachts Eurem Gatten über die Augen. Legt ihm ferner einige Wermutstengel über das Herz, stecht ihn mit einer Nadel in die Hand und streicht ihm Leim zwischen die Füße. Versteckt ferner eine zinnoberrote Bannformel in seinem Kopfkissen, eine andere verbrennt und verrührt die Asche in seinem Tee. Und binnen drei Tagen wird die gewünschte Wirkung da sein.«

»Darf ich Euch noch nach dem Sinn dieser Verrichtungen fragen?«

»Ich will es Euch sagen. Das Augenbedecken mit den rotumhüllten Figuren wird bewirken, daß Ihr seinen Augen fortan schön und begehrenswert erscheint wie eine Hsi Schi. Die Wermuthalme werden sein Herz in neuer Liebe zu Euch entflammen lassen. Die Nadelstiche werden bewirken, daß sich seine Hand nie mehr zum Schlagen gegen Euch erhebt, auch wenn Ihr einmal etwas Unrechtes tun solltet. Und der Leim wird ihn hindern, seinen Fuß jemals wieder in Stätten ungebundener Lust zu setzen.«

Goldlotos war vollkommen befriedigt und verehrte dem Gaukler beim Abschied noch zwei schöne Haarspangen. Am nächsten Tag brachte ihr die alte Liu die Bannformeln und die verschiedenen Zutaten, die sie nach dem Rezept des Blinden anwenden sollte. Als Hsi Men zurückkam, hatte sie alles genau nach Vorschrift vorbereitet, er bekam Tee mit Zauberasche zu trinken, in seinem Kopfkissen steckte eine zinnoberrote Bannformel, nichts hatte sie vergessen. Und der Erfolg schien dem blinden Gaukler recht zu geben. Nach zwei Tagen vertrugen sich die beiden wieder aufs beste miteinander und vergnügten sich zusammen wie die Fischlein im Wasser. Aber, werte Leser, nicht umsonst wird der Ehemann davor gewarnt, seine Frau heimlich mit Bonzen und Nonnen, mit Tao-Priestern und Wahrsagern, mit Ammen und Kupplerinnen verkehren zu lassen. Ein alter, guter Spruch lautet:

Halt fern von Gästen deine Frau,
Schließ auch die Hinterpforte schlau.
Auf Hof und Garten sie beschränke,
Dann meiden Unglück dich und Ränke.

ZWÖLFTES KAPITEL

Frau Hua knüpft über die Mauer hinweg heimlich Fäden. Zofe Ying Tschun späht durch die Fensterritze.

Eines Tages hatte Hsi Men eine Einladung zu seinem Nachbarn Hua Tse Hsü erhalten. Als er um die Mittagsstunde hinüberkam und in Gedanken versunken den Außenhof durchschritten hatte, wäre er beinahe mit Frau Hua zusammengestoßen, so überraschend stand sie mit einem Male auf der erhöhten Plattform innerhalb der zweiten Pforte vor ihm. Er hatte sie wohl schon früher einmal bei einem Besuch auf dem Landgut seines Freundes von weitem gesehen, aber heute war es das erste Mal, daß er ihren Anblick aus nächster Nähe genießen durfte. Der heißen Jahreszeit entsprechend war sie nur leicht gekleidet. Ihr dünnes Obergewand ließ den Hals offen und schloß sich über dem Busen so lose wie die beiden Hälften einer gespaltenen Lotoswurzel, die nur noch mit zarten Fasern zusammenhängen. Unter dem durchbrochenen Saum ihres weißen Obergewandes lugten wie zwei spitze Zünglein zierliche rote, mit dem Phönixentenmuster bestickte Satinpantöffelchen hervor. Um das Haar spannte sich ein Silbermaschennetz, an den Ohren funkelten goldgefaßte Rubinanhänger. Ihre volle Gestalt war von Mittelgröße, das runde Oval ihres Melonengesichts war von zwei feingeschwungenen Brauen markiert. Ihr Anblick machte, daß seine Sinne in Himmelsweiten davonstoben.

Sie erwiderte seine tiefe Verbeugung mit einem leisen Wan fu, »Zehntausendfaches Glück!«, und zog sich alsbald zurück. Aber nachdem ihn eine Zofe ins Empfangszimmer geleitet und zum Platznehmen genötigt hatte, tauchte ihr herrliches Antlitz halb versteckt am Türrand wieder auf, und er hörte sie sagen: »Verweilt Euch, bitte, einen Augenblick. Mein Gatte ist eben noch auf einem Geschäftswege. Er wird bald zurück sein.«

Und eine Weile später, nachdem ihm die Zofe Tee serviert hatte, hörte er ihre Stimme erneut hinter der Tür:

»Darf ich eine Bitte an Euch richten, edler Herr? Sollte mein Mann heute mit Euch auszugehen wünschen, um an einer gewissen Stätte Wein zu trinken, so sorgt um meiner Ehre willen dafür, daß er nicht allzu lange ausbleibt. Übrigens bin ich augenblicklich mit meinen zwei Zofen ganz allein im Haus.«

Hsi Men hatte gerade noch Zeit zu versichern: »Frau Schwägerin, ich werde nicht verfehlen . . .«

Da wurde Freund Huas Rückkunft gemeldet, worauf die Gattin sofort von der Tür verschwand. Ihre Ahnung hatte sie nicht betrogen. Ihr Mann hatte Hsi Men nur herübergebeten, um sehr bald mit ihm zu einem Gang nach Mutter Wus Kuppelquartier aufzubrechen. Denn dort beging seine Freundin Silberchen gerade heute, am Vierundzwanzigsten des sechsten Monats, ihren Geburtstag, und der mußte natürlich fröhlich gefeiert werden. Dem Wunsch der schönen Frau Hua entsprechend, brachte Hsi Men den schwer berauschten Freund, dem er nach Kräften zu diesem Zustand mit verholfen hatte, bereits am frühen Abend nach Hause zurück. Als man den Trunkenen glücklich ins Innere gebracht hatte und Hsi Men sich wieder empfehlen wollte, erschien Frau Hua bei ihm im Gastzimmer unter dem Vorwand, ihm für seine Begleitung Dank zu sagen.

»Mein Tölpel von Mann hat sich natürlich beim Trinken wieder übernommen«, sprach sie. »Wie rücksichtsvoll von Euch, ihn nach Hause zu begleiten!«

Hsi Men verneigte sich.

»Oh, bitte sehr. Ein Geheiß von Euch wird mir stets wie eine erzene Inschrift ins Herz gegraben, in die Knochen geschnitten sein. Überdies hatten wir denselben Weg. Ich bedaure nur, daß meine Unachtsamkeit es nicht zu verhindern wußte, daß er sich in jenem Haus so lange aufgehalten hat. Es kostete meine ganze Kraft, ihn zum Aufbruch zu bewegen. Und als wir unterwegs an der Halle des Freudensterns, dem Quartier von Mutter Tschong, vorüberkamen, da hatte ich wieder die größte Mühe, einen Aufenthalt zu vermeiden. Kaum hatte er nämlich die kleine ›Lieblingsparfüm‹, übrigens ein recht hübsches Ding, die zufällig vorm Eingang stand, zu Gesicht bekommen, da zog es ihn mit aller Macht hinein. Hätte ich ihn gewähren lassen, dann wäre er bestimmt die ganze Nacht dort geblieben. Wie kann man nur eine junge liebe Gattin daheim derart vernachlässigen! Es ist wirklich unverantwortlich von dem dummen Kerl!«

»Da habt Ihr recht. Ich bin vor Kummer schon ganz krank über sein leichtsinniges Treiben. Darf ich hoffen, daß Ihr ihn mir zuliebe auch künftig etwas beaufsichtigen werdet? Ich wäre Euch von Herzen dankbar!«

Nun, Hsi Men war ein Mensch, bei dem ein leiser Klaps auf den Kopf genügte, um die Fußsohle augenblicklich das Echo nachklappen zu lassen. Dank seiner jahrelangen Erfahrung im Spiel des Mondes und der Winde begriff er sofort, daß ihm die schöne Frau Hua mit ihren Worten eine bequeme Einfahrt in den Hafen der Liebe geöffnet hatte. Sollte er blöde sein und die Weise, die sie anschlug, überhören? Und ein verstehendes Lächeln schob sich über sein Gesicht, als er erwiderte: »Seid unbesorgt, Frau Schwägerin! Ich werde ihn mit aller Strenge beaufsichtigen.«

Sie dankte und empfahl sich. Er aber trank seine Tasse Tee mit Aprikosenkernschaum aus und wandte sich befriedigt zum Gehen.

Von nun an ging er planmäßig vor. Sooft er mit Freund Hua ein Freudenhaus aufsuchte, mußten seine Kumpane Schnorrer Ying und Hsiä Hsi Ta den andern beim Becher festhalten und möglichst dazu verleiten, außerhalb des Hauses zu übernachten. Er selbst machte sich dann verstohlen davon und stellte sich daheim vor seiner Haustür auf die Lauer. Sobald er nun bemerkte, daß seine schöne Nachbarin ihrerseits mit den beiden Zofen im Nebentor erschien, um nach dem abwesenden Gatten Ausschau zu halten, pflegte er von ungefähr in ihrer Nähe vorüberzuspazieren, sich bald nach Ost zu wenden, bald nach West zu drehen, sich auch durch Rauspern bemerkbar zu machen und angelegentlich zu dem Schatten im Torweg hinüberzuspähen. Sie wiederum pflegte sich bei seinem Nahen stets scheu ins Torinnere zurückzuziehen, sobald er aber vorüber war, behutsam wieder herauszuwagen und mit vorgerecktem Kopf nach ihm zu lugen. So trieben sie beide ein erwartungsvolles Augenspiel, und eins hoffte vom andern, es möchte den Beginn der Annäherung machen.

Eines Abends stand er wieder so auf seinem gewohnten Posten, da trat von drüben Zofe Hsiu Tschun auf ihn zu.

»Wünscht deine Herrin etwas von mir?« fragte er gespannt.

»Ja, sie möchte Euch sprechen. Der Herr ist nicht zu Hause.«

Eilig folgte er der Aufforderung und ließ sich in das Empfangszimmer führen.

»Ihr wart neulich so gütig . . .«, begrüßte ihn die Nachbarin. »Seid Ihr vielleicht heute oder gestern mit meinem Mann zusammengetroffen? Er ist seit zwei Tagen verschwunden.«

»Gewiß, wir waren gestern bei Mutter Tschong zusammen. Ich mußte Geschäfte halber etwas früher fort. Heute habe ich ihn nicht gesehen, und ich kann wirklich nicht sagen, wo er augenblicklich steckt. Ich bin nur beruhigt, daß ich selbst nicht mehr dort bin, sonst müßte ich ja die schwersten Vorwürfe von Eurer Seite gewärtigen, daß ich mein Versprechen so wenig einlöse.«

»Ach, er bringt mich noch zur Verzweiflung mit seiner Rücksichtslosigkeit! Muß er sich denn beständig draußen unter Blumen und Weiden herumtreiben und sein Heim vernachlässigen?«

»Er ist sonst der beste, liebenswürdigste Mensch . . .«, heuchelte Hsi Men seufzend, der sich in der Besorgnis, vom Gatten überrascht zu werden, bald darauf empfahl.

Als Freund Hua am nächsten Tage nach Hause kam, entlud seine Frau den gegen ihn aufgespeicherten Groll in heftigen Vorwürfen, dann fuhr sie fort:

»Unser Nachbar, Herr Hsi Men, war so aufopfernd, sich etwas um dich zu kümmern, sonst würdest du ganz und gar verkommen. Wir sind es ihm schuldig, unsern Dank durch eine kleine Aufmerksamkeit zu bezeugen. Das erhält die Freundschaft.«

Woraufhin Freund Hua gehorsam vier Schachteln mit kleinen Geschenken vollpackte und samt einem Krug besten Weins ins Nebenhaus schickte.

Mondfrau, von Hsi Men über das Motiv dieser Spende aufgeklärt, meinte sarkastisch:

»Sieh da, du kümmerst dich um seinen soliden Lebenswandel! Du solltest dich lieber um deinen eigenen Lebenswandel kümmern! Das ist gerade, als wenn ein Lehmbuddha einen Tonbuddha schulmeistern will. Treibst du dich nicht selber den ganzen Tag draußen herum? Übrigens, anstandshalber müssen wir diese Aufmerksamkeit erwidern. Sieh doch mal nach, wessen Unterschrift auf dem Begleitschreiben steht. Ist es die Unterschrift seiner Frau, dann muß ich mit einer Einladung an sie erwidern.

Ist es dagegen Herrn Huas Unterschrift, dann überlasse ich dir, was du tun willst.«

»Es ist seine Unterschrift«, erwiderte Hsi Men. »Ich werde ihn für morgen einladen.«

Nachdem sich also Freund Hua einen Tag lang hatte üppig traktieren lassen, war es wiederum dessen Gattin, die ihm vorrechnete, daß die paar schäbigen Geschenke doch in gar keinem Verhältnis zu der reichlich genossenen Gastfreundschaft ständen. Man sei dem Nachbarhaus gegenüber wieder in Schuld und müsse sich unbedingt mit einer Gegeneinladung revanchieren. Dazu bot der neunte Tag des neunten Monats, das Chrysanthemumfest, Gelegenheit. Freund Hua lud also Hsi Men nebst vier weiteren Kumpanen für diesen Tag zur Chrysanthemenschau in sein Haus. Zwei Tänzerinnen waren zur Unterhaltung engagiert, und es ging wie üblich hoch her.

Das ist die Zeit, wenn flinke Hasen
Im Zickzackbogen über Äcker fliehn,
Wenn rot getupft erglühen Baum und Rasen,
Von gelben Blumen seltne Düfte ziehn.
Was kümmert uns der Trauerflug der Raben!
Man muß der Zeiten Gunst nur recht verstehn.
An Wein und schmucken Dirnen laßt uns laben
Und die Geliebte hinterm Vorhang spähn!

Es war um die Stunde, da man die Laterne zur Hand nimmt, als sich Hsi Men von der Tafel erhob, um einmal zu verschwinden. Draußen vor der Tür wäre er im Dunkeln beinahe mit Frau Hua zusammengestoßen, die den Platz neben der Geistermauer als Beobachtungsposten erwählt hatte. Sie verzog sich schnell zur westlichen Seitenpforte. Gleich darauf trat aus der Dunkelheit Zofe Hsiu Tschun auf ihn zu.

»Meine Herrin läßt Euch bestellen«, flüsterte sie, »Ihr möchtet im Trinken Maß halten und Euch beizeiten empfehlen. Sie wird Euch später eine weitere Botschaft zugehen lassen.«

Hsi Men vergaß beinahe vor Freude, sein Geschäft zu Ende zu verrichten! Wieder an der Tafel, vermied er von nun an nach Möglichkeit, zu trinken, indem er sich berauscht stellte.

Indes mußte sich die unruhig hinter dem Vorhang auf und ab gehende Frau Hua noch eine geraume Weile gedulden. Die erste

Nachtwache war fast schon vorüber, und sie sah Herrn Hsi Men immer noch an der Tafel sitzen und in verstellt schläfriger Haltung vor sich hindösen. Seine Kumpane Schnorrer Ying und Hsiä Hsi Ta schienen wie angenagelt auf ihren Stühlen. Sie rührten sich auch dann nicht vom Platz, als endlich die zwei anderen Zechbrüder Tschu Schi Niän und Sun Tiän Hua verschwanden. Frau Hua verging vor Ungeduld. Endlich erhob sich Hsi Men zum Weggehen.

»Brüderchen, warum kannst du denn nicht stillsitzen?« fragte vorwurfsvoll Freund Hua. »Du bist heute recht unhöflich gegen deinen Gastgeber.«

»Besoffen bin ich, kann mich kaum auf den Beinen halten«, gab Hsi Men lallend zurück und schwankte unter künstlichem Torkeln, von zwei Dienern gestützt, zur Tür hinaus.

»Weiß nicht, was heute mit ihm los ist«, brummte Schnorrer Ying hinter ihm her. »Will nicht saufen und ist schon von den paar Tropfen besoffen. Aber das soll uns andere nicht abhalten, noch ein paar Dutzend Runden zu genehmigen. Wir sind ja jetzt so schön unter uns.«

»Freches Gesindel!« murmelte Frau Hua hinter dem Vorhang wütend vor sich hin. Dann ließ sie ihren Mann herausbitten.

»Tu mir den Gefallen und verziehe dich mit den beiden Kerlen in dein Freudenhaus. Da mögt ihr meinetwegen weiterzechen. Nur verschone mich hier mit diesem wüsten Krach und Lärmen! Soll ich euretwegen die ganze Nacht durch Öl und Herdfeuer verschwenden? Das fällt mir nicht ein!«

»Ich möchte schon ausgehen, aber du wirst mir dann wieder Vorwürfe machen.«

»Meinetwegen brauchst du vor morgen nicht nach Hause zu kommen.«

Das ließ sich Freund Hua nicht zweimal sagen, und seine beiden Kumpane waren nicht weniger einverstanden. So zog man also, es war kurz vor Mitternacht, in Begleitung der beiden Tänzerinnen los. Die Diener Tiän Fu'rl und Tiän Hsi'rl wurden mitgenommen.

Mittlerweile saß Hsi Men im Dunkel einer Parklaube dicht neben der Mauer, die sein Grundstück von dem des Nachbarn Hua trennte, und harrte auf die versprochene Botschaft. Jetzt hörte er, wie drüben ein Hund anschlug und eine Tür kreischte. Dann Stille. Kurz darauf tönte von der Mauerkrone her ein Katzenmiauen. Er blickte hin. Da sah er Zofe Ying Tschun sich über die Mauer neigen und ihm zuwinken. Er begriff. Schnell einen Tisch an den Fuß der Mauer geschoben, eine Bank drauf gestellt, und schon war er hinübergeklettert. Auf der andern Seite fand er zum Abstieg eine angelehnte Leiter vor. Er wurde in das von Kerzen erhellte Gastzimmer geleitet. In leichtem Hausgewand, das Haar bloß und aufgelöst, erschien die schöne Nachbarin, nötigte ihn zum Platznehmen und kredenzte ihm den Willkommentrunk.

»Ich verging schon vor Ungeduld«, fuhr sie nach einigen höflichen Eingangsfloskeln fort, »die beiden dreisten Burschen, die mein Mann eingeladen hatte, machten durchaus keine Anstalt, sich zu erheben. Da habe ich ihm nahegelegt, das Gelage im Freudenhaus fortzusetzen. So bin ich die lästige Gesellschaft losgeworden.«

»Aber wenn nun Bruder Hua plötzlich heimkommt?« forschte der vorsichtige Hsi Men.

»Oh, ich habe ihm bis morgen Urlaub erteilt. Die beiden Diener haben ihn übrigens begleitet. Ich bin ganz allein mit meinen beiden Zofen. Und die alte Fong, meine frühere Bonne, die das Tor hütet, ist völlig zuverlässig und verschwiegen.«

Hsi Men war beruhigt und gab sich nun unbedenklich dem Genuß der Stunde hin. Schulter an Schulter, Schenkel an Schenkel gepreßt, trank er mit ihr aus gleichem Becher, vom selben Pokal. Zofe Ying Tschun schenkte ein, Zofe Hsiu Tschun servierte die Speisen. Und dann zog man sich in das von Parfümwolken erfüllte Schlafgemach zurück und überließ sich unter buntseidenen Vorhängen den Freuden des Lagers.

Frau Hua hatte vorher sorglich das pergamentbespannte Doppelfenster geschlossen, um sich etwaigen neugierigen Blicken von draußen zu entziehen. Sie hatte nicht mit der Schlauheit ihrer Zofe Ying Tschun gerechnet. Das vorwitzige siebzehnjährige Ding konnte sich's nicht versagen, sich unter den Fenstersims zu schleichen und mit einer Haarnadel ein Guckloch durch die zwiefache Pergamentscheibe zu bohren. Da gewahrte sie nun im Widerschein der Lampen und Kerzen ein Etwas, das sich am Bettvorhang wie der Schatten eines zappelnden, seltsam geformten Riesenfisches abzeichnete, und sie vernahm abwechselnd Laute wie das Kreischen eines Papageien und das Zwitschern einer Schwalbe. Dann hatte sich das seltsame Wesen beruhigt, es spaltete sich in zwei Hälften, und an ihr Ohr drangen Worte:

»Wieviel grünende Lenze zählt Ihr gegenwärtig?«

»Dreiundzwanzig. Und welches ist das Alter Eurer Ersten?«

»Sechsundzwanzig.«

»Also drei Jahre älter als ich. Ich möchte ihr übrigens gern meine Aufwartung machen und eine Kleinigkeit schenken. Aber vielleicht wird sie meinen Verkehr nicht wünschen?«

»Seid unbesorgt. Sie ist ein gutartiger Charakter.«

»Wenn sie nun etwas von Eurem nächtlichen Ausflug gemerkt hat, was werdet Ihr dann sagen?«

»Oh, meine Frauen wohnen alle entfernt, sie können nichts gemerkt haben. Nur die Fünfte bewohnt ganz in der Nähe für sich einen Gartenpavillon. Aber sie wird sich hüten, sich in meine Angelegenheiten zu mischen.«

»Wie alt ist die Fünfte?«

»Ebensoalt wie die Erste.«

»Falls sie meine unzulängliche Person nicht verschmäht, möchte ich gern mit der Fünften Schwesternschaft machen. Ich werde ihr und der Ersten morgen zwei Paar eigenhändig angefertigte Pantoffeln überbringen.«

Sie löste zwei goldene Agraffen aus ihrem Haar und reichte sie Hsi Men: »Aber laßt meinen Mann sie nicht sehen!«

Sie blieben zusammen, bis draußen der erste Hahnenschrei ertönte und fahler Schein im Osten den nahenden Morgen kündete. Dann kehrte er auf demselben Weg, wie er gekommen war, in sein Grundstück zurück. Sie hatten noch für künftige Besuche ein geheimes Zeichen verabredet. Durch Husten und Herabwerfen eines Mauerziegels sollte ihm von der Mauer aus zu verstehen gegeben werden, wenn die Luft drüben rein sei.

Hsi Men hatte sich in den Pavillon von Goldlotos begeben, die noch im Bett lag.

»Wo hast du denn diese Nacht gesteckt?« fragte sie ihn.

»Mit Bruder Hua im Quartier von Mutter Wu. Ich war nur aus Gefälligkeit mitgegangen.«

Sie glaubte ihm, aber dennoch blieb der Schatten eines Zweifels in ihrem Herzen haften.

Eines Nachmittags saß sie mit Mong Yü Loh in einer Gartenlaube bei der Nadelarbeit. Plötzlich plumpste dicht vor der Laube ein Ziegelstein zu Boden. Während Mong Yü Loh erschrocken die Füße einzog und den Kopf senkte, hatte Goldlotos zufällig ihre Blicke nach der nahen Parkmauer schweifen lassen, und da sah sie an einer gewissen Stelle schattenhaft den hellen Fleck eines Gesichts auftauchen und gleich wieder verschwinden. Goldlotos stieß ihre Gefährtin an und zeigte nach der betreffenden Stelle.

»Schwester Drei, da drüben liegt doch das Grundstück von Nachbar Hua«, sprach sie leise, »und das war doch die alte Fong, die da eben herüberschaute und gleich wieder verschwand, als sie uns hier sitzen sah. Ich habe sie deutlich erkannt. Ob die wohl bloß unsere Blumen betrachten wollte?«

An diesem Abend ließ sie insgeheim Hsi Men nicht aus den Augen. Er hatte, als er sie für eine kurze Weile im Pavillon aufsuchte, auf ihre Frage, ob er zu essen und zu trinken wünsche, zerstreut gedankt und sich bald wieder in den Park entfernt. Gespannt folgte sie ihm von weitem nach. Er schlug die Richtung nach der Parkmauer ein. Auf einmal sah sie oberhalb der Mauer dasselbe Gesicht wie am Nachmittag auftauchen, und gleich darauf bemerkte sie, wie er hurtig eine Leiter an die Mauer legte und behutsam hinüberkletterte. Nachdenklich kehrte sie in den Pavillon zurück. Lange Zeit ging sie ruhelos im Zimmer auf und ab, und als sie sich endlich hinlegte, konnte sie die ganze Nacht keinen Schlummer finden.

In der zeitigen Morgenfrühe erschien er in ihrem Schlafzimmer und setzte sich dicht neben sie an den Bettrand. Aus halbgeschlossenen Augen ihn von der Seite anblinzelnd, las sie in seinem Gesicht deutlich Verlegenheit und Schuldbewußtsein. Jetzt richtete sie sich auf, faßte mit der einen Hand sein Ohr und schaute ihn streng an.

»Treuloser, gestehe, wo hast du die Nacht über gesteckt?« schalt sie. »Aber, bitte, keine Ausflüchte! Ich kenne nämlich deine Schliche. Heute nachmittag, als ich mit Mong Yü Loh in der Laube bei der Nadelarbeit saß, waren wir zufällig Zeugen, wie man dir von drüben her Zeichen gab. Und wenn du neulich behauptet hast, dein Freund Hua hätte dich mitten in der Nacht ins Freudenhaus geschleppt, so verstehst du darunter natürlich dieses Hahnreis eignes Haus, nicht wahr? Also wie oft hast du's mit diesem lüsternen Weib von nebenan getrieben? Bist du offen und ehrlich, so will ich schweigen. Aber suchst du mich mit einem einzigen Wort zu hintergehen, dann werde ich dich undankbaren Schlingel entsetzlich blamieren. Dann sollst du nicht einmal ein Stückchen Erde für einen bescheidenen Begräbnisplatz finden!«

Hsi Men sah sich ertappt. Da zog er es vor, sich klein wie ein Zwerg zu machen. Er fiel vor ihr auf die Knie und bettelte demütig: »Liebes kleines Ölmaul, bitte, keinen Lärm! Ich will dir alles beichten!« Und als er gebeichtet hatte, schloß er: »Übrigens will sie dir und der Ersten nächstens einen Freundschaftsbesuch machen und euch mit eigenhändig angefertigten Pantoffeln beglükken. Mit dir möchte sie gern Schwesternschaft schließen.«

»Pah, als ob ich mir daraus etwas machte! Mit solchen Aufmerksamkeiten will sie sich nur den Zugang in dein Haus erleichtern. Ich bin erfahren genug, um mir von der keinen Sand in die Augen streuen zu lassen, und trage kein Verlangen, ihren Spuk aus nächster Nähe mit anzusehen. Sage ganz offen, wie oft hast du's mit ihr getrieben?«

Hsi Men konnte sich vor Lachen nicht halten.

»Du komisches Weibchen quälst einen noch zu Tode mit deinen Gewissensfragen! Beruhige dich, bitte, morgen wird sie kommen und pflichtschuldig Kotau vor dir machen und dir ein Paar Freundschaftspantoffeln schenken. Gestern hat sie sich bereits die Schuhgröße von Mondfrau beschafft, und heute schickt sie dir einstweilen durch mich dieses kleine Angebinde.«

Er nahm seine Mütze ab und zog aus seinem Haar die beiden Agraffen heraus, die ihm Frau Hua verehrt hatte. Es waren kostbare, goldgetriebene Stücke in Form des glückbringenden Schriftzeichens Schou, was langes Leben bedeutet, mit blauer Türkisfüllung. Der alte Obereunuch, ihres Gatten Onkel, hatte sie seinerzeit persönlich bei Hofe getragen.

»Nun, gefallen sie dir?«

Goldlotos war augenblicklich besänftigt.

»Gut, ich will weiter kein Wort verlieren. Im Gegenteil, ich will mit dir aufpassen, wie der Wind weht, wenn du wieder nach ihr Verlangen hast. Was sagst du jetzt?«

»Was bist du für ein verständiges Frauchen!« lobte er sie, von ihrem plötzlichen Umschwung entzückt, indem er sie zärtlich in die Arme schloß. »Und weißt du, die da drüben liebt mich nicht aus Berechnung, es ist wirklich Liebe auf den ersten Blick. Du aber sollst zur Belohnung morgen ein entzückendes neues Kleid geschenkt bekommen.«

»Höre, ich traue deinen Zuckerlippen und deiner Honigzunge nicht allzusehr. Versprich mir lieber dreierlei, wenn du willst, daß ich deine Buhlschaft dulden soll.«

»Alles, was du verlangst, will ich dir versprechen!«

»Also erstens, du mußt die Freudenhäuser meiden. Zweitens, du mußt mir folgen, wenn ich dir etwas sage. Drittens, stets, wenn du drüben bei der andern gewesen bist, mußt du mir genau berichten, wie es war. Und du darfst mir nichts verschweigen! Willst du?«

»Mit Freuden!« –

Von nun an pflegte er ihr jedesmal, wenn er mit Frau Hua zusammengewesen war, getreulich zu berichten, was er drüben getrieben, was er verzehrt und getrunken hatte. Ob Frau Huas Körper hell sei und sich weich wie geblümter Damast anfühle, ob sie sich auf Weintrinken und Kartenspiel ebensogut verstehe wie auf das Spiel des Mondes und der Winde, alles wollte sie genau wissen.

Einmal brachte er von drüben einen kostbaren bemalten seidenen Fries mit, den der alte Obereunuch Hua aus dem kaiserlichen Harem entführt hatte. Es war ein langer, gezackter, goldgeränderter Seidenstreifen, auf dem ein Künstler in vollendeter Weise zwölf verschiedene Liebesszenen zur Darstellung gebracht hatte. Die vierundzwanzig nackten männlichen und weiblichen Gestalten, die da paarweise ihren lenzlichen Trieben Genüge taten, waren mit überirdischer Schönheit gemalt.

Nachdem Goldlotos beim Lampenschein den Fries vom Kopf bis zum Schwanz aufmerksam betrachtet hatte, faltete sie ihn wieder zusammen und übergab ihn Zofe Tschun Meh zur Verwahrung, als ob er ihr Eigentum sei.

»Aber nach zwei Tagen muß ich ihn zurückhaben«, erlaubte

sich Hsi Men bescheiden einzuwenden. »Es ist ein teures Andenken unserer Nachbarin, ich habe es dir nur zum Ansehen mitgebracht.«

»Das gebe ich nicht wieder her!« entgegnete sie trotzig. »Diese Abbildungen sollen mir zum täglichen Studium dienen.«

»Höre, wenn du trotzig bist, werde ich dir deine kleine Faust unsanft öffnen«, drohte er scherzhaft.

»Versuch's doch! Ich gebe es nicht heraus, eher werde ich's in lauter kleine Fetzen zerreißen.«

»Was ist da zu machen?« lenkte er gutmütig ein. »Schön, behalte es, bis du dich dran satt gesehen hast. Übrigens gibt es drüben noch andere seltsame Dinge, die ich dir gelegentlich zeigen werde.«

»O fein! Zur Belohnung werde ich dir meine kleine Faust jetzt freiwillig öffnen.«

Und in unverminderter Heftigkeit ergaben sich die zwei den fliegenden Wonnen des Lagers.

Werte Leser, seit jeher hat es gewisse Zaubermittel von unheimlicher Wirkung gegeben. Seit Goldlotos die Bannkraft von Liu, dem Sterngucker, in Anspruch genommen hatte, war jedenfalls Hsi Men binnen kurzem in seinem Verhalten zu ihr wie umgewandelt. Aus Groll und Mißachtung war Gunst und Liebe geworden, statt Leid und Schande erlebte sie nur noch Genugtuung und Triumph. Er wagte nicht mehr, sie zu maßregeln. Und wenn sie die tollsten Teufeleien begangen hätte, er würde ihr Fußbadewasser getrunken haben. So sehr war er behext.

DREIZEHNTES KAPITEL

Verdruß rafft Bruder Hua hinweg. Fünf Schöne ergötzen sich auf dem Balkon an der Laternenschau.

Eines Nachmittags kam Hsi Men ganz verstört zu Mondfrau. »Denke dir, man hat Freund Hua verhaftet!« erzählte er aufgeregt. »Wir pokulieren heute unserer vier mit ihm ganz ahnungslos im Quartier von Mutter Tschong – weißt du, wo Lieblingsparfüm zu Hause ist –, da erscheinen plötzlich ein paar Yamenbüttel und führen ihn ab, ohne ihm ein einziges Wort zu gestatten. Natürlich waren wir andern nicht schlecht erschrocken. Ich lief sofort zu Zimmetblüte hinüber und hielt mich den halben Tag in ihrem Zimmer versteckt. Inzwischen holte ich Erkundigungen ein. Es handelt sich darum, daß Huas drei Brüder eine Erbschaftsklage gegen ihn beim Präfekten der östlichen Hauptstadt angestrengt und in deren Verlauf einen Haftbefehl gegen ihn erwirkt haben. Na, das ist ja nicht so schlimm, und einigermaßen beruhigt, habe ich mich dann aus meinem Versteck herausgetraut.«

»So weit mußte es also kommen! Das hast du von deinem Verkehr und deinem Herumtreiben draußen!« schalt Mondfrau. »Heute ist es noch einmal glimpflich für dich abgelaufen, aber ich sehe schon kommen, daß du nächstens in eine Prügelei geraten wirst und daß man dir deinen Hammelkopf gallertweich schlagen wird. Du mußt dich endlich zur Umkehr entschließen! Aber ich kenne ja leider deine Unbeständigkeit. Zu Hause hörst du mir zu, aber kaum bist du draußen, da lauschst du mit gespitztem Eselsohr auf das, was dir irgend so ein Freudenhausmädchen einflüstert. Meine Rede ist Wind für dein Ohr, fremder Leute Worte respektierst du wie eine heilige Erzinschrift.«

»Haha, mich schlagen!« lachte Hsi Men selbstbewußt. »Dazu müßte einer wahrlich schon sieben Stirnen und acht Gallen besitzen.«

»Zu Hause hast du gut großsprechen!«

Ihre Zwiesprache wurde durch das Eintreten des Burschen Tai A'rl unterbrochen. Frau Hua lasse durch ihren Diener Tiän Fu'rl

Herrn Hsi Men sofort hinüberbitten, meldete er. Hsi Men stand eine Weile unschlüssig. Dann wandte er sich zur Tür.

»Nächstens wirst du überhaupt niemand mehr haben, der dir gutgemeinte Ratschläge gibt«, warnte Mondfrau.

»Ach, bei so enger Nachbarschaft kann ich ihr die Bitte wirklich nicht gut abschlagen. Laß mich nur gehen«, beharrte er und ging.

Drüben trat ihm nachlässig gekleidet, mit verstörtem, wachsbleichem Gesicht Frau Hua entgegen. Sie fiel ihm zu Füßen und jammerte:

»Ach, hoher Herr, ich bin gänzlich ratlos. Um Buddhas, nicht um seiner unwürdigen Dienerin willen nehmt Euch meiner freundnachbarlich an! Mein Mann wollte ja nie auf mich hören. Anstatt sich um sein Haus zu kümmern, hat er sich draußen herumgetrieben. Nun ist das Unglück da. Eben wollte ich mich mit den Dienern beraten, was ich zu seiner Rettung unternehmen kann. Aber was kann ich, ein Weib, an den Füßen gehemmt wie eine unbeholfene Krabbe, unternehmen? Ach, ich könnte vor Wut über ihn vergehen! Und wenn man ihn in der östlichen Hauptstadt zu Gallert schlüge, ihm geschähe ganz recht. Aber es geht mir um den guten Namen des alten Kung kung. Deshalb beschwöre ich Euch, erbarmt Euch meiner und helft, daß es nicht zum öffentlichen Prozeß und Skandal kommt!«

»Schwägerin, steht doch bitte auf! Es ist ja nicht so schlimm«, beruhigte sie Hsi Men. »Vor allem kenne ich die näheren Umstände noch nicht.«

»Also wißt, mein Mann ist doch der zweite von vier Brüdern, leiblichen Neffen des alten Kung kung. Der alte Kung kung hat noch zu Lebzeiten, seit er vom Süden hierher übersiedelte, seinen gesamten Barschatz ausschließlich meiner Hand anvertraut, denn mein Mann erschien ihm nicht zuverlässig genug. Die drei anderen Neffen aber mieden die Nähe des Alten, weil er bei den geringsten Verstößen noch Stockschläge auszuteilen pflegte. Als nun der Alte im vorigen Jahr starb, erhielten die drei zwar ihren Anteil an Hausrat und Mobiliar, aber der Barschatz blieb ungeteilt in meiner Hand. Ich habe meinem Mann wiederholt zugeredet, er möchte seine Brüder auch in bar abfinden, aber er hat sich nie darum gekümmert. Nun haben sie ihn überrumpelt.«

»Also es handelt sich um einen gewöhnlichen Erbschaftsstreit;

das hat nicht viel auf sich. Ihr braucht Euch wirklich nicht zu beunruhigen, Frau Schwägerin. Ich stehe Euch natürlich ganz zur Verfügung und betrachte Bruder Huas Angelegenheit völlig als meine eigene.«

»Dann bin ich allerdings beruhigt. Es kommt nun meiner Ansicht nach darauf an, die maßgebenden Stellen zu gewinnen. Die Mittel, die dazu erforderlich sind, stelle ich natürlich gern zur Verfügung.«

»Es wird gar keinen übermäßigen Aufwand erfordern. Die Entscheidung liegt ja bei dem Präfekten von Kai fong fu, Herrn Yang. Der gehört doch zur Klientel des Kanzlers Tsai. Herr Tsai aber steht meinem Verwandten, dem Marschall Yang, nahe. Beide sind wichtige Leute bei Hofe und haben unmittelbaren Zutritt zum Himmelssohn. Diese beiden müssen wir mit Bittgesuchen bearbeiten, daß sie den Präfekten Yang zugunsten Eures Gatten beeinflussen. Natürlich kommen wir um einige Geschenke für den Kanzler nicht herum. Dagegen erübrigen sich Geschenke für den Marschall. Er ist ja mein Verwandter.«

Frau Hua verschwand augenblicklich in ihre Schlafkammer, öffnete zwei Truhen und ließ von ihren Zofen sechzig Silberbarren im Gesamtgewicht von dreitausend Unzen zu Hsi Men ins Gastzimmer hinübertragen.

»Dies steht zu Eurer Verfügung«, sprach sie.

»Wozu soviel? Die Hälfte genügt.«

»Etwaigen Überschuß betrachtet, bitte, als Euer Eigentum. Übrigens habe ich hinter dem Bett noch etliche Kästen und Truhen mit Hofroben, Staatsmützen, Jadegürteln, Ringen und anderem wertvollem Geschmeide versteckt, die möchte ich Euch der Sicherheit halber auch gern zur Verwahrung übergeben. Darf ich?«

»Wenn nun aber Bruder Hua bei seiner Rückkehr die Sachen vermißt?«

»Oh, er weiß gar nichts davon. Der alte Kung kung hatte sie mir persönlich anvertraut, ich habe meinem Mann kein Wort davon erzählt.«

»Dann will ich sofort hinübergehen und meine Leute zum Abholen schicken.«

Daheim beriet er sich mit Mondfrau. Mondfrau war dafür, das Silbergeld von den Dienern in gewöhnlichen Eßkörben abholen zu lassen, dagegen die Kästen und Truhen bei Nacht über die Mauer herüberzuholen, um unliebsames Aufsehen bei der Nachbarschaft zu vermeiden.

Hsi Men befolgte ihren Rat und ließ zunächst die Silberbarren von vier Dienern in Körben herüberschaffen. Des Nachts folgten dann die Kästen und Truhen über die Mauer. Drüben schoben Frau Hua und ihre beiden Zofen, hüben zogen und hoben mit vereinten Kräften Hsi Men, Mondfrau, Goldlotos und Tschun Meh. Kein einziger Diener war zugegen. Unbemerkt wurde alles in die Schlafkammer von Mondfrau gebracht.

Am nächsten Tag mußte Hsi Mens Schwiegersohn Tschen ein Bittgesuch an seinen Onkel, den Marschall Yang, aufsetzen. Dann wurde der Diener Lai Pao nach Kai fong fu gehetzt. Das Schreiben, das er überbrachte, bewirkte, daß sich der Marschall alsbald mit dem Kanzler Tsai und dessen Schützling, dem hauptstädtischen Präfekten Yang, ins Einvernehmen setzte.

Und dann kam der Tag der öffentlichen Verhandlung in der Präfektur gegen Freund Hua. An tausend Menschen knieten zu Boden, als der Präfekt die große Richthalle betrat. Hua war bereits während der Untersuchungshaft von Hsi Men brieflich verständigt worden. Sein Verhör verlief kurz und glimpflich. Als ihn der Präfekt nach dem Verbleib des Nachlasses seines Onkels befragte, gab er an, es seien noch zwei städtische Wohngrundstücke und ein Landgut vorhanden, Mobiliar und Hausrat seien bereits verteilt, und das gesamte Barvermögen sei durch die Kosten einer würdigen Bestattung verzehrt. Der Präfekt gab sich mit dieser Auskunft zufrieden und verkündete:

»Bei solchen Beamten des inneren Hofdienstes läßt sich schwer nachprüfen, was sie besitzen. Häufig verlieren sie ihr Gut ebensoleicht, wie sie es erwarben. Da also aus dem Nachlaß keine Barmittel mehr vorhanden sind, so werde ich verfügen, daß der Kreismandarin von Tsing ho hsiän die drei Grundstücke zum öffentlichen Verkauf bringt und den Erlös unter die Kläger verteilt.«

Mit dieser Entscheidung wollten sich die drei anwesenden Kläger, die auf mehr gehofft hatten, nicht zufriedengeben. Sie warfen sich vor der Zinnoberestrade zu Boden und beantragten, den Angeklagten so lange in Haft zu behalten, bis er den Barnachlaß,

金瓶梅

第二十二回

蕙蓮兒偷期蒙愛

春梅姐正色閑邪

金瓶梅

第二十三回　賭棋枰瓶兒輸鈔

覰藏春潘氏潛蹤

金瓶梅　第二十四回　敬濟元夜戲嬌姿

惠祥怒詈來旺婦

der sicher vorhanden sei, herausgebe. Aber der Präfekt schnob sie zornig an: »Warum habt ihr eure Ansprüche nicht gleich beim Ableben eures Onkels geltend gemacht? Die Sache ist verjährt. Was soll diese nachträgliche Quengelei?«

Und ohne einen einzigen Streich erhalten zu haben, wurde Freund Hua auf freien Fuß gesetzt.

Reich hält zu reich,
Einfluß enthebt des Strebens.
Wer hat, wird haben.
Armut pocht vergebens.

Als Frau Hua von dem Ausgang der Sache hörte, bat sie Hsi Men zu sich herüber, um sich mit ihm zu beraten. Sie legte ihm nahe, doch das Nachbargrundstück zu erwerben, ehe es in fremde Hände geriete. Hsi Men besprach ihren Vorschlag zunächst mit Mondfrau. Mondfrau hatte Bedenken. Sie meinte, ein solcher Erwerb sei etwas auffällig und werde Freund Hua sicherlich argwöhnisch stimmen. Also behielt sich Hsi Men seine Entschließung einstweilen noch vor.

Bald darauf traf Freund Hua wieder ein, und es kam zum öffentlichen Verkauf der Grundstücke, die ehemals dem alten Kung kung gehört hatten. Das zweite Wohngrundstück, am Friedensplatz auf der Hauptstraße gelegen, ging für siebenhundert Silberunzen in den Besitz des kaiserlichen Hauses über. Das Landgut vorm südlichen Stadttor erwarb der Strompräfekt Tschou für sechshundertfünfundfünfzig Unzen. Nur für das Grundstück, das an Hsi Mens Besitzung stieß und mit fünfhundertvierzig Unzen abgeschätzt war, wollte sich kein Käufer finden, da man sich nicht getraute, Hsi Men vorzugreifen. Freund Hua bot es seinem Nachbarn wiederholt an, aber Hsi Men entschuldigte sich stets mit Geldmangel.

Da der Kreismandarin auf baldige Erledigung der Sache drängte, entschloß sich Frau Hua, die alte Fong zu Hsi Men zu schicken. Er möchte doch die Kaufsumme dem Silberschatz entnehmen, den sie ihm neulich anvertraut habe, ließ sie ihm sagen. Damit war Hsi Men einverstanden, und er kaufte nunmehr das Nachbargrundstück. Der Gesamterlös wurde zu gleichen Teilen unter die drei Kläger verteilt. Für den armen Hua aber blieb nicht das geringste übrig.

Von Sorge gequält, fragte er seine Frau, ob sie denn nicht eine Abrechnung von Hsi Men über die Verwendung jener sechzig Silberbarren besitze, die sie ihm damals zur Verfügung gestellt hatte. Vielleicht sei noch ein Rest vorhanden, der es ihm ermögliche, sich anderswo in der Stadt eine Wohnung zu kaufen und das Leben zu fristen.

Da kam er aber schön bei ihr an. Fünf Tage lang mußte er sich ihr Schelten anhören.

»Dummer Teufel du! Die ganze Zeit hast du nichts Besseres anzufangen gewußt, als dich draußen herumzutreiben und unter Blumen und Weiden zu nächtigen. Im Hause hast du's drunter und drüber gehen lassen. Du bist selbst an deinem Unglück schuld. Was konnte ich, eine ehrsame Frau, die niemals ihren Fuß allein auf die Straße gesetzt hat, zu deiner Rettung unternehmen? Du solltest dankbar sein, daß sich Herr Hsi Men unser in dieser Not und Schande so freundnachbarlich angenommen hat! Ungeachtet der kalten Jahreszeit mit ihren fürchterlichen Sandstürmen hat er seine Leute nach der Hauptstadt gehetzt und alles für dich in Ordnung bringen lassen. Und heute, wo du deinen Prozeß glücklich hinter dir hast, wo du wieder fest auf den Beinen stehst und frei atmest, mäkelst du, eben noch ein Todkranker, über ein geringfügiges Geschwür und quälst mich mit kleinlichen Geldfragen! Hast du mir nicht selbst aus der Haft heraus Zettel geschrieben, ich möchte das Geld zu deiner Rettung verwenden? Ich hätte es sowieso getan.«

»Es ist richtig, solche Zettel habe ich dir geschrieben. Trotzdem gebe ich die Hoffnung nicht auf, daß noch etwas von dem Gelde übrig ist.«

»Pah, es ist zwecklos, sich mit dir Dummkopf herumzuzanken! Hättest du dich beizeiten gerührt, dann wärst du den andern nicht in die Schlinge gelaufen. Nun jammerst du über zu hohe Ausgaben. Wo können denn die dreitausend Unzen geblieben sein? Meinst du, solche hohe Herren wie der Großsekretär Tsai und der Marschall Yang seien mit kleinen Happen abzuspeisen? Und glaubst du, der Präfekt hätte dich für nichts und wieder nichts ungestraft laufen lassen? Anstatt hier zu maulen, solltest du lieber den edlen Gönner, der, ohne mit dir verwandt oder dir verpflichtet zu sein, um deinetwillen Laufereien und Scherereien auf sich genommen hat, zu einem Dankessen einladen und dich mit dem Besen der Erkenntlichkeit blank fegen!«

Gegen solchen Redefluß war nicht anzukommen, und Freund Hua zog es vor, zu schweigen.

Um die Stimmung des Freundes, der ihn schließlich dauerte, etwas zu heben, schickte ihm Hsi Men anderntags einige kleine Aufmerksamkeiten ins Haus. Freund Hua antwortete mit der Einladung zu einem Dankessen. Er hatte sich vorgenommen, bei dieser Gelegenheit Rechenschaft über den Verbleib seiner Gelder zu fordern und je nachdem, was Hsi Men zurückerstatten würde, den Freund noch um ein paar hundert Unzen für die neue Wohnung anzugehen. Unklugerweise ließ er seine Frau von seinem Vorhaben wissen. Die hatte nichts Eiligeres zu tun, als Hsi Men durch die alte Fong die heimliche Weisung zugehen zu lassen, er möchte der Einladung auf keinen Fall Folge leisten, vielmehr eine zurechtgemachte Abrechnung schicken und erklären, die fraglichen Gelder seien restlos für Bestechungszwecke draufgegangen. Der arme Hua wartete also vergebens auf das Kommen des Freundes, er wiederholte seine Einladung noch zwei-, dreimal, Hsi Men ließ sich nicht blicken. Er hatte sich ganz einfach ins Freudenhausviertel verzogen. Als dem andern der Bescheid zuteil wurde, Hsi Men weile überhaupt nicht zu Hause, fiel er vor Ärger und Enttäuschung in Ohnmacht.

Werte Leser, wenn eine Frau ihrem Manne erst einmal innerlich entfremdet ist, dann vermag auch der energischste Ehemann sie nicht mehr zu beeinflussen und ihre verborgenen Absichten zu durchschauen. Ebensogut könnte er Nägel zerbeißen. Es ist eine alte Regel, daß man der Frau nur häusliche Angelegenheiten überlassen soll. Was ist nicht alles schon für Unheil daraus entstanden, wenn sich Weiber in Dinge außerhalb des Hauses einmischen!

Aber mußte sich der gute Hua nicht selbst tadeln? Wie kann ein Mann, der sein Haus beständig vernachlässigt, von seiner Frau erwarten, daß sie ein Ausbund von Tugend sei?

Nun, schließlich gelang es Hua, bei Freunden und Bekannten eine Summe von zweihundertfünfzig Silberunzen aufzutreiben. Er konnte sich nun auf der Löwenstraße eine Wohnung erstehen. Aber leider sollte er sich nicht lange ihres Genusses erfreuen. Die

Aufregungen und eine hinzutretende schlimme Erkältung warfen ihn kurz nach dem Umzug aufs Krankenlager. Aus Sparsamkeit versagte er sich den Arzt und schleppte sich von einem Tag zum andern hin, bis ihm schließlich der Lebensodem ausging. O weh, er hatte nur ein Alter von vierundzwanzig Jahren erreicht!

Die vorgeschriebene Trauerzeit von fünf Wochen seit der Bestattung war noch nicht vorüber, da entschloß sich die Witwe – wir wollen sie von nun an mit ihrem Beinamen Ping oder Vase nennen – zu einem Besuch im früheren Nachbarhause. Dazu bot ihr, deren Gedanken schon die ganze Zeit über weniger bei der Seelentafel des Verstorbenen als bei Hsi Men geweilt hatten, der Geburtstag von Goldlotos, der auf den neunten Tag des ersten Monats fiel, einen willkommenen Anlaß.

Das strenge Trauerweiß des Obergewandes und des Witwenschleiers von Grasleinen durch einen blauseidenen, golddurchwirkten Jupon und ein kostbares Perlendiadem gemildert, entstieg sie der Sänfte und vollzog ihre vier Kotaus vor Mondfrau, die sie hierauf mit Hsi Mens übrigen Frauen der Reihe nach bekannt machte. Tiän Fu'rl, der einzige ihr verbliebene Diener – Tiän Hsi'rl hatte sich zu Beginn der Erkrankung seines Herrn mit etlichen Silberunzen heimlich davongemacht –, und die alte Fong bildeten ihr Gefolge. Diese hatte eine Tasche voll Geburtstagsgeschenke für Goldlotos mitgebracht. Frau Ping verstand es, mit den vier Frauen, besonders mit Goldlotos, die sie von vornherein Schwester titulierte, rasch warm zu werden.

Da sie sich außerordentlich trinkfest zeigte, kam ein fröhliches Gelage in Gang, und am Abend wollte man den Gast unter keinen Umständen nach Hause lassen. Man nötigte sie, bei Goldlotos im Gartenpavillon zu übernachten. Hsi Men war erst gegen Abend erschienen. Er hatte tagsüber mit seinen Freunden im Nephritkaisertempel eine feuchte Sitzung gehabt.

Goldlotos trug zur Feier des Tages die beiden goldenen Schou-Agraffen im Haar, die ihr Hsi Men gebracht hatte. Als Mondfrau gelegentlich eine lobende Bemerkung über diese Schmuckstücke fallen ließ, erbot sich Frau Ping sogleich, auch ihr und den anderen drei Frauen derartige Agraffen zu schenken. Tatsächlich erschien am nächsten Morgen zum Frühstück die alte Fong, die von ihrer Herrin am Abend zuvor nach Hause geschickt worden war, mit einem Päckchen, dem Frau Ping vier Paar goldene Agraffen von der gleichen Art wie diejenigen, die Goldlotos trug, entnahm. Jeder der vier Frauen verehrte sie ein Paar. Dieser rasche Akt von Generosität trug nicht wenig dazu bei, Frau Ping im Hause Hsi Men ungeteilte Sympathien zu verschaffen. Man fragte sie nach ihrem Geburtstag, und als sich herausstellte, daß er auf den Fünfzehnten des ersten Monats, den Tag des Laternenfestes, fiel, wurde einstimmig beschlossen, ihr an diesem Tage einen Gegenbesuch abzustatten. Man wollte die Gelegenheit benutzen, den Festtrubel dieses Tages aus der Nähe mitzugenießen, denn das Haus auf der Löwenstraße, das Frau Ping bewohnte, lag dem Laternenmarkt gerade gegenüber.

Als endlich Frau Ping gegen Abend die Sänfte bestieg, um sich auf den Heimweg zu machen, konnte sie sich eines heimlichen Gefühls der Genugtuung nicht erwehren. Sie durfte sich sagen, daß sie sich mit diesem Besuch bei Hsi Mens Frauen aufs günstigste eingeführt habe und von dieser Seite keinen Widerstand zu befürchten brauchte, falls Hsi Men, was ihr als Ziel vorschwebte, sie als Gattin in sein Haus aufnehmen würde. Was aber Hsi Men betraf, so war es *ein* Umstand, der sie in ihrer Zuversicht ganz besonders bestärkt hatte, das waren die baulichen Vorbereitungen, die sie unweit des Pavillons von Goldlotos nach dem Nachbargrundstück hin bemerkt hatte. Da war bereits die Trennungsmauer durchbrochen, und wie ihr Goldlotos verriet, war kürzlich der Geomant dagewesen und hatte verkündet, daß die neuen Bauarbeiten bereits im zweiten Monat in Angriff genommen werden sollten. Der Park sollte über die Mauer hinaus erweitert, vorn ein Hügel aufgeschüttet und mit einem runden Aussichtspavillon gekrönt, weiter hinten aber ein neuer einstöckiger Wohnpavillon errichtet werden.

»Alles für mich«, hatte Goldlotos selbstbewußt hinzugefügt. ›Für mich‹, hatte Frau Ping gedacht und geschwiegen.

Pünktlich einen Tag vor dem Fünfzehnten schickte Hsi Men im Namen seiner Ersten Frau Ping einen Krug besten Weins, mehrere Schüsseln mit fertigen Gerichten, eine Platte Lebensnudeln, eine Schale Lebenspfirsiche und ein gefüttertes golddurchwirktes Seidenkleid ins Haus. Als Antwort trafen fünf Einladungskarten ein, gerichtet an Hsi Mens fünf Frauen, und eine, heimlich an ihn selbst gerichtet, die ihn zum späten Abend hinbestellte. Mit Ausnahme von Sun Hsüe O, die das Haus betreuen sollte, folgten sämtliche Frauen der Einladung und begaben sich am Nachmittag des Fünfzehnten in vier Sänften mit viel Gefolge zur Löwenstraße.

Frau Pings neues Wohnhaus zählte vier Räume in der Vorderfront und ging drei Räume in die Tiefe. Rückwärts grenzte es an einen Park, der zum Anwesen von Verwandten des kaiserlichen Hauses gehörte. Vorn, mit dem Ausblick auf den Laternenmarkt, erhob es sich zweigeschossig mit einem großen Balkonzimmer.

In diesem Balkonzimmer hatte Frau Ping die Festtafel herrichten lassen. Um die Tafel herum waren geschmackvolle, mit Gebirgslandschaften bemalte Wandschirme aufgestellt, und von der Decke und vor den Fenstern baumelten lustig bunte Laternen. Nachdem ein Imbiß unten an vier kleinen Tischen eingenommen war, stieg die ganze Gesellschaft hinauf und nahm an der Festtafel Platz. Zwei Singmädchen sorgten für Unterhaltung mit Sang und Tanz. Aber die allgemeine Aufmerksamkeit galt natürlich dem festlichen Treiben draußen, und bald standen fünf Schöne eng geschmiegt am Balkonfenster und spähten durch die Perlenschnüre des Vorhangs auf die Straße hinab.

Gerade gegenüber öffnete sich der Laternenmarkt mit seinen Dutzenden von dicht umlagerten Verkaufsbuden, und gleich zwei wilden Gebirgsbächen strömten hier die Menschenmassen aus der östlichen und westlichen Löwenstraße zusammen. Was gab es aber auch hier zu sehen! Welch bunte Fülle von Mustern und Formen wiesen diese herrlichen Laternen auf, die teils reihenweise in den Buden zum Verkauf dahingen, teils an langen Latten und Stangen als Platzschmuck prangten, teils, von Menschen in der Hand oder an Stöcken getragen, gleich Wunderblumen oder riesigen leuchtenden Perlen in unablässigem Auf und Ab durch das Schwarz der Menge schwebten und glitten. Jedes Blumenmuster war vertreten, von der glühenden Wasserrose bis zur blassen Eisblume. Und gar die Muster aus dem Menschen- und Tierreich! Welch kuriose Einfälle! Da gab's junge Kandidaten, artig dienernde Konfuziusjünger zu sehen, züchtige Hausfrauen, die ganze Ehrbarkeit des uralten guten Kaisers Schen Nung in Haltung und Gebärde, feiste Mönche mit biederer Vollmondglatze und weidengrüner Lüsternheit in der Miene. Da war der alte häßliche Tschung Kweh, der strenge Richter der Unterwelt, mit schmucken Dirnen gepaart, der reiche Tugendbold Liu Hao, auf einer dreibeinigen goldenen Kröte sitzend und seine Juwelen verspeisend. Da gab's hochbepackte Kamele, Silberlöwen, Affen, weiße Elefanten, mit seltsamen Schätzen auf dem Rücken durchs Stadttor spazierend, vielfüßige Krabben, auf blauen Wellen sich tummelnde Haie mit gewaltigem Rachen und langen Kiemen, grüne Algen und silberne Schmetterlinge verschlingend, schillernde Molche und Salamander, im Sande spielend, und ähnliche Narreteien mehr. Etwa Lao tses vier Jünger, das Geheimbuch der Zinnoberdroge und Lebenselixiere darreichend, oder grimme Grenznachbarn als friedliche Tributbringer und umgekehrt friedliche Dörfler als kampflüsterne Krieger und dergleichen Unsinn.

Unter den Marktbesuchern waren alle Klassen der Gesellschaft vertreten, bis zu den vornehmsten blasierten Jüngelchen, die ungeduldig mit den Füßen stampften, wenn es in dem Geschiebe einmal nicht weiterging, und bis zu den geputzten Patrizierfrauen und Töchtern, die sich gesittet Hand in Hand führten und aus dem Gewühl in die oberen Stockwerke naher Teestuben flüchteten, das Gesamtbild durch die Farbenpracht ihrer Gewandung verschönend und belebend. Natürlich fehlten die üblichen Wahrsager nicht, die sich erboten, den Passanten aus der Wolkenbildung oder Sterngruppierung ihr Schicksal im neuen Jahre vorauszusagen, fehlte nicht der verkrachte Akademiker, der von erhöhtem Standort aus der Menge Geschichten und Lieder vortrug, nicht der Wandermönch, der seine Zimbel beständig mit dem Handballen bearbeitete und die Leute mit Tripitaka-Texten zu erbauen suchte, nicht der fliegende Bäcker mit den zu Haufen geschichteten Neujahrspfannkuchen, der Händler, der dürre Zweige mit nachgemachten, aufgepappten Pfirsichblüten feilbot, und was an derartigen Gestalten einen Neujahrsmarkt sonst noch zu bevölkern pflegt.

Eine Weile überließen sich die fünf Schönen dem Eindruck des buntbewegten Bildes zu ihren Füßen und lauschten dem von unten heraufdringenden Summen und Brausen der zahllosen Menschenstimmen, in die sich das Poltern und Rattern schwerer Karrenräder mischte, dann zogen sich Mondfrau, Li Kiao'rl und Frau Ping ins Innere des Gemachs zurück und nahmen wieder an der Tafel Platz. Goldlotos aber und Mong Yü Loh und die beiden Singmädchen verweilten weiter am Fenster und konnten sich nicht satt sehen. Goldlotos befand sich in ausgelassener Stimmung. Die langen Ärmel ihres weißseidenen Rocks zurückschiebend, so daß ihre zarten Zwiebelsprossenfinger zum Vorschein kamen, die sechs goldene in Steigbügelform geschnittene Ringe schmückten, hatte sie sich weit zur Fensterbrüstung hinausgelehnt und machte sich ein Vergnügen daraus, die Schalen von Melonenkernen, die ihre Zähne unablässig zerknabberten, auf die unten vorüberpromenierenden Passanten hinabzuspucken. Zwischendurch stand ihr Mund nicht still und begleitete alle auffälligen Beobachtungen des Auges mit kindlich-heiteren Bemerkungen und hellem Lachen. Kein Wunder, daß man nun auch unten auf die Schönen am Fenster aufmerksam geworden war. Man blieb stehen, staute sich, neugierige Blicke wurden nach oben gerichtet, beifällige Äußerungen, bewundernde Mutmaßungen wurden laut.

»Die gehören sicher zu einem fürstlichen Harem«, kam es aus einer Gruppe flotter junger Leute.

»Wahrscheinlich prinzliche Nebenfrauen von dem Grundstück drüben, das dem kaiserlichen Hause gehört«, ließ sich eine zweite Stimme vernehmen.

»Oder kleine Freudenmädchen, die irgendein hoher Gönner hierher zur Laternenschau eingeladen hat«, riet ein dritter.

»Unsinn! Ich will es euch sagen«, mischte sich jetzt ein vierter ein. »Wenn das nicht Nebenfrauen vom Höllenfürsten selber sind, dann gehören sie zum Harem des reichen Hsi Men, wißt ihr, der beim Kreisyamen seine Apotheke hat, dem unsere ganze Beamtenschaft von oben bis unten verschuldet ist. Die mit dem grüngeränderten goldenen Brustkoller kenne ich nicht, aber die andere, die Hübsche mit dem rotgeränderten goldenen Koller, das ist bestimmt die frühere Frau des Pastetenbäckers Wu Ta, des Dreizollmännchens, den seinerzeit Herr Hsi Men mit einem Fußtritt ins Jenseits befördert hat. Ihr erinnert euch doch an die üble Geschichte, die ihren Anfang in Mutter Wangs Teestube nahm? Später wollte der Schwager Wu Sung mit dem Herrn abrechnen, da hat er aus Versehen den Boten Li erschlagen und wurde zur Strafe an die Grenze geschickt. Seit zwei Jahren hat man nichts mehr von ihm gehört . . .«

Goldlotos hatte ein unbehagliches Gefühl überkrochen. Indes konnte sie nichts weiter verstehen, denn Mondfrau rief sie und Mong Yü Loh vom Fenster zurück, und das Gelage nahm seinen Fortgang. Am späten Nachmittag brach Mondfrau mit Li Kiao'rl auf. Goldlotos und Mong Yü Loh dagegen blieben noch, sie wollten das Anzünden der Laternen abwarten.

An diesem Tage hatte sich Hsi Men mit Schnorrer Ying und Hsiä Hsi Ta zu einem Bummel verabredet gehabt. Sein Ziel war gleichfalls der Laternenmarkt gewesen. Aber weil er nicht von Frau Pings Haus aus gesehen werden wollte, hatte er sich nicht bis zum Markt selbst hingewagt, sondern nur die Buden mit den Seidengazelaternen in der Nähe besichtigt. Auf dem Rückweg waren die drei dann an einer Straßenecke unvermutet mit Freund Sun Tiän Hua und Tschu Schi Niän zusammengetroffen und hatten heftige Vorwürfe einstecken müssen, weil sie die beiden zu ihrem Bummel nicht mit eingeladen hatten. Es folgte eine langwierige Beratung, wie man das Programm des restlichen Tages gestalten wollte. Sie endete damit, daß man gemeinsam zum Quartier von Mutter Li zog. Hsi Men, der sich wegen der geheimen Verabredung mit Frau Ping den Abend gern frei halten wollte, ging nur widerstrebend mit.

VIERZEHNTES KAPITEL

Zensor Yü wirft einen schönen Plan über den Haufen. Frau Ping hält sich an Doktor Bambushügel schadlos.

Mehrere Stunden hatte Hsi Men gezwungenerweise mit seinen vier Freunden im Hause von Mutter Li zugebracht. Aber weder den Reizen und Künsten von Zimmetblüte und ihrer Schwester noch den sonstigen Unterhaltungen, mit denen sich seine Gefährten die Zeit vertrieben, wie Bechern, Würfeln, Ballspiel, konnte er heute irgendwelchen Geschmack abgewinnen. Gelangweilt saß er dabei und wartete nur auf Nachricht aus der Löwenstraße. Endlich, es war inzwischen Abend geworden, erschien sein Bursche Tai A'rl. Sich dicht an das Ohr seines Herrn neigend, meldete er leise, Mondfrau und Li Kiao'rl seien bereits wieder daheim, und Frau Ping lasse ihn nunmehr zu sich bitten. Hsi Men gab dem Burschen leisen Befehl, das Pferd vor die hintere Pforte zu führen und dort auf ihn zu warten. Eine kleine Weile blieb er noch bei Zimmetblüte sitzen, ohne indes einen Tropfen zu trinken. Dann entfernte er sich unter dem Vorwand, austreten zu müssen. Er wandte sich zum hinteren Hofausgang, sprang auf das bereitstehende Pferd und stob wie ein Rauch davon. Seinem Freund Schnorrer Ying hatte er hinterlassen, ein dringendes Geschäft habe ihn nach Hause gerufen.

Als er vor Frau Pings Haus angelangt war, verriet ihm das verschlossene Tor, daß die Gäste bereits weg seien. Beruhigt klopfte er an und ließ sich von der alten Fong öffnen. In einfachem Hauskleid, eine Hahnenkammhaube über der Frisur, in der Hand eine Kerze, trat ihm Frau Ping auf der Treppe lächelnd entgegen.

»Beinahe hättet Ihr Eure Dritte und Fünfte noch angetroffen. Sie sind eben erst weg. Und wo kommt Ihr her?«

Hsi Men erzählte von seinem Bummel durch die Straßen, wie ihn dann seine Freunde zu Mutter Lis Quartier geschleppt hatten und wie er schließlich durch eine List glücklich entschlüpft war.

Sie bedankte sich für seine Geschenke und führte ihn ins festlich erhellte Gastzimmer, in dem mit glühender Holzkohle frisch aufgefüllte Bronzebecken und Stoffvorhänge an den Wänden Wärme und Behaglichkeit verbreiteten, während bläuliche, in seltsamen, siegelschriftähnlichen Kringeln aufsteigende Ambraschwaden den Raum mit würzigem Duft erfüllten.

Frau Ping ließ sich auf die Knie nieder, vollzog einen Kotau und hub feierlich an:

»Seit dem Hingang meines unwürdigen Gatten stehe ich allein. Wohin ich mein Auge erhebe, nirgends liebe Verwandte und Angehörige. Ihr, hoher Herr, seid heute mein einziger Halt. Falls ich Euch nicht allzu häßlich und minderwertig dünke, so vergönnt mir, Euch das Lager zu bereiten und die Decken zurechtzuschichten! Laßt mich Euren Frauen eine Schwester sein! Dann würde ich mit Süßigkeit im Herzen sterben!«

Ihr Auge hatte einen flehenden Ausdruck angenommen und schimmerte feucht. Hsi Men ergriff mit der einen Hand den von ihr dargereichten Becher, mit der anderen Hand zog er sie sacht empor.

»Eure liebevollen Worte werden mir wie eine Erzinschrift ins Herz gegraben bleiben«, sprach er. »Sobald Eure Trauerzeit beendet ist, werde ich Rat schaffen. Inzwischen sorgt Euch nicht! Jetzt wollen wir Euren glücklichen Tag feiern!«

Und sie machten sich über das reiche Mahl her, das die alte Fong bereitet hatte. Die beiden Zofen Ying Tschun und Hsiu Tschun servierten und schenkten unablässig nach. Dann erschien Tai A'rl und brachte unter Kotaus seine Glückwünsche artig an. Frau Ping ließ ihn in der Küche reichlich traktieren. Als sie ihn fragte, was er daheim über den Verbleib seines Herrn sagen würde, hatte er erwidert: »Ich werde ganz einfach sagen, der Herr übernachtet im Quartier von Mutter Li und kommt morgen vormittag heim.« Diese gescheite Antwort hatte sie sehr für den Burschen eingenommen, so daß sie ihm auch noch zwei Silberbatzen Melonenkerngeld spendierte und ihm obendrein ein Paar Pantoffeln anzufertigen versprach.

Das Pärchen unterhielt sich eine Weile mit Fingerknobeln und Dominospiel, dann suchte es das Schlafgemach auf. Zofe Ying Tschun mußte das Lager zurechtmachen und Früchte und Wein bereitstellen. Frau Ping hatte, seit ihr Mann gestorben war, Hsi Men gestattet, beide Zofen zu gebrauchen, und so legte man sich ihnen gegenüber keinerlei Zwang auf. Man entkleidete sich, und unter purpurnen Behängen Schulter an Schulter aufs Lager geschmiegt, setzte man noch einige Zeit das Pokulieren und Dominospielen fort.

»Wie steht's eigentlich mit dem Umbau?« fragte sie auf einmal.

»Nächsten Monat geht's los. Das ganze Nachbargrundstück wird Park. Sämtliche Gebäude werden abgetragen. Lediglich ein Lustpavillon mit drei Wohnräumen wird dort errichtet. Vorn lasse ich einen Hügel aufschütten mit einer runden Aussichtslaube auf dem Gipfel.«

Sie wies mit dem Finger nach der Wand hinter dem Bett.

»Ich habe da hinten, in Teekisten versteckt, vierzig Pfund Aloe, zweihundert Pfund weißes Eschenwachs und achtzig Pfund Pfeffer sowie zwei Krüge Quecksilber. Ich möchte gern, daß Ihr die Sachen abholen laßt und zu Silber macht. Den Erlös möchte ich Euch als meinen Unkostenbeitrag für den Umbau zur Verfügung stellen. Es ist mein sehnlichster Wunsch, so bald wie möglich zu Euch überzusiedeln! Ich kann nicht von Euch lassen!«

Er wischte ihr zärtlich mit einem Taschentuch die Tränen ab, die ihr in die Augen gestiegen waren, und erwiderte:

»Geduldet Euch, bis Eure Trauerzeit um ist. Inzwischen wird auch der neue Pavillon fertig sein. Ich wüßte nicht, wo ich Euch vorher unterbringen sollte.«

»Könnte ich nicht einstweilen bei Eurer Fünften wohnen? Ich vertrage mich ausgezeichnet mit ihr und mit Eurer Dritten auch. Die beiden haben soviel Anziehendes und ähneln sich, als ob sie natürliche Schwestern wären. Dagegen mag ich Eure Erste nicht leiden. Sie hat etwas im Blick, was einen sofort wegscheucht.«

»O nein, gerade sie ist die Güte selber«, rief Hsi Men lachend. »Würde sie sonst so viele Frauen neben sich dulden? Im übrigen, den neuen Pavillon habe ich dir zum künftigen Heim bestimmt. Er wird nur durch zwei verschwiegene Seitenpforten zugänglich sein, damit du ganz ungestört bleibst. Was sagst du nun?«

»Oh, mein Ko ko . . .!« hauchte sie beseligt und sank in seine Arme. Diesmal währte das ausgelassene Phönixspiel der beiden bis zum vierten Trommelschlag. Ohne Maß war ihr Begehren. Es ging schon auf den dämmernden Morgen, als sie sich endlich dem Schlaf überließen.

Als sie dann am späten Vormittag erwachten, mochten sie sich nicht vom Lager trennen. Sie frühstückten im Bett und setzten ihr Liebesspiel mit Eifer fort. Frau Ping, die sich trefflich aufs Reiten verstand, kletterte auf ihn und steckte geschickt seinen Blumenstengel in ihre kleine Vase. Sie waren mitten im schönsten Reiten, als sich draußen vorm Fenster die Stimme des Burschen Tai A'rl vernehmen ließ. Es seien fünf Spezereihändler aus den Südprovinzen eingetroffen, so meldete er. Sie hätten eine Ladung Ware mitgebracht und verlangten hundert Silberunzen dafür, zahlbar nach sechs Monaten. Mondfrau habe ihn hergeschickt, denn die

Händler wünschten, daß er, Hsi Men, den Vertrag persönlich unterzeichne.

»Du hast doch nicht etwa verraten, daß ich hier bin?« forschte Hsi Men.

»Nein, ich habe gesagt, der Herr weile im Quartier von Mutter Li.«

»Onkel Fu, der Provisor, kann die Sache ebensogut erledigen. Warum werde ich damit behelligt?«

»Die Händler wollten sich mit Onkel Fus Unterschrift nicht zufriedengeben.«

»Geschäfte gehen immerhin vor«, mischte sich Frau Ping ein. »Mondfrau wird sich schließlich wundern, wenn du nicht kommst.«

»Diese verdammten Provinzkrämer haben wahrscheinlich den Markt verpaßt, daß sie einem die Ware bis vor die Tür bringen«, brummte Hsi Men ärgerlich. »Wenn's einem eilig ist, dann lassen sie gewöhnlich mit der Lieferung auf sich warten. Ach was, es gibt im Kreise noch andere Apotheken außer meiner. Wenn ich sie brauchen sollte, werden sie sich schon melden.«

»Man sollte sich in Geschäften einen Gang nicht verdrießen lassen«, redete ihm Frau Ping zu. »An deiner Stelle würde ich hingehen. Uns stehen noch köstliche Tage, zahllos wie die Blätter des Weidenstammes, bevor.«

Widerstrebend fügte er sich ihrem Rat, erhob sich gemächlich, machte umständlich Toilette, frühstückte noch in aller Ruhe, setzte seine Gesichtsmaske auf, bestieg sein Pferd und trabte heim.

In der Apotheke nahm er die Ware in Empfang, prüfte sie, ließ sie abwiegen, leistete eine Anzahlung, unterschrieb den Vertrag und schickte die fünf Händler ihres Wegs. Nachdem das erledigt war, suchte er Goldlotos auf.

»Wo hast du denn gestern gesteckt?« begrüßte sie ihn. »Aber bitte, nicht schwindeln, sonst mache ich ein Geschrei, daß du in Staub zerfällst!«

»Wo soll ich wohl gewesen sein? Am Nachmittag habe ich mir mit meinen Freunden den Laternenmarkt angesehen, dann sind wir alle zusammen zu Mutter Li gezogen, wo ich übernachtet habe.«

»Ach, vielleicht dein Geist? Nein, du treuloser Strolch, mich täuschst du nicht! Meinst du, ich hätte nicht gemerkt, wie eine Gewisse gestern abend ihren Hokuspokus getrieben hat, um uns loszuwerden und dich hinzuzaubern? Durchgebuhlt hast du die Nacht mit ihr! Dein Bursche, dieser vertrackte kleine Spitzbube, hat mir's verraten. Zwar Mondfrau gegenüber hat er angegeben, du seist mit deinen Kumpanen bei Mutter Li. Als ich ihn aber später ins Verhör nahm, da hat er mir lächelnd gestanden, du seist bei Frau Ping in der Löwenstraße. Ich möchte bloß wissen, wie der schlaue Bengel erfahren hat, daß wir zwei keine Geheimnisse voreinander haben, daß er mir also nichts zu vertuschen braucht!«

Hsi Men sah sich überführt und verzichtete auf weitere Ausflüchte, erzählte vielmehr gewissenhaft, wie alles gekommen war, wie ihn Frau Ping in ihrer Verlassenheit gejammert, wie sie ihm erzählt hätte, daß sie sich nachts so ängstige, wenn sie allein in der Kammer liege und lüsterne Fuchsgespenster im Nachbarpark rumoren und Steine über die Mauer werfen höre; wie sie ihn angefleht habe, sie als Kebse in sein Haus aufzunehmen und einstweilen bei ihr, Goldlotos, einzuquartieren, solange der neue Wohnpavillon noch nicht fertig sei. Das alles berichtete er getreulich und in allen Einzelheiten. Goldlotos sann eine Weile nach.

»Mag sie kommen«, meinte sie schließlich. »Ich öde mich hier sowieso in meiner Abgeschlossenheit, wo ich kaum eines Menschen Schatten zu sehen bekomme. Da wird mir ihre Gesellschaft wohltun. Ein Hafen hat schließlich für viele Schiffe Platz, eine Straße für viele Wagen. Allerdings wird Mondfrau auch ein Wort mitsprechen wollen.«

»Das einzige Bedenken, das ich habe«, schloß er die Beratung, »ist der Umstand, daß ihre Trauerzeit noch nicht abgelaufen ist.« –

Hsi Men hatte bald darauf einen Zwischenhändler gefunden, der ihm Frau Pings Vorräte an Aloe, Pfeffer, Eschenwachs und Quecksilber abkaufte. Von den dreihundertachtzig Silberunzen, die erzielt wurden, behielt Frau Ping einhundertachtzig für sich, den Rest stellte sie Hsi Men als Baukostenzuschuß zur Verfügung. Dann wurde ein Kalendersachverständiger befragt und der achte Tag des zweiten Monats als Tag des Baubeginns festgesetzt. Mit der Bauüberwachung und Materialbeschaffung beauftragte Hsi Men seinen Haushofmeister Lai Tschao und seinen Privatsekretär Pen Se. Dieser Pen Se war ein intelligenter, vielgewandter, lebenslustiger Bursche. Ursprünglich war er bei einem Hofeunuchen in Stellung gewesen, aber wegen Pflichtversäumnis aus dem Dienst gejagt worden. Dann hatte er eine Zeitlang in einem vornehmen Haus gedient, sich dort in eine junge Nebenfrau vergafft und sie entführt und geheiratet. Hierauf hatte er sich selbständig gemacht und war Aufkäufer in Altkleidern geworden. Da war er nun mit Hsi Men bekannt geworden, der nicht nur seine geschäftliche Tüchtigkeit, sondern auch sein Unterhaltungstalent – er verstand sich trefflich aufs Lauten- und Flötenspiel – zu schätzen wußte. Er nahm ihn für alle möglichen Zwecke in Anspruch, benutzte ihn als Unterhändler bei Geldverleihgeschäften, vertraute ihm das Abwiegen und Abschätzen seiner Apothekerware an, und schließlich war er ihm als eine Art Privatsekretär unentbehrlich geworden.

Diese beiden, Lai Tschao und Pen Se, erhielten also fünfhundert Silberunzen zur Beschaffung von Steinen, Ziegeln, Bauholz und anderem, und am Achten des zweiten Monats ging es ans Werk. Zunächst wurde die Trennungsmauer zwischen den Nachbargrundstücken niedergelegt und der gesamte Gebäudekomplex, den Bruder Hua früher bewohnt hatte, abgebrochen. Dann wurde der Aussichtshügel aufgeschüttet und schließlich der neue Wohnpavillon in Angriff genommen. Doch halten wir uns nicht mit den Einzelheiten des Baues auf. –

Es war einen Monat später. Frau Ping hatte Hsi Men wieder einmal zu sich bestellt. Denn die hunderttägige Trauerzeit war nun bald abgelaufen, und sie wünschte vorher verschiedene Punkte mit ihm zu beraten, die das Zeremoniell der Verbrennung der Seelentafel, ihre Übersiedlung, den Verkauf des gegenwärtig von ihr bewohnten Grundstücks und anderes mehr betrafen. Zuletzt hatte sie ihre alte Bitte, sie noch vor Fertigstellung des Neubaus zu sich zu nehmen und einstweilen bei Goldlotos wohnen zu lassen, dringend und mit Tränen in den Augen erneuert.

»Und wenn mir's vergönnt wäre, nur einen Tag bei dir zu leben, so würde ich mit Freuden sterben. Erspare es mir, hier noch länger die Tage wie Jahre hinschleichen zu sehen!« beschwor sie ihn.

»Es ist noch ein voller Monat, bis meine Trauerzeit um ist. Ich kann es hier so lange nicht aushalten!«

Ihrem Wunsche folgend, besprach er sich daheim erneut mit Goldlotos. »Meinetwegen kann sie zwei Räume bei mir bewohnen«, meinte Goldlotos gleichmütig. »Aber Mondfrau wird auch ein Wort mitreden wollen. Schließlich bin ich in deinen häuslichen Angelegenheiten nur eine bescheidene Seitenströmung, die für die Schiffahrt nicht maßgebend ist.«

Hsi Men suchte also Mondfrau auf und trug ihr Frau Pings Anliegen vor. Mondfrau riet ihm ganz entschieden ab. Erstens sei die Trauerzeit noch nicht um, und zweitens erscheine es ihr ohnehin bedenklich, die Frau eines früheren guten Freundes bei sich aufzunehmen, zumal er ihr früheres Heim erworben und heimlich verschiedene Vermögenswerte von ihr in Verwahrung genommen habe. Diese Umstände könnten übel ausgelegt werden. Sie fürchtete besonders den ältesten Hua, der ein intriganter, bösartiger Kerl sei und ihn womöglich ins Gerede bringen werde.

Hsi Men schwieg nachdenklich. Dann beriet er sich von neuem mit Goldlotos.

»Was soll ich ihr nun sagen?« meinte er betreten.

»Das ist höchst einfach. Du sagst, du hättest mit mir gesprochen, aber es sei beim besten Willen kein Platz in meinem Pavillon, da verschiedene Räume mit Hausrat und Apothekerwaren vollgestopft wären. Du wüßtest nicht, wo du ihre Sachen unterbringen solltest, du würdest aber dafür sorgen, daß der Bau beschleunigt würde, und sobald die Anstreicher mit dem Firnissen und Lackieren fertig seien, solle sie einziehen. Übrigens hast du doch nichts von ihr, wenn wir zwei so eng beieinander wohnen. Du kommst weder zu einem Fleischgericht noch zu einer vegetarischen Platte.«

»Ausgezeichnet. So werde ich's ihr beibringen«, rief er erleichtert aus und machte sich sofort auf den Weg zur Löwenstraße. Und die arme Frau Ping mußte sich wohl oder übel auf den fünften Monat vertrösten. Dann sei der Bau fertig und dann könne sie bestimmt einziehen, wurde ihr verheißen. –

Zwei Monate waren verstrichen. Der Bau war fleißig gefördert worden, das neue Lustschlößchen näherte sich seiner Vollendung, der Hügel war aufgeschüttet, nur mit dem Aussichtspavillon war noch nicht begonnen worden.

Nun war der Tag herangekommen, an dem man die Haustüren mit Wermutrauten und Zaubersprüchen schmückt, der Fünfte des fünften Monats, der Tag des Drachenbootfestes. Frau Ping hatte Hsi Men zu sich gebeten, einmal, um in seiner Gesellschaft die üblichen schilfblattumwickelten Festkeulchen zu verzehren, und zum anderen, um verschiedene Fragen wegen des nahe bevorstehenden Ablaufs ihrer Trauerzeit mit ihm zu besprechen. Es wurde beschlossen, daß die Zeremonie der Seelentafelverbrennung am Fünfzehnten des Monats stattfinden solle. Wenn das vorüber sei, dann wolle er einen geeigneten Tag für ihre Einholung in sein Haus festsetzen.

»Werden denn deine drei Schwäger am Fünfzehnten dabeisein?« erkundigte er sich. Er wurde die Angst vor den dreien, an deren Übervorteilung er mitgeholfen hatte, nicht los.

»Ich habe sie der Form halber eingeladen.«

Während am Fünfzehnten Frau Pings Haus von dem lärmenden Treiben der zwölf Bonzen aus dem Kloster der gnadenreichen Vergeltung erfüllt war, die ihr bei dem Zeremoniell der Seelentafelverbrennung assistierten, weilte Hsi Men bei Schnorrer Ying, in dessen Haus es nicht minder lärmvoll zuging. Denn Schnorrer Ying beging seinen Geburtstag, und die Korona der zehn Schwurbrüder hatte sich aus diesem Anlaß vollzählig versammelt. An des verstorbenen Hua Stelle war Hsi Mens Intimus Pen Se in die Brüderschaft aufgenommen worden, um die Zahl Zehn wieder voll zu machen. Zwei jugendliche Schauspieler, ein jüngerer Bruder von Silberchen und ein älterer Bruder von Lieblingsparfüm, bestritten diesmal die Kosten der Unterhaltung.

Es war am späten Nachmittag, als Tai A'rl sich an Hsi Mens Ohr neigte und ihm zuflüsterte, Frau Ping lasse ihn zu sich bitten. Hsi Men hatte dem Burschen nur einen stummen Blick des Einverständnisses zugeworfen. Der Vorgang war indes von Schnorrer Ying bemerkt worden, und als der Bursche sich entfernte, ging er ihm nach und stellte ihn draußen zur Rede:

»Du nichtsnutziger Hundeknochen, gestehe, was hattest du eben mit deinem Herrn zu tuscheln? Heraus mit der Sprache, oder ich drehe dir ein Ohr ab! Habe ich etwa mehrere Geburtstage im Jahr, daß du mir am hellen Tag meine Gäste entführen willst? Wer hat dich geschickt? Ist es eine deiner Herrinnen, oder ist es die Kleine aus dem Haus Nummer achtzehn?«

»Niemand hat mich geschickt«, log Tai A'rl, »ich dachte nur, es sei Zeit, meinen Herrn abzuholen.«

»Wirklich? Na, wenn ich erfahre, daß du mich beschwindelt hast, kannst du dich auf eine gehörige Rechnung gefaßt machen!«

Er spendierte ihm Wein und Kuchen und kehrte zu seinen Kumpanen zurück. Nach einer Weile kam Hsi Men herunter und winkte seinen Burschen beiseite.

»Ist jemand von den Huas dagewesen?«

»Nur der älteste mit Frau, sie sind aber bereits wieder weg. Frau Ping hat ihrer Schwägerin vorher noch zwei Kleider und zehn Silberlinge spendiert. Die Frau hat sich sehr gefreut und mit einem Kotau gedankt.« »Haben sie irgend etwas wegen der Wiederheirat geäußert?«

»Nicht das geringste. Sie würden sich erlauben, am Dritten nach der Einholung ihre Aufwartung im neuen Heim zu machen. Das ist alles.«

»So, dann bin ich beruhigt. Und wie steht's mit der Seelenmesse?«

»Die Seelentafel ist glücklich verbrannt, und die Bonzen sind bereits wieder fort.«

»Schön, dann werde ich aufbrechen. Mach das Pferd fertig!«

Tai A'rl wandte sich dem Hof zu, um das Pferd zu holen, da sprang ihm unversehens Schnorrer Ying in die Quere. Er hatte die ganze Unterhaltung belauscht.

»Das sind ja schöne Geschichten, die man da anhören muß, und du verfluchtes Stück Hundeknochen hast mir kein Wort gesagt!« schrie er den verdutzten Kleinen an.

»Mach doch keinen solchen Lärm deswegen, verrückter Kerl!« suchte ihn Hsi Men zu beschwichtigen.

An ein Wegkommen war für ihn natürlich nicht zu denken. Schnorrer Ying schleppte ihn zur Festtafel und verkündete den Genossen die große Neuigkeit, daß Hsi Men im Begriff stehe, eine sechste Frau heimzuführen.

»Und seinen Freunden sagt er keinen Ton davon! Ein netter

Kerl! Er mußte uns doch ins Vertrauen ziehen, damit wir wissen, was wir zu erwidern haben, falls der ältere Hua meckern sollte. Er weiß doch, daß wir für ihn durchs Feuer und durchs Wasser gehen!«

»Zur Strafe werden wir Zimmetblüte und Silberchen die Kunde hinterbringen«, fiel Hsiä Hsi Ta ein. »Dann kann er sich bei den beiden ja auf einen freundlichen Empfang gefaßt machen!«

»Schon gut«, wehrte Hsi Men belustigt ab. »Also, wißt denn, Frau Ping wird meine Frau; das ist beschlossene Sache.«

»Oh, das gibt wieder ein großes Festessen, wenn wir gratulieren kommen!« rief Hsiä Hsi Ta begeistert. »Und unter vier Tanzmädchen geht's diesmal nicht ab.«

»Selbstverständlich werde ich die Sache mit euch feiern«, bestätigte Hsi Men.

»Warum sollen wir denn noch lange warten?« meinte Tschu Schi Niän. »Das frohe Ereignis muß gleich jetzt begossen werden.«

Und der ganze Haufe drängte sich kniend um Hsi Men. Schnorrer Ying kredenzte ihm feierlich einen Becher, den Hsiä Hsi Ta vollschenkte, während Tschu Schi Niän mit einem gefüllten Teller aufwartete. Gleichzeitig stimmten die beiden Sängerknaben einen Festkantus an. Dreimal mußte Hsi Men den Becher leeren, dann nahm alles wieder an der Tafel Platz.

Es war schon später Abend geworden, als es Hsi Men endlich gelang, sich aus dem Kreis seiner total benebelten Zechkumpane wegzustehlen. Frau Ping empfing ihn festlich gewandet im strahlend erleuchteten Gastzimmer. Nirgends mehr eine Spur von Trauer.

»Haben Huas irgend etwas geäußert?« war seine erste Frage. Sie bestätigte, was er bereits von Tai A'rl wußte, daß sie sich jeder Kritik enthalten und ihren Glückwunschbesuch für den dritten Tag nach der Einholung angekündigt hätten.

»Gut, sie mögen kommen«, brummte er. »Aber wehe, wenn sie sich ein einziges überflüssiges Wort erlauben!«

»Die sollen sich unterstehen, zu stänkern!«

Sie leerten gemeinsam den großen Silberpokal, den Zofe Hsiu Tschun immer wieder mit schwerem Südwein vollschenken mußte.

Frau Ping war heute, da sie sich nahe am Ziele ihrer Wünsche glaubte, froher gestimmt denn je.

»Wissen deine Freunde schon, wie's um uns steht?« fragte sie.

»Schnorrer Ying hat's zur Hälfte erraten, und den Rest haben sie aus mir herausgequetscht. Sie wollen uns gratulieren und freuen sich schon auf das unvermeidliche Festessen.«

Der schwere Südwein hatte seine Wirkung getan. Sie hielten sich eng umschlungen, eins spürte den Atem des andern, ihre Gesichter glühten nebeneinander wie Zwillingsaprikosen in einem Zaubergarten.

»Mein Ko ko, nimm mich bald zu dir, laß mich nicht hier meine Nächte einsam vertrauern!« hauchte sie.

Und sie erreichte, daß er den Vierten des nächsten Monats endgültig als Tag ihres Einzugs bestimmte. –

Ein paar Tage zuvor hatte sie ihn nochmals zu sich in die Löwenstraße bestellt. Er sollte den neuen Spiegel bewundern, der eben vom Silberschmied gekommen war und den sie als Hochzeitsgeschenk für ihn bestimmt hatte. Sie waren wieder in bester Laune, sprachen fleißig dem Becher zu und gingen bereits bei sinkender Dämmerung zur stummen Unterhaltung des Lagers über.

Es war um die Zeit der ersten Nachtwache. Da schreckte die beiden ein heftiges Pochen an der Haustür aus ihrer süßen Beschäftigung. Es war der Bursche Tai A'rl, der Einlaß begehrte und ganz aufgeregt seinen Herrn zu sprechen wünschte. Unwillig über die Störung ließ ihn Hsi Men ins Nebengemach kommen.

»Herr, die erste Gattin läßt Euch dringend zu einer wichtigen Besprechung bitten«, tönte des Burschen Stimme hinter dem Vorhang her. »Eure Tochter und Euer Schwiegersohn sind ganz unerwartet mit zahlreichem Gepäck eingetroffen.«

»Ausgerechnet heute abend!« brummte Hsi Men ärgerlich und kleidete sich an. –

»Was führt euch denn her?« begrüßte er erstaunt seine Tochter und seinen Schwiegersohn, die ihn daheim in der hinteren Empfangshalle zwischen einem Haufen von Gepäckstücken erwarteten. Der Schwiegersohn Tschen Tsing Ki machte ganz verstört einen Kotau und berichtete in aller Kürze:

»Onkel Yang, der Marschall, ist in Ungnade gefallen. Zensor Yü hat ihn beim Thron denunziert. Er sitzt in der südlichen Stadtvogtei in Haft. Seine ganze Sippe und aller Anhang ist mit in das Unglück verstrickt und soll mit dem hölzernen Kragen um den Hals in die Verbannung an die Grenze geschickt werden. Gestern ist der Haushofmeister von Onkel Yang aus der Hauptstadt hier eingetroffen und hat uns die Schreckensnachricht überbracht. Mein Vater war dafür, daß Eure Tochter und ich einstweilen bei Euch Zuflucht nehmen sollen. Er selbst hat sich bereits nach der Hauptstadt aufgemacht, um bei Tante Yang Näheres zu erfahren.«

»Hat dir dein Vater einen Brief für mich mitgegeben?«

»Ja, hier ist er.«

Er zog einen Brief aus dem Ärmel. Hsi Men öffnete ihn und las:

›Hausvater Tschen Hung neigt sein Haupt und entbietet dem hochedlen Vetter Hsi Men respektvollen Gruß.

Wegen der Niederlage bei den Grenzpässen im Bezirk von Yung tschou, die der Kriegsminister Wang verschuldet hat, weil er es versäumte, Ersatztruppen zu schicken, hat es dem Erhabenen gefallen, unseren Verwandten Marschall Yang auf Grund einer Denunziation des Zensors Yü als Mitschuldigen anzusehen und in der südlichen Stadtvogtei inhaftieren zu lassen. Seine ganze Sippe und aller Anhang soll in eine Strafkolonie an die Grenze verschickt werden. Ich halte es für richtig, einstweilen meinen unwürdigen Sohn und Euren befehlenden Liebling Eurer Obhut anzuvertrauen. Ich selbst mache mich zur Hauptstadt auf, um nähere Kunde einzuholen. Für den Fall, daß beim hiesigen Yamen irgendwelche Stimmen laut werden sollten, habe ich meinem Sohn fünfhundert Silberunzen für Euch mitgegeben, die Ihr nach Belieben verwenden mögt. Für Eure guten Dienste werde ich Euch Dank wissen, bis mir der letzte Zahn ausgefallen ist.

Unter der Lampe in fliegender
Hast geschrieben
am Zwanzigsten
des mittleren Sommermonats,
Tschen Hung.‹

Ein gewaltiger Schreck war Hsi Men beim Lesen in die Glieder gefahren. Doch dann sagte er sich, daß er handeln müsse. Er ließ zunächst im Ostflügel vor der Haupthalle drei Räume für das junge Paar wohnlich herrichten. Alle Kostbarkeiten dagegen, die sich unter dem Gepäck befanden, mußte Mondfrau bei sich in Verwahrung nehmen. Dann nahm er die fünfhundert Unzen des alten Tschen an sich. Das nächste war, daß er noch am selben Abend zur nahen Yamenkanzlei schickte, fünf Silberunzen springen ließ und sich dafür eine genaue Abschrift der betreffenden Note verschaffte, die inzwischen in dieser Angelegenheit aus der Hauptstadt eingegangen war.

Es verhielt sich tatsächlich so, daß eine Gruppe von Zensoren, an der Spitze Zensor Yü, die Grenzschlappe als Anlaß benutzt hatte, um beim Thron eine allgemeine Anklage gegen den allmächtigen, viel befehdeten Kanzler Tsai King und seinen Anhang, darunter Marschall Yang, zu erheben. Der Himmelssohn hatte zwar den Kanzler Tsai in Gnaden auf seinem Posten belassen, dagegen in seinem Reskript Marschall Yangs Verhaftung und Aburteilung durch den Staatsgerichtshof verfügt. Obendrein sollte eine ganze Anzahl von Familien, die zu Yangs Klüngel gehörten, binnen Monatsfrist mit dem hölzernen Kang um den Hals an die Grenze strafverschickt werden. Unter den Namen dieser Unglücklichen aber las Hsi Men zu seinem Schreck auch den Namen Tschen Hung. Es war ihm, als habe der Blitz dicht neben ihm eingeschlagen. Marschall Yang, sein hoher Gönner bei Hofe, gestürzt! Der Schwiegervater seiner Tochter verbannt! Es sauste ihm in den Ohren, sein Atem fand keinen Ausweg durch die Nase.

Schrecken quillt ihm aus den Poren,
Aus des Herzens sieben Toren,
Läßt vorüber an sechs Rippen
Die Leber bis zur Lunge wippen.

Er brauchte lange Zeit, um sich zu sammeln. Dann ging er ans Handeln. An Schlaf war natürlich nicht zu denken. Er ließ die beiden zuverlässigen Diener Lai Pao und Lai Wang zu sich kommen, instruierte sie leise, und bereits beim ersten Morgengrauen brachen die beiden mit einer Packesellast voll Gold, Silber und Juwelen nach Kai fong fu auf. Am nächsten Vormittag erging ferner an die zwei Bauleiter Lai Tschao und Pen Se die Weisung, den Bau im Park sofort einzustellen und sämtliche Arbeiter zu entlassen. Weiterhin bekam der Pförtner strikten Befehl, das Eingangsportal bis auf weiteres geschlossen zu halten. Niemand im ganzen Hause durfte ohne dringenden Anlaß hinaus, niemand herein.

Ruhelos schritt er mittlerweile in seinem Zimmer auf und ab. Je mehr er grübelte und sann, desto mehr schwoll sein Mißbehagen an, wie ein Tausendfüßler in feuchter Wärme. Die Angelegenheit der Frau Ping war seinem Sinn bis weit in die neunte Himmelsregion entwichen.

Mondfrau, die mit Bedauern bemerkte, daß sich seine zusammengezogenen Brauen gar nicht öffnen, seine finsteren Züge gar nicht erhellen wollten, suchte ihn zu trösten: »Das ist doch schließlich Sache der Familie Tschen. Was hast du damit zu tun? Mag ein jeder sehen, wie er mit seinen Feinden und Gläubigern fertig wird.«

»Hast du eine Ahnung!« versetzte er bitter. »Es handelt sich um die eigene Tochter und den Schwiegersohn, die bei mir Schutz suchen. Die lieben Nachbarn sehen mich ohnehin scheel genug an. Es ist doch die alte Geschichte: man knufft ein sanftes Lamm, und das wilde Füllen erschrickt. Laß diese kleinen Spießer etwas bösartig sein und den Dingen an die Wurzel gehen, dann bürge ich weder für meine noch deine Sicherheit. Man kann ruhig bei verschlossenen Türen zu Hause sitzen, und plötzlich bricht das Unheil herein.« –

Überlassen wir Hsi Men seinen trüben Betrachtungen und wenden uns wieder Frau Ping zu.

Als ein, zwei Tage verstrichen waren, ohne daß Hsi Men von sich hören ließ, schickte sie die alte Fong auf Erkundigung aus. Aber die alte Dame fand sein Haus gänzlich verschlossen, wie ein Faß von Eisen. Sie stand lange wartend vor dem Eingang, und als sich nicht eines einzigen Menschen Vorderzahn blicken ließ, trottete sie ratlos wieder davon. Am Vierundzwanzigsten, dem Tag, an dem laut Verabredung die Hochzeitsgaben ausgetauscht werden sollten, wurde die alte Fong wiederum ausgeschickt. Sie sollte den silbernen Spiegel, Frau Pings Geschenk an Hsi Men, abliefern. Wiederum fand sie das Tor verschlossen. Sie faßte unter dem geschweiften Dachfirst eines gegenüberliegenden Hauses Posto und wartete. Diesmal hatte sie Glück. Sie hatte noch nicht lange gestanden, da trat der Bursche Tai A'rl auf dic Straße, ein Pferd am Zügel haltend, das er zur Tränke führen wollte. Er erkannte sie sogleich und kam freundlich grüßend auf sie zu.

»Was führt Euch her, Mutter Fong?«

»Meine Herrin schickt mich. Ich soll diesen Spiegel abgeben. Außerdem, möchte sie Herrn Hsi Men sprechen. Warum ist's denn so still bei euch?«

»Ach, Herr Hsi Men war dieser Tage sehr beschäftigt. Wenn es Euch recht ist, nehme ich den Spiegel mit hinein. Zuvor muß ich das Pferd an die Tränke bringen. Wollt Ihr hier draußen auf Bescheid warten?«

»Gewiß, liebes Brüderchen. Ich warte hier. Und sagt ihm nur, meine Herrin wäre recht böse auf ihn.«

Tai A'rl band das Pferd bei der Tränke fest und verschwand im Haus. Nach einer langen Weile erschien er wieder.

»Herr Hsi Men läßt Eurer Herrin für den Spiegel Dank sagen«, richtete er aus. »Sie möchte sich noch ein paar Tage gedulden, dann würde er persönlich hinkommen.« –

Aber aus den paar Tagen, die Frau Ping warten sollte, wurden immer mehr. Der fünfte Monat ging zu Ende, schon war man mitten im ersten Drittel des sechsten Monats, und keine Kunde von Hsi Men! Von morgens bis abends hielt sie sehnsüchtig nach ihm Ausschau, nachts quälten sie unruhige Träume. Er kam nicht.

Säumig streicht sie ihre Brauen,
Sich zu schönen ist ihr Pein.
Düsternis im Jaspisbusen,
Trägt sie seufzend ihr Allein.

Einmal träumte ihr ganz deutlich, er hätte an die Tür geklopft. Sie hätte ihm geöffnet und ihn überglücklich ins Zimmer geführt. Sie hätten nach Herzenslust zusammen geplaudert und gescherzt und sich mitgeteilt, was sie inzwischen gelitten. Dann kosteten sie in unlöslicher Verstrickung die Wonnen einer Liebesnacht. Als sie am anderen Morgen beim ersten Hahnenschrei erwachte und sich etwas aufrichten wollte, entdeckte sie, daß das Lager ihr zur Seite leer war. Da stieß sie einen wilden Schrei aus und fiel in Ohnmacht. Bestürzt eilte die alte Fong herbei: »Hast du das Tor wohl verschlossen? Er muß eben weggegangen sein«, sagte die Arme zu ihr, als sie wieder zu sich gekommen war.

金瓶梅

第二十五回　吳月娘春晝鞦韆

來旺兒醉中謗訕

第二十六回 來旺遞解徐州

金瓶梅

蕙蓮含羞自縊

金瓶梅

第二十七回

李瓶兒私語翡翠軒

金瓶梅

潘金蓮醉鬧葡萄架

»Euer Sinn hat sich wohl verwirrt? Nicht ein Schatten von ihm ist dagewesen«, erwiderte die Alte kopfschüttelnd.

Häufig nahten ihr im Traum lüsterne Fuchsgeister in Mannsgestalt und entlockten ihr nutzlos die feinen Kräfte ihres Marks. Ihre Frische schwand zusehends, und da sie immer weniger Nahrung zu sich nahm und kaum mehr aufstand, ward sie von Tag zu Tag blasser und magerer. Die alte Fong mochte das nicht länger mit ansehen.

»Ich habe den Doktor zur Untersuchung herbestellt. Darf er hereinkommen?« meldete sie eines Tages.

Frau Ping, das von wirrem Haar umwölkte Gesicht in die Kissen gepreßt, lag apathisch da und rührte sich nicht. Die alte Fong ließ den Doktor eintreten und zupfte schnell noch die Bettdecken zurecht. Doktor Kiang, mit Beinamen Bambushügel, ein verschmitztes, lebhaftes Männchen von kleiner Statur und etwa dreißig Jahre alt, trat ans Lager und prüfte der Patientin Puls und Atem, wobei ihm keineswegs die erlesenen Reize ihres Körpers entgingen.

»Nach Ansicht des geringen Adepten«, so formulierte er mit Bedacht seinen krausen Befund, »rührt Eure Erkrankung daher, daß die Lebervene und die Scheidenvene in Zollstärke geplatzt sind und Eure Eingeweide überflutet haben. So kommt es, daß Ihr völlig unter dem Druck der sechs Gelüste und sieben Leidenschaften steht. In Eurem Körper streitet sich das Yang-Prinzip mit dem Yin-Prinzip. Bald ist Euch zu kalt, bald zu warm. Ihr leidet an Wechselfieber und schwerer Melancholie. Bei Tage fühlt Ihr Euch matt und abgespannt und möchtet nur schlafen. Bei Nacht hält's Eure Seele vor Unruhe nicht in ihrer Behausung, und Ihr unterhaltet im Traume Verkehr mit Geistern. Nur rasche Heilung kann Euch davor bewahren, daß Ihr an Auszehrung eingeht. Euer Leben hängt leider, leider nur an einer schwachen Seidenflocke.«

»Ich wäre Euch verbunden, wenn Ihr mir eine heilkräftige Dosis verschreiben wolltet«, entgegnete sie verzagt.

»Vertraut meiner Kunst. Die Medizin, die ich Euch verschreibe, wird Euch gesund machen.«

Er strich seine fünf Silberbrocken Arzthonorar ein und empfahl sich. Die alte Fong mußte ihn begleiten, um die von ihm verschriebene Medizin in der Apotheke zu besorgen. Frau Ping nahm sie abends ein und spürte tatsächlich hinterher Besserung. Sie konnte schlafen, ihr Appetit kehrte allmählich zurück, und nach wenigen Tagen war sie völlig wiederhergestellt. Sie beschloß, Doktor Bambushügel zu einem Dankessen einzuladen. Und Herr Bambushügel, in dessen Herzen ihr Anblick von vornherein verwegene Wünsche und Hoffnungen entfacht hatte, folgte ihrer Einladung nur zu gern. Daß ihm diesmal ihre elegant gekleidete Erscheinung, die reiche Tafel, die schweren Moschus- und Orchideendüfte, die ihre Wohnung erfüllten, die Sinne vollends verwirrten, versteht sich von selbst. Während des Mahles wurde er damit überrascht, daß ihm Zofe Hsiu Tschun auf goldig bemaltem Teller drei blanke Silberunzen präsentierte. Gleichzeitig erhob Frau Ping einen gefüllten Jadebecher, verneigte sich leicht und sprach: »Mit Eurer gütigen Hilfe habe ich glücklich meine neuliche Erkrankung überstanden. Zum Zeichen meiner Erkenntlichkeit nahm ich mir die Freiheit, Euch zu einem einfachen Becher wäßrigen Weins zu bitten. Nochmals Dank, vielen Dank!«

»Ich tat meine selbstverständliche Berufspflicht . . .« stammelte er, und mit einem Seitenblick auf die blanken Silberlinge: »Wie komme ich dazu? . . .«

»Nehmt nur!« sprach sie ihm lächelnd zu. »Es ist nur ein kleines Zeichen meiner Dankbarkeit.«

Und nach einigem weiteren Zieren ließ er beglückt die drei Unzen in seine Tasche gleiten. Drei Becher hatten genügt, um ihm, der sich schon die ganze Zeit verstohlenen Blicks an ihrer wohlgeschliffenen Schönheit geweidet hatte, den nötigen Mut zum Sprechen zu verleihen.

»Darf ich nach der Zahl Eurer grünenden Lenze fragen?« holte er behutsam aus.

»Vierundzwanzig Jahre habe ich unnütz vergeudet.«

»Ihr seid jung, schön, wohlerzogen, vermögend, könnt nach Eurer Laune leben, – wie konntet Ihr trotzdem in Melancholie verfallen?«

Sie lächelte ein schwaches Lächeln.

»Offen gesagt, seit mein einfältiger Gatte diese Welt verlassen hat, stehe ich ganz allein. Diese feierliche Stille beständig hier um mich – ist es ein Wunder, daß man da trübsinnig, krank wird?«

»Wie lange ist Euer Gatte tot?«

»Im elften Monat letzten Jahres ist er gestorben – an Lungenentzündung. Ja, es ist schon acht Monate her«, seufzte sie.

»Habt Ihr schon früher einen Arzt in Anspruch genommen?«

»Ja, Doktor Hu von der Hauptstraße.«

»Ach, Hu, mit dem Beinamen Teufelsmaul, der im Hause des Eunuchen Liu wohnt. Das ist ein Scharlatan! Der hat nicht einmal unsere Medizinhochschule besucht. Was versteht der von Puls? Den hättet Ihr lieber nicht befragen sollen.«

»Er war mir in der Nachbarschaft empfohlen worden. Seit meines Mannes Tod habe ich ihn übrigens nicht mehr in Anspruch genommen.«

»Habt Ihr einen Sohn oder eine Tochter?«

»Keins von beiden.«

»Schade, schade!« seufzte er teilnahmsvoll. »So mitten im blühenden Alter ganz allein dazustehen! Da müßt Ihr natürlich trübsinnig werden! Hattet Ihr nicht daran gedacht, Euren Pfad dem eines anderen Mannes zuzugesellen?«

»Gewiß, meine Wiederheirat ist bereits beschlossen. In Kürze hoffe ich die Schwelle des neuen Heims zu überschreiten.«

»Und darf man fragen, wer . . .?«

»Herr Hsi Men, der Besitzer der Apotheke beim Kreisyamen.«

»Oh! Oh! Der! Aber Gnädige, wie könnt Ihr nur! Ich weiß als sein Hausarzt gut über seine Verhältnisse Bescheid! Das ist doch der Mann, dem alle Welt verschuldet ist, der die Meinungen der Leute kauft und verkauft, der in allen Kreisangelegenheiten das letzte Wort zu sagen hat. Abgesehen von seinen vielen Zofen und Dienerinnen hält er sich beständig fünf, sechs Frauen. Wenn ihm eine nicht mehr paßt, schlägt er sie mit dem Stock oder verkauft sie einfach durch eine Vermittlerin außer Haus. Das ist doch der Anführer einer berüchtigten Rotte von Frauenverführern und Mädchenfängern. Gut, daß ich Euch noch rechtzeitig warnen kann; denn den heiraten heißt wie die Motte ins Licht fliegen. Ihr würdet es bitter bereuen müssen. Übrigens ist er neuerdings in eine peinliche Geschichte verwickelt, die die Familie des Schwiegervaters seiner Tochter betroffen hat. Wißt Ihr nicht, daß sich seine Tochter und sein Schwiegersohn bei ihm verborgen halten? Deshalb hat er doch auch seinen Neubau halb fertig stehenlassen und die Arbeiter nach Hause geschickt. Es liegt nämlich bei der Präfektur und beim Kreisyamen ein Verbannungsdekret aus der Hauptstadt gegen seine Verwandten vor. Wer weiß, nächstens wird's vielleicht auch ihn treffen, und sein ganzer Besitz wird konfisziert. Was wird dann aus seinen Frauen? Die Bedauernswerten!«

Frau Ping schwieg betroffen. Sie dachte mit Schrecken an ihr Gut, das sie Hsi Men in Verwahrung gegeben hatte. Nun begriff sie auch, warum er sich schon so lange nicht mehr hatte blicken lassen. Und sie dachte weiter, daß es vielleicht vorteilhafter für sie sei, einen so netten, artigen, unterhaltsamen Menschen wie den Doktor Bambushügel zu heiraten. Aber sie wußte ja nicht, ob er dazu bereit sei.

»Ich bin Euch unendlich dankbar für Eure gütige Belehrung«, sagte sie nach einer langen Pause. »Ich würde mich auch gern nach Euren Vorschlägen richten, falls Ihr mir unter Euren Bekannten jemanden als Gatten empfehlen könntet.«

»Ich werde mich gern für Euch umsehen. Nur weiß ich noch nicht, welchen Typ Ihr bevorzugt.«

»Das Äußere wäre mir gleichgültig, wenn er Euch nur sonst ähnelt.«

Als Herr Bambushügel das vernahm, konnte er sich vor Entzücken kaum fassen. Er sprang in die Höhe und plumpste vor ihr in die Knie.

»Ach Gnädige, ich kann es nicht verhehlen, ich habe in meinem Frauengemach keine, mit der ich Armer meine Bissen teilen kann, auch Nachkommenschaft besitze ich nicht; als einsamer Hecht lebe ich trübselig dahin. Falls Ihr Euch meiner erbarmen wollt, mit Freuden würde ich den Bund fürs Leben mit Euch eingehen.«

Sie zog ihn lächelnd empor.

»Wenn wir ernstlich von Heirat sprechen wollen, müßte ich zuvor Euer Alter wissen, ferner, wie lange Ihr jetzt als einsamer Hecht lebt. Ihr müßtet weiter den üblichen Mittelsmann schicken und für die üblichen Brautgeschenke sorgen.«

Er tat einen neuen Plumps vor ihr.

»Ich zähle neunundzwanzig Jahre und wurde am Siebenundzwanzigsten des ersten Monats zur Stunde des Hasen geboren. Die schlichte Frau mit dem Dorn als einzigem Haarschmuck, die ich mein Weib nannte, habe ich im vorigen Jahr verloren. Leider ist meine niedrige Hütte kalt und leer. Wenn Ihr mich Eures goldenen Jaworts würdigt, wozu brauche ich dann noch den Mann von Eis?«

»Ach, wenn Ihr Euch an die Kosten stoßt, dann will ich selbst die Formalitäten erledigen. Ich werde meine alte Fong als Mittelsfrau schicken, auch könnt Ihr Euch die Brautgeschenke ersparen. Ich werde einen passenden Hochzeitstag aussuchen, und Ihr zieht einfach zu mir. Ist es Euch recht?«

Er schlug mit der Stirn auf den Boden: »Dann wäre mein Glück für meine sämtlichen drei Existenzen gesichert. Ihr wäret mir nicht nur Gattin, sondern zugleich Vater und Mutter.«

Damit war der Heiratspakt geschlossen, und trunken von Wein und Seligkeit suchte Doktor Bambushügel am späten Abend seine kalte Hütte auf.

Am nächsten Tag bereits entledigte sich die alte Fong ihres Auftrags, und am Achtzehnten des sechsten Monats, einem Glückstag ersten Grades, zog Doktor Bambushügel bei Frau Ping ein. Am dritten Tag nach der Vermählung händigte sie ihm dreihundert Silberunzen ein. Davon konnte er in den unteren Räumen an der Straßenfront eine funkelnagelneue Apotheke eröffnen. Und wenn er bisher seine Krankenvisiten mühsam zu Fuß erledigt hatte, so pflegte er fortan bei seinen Patienten stolz auf einem Maulesel vorzutraben.

Mitunter vermag des Lenzwinds keckes Säuseln
Auch eine tote Lache sanft zu kräuseln.

FÜNFZEHNTES KAPITEL

Kanzler Li läßt Hsi Men für Gold dem Verderben entrinnen. Goldlotos betört den jungen Tschen.

Inzwischen strebten Hsi Mens Abgesandte Lai Pao und Lai Wang rastlos der Hauptstadt Kai fong fu zu. Die aufgehende Sonne färbte ihren Pfad purpurn, wenn sie ihren Tagesmarsch begannen, und sie endeten ihn erst, wenn die untergehende Sonne den Staub zu ihren Füßen rötete. Endlich durchschritten sie das ragende Tor der zehntausend Generationen und suchten ermüdet ihre Herberge auf. Nachdem sie sich gründlich ausgeschlafen hatten, machten sie sich am nächsten Vormittag auf, um auf Straßen und Gassen Neuigkeiten zu erlauschen. Da erfuhren sie nun aus den Gesprächen der Leute, daß gegen den an der Grenzkatastrophe mitschuldigen früheren Kriegsminister Wang bereits das Verbannungsurteil ausgesprochen war, während gegen den Marschall Yang noch die Voruntersuchung schwebte. Sie waren also noch nicht zu spät gekommen.

Ihr nächstes Ziel war der Palast des Kanzlers Tsai. Sie waren schon früher zweimal dort gewesen und daher über den Weg genau unterrichtet. Nun standen sie unter der Wölbung des Marmor-Pailoh auf der Drachenkraftstraße und spähten nach dem nahen Palasteingang hinüber. Sie hatten nicht lange gewartet, da sahen sie einen Mann in grünem Wams herauskommen und eiligen Schrittes in östlicher Richtung davongehen. Lai Pao erkannte in ihm den Haushofmeister des Marschalls Yang. Er wollte ihn schon anrufen, aber er besann sich, daß Herr Hsi Men vorsichtshalber die strikte Weisung erteilt hatte, jede Berührung mit dem Haus und Gesinde des angeklagten Marschalls zu vermeiden, und so ließ er ihn laufen.

Schließlich schritten die beiden auf das Portal zu und wandten sich zum Pförtnergelaß.

»Ist der alte Gebieter zu Hause?« fragten sie den Türhüter, nachdem sie höflich ihren Gruß gemurmelt hatten.

»Der alte Gebieter weilt noch im Palast bei der Audienz. Was ist euer Begehr?«

»Können wir den Intendanten Ti sprechen?«

»Onkel Ti ist auch nicht zu Hause.«

Lai Pao merkte, daß ohne klingende Nachhilfe aus dem wortkargen Alten nicht viel herauszuholen sei, griff in die Ärmeltasche und reichte ihm einen Silberling. Jetzt wurde der Türhüter gesprächig.

»Wollt ihr den alten Gebieter oder den großen Gebieter sprechen? Im ersten Falle müßt ihr euch an den großen Intendanten Onkel Ti wenden, im zweiten Falle an den kleinen Intendanten Onkel Kao An. Jeder hat seinen abgegrenzten Geschäftsbereich. Überdies weilt der alte Gebieter, wie gesagt, noch bei Hofe in der Audienz. Sein Sohn, der große Gebieter, Großsekretär Tsai Yu, ist anwesend. Wenn ihr den sprechen wollt, werde ich euch bei seinem Intendanten Onkel Kao An melden.«

»Sagt ihm, daß wir zum Palast des Marschalls Yang gehören«, flüsterte ihm Lai Pao vertraulich zu.

Der Türhüter hieß sie im Vorhofe warten und verschwand drinnen, um nach geraumer Zeit in Begleitung des kleinen Intendanten zurückzukehren. Lai Pao überreichte ihm, bevor er den Mund auftat, zehn Silberlinge.

»Wir stehen bei Marschall Yang in Diensten und hatten uns mit seinem Haushofmeister verabredet, gemeinsam beim alten Gebieter vorzusprechen, um neue Kunde zu erbitten. Unterwegs haben wir uns verfehlt. Vermutlich ist der Haushofmeister schon dagewesen.«

»Ja. Er ist eben wieder weg. Der alte Gebieter ist übrigens noch nicht von der Audienz zurück. Aber wenn ihr den großen Gebieter sprechen wollt, will ich euch hineinführen. Kommt mit!« Und er führte sie an der großen Empfangshalle vorüber durch eine seitlich dahinter gelegene zweite Staatspforte in eine kleinere, dreiteilige Empfangshalle mit südwärts gerichtetem Eingang. Um das Gebäude zog sich eine grünlackierte Holzbalustrade, und von dem grünblauen Grund der Giebelfront hob sich leuchtend eine rote Inschrifttafel ab, auf der in großen goldenen Lettern, von des Kaisers eigenem Pinsel gemalt, geschrieben stand: ›Vom Kaiser gestiftete Psalterhalle des Großsekretärs‹.

Es ist zu bemerken, daß sich Tsai Yu ebenso wie sein Vater, der linke Kanzler Tsai King, der besonderen Gunst des Kaisers Hui

Tsung erfreute. Abgesehen von seiner hohen Stellung als Großsekretär der Halle der glücklichen Eintracht bekleidete er noch den Posten eines Kultusministers und hatte als Hüter des Palastes der großen Einheit das Privileg, dem Kaiser Rügen zu erteilen.

Nun winkte Kao An, der vorausgegangen war, die beiden hinein, und dann standen sie dem Großsekretär gegenüber, der auf erhöhter Estrade in seinem Sessel würdig thronte. Sie knieten in respektvoller Entfernung nieder und machten ihren Kotau.

»Wo kommt ihr her?«

»Wir gehören zum Haushalt des Tschen Hung, des Verwandten des Marschalls Yang, und sind gekommen, um vom alten Gebieter neue Kunde zu erbitten.«

Lai Pao, der Sprecher, zog eine Spendenliste aus dem Ärmel und reichte sie dem Großsekretär hin. Der warf einen flüchtigen Blick hinein, und als er las: ›Fünfhundert Unzen Goldes...‹, winkte er Lai Pao dicht heran.

»Hör zu! In Anbetracht des Geschwätzes, das die Zensoren vorgebracht haben«, sagte er gedämpft, »hat sich der alte Gebieter auf einige Tage von den Staatsgeschäften zurückgezogen. Wenn ihr deshalb Näheres über den Stand der Sache erfahren wollt, müßt ihr euch an den rechten Kanzler Li wenden. Was Marschall Yang betrifft, so kann ich nur so viel sagen, daß man im Palast davon spricht, der Heilige wolle Milde gegen ihn walten und es bei einer geringfügigen Degradierung bewenden lassen. Dagegen soll gegen die verschiedenen mitangeklagten Personen seines Hauses und Anhangs schärfer vorgegangen werden. Näheres werdet ihr beim rechten Kanzler hören.«

Lai Pao machte etwas betreten einen neuen Kotau.

»Ich bin ganz fremd im Palast des rechten Kanzlers. Darf ich in meiner Hilflosigkeit Euren großherzigen Beistand erhoffen?«

»Wendet euch zum Norduferwall unweit der Himmelstrombrücke. Dort seht ihr ein großes Tor mit Wachtturm. Da müßt ihr nach dem Palast des rechten Kanzlers, des Großsekretärs der Halle der schutzspendenden Regierung, des gleichzeitigen Kultusministers Li Pang Yen fragen. Jeder Mensch kann euch Auskunft erteilen. Ich werde euch außerdem noch ein Empfehlungsschreiben und einen meiner Leute zur Begleitung mitgeben.«

Er schrieb ein paar Zeilen und bestimmte den Intendanten Kao

An als Begleiter. Auch mußte Kao An die Spendenliste mitnehmen.

Kanzler Li war eben, mit der roten Staatsrobe bekleidet und den Jadegürtel um die Taille, der Sänfte entstiegen, die ihn von der Audienz zurückgebracht hatte, als ihm die drei Besucher gemeldet wurden. Er ließ zunächst Kao An vor, dann durften die beiden anderen erscheinen.

Kao An übergab das Empfehlungsschreiben seines Herrn und die Spendenliste, während Lai Pao und Lai Wang die mitgebrachten Schätze auf der Estrade zu Füßen des Kanzlers niederlegten.

»Ihr seid mir vom Großsekretär Tsai empfohlen, da waren diese Aufmerksamkeiten eigentlich überflüssig«, bemerkte der Kanzler mit einem Blick auf die Goldbarren. »Überdies hat sich der Sinn des Heiligen in Ansehung des Marschalls Yang zur Milde gewandelt. Euer Herr befindet sich außer aller Gefahr. Nur einige Leute seines Anhangs sollen, darauf haben die Zensoren bestanden, etwas hart drangenommen werden und müssen bestimmt in die Verbannung.«

Er winkte einen seiner Beamten heran und befahl, die Anklageschrift der Zensoren mit der Liste der Verbannungskandidaten aus der Kanzlei herbeizuschaffen. Dann gestattete er den beiden Abgesandten, selbst Einsicht in die Liste zu nehmen. Sie lasen obenan den Namen des abgesetzten Kriegsministers Wang, darunter einige seiner Gefolgsleute, und dann kam eine Reihe von Persönlichkeiten, die zum Anhang des begnadigten Marschalls Yang gehörten. In dieser Reihe aber entdeckten sie zu ihrem Entsetzen nicht nur den Namen Tschen Hung, sondern gleich darauf den ihres eigenen Herrn, den Namen Hsi Men Tsing!

›... diese Mietlinge, diese Bluthunde und Jagdfalken‹, so stand in der für den Thron bestimmten Anklageschrift zu lesen, ›diese Verbrecher haben es gewagt, ihre Fuchsgestalt mit der geborgten Majestat des Tigers zu bekleiden. Wir Zensoren beantragen, daß man sie dem Staatsgerichtshof überantworte. Sie sind entweder in die ferne Grenzwildnis zu verschicken, wo sie sich im Kampfe mit Sumpf- und Waldteufeln nützlich machen mögen, oder harten Leibesstrafen zu unterziehen, damit den Landesgesetzen Genüge geschehe ...‹

Jetzt fielen Lai Pao und Lai Wang zitternd zu Boden.

»Unser Herr ist in Wahrheit Hsi Men Tsing«, gestanden sie. »Möge der alte Gebieter sein Herz hoch wie der Himmel und weit wie die Erde auftun und unsern Herrn das Leben retten!«

Kao An ließ sich gleichfalls in die Knie fallen und schloß sich ihrem Flehen an. Kanzler Li überlegte. Man bot ihm die stattliche Summe von fünfhundert Goldunzen als Kaufgeld für einen einzelnen Namen der Strafliste. Das Geschäft schien ihm vorteilhaft. Es kostete ihn weiter nichts als eine kleine Korrektur auf der fatalen Liste. Ein Wink, und man brachte ihm Tisch und Schreibgerät. Mit einigen geschickten Pinselstrichen zog er die zwei Zeichen Hsi und Men zu dem Zeichen ku zusammen und korrigierte das Zeichen Tsing in das ähnlich gestaltete Zeichen liän* um. Das bedeutete dann ›der der Beamtenbestechung Schuldige . . .‹, und der Name Hsi Men war auf ingeniöse Weise aus der Liste getilgt. Dann wurde noch ein kurzes Antwortschreiben an den Großsekretär aufgesetzt; die drei bekamen jeder fünf Silberlinge und waren gnädig entlassen.

Beglückt ob des Gelingens ihrer Mission, kehrten Lai Pao und Lai Wang in die Herberge zurück, bezahlten ihre Zeche und machten sich noch am selben Tag auf den Heimmarsch.

In Tsing ho hsiän angelangt, erstatteten sie ihrem Herrn ausführlichen Bericht. Hsi Men fühlte sich während ihrer Erzählung in den bewußten Eiskübel gestülpt, aber als sie geendet hatten, plumpste ihm der bewußte Stein vom Herzen, und freudestrahlend lief er zu Mondfrau, um ihr den glücklichen Ausgang der Sache mitzuteilen.

Trübe seines Glückes Sonne
Sah er westwärts untergehn.
Nun empor an Astwerk klimmend,
Sieht er neu sie auferstehn.

Zwei Tage später waren hinten im Park die Bauarbeiten wieder in vollem Gange, vorn aber hatten sich die mächtigen Torflügel

* aus 西 Hsi 門 Men 慶 Tsing } wird so { 賈 ku 廉 liän

des Hauptportals weit aufgetan, und es war ein Kommen und Gehen wie in früheren Tagen.

Eines Tages kam Bursche Tai A'rl zufällig die Löwenstraße entlanggeritten, da bemerkte er zu seinem Erstaunen in Frau Pings Haus eine neu eröffnete stattliche Apotheke, vollgestopft mit Drogen und Medikamenten aller Art. Das schöne, rotlakkierte Firmenschild draußen lockte nicht vergeblich, denn die zinnoberrote Ladentafel drin erwies sich als viel zu klein für die Menge der Kunden.

Hsi Men lächelte ungläubig, als ihm sein Bursche die Neuigkeit meldete, und schenkte der Sache weiter keine Beachtung. Tai A'rl hatte noch keine Kenntnis von Frau Pings Wiederheirat gehabt, er sprach nur davon, daß sie eine Apotheke eröffnet und einen Provisor angestellt habe. –

Es war im ersten Drittel des siebenten Monats, ein goldener Westwind hatte erquickenden Regen und labende Kühle gebracht, da unternahm Hsi Men einen Spazierritt. Unterwegs traf er mit Schnorrer Ying und Hsiä Hsi Ta zusammen.

»Warum hat man dich denn so lange nicht gesehen?« begrüßten sie ihn. »Wir sind verschiedene Male bei dir vorübergekommen, fanden aber stets das Tor fest verrammelt. Wir wollten dich nicht stören und zogen wieder ab. Hat's etwas Besonderes gegeben? Wie steht's übrigens mit der geplanten Heirat? Wir zählen stark auf das versprochene Festessen.«

»Ihr rührt da an peinliche Dinge. Ich war durch eine unangenehme Affäre, die meinen Vetter Tschen Hung betroffen hat, einige Zeit in Mitleidenschaft gezogen und leider genötigt, den Hochzeitstermin zu verlegen.«

»Ach, davon hatten wir keine Ahnung! Das tut uns sehr leid. Um so mehr Grund, unser Zusammentreffen nach so langer Zeit gründlich zu begießen. Wollen wir nicht schnell drei Becher bei Schwester Silberchen genehmigen? Die werden dir den Rest deines Verdrusses wegspülen helfen.«

Und ohne seinen Einspruch abzuwarten, nahmen sie ihn in die Mitte und zogen gemeinsam zum Quartier von Mutter Wu. Als Hsi Men am späten Abend halb bezecht heimwärts ritt, lief ihm am Eingang der Oststraße die alte Fong über den Weg. Er hielt sein Pferd an. »He, wohin so eilig, Mutter Fong?«

»Zum Tempel vorm Tor. Ich soll für den verstorbenen Herrn Totengeld verbrennen, wie es der Brauch in diesen Tagen vorschreibt.«

»Wie geht's denn deiner Herrin? Bestelle ihr, ich würde sie morgen besuchen.«

»Eure Frage und Euer Besuch haben keinen Zweck mehr. Den Hochzeitstopf hat bereits ein anderer ausgelöffelt.«

»Was! Willst du damit sagen, sie habe sich anderweit verheiratet?«

»Hört zu! Sie hat wer weiß wie lange auf Euch gewartet, hat Euch durch die alte Person den silbernen Spiegel, ihr Hochzeitsgeschenk, geschickt. Ihr habt Euch nicht mehr sehen lassen, habt Euer Tor fest zugerammelt und die alte Person nicht vorgelassen. Da hat meine Herrin eben einen andern geheiratet.«

»Wen?«

»Den Doktor Bambushügel.«

Und die Alte erzählte vom Kopf bis zum Schwanz den Hergang der Sache, wie Frau Ping des Nachts von lüsternen Fuchsgeistern gepeinigt und ganz krank geworden war, wie Doktor Bambushügel sie gesund gemacht hatte und wie sie ihn schließlich geheiratet und ihm dreihundert Silberlinge gegeben hatte, damit er eine Apotheke aufmache . . .

Hsi Men wäre vor Schreck beinahe aus dem Sattel gerutscht, als er das vernahm.

›Es ist ein Jammer!‹ dachte er bei sich. ›Mit jedem andern hätte ich mich schließlich abgefunden. Aber daß sie dieses Hutzelmännchen, diesen Trottel und impotenten Schildkröterich nimmt! Es ist ein Jammer!‹

Wütend peitschte er sein Pferd und stob davon. –

Daheim vergnügten sich unter viel Gelächter gerade Mondfrau, Mong Yü Loh, Goldlotos und seine Tochter im mondscheinerhellten Lichthof der vorderen Halle beim Deckpferdchenspiel. Als sie ihn kommen hörten, verschwanden sie mit Ausnahme von Goldlotos rasch in die hinteren Räumlichkeiten. An eine Säule gelehnt, half ihm Goldlotos, gefällig wie immer, aus den Schuhen.

»Alberne Weiber!« fuhr er sie an. »Hier herumzutoben und sich mit solchen kindischen Spielen abzugeben!«

Er stieß sie mißlaunig mit den Füßen weg und schwankte, ohne erst Mondfrau guten Abend zu sagen, in die Bibliothek im Westflügel, wo er sich das Lager für diese Nacht bereiten ließ. Nachdem er noch der bedienenden Zofe einige Grobheiten versetzt hatte, legte er sich schlafen.

Ganz verschüchtert standen inzwischen die vier gescholtenen Frauen beisammen und besprachen den Vorfall. Mondfrau machte Goldlotos Vorwürfe.

»Du sahst doch, daß er betrunken war. Warum bist du ihm nicht aus dem Weg gegangen? Nein, da mußt du ihn, wo er schon in der Nähe ist, noch durch ein Gelächter reizen und ihm obendrein die Stiefel ausziehn! Kein Wunder, daß er wie eine Heuschrecke in die Höhe fuhr.«

»Daß er über uns drei schimpfte, mag noch hingehen«, fiel Mong Yü Loh ein, »aber die eigene Tochter ›Weib‹ zu titulieren war taktlos.«

»Natürlich, immer bin ich an allem schuld!« schmollte Goldlotos. »Wen sucht er sich für seine Fußtritte aus? Mich! Kann man da noch von Bevorzugung sprechen?«

»Warum hast du ihm nicht gleich lieber nahegelegt, mir auch noch einen Fußtritt zu versetzen?« gab Mondfrau gereizt zurück. »Wenn übrigens eine bevorzugt wird, bist du's. Deine Bemerkung war höchst unlogisch. Aber man darf sich ja kein Wort erlauben, gleich gerät deine Plapperzunge in Bewegung und dreht alles um.«

»Schwester, es war nicht böse gemeint«, suchte Goldlotos einzulenken. »Er war aus irgendeinem Grunde schlecht gelaunt und hat eben seinen Ärger zufällig an mir ausgelassen.«

»Gewiß, aber warum mußtest du ihm denn auch in die Quere laufen? Hättest du ihn doch ruhig seine Wut an einem Hund austoben lassen!«

Mong Yü Loh hatte den einzig richtigen Einfall, dem unerquicklichen Streit ein Ende zu bereiten.

»Wir wollen seinen Burschen ausfragen«, schlug sie vor. »Der weiß vielleicht den Grund seiner Verstimmung. Er war doch heute morgen in bester Laune, als er das Haus verließ. Warum bläst er bei der Rückkehr auf einmal solche trübselige Weise?«

Ihr Vorschlag fand Zustimmung, und man ließ Tai A'rl kommen. Und durch den erfuhr man den Grund von Hsi Mens Verstimmung.

»Höchst unpassend von dieser Frau, so kurz nach dem Tode des ersten Mannes wieder zu heiraten!« tadelte Mong Yü Loh selbstgerecht.

»Was fragt man denn heutzutage überhaupt nach passend oder unpassend?« versetzte Mondfrau mit scharfem Nachdruck. »Es gibt sogar Frauen, die noch während der Trauerzeit mit fremden Männern zechen und buhlen. Das nenne ich erst unpassend und schamlos!«

Goldlotos und Mong Yü Loh fühlten deutlich die Spitze dieser Bemerkung heraus, die gegen sie selbst gerichtet war. Und da sie beide sehr wohl Grund hatten, sich getroffen zu fühlen, empfahlen sie sich etwas betreten und zogen sich in ihre Gemächer zurück. –

Hsi Men hatte beschlossen, seinem Schwiegersohn, dem jungen Tschen, Gelegenheit zu geben, sich etwas nützlich zu machen. Er sollte sich fortan mit Pen Se in die Bauleitung teilen, während sein Vorgänger Lai Tschao sich auf dem ruhigeren Posten eines Hüters des Hauptportals ausruhen durfte. Tschen hatte also von nun an den ganzen Tag über auf der Baustelle im hinteren Park zu tun. Er bekam seine Mahlzeiten auf die Baustelle oder in die Zimmer geschickt, die er mit seiner Frau im vorderen Ostflügel bewohnte. Die mittlere Halle, den Hauptaufenthaltsraum von Hsi Mens Angehörigen, wagte er ohne ausdrückliches Geheiß seines Schwiegervaters nicht zu betreten. So kam es, daß er bisher dessen Frauen überhaupt noch nicht von Angesicht gesehen hatte.

Eines Tages weilte Hsi Men außer Haus. Er hatte dem Provinzialrichter Ho auf einer Dienstreise ein Stück Wegs das Geleit gegeben. Da sprach Mondfrau zu Li Kiao'rl und Mong Yü Loh: »Ich habe dem jungen Tschen bisher noch keine einzige Aufmerksamkeit erwiesen. Der Junge hat hier, in einem fremden Hause, den ganzen Tag über hart zu schaffen, steht früh auf und kommt erst spät zur Ruhe. Wie wär's, wenn man ihm eine kleine Stärkung während der Arbeit gönnte? Nur weiß ich nicht, ob ich recht daran tue. Vielleicht wirft man mir vor, daß ich mich in

Dinge mische, die mich nichts angehen. Aber andererseits möchte ich den armen Jungen auch nicht gerade vernachlässigen.«

»Schwester, Ihr führt das Kommando im Hause«, pflichtete ihr Mong Yü Loh bei. »Wenn Ihr Euch nicht seiner annehmt, wer wird sich sonst seiner annehmen?«

Mondfrau bestellte also in der Küche eine reichliche Mahlzeit und lud den jungen Tschen um die Mittagsstunde zu sich in die mittlere Halle.

»Ich sehe, wie Ihr Euch taugaus, tagein, ohne Euch eine Ruhepause zu gönnen, auf der Baustelle abplagt«, sprach Mondfrau freundlich zu ihm. »Deshalb benutze ich die heutige Gelegenheit, wo der Herr außer Haus weilt, dazu, Euch eine kleine Stärkung zu bereiten und Euch zu einem Becher wäßrigen Weins zu laden.«

»Vielen Dank für Eure Güte«, murmelte der junge Tschen. »Das bißchen Arbeit, das ich zu verrichten habe, ist wirklich nicht der Rede wert.«

Mondfrau bestellte ihm zur Gesellschaft seine junge Frau her. Aber es verging geraume Zeit, ohne daß sie erschien. Dagegen hörte er vom Nebenraum her den charakteristischen harten Aufschlag, der beim Setzen von Dominosteinen entsteht.

»Wer spielt denn da Domino?« erkundigte er sich.

Mondfrau warf einen Blick in das Nebenzimmer.

»Hsi Mens Tochter und Zofe Nephritflöte.«

»Seht Ihr, das ist ihre ungezogene Art!« seufzte er. »Ihr bestellt sie her, und sie spielt nebenan Domino.«

Endlich wurde der Vorhang beiseite geschoben, seine junge Frau trat ein und nahm gleichgültig ihm gegenüber am Tisch Platz.

»Versteht dein Gatte auch etwas von Dominospiel?« fragte Mondfrau sie.

»Er hat nur eine ganz blasse Ahnung. Kann knapp Duft von Gestank unterscheiden«, erwiderte sie schnippisch.

Mondfrau kannte den jungen Menschen bisher nur als artigen, braven Schwiegersohn. Sie hatte keine Ahnung, daß er ebensogut Reime und Essays zu dichten wußte, wie er sich aufs Würfeln und Fingerknobeln, Schach- und Dominospiel verstand.

»Gut, dann wollen wir hinübergehen und ihn mitspielen lassen«, schlug Mondfrau gutmütig vor.

»Es kommt mir kaum zu. Spielt lieber ihr zwei!« wehrte er bescheiden ab.

»Aber bitte, Ihr gehört doch zur Familie. Was ist dabei?« beruhigte ihn Mondfrau.

Sie gingen also nebenan. Drüben räkelte sich gerade, in ein Dominosingle vertieft, Mong Yü Loh auf einem krapproten Diwan. Beim Eintritt der anderen erhob sie sich und wollte hinausgehen. Mondfrau hielt sie zurück.

»Der junge Tschen ist kein Fremder. Du kannst ihn ruhig begrüßen«, sagte sie. Und zu ihm gewandt:

»Das ist deine Schwägerin Drei«, stellte sie vor. Der junge Tschen verbeugte sich hastig, und Mong Yü Loh murmelte ein »Zehntausendfaches Glück!«

Die drei Frauen begannen nun eine Partie Domino. Tschen stand anfangs bescheiden zur Seite und schaute nur zu. Bald aber packte ihn der Spieleifer, er half seiner jungen Frau ziehen und bewies durch geschickte Züge, daß er mehr von der Sache verstand, als bloß eben Duft von Gestank zu unterscheiden.

Mitten im Spiel tat sich wieder der Vorhang auf, und lächelnd, ein Silbermaschennetz über die Frisur gespannt, eine frische Blume kokett über der linken Schläfe angesteckt, trat Goldlotos ein. »Ah, Schwager Tschen!« rief sie heiter. »Ich wunderte mich schon, wer hier sein könnte.«

Betroffen über den Silberklang ihrer Stimme, wandte sich Tschen um. Ihr Anblick machte sein Herz brodeln, seine Augen flimmern, seine klare Vernunft zerstieben. Es war ihm, als stünde er plötzlich vor einer Geliebten aus einer früheren Existenz.

»Das ist Schwägerin Fünf«, stellte Mondfrau vor. »Begrüßt euch!«

Tschen ging ein paar Schritte auf sie zu und neigte sich mit auf die Brust gepreßten Händen so tief vor ihr, wie es sein Rücken nur irgend erlaubte.

»Schwester Fünf, komm her und schau dir das Kücken an!« scherzte Mondfrau. »Es schwimmt wie ein alter erfahrener Enterich.«

Mit dem weißseidenen Fächer sich graziös Kühlung zufächelnd, trat Goldlotos an ihre Seite und erteilte ihr Ratschläge beim Ziehen.

Da wurde Hsi Mens Ankunft gemeldet. Jäh fand das Spiel seinen Abschluß, und der junge Tschen wurde schleunigst von Zofe Juwelchen durch eine Seitenpforte hinausbugsiert.

Hsi Men war, nachdem er vom Pferd gestiegen, zunächst nach der Baustelle gegangen, um sich vom Stand der Arbeiten zu überzeugen. Dann hatte er den Pavillon von Goldlotos aufgesucht.

»Du bist recht früh zurück«, bemerkte Goldlotos.

»Ja, ich habe ihm das Geleit nur bis zur Vorstadt hinaus gegeben. Du weißt doch, dem Provinzialrichter Ho, der zum Grenzpräfekten des Hsin-ping-Paßbezirks befördert ist. Er hatte mir einen Abschiedsbesuch gemacht, und da mußte ich ihm anstandshalber eine Strecke Wegs das Geleit geben. Bei der Hitze nicht gerade ein Vergnügen!«

»Übermorgen wird's viel Trubel im Haus geben«, bemerkte er beim Abendessen. »Der Bau am Aussichtspavillon ist jetzt so weit, daß wir Richtfest feiern können. Wir werden das Haus voller Gäste haben. Eine Masse Leute werden den roten Glückwunschstreifen anbringen wollen. Die Küche wird ordentlich zu tun haben.«

Es war inzwischen Abend geworden. Tschun Meh hatte bereits die Lampe gebracht. Hsi Men, von dem Ritt bei der Hitze ermüdet und von den rasch hinuntergegossenen Bechern Weins schlaftrunken, suchte zeitig das Lager auf. Und bald rasselte sein Schnarchen wie fernes Donnergrollen durch den Raum.

Es war Ende Juli und die Luft noch bei Nacht drückend schwül. Goldlotos an seiner Seite vermochte vor Hitze nicht einzuschlafen. Jetzt wurde ihre Aufmerksamkeit durch ein metallisches Schwirren erregt, das von der mit jadegrüner Netzgaze bespannten Moskitofalle herübertönte. Nackt, wie sie war, erhob sie sich vom Lager und leuchtete mit der Lampe das Moskitonetz ab. Und siehe, da hatte sich eine Bambusschnake im Netz verfangen. Sie zog das Tierchen heraus und versengte es an der Flamme. Gleichzeitig kam ihr jene Stelle aus der Ode ›Der Gang durch das Riedgras‹ in den Sinn, wo der Dichter von der Bambusschnake in doppeltem Sinne also spricht:

Schwellend glatt ihr Leib
Sanft sich engt zur Spitze.

Wenn sie über Gräsern schwebt,
Tönt's wie Flötenklingen.
In der gelben Dämmerung
Mag es wohl geschehen,
Daß durchs offne rote Tor
Sie in ihr Verderben rennt.
Weh, nun stieß der zarte Leib
An das Netz von grüner Gaze,
Und der Rüssel schleckend taucht
In den lippenroten Saft.
So in süßer Haft gefangen,
Läßt sie hundert Töne quellen,
Läßt die Leute in der Kammer
Lauschend ihres Schlafs vergessen.

Während ihr diese Worte durch den Sinn gingen, schweifte ihr Auge über den entblößt auf dem Lager liegenden Hsi Men hin, und ihr Blick blieb auf seinem gewaltigen Etwas an der Leibesmitte haften. Die Gedankenverbindung war hergestellt. Ein unüberwindliches Gelüst stieg in ihr auf. Ihre zarten Finger begannen eine sanfte Weise zu spielen. Dann kauerte sie sich über ihn nieder und liebkoste ihn.

»Verrücktes Weib!« brummte er, »nicht einmal im Schlafe läßt du einem Ruhe!«

Und er richtete sich in halb sitzender Lage auf, und während er geneigten Kopfes ihrem Spiele interessiert zuschaute, weidete sich sein Auge an den vollendeten Linien ihres gekrümmten Körpers. So ergötzten sich die beiden in tiefer Nacht verstohlen am Spiel auf der Purpurflöte.

Das Spiel mochte die Zeitspanne einer Mahlzeit gewährt haben, da spürte er von fern den bekannten angenehmen Drang in sich aufsteigen. Schnell rief er nach Zofe Tschun Meh, sie solle Wein bringen. Die Kerze mußte sie auf eine Bank hinter dem Bettvorhang stellen, damit ihr Schein nicht blende. Dann mußte sie sich ihm zu Häupten, die Weinkanne in der Hand, aufstellen.

»Nichtsnutziger Schlingel!« schalt Goldlotos. »Was sind denn das für neue Marotten? Was hat die Kleine hierbei zu suchen?«

»Das habe ich bei Schwester Ping gelernt«, rief er lachend. »Da mußte sich Zofe Ying Tschun danebenstellen und mir Wein einschenken. Das erhöht den Reiz der Sache.«

»Nun, ich will nicht zanken, aber mit der Schwester Ping verschone mich gefälligst! Man hat's gut mit ihr gemeint und erntet nur Ungelegenheiten. Sie hat's ja nicht erwarten können, sich wieder zu verheiraten, und dir damit die Laune gründlich verdorben. Und wer hat dafür büßen müssen? Ich! An wem hast du neulich deine Wut ausgelassen? An mir! Als du damals verstimmt und betrunken nach Hause kamst, wem hast du Fußtritte versetzt? Mir! Und hinterher habe ich mir außerdem noch Vorwürfe gefallen lassen müssen.«

»Wer hat dir Vorwürfe gemacht?«

»Deine Erste.«

Und sie erzählte ihm den Wortwechsel, den sie damals mit Mondfrau gehabt hatte. Wie ein wassersüchtiger Frosch habe die Erste sie angequakt.

»Ihr habt mich damals falsch verstanden«, beruhigte er sie. »Ich war keineswegs über euch böse. Du wirst aber begreifen, wie gewaltig es mich verdrossen hat, daß sie mir gerade das Hutzelmännchen, den Schildkröterich, den verdammten Doktor Bambushügel vorgezogen hat. Und der bissige Köter, der ältere Hua, hat über diese Heirat nicht einmal im geringsten gemault! Und obendrein gibt sie dem Schuft von Ehemann auch noch Geld, damit er vor meinen Augen eine Konkurrenzapotheke aufmacht! Und das Geschäft geht! Kurz, du wirst verstehen, wie geladen ich an jenem Tag war.«

»Warum hast du sie nicht von Anfang an in dein Haus genommen? Ich war dafür. Aber du hast ja nur Ohr für deine Erste gehabt, die dir abgeredet hatte.«

Eine rote Zorneswoge schlug in Hsi Men hoch. Mondfrau war ihm plötzlich verhaßt.

»Von morgen an werde ich sie nicht mehr ansehen!« sagte er bestimmt. Es zeigte sich da wieder einmal, wie verheerend einige verleumderische Worte auf die Beziehungen von Menschen einwirken können, die von Natur aufs engste zusammengehören. Ob es der Fürst und sein treuester Minister sind, ob Vater und Sohn, Gatte und Gattin, Bruder und Bruder, es ist immer die alte Geschichte, man gibt fremden bösen Einflüsterungen nach, und der Bruch ist da. Wie konnte sich Hsi Men also von müßigem Bettgeschwätz gegen seine treue, brave, über jeden Zweifel erhabene Erste aufhetzen lassen!

Jedenfalls, von dieser Stunde an war er ihr bitter feind. Er guckte sie nicht mehr an, wechselte kein Wort mehr mit ihr. Und Mondfrau schenkte ihm auch keine Beachtung mehr, fragte nicht nach seinem Tun und Treiben. Kam er zufällig einmal zu ihr ins Zimmer, dann machte sie sich an allerhand Gegenständen zu schaffen, vermied es, ihn anzusehen, und ließ die Zofen an ihrer Stelle antworten. Kurz, ihr Verhältnis war völlig kalt und fade geworden.

Goldlotos dagegen fühlte ihre Stellung bei Hsi Men gefestigter denn je, und ihre Lebenslust hatte einen gewaltigen Antrieb erhalten. Nun hatte sie es auf den jungen Tschen abgesehen. Als sie ihm neulich beim Dominospiel begegnet war, hatte sie an dem geschmeidigen, klugen, hübschen Burschen mehr als oberflächliches Gefallen gefunden. Es war von vornherein ihr fester Vorsatz gewesen, ihn für sich zu gewinnen. Immerhin beherrschte sie sich, solange Hsi Men in der Nähe war. Wußte sie ihn dagegen außer Haus, dann lud sie den jungen Tschen gern in ihren Pavillon, trank mit ihm Tee, plauderte mit ihm oder spielte mit ihm ein Brettspiel.

Nun war der Tag des Richtfestes gekommen. Der Vormittag hatte eine Unmenge von Freunden und Bekannten, von Fruchtschachteln und roten Glückwunschstreifen ins Haus gebracht, die Arbeiter hatten ihre Geschenke bekommen, und für die Gäste war ein üppiger Festschmaus hergerichtet worden. Am Nachmittag, als der Trubel endlich vorüber war und die letzten Gäste nach Hause gegangen waren, hatte sich Hsi Men, vom frühen Aufstehen und den Anstrengungen des Tages ermüdet, in eins der hinteren Gemächer zurückgezogen und schlafen gelegt. Da erschien nun der junge Tschen im Pavillon von Goldlotos und verlangte nach einer Tasse Tee. Goldlotos lag gerade auf einem Diwan und klimperte auf der sechssaitigen Pi pa.

»Ihr wart doch mit beim Richtfest, konntet einen halben Tag lang tafeln und zechen, wie kommt es, daß Ihr noch Appetit habt?« fragte sie erstaunt.

»Offen gestanden, seit dem frühen Morgen war ich bis jetzt un-

unterbrochen auf den Beinen. An Essen und Trinken zu denken, hatte ich nicht Zeit.«

»Ist der Herr daheim?«

»Er hat sich hinten schlafen gelegt.«

Sie rief Tschun Meh und bestellte eine Mahlzeit mit Wein und süßem Nachtisch für ihren Besucher. Während er sich's schmekken ließ, klimperte sie auf ihrer Pi pa weiter.

»Was spielt Ihr da? Wollt Ihr mir nicht ein Lied vorsingen?« fragte er keck.

»Ihr verlangt viel, mein Lieber«, versetzte sie gedehnt. »Wie, wenn ich das Herrn Hsi Men erzähle?«

Er ließ sich vor ihr auf die Knie fallen.

»Schwägerin Fünf, habt Mitleid mit mir armem Jungen!« flehte er in komischer Bestürzung. »Ich werde mich nicht wieder erdreisten.«

Sie zog ihn verheißungsvoll lächelnd empor. –

Seit dieser Stunde gestaltete sich das Verhältnis zwischen den beiden von Tag zu Tag vertrauter. Dreist und ungeniert ging er in ihrem Pavillon aus und ein, schwatzte form- und zwanglos mit ihr und lehnte sich dabei auch wohl an ihre Schulter oder streifte gelegentlich ihren Rücken. Er zeigte sich von einer Unbefangenheit, als müßte das eben so sein. Wenn die gute Mondfrau, die ihn nur als jungenhaft naiv eingeschätzt hatte, geahnt hätte, welchen kecken Wildfang sie im Hause losgelassen hatte.

SECHZEHNTES KAPITEL

Grasschlange und Wegratte verabreichen dem Doktor Bambushügel eine Tracht Prügel. Frau Ping entbrennt in neuer Liebe zu Hsi Men.

Einige Monate später waren die neuen Gebäude bis auf die letzte Holzverschalung fertig und glänzten im Schmucke ihres frischen Anstrichs. Bei der Einweihung veranstaltete Hsi Men wieder ein großes Gelage, das mehrere Tage währte. Doch halten wir uns nicht mit Einzelheiten darüber auf.

Es war an einem Tage zu Anfang des achten Monats. Hsi Men hatte sich morgens um die zehnte Stunde zur Geburtstagsfeier des neuen Provinzialrichters Hsia nach dessen Landsitz vor der Stadt begeben. Kaum waren die Hufschläge seines Pferdes im Torweg verhallt, da machte sich Mondfrau in Gesellschaft der vier anderen Frauen und von Hsi Mens Tochter auf, um gemeinsam und in aller Muße die neuen Parkanlagen zu besichtigen. Und wahrlich, nachdem sie das turmartige Parkgatter hinter sich gelassen hatten, taten sich ihrem Auge Wunder ohne Ende auf.

Aus dem dunklen Blaugrün der Zypressen und dem helleren Eisvogelgrün des Bambus erhoben sich hier und dort Anhöhen, teils sanft ansteigend, teils schroff aufragend, auf dem Gipfel zum Belvedere abgeplattet. Jeder Jahreszeit wußte der Park mit seinen Reizen Rechnung zu tragen. Da war die ›Halle der ziehenden Schwalben‹, die zur Frühlingszeit den nahen Ausblick auf eine Fülle von an Blütenpracht wetteifernden Pfirsich- und Pflaumenbäumen gewähren würde. Dort träumte versteckt die ›Wildbachklause‹, um die herum im Sommer Wasserrosen und Lotosblüten ihre stille Pracht entfalten würden. Hier sagte der ›Turm der grün geschichteten Höhen‹, in dessen Umkreis es im Herbst golden von Chrysanthemen leuchtete, empor. Und hier in der ›Grotte des verborgenen Lenzes‹ würde der köstliche Winterkalykanthos seine blühenden Zweige seitwärts recken. Durch herrliche Blumenauen rieselten sanfte Wässer. Über schön geschnitzten Pforten lasteten fruchtbeschwerte Äste. Im Winde spielten sanft die schmalen hängenden Blätter des Weidenstammes und wellten sich dabei zu Linien, die an fein geschwungene Mädchenbrauen gemahnten. Vor der Halle der ziehenden Schwalben würden am Abend des Laternenfestes bunte Lampions auf und nieder flakkern. Hinter der Grotte des verborgenen Lenzes würden sich scheu die ersten Aprikosentriebe durch die silberne Schneedecke wagen. An felsigen Seeufern gleißten aus halb aufgebrochenen Quarzstücken Gold- und Silberadern. An Geländern und Balustraden lugten wie zarte Bambussprossen bunte Edelsteine hervor. Durch Vorhänge und an Decken entlang huschten Schwalben mit rötlicher Brust. Gelbe Kakadus schwirrten kreischend durch grüne Baumschatten. Es fehlte nicht an mondrunden Mauerdurchlässen, an der schwimmenden Arche, an der Laube, aus duftenden Kaschmirdistelwurzeln gefügt, an ernsten Pinienwäldern und heiteren Bambusalleen, an gewundenen Bächen und eckigen Weihern, an von Bananenstauden und Palmen eingesäumten Treppen, an Bassins mit seltsamen Fischen, an buntbetupften gaukelnden Faltern. Kurz, ein Park, der sich wohl mit dem Päonienhain der alten Tang-Kaiser messen durfte und imstande gewesen wäre, selbst die erstarrten Mienen eines in heiliger Betrachtung versunkenen Boddhisatva vor Staunen sich weiten zu lassen.

Mondfrau an der Spitze, ergingen sich also die sechs Schönen auf den verschlungenen Pfaden des Parks, bahnten sich wohl auch einen Weg durch hohes Gras und ließen sich auf duftenden Matten nieder, kauerten sich an Beeteinfassungen hin, um seltene Blumenwunder aus nächster Nähe zu bestaunen, und ergötzten sich am Rande stiller Weiher damit, Goldfische zu füttern und mit runden Fächern bunte Falter aufzuscheuchen. Nun wählte Mondfrau den hochgelegenen ›Pavillon der Wolkenrast‹ zum Ziel und machte sich mit Mong Yü Loh und Li Kiao'rl an eine Partie Schach, während die drei anderen Frauen den Aussichtshügel erklommen, um sich an der herrlichen Rundsicht zu weiden. Ihr entzückter Blick schweifte über Päoniengruppen und Rosenhecken, über Wildapfelgeäst und Kaschmirdistelgebüsch, über kältetrotzenden Bambus und immergrüne Zypressen. Wahrlich, hier war eine Stätte ewigen Frühlings!

Als sie sich endlich satt gesehen hatten, vereinten sie sich im Aussichtspavillon zu einem gemeinsamen Imbiß. Mondfrau saß obenan, ihr gegenüber Li Kiao'rl, die vier anderen Frauen nahmen streng nach Rang an den Quersitzen Platz.

»Ach, ich habe ganz vergessen, den jungen Tschen einzuladen«, fiel es da Mondfrau ein, und sie schickte Juwelchen aus, um ihn herzubitten. Nach einer Weile erschien er und durfte an einem Tischchen hinter seiner Frau Platz nehmen.

Er stak in einem Rock von purpurroter geblümter Seide, auf dem Kopfe ein himmelblaues Kreppbarett, an den Füßen kokette schwarze Satinpantoffeln. Nachdem man sich an einigen Bechern gestärkt hatte, nahm Mondfrau mit Li Kiao'rl und Hsi Mens Tochter die unterbrochene Schachpartie wieder auf, während Mong Yü Loh und Sun Hsüe O den Aussichtsturm erstiegen. Goldlotos war allein geblieben. Sie zog es vor, das Ufer des am

Fuße des Hügels gelegenen Lotosblumenweihers aufzusuchen, und vertrieb sich dort die Zeit damit, mit ihrem Fächer nach Schmetterlingen zu haschen. Ganz unbemerkt war ihr der lose Tschen nachgeschlichen und stand auf einmal dicht hinter ihr.

»Ach, Schwägerin Fünf, Ihr versteht Euch schlecht auf die Schmetterlingsjagd. Ich will Euch helfen«, hörte sie plötzlich seine Stimme aus nächster Nähe.

Erschrocken fuhr sie herum und maß ihn mit schrägem, prüfendem Blick.

»Schlingel, Ihr erschreckt einen ja zu Tode!« schalt sie leise.

Lachend trat er an sie heran, schlang ohne Umstände seine Arme um sie und küßte sie. Sie stemmte ihre Hände gegen seine Brust und markierte schwachen Widerstand.

»Schwester Fünf!« hörte sie in diesem Augenblick Mong Yü Lohs Stimme vom Aussichtsturm her zu ihr herübertönen. »Komm schnell herauf! Ich habe dir etwas zu sagen.«

Goldlotos machte sich eilig von ihrem Bedränger frei und stieg den Hügel hinan. Der junge Tschen aber schlich still seiner Behausung zu. Es war ihm gleichzeitig froh und trübe ums Herz. Und während er, sinnend und von widerstreitenden Gedanken bewegt, vor sich hin schritt, gab ihm die Stimmung des Augenblicks folgenden Vers ein:

Frische Blüte schräg im Haar,
Steht sie vor mir immerdar.
Ihren Lippen purpurrot
Tut nicht Stift, nicht Schminke not.
Kaum daß ich sie nah gesehn,
Bange ich nach Wiedersehn.
Liebe schien ihr Blick zu sprechen,
Doch vermied ihr Mund zu sprechen.
Zwar ihr Auge sprach Gewähren,
Doch ihr Wort muß ich entbehren.
Zwar schien sie mich wegzustoßen,
Doch ihr Sträuben schien wie Kosen.
Ob sie mir zur Seite weilt,
Flüchtgen Schritts von dannen eilt,
Immer, immer muß ich denken:
Wann wird sie Erfüllung schenken? –

金瓶梅

第二十八回　陳敬濟徼倖尋金蓮

金瓶梅

西門慶糊塗打鐵棍

金瓶梅

第二十九回

吳神仙冰鑑定終身

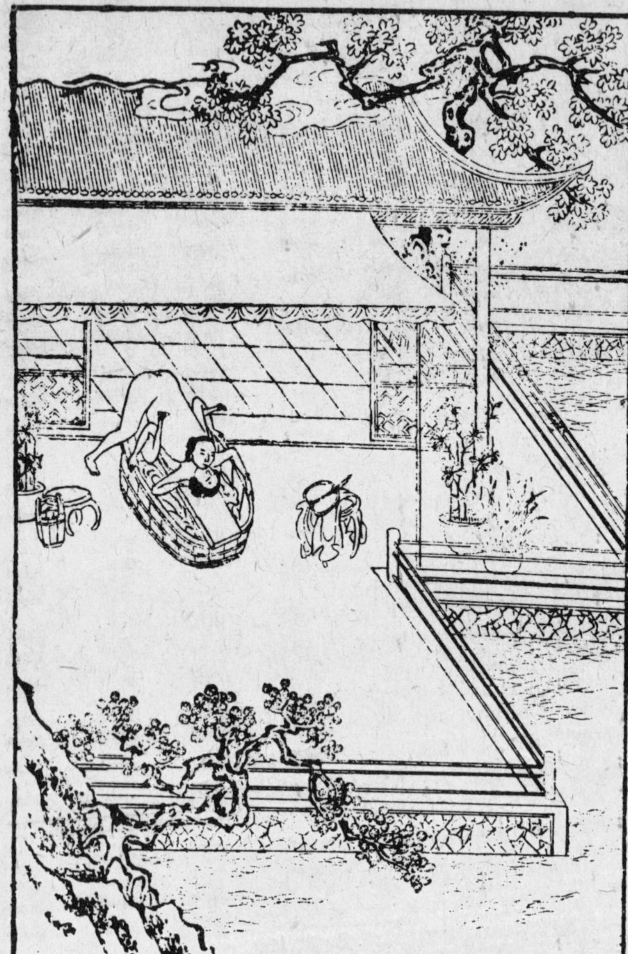

潘金蓮蘭湯邀午戰

金瓶梅

第三十回

蔡太師擅恩錫爵

西門慶生子加官

一

Hsi Men war nicht nur in den oberen Kreisen, sondern auch in den zweifelhaften Gassen der guten Stadt Tsing ho hsiän eine wohlbekannte Persönlichkeit. Alle Ganoven kannten ihn, und manche von ihnen durften sich rühmen, schon erkleckliche Wohltaten von ihm empfangen zu haben. Dazu gehörten auch zwei berüchtigte Banditen, die in ihren Kreisen ›Grasschlange‹ und ›Wegratte‹ hießen. Es waren zwei von jener Sorte, die man in der Sung-Zeit Klopfer nannte und heutzutage als Blankknüppel bezeichnet. Während nun Hsi Men an diesem Abend auf dem Rückweg vom Landgut des Provinzialrichters Hsia durch eine enge Vorstadtgasse trabte, sah er vor einer Kneipe die beiden Gesellen beim Würfelspiel sitzen. Ein rascher Gedanke durchzuckte ihn. Er brachte sein Pferd zum Stehen und rief sie an. Sie kamen eilig herbeigelaufen und begrüßten ihn mit einem leichten Kniefall.

»Woher, hoher Herr?«

»Von der Geburtstagsfeier des ehrenwerten Provinzialrichters Hsia. – Übrigens, ich hätte einen kleinen Auftrag für euch.«

»Hoher Herr, wir hatten schon öfters die Ehre und die Gunst . . . Ihr wißt ja, für Euch gehen wir durchs Feuer und durch kochendes Wasser, sterben wir zehntausend Tode.«

»Gut, sucht mich morgen vormittag auf. Dann wollen wir weitersprechen.«

»Aber wieso morgen? Sprecht gleich, hoher Herr!«

Hsi Men neigte sich an ihr Ohr und erzählte ihnen leise die Affäre von der Wiederverheiratung der Frau Ping.

»Brüder, es wäre mir verwünscht lieb«, schloß er, »wenn ihr's diesem verfluchten Doktor Bambushügel gehörig heimzahlen wolltet.«

Er kramte einen Geldbeutel aus seiner Unterkleidung heraus und schüttete ihnen den Inhalt, fünf Unzen Bruchsilber, auf den Tisch.

»Hier einstweilen ein kleines Trinkgeld. Wenn ihr die Sache prompt erledigt habt, gibt's mehr.«

Grasschlange wollte das Geld nicht annehmen.

»Wir sind noch von früher in Eurer Schuld, hoher Herr. Ja, wenn Ihr von uns verlangt hättet, wir sollten nach dem Ostmeer fahren und dem blauen Seedrachen das oberste Horn seines Rükkenkammes stehlen oder dem Tiger vom Hua-schan-Berg einen Vorderzahn ausbrechen, das wäre etwas anderes. Aber diese Bagatelle! Nein, dafür können wir nichts annehmen.«

»Gut, dann will ich euch nicht bemühen«, sagte Hsi Men kurz angebunden und befahl seinem Burschen Tai A'rl, das Geld wieder einzustecken. Gleichzeitig gab er seinem Pferd einen leichten Peitschenhieb und machte Miene wegzureiten. Aber Ganove Wegratte fiel ihm in die Zügel.

»Du kennst des Herrn Art nicht«, sagte er zu seinem Genossen. »Er faßt es als Weigerung auf, wenn wir seine Spende verschmähen.« Dann fiel er aufs Pflaster nieder, machte Kotau und sprach zu Hsi Men: »Hoher Herr, Ihr könnt die Sache ruhig zu Hause abwarten. Sie wird von uns spätestens binnen zwei Tagen bestens erledigt. Ihr sollt etwas zu lachen haben!«

»Und nachträglich dürfen wir wohl hoffen, daß uns der hohe Herr zur Belohnung einen hübschen Posten bei Exzellenz Hsia verschaffen wird«, setzte Grasschlange hinzu.

»Gemacht«, versprach Hsi Men und trabte davon.

Wieder daheim, verlangte es ihn noch nach einer abendlichen Parkpromenade. Im Aussichtspavillon fand er Goldlotos mit Aufräumen beschäftigt. Die anderen Frauen hatten sich bei der Meldung von seiner Ankunft schleunigst in ihre Gemächer verzogen.

Er war in aufgeräumter Stimmung, und Goldlotos erschien ihm heute begehrenswerter denn je. Nachdem er einen kurzen Imbiß zu sich genommen hatte, zog er sie an seine Seite und küßte sie zärtlich. Zofe Tschun Meh mußte schweren süßen Traubenwein einschenken, und während sich's Goldlotos mit gerafftem Kleid auf seinem Schoß bequem machte, tranken sie beide vom gleichen Becherrand. Hin und wieder wußte sie auch geschickt einen Schluck aus ihrem eigenen Munde zwischen seine Lippen zu flößen. Jetzt steckte sie ihm einen jungen, noch behaarten Lotoskern in den Mund.

»Prr! Das Zeug schmeckt aber bitter und bleibt einem vor Borsten im Halse stecken!« sagte er und verzog die Miene.

»Du, was dir deine liebende Frau reicht, mußt du essen! Es bedeutet Glück!«

Und sie ließ einen frischen Nußkern folgen. Er verstand, was sie meinte. Keine seiner fünf Frauen hatte ihm bisher Nachkommen geschenkt!

Er preßte seinen Kopf an ihre Brust. Sie öffnete das dünne Batisthemd, so daß ihre runden Brüste, weich wie Butter, glatt und blank wie fehlerloser Nephrit, zum Vorschein kamen. Genießerisch ließ er seine Lippen eine geraume Weile über ihre Wölbung tasten.

Jetzt richtete er sich auf.

»Du, ich habe dir eine Neuigkeit zu erzählen«, sagte er vergnügt. »Das wird morgen einen Hauptspaß geben. Der Doktor Bambushügel, du weißt doch, der die neue Apotheke für Frau Ping aufgemacht hat, na, der kann morgen sein Gesicht als Feigenladen aufmachen!«

»Wieso?«

Hsi Men erzählte von seinem Komplott mit den beiden Ganoven, die er vorhin in der Vorstadt außerhalb der Stadtmauer getroffen hatte.

»Was du alles anstellst!« meinte sie lachend. »Ist das übrigens nicht der Doktor, der hin und wieder bei uns im Hause Krankenbesuche macht? Eigentlich ein bescheidener, höflicher Mensch. Wenn er einen begrüßt, bückt er sich immer wer weiß wie tief. Er tut mir eigentlich leid.«

»Haha! Der weiß schon, warum er sich vor euch Weibern so tief bückt. Damit er nämlich eure Beine desto näher betrachten kann!«

»Ach, meinst du? Das kann ich mir gar nicht denken. So ein gelehrtes Haus! Der hat unmöglich solche Nebengedanken.«

»Du kennst nur seine sympathische Außenseite. Dahinter verbirgt sich ein ganz raffinierter Schuft.« –

Es war nun zwei Monate her, daß Frau Ping den Doktor Bambushügel als Ehemann in ihr Haus genommen hatte. Wenn er anfangs geglaubt hatte, ihre Liebe künstlich durch Anwendung von Reizdrogen und Sympathiemitteln zu gewinnen, so sah er sich sehr bald gründlich getäuscht. Sie war im Grunde ihres Herzens Hsi Men gänzlich verfallen, und ihre schwache Sympathie für das kleine Männchen hatte sich rasch verflüchtigt wie ein plötzlicher Wirbelsturm, ein kurzer Platzregen. Seine körperliche Nähe war ihr nicht nur gleichgültig, sondern zuwider. Ja, die verschiedenen

Liebesartikel, deren Anwendung er ihr aufredete, zerbrach sie, zerstampfte sie und warf sie in den Kehricht.

»Du garstiger Laubfrosch, du ekliger Regenwurm!« pflegte sie wütend zu ihm zu sagen, wenn er ihr solche Wundermittel aufzuschwatzen suchte. »Du hast nun einmal keine Kraft in den Lenden, verschone mich mit diesem Zeug! Du bist für mich ein Stück fauliges Fleisch, bei dessen Anblick einem der Appetit vergeht. Du bist ein Spieß mit Wachsspitze, eine tote Schildkröte. Geh mir aus dem Weg!«

Oft jagte sie ihn mitten in der Nacht aus dem Schlafzimmer und ließ ihn vorn im Laden nächtigen. Tag und Nacht grübelte sie darüber, warum wohl Hsi Men sie damals nicht zu sich genommen habe; und wenn sie ausnahmsweise nicht an ihn dachte, saß sie über dem Rechenbrett und überrechnete mit halblauter Stimme ihr Vermögen. Eines Tages hatte es wieder eine heftige Szene zwischen den beiden Gatten gegeben, und Doktor Bambushügel hatte sich, den Bauch voll Grimm, in den Laden verzogen. Eben hatte er sich auf seinen Kontorschemel hinter dem Kassenpult niedergelassen, da traten zwei Fremde von flottem, verwegenem Aussehen ein und nahmen auf der Kundenbank gelassen Platz.

»Habt Ihr in Eurem Laden Hundegelb?« fragte der eine.

»Ihr meint wohl Ochsengelb oder Ochsenbezoar? Das führe ich«, erwiderte Doktor Bambushügel. »Hundegelb aber gibt's nicht.«

»Na, dann möchte ich ein paar Unzen Eisasche kaufen.«

»Ihr beliebt zu scherzen. Ihr verwechselt Eisasche jedenfalls mit Eisbrocken oder Kampfer. Mit gutem persischem Kampfer kann ich Euch dienen.«

»Scherz beiseite«, wandte sich jetzt der zweite an den ersten. »Die Apotheke ist vermutlich erst seit kurzem eröffnet und noch nicht ganz komplett. Wir wollen mit ihm geradezu sprechen. – Hört, Freund Bambushügel, tut nicht länger, als ob ihr schlieft oder träumet. Ihr erinnert Euch doch an die dreißig Silberunzen, die Ihr damals vor zwei Jahren, als Eure Frau starb, bei diesem Herrn geborgt habt. Er möchte sie heute nebst Zinsen von Euch zurückhaben. Wir erfuhren vor einiger Zeit, daß Ihr im Begriffe seid, wieder zu heiraten und hier eine Apotheke aufzumachen.

Da haben wir Euch noch eine kleine Schonfrist gegönnt. Aber nun heraus mit dem Kies!«

Doktor Bambushügel starrte ihn erschrocken aus weit geöffneten Augen an.

»Was, ich wäre dem Herrn Geld schuldig?«

»Keine Aufregung, Freundchen! Es gibt nicht das kleinste Löchlein, wo Ihr die Fliegeneier Eurer Entrüstung ablegen könntet.«

»Aber ich kenne nicht einmal den Namen des Herrn, habe ihn nie gesehen! Wie komme ich dazu ...?«

»Besinnt Euch nur, wie Ihr damals als armer Wanderdoktor mit Eurem Klingelstock in den Gassen auf und ab gelaufen seid und Eure Salben und Pillen angepriesen habt! Wer hat damals die Kosten für das Begräbnis Eurer Frau bestritten? Der Herr da!«

»Mein Name ist Lu Hua«, stellte sich der Genannte vor, der kein anderer als Grasschlange war. »Ich stellte Euch seinerzeit dreißig Silberunzen zur Verfügung. Mit Zinsen beläuft sich Eure Schuld gegenwärtig auf achtundvierzig Unzen, um deren umgehende Rückzahlung ich ersuche.«

»Wie komme ich dazu?« schrie Doktor Bambushügel aufgebracht. »Wo ist der Schuldschein? Wo sind die Bürgen?«

»Bitte sehr, ich, Tschang Schong, habe damals für Euch gebürgt«, sagte Wegratte, »und hier ist der Schuldschein.«

Und er zog aus dem Ärmel ein Blatt Papier hervor, das er dem verdutzten Doktor vor die Augen hielt. Der wurde vor Wut wachsgelb im Gesicht. »Ihr Hunde, ihr verfluchten Banditen, ihr wollt mich bloß hineinlegen!« schrie er sie an.

Zur Antwort gab ihm Grasschlange über das Pult hinweg einen windschnellen Faustschlag mitten ins Gesicht, der ihm die Nase schief legte. Dann packte er ein vollbeladenes Gestell und warf es zur Tür hinaus, daß die Medizinflaschen und Salbenbüchsen nur so über die Straße kollerten.

Der entsetzte Doktor Bambushügel rief mit lauter Stimme den alten Diener Tiän Fu'rl zu Hilfe. Aber kaum betrat Tiän Fu'rl den Laden, da erhielt er einen so wuchtigen Fußtritt, daß er schleunigst wieder verschwand. Dann wurde der Doktor hinter seinem Kassenpult hervorgezogen und festgehalten.

»Bruder, du hast schon so lange gewartet«, sprach Wegratte zu Grasschlange, »du kannst ihm ja noch eine Frist von zwei Tagen gewähren. Bis dahin mag er sich das Geld beschaffen. – He, wie denkt Ihr darüber, Freundchen? Vielleicht erläßt er Euch ein paar Zinsen, wenn Ihr gutwillig zahlt.«

»Prozessieren werde ich mit dem Halunken!« schrie Doktor Bambushügel erbost.

Schwapp, klatschte ihm eine neue Maulschelle ins Gesicht.

»Ihr seid wohl schon am frühen Morgen betrunken?« höhnte Wegratte den Geschlagenen, der taumelte und die Mütze verloren hatte.

Auf sein lautes Hilfegeschrei erschien eine Polizeistreife. Alle drei wurden aneinandergefesselt und zur Wache abgeführt.

Hinter dem Vorhang hatte mittlerweile Frau Ping der Szene mit heimlicher Schadenfreude zugeschaut. Als die drei abgeführt waren, befahl sie der alten Fong, das Firmenschild hereinzunehmen und den Laden zu schließen. Die auf der Straße verstreut umherliegenden Büchsen und Dosen waren von den Passanten längst aufgelesen und mitgenommen worden.

Die Kunde von dem Vorfall war sehr bald zu Hsi Mens Ohren gedrungen, und noch zur gleichen Stunde schickte er einen Vertrauten zu seinem guten Freund, dem Provinzialrichter Hsia, der über die Angelegenheit am nächsten Vormittag zu Gericht sitzen würde. Er hatte vorgesorgt, daß das Urteil nach Wunsch ausfallen würde.

»Du bist also Kiang, genannt Bambushügel«, eröffnete Richter Hsia am nächsten Vormittag das Verhör. »Warum weigerst du dich, deine Schuld zu bezahlen, und beleidigst obendrein den Mann, der dir Geld geliehen hat? Dein Verhalten ist abscheulich.«

»Ich begreife gar nicht, ich habe nie etwas von ihm geborgt«, verteidigte sich der Doktor. »Als ich ihm vernünftig zureden wollte, hat er eine Prügelei angefangen und mir die Ladeneinrichtung beschädigt.«

»Lu Hua, was hast du zu erwidern?«

»Er hat vor zwei Jahren von mir Geld geborgt. Er brauchte es, um das Begräbnis für seine verstorbene Frau zu bezahlen. Zwei Jahre hat er mich hingehalten. Inzwischen hat er eine gutgehende Apotheke eröffnet. Als ich nun gestern zur Zahlung drängte, da fängt er an zu toben und mich zu beschimpfen. Übrigens ist hier der Schuldschein, und da steht der Bürge.«

Der Richter faltete das dargereichte Papier auseinander und las: »Ausfertiger dieses Schuldscheins, Kiang, genannt Bambushügel, ist im Kreise als Arzt tätig. Um die Kosten für das Begräbnis seiner verstorbenen Frau bestreiten zu können, hat er von Lu Hua dreißig Unzen weißen Silbers entliehen und erhalten, bei einem Zinssatz von drei Prozent monatlich. Rückzahlung hat binnen Jahresfrist zu erfolgen. Bürge ist Tschang Schong. Im Streitfalle dient dieser Schein als Beweisurkunde.«

Herr Hsia schlug zornig auf die Tischplatte.

»Das ist ja der Beweis!« schrie er. »Du bist ein ganz verstockter böswilliger Schuldner, der den klaren Wortlaut einer Urkunde anzuknabbern wagt!«

Ein kurzer Befehl, und drei, vier Gerichtsschergen stürzten sich auf den armen Doktor und zählten ihm dreißig Streiche mit dem schweren Bambusprügel über. Dann nahmen sie ihn in die Mitte und schleppten ihn nach seiner Wohnung. Sie hatten Auftrag, dort die dreißig Silberlinge zwangsweise einzutreiben. Im Nichtbeitreibungsfalle sollte er ins Schuldgefängnis eingeliefert werden. Jammernd beschwor der Verurteilte seine Frau, die dreißig Silberlinge für ihn zu bezahlen. Da spie ihm Frau Ping ins Gesicht.

»Keinen Käsch hast du in die Ehe mitgebracht, und jetzt soll ich auch noch deine Schulden bezahlen!« schnob sie ihn an. »Hätte ich dich rechtzeitig durchschaut, würde ich mich gehütet haben, dich abscheulichen, unausstehlichen Schildkröterich zu heiraten!«

Da die vier Amtsbüttel, die diese Worte gehört hatten, bereits Miene machten, ihn wieder zum Yamen zu schleppen, warf er sich vor Frau Ping nieder und versuchte sie in den beweglichsten Tönen zu erweichen. Sie würde berghohe, himmlische Segnungen gewinnen, wenn sie das gute Werk an ihm vollbrächte und ihn davor bewahrte, zu Tode geprügelt zu werden. Was blieb ihr schließlich anderes übrig? Sie ließ sich erweichen, und Grasschlange und Wegratte zogen triumphierend mit dreißig schönen neuen Silberlingen ab, nachdem sie den Schuldschein zerrissen hatten.

Sie begaben sich unverweilt zu Hsi Men, den sie im Aussichtspavillon antrafen, und berichteten ihm stolz von dem gelungenen Streich. Er lobte sie, bewirtete sie freigebig und beließ ihnen die dreißig Silberlinge, die nicht einmal aus seiner Tasche stammten, generös als Honorar für ihre Mühewaltung. Wenn er sie später wieder einmal brauche, werde er an sie denken, versprach er ihnen gnädig. Seine Genugtuung schwoll vollends wolkenhoch, als er am nächsten Tage erfuhr, Frau Ping habe seinen unglückseligen Rivalen ohne Habe, wie er gekommen, kurzerhand zum Hause hinausgejagt und ihre Konkurrenzapotheke endgültig zugemacht. Tatsächlich verhielt es sich so, und Frau Ping hatte es sich nicht versagen können, dem Doktor beim Wegzug den üblichen Eimer Wasser von der alten Fong unter der Haustür nachgießen zu lassen, um die Tatsache der Scheidung sinnfällig zu bekräftigen. Sie atmete auf, als sie seinen verhaßten Anblick endlich los war, und tadelte sich bitter, daß sie sich in diese überstürzte Heirat eingelassen hatte. Von nun an war ihr ganzes Sinnen und Hoffen wieder auf Hsi Men gerichtet. An die Tür gelehnt, stand sie und schaute und wartete sehnsüchtig auf irgendeine Kunde von ihm. –

Der Fünfzehnte des achten Monats, an dem Mondfrau ihren Geburtstag hatte, war gekommen. Da Hsi Men mit ihr immer noch kein Wort sprach, hatte er sich an diesem Tag zu Zimmetblüte begeben, um dem häuslichen Festtrubel aus dem Wege zu gehen. Er hatte Schnorrer Ying und Hsiä Hsi Ta mitgenommen, die ältere Schwester von Zimmetblüte war auch zufällig zu Hause, und so unterhielt man sich zu fünft den ganzen Tag über mit Pokulieren und Würfeln oder vergnügte sich im Hofe mit dem altbeliebten Flaschenspiel, bei dem es darauf ankommt, mit geschickter Hand Pfeile in Flaschenhälse zu schleudern. Gegen Abend traf Tai A'rl mit Hsi Mens Pferd ein.

»Gibt's was Neues zu Hause?« fragte er den Burschen.

»Nichts Besonderes. Die meisten Gäste sind schon gegangen. Frau Ping aus der Löwenstraße hat durch Mutter Fong ihren Glückwunsch übermitteln lassen und verschiedene Geschenke mitgeschickt.«

»Du bist ganz erhitzt. Hast du Wein getrunken?«

»Ja, Frau Ping hatte mich durch Mutter Fong zu sich bestellt, eben komme ich von ihr. Ich bekam zwei große Becher von ihr vorgesetzt. Deshalb bin ich etwas erhitzt. Frau Ping hat mir ihr Herzeleid geklagt, sie macht sich bittere Vorwürfe, daß sie den Doktor Bambushügel ins Haus genommen hatte. Sie läßt Euch herzlich um Verzeihung und um Euren Besuch bitten und möchte um jeden Preis zu Euch ziehen. Sie hat mich inständig angefleht, ihr umgehend Antwort von Euch zu bringen. Es scheint ihr sehr nahezugehen, Herr, denn sie ist gegen früher bedeutend abgemagert.«

»Dieses verfluchte Weib! Was will sie eigentlich noch von mir?« murmelte er finster. »Doch meinetwegen! Geh zu ihr und bestelle kurz und bündig, ich hätte diese Visiten und dieses müßige Hinundher satt. Ich würde einen geeigneten Tag für die Heirat aussuchen und dann die Sänfte hinschicken. Und damit basta!«

»Dann darf ich ihr wohl gleich Antwort bringen? Ich habe den Diener Ping An mitgebracht, damit er mich einstweilen im Dienst für Euch vertritt.«

»Gut. Geh!«

Frau Ping jauchzte innerlich, als ihr der Bursche noch am selben Tage die glückliche Botschaft brachte.

»Wie gut hast du das gemacht, liebes Brüderchen!« lobte sie ihn. »Immerdar werde ich dir's danken!«

Und sie eilte in die Küche und bereitete ihm mit eigner Hand rasch ein Mahl und schenkte ihm vom besten Wein ein. Und dann mußte er ihr noch versprechen, beim Umzug ihrem alten Diener Tiän Fu'rl beizustehen.

Gleich am nächsten Tage mietete sie fünf Lastkulis und begann den Umzug, der fünf Tage in Anspruch nahm, denn ihr Hausrat war sehr umfangreich. Hsi Men ließ, ohne Mondfrau zu verständigen, ihre Sachen in den neuen Lustpavillon bringen und bestimmte den Zwanzigsten des achten Monats als Hochzeitstag.

Am Nachmittag des Zwanzigsten schickte er dann die große, mit roter Seide bespannte Freudensänfte in die Löwenstraße. Vier seiner Diener und acht Leute mit großen roten Laternen bildeten das stattliche Gefolge. Frau Ping ihrerseits sandte die alte Fong und ihre beiden Zofen voraus, um ihr Kommen anzukündigen. Sie wartete, bis die Fong zurück war, übergab ihr und Tiän Fu'rl die Schlüssel ihres Hauses und nahm selig in der roten Sänfte Platz.

Hsi Men war an diesem Tage zwar nicht ausgegangen, aber im übrigen enthielt er sich jeder festlichen Veranstaltung, wie sie eigentlich beim Einzug einer Neuen Regel ist. Heute wollte er ihr eine gründliche Lektion erteilen, das hatte er sich vorgenommen. In gewöhnlicher Hausgewandung saß er im Aussichtspavillon und wartete gelassen ihren Einzug ab.

Frau Ping war nicht wenig erstaunt, als ihre Sänfte unterm Hauptportal niedergesetzt wurde und kein Mensch zu ihrem Empfang herauskam. Solange aber keine Vertrauensdame zum Empfang erschien, durfte nach den Vorschriften des Ritus die Neue nicht über die Schwelle und mußte draußen warten.

Schließlich lief Mong Yü Loh, von Mitgefühl bewegt, zu Mondfrau und drängte sie, die Neue über die Schwelle zu geleiten.

»Ihr seid die Herrin im Hause, es gehört zu Euren Repräsentationspflichten, daß Ihr sie begrüßt. Er würde schön böse werden, wenn Ihr es nicht tätet. Die Arme wartet schon einen halben Tag vor der Schwelle, kein Mensch kommt heraus, sie zu begrüßen. Das ist doch keine Art.«

Mondfrau, von begreiflichem Groll gegen die Neue erfüllt, zauderte eine Weile. Aber schließlich überwand die Furcht vor Hsi Men ihren Widerstand, und mit einem Seufzer erhob sie sich und setzte ihre Lilienfüße langsam nach der Pforte zu in Bewegung. Nach einer endlosen Zeit peinlichen Harrens sah sich also Frau Ping endlich aus der Sänfte gehoben und wurde am Arm von Mondfrau zu ihrem neuen Heim im Park geleitet, wo die beiden Zofen Ying Tschun und Hsiu Tschun bereits die Hochzeitskammer fix und fertig gemacht hatten. Aber Frau Ping wartete den ganzen Abend und die ganze Nacht vergeblich. Er kam nicht, sondern übernachtete bei Goldlotos.

Erst am nächsten Vormittag erschien er draußen vorm Pavillon und rief sie heraus, um sie in die hinteren Gemächer zu führen und den übrigen Frauen und deren Zofen förmlich als seine Sechste vorzustellen. Aber auch in der zweiten Nacht saß sie einsam und verlassen in ihrer Kammer. Hsi Men weilte bei Mong Yü Loh.

Als nun die dritte Nacht dahinging und Hsi Men sich immer noch nicht zeigte, da packte sie düstere Verzweiflung. Es war genau Mitternacht, als die im Nebenraum schlafenden beiden Zofen durch ein klägliches Stöhnen wach wurden. Als sie besorgt das anstoßende Gemach betraten, sahen sie im trüben Schein der heruntergebrannten Öllampe die Herrin in ihrem schönen roten Hochzeitsgewand am oberen Bettpfosten baumeln, den Hals in der Schlinge ihres seidenen Gürtels.

Laut schreiend liefen sie in den Park hinaus und holten Goldlotos und Tschun Meh, die ihnen ja am nächsten wohnten, zu Hilfe. Goldlotos, rasch entschlossen, ergriff eine Schere und trennte mit kräftigem Schnitt die Schlinge oberhalb des Halses durch. Vereint fing man die Bewußtlose auf und bettete sie sorglich aufs Lager. Und, o Wunder!, nach einiger Zeit trat aus ihrem Mund ein leichter heller Schaum. Sie atmete! In ihrer Aufregung hatte sie die Schlinge zum Glück nicht kunstgerecht geknüpft, so daß sie sich nicht eng genug zusammengezogen hatte, um sie zu ersticken.

Tschun Meh wurde nun abgeschickt, um Hsi Men zu verständigen. Sie fand ihn noch angekleidet in Gesellschaft von Mong Yü Loh bei heiterem Geplauder und Pokulieren. Mong Yü Loh hatte ihm eben Vorwürfe gemacht, daß er die Neue nun schon die dritte Nacht meide. Sie werde schwer gekränkt sein.

»Laß mich nur machen!« hatte er erwidert. »Ich muß sie erziehen. Sie hat eine etwas vorwitzige Art, liebt aus Schüsseln zu naschen und in Töpfe zu gucken. Ohne mir ein Wort zu sagen, hat sie diesen Doktor Bambushügel genommen. Dafür muß sie büßen. Sie soll merken, daß ich ein anderer Kerl bin als dieser Bursche, daß ich nicht nötig habe, ihr nachzulaufen.«

»Du magst wohl recht haben. Aber sie war wohl auch das Opfer einer Täuschung. Sie tut mir leid.«

In diesem Augenblick wurde draußen ein aufgeregtes lautes Reden hörbar. Mong Yü Loh schickte Zofe ›Orchideenduft‹ hinaus, um nachzusehen, was es gäbe.

»Die Sechste hat sich erhängt«, meldete gleich darauf Orchideenduft bestürzt. »Der Herr möchte sofort hinkommen, läßt die Fünfte bestellen.«

»Siehst du, ich hatte gewarnt. Du wolltest mich aber nicht hören. Nun ist das Unglück geschehen«, sagte Mong Yü Loh vorwurfsvoll zu Hsi Men und stürzte, eine Laterne in der Hand, zum Zimmer hinaus, um Mondfrau und Li Kiao'rl zu benachrichtigen. Während Hsi Men seelenruhig sitzen blieb, eilten die drei Frauen durch den nächtlichen Park zum neuen Pavillon. Sie fanden die Sechste blaß und matt, aber schon ziemlich erholt auf dem Lager liegen. Goldlotos saß neben ihr und hielt ihren Oberkörper umschlungen.

»Schwester Fünf, hast du ihr eine heiße Ingwersuppe aufgießen lassen?« war die erste Frage der praktischen Mondfrau.

»Es war das nächste, was ich tat, nachdem ich ihr heruntergeholfen hatte«, erwiderte Goldlotos.

»Dann ist's gut. Sie braucht jetzt vor allem Schlaf.«

Und unter vielen teilnehmenden Seufzern, aber innerlich erleichtert, kehrten die drei Frauen in ihre Gemächer zurück. –

»Laßt euch doch von ihr nichts vormachen!« sprach Hsi Men am nächsten Mittag zu seinen versammelten Frauen. »Sie hat die ganze Geschichte nur inszeniert, um sich wichtig zu machen. Ich glaube nicht an eine ernstliche Selbstmordabsicht. Und ich lasse sie nicht aus der Klaue, heute abend noch werde ich zu ihr gehen, dann soll sie sich vor meinen Augen nochmals aufknüpfen, und wenn sie kneift, bekommt sie die Roßpeitsche zu fühlen.«

Sämtliche Frauen schwiegen betreten, und die Angst um die arme Sechste preßte ihnen eine Handvoll Schweiß ab. Tatsächlich begab sich am gleichen Abend Hsi Men, eine Roßpeitsche im Ärmel versteckt, zu ihr in den neuen Pavillon. Goldlotos und Mong Yü Loh waren ihm nachgeschlichen und stellten sich vor der einen Seitenpforte erwartungsvoll auf Horchposten. Hsi Men hatte alle Türen schließen lassen.

Bei seinem Eintritt lag sie schluchzend, das Gesicht nach unten in die Kissen vergraben, auf dem Lager und rührte sich nicht, was ihn schon verdroß. Er schickte zunächst ihre beiden Zofen hinaus. Dann setzte er sich gelassen auf einen Stuhl.

»Wenn du dich schon durchaus aufhängen willst, warum suchst du dir gerade mein Haus dazu aus?« polterte er zornig los. »Das konntest du bei deinem letzten Mann, dem Trottel, dem Schildkröterich, erledigen! Ich habe dich nicht hergebeten noch hergelockt. Aber bitte, ich will dich nicht hindern. Hier ist ein Strick, häng dich auf! Ich möchte dich hängen sehen!«

Er schleuderte ihr den mitgebrachten Strick vors Gesicht.

Frau Ping wurde von furchtbarem Schreck gepackt. Es fiel ihr unwillkürlich ein, was ihr Doktor Bambushügel damals von Hsi Men erzählt hatte, er sei das Haupt einer gefährlichen Bande von Frauenräubern und Mädchenfängern. Vielleicht hatte er recht gehabt? Vielleicht war sie jetzt wirklich in eine Falle, in eine feurige Grube getappt? Sie stieß einen wilden Angstschrei aus.

»Herunter vom Bett! Ausziehen! Niederknien!« schrie er sie grimmig an. Als sie zauderte, packte er sie und zerrte sie roh vom Lager herab. Gleichzeitig holte er die Roßpeitsche aus dem Ärmel und zog ihr ein paar über. Jetzt erst bequemte sie sich, zitternd ihre Kleider abzustreifen. Er ließ sie völlig nackt auf dem blanken Fußboden hinknien und zwang sie, in dieser Stellung eine lange Strafpredigt über sich ergehen zu lassen. Sie habe ihm keinen Glauben geschenkt und es nicht erwarten können, habe überstürzt geheiratet, und gerade, daß sie ihm das vertrackte Hutzelmännchen, den Doktor Bambushügel, vorgezogen, hätte ihn aufs tiefste empört. Und um ihr schmähliches Verhalten zu krönen, habe sie obendrein eine Konkurrenzapotheke aufgemacht.

»Ich bereue«, sagte sie leise. »Aber bedenke bitte, du ließest dich nicht mehr blicken, bei Tag und Nacht harrte ich umsonst. Nachts ängstigten mich lüsterne Fuchsgespenster, die im Nachbarpark rumorten, schreckten mich wirre Träume, in denen ich dich zu umarmen glaubte. Ich war krank, meine Sinne verwirrt. Frage die alte Fong, die beiden Zofen, wie schlimm es um mich stand. So kam der Elende ins Haus, der meinen leidenden Zustand ausnutzte, um mich zu beschwatzen. Oh, wie bitter habe ich dafür büßen müssen! Willst du nicht endlich verstehen, verzeihen?«

Er war noch nicht völlig mürbe.

»Du sollst, so wurde mir erzählt, dem verdammten Doktor geraten haben, mich auf Herausgabe der Sachen zu verklagen, die du mir zur Verwahrung übergeben hast«, sagte er streng.

»Das ist nicht wahr!« beteuerte sie heftig. »Mein Leib soll verdorren, wenn ich das gesagt habe!«

»Wirklich?« Seine Züge hellten sich auf. »Vielleicht wolltest du nur deshalb zu mir, um wieder in den Besitz deiner Sachen zu kommen, he? Und wenn du sie erst wiederhast, gedenkst du schleunigst zu einem andern Mann zu ziehen? Aber wenn du so gerechnet hast, hast du dich verrechnet! So leicht lasse ich dich nicht wieder aus den Fängen! Und um nun überhaupt offen mit dir zu sprechen: der ganze Zwischenfall der angeblichen Schuld deines Mannes, die Prügelei in der Apotheke, seine Verurteilung – alles war mein Plan, mein Werk! Damit du's nur weißt!«

»Oh, dann bin ich froh, daß ich noch nicht in die wüsten Gefilde des Todes einzugehen brauchte!« rief sie aufatmend.

»Noch eins möchte ich von dir wissen: Wer von uns beiden besitzt nun mehr Stärke, der Doktor oder ich?«

»Wie kannst du nur fragen? Euch beide vergleichen heißt den Himmel mit einem Dreckklumpen vergleichen wollen! Der Kerl zählt überhaupt nicht als Mann! Allenfalls könntest du dich mit dem verstorbenen Hua Tse Hsü messen wollen. Aber warum habe ich zu dessen Lebzeiten so nach dir geschmachtet? Du bist der einzige Balsam, die einzige Arznei für mein wundes Herz!«

Hsi Men war befriedigt, und die alten Gefühle für sie kehrten zurück. Er warf die Roßpeitsche weg, zog sie sanft empor und half ihr in die Kleider.

»Nun ist ja alles wieder gut, Kind!« sagte er und schloß sie zärtlich in die Arme.

SIEBZEHNTES KAPITEL

Hsi Men zeigt seine Neue vor lärmender Tafelrunde. Im Freudenhaus treibt ihn Eifersucht zur Raserei.

In der Ode ›Der Gang zur Einsiedlergrotte‹ heißt es:

Auf Blumenpfaden,
An Zäunen entlang
Schleichen zwei Schöne.
Hu, von spitzem Dorn
Zerschlitzt der Rocksaum!

Nun, schräggeneigten Haupts
Lauschen sie und spähn.
Wie lockend tönt's
Aus jungem Gezweig!
Vogelgezwitscher.
Scheucht aus dem alten Stammnest
Das würdige Schwalbenpaar.
Läßt es um die Hecke flattern
Und verstohlen lugen.

Während drinnen Frau Pings eindringliche Rede Hsi Mens Schroffheit allmählich in Weichheit, sein Schelten in Kosen wandelte, standen draußen vor der östlichen Seitenpforte Mong Yü Loh und Goldlotos und lauschten. Sämtliche Türen waren verriegelt, nur Tschun Meh war der Eintritt von Hsi Men gestattet worden. Sie stand im Hof, seiner Befehle gewärtig. Angestrengt lugten die beiden Frauen durch eine schmale Ritze in der Tür, die sie gemeinsam gebohrt hatten. Sie konnten gerade noch einen Blick in das kerzenerhellte Schlafzimmer werfen, aber leider kein Wort von der Unterhaltung, die drinnen geführt wurde, verstehen. Die Entfernung war zu groß.

»Die Kleine hat's besser. Die kann jedes Wort hören«, sagte Goldlotos bedauernd zu Mong Yü Loh.

Tatsächlich hatte die kleine Tschun Meh einen ausgezeichneten Horchposten unterhalb des Schlafkammerfensters bezogen. Jetzt näherte sich ihr leichter Schritt der Seitenpforte, vor der die beiden Frauen standen.

»Wie steht's drinnen?« fragte Goldlotos leise durch die Türwand hindurch.

»Er hat ihr befohlen, sich zu entkleiden und auf dem Fußboden hinzuknien. Als sie nicht wollte, wurde er böse und hat ihr mit der Roßpeitsche ein paar übergezogen.«

»Hat sie sich dann entkleidet?«

»Ja, und ist nackt hingekniet. Jetzt verhört er sie.«

»Schwester Fünf, er könnte uns hören, wenn wir hier sprechen«, meinte Mong Yü Loh ängstlich. »Wir wollen lieber zur westlichen Seitenpforte gehen.«

Und sie zog Goldlotos mit sich zur westlichen Seitenpforte, die vom Schlafzimmer weiter entfernt lag. Da standen sie nun leise flüsternd und drückten sich in den Mauerschatten, um ja nicht vom hellen Schein des eben aufgehenden Augustvollmonds getroffen zu werden, und konnten es gar nicht erwarten, daß Lenzpflaume wieder an die Tür kommen und ihnen Neues verraten würde. Aber Lenzpflaume kam nicht.

»Ich kenne solche Szenen«, raunte Goldlotos der anderen mit leiser Schadenfreude zu. »Was habe ich von ihm erdulden müssen! Wenn man noch so lieb zu ihm ist, man weiß nie, was man von seinen Launen zu gewärtigen hat.«

Jetzt hörten sie die westliche Seitenpforte aufgehen, und gleich darauf kam Lenzpflaume auf mondscheinhellem Weg in ihrer Nähe vorbeigeschritten.

»He, wohin, Kleine?« wurde sie aus dem Dunkel heraus angerufen.

Lenzpflaume lächelte und wollte weiter.

»Willst du wohl herkommen, ungezogenes Ding! Ich muß dich unbedingt sprechen!« befahl Goldlotos nachdrücklich.

Die Kleine hemmte ihren Schritt und trat zu den beiden in den Mauerschatten.

»Sie hat lange geweint und auf ihn eingeredet«, berichtete sie. »Zuletzt wurde er wieder guter Laune, hat sie aufgehoben, ihr in die Kleider geholfen und sie zärtlich umarmt. Jetzt soll ich in die große Küche und Wein und Essen bestellen.«

»Also leerer Donner und kein Regen!« meinte Goldlotos enttäuscht zu Mong Yü Loh. »Ich sagte gleich, er ist völlig unberechenbar.«

»Warum mußt du gerade in die große Küche gehen?« wandte sie sich unwillig an Lenzpflaume. »Die Neue hat doch ihre eigene. Wenn du in der Küche etwa wieder mit der Vierten Streit bekommst, werde ich dich diesmal nicht in Schutz nehmen.«

»Ist auch gar nicht nötig«, versetzte die Kleine schnippisch. »Ich tue, was mir Herr Hsi Men befiehlt.«

Und lachend hüpfte sie davon.

»Wie flink die Dirne springen kann, wenn sie für eine fremde Person laufen soll!« schalt Goldlotos hinter ihr her. »Wenn ich, ihre rechtmäßige Herrin, etwas von ihr wünsche, dann stellt sie sich wie tot, so faul und träge ist sie. Für die Neue aber rennt sie wie die Maus vor der Katze.«

»Mir geht es genauso mit meiner Zofe Orchideenduft«, tröstete sie Mong Yü Loh. »Wenn ich der etwas sage, dann ist sie kaum von der Stelle zu bewegen. Aber für den Herrn, oh, da kann sie laufen!«

Als nach einer Weile Lenzpflaume in Begleitung von Zofe Juwelchen aus der Küche zurückkam, die eine den Weinkrug, die andere das Essen schleppend, konnte Goldlotos sich nicht enthalten, sie nochmals auszuzanken: »Kleines Luder, hast du mich nicht verstanden? Du sollst die alte Ratte nicht bedienen! Du hast nur mich zu bedienen, hörst du?«

Die Kleine lachte spöttisch und schritt unbekümmert weiter. Goldlotos aber schlich in ihren Pavillon zurück und suchte verstimmt ihr einsames Lager auf.

Ach, wie glänzt des Vollmonds Scheibe!
Doch was nützt sein trauter Schein,
Wenn der Freund bei fremdem Weibe
Und mich grausam läßt allein? –

Am nächsten Vormittag beim Frühstück schloß Frau Ping eine ihrer Truhen auf und ließ Hsi Men einen Blick hineintun. Sie war bis zum Rande mit kostbaren Roben und herrlichem Schmuck gefüllt. Obenauf schimmerten die hundert großen indischen Perlen, die sie damals auf der Flucht aus dem Haus ihres ersten Gatten, des Großsekretärs Liang, gerettet hatte. Jetzt kramte sie einen goldgefaßten großen dunkelblauen Saphir heraus.

»Den hat der alte Kung kung auf seiner Staatsmütze getragen«, sagte sie. »Wiegt fast eine halbe Unze. Trag ihn doch, bitte, zum Goldschmied. Er soll mir ein Paar Ohranhänger daraus schneiden.«

Dann brachte sie ein Goldmaschenhaarnetz im Gewicht von neun Unzen zum Vorschein.

»Tragen deine Frauen auch solche Goldmaschennetze?« fragte sie.

»Nein, zwei oder drei sind im Besitz von silbernen.«

»Ich möchte nicht allzusehr von ihnen abstechen. Nimm doch das Netz auch mit zum Goldschmied. Er möchte es zerklopfen und umarbeiten. Er soll eine neungliedrige Halskette draus machen, jedes Glied einen Phönix darstellend, der eine Perle im Schnabel hält. Das übrigbleibende Material möchte er als Goldfassung für eine jadene Kwan-Yin-Figur benutzen, die in ein goldenes Svastika-Zeichen eingelegt ist. Das Ganze möchte ich als Brosche tragen. Sie soll genauso gearbeitet sein wie die Brosche von Mondfrau.«

»Gut«, nickte Hsi Men und ließ die beiden wertvollen Schmuckstücke in seine Ärmeltasche gleiten.

Als er bald danach in den Park hinaustrat, sah er vor der östlichen Seitenpforte Goldlotos stehen. Sie war unfrisiert und trug ihr schlichtestes Gewand.

»Wohin?« fragte sie.

»Ich habe etwas in der Stadt zu besorgen.«

»Weshalb gehst du denn so rasch weiter? Ich möchte dich gern sprechen.«

Da er den dringenden Ton aus ihren Worten heraushörte, tat er ihr den Gefallen und kehrte um. Goldlotos faßte ihn am Arm und führte ihn in ihren Pavillon. Sie setzte sich auf einen Sessel und zog ihn mit beiden Händen dicht an sich heran.

»Ich möchte nicht zanken, aber du bist doch ein komischer Kerl, wenn du so vor mir wegläufst wie ein Bube, den man beim Topfnaschen erwischt. Mir scheint, du hast etwas vor mir zu verbergen.«

»Laß mich nur! Ich habe etwas Dringliches zu erledigen. Wir können uns ja weiter unterhalten, wenn ich von meiner Besorgung zurück bin«, erwiderte er ungeduldig und wollte sich von ihr losmachen. Dabei glitt ihre Hand an seinem Ärmel entlang, und da fühlte sie etwas Schweres, Hartes darin.

»Was ist das? Laß mich sehen!« bettelte sie.

»Das? Ach, bloß mein Silberbeutel.«

Sie glaubte ihm nicht, fuhr flugs mit der Hand in seine Ärmeltasche und brachte triumphierend das Goldmaschenhaarnetz zum Vorschein.

»Sieh da! Was willst du denn damit?«

»Ach, sie fragte mich, ob ihr auch solche goldenen Dinger besäßet. Als ich verneinte, meinte sie, sie möchte nicht gern allzusehr von euch abstechen. Ich solle es lieber zum Goldschmied tragen und es zu etwas anderem umarbeiten lassen.«

»Wie schwer ist es denn? Und was soll daraus gemacht werden?«

»Es wiegt neun Unzen. Sie möchte statt dessen eine neungliedrige Halskette haben, jedes Glied einen Phönix darstellend, der im geöffneten Schnabel eine Perle hält. Und was sonst an Gold übrigbleibt, will sie als Fassung für eine jadene Kwan-Yin-Figur verwendet haben, die in ein goldenes Svastika-Zeichen eingelegt sein soll. Sie möchte genau die gleiche Brosche tragen wie Mondfrau.«

Goldlotos rechnete.

»Für die Kette sind etwa drei und eine halbe Unze Gold nötig, für die Brosche höchstens ein und eine halbe. Da blieben noch vier Unzen Gold übrig. Davon mußt du mir unbedingt auch eine solche Phönixkette schmieden lassen, bitte, bitte!«

»Ich fürchte, deine Rechnung stimmt nicht. Die Brosche soll eine ganz solide Arbeit werden.«

»Mag sie solid und gediegen werden. Zwei, drei Unzen bleiben bestimmt übrig. Das reicht schon für eine Phönixkette«, beharrte sie.

»Du bist eine! Weißt überall deinen Vorteil zu wahren, und wenn er so winzig wie eine Nadelspitze ist.«

Und lachend machte er sich von ihr frei. –

Frau Pings dramatischer Einzug in Hsi Mens Haus fand bei den übrigen Frauen eine wenig freundliche Beurteilung, man stand ihr allgemein kühl ablehnend gegenüber und unterzog jede ihrer Handlungen einer unbarmherzigen Kritik. Daß sie sich unterfangen hatte, Hsi Men zu bitten, er möchte einen seiner Leute zur Bewachung ihres Hauses in der Löwenstraße ihrem Diener Tiän Fu'rl zur Seite geben, hatte selbst die ruhige Mondfrau entrüstet, die darin eine unerhörte Anmaßung und Überheblichkeit erblickte.

Als sie sich nun an diesem Vormittag, während Hsi Men seine Besorgung bei dem Goldschmied machte, höflichem Brauch entsprechend, bei den versammelten Frauen zeigte, da mußte sie viel peinliche Spötteleien und ironische Bemerkungen über sich ergehen lassen. Selbst die beiden Zofen Juwelchen und Nephritflöte erlaubten sich ihr gegenüber manche dreiste Anzüglichkeiten. Sie geriet in arge Verlegenheit, wurde abwechselnd blaß und rot und atmete auf, als sie endlich diese lästige Anstandsvisite hinter sich hatte und wieder in ihrem Pavillon für sich allein war. Bald darauf fand sich Hsi Men wieder bei ihr ein.

»Mondfrau meint, dein Diener Lai Wang, den du in die Löwenstraße senden wolltest, sei nicht gut abkömmlich und seine Frau kränklich«, sagte sie etwas kleinlaut. »Vielleicht ist es besser, du schickst jemand anderen hin, und nur eine Nacht um die andere, um Tiän Fu'rl hin und wieder abzulösen.«

»Gut. Ich werde Ping An jeden zweiten Abend schicken.« –

Am Fünfundzwanzigsten fand endlich das versprochene große Festessen statt, auf das sich Hsi Mens Freunde schon so lange gespitzt hatten. Nicht weniger als vier Tänzerinnen, darunter Zimmetblüte und Silberchen, sowie deren Brüder, die beiden begabten Sängerknaben Li Ming und Wu Hiu, sorgten für die Unterhaltung der vielen männlichen Gäste. Am Nachmittag ergötzte man sich im Park und am Aussichtspavillon an Sang und Tanz und verschiedenen Gesellschaftsspielen, am Abend wurde dann an sieben Tafeln das Hauptgelage in der großen Festhalle abgehalten.

Während der Tafel, als die Stimmung schon vorgeschritten war, erhob sich Schnorrer Ying und verlangte unter dem stürmischen Beifall seiner Kumpane, daß sich die Neue in der Halle zeige, um die Huldigung der Gäste entgegenzunehmen. Er und seine Freunde würden sich auch ausnahmsweise ganz manierlich benehmen. Im übrigen sei sie es der Anwesenheit ihres Schwagers, des älteren Hua, und des Bruders von Mondfrau schuldig, sich zu zeigen. Vergebens suchte Hsi Men ihm den Vorschlag auszureden. Man setzte ihm so lange zu, bis er endlich seinen Burschen Tai A'rl schickte, um Frau Ping herzubitten. Aber es bedurfte noch langen Zuredens von Goldlotos und Mong Yü Loh, ehe sich Frau Ping entschloß zu kommen.

In festliches Rot gekleidet, die Frisur von Perlen und Goldagraffen beschwert, erschien sie endlich, von ihren beiden Zofen gestützt, einem im Zephir schwankenden Blütenzweig ähnlich, im Halleneingang. Die vier Tänzerinnen schritten, Flöten blasend und Lauten spielend, als Gefolge hinter ihr her. Der Weg, den ihr Fuß beschritt, war mit bunten Läufern und weichen Teppichen belegt. Eine Wolke von Moschus und Orchideenduft umschwebte sie. Ihr Gang verursachte ein leises Rascheln, wie wenn der Wind in jungem Bambusgezweig spielt. Göttlich wie die Fee aus dem Mondpalast schritt sie daher.

Ihr Erscheinen ließ jede Unterhaltung im Saal verstummen. Alles erhob sich von den Plätzen und erwiderte ihr leichtes Kopfnikken mit endlosen, tiefen Verneigungen.

Inzwischen standen, hinter einem Wandschirm verborgen, Goldlotos, Mong Yü Loh und Li Kiao'rl wie eine Bambushecke um Mondfrau herum und beobachteten mit brennendem Interesse das Schauspiel im Saal, während sie den zarten Klängen der Musik lauschten, die wie das Girren eines verliebten Phönixpärchens an- und abschwoll.

»Mir scheint diese Hochzeitsmusik reichlich taktlos und abgeschmackt«, raunte Goldlotos Mondfrau ins Ohr. »Wenn die zwei ihre Verbindung wirklich so auffassen sollten, wie diese Musik andeutet, als einen innigen Bund fürs Leben, was soll dann aus Euch werden, Schwester?«

Der Stich saß. Die gutmütige Mondfrau spürte einen bitteren Geschmack im Munde, als ob sie auf einen Zypressenkern gebissen hätte. Es kam noch hinzu, daß es sie tief kränkte, zu sehen, wie die Neue hier von Hsi Mens Freunden gefeiert und bewundert wurde.

»Du hast recht«, erwiderte sie. »Was habe ich nun von all meiner Bravheit, von meinem sittsamen Leben hinter Mauern? Man lebt nur einmal. Ein Mensch, der vom Glück so unerhört begünstigt ist wie Hsi Men, schert sich verflucht wenig um meine fraulichen Tugenden. Für unsereins ist der Tod noch das beste.«

In diesem Augenblick überbrachte ihnen der Bursche Tai A'rl den Befehl von Hsi Men, sie möchten sich nun in ihre Zimmer zurückziehen. Natürlich waren sie über diesen Befehl nicht gerade entzückt und ließen ihren Ärger an dem Überbringer in wenig schmeichelhaften Ausdrücken aus.

Kurz nach ihnen verließ auch Frau Ping die Halle, umdrängt und umschmeichelt von den vier dankbaren Singmädchen, die sie jede mit fünf Batzen Silber und einem goldgesäumten Taschentuch bedacht hatte. »Edle Dame« hier und »Hohe Dame« dort, so kam es beständig aus ihren Plappermündern, während ihre Hände bewundernd an den Falten des Prachtgewandes entlangstrichen oder neugierig den kostbaren Zierat der Frisur betasteten.

Verdrossen saß Mondfrau in ihrem Zimmer, als Bursche Tai

A'rl und Diener Ping An eintraten. Sie überbrachten ihr in Hsi Mens Auftrag aus Anlaß des Festtages verschiedene Geschenke, wie Kleiderstoff, Früchte, Konfekt und Geld.

Kaum daß sie die Burschen eines Blickes würdigte, fuhr Mondfrau sie unwillig an: »Was soll das Zeug bei mir? Tragt es gefälligst nach vorn, zur Fünften!«

»Der Herr hat es ausdrücklich für Euch bestimmt«, entgegneten sie sanft.

Mondfrau winkte ihnen kurz ab und ließ Nephritflöte die Geschenkschachteln aufs Bett tragen.

Gleich darauf erhielt sie den Besuch ihres älteren Bruders, der sich von der Tafel entfernt hatte, um sich zwischen den übrigen Gängen etwas Bewegung zu machen.

»Schwester, wie ich höre, sprichst du seit längerem nicht mehr mit deinem Mann«, sprach er freundlich mahnend zu ihr. »Ich möchte dir doch ernstlich raten, dein Benehmen gegen ihn zu ändern. Schließlich hat er mich durch seine Einladung für heute geehrt und dir eben erst eine Aufmerksamkeit erwiesen. Wenn du in deinem Trotz verharrst, verscherzest du dir schließlich seine ganze frühere Sympathie. Sei etwas nachgiebig, widersprich ihm künftig nicht, dann wird er sich auch wieder mit dir vertragen.«

»Du verkennst die Sachlage. Die Neue ist eine reiche Person, ich dagegen bin in seinen Augen die arme Beamtentochter. Da wird man eben vergessen. Was nützt da alle meine Frauentugend? Er ist mir eben innerlich entfremdet. Doch sorge dich nicht deswegen, ich habe ja sonst genügend Gesellschaft.«

Während sie sich so bemühte, tapfer zu sprechen, konnte sie sich doch nicht einiger Tränen erwehren.

»Ich kann deine Auffassung nicht teilen. Schließlich haben wir uns unserer Familie durchaus nicht zu schämen. Wirklich, du mußt trachten, deine Beziehung zu ihm zu bessern! Es ist für dich wie für mich von Vorteil.«

Ihre Unterhaltung wurde durch den Eintritt eines Dieners unterbrochen, der bestellte, daß man ihn an der Tafel vermisse. –

Seit diesem Tag war Frau Ping Hsi Mens erklärte Favoritin. Den anderen Frauen schenkte er kaum noch Beachtung. Am schwersten litt Goldlotos darunter. Ihr ganzes Trachten war nun darauf gerichtet, die Feindschaft zwischen Mondfrau und der

Sechsten zu schüren. War sie mit Mondfrau allein, so zog sie über Frau Ping her, und war sie mit dieser zusammen, so sprach sie von Mondfrau als einer unausstehlichen Person, und Frau Ping ließ sich auch leicht beeinflussen und schloß mit Goldlotos enge Freundschaft.

Hsi Mens Wohlstand hatte durch die Verbindung mit der reichen Frau Ping einen beträchtlichen Zuwachs erfahren. Über seinem Hause lag ohnehin Glanz. Seine Felder waren gesegnet, seine geschäftlichen Unternehmungen von Glück begünstigt. So brauchte er nicht an Ausgaben für den Haushalt zu sparen. Auf seinem Landgut sowohl wie in der Stadtwohnung war alles in tadellosem, blitzsauberem Zustand. Seine Kornspeicher barsten von Vorräten, seine Maulesel und Pferde bildeten ganze Herden, sein Gesinde konnte sich reihenweise aufstellen. Abgesehen von Tiän Fu'rl, den er von Frau Ping übernommen und in Kin Tung umbenannt hatte, war sein Leutebestand um zwei weitere Diener vermehrt worden. Die Zofen Lenzpflaume, Nephritflöte, Ying Tschun und Orchideenduft erfreuten sich seiner besonderen Gunst und wurden reichlich mit Garderobe und Schmuck bedacht. Außerdem engagierte er für sie gegen ein Monatsgehalt von fünf Silberunzen den jungen talentierten Musiker Li Ming, den Bruder von Zimmetblüte. Er mußte ihnen täglich fleißig Musikunterricht erteilen, und zwar erhielt Lenzpflaume Ausbildung auf der birnenförmigen sechssaitigen Pi-pa-Laute, Nephritflöte auf dem zwölfsaitigen Griffelpsalter, Ying Tschun auf der Violine und Orchideenduft auf der fünfsaitigen Gitarre.

Hsi Mens überschussige Gelder drängten nach Anlage. So entschloß er sich, vorn neben der Apotheke noch eine Pfandleihe aufzumachen. Zweitausend Silberunzen verwendete er als Leihkapital. Mit der Führung des neuen Geschäfts betraute er gemeinsam seinen Provisor Fu und seinen Sekretär Pen Se, während er seinem Schwiegersohn Tschen die Oberaufsicht und die Geldschrankschlüssel überließ. Während das Obergeschoß von Goldlotos' Pavillon als Lagerraum für die Apothekerwaren diente, wurde nun ein Seitenraum im Obergeschoß des neuen Pavillons für die Aufbewahrung der Pfandsachen eingerichtet und mit entsprechenden Garderobengestellen und Lagerfächern versehen.

Das neue Unternehmen fand großen Zulauf, und bald häuften

sich die Kleidungsstücke und Schmuckgegenstände, die Antiquitäten und Raritäten in der Pfandkammer. Der junge Tschen widmete sich seiner Aufgabe mit Fleiß und Hingabe, war schon früh am Morgen auf den Beinen und gönnte sich erst am späten Abend Ruhe. Gewissenhaft überwachte er die Kassenaus- und -eingänge, die Ausfertigung und Einziehung der Pfandscheine. Hsi Men hatte allen Grund, mit ihm zufrieden zu sein.

»Lieber Schwiegersohn,« sprach er eines Tages, während sie zu zweit in der vorderen Halle speisten, »du entwickelst dich zu meiner Zufriedenheit. Ich freue mich, daß ich mich in geschäftlichen Dingen ganz auf dich verlassen kann. Und auch deinem Vater in Kai fong fu wird es lieb sein, das zu hören. Wenn man keinen eigenen Sohn hat, muß einem der Schwiegersohn als Stütze dienen, das ist eine alte Regel. Sollte mir ein männlicher Nachkomme versagt bleiben, dann soll später einmal mein ganzer Besitz an dich und deine Frau fallen.«

»Lieber Schwiegervater«, erwiderte der junge Tschen bescheiden, »ich habe Euch schon so viel zu danken. In der Not, die meine Familie betroffen hat, habt Ihr mir und meiner Frau Zuflucht in Eurem Hause gewährt. Schwerlich kann ich Euch Eure Güte jemals vergelten. Im übrigen bin ich noch jung und unerfahren und hoffe, daß Ihr Eure Absicht nicht so bald zu verwirklichen braucht.«

Seine Antwort gefiel Hsi Men erst recht, und von diesem Tage an räumte er ihm eine erhöhte Vertrauensstellung ein, ließ ihn wichtigen persönlichen Schriftwechsel erledigen und zog ihn bei Gastereien mit einflußreichen Leuten zur Tafel. Er ahnte nicht, daß dieser schlaue Bursche für ihn eine Nadel in der Watte, ein rechter Dorn im Fleische sein sollte. –

Es war im ersten Drittel des elften Monats, da stattete Hsi Men seit langer Zeit wieder einmal dem Quartier von Mutter Li einen Besuch ab. Er hatte mit Schnorrer Ying und Hsiä Hsi Ta den Nachmittagstee bei Tschang Schi Kiä eingenommen, und als er gegen Abend mit den beiden Freunden durch heftiges Schneetreiben heimwärts ritt und in der Nähe der Oststraße vorüberkam, hatte er sich überreden lassen, schnell noch einen Sprung zu Zimmetblüte zu tun.

»Bei dem trostlosen Schneewetter ist man doppelt aufgelegt,

第三十一回 琴童藏壺構釁

西門開宴為歡 一

金瓶梅

第三十二回　李桂姐趨炎認女

潘金蓮懷嫉驚兒

金瓶梅

第三十三回 陳敬濟失鑰罰唱

金瓶梅

韓道國縱婦爭風

sich einmal am Anblick einer köstlichen Winterkalykanthosblüte zu erquicken«, hatte Schnorrer Ying gesagt, und Hsiä hatte hinzugefügt: »Er hat ganz recht. Seit Monaten hast du die Kleine vernachlässigt. Wofür zahlst du ihr denn die schönen zwanzig Silberlinge monatlichen Unterhalts?«

Aber als sie sich's im Gastzimmer von Mutter Li bequem gemacht hatten, erwartete sie eine Enttäuschung: Die Winterkalykanthosblüte, auf deren Anblick sie sich gefreut hatten, kam nicht zum Vorschein. Sie mußten mit der Gesellschaft ihrer älteren Schwester und der alten Li vorliebnehmen.

»Wo steckt denn die Kleine?« fragte Hsi Men ungeduldig.

»Seit Wochen hat sie Euch täglich sehnsüchtig erwartet, hoher Herr. Nun, da Ihr Euch gar nicht sehen ließet, glaubte sie, Ihr würdet auch heute nicht kommen, und da hat sie sich heute in der Sänfte zu ihrer fünften Tante aufgemacht, um ihr zum Geburtstag zu gratulieren.«

Das log die Alte natürlich. In Wahrheit war Zimmetblüte keinen Schritt aus dem Hause gekommen, sondern saß ganz vergnügt mit ihrem neuen Freund, dem iungen Seidenhändler Ting aus Hang tschou, in einem verschwiegenen Hinterzimmer beisammen. Er war kürzlich mit seinem Vater und einer Ladung Seide aus Hang tschou hier eingetroffen, und nachdem sie vorgestern glücklich eine größere Partie Seide für tausend Silberunzen verkauft hatten, war er am gleichen Abend seinem Vater heimlich aus dem Gasthof entwischt und, mit zehn Silberlingen und einem schönen Kleid von schwerem Atlas versehen, zu Zimmetblüte geeilt. Heute verbrachte er schon die zweite Nacht bei ihr. Als Hsi Men nun unvermutet ankam, hatte die alte Li das Pärchen schleunigst aus dem vorderen Gastraum herausgerufen und in ein kleines, ganz versteckt liegendes Hinterzimmer gebracht.

»Na, bringt einstweilen etwas zu trinken! Wir können ja abwarten, bis die Kleine zurückkommt«, hatte Hsi Men auf die erteilte Auskunft mürrisch erwidert.

Eine Weile wurde also gezecht und die Zeit mit Fingerknobeln totgeschlagen, während die ältere Schwester von Zimmetblüte sich krampfhaft bemühte, die Gäste durch den Vortrag einiger Gesangsstücke abzulenken.

Jetzt erhob sich Hsi Men und suchte den rückwärtigen Hof

auf, um einmal auszutreten. Da wollte es die Vorbestimmung, daß plötzlich aus einem ostwärts gelegenen kleinen Seitenraum helles Gelächter an sein Ohr drang. Von Neugierde gepackt, schlich er sich unter das Fenster des betreffenden Raumes und lugte verstohlen hinein. Da sah er nun Zimmetblüte drin mit einem jungen Mann beim Wein sitzen und schäkern. Das viereckige Barett verriet seine Zugehörigkeit zu den südlichen Provinzen.

Bei diesem Anblick schlug Hsi Men eine Feuerlohe aus dem Leib in den Kopf. Wie besessen stürmte er ins Gastzimmer zurück, packte die mit Geschirr beladene Tafel und stülpte sie um, so daß Teller und Schüsseln und Tassen über den Fußboden kollerten und klirrend in Scherben gingen. Dann rief er mit lauter Stimme seine zwei Diener, die ihn begleitet hatten, herbei und befahl ihnen, die ganze Einrichtung im Hause kurz und klein zu schlagen und auch nicht die Fenster, die Türen und die Wände zu verschonen.

»Wo steckt der Kerl, der südliche Halunke?« brüllte er jetzt in den Hof hinein. »Heraus mit ihm! Und einen Strick her! Bindet ihn mit der Puderfratze zusammen und sperrt sie in die Torkammer, daß sie von allen Leuten gesehen werden können!«

Der junge Ting war nicht gerade ein Held und hatte sich vor Schreck über das bedrohliche Geschrei schleunigst unters Bett verkrochen. Zimmetblüte warf ihm einen Blick voll Verachtung zu.

»Pah! Was ist weiter dabei?« fragte sie gleichgültig. »So etwas erlebt unsereins öfters. Noch ist ja Mutter da. Komm nur wieder vor und laß ihn brüllen!«

Aber die alte Li suchte den Wütenden vergebens zu beschwichtigen und sich herauszulügen. Er tobte wie ein reißender Wolf und war nicht zu beruhigen. Nur mit Mühe vermochten ihn seine Freunde davon abzuhalten, daß er auch noch auf die Alte selber losging. Endlich hatte sich sein Grimm gelegt. Und unter dem feierlichen Schwur, nie wieder den Fuß über die Schwelle dieses Hauses setzen zu wollen, stieg er aufs Pferd und trabte in die Winternacht hinaus.

ACHTZEHNTES KAPITEL

Mondfrau gießt Tee von frischem Schnee auf. Schnorrer Ying überbringt eine Einladung aus dem Blumenhof.

Als Hsi Men spät in der Nacht zu Hause anlangte, hatte sich das Wetter mittlerweile aufgeklärt. Hell leuchtete das Gestirn des Großen Bären vom nördlichen Sternhimmel herab. Während er nun durch die weiche, glitzernde Schicht feiner, weißer Kristallchen stapfend den inneren Hof überquerte und der Pforte zustrebte, durch die es zu den Frauengemächern ging, da bemerkte er zu seinem Erstaunen, daß die Pforte halb offenstand, was für diese späte Stunde etwas Ungewöhnliches war. Schnell drückte er sich in den Schatten eines Mauervorsprungs dicht vor der Pforte und harrte der Dinge, die da kommen würden.

Jetzt sah er Juwelchen herauskommen. Sie trug ein niedriges Opfertischchen, das sie unweit der Pforte unter dem gedeckten, seitlich offenen Wandelgang niederstellte, der sich an der Mauer entlang hinzog. Hsi Men wußte noch nicht, daß Mondfrau seit Ausbruch ihres Zwistes dreimal monatlich zu fasten und unter Weihrauchabbrennen sieben Kotaus vor dem Sternbild des Großen Bären zu verrichten pflegte, wovon sie sich einen günstigen Wandel seiner Gesinnung versprach.

Nachdem Zofe Juwelchen das übliche Räuchergerät auf dem Tischchen bereitgelegt hatte, sah er Mondfrau in feierlicher Kleidung gemessenen Schrittes herausschreiten, den Platz um das Tischchen mit einem Besen sauber fegen, dann auf einem Kissen niederknien, das Räucherbecken in Brand setzen, ein Räucherstäbchen entzünden und, zum nördlichen Sternenhimmel gewandt, sich siebenmal tief verneigen. Dann hörte er sie deutlich im Gebete murmeln:

»Ich, die geringe Magd aus der Sippe der Wu, sehe mit Betrübnis, wie mein Ehegenosse Hsi Men sein Herz an die Stätten des Rauchs und der Blumen wegwirft. Von all seinen sechs Frauen hat leider keine ihm einen männlichen Nachkommen zu schenken vermocht. Wenn er erst gestorben ist, wird kein Sohn da sein, der sein Grab reinfegt und seinem abgeschiedenen Geist tröstliche Opfer spendet. Bei Tag und Nacht ist mein Herz bekümmert. Wer wird ihm nun Stütze seines Alters sein? Im Angesicht des nächtlichen Himmels flehe ich dich, o gütiges Gestirn, an: Leihe deinen Glanz und hilf, daß sich sein Herz bald wieder der geringen Magd zuwenden möge, auf daß er mit einem Nachkommen gesegnet werde, der dereinst sein Geschlecht fortsetzen soll. Das ist der aufrichtige Wunsch der geringen Magd.«

Hsi Men hatte sie noch nicht zu Ende angehört, da überkam ihn ein Gefühl tiefer Beschämung. Wie unrecht hatte er dieser Frau getan, die da in kalter Winternacht für ihn betete und eine so treue und hingebende Gesinnung offenbarte!

Es hielt ihn nicht länger in seinem Versteck an der Mauer, er trat mit großen raschen Schritten auf sie zu und schlang von Rührung ergriffen seine Arme um sie. Sie war nicht wenig erschrokken, als er so plötzlich lautlos im verschneiten Hof vor ihr auftauchte, und wollte ihm eigentlich ausweichen und durch das Tor verschwinden. Aber er hielt sie mit starken Armen fest.

»Schwester, ich Tor wußte bis heute nicht, was für eine gute Seele du bist«, sprach er bewegt. »Wie unrecht habe ich dir getan! Ich bereue meine Schuld aufs tiefste!«

Sie wahrte zunächst noch kühle Zurückhaltung.

»Ich nehme an, du hast dich bei dem Schnee in der Tür geirrt«, sagte sie gelassen. »Ich bin doch die schlechte Person, die schon lange nicht mehr deiner Liebe würdig ist, deren Anblick dir verhaßt ist. Was hast du noch mit mir zu schaffen?«

Er antwortete nicht, sondern nahm sie bei der Hand und führte sie schweigend in ihr Gemach. Beim Schein der Lampe schaute er sie prüfend an. Es fiel ihm zum ersten Male auf, wie geschmackvoll sie sich zu kleiden wußte. Wie gut paßte ihr gelber Jupon zu dem roten Oberrock, wie hübsch kleidete sie die schmucke Zobelfellmütze, wie entzückend machte sich ihre jadene Kwan-Yin-Brosche auf goldnem Grunde! War sie nicht eigentlich liebenswert? Die tiefe, tiefe Verneigung, die er jetzt vor ihr vollzog, besagte mehr als nur höfliche Form.

»Mein Auge war bisher mit Blindheit geschlagen«, sprach er mit einer Stimme, aus der aufrichtige Ergebung klang. »Mein Ohr war taub und verstockt gegen deine wohlmeinenden Worte. Wie schwer habe ich mich gegen dich versündigt! Wie konnte ich nur gemeinen Kieselsteinen Beachtung schenken und dabei den herrlichen Nephrit übersehen! Tausend-, zehntausendmal bitte ich um Verzeihung!«

»Ich pflege mich nicht in deine Angelegenheiten zu mischen, wüßte also nicht, wieso ich dir wohlmeinende Ratschläge erteilt hätte«, erwiderte sie trotzig. »Ich bin zufrieden, hier in diesen Räumen meine Ruhe zu haben, und möchte dich bitten, dich nicht weiter um mich zu kümmern. Ich habe dir hier auch keine Bequemlichkeit zu bieten und möchte dich ersuchen, den Raum so bald wie möglich zu verlassen. Du wirst doch nicht wollen, daß ich dir von meinen Zofen die Tür weisen lasse?«

»Ich hatte heute eine große Aufregung und bin mitten im ärgsten Schneewetter eigens hergekommen, um mich mit dir auszusprechen. Sei doch endlich gut!« bettelte er.

»Was kümmern mich deine Aufregungen! Ich verzichte auf deine Aussprachen. Sprich dich, bitte, mit anderen Leuten aus!«

Da sie den Blick gesenkt hielt und es vermied, ihn anzusehen, krümmte er sich wie ein Zwerg zusammen, um in ihr Blickfeld zu gelangen. Endlich kniete er zu ihren Füßen nieder und gackerte sie mit kläglicher, gebrochener Stimme an wie ein Huhn, dem gerade die Kehle durchgeschnitten wird. »Teure Schwester« und »Liebe Schwester«, so floß es unaufhörlich von seinen Lippen.

Sie schenkte ihm immer noch keinen Blick. »Dein hündisches Winseln und Lecken ist unausstehlich. Ich rufe jetzt die Magd.« Und sie rief Zofe Juwelchen herein.

Hsi Men rappelte sich verlegen in die Höhe und überlegte krampfhaft, wie er wohl die Zofe hinausgraulen könne. »Hol doch mal schnell das Räuchertischchen herein, das draußen stehengeblieben ist! Es wird ja ganz voll Schnee«, sagte er zu ihr.

»Das ist längst hereingeschafft«, kam die patzige Antwort.

Jetzt konnte sich Mondfrau doch nicht enthalten herauszuplatzen: »Schämst du dich gar nicht, frecher Wicht, sogar vor der Zofe zu schwindeln?« schalt sie mit unterdrücktem Lachen.

Die Zofe hatte sich mittlerweile taktvoll wieder entfernt. Hsi Men wiederholte schleunigst seinen Kniefall und begann von neuem zu winseln. Endlich ließ sich Mondfrau erweichen.

»Na, ich könnte es ja nach hundert Jahren mal wieder versuchen, mich mit dir zu vertragen«, warf sie scherzend hin und ließ ihn an ihrer Seite Platz nehmen. Zofe Nephritflöte mußte Tee auftragen, und damit war der Friede besiegelt. Nun erzählte er ihr umständlich sein heutiges aufregendes Erlebnis im Quartier von Mutter Li und gestand ihr, wie er dort getobt und den feierlichen Schwur getan habe, seinen Fuß nie wieder über die Schwelle eines Freudenhauses zu setzen.

»Du mußt selbst wissen, was du zu tun und zu lassen hast. Jedenfalls hast du die Erfahrung gemacht, daß dein gutes klingendes Geld solch eine Person nicht abhalten kann, sich mit einem anderen Mann einzulassen. Gesinnung läßt sich eben nicht knebeln, und wenn man den Leib hundertmal in Stricke legt und womöglich noch versiegelt.«

»Du hast recht«, stimmte er nachdenklich bei. Dann schickte er die Zofe hinaus, entkleidete sich und legte sich aufs Bett. Mondfrau verstand den bittenden Ausdruck seiner Augen.

»Es ißt sich ja nicht gerade angenehm so in liegender Stellung«, sagte sie mit schalkhaftem Lächeln. »Aber wenn du dir's durchaus auf meinem Bett bequem machen willst, bitte! Aber bilde dir ja nicht etwa ein . . .!«

Statt einer Antwort erhob er sich, umschlang sie leidenschaftlich und nahm sie zu sich aufs Lager. Bald darauf kam es aus ihrem Munde brünstig wie der heisere Schrei des Kakadus, während er es mit Fleiß dem bunten Falter gleichtat, der lüstern in die süßen Tiefen des duftenden Blumenkelches taucht. Zwei wiederversöhnte Gatten labten sich in dieser Nacht an erquickendem Naß, das reichlich aus angesammeltem Gewölk strömte.

Am nächsten Morgen in aller Frühe erschien Mong Yü Loh vor dem Pavillon von Goldlotos.

»Ist Schwester Fünf schon auf?« fragte sie Zofe Lenzpflaume.

»Sie ist gerade beim Frisieren. Bitte, tretet ein!«

Mong Yü Loh trat ein und fand Goldlotos am Toilettentisch sitzend und mit dem Ordnen ihrer Duftwolken beschäftigt.

»Schwester, eine wichtige Neuigkeit! Hast du schon gehört?« rief Mong Yü Loh ganz atemlos.

»Was kann ich hier weit ab von jedem Tropfen menschlicher Spucke schon groß hören? Nun, was gibt's?«

»Also denke dir, als er gestern spät nachts heimkam, ist er zu Mondfrau gegangen und hat sich mit ihr ausgesöhnt. Die ganze

Nacht hat er bei ihr geschlafen! Was sagst du dazu? Meine kleine Orchideenduft hat es heute früh in der Küche von seinem Burschen erfahren. Er ist gestern abend mit zwei Freunden im Quartier von Tante Li gewesen und wollte sich eigentlich mit Zimmetblüte vergnügen. Da hat er nun die Dirne bei einem anderen ertappt und in der Wut die ganze Hauseinrichtung entzweigeschlagen. Dann ist er bei dem Schneewetter mitten in der Nacht wütend nach Hause geritten. Zufällig war Mondfrau gerade dabei, im Hof ihren Weihrauch abzubrennen. Da hat er sie nun heimlich belauscht und sich dann schleunigst mit ihr versöhnt. Es hat eine endlose Aussprache gegeben, er ist vor ihr hingekniet und hat gewinselt wie ein Hund. Sie hat ihn erst grob angefahren, ihm aber dann großmütig verziehen. Ist das nicht rührend?«

»Die Scheinheilige!« meinte Goldlotos wegwerfend. »Wenn sie es aufrichtig meinte, dann konnte sie diese Gebete still für sich in der Kammer verrichten. Wozu dieses offene Zur-Schau-Tragen im Hofe? Natürlich alles Berechnung! Sie könnte vielleicht zufällig einmal bei ihrer Andacht von ihm überrascht werden und dann großen Eindruck erzielen, hat sie sich gesagt. Nun, man sieht wieder, mit Scheinheiligkeit kommt man am weitesten. Man sitzt einfach hübsch friedlich in seinem Zimmer und hütet sich, gute Ratschläge zu geben und irgendwie aufrichtig gemeinte Wahrheiten zu äußern, dann macht man sich beliebt bei seinem Mann. Basta!«

»Scheinheilig möchte ich sie nicht gerade nennen«, nahm Mong Yü Loh die Angegriffene in Schutz. »Sie hat bestimmt ein gutes Herz und möchte immer, daß alles in schönster Harmonie sei. Nur ist sie etwas unbeholfen im Sprechen, sie kann nicht recht ausdrücken, was sie empfindet. Doch jetzt mach dich rasch fertig! Wir wollen zur Sechsten gehen. Natürlich müssen wir zu Ehren des freudigen Ereignisses der guten Mondfrau heute ein kleines Festessen bereiten. Ich dachte, daß jedes von uns zweiundeinehalbe Unze zu den Unkosten beisteuert. Die Sechste muß sich natürlich mit dem Doppelten beteiligen. Nach dem Essen werden wir uns alle zusammen den Park im Schnee ansehen, und dann wird den ganzen übrigen Tag lustig gespielt und getrunken. Oh, es wird herrlich!«

»Einverstanden. Aber hoffentlich hat Hsi Men heute nichts vor!«

»Bei dem Schnee wird er schwerlich ausgehen. Als ich vorhin am Schlafzimmer der Ersten vorüberkam, rührte sich noch nichts darin. Die Tür war eben erst aufgemacht worden, Juwelchen hatte gerade Waschwasser gebracht.«

Goldlotos beendete also rasch ihre Toilette und machte sich mit Mong Yü Loh zusammen zum neuen Pavillon auf. Die Sechste lag noch im Bett und schlief, als sie ankamen.

»Schwester Drei und Schwester Fünf sind da«, meldete Zofe Ying Tschun ihrer Herrin, und gleich darauf traten die beiden auch schon ein. »Ha, Schwester, auf! Um diese späte Stunde liegst du noch im Bett und räkelst dich wie ein fauler Drache!«

Goldlotos, wie immer zu Scherzen aufgelegt, fuhr der Schläferin mit der Hand unter die Bettdecke, und als sie einen silbernen Parfümball fühlte, zog sie ihn geschwind heraus und rief lachend: »He, die Sechste hat einen Ball geboren!« Dann riß sie die Bettdecke vollends herunter, so daß die Sechste in ihrer ganzen rosigen Nacktheit zum Vorschein kam und sich nun endlich zum Aufstehen bequemte.

»Schwester Fünf, laß jetzt deine verrückten Späße! Wir haben vernünftig mit der Sechsten zu reden«, sagte Mong Yü Loh tadelnd zu Goldlotos und erzählte nun Frau Ping während des Anziehens umständlich die große Neuigkeit, die sich im Hause ereignet hatte.

»Und heute wird fröhlich gefeiert!« schloß sie. »Du mußt natürlich das Doppelte zu den Kosten des Mahls beitragen, denn du bist ja schließlich an der ganzen Geschichte schuld. Wärst du nicht gewesen, hätte er seine Zimmetblüte eben nicht so lange sitzenlassen, bis sie ihm untreu wurde.«

Die Sechste erklärte sich einverstanden und ließ Zofe Ying Tschun ein Stück Silber aus der Schatztruhe hervorholen. Goldlotos prüfte sein Gewicht auf der Waage genau nach. Es war sogar zweiundeinenhalben Batzen mehr als die geforderte Unze.

»Schwester Fünf, ich laufe jetzt rasch nach hinten und kassiere die Beiträge von Li Kiao'rl und Sun Hsüe O ein«, schlug Mong Yü Loh vor. »Leiste inzwischen Schwester Sechs Gesellschaft!«

Goldlotos schaute also etwa eine Stunde lang zu, wie Frau

Ping umständlich Toilette machte. Dann erschien Mong Yü Loh wieder.

»Ein schweres Stück Arbeit, die beiden rumzukriegen! Ich hatte mir's gleich gedacht«, berichtete sie. »Dies Weib, die Sun Hsüe O, hat schön gebrummt. Sie sei ja doch nur ein Unglücksmensch, und zu ihr käme sowieso kein Mannsbild in die Kammer. Man möge sie gefälligst aus dem Spiele lassen. Es bedurfte meiner ganzen Überredungskunst, um sie endlich zur Hergabe dieses silbernen Haarpfeiles zu bewegen. Wieg doch mal ab, Schwester Fünf!«

Goldlotos legte den Pfeil auf die Waage.

»Wiegt ganze drei Batzen sieben Faden«, sagte sie verächtlich.

»Und Li Kiao'rl?«

»Hat sich auch anfangs hartnäckig geweigert. Sie führe zwar die Haushaltungskasse, aber es sei alles genau berechnet und für überflüssige Ausgaben nichts da. Schließlich, als ich schon ärgerlich weglief, hat sie mich zurückgerufen und dieses Stück Silber herausgerückt.« Goldlotos wog es ab.

»Gibt auch nicht das volle Gewicht. So eine schofle Gesellschaft! Es hilft alles nichts, dann müssen wir eben das Fehlende aus unserer Tasche zuschießen.«

Gemeinsam legten sie also noch etwas zu, so daß drei Unzen voll wurden. Dann wurde Tai A'rl, nachdem man ihn noch gründlich über den gestrigen Zwischenfall im Hause Li ausgeforscht hatte, mit Lai Hsing'rl zum Einkaufen von gutem Goldblumenwein, Geflügel und verschiedenen Leckereien in die Stadt geschickt.

In dem behaglich mit Teppichen, Wandschirmen und Vorhängen ausstaffierten, von Kohlenbecken gut durchwärmten hinteren Salon wurde dann um die Mittagsstunde das gemeinsame Festmahl abgehalten. Hsi Men hatte die Tafel durch einige Krüge Jasminduftwein aus seiner eigenen Vorratskammer bereichert. Er saß mit Mondfrau obenan an der Tafel, während die fünf anderen Frauen und seine Tochter die Querseiten einnahmen. Der junge Tschen bekam seinen Platz wieder an einem Tischchen unweit seiner Gattin angewiesen. Seit langer Zeit fand sich so die ganze Familie wieder einmal in Harmonie vereint beisammen. Mondfrau wurde gebührend gefeiert, schmeichelhafte Ansprachen und heitere Scherzworte flogen um die Wette über den

Tisch, und der Frohsinn der Stunde ließ frühere Unstimmigkeiten vergessen. Die vier Zofen Lenzpflaume, Ying Tschun, Nephritflöte und Orchideenduft sorgten für Tafelmusik und legten Zeugnis von den Fortschritten ab, die sie bei ihrem Meister Li Ming gemacht hatten. Daß sie gerade das ›Granatapfelblütenlied‹ zum Vortrag brachten, geschah natürlich auf Veranlassung der losen Goldlotos. Ist doch der Granatapfel mit seinen hundert Kernen gemeinhin als Sinnbild reichen Kindersegens bekannt. Hsi Men, der die zarte Anspielung wohl verstand, konnte denn auch nicht umhin, Goldlotos scherzend zuzurufen:

»Bei dir freilich gibt's nur taube Blüten zu pflücken!«

Während man drinnen heiter tafelte und plauderte, wirbelte es draußen vor den Fenstern wie dichte Watteflocken, wie tanzende Birnenblütenblätter. Welch prächtiges Schauspiel, dieser Schneefall!

Erst flockt's vereinzelt
Wie lose Weidenkätzchen.
Dann stiebt's wie Flaum
Aus Gansgefieder.
Nun fegt's daher,
Kriecht wie Krabben über den Boden.
Bald schichtet sich's weißlich
Von Kristallpulver,
Feuchtet des Wanderers Rock,
Läßt ihn übers Gesicht wischen,
Als gälte es, fuchtelnd
Einem Bienenschwarm zu wehren.
Sieh, von Busch zu Busch
Wellt sich's klobig,
Fast scheint's ein Fabeldrache,
Bereit, in die Lüfte zu steigen.
Hu, ein jäher Windstoß
Macht des Wanderers Schultern
Zusammenschauern,
Läßt's an seine Stirn klatschen
Wie eine Feder, die der weiße Kranich
Im Fluge verloren.
Nun klärt sich's droben.

Drunten breitet sich Glanz
Wie von ausgedroschenen Reishülsen.
Blank, ein Silbersee,
Liegt das Land.

Eine geraume Weile ergötzte sich die ganze Gesellschaft am Anblick des munteren Spiels der Flocken draußen vorm Fenster. Nun erhob sich Mondfrau und schritt, begleitet von Zofe Juwelchen, die einen Teekessel mitnehmen mußte, in den verschneiten Hof hinaus. Mit eigner Hand fegte sie ein Stück Wegs von der weißen Decke frei, dann füllte sie den Teekessel mit frischem Schnee und goß mit eigner Hand für die Tafelrunde Tee auf. Sie verwendete dazu eine köstliche Mischung der ›Edlen Phönix- und milden Lerchenzungenteesorte‹.

Im Jaspiskruge ballt
Sich's licht von kristallener Luft,
Aus goldenen Schalen wallt
Es lind von köstlichem Duft.

Während man sich an dem von Mondfrau bereiteten Getränk delektierte, wurde Zimmetblütes Bruder, der junge Musikus Li Ming, gemeldet.

»Das trifft sich ausgezeichnet«, sagte Hsi Men zu seinem Burschen. »Führe ihn herein!«

Li Ming trat ein, vollzog einen Kotau vor der Tafelrunde und blieb bescheiden an der Tür stehen.

»Woher?« fragte Hsi Men.

»Von Eunuch Liu, der oben im Norden der Stadt unweit des Wein- und Essigtors wohnt. Ich hatte da mehreren Kindern Musikunterricht zu erteilen. Auf dem Rückwege fiel mir ein, daß einige Musikstücke, die ich in Eurem geschätzten Hause einzustudieren die Ehre hatte, noch nicht recht klappten. So wollte ich nicht verfehlen . . .«

»Ausgezeichnet. Du kannst uns etwas vormusizieren. Aber erst stärke dich!«

Und Hsi Men geleitete ihn zu einem Tischchen abseits der Festtafel und reichte ihm zuvorkommend eine Schale Tee.

Nachdem sich Li Ming etwas gestärkt hatte, nahm er den zwölfsaitigen Griffelpsalter zur Hand, trat vor die Festtafel und trug das Lied ›Lenzbegegnung im Winter‹ vor.

Als er geendet hatte, winkte ihn Hsi Men wohlwollend an seinen Sessel heran und ließ ihm von Zofe Nephritflöte dreimal einen silbernen Pokal mit Wein vollschenken, den Li Ming kniend austrank, auch ließ er ihm auf einer Platte vier Schalen mit verschiedenen Gerichten von der Festtafel reichen. Li Ming begab sich an seinen Tisch, ließ sich's schmecken, wischte sich den Mund sauber und nahm dann wieder unweit von Hsi Mens Platz an der Wand Aufstellung. Nun erzählte ihm Hsi Men leise den Vorfall, der sich am Abend zuvor in Mutter Lis Quartier abgespielt hatte.

»Oh, davon wußte ich noch gar nichts, ich bin lange nicht dort gewesen. Aber ich bin überzeugt, Herr«, sagte Li Ming geschmeidig, »daß die Schuld ausschließlich die alte Frau trifft. Ihr solltet Schwester Zimmetblüte nicht böse sein deswegen! Ich werde mit ihr reden, und es wird alles wieder gut werden.«

Hsi Men widersprach nicht. – Als dann in der ersten Abendstunde die Tafel aufgehoben wurde und Hsi Men den jungen Musikus verabschiedete, flüsterte er ihm noch zu:

»Aber erzähle ihr nicht, daß du heute bei mir warst!«

Eine Weisung, aus der Li Ming natürlich das Gegenteil heraushörte. –

Es war am nächsten Morgen, Hsi Men saß mit Mondfrau noch beim Frühstück, da wurden Schnorrer Ying und Hsiä Hsi Ta gemeldet. Hsi Men legte das Kuchenstück, an dem er gerade knabberte, augenblicklich auf den Teller und erhob sich, um die frühen Besucher zu begrüßen.

»Laß sie doch warten!« sagte Mondfrau verdrießlich. »Diese Hast wegen solcher Teufelsboten! Was werden sie schon von dir wollen? Sicherlich mit dir ausgehen. Verrückt genug bei diesem Schneewetter! Überdies ist heute der Vorabend von Mong Yü Lohs Geburtstag.«

»Laß mir das Gebäck und den Tee nach vorn bringen, ich werde mit ihnen weiter frühstücken«, beharrte Hsi Men. Er hatte die Ahnung, daß die beiden ihm irgendeine Kunde vom Hause Li brächten, zu dem er sich trotz allem immer noch mächtig hingezogen fühlte. In der Tat verhielt es sich so, daß die zwei Freunde im Auftrag von Zimmetblüte kamen. Man hatte ihnen heute in aller Frühe eine gebratene Gans und einen Krug Wein zugeschickt und sie dringend gebeten, Hsi Men unter allen Umständen wieder zu versöhnen.

»Wir haben ihr schwere Vorwürfe gemacht«, legten die zwei sogleich los. »Haben ihr vorgehalten, welche zahllosen Wohltaten du über ihr Haus ausgeschüttet hast. Es sei unverantwortlich von ihr gewesen, sich hinter deinem Rücken mit so einem südlichen Halunken einzulassen, bloß weil du dich ein paar Tage nicht mehr gezeigt hast. Unsere Worte haben tiefen Eindruck gemacht. Unter Tränen und auf den Knien hat sie uns beschworen, wir möchten uns für sie bei dir verwenden, und du möchtest ihr doch die Bitte nicht abschlagen, einen Becher wäßrigen Weins bei ihr zu trinken.«

»Schon gut. Ich gehe nicht wieder hin.«

»Wir verstehen deine Verstimmung durchaus. Aber im Grunde tust du Zimmetblüte unrecht. Sie war wirklich nicht schuld. Dieser junge Ting war nämlich eigentlich der Freund ihrer älteren Schwester. Nun hatte er gerade an dem Unglücksabend zu Ehren eines jungen Landsmannes, Sohnes des Reeders, auf dessen Schiff er mit seinem Vater und seiner Seidenladung vor zwei Tagen aus Hang tschou gekommen war, ein kleines Gelage bei Mutter Li veranstalten wollen. Er hatte schwere zehn Unzen im voraus dafür bezahlt, und Mutter Li wollte natürlich den noblen Gast nicht gern vor den Kopf stoßen, als wir nun unvermutet zu Besuch kamen, und glaubte ihm höflicherweise Zimmetblüte zur Gesellschaft lassen zu müssen. So hat sie die beiden in begreiflicher Überstürzung in den hinteren Räumlichkeiten untergebracht und uns ihre Anwesenheit verschwiegen. Es war eben ein unglückliches Zusammentreffen, weiter nichts. Die beiden haben nie die geringsten Vertraulichkeiten zusammen gehabt! Es war ein ganz harmloses Beisammensein, wirklich! Nun ist ja das Mißverständnis aufgeklärt, und du brauchst der Kleinen wirklich nicht mehr böse zu sein.«

»Von Bösesein ist keine Rede. Aber ich habe den feierlichen Schwur getan, nie wieder hinzugehen. Grüßt sie nur schön, ich ließe ihr für ihre Einladung danken, sie brauche sich nicht anzustrengen, denn ich hätte einige kleine Abhaltungen.«

Jetzt fielen beide Freunde gleichzeitig auf die Knie.

»Aber lieber Freund, du vergibst dir doch nicht das geringste, wenn du nur aus reiner Höflichkeit eine kurze Visite bei ihr machst. Wer verlangt denn mehr von dir?« drängten sie und bestürmten ihn auf Tod und Leben so lange, bis er endlich seinen Widerstand aufgab. Alle guten Vorsätze waren wiederum vergessen, und nach beendetem Frühstück verließ er zum großen Kummer der guten Mondfrau mit seinen beiden Kumpanen das Haus.

Das Haus Li hatte sich alle Mühe gegeben, ihn würdig zu empfangen. Kniend und tiefste Zerknirschung heuchelnd, begrüßte ihn Mutter Li an der Schwelle des Hauses, außer Zimmetblüte und ihrer Schwester warteten noch zwei niedliche Singmädel auf. Zimmetblüte mit ihrem schönsten Staat angetan, widmete sich ausschließlich Hsi Men, kredenzte ihm einen Becher nach dem andern und überhäufte ihn mit hundert Zärtlichkeiten.

»Na, du könntest uns auch mal einen Becher zukommen lassen!« schalt Schnorrer Ying, aus Scherz den Gekränkten spielend. »Wir haben uns den Mund wund geredet, um ihn herzubringen. Ist das dein Dank? Wenn er nun nicht mitgekommen wäre? Dann würdest du dir deine Äuglein blind geweint haben, und morgen würde dich überhaupt keiner mehr gemocht haben. Du benimmst dich so schnöde wie jemand, der sich eine fromme Sutra herbeten läßt und im gleichen Augenblick auf den armen Bonzen losschlägt. Na, komm her und gib mir zur Belohnung einen lauwarmen Kuß!«

Und schon hatte er sie um den Hals gefaßt und ihr den wohlverdienten Tribut geraubt, wobei es sich nicht vermeiden ließ, daß die heftigen Bewegungen der sich Sträubenden einen gefüllten Becher zum Umkippen brachten, dessen Inhalt sich über Hsi Mens Rock ergoß. Das kleine Malheur brach den letzten Zwang, der anfangs noch über der Gesellschaft gelagert hatte; bald tönte Gelächter, schwirrten Scherzworte, und Hsi Mens Groll hatte sich weit weg zum fernen Javaland verflüchtigt. Immerhin besaßen die Mahnungen der guten Mondfrau noch so viel Macht über ihn, daß er den Willen aufbrachte, bereits am frühen Abend heimzukehren. Zu Hause gab's zur Vorfeier von Mong Yü Lohs Geburtstag ein großes Festmahl mit vierzig Gängen. In voller Harmonie und unter heiteren Gesellschaftsspielen blieb man bis zu später Stunde beisammen. In dieser Nacht war Mong Yü Loh die Auserkorene, die der Ehre teilhaftig wurde, mit Hsi Men das Lager zu teilen.

NEUNZEHNTES KAPITEL

Hui Liän treibt heimlich mit Hsi Men Buhlschaft. Goldlotos belauscht sie in der Grotte des verborgenen Lenzes.

Hsi Mens Diener Lai Wang besaß ein entzückendes kleines Weib namens Hui Liän. Hui Liän, des Sarghändlers Sung Töchterlein, war ursprünglich mit einem Koch verheiratet gewesen, der viel zur Aushilfe in Hsi Mens Küche herangezogen wurde. Gewöhnlich hatte Lai Wang ihn holen müssen, wenn er gerade gebraucht wurde, was häufig der Fall war, und so hatte er die Bekanntschaft der reizenden Kochgattin gemacht. Öfters kam es vor, daß er sie allein im Hause antraf, und da hatte sich nun aus Plaudern und Schäkern gar bald ein heimliches Verhältnis zwischen beiden entwickelt. Nachdem der Koch im Streit von einem Kollegen erstochen worden war, hatte Lai Wang seine Freundin mit sich genommen und Mondfrau als angeblich frisch geheiratete Gattin vorgestellt. Und die gute Mondfrau hatte ihm die erbetene Erlaubnis erteilt, daß Hui Liän, deren in Nadelarbeit geübte Hände man sowieso gut gebrauchen konnte, fortan mit im Hause wohne, und hatte dem Paar obendrein noch eine anständige Aussteuer spendiert.

Hui Liän war eine schmucke, aufgeweckte Person von knapp vierundzwanzig Jahren und mit ihrem tadellosen Wuchs, nicht zu klein und nicht zu groß, nicht zu dick und nicht zu mager, mit ihrem frischen, blütenreinen Teint, ihren zierlichen Füßen, so recht dazu geschaffen, Männer toll zu machen und die ruhige Atmosphäre eines bürgerlichen Haushalts zu verwirren.

Sie hatte es rasch verstanden, sich bei Hsi Mens Frauen und Zofen beliebt zu machen, und wenn sie auch noch jeden Schmukkes bar war, so hatte sie es doch binnen Monatsfrist ihren Herrinnen trefflich abgeguckt, wie man sich mit Geschmack frisieren und zurechtmachen kann. Kurz, sie brauchte Hsi Men nur unter die Augen zu treten, um in ihm sofort das brennende Verlangen nach ihrem Besitz zu entzünden.

Um zum Ziele zu gelangen, hatte er Lai Wang Anfang des elften Monats, also vor wenigen Tagen, nach Hang tschou geschickt. Er sollte dort für seinen hohen Gönner, den Kanzler Tsai King, zu dessen Geburtstage eine vollständige Garnitur von Kleidungsstücken für alle vier Jahreszeiten, angefangen von der schlangengestickten Staatsrobe bis zum gewöhnlichen Alltagsrock herab, im Werte von zusammen fünfhundert Silberunzen, schneidern lassen. Ein volles halbes Jahr würde Lai Wang unterwegs sein, so rechnete er. In dieser Zeit mußte es ihm glükken!

Heute, an Mong Yü Lohs Geburtstag, kam Hsi Men nicht zum Vorschein. Er begnügte sich, in der hinteren Empfangshalle, wo sich alle seine Frauen nebst mehreren Gratulanten zur Festtafel vereinigt hatten, hinter dem Vorhang zu stehen und zu beobachten. Unter den bedienenden Zofen entdeckte er auch seine Hui Liän. ›Sonderbarer Geschmack, diesen purpurroten geschlitzten Jupon über einem zinnoberroten Rock!‹ dachte er bei sich. ›Diese zweierlei Rot vertragen sich herzlich schlecht.‹ Und gleichzeitig kam es ihm in den Sinn, an diesem Punkte könne er unverfänglich anknüpfen.

Er winkte Zofe Nephritflöte heran.

»Ist die Rote dort die junge Frau von Lai Wang?«

»Ja.«

»Wie kann man sich nur so geschmacklos anziehen! Sprich morgen mit deiner Herrin, sie müsse ihr unbedingt einen andersfarbigen Jupon anschaffen.«

»Den roten Jupon hat sie sich von mir geliehen«, bemerkte Nephritflöte etwas gekränkt. –

An einem der nächsten Nachmittage traf sich's, daß Mondfrau zu einem Nachbarbesuch außerhalb des Hauses weilte. Hsi Men war eben von einem Gelage heimgekehrt und wollte gerade die innere Pforte, die zu den Frauengemächern führt, durchschreiten, da stieß er zufällig mit Hui Liän zusammen. Vom Wein erhitzt, wie er war, zog er sie ohne Umstände an sich und preßte seine Lippen auf ihren Mund.

»Du, wenn du hübsch tust, was ich will, kannst du Kleider haben, soviel du magst«, brachte er mit schwerer Zunge heraus.

Sie machte sich lächelnd los und sprang, ohne einen Ton zu erwidern, davon. Hsi Men aber begab sich in das Wohnzimmer von Mondfrau, wo er Zofe Nephritflöte vorfand.

»Bring ihr diesen Fetzen blauen Atlas«, befahl er ihr mit gedämpfter Stimme, »und sag ihr, sie möchte sich einen Jupon davon schneidern. Das purpurrote Zeug, das sie neulich über dem zinnoberroten Rock trug, hätte ihr scheußlich gestanden.«

Nephritflöte war klug genug, um zu begreifen, was er meinte. Als Hui Liän das schöne blaue, mit Blumen aller vier Jahreszeiten lustig bestickte Stück Atlasseide auseinanderschlug, fragte sie die Überbringerin: »Was soll ich aber sagen, wenn die Erste wissen will, wo ich den neuen Jupon her habe?«

»Darüber brauchst du dir keine Gedanken zu machen«, beruhigte sie Nephritflöte. »Unser Herr wird es ihr selber beibringen. Übrigens läßt er dir sagen, du könntest noch viel mehr haben, wenn du ihm gefällig seist. Es trifft sich heute gut, daß die Erste nicht da ist.«

»Soll ich ihn in meinem Zimmer erwarten? Und wann?«

»In deinem Zimmer möchte er sich lieber nicht mit dir treffen. Es könnte von den Dienern bemerkt werden. Du möchtest unauffällig in den Park kommen und ihn in der Grotte des verborgenen Lenzes erwarten. Dort seid ihr ganz unbeobachtet.«

»Aber die Fünfte wohnt doch in der Nähe.«

»Ach, die sitzt augenblicklich mit der Dritten bei der Sechsten hinten im neuen Pavillon und spielt Schach.«

Tatsächlich saßen Goldlotos und Mong Yü Loh um diese Stunde bei Frau Ping und spielten zu dritt Schach. Jetzt erschien Zofe ›Kleinphönix‹ und meldete Hsi Mens Rückkunft. Daraufhin brachen die drei ihre Schachpartie ab, und Goldlotos und Mong Yü Loh begaben sich getrennt in ihre Gemächer zurück. Goldlotos aber hielt es vor Langerweile in ihrem Pavillon nicht aus und beschloß, Hsi Men aufzusuchen. Als sie nun an das Tor kam, das zu den Frauengemächern führt, sah sie Zofe Juwelchen davorstehen.

»Ist dein Herr drin?« fragte sie. Juwelchen schüttelte den Kopf und zeigte mit dem Finger in der Parkrichtung. Goldlotos verstand und wandte sich wieder nach dem Park zurück. Als sie sich der neuen Parkpforte näherte, tauchte mit einem Male Nephritflöte auf und stellte sich vor das Gatter, wie um ihr den Eingang zu versperren. Goldlotos schöpfte sogleich Verdacht. Ärgerlich schob sie die Zofe beiseite und öffnete das Gatter.

»Ihr dürft jetzt nicht eintreten. Der Herr will ungestört sein«, erkühnte sich Nephritflöte, ängstlich zu warnen.

»Schweig, du Stück Hundefleisch!« fuhr Goldlotos sie wütend an. »Bildest du dir etwa ein, ich hätte Angst vor ihm?«

Und schon war sie in den Park geeilt. Aber vergeblich hielt sie Umschau. Sie konnte den Gesuchten, den sie im Verdacht hatte, sich mit Nephritflöte ein Stelldichein gegeben zu haben, nirgends entdecken.

Jetzt lenkte sie ihre Schritte an der Grotte des verborgenen Lenzes vorüber. Da drangen von drinnen menschliche Laute an ihr Ohr, die einer männlichen und einer weiblichen Stimme angehörten. Rasch war sie am Grotteneingang und kam gerade noch rechtzeitig, um zu sehen, wie Hsi Men und Hui Liän aus enger Verstrickung auf dem Diwan auseinanderfuhren und sich hastig an ihrer stark in Unordnung geratenen Kleidung zu schaffen machten. Hochrot im Gesicht vor Verlegenheit, wollte Hui Liän schnell an ihr vorüber ins Freie entweichen.

»Was treibst du denn hier, du ranziges Stück Fleisch!« schnob Goldlotos sie an.

»Ich suchte bloß nach dem Diener Hua Tung'rl«, stammelte die Erschrockene und stob davon wie ein Rauch.

»Schamloser Strolch du! Also du bist ihr Hua Tung'rl!« wetterte jetzt Goldlotos gegen den Ertappten los, der noch immer nervös an seinem Hosenband herumhantierte. »Bei hellichtem Tage treibst du dich hier mit einer elenden Sklavendirne herum! Geohrfeigt hätte ich sie, wenn sie mir nicht so rasch entwischt wäre! Nun gestehe, wie oft hast du's mit ihr getrieben? Und bitte, nicht flunkern, sonst verpetze ich dich bei Mondfrau! Die wird's dem Schwein, der Sklavendirne, gehörig geben!«

»Pst! nicht so laut! sonst merken es die anderen«, suchte er sie, verlegen lächelnd, zu beschwichtigen. »Und ehrlich gestanden, es war das erste und einzige kleine Mal. Es kam so . . .«

»Ach, das glaube ich dir nicht. Ich werde mich schon erkundigen, und wehe dir, wenn du Schelm mich beschwindelt hast!«

»Laß schon gut sein!« lachte er und zog sie mit sich aus der Grotte in den Park. Nachdem sich Goldlotos bei den verschiedenen Zofen erkundigt und vergewissert hatte, daß er ihr tatsächlich die Wahrheit gesagt und daß seine Beziehung zu Hui Liän erst heute ganz harmlos mit dem Stück blauer Atlasseide ihren Anfang genommen hatte, da war sie rasch wieder ausgesöhnt und bewahrte über die ganze Geschichte Stillschweigen. Selbst Mong Yü Loh, mit der sie doch ein Herz und eine Seele war, bekam kein Wörtlein zu erfahren. Im Gegenteil, Goldlotos schlug die Taktik ein, Hsi Mens neueste Favoritin auch ihrerseits zu begünstigen und für allerlei persönliche Dienste heranzuziehen. So konnte also Hsi Men dank ihrer weitherzigen Duldung seine heimlichen Zusammenkünfte mit Hui Liän fortsetzen.

Allgemach mußte es natürlich auffallen, daß sich Hui Liän auf einmal viel feiner als sonst kleidete, daß sie ganze blanke Silberunzen mit sich herumtrug, daß sie ständige Kundin der Händler wurde, die draußen vorm Toreingang herumlungerten und ihre Haarpfeile und Emaillefedern feilboten. Auch konnte es nicht unbemerkt bleiben, wie warm Hsi Men für sie bei Mondfrau eintrat, wie er ihr Geschick im Teezubereiten lobte, wie er darauf bestand, daß sie von niederen Küchenarbeiten befreit werde und neben Nephritflöte lediglich einen leichten Zofendienst bei Mondfrau zu verrichten habe. Werte Leser, alte Erfahrung lehrt, daß sich die Herrschaft nicht mit dem Gesinde gemein machen soll. Wenn die Unterschiede zwischen oben und unten verwischt werden, dann schwindet alle hausliche Zucht, und freche Übergriffe sind schließlich die Folge. –

Es war am achten Tag des zwölften Monats. Hsi Men hatte am Vormittag vor, mit Schnorrer Ying am Begräbnis eines gemeinsamen Bekannten teilzunehmen. Die Pferde waren schon gesattelt, aber Schnorrer Ying, der ihn abholen sollte, ließ auf sich warten. Zufällig war der junge Musikus Li Ming anwesend, und um sich die Wartezeit zu kürzen, ließ sich Hsi Men, in der vorderen Empfangshalle neben seinem Schwiegersohn an den warmen Ofen gekuschelt, von ihm die Hauskapelle, bestehend aus den vier Zofen Tschun Meh, Ying Tschun, Nephritflöte und Orchideenduft, vorführen. Mitten im Musizieren erschien endlich Schnorrer Ying. Die vier Zofen wollten sich alsbald diskret entfernen, doch Hsi Men befahl ihnen zu bleiben.

»Ihr braucht doch vor Freund Ying nicht auszureißen. Geht und macht erst hübsch euren Knicks vor ihm!«

Gehorsam knickten die vier Holden vor dem Ankömmling in die Knie und vollzogen einen respektvollen Kotau. Ganz aufgeregt vor Entzücken über den reizenden Empfang hatte Schnorrer Ying zum soundsovielten Male sein »Wan fu« als Gegengruß gestottert.

»Der Glückliche! Wer kann sich ihm vergleichen!« seufzte er sie bewundernd an. »Vier so holde Schwesterchen um sich zu haben, wie die Hyazinthen, in Wassergläsern auf dem Fenstersims nebeneinandergereiht, eine hübscher als die andere! Leider komme ich mit leeren Händen, ich war so in Eile! Aber das nächstemal werde ich mir erlauben, euch eine Kleinigkeit für Schminke und Puder zu verehren.«

Die vier Hyazinthen dachten sich ihr Teil und verzogen sich kichernd. Hsi Men nahm rasch mit Schnorrer Ying und dem jungen Tschen ein kleines Frühstück ein, wobei es neben der unvermeidlichen Reisbouillon nicht unter zehn verschiedenen fleischlosen Gängen und drei Bechern starken Goldblumenweins abging. Dann brach er mit Schnorrer Ying auf. Vorher vergaß er nicht, generös, wie er war, dem jungen Li Ming von den reichen Überresten der Tafel im westlichen Seitenflügel eine anständige Mahlzeit verabreichen zu lassen.

Die Hyazinthen hatten eine Zeitlang im gleichen Raum, wo ihr Musikmeister sein Frühstück verzehrte, verschiedene Spiele getrieben, dann waren sie in den gegenüberliegenden östlichen Seitenflügel gegangen, um Hsi Mens Tochter, Frau Tschen, die dort wohnte, Gesellschaft zu leisten. Bloß Tschun Meh war bei Li Ming geblieben. Sie wollte mit ihm noch etwas auf der Pi-pa-Laute üben. Li Ming, von dem reichlichen Mahl und dem guten Tropfen angeregt, glaubte die günstige Gelegenheit dieses Alleinseins mit seiner reizenden Schülerin wahrnehmen zu sollen.

Dicht an sie herantretend, faßte er keck nach ihrer kleinen, unter dem weiten Ärmel verborgenen Hand. Aber da war er an die Falsche geraten. Wütend war Tschun Meh zurückgefahren.

»Was fällt dir ein, mich anzurühren, verdammte Schildkröte!« fauchte sie ihn an. »Was denkst du denn, wen du vor dir hast! Das könnte dir wohl so passen, erst hier herumzuvöllern und dann mit deinem garstigen Stichel in fremden Beeten herumzustochern! Aber warte, wenn Herr Hsi Men nach Hause kommt, werde ich's ihm erzählen. Dann wirst du was erleben! Hinausjagen wird man dich, verdammte Schildkröte!«

Und nachdem sie ihm noch einige Dutzend Schildkröten an den Kopf geworfen hatte, flitzte sie mit gerafftem Kleid zur Tür hinaus und lief, was sie laufen konnte, unterwegs weiterschimpfend, zur hinteren Halle, wo gerade Goldlotos, Mong Yü Loh, Frau Ping und Hui Liän beim Schach saßen.

»Was gibt's denn, kleiner Fleischkloß?« fragte Goldlotos aufblickend. Erhitzt und außer Atem erzählte Tschun Meh.

»Erst feixte er frech, dann bekam er's mit der Angst, wie ich zu toben anfing, und ist weggerannt. Ein Glück für ihn, sonst hätte ich ihm ein paar Ohrfeigen runtergehauen. Es zuckte mir höllisch in den Fingern, ihm das Gesicht grün und blau zu schlagen. So eine verdammte Schildkröte!«

»Reg dich nur nicht zu sehr auf, Kleine!« sagte Goldlotos gelassen. »Es schadet deinem Teint. Laß ruhig Herrn Hsi Men nach Hause kommen. Er wird dem Frechling die Tür weisen. Ich habe den Burschen, der unter dem Vorwand des Unterrichts in fremden Häusern herumwanzt, um die Töchter zu verführen, längst durchschaut. Der Krug ist nun voll.«

»Aber die zweite Herrin, seine Tante – sie wird mich's gewiß entgelten lassen«, meinte Tschun Meh etwas kleinlaut.

Am selben Abend erging an den Türhuter Lai Hsing'rl die strenge Weisung, den jungen Musikus Li Ming künftig nicht mehr das Haus betreten zu lassen. –

Die flüchtigen, verstohlenen Begegnungen mit Hui Liän, bei denen die eingeweihte Nephritflöte gewöhnlich die Rolle der Aufpasserin zu spielen hatte und deren Genuß durch die stete Angst vor dem Ertapptwerden stark beeinträchtigt wurde, genügten Hsi Men auf die Dauer nicht. Eines Abends gegen Ende des zwölften Monats sprach er zu Goldlotos:

»Liebes kleines Ölmaul, ich möchte heute nacht bei Hui Liän schlafen. Wäre das nicht hier in deinem Pavillon zu machen?«

»Was! Bei dir schwitzt ja die Verderbtheit förmlich aus allen Poren! Doch ich will nicht zanken. Wenn dich's durchaus gelüstet, dich mit der geilen Magd zu vergnügen, meinetwegen. Aber wo soll ich das Lager für euch unterbringen? Ich wüßte nicht, wo ich Platz hätte. Außerdem wird Tschun Meh kaum einverstanden sein. Frage sie doch mal!«

»Gut, ich sehe, es paßt euch Weibern nicht. Also werde ich mich in die Grotte des verborgenen Lenzes verziehen. Aber es ist dort verdammt kalt. Sorgt, bitte, dafür, daß die Grotte geheizt wird, und laßt das Bettzeug hinschaffen!«

Goldlotos mußte laut auflachen.

»Seht doch den verliebten König Hsiang, der sich mitten in kalter Wintersnacht zwischen kahlem, feuchtem Felsgestein zu seiner Fee betten möchte!«

Aber sie tat ihm den Gefallen und schickte noch zur selben Stunde Zofe Herbstaster mit Bettzeug nach der Grotte. Auch mußte sie ein gefülltes Kohlenbecken mitnehmen und ein lustiges Feuer anfachen. Hui Liän war inzwischen von Nephritflöte verständigt worden. Nachdem sie ihren Tagesdienst bei Mondfrau beendet hatte, verweilte sie einige Zeit vor der inneren Pforte; und als rundum keines Menschen Vorderzahn mehr zu sehen war, huschte sie wie ein Rauch in den Park. In der Grotte erwartete sie bereits Hsi Men, eine Kerze in der Hand. Er war kurz vor ihr gekommen.

Diesmal wird dem König Hsiang
Das Warten auf die Fee nicht lang,
Der Zauberberg erteilt den Segen
Und spendet den ersehnten Regen.

Beim Eintritt in die Grotte schlug Hui Liän ein eisiger Hauch entgegen, der sie zusammenschauern ließ. Die Glut im Kohlenbecken hatte die aufgespeicherte Kälte dreier Wintermonate noch nicht wesentlich zu mildern vermocht. Über dem Boden, über Tisch und Stühlen lag eine dicke Staubschicht. Immerhin trugen die würzigen Rauchschwaden, die von zwei Räucherkerzen aufschwelten, im Verein mit dem milden Schein der Lampe und den rotglimmenden Holzkohlen im Feuerbecken dazu bei, in der nüchternen Atmosphäre des unwirtlichen Raumes etwas wie Stimmung zu verbreiten. So gut es ging, machte sich's das Pärchen in dem improvisierten Lager auf dem Divan, dem einzig möglichen Aufenthaltsplätzchen des ganzen Raums, bequem. Hsi Mens zobelpelzgefütterter Überrock mußte als obere Bettdecke herhalten.

Während die beiden in enger heißer Verstrickung gar bald von Kälte nichts mehr spürten, stand draußen vorm runden Mondfenster der Grotte jemand und fror. Von übermächtiger Neugier getrieben, hatte sich Goldlotos, den Weg über blaugefrorenes Moos und durch mit spitzen Dornen bewehrtes Gebüsch nehmend, leise herangeschlichen, um das Pärchen zu belauschen. Jetzt vernahm sie von drinnen Gelächter, und dann unterschied sie Hui Liäns Stimme: »Hu, in diesem Eiskeller, diesem finstern Verlies muß man dich treffen! Bist du ein so armseliger Bettler, daß du keinen besseren Platz aussuchen konntest? Hier gerinnt einem ja der Speichel vorm Mund zu Eisfäden!«

Und eine Weile später: »Bei der Kälte kann man doch nicht schlafen. Wir wollen plaudern. Schau dir mal meine niedlichen Füße an! Im ganzen Hause kann ich keine Schuhe auftreiben, die zu meiner Fußgröße passen. Möchtest du mir nicht einmal ein Paar nach Maß machen lassen?«

»Wenn's weiter nichts ist!« erwiderte er. »Morgen kannst du eine ganze Auswahl in allen Farben haben. Ich hätte nicht gedacht, daß du noch kleinere Füße hast als meine Fünfte.«

»Pah! Wie kannst du mich nur mit der vergleichen! Neulich habe ich ihre Schuhe anprobiert. In denen haben ja meine eigenen bequem Platz. Nur sind die ihren hübscher gearbeitet.«

›Jetzt wird's interessant!‹ dachte die Lauschende draußen bei sich. ›Ich muß doch aufpassen, ob sie noch mehr über mich sagt.‹

»Wieviel Herbste hat eigentlich deine Fünfte schon vertrödelt?« hörte sie jetzt Hui Liän fragen. »Und war sie noch Jungfrau oder schon verheiratet gewesen, als du sie nahmst?«

»Sie war schon vorher mit einem reingefallen.«

»So, also eine, die schon längst an den Ehestall gewöhnt war. Gewiß so eine Wurzellose, die sich auf Tau betten und von Luft nähren mußte, wie man zu sagen pflegt«, warf Hui Liän geringschätzig hin.

›Frechheit!‹ dachte die Lauscherin draußen bei sich. ›Ausgerechnet von vertrödelten Herbsten, von auf Tau betten und von

Luft nähren zu sprechen. Wenn ich das den anderen Frauen erzählen wollte, wie dieses Weib hinter unserm Rücken über uns herzieht, das gäbe ja einen netten Skandal! Aber ihm zuliebe will ich mich beherrschen. Es wird sich schon Gelegenheit finden, ihr gründlich Bescheid zu sagen.‹

Und zornig lief sie weg. An der Gartenpforte aber machte sie noch einmal halt, zog eine silberne Spange aus dem Haar und klemmte sie derart ins Türschloß, daß die Pforte von drinnen nicht mehr zu öffnen war.

Als Hui Liän am nächsten Morgen unbemerkt den Park wieder verlassen wollte, gewahrte sie zu ihrem Schreck, daß die Pforte versperrt war. Vergebens rüttelte sie, sie wollte sich nicht auftun. Es half nichts, sie mußte Hsi Men zu Hilfe holen, und als auch er die Pforte nicht aufbrachte, blieb ihm nichts anderes übrig, als über den Parkzaun hinweg die in der Nähe befindliche Zofe Ying Tschun herbeizurufen. Der gelang es endlich, die Pforte zu öffnen, nachdem sie die eingeklemmte silberne Spange herausgezogen hatte. Hsi Men erkannte die Spange sofort als Eigentum seiner Fünften wieder, und nun war den beiden Liebesleuten klar, daß sie gestern nacht von Goldlotos belauscht worden waren.

Den Leib von der Teufelsbrut eines bösen Gewissens geschwellt, rannte Hui Liän eilends ihrer im vorderen Anwesen gelegenen Kammer zu. Im Hof, an den ihre Kammer stieß, lief ihr der Diener Ping An in den Weg. Er grinste sie dreist an. Sie blieb stehen. »Was gibt's zu lachen?« fragte sie streng.

»Nur nicht gleich böse werden, wenn man ein wenig lacht!«

»Du mußt doch einen Grund haben, so in der Frühe zu lachen.«

»Schwägerin, ich verstehe Eure Aufregung. Ihr seid gewiß die letzten drei Tage vor lauter Liebe nicht zum Essen gekommen, nun tanzen Euch Blumen vor den Augen. Eure Kammer stand doch diese Nacht leer, nicht wahr?«

Eine jähe Röte übergoß ihr Gesicht.

»Warum soll sie leergestanden haben, du alberner Schwätzer? Du siehst wohl Gespenster, verfluchter Sträflingssproß?« brauste sie auf.

»Ich habe Euch doch eben mit eigenen Augen draußen ausgesperrt gesehen.«

»Mag sein. Ich war in aller Frühe bei der Fünften.«

金瓶梅

第三十四回 獻芳樽内室乞恩

受私賄後庭說事

一

金瓶梅

第三十五回　西門慶為男寵報仇

金瓶梅

書童兒作女粧媚客

第三十六回 翟管家寄書尋女子

金瓶梅

蔡狀元留飲借盤纏

»Ja, ja! Und die Fünfte hat Euch so schön zappeln lassen, daß Ihr nicht vom Fleck konntet wie eine Krabbe auf dem Trockenen. Sie hat auch gesagt, Ihr könntet die Beine so schön breit machen, und sie würde Euch vors Haustor schicken, um Euch einen Fächer kaufen zu lassen, damit Ihr Euch den Mund trockenfächeln könntet, der immer feucht sei vom . . .«

Wutentbrannt stürzte sie quer durch den Hof auf ihn zu.

»Du Unrat schwitzender Auswurf, du! Warte, das werde ich jemandem erzählen! Du sollst deine Frechheit büßen!«

»Weiß schon, wem du es erzählen wirst. Jemandem, auf dessen Ast du so schön herumklettern kannst!« höhnte Ping An.

Außer sich vor Wut hob sie die geballten Fäuste und wollte ihn ins Gesicht schlagen. Da kam gerade rechtzeitig Tai A'rl aus der nahegelegenen Pfandleihe heraus. Augenblicklich sprang er hinzu und trennte die streitenden Parteien.

»Aber Schwägerin, Ihr werdet doch nicht schlagen!« sprach er beschwichtigend auf die Tobende ein.

»Habe ich vielleicht keinen Grund dazu? Dieser bissige Zahn hat mich ja beleidigt, daß mir die Wut meine Schultern weich und mürbe gerüttelt hat!«

Ping An hatte sich inzwischen davongemacht.

»Nehmt Euch das nicht so zu Herzen, Schwägerin!« mahnte Tai A'rl sanft. »Geht lieber in die Kammer und macht Euch zurecht. Ihr seid ja noch ganz unfrisiert.«

Sie langte in ihre Gürteltasche und reichte ihm ein paar kleine Silberbrocken: »Lieber Kleiner, sei doch so gut und hole mir eine Terrine voll schöner dicker Bouillon!«

»Gern.«

Nachdem sie sich gestärkt, gewaschen und frisiert hatte, trat sie zur üblichen Morgenmeldung bei Mondfrau an. Dann begab sie sich zu Goldlotos.

Goldlotos saß gerade beim Frisieren vorm Spiegel. Sie würdigte die Eintretende keines Blicks. Dienstbeflissen fuhr Hui Liän mit dem Wischlappen über den Spiegel, füllte Wasser ins Waschbecken und suchte sich sonst nützlich zu machen.

»Darf ich Euch die Schlafschuhe und die Fußbinden abnehmen?« fragte Hui Liän schüchtern.

»Laß! Dafür habe ich meine eigene Bedienung«, kam die kurze

Entgegnung. – »Herbstaster! Wo steckst du denn, dummes Ding?«

»Sie fegt draußen vor der Tür Schnee. Aber Tschun Meh ist nebenan. Soll ich sie rufen?«

»Kümmre dich nicht um sie und geh! Geh! Geh zu Herrn Hsi Men und bediene ihn! Er wird entzückt sein. Was hast du bei unsereinem zu suchen? Wir sind ja doch nur solche armselige Wesen, die sich auf Tau betten und von Luft nähren mußten und längst an den Ehestall gewöhnt waren, nicht wahr? Bei dir, verehrte Schwägerin, liegt die Sache natürlich ganz anders, du bist selbstverständlich als ehrbare Braut von Herrn Hsi Men in der Freudensänfte heimgeführt worden, du bist seine rechtmäßige Gattin, du hast deine Herbste nicht nutzlos vertrödelt wie unsereins, nicht wahr?«

Zerknirscht sank Hui Liän in die Knie. Sie sah sich gänzlich überführt. Hier gab's kein Vertuschen.

»Mein Schicksal ist in Eure Hand gegeben, Herrin. Übt Gnade!« bettelte sie demütig. »Nur weil ich Euch anfangs einverstanden glaubte, habe ich seinem Drängen überhaupt Folge geleistet. Ich weiß, Ihr habt in den hinteren Gemächern zu bestimmen, Ihr seid unser aller Gebieterin. Was ich wurde, verdanke ich nur Eurer Gunst. Nie wieder, ich gelobe es, werde ich Euch hintergehen. Wenn ich Euch je mit einem Wort belügen sollte, dann will ich eines elenden Todes sterben, dann soll mein Körper haardicht mit Geschwüren und Eiterbeulen bedeckt werden!«

»Es ist schon gut«, versetzte Goldlotos, wieder milder gestimmt. »Du siehst jedenfalls, meinem Auge entgeht nicht das kleinste Sandkorn. Meinetwegen magst du mit ihm weiter verkehren. Nur verbiete ich dir ein- für allemal, leichtfertige Reden über mich zu führen, wenn du bei ihm bist. Wenn es dir einfallen sollte, jemals wieder mit deiner Strohsohle auf mir herumzutrampeln, dann werde ich dich vor den Bauch treten, daß du springen sollst. Schwester, sei also vernünftig und hauche deine frühere Bosheit aus!«

»Ich gelobe es! Aber ich fürchte, Ihr habt meine Worte gestern abend etwas mißverstanden.«

»Ich habe sie wohl verstanden, einfältiges Ding! Und eins laß dir sagen: es gibt Männer, die auch von zehn Frauen nicht satt werden. So einer ist Hsi Men. Denkst du etwa, er hätte an dir, an mir, an der Ersten, Dritten, Sechsten genug? Er hält sich noch außerhalb des Hauses seine verschiedenen Puderlärvchen. Aber mir verheimlicht er nichts, mir berichtet er jedes Abenteuer. In der Zeit, während seine Erste die Nase voll Groll gegen ihn hatte, hat er sich viel draußen herumgetrieben. Aber stets, wenn er nach Hause kam, hat er mir alles getreulich erzählt. Bilde dir also nicht ein, du könntest mir etwas verschweigen!«

Hui Liän stand eine Weile stumm. Dann schlich sie betreten aus dem Zimmer.

Durch die Gunst, die ihr Hsi Men schenkte, selbstbewußt gemacht, nahm sich Hui Liän von Tag zu Tag größere Freiheiten heraus. Mit Vorliebe hielt sie sich am Toreingang auf und kaufte vorüberkommenden Hausierern ihren Plunder ab. Dabei kam sie natürlich häufig mit dem Provisor Fu, dem jungen Tschen und dem Sekretär Pen Se zusammen, die in den beiden Läden vorm Tor zu tun hatten, und bald maßte sie sich den dreien gegenüber einen familiären Ton an, der ihrer dienenden Stellung eigentlich wenig entsprach. So titulierte sie den Provisor Fu ziemlich respektlos ›alter Knabe‹, den jungen Tschen ganz einfach ›Tochtermann‹ und den Sekretär Pen Se nannte sie ›alte Vier‹, unter Anspielung auf das Zeichen Se in seinem Namen, das ja vier bedeutet.

Oft, wenn die drei gerade Kunden zu bedienen hatten oder über den Rechnungsbüchern saßen, mußten sie sich's gefallen lassen, daß Hui Liän in den Laden hineinplatzte und ihnen zumutete, augenblicklich auf die Straße zu springen und nach dem oder jenem Händler Ausschau zu halten, weil sie dringend das oder jenes benötige. Ihr Bedarf an Puder und Schminke, an Scheren und Tändeltüchern, an Emaillefedern und frischen Blumen fürs Haar, an Melonenkernen und Leckereien, die sie gewöhnlich großmütig mit dem anderen Gesinde zu teilen pflegte, war ganz gewaltig. Und daß sie stets bei Geld war, dafür sorgte heimlich Hsi Men. Manchmal gab sie zwei, drei Silberbatzen am Tag aus. Unter ihrem kurzen Jupon pflegte sie leuchtendrote enge Satinhöschen zu tragen, ihre Ärmeltasche barg nicht ein, nein drei Parfümfläschchen und doppelte Dosen mit Teepaste. Ihr ganzes Bestreben war, sich möglichst gut mit Goldlotos zu stellen, die sie richtig als diejenige einschätzte, die unter allen sechs Frauen Hsi Mens am meisten zu sagen hatte.

Ihr Dienst bei Mondfrau beschränkte sich darauf, sich früh zum herkömmlichen Morgengruß zu melden, im übrigen war sie ausschließlich um die Person der Fünften bemüht. Und die Fünfte zog sie ihrerseits nicht nur zur Bedienung, sondern auch zur Unterhaltung heran, spielte mit ihr Schach und ließ sie Wein einschenken und sogar am Tisch mit Platz nehmen, wenn Hsi Men in ihrem Pavillon weilte. Alles ihm zuliebe.

Gern mag das Weidenkätzchen mit dem Winde fliehn,
Die Pfirsichblüte mit der flinken Welle ziehn.

ZWANZIGSTES KAPITEL

Lai Wang schwatzt sich im Rausch ins Verderben. Hui Liän schluckt Schimpf und knüpft sich zweimal auf.

Der Abend des Laternenfestes sah Hsi Men wieder einmal mit seinen sämtlichen Frauen zu festlichem Gelage vereint. Viele bunte Lampions schmückten die hintere Empfangshalle, wo getafelt wurde. In einer Ecke des geräumigen Saals, ziemlich weitab von der Festtafel hatte der junge Tschen sein Tischchen. Während Tschun Meh, Ying Tschun, Nephritflöte und Orchideenduft wie üblich die Tafelmusik stellten und vier weitere Zofen servieren mußten, hatte sich's Hui Liän vorm Saaleingang in der Wandelgalerie, die zu den Seitenräumen führte, hinter einem Wandschirm bequem gemacht. Da saß sie ganz gemütlich auf ihrem Stuhl und vertrieb sich die Zeit mit dem unermüdlichen Vertilgen von Melonenkernen, wobei sie die Schalen acht- und wahllos auf den Boden um sich herum ausspuckte. Ihre ganze Aufgabe bestand darin, die männlichen Diener, die Speisen und Wein aus der Küche heranzuschaffen hatten, zu verständigen, wenn an der Tafel etwas gebraucht wurde. Einmal wurde drinnen nach Punsch gerufen. Da rief sie nun so laut, daß man es im Saal verstehen konnte: »He, Tai A'rl, Hua Tung'rl, rasch her mit dem

Punsch! Wo steckt ihr denn wieder mal, ihr Banditen? Nennt ihr das etwa aufmerksame Bedienung?«

Natürlich mußte der arme Hua Tung'rl, als er nun die Punschterrine hereinschleppte, einen scharfen Tadel einstecken, wobei Hsi Men die nämlichen Worte wiederholte, die er eben aus Hui Liäns Munde gehört hatte. Als der Diener wieder herauskam, machte er Hui Liän deswegen Vorwürfe.

»Der Tadel war ganz verdient«, entgegnete sie. »Warum seid ihr nicht pünktlich zur Stelle, wenn drinnen etwas gebraucht wird?«

»So, und die Schalen hier auf dem Boden geben wohl für den Herrn keinen Anlaß zum Tadel?«

»Bezahle lieber das Geld, das du meinem Mann seit dem sechsten Monat schuldest!« fuhr sie ihn an. »Und wenn du die Schalen nicht sofort wegkehrst, werde ich dich melden!«

Was blieb dem eingeschüchterten Diener anderes übrig, als den Besen zu holen und zu gehorchen? Das war die Tonart, in der sie mit ihresgleichen umzuspringen pflegte. –

Kurz darauf bemerkte Hsi Men, daß der junge Tschen an seinem Tisch nicht mit Punsch versehen war.

»Geh und bringe ihm etwas zu trinken!« sagte er zu Goldlotos. Und Goldlotos folgte dieser Weisung nur zu gern. Ihr gewinnendstes Lächeln aufsetzend, trat sie an des jungen Tschen Tisch.

»Schwager, auf ausdrücklichen Befehl Eures Herrn bringt Euch die ergebene Sklavin diesen Becher Punsch. Wohl oder übel müßt Ihr ihn schon annehmen«, sprach sie schalkhaft, ihm mit verheißungsvollem Augenaufschlag den gefüllten Becher hinhaltend.

»Schwägerin Fünf, verweilt Euch etwas! Ich möchte Euren Trunk in Ruhe genießen«, erwiderte er, ihr tief ins Auge schauend.

Goldlotos schob sich mit Bedacht zwischen den Lichtschein, der von der Kerze auf seinem Tisch ausging, so daß sie, von der großen Tafel aus gesehen, im Schatten stand. Während sie ihm nun mit der Linken den Becher hinhielt, ließ sie ihre Rechte sanft über den Rücken seiner zum Zufassen hingestreckten Hand gleiten. Er erwiderte mit einem leisen Druck auf ihren Fuß.

»Vorsicht, Kleiner! Wenn das Hsi Men sieht!« warnte sie lächelnd, rührte sich aber gleichwohl nicht vom Fleck. Ungesehen von der Tafelrunde, trieben so die beiden eine Weile das stumme

Spiel verliebter Gesten und zärtlicher Blicke. Sie ahnten nicht, daß von der anderen Seite her ein Augenpaar jede ihrer Bewegungen mit gespannter Aufmerksamkeit verfolgt hatte.

›Diese Scheinheilige!‹ dachte Hui Liän, vom nahen Saaleingang her durch die Gucklöcher des Wandschirms lugend, bei sich. ›Vor uns Zofen tut sie wunder wie gesetzt, und hier tändelt sie heimlich mit diesem jungen Burschen! Na, die soll mir mal wieder etwas sagen wollen!‹ –

An einem schönen Märznachmittag benutzten Hsi Mens Frauen seine Abwesenheit, im Parke zu lustwandeln und ihren frühlingsmatten Gliedern auf der Schaukel etwas Bewegung zu machen. Paarweise nahm man auf dem buntlackierten Schaukelbrett Platz, erst Mondfrau mit Mong Yü Loh, dann Frau Ping mit Goldlotos. Li Kiao'rl hatte keinen Mut mitzutun, und Sun Hsüe O steckte wie gewöhnlich in der Küche.

»Jetzt wollen wir mal zu dritt schaukeln!« schlug Mong Yü Loh vor. »Schwester Fünf, du stellst dich aufs Brett!«

»Aber man darf dabei nicht lachen!« setzte Mondfrau hinzu.

Hui Liän und Tschun Meh mußten einen Schwung geben, und die feinen Hände um die Halteseile schließend, schaukelte man zu dritt lustig auf und ab.

Rosenwange neben Rosenwange,
Weiche Schulter lehnt an Schulter weich,
Zarte Fäustchen klammern sich am Strange,
Füßchenpaare wippen auf zugleich.

Goldlotos fand besonderen Gefallen an der Sache und lachte ausgelassen aus luftiger Höhe herab. Da, Mondfrau warf ihr eben noch ein paar warnende Worte zu, kam ihr Fuß auf dem glatten Brett ins Gleiten, sie rutschte ab, und es hätte nicht viel gefehlt, so wäre sie mitsamt der Dritten vom Brett gestürzt. Zum Glück hatte sie sich noch rechtzeitig festklammern können.

»Habe ich's nicht gleich gesagt? Man darf beim Schaukeln im Stehen nicht albern, sonst wird man schlaff in den Beinen und stürzt ab«, belehrte Mondfrau die anderen. »Ich entsinne mich da eines Vorfalls aus meiner Kindheit. Es war auch um diese Jahreszeit, kurz vor dem Tsing-ming-Fest, da vergnügten wir Kinder uns – wir waren mit der kleinen Tschou vom Nachbarhause zusammen vier Mädel – gemeinsam auf unserer Schaukel im Garten. Die kleine Tschou schaukelte im Stehen, und da ist sie beim Albern auch plötzlich ausgerutscht und so heftig rittlings auf die schmale Brettkante zu sitzen gekommen, daß ihr dabei an einer gewissen Körperstelle etwas gerissen ist. Was soll ich euch sagen: als sie später heiratete, ist sie von ihrem jungen Ehemann gleich nach der Brautnacht wieder zu ihren Eltern zurückgeschickt worden, weil sie die Jungfrauschaft bereits verloren hätte, wie er behauptete. Wie fatal für das arme Ding! Seitdem habe ich allen Respekt vor der Schaukelei.«

»Schwester Drei hatte das Gleichgewicht gestört«, meinte Goldlotos. »Jetzt will ich mal mit Schwester Sechs allein schaukeln!«

Die beiden kamen gerade sachte in Schwung, als der junge Tschen hinzutrat.

»Ah, hier wird ja fleißig geschaukelt«, bemerkte er.

»Ihr kommt gerade recht, Tochtermann«, sagte Mondfrau. »Ihr könnt Euch nützlich machen und Euren beiden Schwägerinnen mal einen recht schönen Schwung geben. Die Kraft der Zofen reicht doch nicht aus.«

Nun, der junge Tschen war hellhörig wie ein alter erfahrener Bonze, der die Glocke läuten hört, bevor sie angeschlagen ist.

»Mit Vergnügen!« erwiderte er und war mit hurtigen Sätzen an der Schaukel.

»Haltet an, Schwägerin Fünf!« sagte er zu Goldlotos, sie keck an ihrem flatternden Jupon fassend. Dann stieß er sie energisch vorwärts, so daß die Schaukel einen hohen Schwung machte.

»Mir auch einen Stoß!« bat die Sechste, die diesmal auf dem Brett stand.

»Nicht so hitzig, Schwägerin! Hübsch eine nach der anderen! Ich kann nicht mit meinen Händen und Füßen gleichzeitig zwei bedienen!« rief er zu ihr hinauf.

Nun hob er den Jupon der Sechsten etwas auf, so daß ihr rotes Untergewand zum Vorschein kam, legte seine Hände um ihre rundlichen Hüften und gab ihr einen kräftigen Schwung.

»Nicht so derb!« kam es lachend von oben. »Sonst falle ich! Ich kann kaum noch stehen!«

»Nanu, Ihr habt doch nicht getrunken!«

So flogen eine Weile verfängliche Worte und versteckte Anzüglichkeiten hin und her, dann stiegen die beiden von der

Schaukel herab, um Hui Liän und Nephritflöte Platz zu machen. Hui Liän verstand es, mit großer Sicherheit auf dem Brett zu stehen und durch geschickten Druck ihrer elastischen Schenkel auch ohne des jungen Tschen Hilfe die Schaukel so in Schwung zu bringen, daß sie, wie von Geisterhand bewegt, auf und ab flog.

»Seht doch, wie großartig die's versteht!« sagte Mondfrau bewundernd zu den anderen.

Am gleichen Nachmittag, während sich Hsi Mens Schöne so im Park am Schaukelspiel ergötzten, traf Diener Lai Wang auf der Rückreise aus Hang tschou mit mehreren Saumtierlasten von Kisten und Koffern ein, in denen die als Geburtstagsspende für den Kanzler Tsai bestimmten Kleidungsstücke verstaut waren. Auf dem Wege zu den hinteren Gemächern begegnete ihm Sun Hsüe O.

»Ah, da bist du ja wieder!« begrüßte sie ihn. »Hast gewiß auf der Hinreise viel unter den Unbilden des Wetters, unter Winternebeln und Sandstürmen zu leiden gehabt. Aber wohl siehst du aus! Ordentlich dick bist du inzwischen geworden!«

»Ist der Herr augenblicklich zugegen?«

»Nein, er hat heute mit seinen Freunden einen Ausflug gemacht. Seine Tochter und seine Frauen weilen im Park bei der Schaukel.«

Sie lud ihn in ihr Zimmer zu einer Tasse Tee.

»Hast du schon gegessen?«

»Nein, noch nicht. Ich wollte eben die Erste begrüßen und mich dann etwas säubern und waschen. Ist meine Frau in der Küche? Wie kommt's, daß ich sie gar nicht sehe?«

Sun Hsüe O verzog das Gesicht zu einem frostigen Lächeln.

»In der Küche? I wo! Deine Frau ist inzwischen eine feine Dame geworden. Sie leistet nur noch Dienst als Gesellschafterin.«

Ihre Unterhaltung wurde durch das Erscheinen von Mondfrau unterbrochen, die inzwischen von Lai Wangs Ankunft benachrichtigt worden war. Sie sagte ihm guten Tag, erkundigte sich nach dem Verlauf der Reise und beschenkte ihn mit zwei Flaschen Wein.

»Nun geh in dein Zimmer«, sagte sie freundlich, »stärke dich, wasche dich und ruhe dich aus, bis Herr Hsi Men dich rufen läßt.«

In Begleitung seiner Frau Hui Liän, die sich endlich auch eingefunden hatte, suchte Lai Wang seine Kammer auf. Hui Liän half ihm nachlässig beim Auspacken und Umkleiden und trug ihm etwas zu essen auf.

»Wie dick du geworden bist, schwarzer Bandit!« Das war alles, was sie ihm Zärtliches zu sagen hatte.

Gegen Abend kam dann Hsi Men nach Hause und ließ sich von ihm den Reisebericht erstatten.

»Es traf sich gut, daß ich auf der Rückreise von einer Mandarinendschunke mitgenommen wurde«, schloß Lai Wang. »So konnte ich Träger und Maultiere sparen und mich um die Wegzölle drücken. Die von Euch bestellte Garderobe liegt fix und fertig wohlverpackt im westlichen Seitenflügel.«

Hsi Men drückte ihm seine Zufriedenheit aus, bewilligte ihm ein paar Unzen Botenlohn und entließ ihn.

Am nächsten Tage suchte Lai Wang heimlich Frau Sun Hsüe O auf und steckte ihr verschiedene zarte Dinge zu, die er ihr von der Reise mitgebracht hatte: zwei Batisttücher, zwei Paar geblümte Kniehöschen, vier Schachteln besten Hang-tschou-Puder und zwanzig Dosen Schminke. Sun Hsüe O revanchierte sich damit, daß sie ihm rückhaltlos über das, was sich während seiner Abwesenheit im Hause zugetragen hatte, Aufschluß erteilte.

»Während der ganzen letzten vier Monate hat's deine Frau in dieser Weise mit Hsi Men getrieben, Zofe Nephritflöte hat dabei Schlepperdienste getan, und die Fünfte hat ihre Wohnung als Liebesnest hergegeben, nachdem sich die beiden anfangs in der Grotte des verborgenen Lenzes getroffen hatten. Später haben sie bei der Fünften ganze Tage und Nächte lang zusammen geschlafen, einmal vom Morgen bis zum Abend, einmal vom Abend bis zum Morgen. Kleider, Schmuck, Geld hat sie in Hülle und Fülle von ihm bekommen. Manchmal hat sie zwei, drei Silberbatzen am Tage ausgegeben.«

Lai Wang wechselte die Farbe. »Ich wunderte mich schon über die vielen Kleider und den Schmuck in ihrer Truhe. Als ich sie nach deren Herkunft fragte, sagte sie nur, das habe sie alles von der Ersten geschenkt bekommen«, stieß er ingrimmig hervor.

Lai Wang liebte einen guten Tropfen. Als der Abend kam, hatte er bereits eine stattliche Menge von Wein hinuntergespült, um den Schmerz, der in seinen Eingeweiden fraß, zu ersäufen. Halb berauscht, wie er war, trieb es ihn, die Truhe seiner Frau zu öffnen und im Inhalt herumzuwühlen. Da bekam er nun auch ein prachtvolles Stück geblümter blauer Atlasseide unter die Finger.

»Wo hast du denn den Fetzen her?« fragte er seine Frau lauernd.

Hui Liän lachte ein verlegenes Lachen.

»Dumme Frage! Natürlich von der Ersten. Von wem wohl sonst? Sie wollte, daß ich mir einen Jupon davon schneidern sollte. Bisher bin ich nur noch nicht dazu gekommen.«

»Und der andere Trödel hier? Du, ich rate dir, sag die Wahrheit!« fuhr er sie drohend an.

»Verrückter Kerl, meinst du etwa, ich hätte das Zeug aus Scherben und Kehricht aufgelesen? Jedes Tier hat sein Nest, seinen Bau. Bin ich nicht ein Mensch, der seine Angehörigen, seine sechserlei Verwandtschaft hat? Von meiner Tante habe ich den Schmuck geliehen erhalten, damit du's nur weißt!«

Schwupp! hatte sie eine Schelle sitzen.

»Was, du verfluchtes Frauenzimmer willst dich auch noch ausreden? Ich habe meine Zeugen, die haben gesehen, daß du dich mit einem gewissen Schweinehund eingelassen hast, für den es keine fünf menschlichen Grundbeziehungen gibt. Die elende Magd Nephritflöte war die Schlepperin, die hat dir das blaue Atlaszeug gebracht und dich in die Gartengrotte geholt, später hast du's mit ihm im Pavillon der verdammten Fünften getrieben, ganze Tage und Nächte lang. Daß du's nur weißt!«

Hui Liän begann laut zu heulen.

»Schlechter Mensch du! Mich zu schlagen! Was habe ich dir eigentlich getan? Welche gemeine Zunge hat dich gegen deine Frau aufgehetzt? Ich stamme aus anständigem Hause, und wenn ich auch nur *einen* unrechten Schritt getan habe, will ich nicht mehr meinen ehrlichen Namen tragen! Den blauen Atlasstoff hat mir die Erste geschenkt. Das war im elften Monat am Geburtstag der Dritten, da trug ich über meinem purpurroten Rock einen zinnoberroten Jupon, den mir Nephritflöte geliehen hatte. Der Ersten hatte die Farbzusammenstellung mißfallen, und da hat sie mir den Stoff geschenkt, damit ich mir einen neuen Jupon davon machen sollte. Nein, mich so zu verkennen! Ich bin außer mir!«

»Gut, dann habe ich mich unnötig aufgeregt«, brummte Lai

Wang, anscheinend beruhigt. »Nun, mache mir rasch mein Lager, ich möchte schlafen.«

Und damit war das Unwetter für Hui Liän noch einmal glücklich vorübergegangen. Sie konnte es kaum erwarten, bis die Nacht um war. Dann eilte sie zu Nephritflöte.

»Wer hat denn da ausgeplaudert?«

Nephritflöte wußte es auch nicht. Aber bald sollte es ihnen ein doppelter Zufall verraten. Es war an einem der nächsten Tage, da schickte Mondfrau Zofe Juwelchen nach Sun Hsüe O aus. Juwelchen konnte die Gesuchte zunächst nirgends finden, dann sah sie sie auf einmal aus Lai Wangs Kammer herauskommen. Natürlich dachte Juwelchen, sie hätte da mit Lai Wangs Frau etwas zu besprechen gehabt. Als sie aber gleich darauf die Küche betrat, fand sie drin Hui Liän beim Fleischhacken! Das andere Mal hatte Hsi Men, als er vom Innenhof aus, den die einzelnen Frauengemächer umschließen, nach Lai Wang rief, ihn in sichtlicher Verlegenheit aus Frau Suns Gemach herausstürzen sehen. So wurde es offenbar, daß zwischen Frau Sun und Lai Wang eine Vertraulichkeit bestand und daß nur Frau Sun geplaudert haben konnte. –

Eines Abends hatte sich Lai Wang wieder einmal einen gehörigen Rausch angetrunken. Da hatte sich ihm nun die Zunge gelöst, und in der Gesindestube hatte er vor einigen anderen Dienern laut gegen Hsi Men loszupoltern begonnen:

»Mit dem blauen Atlaszeug hat's angefangen, das er meiner Frau, während ich nicht da war, von jener Magd bringen ließ. Damit hat er meine Frau rumgekriegt. Erst haben sie sich in der Gartengrotte getroffen, später bei der verdammten Fünften. Aber er soll mir nur mal aus Versehen an den kleinen Finger stoßen, da werde ich dafür sorgen, daß mein Messer vorne weiß bei ihm hineinfährt und hinten rot wieder herauskommt. Und das verdammte Weib, die Fünfte, muß auch dran glauben! Und ihr sollt sehen, ich halte Wort! Hat das Weib nicht ihren ersten Mann, den Wu Ta, mit Gift umgebracht? Wer hat ihr damals aus der Klemme geholfen und durch sein Geld dafür gesorgt, daß ihr Schwager, der Wu Sung, erst in den Kerker und dann an die Grenze geschickt wurde? Der Schuft, der Hsi Men. Ei, wie ich ihn hasse, den Kerl, den Frauenjäger! Er und die Fünfte, beide müssen sterben!«

Also hatte Lai Wang mit schwerer Zunge gesprochen und in seiner Bezechtheit nicht darauf geachtet, daß sich unter den Zuhörern auch der Pförtner Lai Hsing'rl befand. Zwischen beiden bestand ein alter Groll, und so hatte Lai Hsing'rl nichts Eiligeres zu tun, als am nächsten Vormittag Goldlotos aufzusuchen.

»Was gibt's? Wo weilt dein Herr?« fragte sie ihn.

»Der Herr ist ausgegangen, er hat eine Verabredung mit Onkel Ying«, sagte er kurz und fuhr zögernd, mit unsicherem Blick auf die zufällig mit anwesende Mong Yü Loh, leise fort:

»Ich bringe eine wichtige Mitteilung. Aber darf ich auf Eure Verschwiegenheit zählen? Ich möchte nicht, daß es herauskommt, daß die Mitteilung von mir stammt. Auch seid Ihr nicht allein . . .«

»Sei unbesorgt! Sprich dich ruhig aus! Schwester Drei ist keine Fremde für mich.«

Lai Hsing'rl berichtete ihr nun ausführlich, was für Äußerungen Lai Wang am Abend zuvor in der Trunkenheit getan, wie er Hsi Men als Schweinehund und sie, die Fünfte, als Giftmörderin beschimpft und dunkle Drohungen ausgestoßen hatte von einem Messer, das vorn weiß hineinfahren und hinten rot herauskommen sollte. Und so sei er gekommen, sie zu warnen.

Entsetzt hatten ihm die beiden Frauen zugehört. Goldlotos hatte sich verfärbt und ihre silberblanken Zähne so eng aufeinandergepreßt, daß sie hörbar knirschten.

»Den Tod verdient er, dieser rebellische Sklave!« stieß sie jetzt hervor. »Habe ich ihm jemals etwas zuleide getan? Was geht mich die Affäre zwischen seiner Frau und seinem Herrn an? Natürlich muß der gefährliche Bursche schleunigst aus dem Haus. Man ist ja seines Lebens nicht mehr sicher.«

Und zu Lai Hsing'rl gewandt: »Sobald dein Herr heimkommt und dich rufen läßt, mußt du ihm alles genau erzählen. Verstanden?«

»Verlaßt Euch drauf!« erwiderte er gehorsam und verschwand.

»Hat denn Hsi Men wirklich etwas mit der Dienerfrau vorgehabt?« fragte die ahnungslose Mong Yü Loh. Goldlotos konnte nun nicht gut anders, als sie aufzuklären.

»Dieses ranzige Stück Fleisch!« rief Mong Yü Loh entrüstet aus. »Also darum dieses diensteifrige, aufdringliche Getue, um uns hinter unserem Rücken desto ungestörter zu bestehlen! Soll man ihn denn überhaupt von der Geschichte in Kenntnis setzen? Mit Rücksicht auf die Erste wäre es eigentlich angebracht zu schweigen. Aber wenn nun dieser Sklave eines Tages seine Drohung wahrmachen sollte, dann könnten wir es nicht verantworten, daß wir geschwiegen haben.«

»Überlasse das ganz mir! In diesem Falle darf's keine Schonung geben!« erwiderte Goldlotos bestimmt und wieder völlig gefaßt.

Als an diesem Abend Hsi Men bei Goldlotos im Pavillon erschien, fand er sie, das Wolkenhaar aufgelöst, die Duftwangen tränenfeucht, die Augenränder rotgeschwollen, verstört am Bettrand sitzen.

»Nanu! Was gibt's denn?« fragte er ganz erstaunt.

Sie erzählte.

»Wenn du den Schuft weiter derart über uns reden läßt, verliert dein Gesicht jeden Glanz. Und wenn wir nicht beizeiten einen Plan fassen, um seiner Gifthand zuvorzukommen, dann ist's um unser beider Leben geschehen.«

»Von wem mag der Schuft die Geschichte erfahren haben? Unterhält er irgendwelche Beziehungen zu meinen hinteren Gemächern?«

»Da mußt du Juwelchen fragen.«

Hsi Men begab sich auf der Stelle nach vorn und ließ sich in seinem verschwiegenen Arbeitskabinett von Lai Hsing'rl die ganze Geschichte wiederholen. Er fand die Aussage von Goldlotos voll bestätigt. Dann nahm er sich Juwelchen vor, und von der erfuhr er, daß nur Sun Hsüe O geplaudert haben konnte. Seine erste Maßnahme war also, daß Sun Hsüe O eine Tracht Prügel erhielt und daß ihre Bewegungsfreiheit durch Wegnahme ihrer Oberkleidung eingeschränkt wurde. Sie durfte künftig nur noch in die Küche und mit der weiblichen Dienerschaft umgehen. Jeder Verkehr, jedes Gespräch mit der männlichen Dienerschaft war ihr streng untersagt.

Dann benutzte er die erste passende Gelegenheit, um sich mit Hui Liän auszusprechen. Sie faßte die Sache viel weniger tragisch auf.

»Ach was, das sind höchstens geschwollene Redensarten, die er im Rausche geführt hat. Er ist gar nicht so blutrünstig, wie es nach diesen Worten scheint. Ich stehe für ihn ein. Er lebt doch von deinem Wohlwollen und wird nicht so töricht sein, den Ast, an den er sich klammert, selber absägen zu wollen. Höre doch nicht auf solche Redereien! Wer hat dir übrigens die ganze Geschichte erzählt?«

»Meine Fünfte. Und Lai Hsing'rl hat ihre Angaben bestätigt.«

»Ach der! Ja, dann wundere ich mich freilich nicht. Der kann es nämlich nicht verwinden, daß du die Vorratskammereinkünfte, die er früher zu besorgen hatte, neuerdings meinem Mann überlassen hast. An solchen Einkäufen bleibt ja immer ein kleiner Gewinn hängen, und da fühlt er sich durch meinen Mann benachteiligt und haßt ihn. Nein, dessen Rederei brauchst du nicht so ernst zu nehmen. Aber vielleicht wäre es am besten, du brächtest meinen Mann irgendwie auf gütliche Art aus dem Hause. Vertrau ihm doch ein paar Silberunzen an, damit er irgendwo an einem entfernten Platz ein selbständiges kleines Geschäft betreiben kann. Wie ich ihn kenne, würde das seinen Wünschen entsprechen, und wir beide hätten die Freiheit, uns früh und abends ungestört zu treffen.«

»Da hast du eigentlich recht«, stimmte ihr, leicht beeinflußbar, Hsi Men zu. »Ich könnte ihn überhaupt mit den Geburtstagsgeschenken für den Kanzler Tsai nach der östlichen Hauptstadt schicken. Allerdings ist er eben erst aus Hang tschou zurück, und deshalb wollte ich eigentlich Lai Pao schicken. Aber du hast ganz recht. Und wenn er aus der östlichen Hauptstadt zurückkommt, werde ich ihm tausend Unzen geben und ihn wieder nach Hang tschou schicken. Dann mag er dort auf meine Rechnung einen Seidenhandel aufmachen. Was meinst du?«

»Ach ja! Das ist ein feiner Plan!« rief sie entzückt aus und umschlang seinen Hals. Eine Weile ließ sie sich den Mund von seinen zärtlichen Küssen schließen, dann bettelte sie: »Wie steht's denn mit dem silbernen Haarnetz, das du mir versprochen hast? Wie lange soll ich noch darauf warten?«

»Morgen, Kind. Gleich morgen gehe ich zum Silberschmied, acht Unzen lasse ich springen. Aber wenn nun die Erste wissen will, woher du es hast?«

»Ach, bis dahin habe ich mir längst etwas ausgedacht. Ich werde einfach meine Tante vorschützen, die hätte es mir geliehen.«

Anderntags rief Hsi Men den Diener Lai Wang zu sich.

»Ich habe beschlossen, dich nach Kai fong fu zu senden. Du sollst dem Kanzler Tsai meine Geburtstagsspende überbringen. Am Achtundzwanzigsten dieses Monats brichst du auf. Rüste beizeiten dein Gepäck. Und wenn du zurück bist, will ich dich nach Hang tschou schicken. Du sollst dort einen Seidenhandel auf meine Rechnung eröffnen.«

Lai Wang fühlte sich durch diese doppelte Mission außerordentlich geehrt, vollzog seinen Dankeskotau und machte sich alsdann augenblicklich an die Reisevorbereitungen.

Sein Widersacher Lai Hsing'rl aber suchte schleunigst Goldlotos auf und unterrichtete sie von der neuen Wendung der Dinge. Goldlotos beschloß, sofort Rücksprache mit Hsi Men zu nehmen, und stürzte zum Aussichtspavillon im Park, wo er gerade weilen sollte, wie ihr gesagt wurde. Dort traf sie aber nicht ihn an, sondern nur seinen Schwiegersohn, den jungen Tschen. Er war gerade damit beschäftigt, Geschenkkisten mit Verschlußstreifen und Siegeln zu versehen.

»Wo ist denn der Herr, und was versiegelst du da?« fragte sie.

»Eben war er noch hier. Er wollte zu Mondfrau. Das hier sind die Geschenke für den Kanzler.«

Geschwind stieg Goldlotos die Stufen zum Aussichtshügel wieder hinab und eilte dem Parkausgang zu. Unterwegs begegnete sie Hsi Men. Sie zog ihn mit sich in ihren Pavillon.

»Schickst du wirklich diesen Lai Wang nach der östlichen Hauptstadt?« fragte sie.

»Ja.«

»Also hast du dich von der Magd beschwatzen lassen, und meine Worte gelten dir wieder mal nichts! Und später willst du ihn gar in Hang tschou ein Seidengeschäft aufmachen lassen? Deinem ärgsten Feind willst du tausend schöne Unzen anvertrauen? Hast du denn gar keine Augen im Kopf! Meinst du, der Kerl wird das Geld zu deinem Nutzen arbeiten lassen? Keinen Käsch wirst du davon jemals wiedersehen! Andererseits, wenn du ihn hier im Hause wohnen läßt, ist dein Leben in Gefahr, und meine Augen werden früher oder später nicht mehr über dir wachen können. Mein Ko ko, verstehe mich recht! Nicht etwa Eifersucht bewegt mich. Das Weib magst du haben, meinetwegen.

Aber um dein Geld, dein Leben zittre ich. Der Kerl muß aus dem Wege! Unkraut muß man beizeiten mit der Wurzel ausrotten, sonst wächst es immer wieder nach!«

Ihre Worte bewirkten bei ihm abermals einen völligen Stimmungsumschwung. Es war ihm, als sei er aus einem Traum erwacht.

»Ich habe mir in der Nacht die Sache anders überlegt«, sprach er am nächsten Tag zu Lai Wang. »Du bist eben erst von der Reise zurück, da kann ich dir eigentlich nicht zumuten, daß du schon wieder die Strapazen einer weiten Reise auf dich nimmst. Ich werde Lai Pao schicken. Gönne dir noch ein paar Tage Ruhe, dann werde ich dir Geld geben, da kannst du dir einen Geschäftsführer dingen und an der Straßenseite eine kleine Handlung aufmachen!«

Was konnte Lai Wang tun? Ein Knecht muß sich dem Willen seines Herrn fügen. Er erklärte sich also einverstanden und bemühte sich dann in seiner Kammer, seinen Ärger mit reichlichen Bechern hinunterzuspülen. Nachdem er sich einen Rausch angetrunken hatte, begann er wieder, gegen Hsi Men zu poltern und wilde Drohungen auszustoßen.

»Willst du endlich aufhören mit dem Zähnefletschen, bissiger Köter!« verwies ihn Hui Liän ärgerlich. »Du redest ja unverantwortliches Zeug! Die Mauern haben Spalten und die Wände Ohren! Löffle lieber deine Erbsensuppe aus!«

Und sie sorgte dafür, daß er bald zu Bett ging. Während er nun seinen Rausch ausschlief, eilte sie selbst zu Nephritflöte und ließ durch sie Hsi Men herausbitten. In einem abgelegenen Hofwinkel hinter der Küche hatte sie mit ihm eine verstohlene Aussprache. Nephritflöte mußte wie üblich Wache stehen.

»Du bist mir einer!« begann sie vorwurfsvoll. »Kaum hat man sich mit dir über die Richtung geeinigt, da wirfst du den Gaul wieder anders herum. Auf einmal schickst du jetzt den Lai Pao los, und mein Mann soll zu Hause bleiben. Du bist ja der reine Spielball, den man nach Belieben auf und ab tanzen lassen kann, schlapp wie ein Lampendocht, der sich auf und nieder schrauben läßt! Nächstens wirst du dem Lügengott einen Tempel errichten. Was soll man denn noch von deinem Wort halten?«

»Na, na! Ganz so schlimm ist es nicht«, beruhigte er sie lachend.

»Ich habe mir nur überlegt, daß er bisher ganz fremd im Kanzlerpalast ist, während Lai Pao dort gut Bescheid weiß. Aber er kann ja auch hier ein hübsches kleines Geschäft betreiben.«

»Woran dachtest du denn?«

»An eine Weinhandlung. Das wird seiner Neigung am meisten entsprechen.«

»Allerdings, das glaube ich auch«, sagte Hui Liän befriedigt und ging in ihre Kammer zurück, um ihrem Mann die tröstliche Kunde mitzuteilen.

Wenige Tage später bestellte ihn Hsi Men zu sich in sein Arbeitszimmer. Auf dem Tisch vor sich hatte er sechs verschlossene Silberpäckchen liegen.

»Ich wollte dich nicht gleich wieder den Strapazen einer weiten Reise aussetzen, nachdem du eben erst aus Hang tschou zurück bist. Außerdem bist du im Kanzlerpalast fremd, deshalb habe ich an deiner Stelle Lai Pao geschickt. Nun nimm diese sechs Päckchen an dich. Sie enthalten dreihundert Silberunzen. Dinge dir einen Geschäftsführer und mache vorn an der Straßenseite eine Weinhandlung auf. Ich denke, es wird dein Vorteil sein. Die Sache wird einen ganz hübschen Monatsgewinn abwerfen.«

Erfreut dankte Lai Wang mit einigen Kotaus, nahm die sechs Päckchen an sich und eilte zu seiner Frau.

»Er meint's doch gut. Von diesen dreihundert Unzen darf ich uns ein warmes Nest bauen«, berichtete er strahlend.

»Siehst du, schwarzer Bandit! Nun wird aber nicht wieder gebrummt! Hörst du? Und nimm dich künftig etwas mehr zusammen! Trinke nicht mehr soviel!«

Er versprach's, gab ihr die sechs Päckchen in Verwahrung und machte sich gleich auf die Suche nach einem geeigneten Geschäftsführer. Als er aber abends heimkam, bewies sein berauschter Zustand, daß es ihm mit seinem Versprechen nicht allzu ernst gewesen war. Einen Geschäftsführer hatte er auch nicht auftreiben können. Müde vom Zechen und Herumlaufen, legte er sich bald schlafen. Seine Frau aber schlich sich, kaum daß er eingenickt war, leise aus der Kammer. Nephritflöte hatte sie zu sich nach den hinteren Gemächern bestellt. Daß Nephritflöte sie in Hsi Mens Auftrag weglocken sollte, ahnte sie nicht.

Es war abends um die neunte Stunde, als Lai Wang wieder

munter wurde. Sein Rausch war noch nicht ganz verflogen und verdunkelte ihm immer noch den klaren Sinn. In seinem Dämmerzustand glaubte er auf einmal von draußen Sun Hsüe Os Stimme zu hören: »Bruder Lai Wang, auf, auf! Deine Frau betrügt dich wieder einmal hinten im Park mit dem schamlosen Gesellen. Wie kannst du nur daliegen und schlafen?«

Lai Wang riß seine Augen auf, soweit es ihm möglich war, und blickte um sich. Seine Frau war verschwunden.

»Also vor meinen eigenen Augen treibt sie ihren Spuk!« murmelte er ingrimmig, sprang vom Lager auf und stürzte ins Freie, nach dem Park zu. Eben wollte er um die Ecke des westlichen Seitenflügels biegen, da poltert ihm plötzlich aus dem Dunkel heraus ein Schemel zwischen die Beine und bringt ihn zum Stolpern. Gleichzeitig hört er neben sich auf den Steinfliesen ein Klirren wie von einem fallenden Messer. Im nächsten Augenblick springen fünf Diener auf ihn zu, und der laute Ruf »Dieb!« hallt durch den stillen Hof.

»Aber ich bin doch Lai Wang, der Diener Lai Wang!« schreit er und versucht vergeblich, sich frei zu machen. »Ich suchte doch nur meine Frau. Was soll denn das heißen, mich hier zu überfallen?«

Er erhält keine Antwort und wird zur vorderen Halle geschleppt. Sie ist hell erleuchtet. In seinem Sessel auf der erhöhten Estrade aber sitzt finster und drohend Hsi Men.

»Bringt ihn her!« befahl er barsch.

Lai Wang kniete vor ihm nieder und begann, von seiner Schuldlosigkeit überzeugt, sogleich eine trotzige Verteidigungsrede, die mehr wie eine Anklagerede klang. »Ich war aus meinem Rausche erwacht, und da meine Frau aus dem Zimmer verschwunden war, machte ich mich auf die Suche nach ihr. Was ist weiter dabei? Weshalb behandelt man mich wie einen gemeinen Dieb?«

Da trat sein Widersacher Lai Hsing'rl an die Estrade und legte boshaft lächelnd ein langes dolchartiges Messer vor Hsi Men nieder. »Das haben wir ihm abgenommen«, setzte er hinzu.

»Aha, morden wollte er sogar!« brauste Hsi Men auf. »Kein Tier kann doch so tückisch sein wie ein Mensch! Da habe ich ihm nun großmütig dreihundert Silberunzen zur Verfügung gestellt, damit er sich in einem ruhigen kleinen Geschäft warm betten und das Leben bequem machen könne, und zum Dank schleicht er in dunkler Nacht herum und will mich morden! Wozu hätte er wohl sonst das Messer bei sich gehabt? – Heda, Leute«, wandte er sich an die fünf, »führt ihn in seine Kammer und laßt ihn die dreihundert Unzen herbringen, die er von mir bekommen hat!«

Inzwischen war die Kunde von dem nächtlichen Geschehnis zu Hui Liän gedrungen, die ganz ahnungslos bei Nephritflöte saß und mit ihr plauderte. Als sie nun erschrocken in ihre Kammer gestürzt kam, fand sie sie voller Lärm und Menschen. Eben hatte man ihren Mann hereingeführt und war gerade auf der Suche nach Hsi Mens dreihundert Unzen. Hui Liän war außer sich.

»Das kommt von deinem verfluchten Trinken!« rief sie weinend. »Wie oft habe ich dich gewarnt! Nun gehst du gar in der Besoffenheit heimlich mit dem Messer auf andre Leute los!«

Sie kramte die sechs noch uneröffneten Geldpäckchen aus der Truhe aus, und der Trupp mit Lai Wang in der Mitte zog wieder ab.

Hsi Men ließ sich die sechs Päckchen vorlegen und öffnete beim Schein der Lampe eins nach dem andern, und siehe, da kam nur bei einem einzigen als Inhalt Silber zum Vorschein, alle übrigen enthielten Barren aus gemeinem Blei.

»Auch das noch! Mein gutes Silber gegen wertloses Blei vertauscht!« rief Hsi Men in geheuchelter Entrüstung aus. »Wo hast du die fünf anderen Silberpäckchen versteckt?«

Jetzt verlor Lai Wang die bisher bewahrte Fassung.

»Aber Herr, wie käme ich dazu, Eure Barren zu vertauschen! Wirklich, ich weiß nicht . . .« stammelte er aufgeregt.

»Genug! Du hast mich nicht nur ermorden, sondern auch noch begaunern wollen. Und wenn die bisherigen Beweise nicht genügen sollten, so habe ich auch noch einen Zeugen. – Lai Hsing'rl, tritt vor!«

Lai Hsing'rl kniete vor seinem Sessel nieder und bekundete, wie er eines Abends Lai Wang belauscht habe, als er im Rausch in der Gesindestube laute Drohungen gegen Hsi Mens Leben ausgestoßen und finstere Andeutungen von einem Messer gemacht habe, das vorn weiß hineinfahren und hinten rot wieder herauskommen sollte.

»Das genügt«, sagte Hsi Men kurz. »Bindet ihn und sperrt ihn heute nacht einstweilen in der Torkammer ein. Morgen werde ich eine schriftliche Klage aufsetzen und ihn zum Yamen bringen lassen.«

Gerade war man dabei, den armen Lai Wang, der seines Widersachers Aussage mit weit aufgesperrtem Munde angehört hatte und unfähig war, ein Wort der Verteidigung zu erwidern, aus der Halle abzuführen, da kam Hui Liän in höchster Aufregung, mit wirrem Haar und unordentlicher Kleidung hereingestürzt:

»Das ist alles Euer Werk, Herr!« stieß sie leidenschaftlich hervor, indem sie sich vor Hsi Men niederwarf. »Warum wird er als gemeiner Dieb behandelt? Die sechs Päckchen habe ich eigenhändig in Verwahrung genommen, die ursprünglichen Verschlußstreifen sind nicht angetastet worden. Warum sollen die Päckchen ausgewechselt sein? Ihr tut ihm unrecht, Herr! Laßt ihm meinetwegen eine Tracht Prügel verabreichen, aber weshalb wollt Ihr ihn vors Tribunal schleppen?«

»Beruhige dich!« sagte Hsi Men so mild wie möglich. »Die Sache betrifft schließlich nicht dich. Nicht erst seit gestern ließ ich diesen gefährlichen dreisten Grobian beobachten. Das Messer, das man heute nacht bei ihm fand, hat ihn endgültig überführt. Du hast von alledem nichts gewußt.«

Er winkte den Diener Lai An herbei und gab ihm den leisen Befehl, Hui Liän möglichst schonend in ihre Kammer zurückzugeleiten. Aber die Frau war schwer von der Stelle zu bewegen.

»Haß trübt Euer Urteil, Herr!« begann sie von neuem. »Ihr ehrt gleichzeitig das Buddhabild und kränkt den armen Bonzen. Er mag wohl im Rausche dummes Zeug gesprochen haben, aber zu solchen Handlungen, deren Ihr ihn bezichtigt, war er nie und nimmer fähig!«

Hsi Men wurde ungeduldig und gab Lai An nun in energischem Ton den Befehl, sie aufzuheben und in ihre Kammer zu bringen. Damit war die nächtliche Szene beendet.

Am nächsten Tage setzte er eine förmliche Anklageschrift auf, desgleichen mußte Lai Hsing'rl sein Zeugnis schriftlich niederlegen. Vergeblich suchte sich Mondfrau begütigend ins Mittel zu legen und Hsi Men zu bestimmen, er möchte es bei einer häuslichen Strafe bewenden lassen und von der öffentlichen Anklage absehen. Goldlotos erwies sich auch diesmal als die Stärkere. Hsi Men blieb unerbittlich.

»Ach, was versteht eine Frau wie du von den Grundsätzen der höheren Vernunft!« schnob er Mondfrau mit rollenden Augen an. »Ich soll meinen Mörder schonen? Das wäre noch schöner!« Am selben Vormittag ließ er Lai Wang vor den Provinzialrichter bringen. Mondfrau aber zog sich, rot vor Scham über die ihr zuteil gewordene Zurechtweisung, in die hinteren Gemächer zurück.

»Es geht bei uns drunter und drüber«, sagte sie zu den anderen Frauen und, mit deutlicher Anspielung auf die abwesende Goldlotos: »Das Haus ist von einer neunschwänzigen Füchsin behext. Irgendeine gewissenlose Person hat ihm das alles eingeredet. Unerhört, einen braven Diener so ohne Grund als Verbrecher zu behandeln! Seine Beweise sind hinfällig wie ein Pappsarg. Er ist wirklich von aller Vernunft verlassen, rein von einem Zaubertrank behext!

Beruhige dich, Kind!« sprach sie zu der vor ihr knienden, in Tränen aufgelösten Hui Liän. »Ein paar verständige Fragen vor Gericht, und die Unschuld deines Mannes wird sich sogleich erweisen.«

»Er ist in seinem augenblicklichen Zustand für vernünftiges Zureden nicht empfänglich«, schloß sich Mong Yü Loh ihren Trostworten an. »Sobald er sich etwas beruhigt hat, wollen wir für deinen Mann sprechen.«

Aber sie rechneten nicht mit Goldlotos, die das Geschehen im Hintergrunde lenkte und fest entschlossen war, den einmal betretenen Weg rücksichtslos zu Ende zu gehen.

Nicht umsonst hatte Hsi Mens guter Freund, der Provinzialrichter Hsia, gleichzeitig mit der Klageschrift noch eine nette kleine Geschenkliste zwischen die Finger bekommen. So verlief denn die öffentliche Verhandlung gegen Lai Wang ganz anders, als die gute Mondfrau gewähnt hatte.

Was half es dem Unglücklichen, daß er dem Richter klarzumachen versuchte, wie ihn Hsi Men mit seiner Frau betrogen und den nächtlichen Anschlag nur erdichtet habe, um ihn aus dem Wege zu räumen? Was half es ihm, daß er mit kläglicher Stimme sein »Unrecht! Unrecht!« in die Gerichtshalle hineinschrie?

»Ist das dein Dank, elender Sklave?« schnob ihn Herr Hsia zornig an. »Dein Dank gegen einen gütigen Herrn, der dir nicht nur die Wohltat erwies, dieses Weib als deine Frau mit dir unter seinem Dache wohnen zu lassen, sondern dir auch noch eine stattliche Summe zur Verfügung stellte, damit du dir ein warmes Nest zurechtmachen konntest!«

Aber weder der Druck der Fingerknöchelpresse noch die Pein von zwanzig Schlägen mit dem schweren Bambusprügel konnten Lai Wang das geforderte Geständnis abpressen, und so brach Herr Hsia einstweilen die Verhandlung ab und steckte ihn wieder in den Kerker, um ihn durch Haft mürbe zu machen.

Hsi Men war vom bisherigen Gang der Sache sehr befriedigt. Er erließ an seine Dienerschaft das strenge Verbot, dem verhafteten Kollegen irgendwelches Essen oder Bettzeug in den Kerker zu bringen. Auch durfte niemand gegen Hui Liän das geringste Wort über das Ergehen des Gefangenen laut werden lassen.

»Es wird sowieso nicht allzu schlimm werden, ein paar Tage Haft, und dann wird man ihn freilassen«, fügte er zur Beruhigung der Dienerschaft hinzu.

Seit ihres Mannes Verhaftung hatte Hui Liän ihr Äußeres vernachlässigt. Ihr Haar frisierte sie nicht mehr, kein Waschwasser kam auf ihre blassen, ungeschminkten Wangen, sie verschmähte Speise und Trank und saß hinter verschlossenen Türen auf dem Bettrand und weinte. Ihr Zustand erfüllte Hsi Men mit ernster Sorge. Wiederholt schickte er Nephritflöte zu ihr und ließ ihr Trost zusprechen.

»Du brauchst dich nicht zu beunruhigen«, versicherte ihr Nephritflöte. »Dein Mann hat im Rausch Dummheiten gemacht. Man wird ihn glimpflich behandeln und nach ein paar Tagen wieder freilassen.«

Aber Hui Liän blieb ungläubig und untröstlich. Sie war schon einmal in ihrem Glauben an Hsi Mens Versprechungen schwer getäuscht worden. Erst als ihr auch Diener Lai An, den sie mit Essen ins Gefängnis geschickt hatte, bestätigte, daß ihr Mann gut behandelt würde und daß seine Freilassung nur eine Frage von wenigen Tagen sei, schöpfte sie neuen Mut, und der Strom ihrer Tränen versiegte.

Eines Tages kam Hsi Men an ihrer Kammer vorbei. Sie stand gerade vor der Tür unter der Dachtraufe, und da niemand in der Küche war, bat sie ihn hinein.

»Wie steht es mit meinem Mann?« fragte sie ihn eindringlich.

»Kind, dir und deinem guten Ruf zuliebe habe ich an den Richter ein Gnadengesuch geschrieben«, log er. »Ich habe dafür gesorgt, daß er von weiteren Foltern verschont bleibt und bald freikommt. Und wenn er erst draußen ist, werde ich ihm doch noch zu einem kleinen Geschäft verhelfen. Alles um deinetwillen!«

Sie fiel ihm um den Hals.

»Ich danke dir, daß du auf meinen Ruf Rücksicht nimmst. Wenn er nur freikommt! Was dann mit ihm geschieht, überlasse ich dir. Und ich werde ihm sagen, wenn er sich weiter betrinken will, dann ist's aus zwischen ihm und mir. Dann kannst du ihn sonstwohin schicken und ihm meinetwegen eine andere Frau suchen. Ich bin schließlich nicht auf ewig sein Eigentum.«

»Ausgezeichnet, mein Herz! Ich weiß auch eine passende kleine Wohnung für dich gegenüber dem Hause Kiao. Die soll unser Liebesnest werden. Morgen aber werde ich an den Provinzialrichter schreiben und die Freilassung deines Mannes erbitten. Und nun nicht mehr traurig sein, meine Leber! Du schadest deinem Aussehen!«

Er schlug ihr loses Gewand auseinander, unter dem sie in dieser warmen Jahreszeit nur noch ein Hemd, keine Hose trug, und benutzte die günstige Gelegenheit, um eine flüchtige Weile den verliebten Enterich zu spielen. Bei seinem Weggang schenkte er ihr zwei Silberunzen, nachdem er ihr noch feierlich gelobt hatte, mit ihr zu leben und zu sterben.

Von solcherlei neuen Beweisen seiner Gunst und Zuneigung bestärkt, glaubte Hui Liän an der Aufrichtigkeit seiner Worte nicht zweifeln zu sollen, und beging den Fehler, in ihrer Freude sogleich den Zofen und Mägden von Lai Wangs nahe bevorstehender Freilassung zu sprechen, als ob es sich um eine abgemachte Sache handle. Natürlich trugen die Zofen die Neuigkeit weiter, sie kam Mong Yü Loh zu Ohren, und die wieder berichtete sie schleunigst der Fünften.

»Denke dir, er will ihm zu baldiger Freilassung verhelfen und ihr eine Dreizimmerwohnung gegenüber dem Hause Kiao einrichten und eine Magd zur Bedienung kaufen und ein silbernes Haarnetz für acht Unzen schenken und sie überhaupt genau wie unseresgleichen behandeln!« wußte die Dritte zu erzählen.

»Ach, wirklich?« bemerkte Goldlotos kalt. »Nun, laßt sie nur bei ihrem Glauben! Ich jedenfalls will nicht länger Pans Tochter heißen, wenn ich zulasse, daß er sie etwa zu seiner Siebenten macht.«

»Wie willst du das verhindern? Er ist ja so unbelehrbar, und Mondfrau läßt alles geschehen«, versetzte die andere kleinlaut.

»Dir fehlt eben jeder heroische Zug. Aber ich bin eine Kampfnatur. Meinst du, ich lasse mich freiwillig von dieser Magd unterkriegen? Lieber sterben!«

»Ich gebe zu, ich bin kleinmütig. Mir würde der Mut fehlen, ihn durch Widerspruch zu reizen.«

An diesem Abend saß Hsi Men gerade im Malachitkabinett des Parkes am Schreibtisch über dem Entwurf des Gnadengesuchs, das er für Lai Wang beim Richter Hsia einreichen wollte, als unvermutet Goldlotos eintrat. Sich rasch über den Schreibtisch beugend, fragte sie Hsi Men: »Was schreibst du da?«

Der überrumpelte Hsi Men mußte wohl oder übel zugeben, daß es sich um ein Gnadengesuch für Lai Wang handle. Sie nahm neben ihm Platz.

»Du verdienst wahrlich nicht den Namen Mann. Läßt dein Schiff steuerlos nach jedem Winde treiben. Nun hast du dich wieder einmal von dieser Sklavin beschwatzen lassen. Merkst du denn gar nicht, wie sie an ihrem Mann hängt, ungeachtet dessen, daß du sie täglich mit Zucker und Honig fütterst? Bedenkst du gar nicht, wie er dir nach seiner Freilassung im Wege sein wird, wenn du dich mit seiner Frau vergnügen willst? Du kommst ja weder zu einer Fleischplatte noch zu einer Gemüseschüssel, wirst in der Verwandtschaft zum Gespött, beim Gesinde zum Gelächter. Nein, wenn du sie ungestört besitzen willst, mußt du dich vor allem des Mannes entledigen!«

Ihre Worte bewirkten, daß Hsi Men auf der Stelle eine neue Eingabe an den Provinzialrichter aufsetzte, in der er ihn ersuchte, den Häftling durch Prügel mürbe zu machen und binnen drei

金瓶梅

第三十七回

馮媽媽說嫁韓愛姐

西門慶包占王六兒

金瓶梅

第三十八回　王六兒棒槌打搗鬼

潘金蓮雪夜弄琵琶

金瓶梅 第三十九回 寄法名官哥穿道服

散生日敬濟拜寃家

Tagen zu verurteilen. Nun hatte sich ja fast das gesamte Gerichtspersonal bis hinunter zu den Gefängniswärtern Hsi Mens Wohltaten gefallen lassen. Wer hätte da gewagt, seine Wünsche nicht zu respektieren? Zum Glück war der Sekretär Yin aus Schan hsi eine rechtlich und menschlich fühlende Seele. Der weigerte sich beharrlich, die von Hsi Men gewünschte Verfügung des Richters, die die Anwendung der Folter anordnen sollte, aufzusetzen: es kam zu einer Auseinandersetzung zwischen ihm und dem Richter, und Herr Hsia, der sich durch diesen Widerspruch am Oberarm behindert fühlte, wählte einen Ausweg, der sowohl den Bedenken seines Sekretärs als auch den Wünschen Hsi Mens entgegenkam. Er ließ dem Häftling noch vierzig Streiche überziehen und ihn alsdann nach seiner Geburtsstadt Hsü tschou fu abschieben.

So wurde denn Lai Wang eines Tages aus dem Kerker, in dem er einen halben Monat geschmachtet hatte, herausgelassen, ein hölzerner Kragen wurde ihm um den Hals gelegt, und dann sollte unter Bedeckung von zwei Wächtern der Fußmarsch nach dem fernen Hsü tschou fu beginnen. Dem armen Lai Wang war jämmerlich zumute. Seine Glieder fühlten sich nach den kürzlich bezogenen Prügeln an wie Gallert, seine Kleider waren Fetzen, im Beutel hatte er keinen Batzen. Und nun stand ihm ein beschwerlicher Marsch bevor!

»Brüder, habt Mitleid mit mir Armen!« flehte er seine Wächter an. »Bringt mich zunächst zum Haus meines früheren Herrn, wo meine Frau wohnt. Ich will mir von ihr Kleidung und Geld geben lassen, damit es uns unterwegs nicht an Nahrung gebricht.«

»Bist du von Sinnen?« erwiderten die Wächter. »Wähnst du, dein früherer Herr, der das alles gegen dich ins Werk gesetzt hat, wird deiner Frau gestatten, um deinetwillen einen Koffer zu öffnen und einen Schritt aus dem Haus zu tun? Aber hast du sonst irgendwo Angehörige?«

»Brüder, laßt mich wenigstens am Tor vor Herrn Hsi Mens Haus eine Weile stehen und warten. Vielleicht daß der eine oder andere der eingehenden Besucher sich meiner annimmt und Fürsprache für mich einlegt«, bettelte Lai Wang von neuem.

Die Wächter taten ihm den Gefallen und brachten ihn vor Hsi Mens Haus. Da Schnorrer Ying ganz in der Nähe wohnte, machte Lai Wang den Versuch, bei ihm vorgelassen zu werden. Aber Schnorrer Ying verleugnete sich und ließ ihn nicht vor. Dann kamen die Nachbarn Ku und Niän des Weges. Sie ließen sich von seinem inständigen Flehen erweichen und legten bei Hsi Men ein gutes Wort für ihn ein. Aber Hsi Men verschloß sein Ohr und schickte fünf seiner Leute mit Knüppeln hinaus, die ihn von der Schwelle wegjagen mußten.

Schließlich brachten die Wächter ihren Gefangenen zum Haus seines Schwiegervaters, des Sarghändlers Sung. Der erbarmte sich seiner und spendete eine Unze Silber, eine Schnur Kupferkäsch und einen Scheffel Reis. Und dann begann der weite Marsch auf heißer, staubiger Landstraße nach Hsü tschou fu. –

Mittlerweile saß Hui Liän voll Ungeduld in ihrer Kammer und erfuhr von alledem nichts. Denn Hsi Men hatte seinen Leuten zwanzig Stockhiebe angedroht, falls es ihnen einfallen sollte, gegen sie auch nur ein Wort über Lai Wangs Ergehen zu äußern. Von Tag zu Tag hoffte sie, ihn frei zu sehen, und schickte ihm einstweilen täglich den gewohnten Eßkorb ins Gefängnis. Und die Diener, die sie jeweils als Überbringer betraute, nahmen auch den Korb zum Schein in Empfang, um hinter ihrem Rücken den Inhalt selber zu verzehren. Wenn sie dann den leeren Korb wiederbrachten und von ihr ausgefragt wurden, pflegten sie zu lügen, er habe sich's gut schmecken lassen und hoffe in zwei, drei Tagen freizukommen.

So hatte man längere Zeit das falsche Spiel mit ihr fortgesetzt, da blies ihr eines Tages der Wind das vage Gerücht zu, ihr Mann sei bereits aus dem Kerker entlassen und habe heute draußen vorm Tor gestanden und vergebens Kleider von ihr erbitten wollen. Dann habe man ihn weggeführt, unbekannt wohin. In ihrer Bestürzung befragte sie einen Diener nach dem andern, aber keiner wollte mit der Sprache heraus. Zuletzt geriet sie an Tai A'rl. Er war gerade dabei, Hsi Men auf einem Ausritt zu begleiten, als sie ihn an ihrer Kammer vorüber durch den Hof kommen sah.

»Kleiner, ich beschwöre dich, sage mir, wie's mit meinem Mann steht!« bettelte sie inständig. »Wann kommt er heraus?«

»Ich will es Euch verraten, Schwägerin«, sagte Tai A'rl leise. »Er ist bereits heraus. Man hat ihm noch vierzig Hiebe übergezählt, weil er nicht gestehen wollte, und jetzt ist er auf dem Transport nach seiner Heimat Hsü tschou fu. Ihr seht ihn nicht wieder. Aber, bitte, verratet mich nicht! Es ist uns streng untersagt, mit Euch darüber zu sprechen.«

Als Hui Liän diese Botschaft vernahm, zerflatterten alle ihre anderen Sorgen und Angelegenheiten in nichts. Sie riegelte sich in ihrer Kammer ein und weinte bitterlich.

»Ach, mein armer Mann«, schluchzte sie, »was hast du eigentlich begangen, daß dir dein Herr, dessen Sinn unbeständig ist wie ein Pappsarg, solches Unrecht antut! Das ist der Lohn für deine braven Dienste! Jetzt hast du nicht einmal auf deinem weiten Marsch einen ganzen Anzug anzuziehen! Und dein Weib hat man schmählich hintergangen! Wie auf dem Boden eines Fasses hat man sie gefangengehalten, daß sie nicht gewahr werden konnte, was ringsumher vorging!«

Sie hatte sich in völlige Verzweiflung hineingeweint. Nun ergriff sie ein Handtuch, befestigte es oben am Zapfen der Schlafkammertür, schlang eine Schlinge und hängte sich drin auf.

Zum Glück war I Tschang Tsing, des Dieners Lai Tschaos Frau, die Wand an Wand neben ihr wohnte, schon längst auf ihr lautes Schluchzen und Jammern aufmerksam geworden. Als nun nach einem letzten erstickten Schrei plötzlich jedes Geräusch in der Nebenkammer verstummte, da war sie, nichts Gutes ahnend, herausgestürzt und hatte, als ihr auf ihr Pochen nicht geöffnet wurde, den Diener Ping An zu Hilfe gerufen. Der hatte kurzerhand das Fenster eingedrückt und war eingestiegen. Da sah er nun die arme Hui Liän am Türpfosten aufgehängt. Schnell hatte er sie herabgenommen und aus der Schlinge befreit und dann die Tür geöffnet. I Tschang Tsing aber war in die Küche geeilt und rasch mit dem bewährten Hausmittel, einem warmen Ingweraufguß, zur Stelle. Inzwischen hatte sich die Kunde von dem traurigen Vorfall in sämtlichen hinteren Gemächern verbreitet, und bald umstanden in dicht gedrängtem Kreis Mondfrau, Li Kiao'rl, Mong Yü Loh, Frau Pen Se, Nephritflöte und Juwelchen die wie leblos auf dem Fußboden liegende Hui Liän und beobachteten teilnahmsvoll mit gespannter Aufmerksamkeit, wie I Tschang Tsing ihr Schluck um Schluck der wohltätigen Ingwerlösung einflößte. Nun entrang sich ihrem Mund ein schwacher Seufzer. Sie lebte noch.

»Aber Kind, du warst doch sonst so tapfer! Wie konntest du nur diesen traurigen Weg beschreiten! Sprich dich aus!« sprach ihr Mondfrau sanft zu.

Keine Antwort. Nur ein leises Stöhnen war vernehmbar, das sich allmählich verstärkte und schließlich in krampfartiges Schluchzen überging. Da Mondfrau kein Wort aus ihr herausbringen konnte, überließ sie sie der Obhut von Frau Pen Se und Nephritflöte und zog sich mit den übrigen Frauen und Zofen zurück.

Hui Liän wollte sich durchaus nicht aufs Ofenbett helfen lassen, und so lag sie noch mitten im Zimmer auf dem Fußboden, als endlich Hsi Men eintrat.

»Hebt sie doch aufs Bett!« befahl er.

»Sie will ja nicht«, erwiderte Nephritflöte.

»Liebes trotziges Kind, du erkältest dich ja auf dem kalten Fußboden, sei doch vernünftig!«

Sie schüttelte den Kopf, dann hub sie mit schwacher Stimme eine bittere Klage an:

»Verschone mich mit deinem ›liebes Kind‹! Es ist ja doch nicht aufrichtig gemeint. Erst quälst du einen zu Tode, hinterher versicherst du dein Beileid. So kommt mir dein ›liebes Kind‹ vor. Alles ist Lüge an dir. Hast du mir nicht täglich weisgemacht, er würde bald freigelassen werden? Ja, frei hat man ihn gelassen, um ihn weit weg zu verschleppen. Und nicht einmal ein Abschiedswörtchen mit ihm zu sprechen, hast du mir vergönnt. Warum hast du uns nicht gleich alle beide weggeschickt? Was soll ich noch in diesem Hause?«

»Aber, liebes Kind, sein Schicksal berührt doch dich nicht im geringsten«, beruhigte er sie, verlegen lachend. »Er war ein gefährlicher Bursche, der sein Los verdient hat. Was braucht das dich zu beunruhigen? Dir soll es an nichts fehlen.«

Er verschwand, um gleich darauf den Diener Lai An mit einem Krug Wein und einer Schachtel Süßigkeiten zu schicken. Hui Liän hatte sich gerade aufs Bett helfen lassen.

»Nimm das Zeug wieder mit! Ich mag es nicht!« fuhr sie den Diener heftig an. »Eher schütte ich seinen Wein auf den Boden aus, als daß ich einen Schluck davon trinke!«

»Aber, Schwägerin, Ihr werdet doch seine Gaben nicht verschmähen! Die Schelte würde ich einstecken müssen«, bat Lai An. Er setzte Krug und Schachtel auf den Tisch nieder und verzog sich eiligst. Da war sie auch schon vom Lager aufgesprungen und hatte nach dem Krug gefaßt. Nur mit Mühe konnte I Tschang Tsing sie daran hindern, daß sie ihre Drohung wahrmachte, und mußte bei dem heftigen Ringen mit der Wütenden auch noch einen Biß in den Finger in Kauf nehmen.

Hsi Men hatte angeordnet, daß Nephritflöte nachts das Zimmer mit Hui Liän teilen sollte. Er versprach sich gerade von Nephritflöte, ihrer Vertrauten von früheren heimlichen Liebesstunden her, einen besonders günstigen Einfluß auf ihren leidenden Gemütszustand.

»Schwester, sei doch vernünftig!« so ließ er Nephritflöte ihr zusprechen. »Du stehst mitten in deinen schönsten Jahren, bist eine eben voll erschlossene Blüte. Du hast das Glück, von deinem Herrn geliebt zu werden. Warum willst du da noch einem gewöhnlichen Sklaven nachtrauern? Du hast ihn lange genug beweint.«

Hui Liän blieb aber untröstlich und verweigerte jede Nahrung. Daraufhin schickte Hsi Men Goldlotos zu ihr. Aber Goldlotos vermochte sie ebensowenig umzustimmen. Ärgerlich berichtete sie Hsi Men vom Mißerfolg ihrer Sendung.

»Sie hängt eben zu sehr an ihrem früheren Mann. Sie ist so verrannt in ihre spießigen Anschauungen, daß man ihr mit keinen Vernunftgründen beikommt!«

»Na, na! Spießig?« meinte Hsi Men lachend. »Hätte sie den Koch, ihren ersten Mann, wohl mit Lai Wang hintergangen, wenn sie so spießig veranlagt wäre? Aber der ganze Verdruß kommt daher, daß jemand aus der Dienerschaft gegen mein Verbot geschwatzt hat.«

Und er ließ sein gesamtes männliches Gesinde in der vorderen Halle antreten.

»Wer von euch hat zu Lai Wangs Frau geschwatzt?« herrschte er sie streng an. »Wenn sich der Schuldige freiwillig meldet, soll er straflos ausgehen. Andernfalls setzt es dreißig Hiebe und Entlassung.«

Da kniete Hua Tung'rl vor ihm nieder.

»Herr, ich habe gesehen, wie sie einmal, als Ihr gerade ausreiten wolltet, Euren Burschen Tai A'rl angesprochen hat. Und Tai A'rl hat sich mit ihr unterhalten.«

»So, wo steckt denn der Bursche? Her mit ihm!«

Aber Tai A'rl war nicht da. Er hatte sich wohlweislich bereits vor dem heraufziehenden Gewitter zu Goldlotos geflüchtet und sie kniend um Schutz angefleht.

»Ist das eine Art, so ungestüm hereinzuplatzen? Du erschreckst einen ja!« hatte ihn Goldlotos, die gerade beim Waschen war, zurechtgewiesen. Dann aber hatte sie ihm gnädig gestattet, dazubleiben. Es schmeichelte ihrem Selbstgefühl, daß man bei ihr Schutz suchte.

Hsi Men hatte eine Weile in der vorderen Halle wie ein Donnerwetter getobt, und da Tai A'rl nirgends aufzutreiben gewesen war, hatte er sich schließlich selber auf die Suche nach ihm aufgemacht. Nun kam er, eine Roßpeitsche in der Hand, wie ein Windstoß in den Pavillon von Goldlotos hereingestürmt.

»Ist der Bursche hier?« schrie er wütend. Goldlotos schenkte ihm gar keine Beachtung. Nun durchsuchte er einen Raum nach dem andern, und da las er, hinter der Schlafzimmertür versteckt, endlich den Gesuchten auf. Schon holte er zum Schlage aus, da fiel ihm Goldlotos in den Arm, entwand ihm die Peitsche und schleuderte sie aufs Bett.

»Du solltest dich schämen, einen Unschuldigen zu schlagen!« sagte sie kalt, ihn strafend anblickend. »Was kann der arme Bursche dafür, daß diese Magd so an ihrem Manne hängt?« Und ohne sich um den Wütenden, der sie aus weit aufgerissenen Augen anstarrte, zu kümmern, fuhr sie, zu Tai A'rl gewandt, gelassen fort: »Geh nach vorn und kümmere dich künftig um deinen Dienst und nicht um fremde Angelegenheiten! Sollte man dich aber schlagen wollen, so bin ich da!«

Als Besiegter schlich Hsi Men aus ihrem Zimmer. Goldlotos aber beschloß, da sie einsah, daß er doch nicht von Hui Liän lassen könne, dem unerquicklichen Zustand durch tätiges Eingreifen ein Ende zu machen. Sie suchte eines Tages Sun Hsüe O auf und stellte ihr vor, wie Hui Liän ihr die Hauptschuld am Unglück ihres Mannes zuschiebe. Denn sie habe ja mit Lai Wang geliebäugelt und ihn in seiner aufsässigen Haltung gegen Hsi Men bestärkt. Ihre Rederei sei der eigentliche Grund für Lai Wangs Entfernung geworden, und Hsi Men habe sie ja auch deswegen mit Prügeln und Stubenarrest bestraft.

Sun Hsüe O mit dem Mund voll unausgesprochenen Grolls zurücklassend, begab sie sich gleich darauf zu Hui Liän und zog umgekehrt über Sun Hsüe O her, die sie in sämtlichen hinteren Gemächern schlechtmache und die zum Beispiel von ihr sage, sie habe es mit der Treue nie genau genommen und selber dazu geholfen, daß ihr armer Mann das Haus hätte verlassen müssen, damit sie ungestört mit Hsi Men buhlen könne; ihre Trauer sei erkünstelt, ihre angeblichen Tränen seien Wassertropfen, die sie sich absichtlich aufs Gesicht sprenge. Auf solche Weise wußte Goldlotos beide Frauen gegeneinander aufzuhetzen. Bis eines Tages der wechselseitig aufgespeicherte Groll zur Entladung kommen sollte.

Es war am Abend des Achtzehnten des vierten Monats, an Li Kiao'rls Geburtstag. Hsi Men weilte auswärts. Seine Frauen saßen mit den Gästen in der hinteren Halle bei der Tafel. Hui Liän hatte sich zeitig niedergelegt. Wiederholt schickte man nach ihr, sie kam nicht zum Vorschein. Da machte sich Sun Hsüe O auf, um sich nach dem Grund ihres Wegbleibens zu erkundigen.

»Du bist ja eine Schöne, dich so bitten zu lassen!« rief sie aus, als sie Hui Liän auf dem Bett liegend fand.

Hui Liän, das Gesicht in die Kissen gedrückt, stellte sich schlafend.

»Ach, du bist wohl in Gedanken wieder mal bei deinem Mann?« fuhr Frau Sun hämisch fort. »Hättest du dich doch lieber früher um ihn gekümmert! Es ist ja doch deine eigene Schuld, daß er aus dem Hause mußte und womöglich eines vorzeitigen Todes sterben wird.«

Im Nu war Hui Liän auf den Beinen. Das waren doch dieselben Worte, die sie neulich aus dem Mund der Fünften gehört hatte!

»So, wenn ich schuld daran war, daß er weg mußte, warum habt Ihr dann die Prügel bezogen und Stubenarrest bekommen?« fuhr sie heftig los. »Ihr, Ihr allein seid mit Eurem Schwatzen an allem schuld!«

»Elende Buhlsklavin!« zischte die andere.

»Gut, ich bin eine Buhlsklavin, aber Ihr seid eine Sklavenbuhle!

Habt Ihr's nicht heimlich mit meinem Manne gehalten? Und es ist immer noch mehr Ehre, des Herrn Buhle zu sein als die seines Sklaven!«

Sun Hsüe O erwiderte mit einer Ohrfeige, und der Wortwechsel ging in ein hitziges Handgemenge über. Zur rechten Zeit eilte I Tschang Tsing herbei, die sich zwischen die beiden Gegnerinnen warf und Frau Sun mit sich aus dem Zimmer zog. Aber eine Weile nahm die erbitterte Rede und Gegenrede aus der Entfernung noch ihren Fortgang, bis endlich das Erscheinen von Mondfrau dem Streit Einhalt gebot.

»Ihr habt doch gar kein Benehmen!« schalt sie. »Könnt ihr nicht etwas mehr Rücksicht auf die Gäste nehmen? Was soll Herr Hsi Men sagen, wenn ich es ihm erzähle?«

Sun Hsüe O hatte sich alsbald entfernt.

»Mach schnell dein Haar in Ordnung und begleite mich nach hinten!« sagte Mondfrau zu Hui Liän, die mit zerzauster Frisur vor ihr stand.

Stumm gehorchte Hui Liän. Nachdem aber Mondfrau sie zum Eingang der hinteren Halle gebracht hatte, kehrte sie um und riegelte sich in ihrer Kammer ein. Sie warf sich aufs Bett und ließ ihren Tränen freien Lauf. Lange lag sie so und weinte. Je mehr der sinkende Abend ihre Kammer mit Dunkel erfüllte, desto schwerer senkte sich auf sie die Last einer namenlosen Traurigkeit. Endlich, während man hinten in festlich erleuchteter Halle bei Wein und fröhlicher Unterhaltung saß, erhob sie sich mechanisch, knüpfte über dem Türpfosten eine Schlinge aus zwei zusammengeknoteten Fußbinden und hängte sich auf. Als man eine geraume Weile später in ihre Kammer eindrang, war sie bereits tot.

»Die Törin! Ihr war nicht zu helfen. Sie war nun einmal zum Unglück geboren«, urteilte Hsi Men achselzuckend, als er in später Nacht vor der Leiche stand.

Und Goldlotos hatte abermals triumphiert.

EINUNDZWANZIGSTES KAPITEL

In der Malachitveranda verrät Frau Ping ein zartes Geheimnis. In der Weinlaube feiert Goldlotos mit Hsi Men Orgien.

Lai Pao war glücklich aus der östlichen Hauptstadt zurückgekehrt und hatte Hsi Men eine schmeichelnde Einladung des Kanzlers Tsai überbracht. Der alte Gebieter hatte bei Empfang von Hsi Mens Gaben den Wunsch geäußert, den Spender an seinem Geburtstag, also am Fünfzehnten des sechsten Monats persönlich in der Hauptstadt zu begrüßen.

Hsi Men fühlte sich natürlich außerordentlich geehrt. In seiner Freude entnahm er seiner Schatulle gleich noch weitere dreihundert Unzen und bestellte dafür beim besten Silberschmied der Stadt einen kostbaren silbergetriebenen Aufsatz, bestehend aus vier über ein Fuß hohen männlichen Figuren, die die vier Jahreszeiten darstellten und ein Schou-Zeichen über ihren Häuptern hielten, ferner eine goldgetriebene Kanne in Form des Schou-Zeichens. Weiter wählte er noch zwei jadene Pfirsichschalen sowie vier rote aus bestem Hang-tschou-Brokat gewirkte Prunkgewänder mit eingesticktem fünffarbigem Schlangenmuster. Zwei von diesen Gewändern, und zwar die bei weitem schönsten, entstammten einer der Truhen von Frau Ping. Alle diese Dinge schickte er mit Lai Pao einige Tage vor seiner eigenen Abreise nach Kai fong fu voraus. Am Achtundzwanzigsten des fünften Monats mußte Lai Pao mit dem Transport aufbrechen.

Es war am Ersten des sechsten Monats. Eine sengende Schwüle lag in der Luft. Ein lodernder Flammenschirm, stand die Mittagssonne im wolkenlosen Raum. Es war eine Hitze, um Metalle zu schmelzen, Steine verkohlen zu lassen.

Von Süden stob er,
Der Gott der Flammen,
Den Feuerdrachen peitschend.
Setzte in Brand
Die Himmelsräume.
In glühendem Ofen
Länder schmachten.

Zwischen den fünf Bergen
Kein halbes Wölkchen.
Will sich das Flammenrad
Nicht weiterdrehn?
Wann endlich wird der Abend
Den Goldwind senden, der,
Ein kühler Besen,
Hinweg die Gluten fegt?

Hsi Men hatte der Hitze wegen seit einigen Tagen keinen Schritt mehr aus dem Hause getan. An diesem Vormittag saß er ungekämmt und bequem gekleidet, mit weit aufgeschlagenem Kragen auf der luftigen Höhe des Aussichtspavillons in der Malachitveranda und schaute zu, wie die Gärtnerburschen mit der Gießkanne in der Hand die Blumenbeete besprengten.

Eben hatte er sie auf ein Beet von Rosen aufmerksam gemacht, deren Köpfe gänzlich matt und verdurstet herunterhingen, da kamen Goldlotos und Frau Ping langsam die Anhöhe heraufgestiegen. Sie trugen über dem einfachen Weiß des dünnen Batistuntergewandes einen sich eng um den Körper schmiegenden Jupon von Goldlamé. Goldlotos war ohne Haube und hatte statt dessen den Kopf zum Schutz gegen die sengenden Sonnenstrahlen mit einem jener blauen Wolkenschleier umhüllt, wie man sie in Hang tschou webt. Heiter plaudernd und sich Hand in Hand führend, kamen die beiden Schönen anmutig wie zwei vom Zephir bewegte Blütenzweige angeschwebt.

»Du siehst ja wenig empfangsfähig aus!« begrüßten sie ihn scherzend.

»Wahrhaftig, ich bin noch nicht einmal gekämmt. Ich war so mit den Blumen beschäftigt. Schickt mir doch jemand mit Kamm und Waschwasser her! Ich will gleich hier Toilette machen.«

Goldlotos hieß den Diener Lai An die Gießkanne hinsetzen und sprengen. Dann trat sie an das Rosenbeet, das eben begossen worden war, und wollte sich eine Rose pflücken.

»Nicht doch!« wehrte ihr Hsi Men. »Ich möchte selber jeder von euch eine verehren.«

Er hatte bereits einige erst halberblühte Rosen abgepflückt und in einer Porzellanvase bereitgestellt. Die ehrgeizige Goldlotos aber, die es nicht gern hatte, von ihm die gleiche Gunst zu erfahren wie die anderen Frauen, kam ihm zuvor und langte sich selbst die schönste Knospe aus der Vase, um sie sich ins Haar zu stekken. So reichte er also nur Frau Ping eine.

Nach einer Weile erschienen Lenzpflaume und Herbstaster mit Kamm, Bürste, Spiegel und Waschwasser. Er zog drei weitere Rosen aus der Vase.

»Hier, für meine Erste, Zweite und Dritte«, sagte er zu Lenzpflaume. »Und ich lasse die Dritte herbitten. Sie möchte die viersaitige Mondlaute mitbringen.«

»Weißt du, ich werde selbst gehen und Schwester Drei holen«, schlug Goldlotos auf einmal vor und entfernte sich mit Lenzpflaume. Ihr Weggang war aber nur ein Manöver gewesen. An der Gartenpforte trennte sie sich plötzlich von Lenzpflaume.

»Ich habe mir's anders überlegt. Ich kehre jetzt um«, sagte sie. »Vergiß nicht, Schwester Drei mit der Laute herzuschicken!«

Und sie wandte sich auf einem andern Pfad wieder zum Aussichtshügel.

Inzwischen hatte Hsi Men auch Herbstaster weggeschickt. Sie sollte die vergessene Jasminseife holen. So war er also mit Frau Ping allein in der Malachitveranda zurückgeblieben. In der lauernden Stille dieser gewitterschwülen Stunde wirkte die Nähe ihres leichtbekleideten Körpers auf seine empfindlichen Nerven doppelt prickelnd und beunruhigend. Es genügte, daß er bei einigen zufälligen Wendungen, die sie in der Richtung gegen das schräg hereinfallende Sonnenlicht tat, unter dem hauchdünnen Gewebe ihres rosa Batisthöschens deutlich die schwellenden Konturen ihrer oberen Schenkelpartie, das jadene Blaß, das eisige Matt ihres Fleisches hindurchschimmern sah, um in ihm augenblicklich ein unwiderstehliches Brunstverlangen zu entzünden. Kamm und Waschbecken waren vergessen. Er zog sie wortlos an sich und hob sie auf den Diwan, schlug ihren Rocksaum hoch und streifte ihre unterste Hülle herunter ...

Während sich die beiden gerade den fliegenden Wonnen ihrer brünstigen Vereinigung überließen, hatte sich Goldlotos leise dem Pavillon genähert und stand nun unbemerkt hinter dem Wandschirm am Eingang der Malachitveranda, um mit verhaltenem Atem zu lauschen. Jetzt unterschied sie seine bebende Stimme, seine leidenschaftlichen Koseworte.

Und nach einer Weile sie, abwehrend:

»Nicht so heftig! Ich will's dir gestehen: seit einem Monat fühle ich mich schwanger. Darum geh etwas zart mit mir um!«

»Ist es möglich! Liebes!« rief er entzückt aus. »Aber warum hast du das nicht gleich gesagt? Dann hätte ich es doch nicht so arg getrieben!«

Drinnen war gerade sein Keuchen und Stöhnen verstummt, war ihr letzter Papageienschrei verhallt, als die draußen Lauschende hinter sich Schritte näher kommen hörte. Es war Mong Yü Loh.

»Schwester Fünf, was gibt's denn da Besonderes zu sehen?« rief sie ihr arglos von weitem zu.

Goldlotos gebot ihr mit einer Handbewegung Schweigen und ging mit ihr gleichzeitig hinein. Bei ihrem überraschenden Erscheinen fuhr er erschreckt zusammen und wußte vor Verlegenheit nicht, wo er seine Gliedmaßen zusammenlesen sollte.

»Aber du bist ja immer noch nicht gewaschen und frisiert! Ich war doch schon eine ganze Weile fort!« platzte Goldlotos heraus, das Paar mit kühl kritischem Blick musternd.

»Ja, ich warte noch, bis die Kleine die Jasminseife bringt«, stotterte er und machte sich geschäftig ans Waschen und Frisieren.

»Nun, was hast du hinten getrieben? Und hast du die Laute mitgebracht?« fragte er Mong Yü Loh, als er seine Toilette beendigt hatte.

»Die Laute wird Lenzpflaume bringen. Ich hatte bis jetzt Perlen für ein Schmuckstück gefädelt, das Mondfrau morgen bei einem Geburtstagsbesuch tragen will.«

Gleich darauf trat auch Lenzpflaume mit der Laute ein und meldete, daß sie die drei Rosen, wie gewünscht, abgeliefert habe. Sie mußte nun einen Teetisch decken und auch für einige Erfrischungen, wie in Eiswasser gekühlte Pflaumen und Melonenscheiben, sorgen. Dann gruppierte man sich um den Tisch. Goldlotos hatte ihren Sessel weggeschoben und sich statt dessen auf einen runden Porzellanhocker niedergelassen.

»Du wirst dich schön erkälten auf dem kalten Ding«, meinte Mong Yü Loh.

»Wenn schon. Was macht es aus? Ich brauche ja doch auf kein

kleines Lebewesen in meinem Schoße Rücksicht zu nehmen«, entgegnete Goldlotos anzüglich.

Hsi Men stutzte und blickte verstohlen nach Frau Ping.

Als dann das Musizieren beginnen sollte und Hsi Men vorschlug, Mong Yü Loh und Goldlotos sollten zusammen das Lied ›Der rote Flammenfürst setzt die große Leere in Brand‹ vortragen, und zwar solle Mong Yü Loh die Mondlaute, Goldlotos die Pi pa spielen, da wollte Goldlotos nicht mittun.

»Nein, ich mag nicht!« sagte sie trotzig. »Wir zwei sollen uns anstrengen, und ihr beiden habt das Vergnügen, nein! Oder aber Schwester Sechs muß auch ein Instrument spielen.«

»Sie kann doch keins spielen.«

»Dann mag sie wenigstens mit dem Schlagzeug den Takt angeben.«

»Meinetwegen. Du regst dich aber wirklich über einen Fliegenbiß auf.« Lenzpflaume mußte also laufen und ein Paar rote Elfenbeinkastagnetten holen. Dann spreizten sich zarte Jadefinger über die gestrafften Haifischdarmsaiten, und das Trio hub die Verse von den ›Wildenten über der Düne‹ an. Zofe Hsiu Tschun stand dabei und fächelte mit einem Wedel Kühlung.

Als das Lied zu Ende war, kredenzte Hsi Men jeder der drei Holden einen Becher Wein, und man setzte sich wieder an den Tisch.

Mittlerweile hatte sich der Himmel von Südost her mit schwärzlichem Gewölk umzogen. Nach Nordwest hin rollte dumpfer Donner. Und nun prasselte ein kurzer heftiger Gewitterregen nieder. Aber bald kam die Sonne wieder zum Durchbruch und zauberte an den Himmel einen Regenbogen, unter dem die letzten Tropfen wie ein glitzernder Vorhang von bunten Juwelen herunterrieselten. Gleichzeitig kam ein leiser Luftzug auf, der die ersehnte Kühlung brachte.

Jetzt erschien Zofe Juwelchen und bat Mong Yü Loh zu Mondfrau, sie müsse ihr unbedingt noch die Perlen fertig zusammenfädeln.

Die ganze Gesellschaft beschloß, sie zu begleiten, und während man der Parkpforte zuschritt, sang man gemeinsam einen langen schönen Kantus zum Lob des Sommergewitters. Hsi Men beteiligte sich, indem er durch Zusammenschlagen der Hände den Takt angab.

An der Parkpforte hielt er Goldlotos, die eigentlich mit den anderen Frauen weitergehen wollte, zurück.

»Sieh dich vor! Die Steinplatten sind vom Regen schlüpfrig. Halte dich an mir fest, damit du nicht ausrutschst wie neulich beim Schaukeln«, sagte er liebevoll.

»Aber Schwester Drei und Sechs können doch auch allein gehen.«

»Wir wollen den schönen Tag am See genießen und uns ein wenig mit Flaschenspiel vergnügen«, setzte er hinzu. Die andern beiden Frauen waren bereits außer Hörweite. Sie ließ sich von Lenzpflaume die Mondlaute reichen und schlenderte mit ihm, unterwegs auf der Laute klimpernd, dem See zu. Am felsigen Seeufer hinwandelnd, kamen sie bei einem Granatapfelbaum vorüber, dessen Blüten sich unter dem wohltätigen Einfluß des Gewitterregens soeben zu voller Pracht erschlossen hatten. Sie brach sich eine Blüte ab und steckte sie seitlich im Schläfenhaar fest.

»Ach, mir wird so schwach, vor meinen Augen tanzen Blumen, als ob ich drei Tage nichts gegessen hätte«, sagte sie auf einmal, listig eine leichte Ohnmacht heuchelnd. Besorgt umfaßte er sie und schickte sich an, sie auf die Achsel zu heben.

»Liebes Kind, du wirst mir doch nicht etwa wegsterben! Du hast ja kaum erst einen Blick in die Welt getan!« scherzte er.

»Ganz so schlimm ist es nicht. Ich möchte nur die Laute absetzen und ein wenig verschnaufen.«

Sie legte die Laute an den Rand eines Blumenbeetes. Dann begann sie unvermittelt:

»Ich nehme dir's ja gar nicht übel, daß du dich heute mit Schwester Sechs vergnügt hast. Nein, nein, ich möchte dich durchaus nicht in deinem Vergnügen stören! Aber hoffentlich siehst du mich deswegen nun nicht geringer an!«

»Aber wo denkst du hin! Überhaupt, wieso soll ich mich heute mit der Sechsten vergnügt haben?«

»Mein Junge, mir machst du nichts vor! Bin ich etwa ein Lehmkloß? Du solltest mich doch kennen! Meinst du, ich wäre heute vormittag wirklich zu Schwester Drei gelaufen, um ihr deine

Rose zu bringen? Haha! Gelauscht habe ich! Und alles mit angehört, was ihr euch in der Malachitveranda zu sagen hattet.«

»Du bist doch eine!« rief er lachend, bettete sie sanft auf die Blumen und preßte seinen Mund auf ihre Lippen. »Nenne mich schnell deinen lieben Ta ta! Eher lasse ich dich nicht aufstehen!«

»Mein lieber Ta ta! – Aber du liebst ja doch eine andere!«, und lachend ließ sie sich von ihm emporziehen. Die Laute unter die linke Schulter geklemmt und die letzte Strophe aus dem Sommergewitterkantus von vorhin singend, zog sie an seiner Seite den schmalen Pfad weiter, der sich am Smaragdweiher entlangschlängelte, an der Kaschmirdistellaube vorüber bis zur Weinlaube. Und hier beschlossen sie zu bleiben.

Über der Balustrade von Stein
Vier luftige Lattenwände,
Von dichtem Blattwerk
Rings umsponnen.
Draus schimmert's bald rötlich
Wie von den Purpurkugeln
Des Thymianstrauchs,
Der herbstliche Würze haucht.
Bald sind's grünliche Perlen,
Zu Wolken gehäuft.
Wie bunte Kristallzier
Über Rossebrüsten,
Über Backsteinen
Feucht glänzende Glasur.
Eine goldbetupfte Laube:
Geheimnisvoller Quell,
In dem süße Säfte,
Wunderdüfte wohnen.
Geschenk aus fernen
Westlichen Zonen.

In der Laube standen einstweilen nur vier Porzellanhocker herum, auch stand eine dreihalsige Karaffe mit den dazu gehörenden Wurfpfeilen zum Flaschenspiel bereit. Aber bald brachte Tschun Meh einen Krug Wein angeschleppt, und hinter ihr erschien Herbstaster, mit beiden Händen vorsichtig eine große Eßschachtel tragend, auf der eine Kompottschüssel schwappte.

»Du hast dir schon heute vormittag die Lunge aus dem Leib gelaufen, kleines Fleischklößchen«, sagte Goldlotos zu Lenzpflaume. »Warum kommst du nun schon wieder angehetzt?«

»Daß man Euch ausgerechnet hier aufstöbern muß!« maulte die Kleine. »Wo jagt Ihr einen nur noch überall hin!«

Sie blieb zur Bedienung da, während Herbstaster sich wieder entfernte. Hsi Men öffnete die große Schachtel. Sie enthielt in acht kleinen Schüsseln acht verschiedene, ausgesuchte Gerichte, jede Schüssel fein säuberlich in einem besonderen Fach untergebracht, ferner eine kleine silberne Karaffe Traubenwein, zwei kleine goldene Trinkbecher in Lilienkelchform und zwei Paar elfenbeinerne Eßstäbchen.

Hsi Men baute alles das, so gut es ging, auf zwei zusammengerückten Hockern auf, während er mit Goldlotos auf den beiden anderen Platz nahm. Nun wurde fleißig gegessen und getrunken und zwischendurch zum Zeitvertreib mit den Wurfpfeilen nach der dreihalsigen Spielkaraffe geschleudert.

Bald stellte sich bei ihr infolge des reichlich und hastig genossenen Weines ein leichter Rausch ein, ihre Wangen färbten sich mit dem zarten Rot der Pfirsichblüten, ihr schräger Blick bekam den feuchten Schimmer einer herbstlichen Welle. Als Hsi Men jetzt Tschun Meh nach neuem Wein ausschickte, trug sie der Kleinen auf, ein paar Matten und Kissen mitzubringen, da sie Müdigkeit spüre und sich etwas ausstrecken wolle. Nach einer Weile erschien zuerst Herbstaster wieder, schwer mit Kissen und Matten beladen. Goldlotos ließ sich ein bequemes Lager am Boden herrichten, dann durfte die Kleine gehen.

»Schließ die Parkpforte hinter dir ab!« befahl ihr Goldlotos. »Du brauchst jetzt nicht wiederzukommen, außer wenn ich dich rufen lasse.« Nun machten sich's die beiden bequem. Erst streifte Hsi Men seinen Rock herunter und hängte ihn über die Brüstung; und als er von einem kleinen Gang abseits in die Büsche am Rand des Päonienbeetes wiederkehrte, fand er Goldlotos bereits völlig nackt auf den Matten liegen. Die roten Atlasschuhe waren ihre einzige Bekleidung. In der Hand hielt sie ihren Fächer und wedelte sich Kühlung zu.

Ihr Anblick brachte sein Blut in Wallung. Hastig legte er gleichfalls seine übrige Kleidung ab und ließ sich auf einen Porzellanhocker nieder. Von da aus machte er sich das Vergnügen, erst eine Weile mit seinen Zehen an ihre kleine Kröte zu tippen. Dann zog er ihr auch noch die Satinpantöffelchen ab und kam auf den absonderlichen Einfall, ihre gespreizten Füße mit den Fußbinden schräg nach oben an den Pfosten des hinteren Laubeneingangs festzuschnallen. Wie ein rückwärts gebäumter Lindwurm mit hochgereckten Vorderpranken lag sie da und mußte seinen heißen Liebesangriff dulden.

Mitten in seinem Bemühen wurde er durch das Erscheinen von Lenzpflaume aufgescheucht. In Anbetracht der eigenartigen Lage, in der sie die beiden vorfand, stellte sie ihren Weinkrug leise am vorderen Laubeneingang nieder und verzog sich, der Weisung seiner rückwärts abwinkenden Hand folgend, diskret zum nahen Pavillon der Wolkenrast, wo sie sich niederließ und sich über eine Solo-Schachpartie machte.

Aber er, durch ihre Nähe bereits wieder von neuem Begehren nach neuen Genüssen gekitzelt, löste sich hurtig von Goldlotos und sprang, nackt, wie er war, in langen Sätzen auf steinigem Pfad an Felsschroffen vorbei, dem Pavillon der Wolkenrast zu. Als Lenzpflaume ihn von weitem kommen sah, schlüpfte sie eilig ins Freie und flüchtete sich auf schmalem Seitenpfad an der Grotte des verborgenen Lenzes vorüber in dichtes Gebüsch, wo sie sich vor seinen Blicken verborgen glaubte.

Doch schon hatte er sie in ihrem Versteck aufgestöbert und stand nun, die Zweige auseinanderbiegend, vom Laufen erhitzt und keuchend, vor ihr.

»Habe ich dich endlich!« rief er lachend. Dann hob er sie wie ein leichtes Bündel auf seine Arme und trug sie in die Weinlaube. Dort mußte sie sich ihm auf den Schenkel setzen und einen Becher gemeinsam mit ihm austrinken. Verwundert ließ die Kleine ihre Äuglein über Goldlotos schweifen, die noch immer in der gleichen Lage wie vorhin, die Füße an den Pfosten des hinteren Laubeneingangs festgebunden, auf den Matten ruhte.

»Ihr treibt's ja hier am hellen Tage ziemlich toll!« erlaubte sie sich zu bemerken. »Wenn nun zufällig jemand vorüberkäme!«

»Ach, Unsinn! Wir haben ja die Pforte ausdrücklich von Herbstaster zuriegeln lassen. Hoffentlich hast du sie nicht aufgemacht! Nun aber paß mal auf, kleines Ölmaul, jetzt zeige ich dir eine neue Art Flaschenspiel. Man nennt das Goldkugeln auf Silberschwäne schießen.«

Er langte aus der eisgekühlten Kompottschüssel drei feste, gelbe Eierpflaumen und begann sie, sorgfältig zielend, nach dem Blumenkelch der am Boden Liegenden zu werfen. Dreimal schoß er, und dreimal traf er.

»Au, du schießt mich ja tot!« kreischte die Trunkene, die sich vor Lachen wand, während er drei große Becher Fünfdüftefreudenwein hinunterstürzte, die er sich selber als Preis für seine Treffer bewilligt hatte.

»Gib ihr auch was zu trinken und fächle ihr kühle Luft zu!« befahl er der Zofe mit schwerer Zunge. »Ich möchte jetzt schlafen.«

Er ließ sich schwerfällig auf die Matten niederfallen und war im Nu eingeschlummert. Lenzpflaume aber, von der Szene angewidert, benutzte die Gelegenheit, um auf leisen Sohlen an dem Schläfer vorbeizutappen und wie ein Rauch zu verschwinden.

Nach einer Stunde war er wieder munter, und gleichzeitig erwachte in ihm neues Lustbegehren.

Nachdem seine Lust von neuem befriedigt war, ließ er von Goldlotos ab. Sie lag völlig erschöpft mit schlaffen Gliedmaßen auf der Matte und konnte kaum noch atmen, ihre Zungenspitze fühlte sich eiskalt an. Nun löste er ihr endlich die Füße aus ihrer hängenden Stellung und half ihr in eine bequeme halb sitzende Lage. Allmählich kehrte das Leben in sie zurück.

Er half ihr in die Kleider. Dann geleitete er sie, während Lenzpflaume und Herbstaster Decken und Geschirr wegräumten, in ihren Pavillon.

›Heute habe ich sie besiegt‹, dachte er bei sich.

ZWEIUNDZWANZIGSTES KAPITEL

Die Gunst des Zufalls verschafft dem jungen Tschen einen Trumpf. Goldlotos reizt Hsi Men zu einem mittägigen Geplänkel im Orchideenzuber.

Als Goldlotos am nächsten Morgen beim Aufstehen ihre Schlafschuhe gegen das Paar roter Satinpantöffelchen vertauschen wollte, das sie am Tage zuvor angehabt hatte, da fehlte ein Pantoffel. Ob sie nach rechts guckte, sich nach links wandte, sie konnte ihn nicht finden. Beide Zofen mußten sämtliche von ihr bewohnten Räume gründlich durchsuchen: er blieb verschwunden.

»Vielleicht habt Ihr ihn gestern abend im Park verloren?« wagte Herbstaster schüchtern zu bemerken.

»Dummes Ding! Meinst du, ich wäre mit bloßem Fuß hergekommen?« Aber nach einigem Nachdenken: »Es müßte ihn schon ein Geist von hier weggeholt haben – Lenzpflaume, geh mit ihr in den Park und hilf ihr suchen. Wenn sie ihn nicht findet, lasse ich sie mit einem Stein auf dem Kopf im Hofe strafknien.«

Nach einer Weile kamen die beiden Zofen unverrichtetersache zurück. Sie hatten besonders die Umgebung der Weinlaube genau abgesucht. Vergebens.

»Dann geh in den Hof und tritt deine Strafe an!« sagte Goldlotos streng zu Herbstaster.

»Ach, Herrin, laßt mich noch einmal im Park suchen!« bettelte Herbstaster. »Wenn ich ihn wieder nicht finde, dann mögt Ihr mich prügeln lassen, soviel Ihr wollt.«

»Sie redet Unsinn«, mischte sich Lenzpflaume ein. »Der Park wird jeden Morgen gründlich gefegt. Jeder Nagel wird da aufgelesen, um wieviel mehr dann ein roter Pantoffel.«

»Überlasse es doch gefälligst der Herrin, ob sie mich nochmals suchen lassen will! Was hast du denn hineinzuschnattern?« wehrte sich Herbstaster.

»Gut, sucht nochmals!« entschied Goldlotos.

Diesmal suchten sie noch gründlicher als vorher, aber wieder umsonst. Ärgerlich versetzte Lenzpflaume der Jüngeren zwei Schellen und wollte umkehren.

»Ach, mir fällt eben ein, in der Schneegrotte haben wir noch nicht gesucht«, wandte Herbstaster aufgeregt ein und hielt sie krampfhaft am Ärmel fest.

»Du meinst die Grotte des verborgenen Lenzes, die der Herr hin und wieder heizen läßt und bewohnt? Da kommt unsere Herrin auf keinen Fall hin. Aber wir können ja meinetwegen mal nachsehen.«

Sie machten sich also zur Grotte auf, wo sie hinter das Bett und unter den Tisch guckten, jeden Winkel nachsahen und kein Behältnis ununtersucht ließen. Nun war nur noch eine Bücherkiste übriggeblieben. Herbstaster begann sogleich in ihr herumzustöbern. Lenzpflaume dagegen schenkte ihr überhaupt keine Beachtung.

»Wie soll sich denn unserer Herrin Schuh in eine staubige Bücherkiste verirren? Sie ist bis zum Rand mit Besuchskarten gefüllt. Komm weiter! Wir vertrödeln hier unsere Zeit.«

Sie wandte sich schon dem Ausgang zu, da hörte sie plötzlich hinter sich die andere frohlocken: »Hier ist er!«

Lenzpflaume machte widerwillig kehrt und schaute ungläubig in die Kiste. Da sah sie wirklich, friedlich neben einige Räucherstäbchen gebettet, einen roten Satinpantoffel aus papierner Hülle hervorlugen.

»Wahrhaftig, der Herrin Schuh!« sagte sie. »Wie mag er bloß hier hineingeraten sein? Das ist doch höchst seltsam.«

Und sie rannten eilends mit ihrem Fund zum Pavillon zurück.

»Wir haben ihn gefunden!« berichtete Lenzpflaume. »In der Grotte des verborgenen Lenzes lag er in einer Bücherkiste mitten unter einem Haufen Besuchskarten mit Räucherstäbchen zusammengepackt.«

Goldlotos nahm den Pantoffel in ihre Hand und verglich ihn mit dem anderen, den sie noch besaß. Der gleiche rote Stoff, das gleiche gestickte Blumenmuster, das gleiche weißseidene Sohlenfutter, der gleiche grüne Absatz, die gleichen blauen Metallösen. Doch halt, da war bei genauem Hinsehen doch eine geringfügige Verschiedenheit: bei dem einen Pantoffel war das Verschlußband von blattgrüner, bei dem andern von eisvogelblauer Färbung.

Goldlotos zog jetzt den gefundenen Pantoffel zur Probe an, und siehe, da spürte sie, daß er sie drückte. Augenblicklich war ihr klar, daß dieser Schuh nur der verstorbenen Hui Liän gehört haben konnte, denn von allen Frauen im Hause hatte sich nur Hui Liän kleinerer Füße rühmen können, als sie selbst hatte.

»Es ist nicht mein Pantoffel«, wandte sie sich jetzt an Lenzpflaume. »Führe das liederliche Geschöpf in den Hof und laß sie strafknien, lege ihr auch einen gehörigen Stein auf den Kopf!« Da half der armen Herbstaster kein Jammern und Betteln, sie mußte sich in den Hof abführen lassen, auf den heißen Fliesen niederknien und ihren Kopf, mit einem rauhen gewichtigen Stein beschwert, den glühenden Sonnenstrahlen aussetzen.

Goldlotos aber schlüpfte in ein anderes Pantoffelpaar, und da es ihr in den unteren Räumen zu heiß war, stieg sie in die oberen und ließ sich von Lenzpflaume Toilettentisch und Waschwasser nachbringen. Sie wollte oben im luftigen Balkonzimmer Toilette machen.

Am selben Morgen hatte sich der junge Tschen gerade im Laden frei gemacht, um sich ein wenig im schattigen Park zu ergehen. Am Parkeingang lief ihm der kleine ›Eisenbolzen‹, das Söhnchen des Dieners Lai Tschao, in den Weg, der dort im Sande spielte. Das Schmetterlingsnetz in der Hand des jungen Tschen hatte es dem Kleinen natürlich sofort angetan.

»Herr Tochtermann, gebt mir das Netz!« bettelte er.

Der junge Tschen mußte ihm seine Bitte abschlagen. Das Netz habe er bereits anderweitig versprochen, aber er wolle ihm später ein anderes schenken.

»Nein, ich möchte das haben!« bettelte der Junge von neuem. »Ich gebe Euch auch etwas Schönes dafür.«

»Was soll denn das sein? Laß doch sehen!«

Das Äffchen griff flugs in seinen Rock und brachte einen roten, blumenbestickten Satinpantoffel zum Vorschein.

»Woher hast du denn den?« fragte der andere verwundert.

Das Äffchen kicherte verschmitzt.

»Herr Tochtermann, ich weiß etwas; soll ich es Euch sagen? Gestern abend habe ich hinten im Park beim Seeufer gespielt. Als ich nun in die Nähe der Weinlaube kam, habe ich gesehen, wie der Herr die Fünfte mit den Füßen am hinteren Laubeneingang festgemacht und mit ihr sein Spiel getrieben hat. Später, als sie weg waren, habe ich mich in die Laube geschlichen. Ich wollte nämlich Lenzpflaume um etwas übriggebliebenes Kompott von der Tafel bitten, aber Lenzpflaume war schon fort, und da habe ich den Pantoffel in der Laube gefunden.«

Der junge Tschen hielt das zierliche Ding, das die sanfte Krümmung der Mondsichel, das zarte Blaßrot der Wasserlilie zeigte, eine Weile prüfend in der Hand. Jetzt maß er es an der Länge seiner Handfläche ab.

»Stimmt. Knapp drei Zoll«, sagte er für sich, »er kann nur ihr gehören.«

»Laß ihn mir«, sagte er laut zu dem Äffchen, »morgen bekommst du ein feines Schmetterlingsnetz!«

»Aber haltet Ihr auch bestimmt Wort?«

»Verlaß dich drauf!«

Er ließ den Pantoffel heimlich triumphierend in seine Ärmeltasche gleiten und ging weiter.

›Den Schuh hat mir der Himmel in den Schoß geworfen‹, dachte er im stillen. ›Ein paarmal habe ich schon mit ihr geplänkelt, aber immer, wenn ich schon nahe am Ziel war, ist sie mir wie eine Welle entglitten. Diesmal habe ich sie aber in der Enge. Sie soll mir nicht durch den Bettvorhang entschlüpfen.‹

Man muß den Augenblick nur recht verstehn,
Dann wird der Faden von selbst in die Nadel gehn.

Er wandte sich geradenwegs zum Pavillon von Goldlotos. Als er nun den Hof durchschritt, sah er Herbstaster unter der glühenden Sonne, den Kopf mit einem dicken Stein beschwert, auf den harten Fliesen knien.

»Nanu, Kleine! In die Strafkolonie verschickt?« warf er scherzend hin und befreite sie mitleidig von ihrer Last.

Goldlotos, die vom Balkonzimmer aus die fremde Stimme im Hofe gehört hatte, sagte zu Lenzpflaume:

»Wer war denn das? Und sieh, er hat sich sogar erfrecht, der Dirne den Stein vom Kopf zu nehmen!«

Tschun Meh lief eilends die Stiege hinab.

»Der Tochtermann ist da«, rief sie hinauf. »Den Stein habe ich ihr wieder aufgelegt.«

»So? Bring Herrn Tschen herauf!« befahl Goldlotos.

Er trat ein. Die beiden Vorderfenster standen weit offen, die Gardinen waren aufgezogen. Sie saß vor dem Spiegel und frisierte sich gerade. Ihre wie schwarzes Öl glänzenden dicken Flechten hingen zum Teil noch bis zum Fußboden hinab. Er setzte sich auf einen kleinen Schemel zur Seite und hatte Muße, sie eingehend zu betrachten.

Nun war ihr Werk beendet. Das Silbermaschennetz schmiegte sich über ihre wohlgeordneten Duftwolken, zwischen denen hier und da eine Perle, eine bunte Emailleblume schimmerte. Vierfach zeichnete sich auf ihren Wangen der kühne Schwung des Schläfenhaars. Sie erhob sich und wusch sich noch einmal die Hände im Waschbecken. Dann mußte Lenzpflaume den Toilettentisch wegräumen und Tee bringen. Ihr Gast saß während der ganzen Zeit lächelnd da und sagte kein Wort.

»Warum lacht Ihr, Schwager?«

»Weil Ihr etwas, was Euch teuer ist, vermißt und nicht finden könnt.«

»Und wenn ich etwas vermisse, was geht es Euch an, Schelm? Überhaupt, woher wollt Ihr wissen . . .?«

»Aber, Schwägerin, in bester Absicht, mit der sanften Leber, den geduldigen Knien eines braven Packesels komme ich her, und Ihr fahrt mich so unfreundlich an! Dann kann ich ja wieder gehen.«

Er erhob sich und wandte sich tatsächlich zur Tür. Sie hielt ihn zurück.

»Schelm, ich weiß schon, nachdem Eure teure Hui Liän nicht mehr da ist, erinnert Ihr Euch auf einmal an mich. Doch sagt heraus: Was vermisse ich denn?«

Lächelnd zog er den roten Satinpantoffel aus der Ärmeltasche. »Nun, wem mag der wohl gehören?« fragte er.

»Also Ihr habt ihn gestohlen, Schlingel! Und die arme Magd hat sich umsonst abgehetzt und unschuldig büßen müssen!«

»Gestohlen? Nein! Er ist mir auf andere Weise in die Hände gekommen.«

»Natürlich gestohlen! Wer außer Euch würde wohl wagen, sich wie eine diebische Ratte in mein Zimmer einzuschleichen?«

»Bitte sehr! Zwei Tage bin ich schon nicht mehr dagewesen.«

»Wartet nur, Frechling, ich werde es Herrn Hsi Men sagen.«

»Meinetwegen. Ihr glaubt wohl, mit ihm könnt Ihr mir bange machen?«

»Und wenn ich ihm nun erzähle, daß Ihr Euch an sieben-, achtmal an seine teure Hui Liän herangemacht habt? Aber nun gebt endlich den Schuh her und gesteht gutwillig, wie Ihr zu ihm gekommen seid, wenn Ihr ihn nicht gestohlen habt. Ich habe Euch ja völlig in der Hand.«

»Liebe Schwägerin, Ihr seid doch eine so verständige Frau, wir sind hier ganz unter uns, seid doch nicht so kalt! Wir wollen uns nett unterhalten. Wenn Ihr den Schuh durchaus haben wollt, gern! Aber ohne Donner kein Blitz, Ihr müßt mir etwas anderes dafür geben.«

»Und das wäre?«

»Schenkt mir wenigstens dieses Taschentuch da, das aus Eurem Ärmel guckt.«

»Das da? Nein, es geht nicht gut. Er kennt es zu genau, er würde es sofort wiedererkennen. Geduldet Euch bis morgen, da bekommt Ihr ein anderes.«

»Schwägerin, gerade auf dieses hier bin ich versessen. Nicht gegen hundert andere möchte ich es eintauschen«, bettelte er von neuem.

Sie mußte lachen. »Unausstehlicher Schlingel! Ihr macht einen ja schwach mit Eurem Drängen. Hier!«

Und sie reichte ihm das begehrte, das feine, weiße Batisttuch mit dem durchbrochenen Saum, in das ihr Name Pan Kin Liän in drei silbernen Lettern eingestickt und das eigentlich dazu bestimmt war, in heißen, von brünstigen Kakaduschreien erfüllten Nächten ihre duftende Haut zu trocknen.

»Aber verbirg es gut! Laß es ja nicht deine Frau sehen, sie hat eine schlimme Zunge.«

Er verneigte sich tief und murmelte seinen Dank. Dann händigte er ihr den vermißten Pantoffel aus und erzählte ihr umständlich, wie ihn der Knabe Eisenbolzen ursprünglich in der Weinlaube gefunden und wie er ihn dem Knaben glücklich wieder abgenommen hatte. Eine feine Röte hatte ihre Wangen überzogen.

»Dieser kleine Halunke! Stiehlt mir mein Eigentum und spielt auch noch den heimlichen Lauscher! Das wird ihn eine gehörige Tracht Prügel kosten, wenn ich es Herrn Hsi Men erzähle.«

金瓶梅 第四十回 抱孩童瓶兒希寵

裝丫鬟金蓮市愛

一

金瓶梅

第四十一回

兩孩兒聯姻共笑嬉

二佳人憤深同氣苦

第四十二回　逞豪華門前放烟火

賞元宵樓上醉花燈

»Nein, nein! Bitte, nicht erzählen! Sonst würde ich mit hineingezogen werden.«

»Soll man gegen einen Skorpion Nachsicht üben?«

Ihre Debatte über das Für und Wider war noch mitten im Gang, als ein von Hsi Men abgeschickter Diener erschien und den jungen Tschen in die vordere Halle rief, wo man ihn beim Schreiben von Glückwunschkarten brauchte. Eilig schob ihn Goldlotos die Treppe hinunter.

Nach seinem Weggange ließ sie sich von Lenzpflaume einen leichten Rohrstock bringen, um Herbstaster zu züchtigen, denn die Sache mit dem verlorenen Pantoffel war ihr unangenehm genug.

»Ich habe ihn doch gefunden, warum soll ich geschlagen werden?« beteuerte die Kleine vergeblich.

»Das hier ist der richtige, sieh ihn dir genau an!« schalt Goldlotos unwillig auf sie ein, indem sie ihr den vom jungen Tschen gebrachten dicht vors Gesicht hielt. »Um den hättest du dich kümmern müssen, dummes Ding.«

Herbstaster starrte den Schuh eine lange Weile ganz entgeistert an. »Das ist aber seltsam!« stammelte sie verwirrt. »Nun habt Ihr gar drei von der gleichen Sorte!«

»Was fällt dir ein? Du willst mir auch noch einen fremden Schuh als eigenen einreden? Bin ich etwa die dreibeinige Mondkröte?«

Und sie ließ ihr von Lenzpflaume zehn mit dem Stock überziehen. Die Kleine umklammerte während der schmerzhaften Prozedur weinend die Knie ihrer zürnenden Herrin und rief, auf Lenzpflaume weisend:

»Wenn die da nicht die Pforte offengelassen hätte, hätte niemand Fremdes in den Park eindringen und Euren Schuh wegnehmen können. Sie allein ist schuld.«

»Unerhört!« verteidigte sich die Beschuldigte, »auch noch mich zu verdächtigen! Du hattest gestern die Kissen und Matten aus der Laube wegzuräumen, da hättest du auch auf den verlorenen Schuh achten müssen. Wenn es eine Agraffe oder ein Ring gewesen wäre, dann könnte deine Ausrede noch gelten, aber einen roten Schuh kann man doch nicht übersehen. Deine Herrin ist noch viel zu milde gegen dich. Zwanzig, dreißig hast du verdient!«

Und die arme Herbstaster mußte ihren Ärger hinunterschlukken und hatte wieder einmal unrecht gehabt.

Und nicht weniger hart hatte das Äffchen, der Knabe Eisenbolzen, seinen Streich zu büßen. Als Hsi Men am gleichen Nachmittag von Goldlotos erfuhr, was er angestellt hatte, bearbeitete er den Kleinen derart mit Ohrfeigen und Fußtritten, daß er wie ein abgestochenes Ferkel quiekte und mehr tot als lebendig auf den Terrassenstufen, wo er gerade gespielt hatte, liegenblieb. Als er endlich wieder zu sich kam und seinen Eltern den Grund der Mißhandlung erzählt hatte, konnte es seine Mutter I Tschang Tsing nicht unterlassen, in die große Küche zu eilen und ihrer Entrüstung unter lautem Schimpfen nach West und wildem Gestikulieren nach Ost Ausdruck zu verleihen.

»Dieses verfluchte Weib!« begann sie gegen Goldlotos zu toben, »mit der wird's noch einmal ein schlimmes Ende nehmen! Was hat ihr mein Junge denn zuleide getan? Kaum zwölf Jahre zählt der Kleine, er ist im Flegelalter, da muß man doch Nachsicht üben! Wie kann man ihn wegen eines Dummenjungenstreichs gleich blutig und halbtot schlagen? Die Fünfte und ihr Schildkröterich sind auch nicht ohne Fehler. Wenn man deren Sündenregister aufzählen wollte, so würde man gar nicht fertig werden.«

Als Hsi Men an einem der nächsten Abende bei Goldlotos weilte, fiel ihm auf, daß sie ein Paar neue grüne Atlaspantoffeln mit roten Absätzen trug.

»Aber Liebling, was hast du da für häßliche Dinger an!« bemerkte er mißbilligend.

»Es sind ja nur Bettschuhe. Seit der kleine Sklave den einen meiner roten Pantoffeln mit seinen Schmutzfingern besudelt hat, mag ich die roten nicht mehr tragen.«

»Dann mache dir ein Paar neue. Du weißt, daß mich gerade rote so an dir reizen.«

»Wirklich? Ach, da fällt mir übrigens etwas ein, was ich dir noch sagen wollte.«

Sie ließ sich von Tschun Meh das in der Grotte des verborgenen Lenzes aufgestöberte Pantoffelpaar bringen.

»Kennst du diese Schuhe?«

»Nicht daß ich wüßte.«

»Tu doch nicht wie ein stolzer Gockel, der hinterher seine Hennen nicht mehr kennt! Das sind doch welche von deiner Hui Liän! Viel zu schade übrigens für die Stinktrotten einer solchen Magd! In einer Bücherkiste lagen sie unter Besuchskarten versteckt, mit Räucherstäbchen zusammengepackt.«

Und auf Herbstaster weisend, fuhr sie fort:

»Und dieses dumme Ding wollte sie mir als meine eigenen einreden! Zehn mit dem Stock habe ich ihr für ihre Frechheit überzählen lassen – hier«, zu Herbstaster gewandt, »ich schenke sie dir, du kannst sie selber tragen.«

»Aber, Herrin, sie sind doch viel zu klein für mich«, wagte Herbstaster schüchtern zu entgegnen. »Sie reichen ja kaum für meine große Zehe.«

»Was, du wagst zu widersprechen! Du könntest dir etwas einbilden, Schuhe einer früheren Geliebten deines Herrn zu besitzen! Oder hätte dein Herr sie wohl so sorgfältig aufgehoben, wenn sie ihm nicht ein teures Andenken wären?«

Gehorsam wollte Herbstaster mit ihrem Geschenk abtreten, da wurde sie zurückgerufen.

»Bring ein Messer!« befahl Goldlotos. »Ich will sie lieber zerschlitzen. Ihr Platz ist in der Unratgrube.« Und zu Hsi Men gewandt: »Sieh, wie fein sich die Dinger zerschlitzen lassen! Tut es dir leid?«

»Ach, ich bin gar nicht so«, entgegnete Hsi Men lachend und sich gleichgültig stellend.

»So, es tut dir nicht leid? Kannst du das beschwören? Weshalb hast du sie dann sorgfältig aufgehoben? Doch nur, um bei ihrem Anblick an die zu denken und nochmals zu denken, die sie einst getragen hat. Oder ist dir eine, die du geliebt hast, so rasch gleichgültig, aus dem Gedächtnis weggewischt? Dann habe ich von dir Unmenschen womöglich das gleiche zu gewärtigen?«

»Laß schon gut sein!« beschwichtigte er sie lächelnd. »Sie war ja eigentlich gegen dich immer nett und respektvoll.« Und er erstickte ihre weitere Widerrede durch einen zärtlichen Kuß. –

Der nächste Vormittag fand Goldlotos auf den Terrassenstufen vor der Malachitveranda emsig bei der Arbeit über den neuen roten Pantoffeln sitzen. Das Nähkörbchen stand neben ihr bereit. Über ihre Knie hielt sie ein Blatt Papier gebreitet, auf das sie mit geschickten Pinselstrichen den Grundriß des von ihr ausgedachten Pantoffelmusters zeichnete.

»Was zeichnest du da?« wollte die Sechste, die sie sich zur Gesellschaft herbestellt hatte, wissen.

»Meine neuen roten. Außen roter Atlas, drinnen weißes geblümtes Seidenfutter. Vorn in der Spitze wird ein Papagei eingestickt, der einen Pfirsich anbeißt.«

»Ich habe passenden roten Atlasstoff. Ich werde ihn holen und dir beim Nähen helfen«, erbot sich die Sechste.

Sie holte Stoff und Nähzeug und machte sich mit Goldlotos an die Arbeit.

»Weißt du, Schwester Drei könnte auch mittun. Sie wollte sich sowieso ein Paar neue anfertigen. Ich werde sie holen«, schlug Goldlotos vor und kam bald darauf Hand in Hand mit Mong Yü Loh wieder.

Die Dritte packte aus ihrem Nähkorb ein noch halb unfertiges Paar Pantoffeln aus schwarzem Atlas aus.

»Wen willst du denn damit aufregen?« warf Goldlotos, argwöhnisch wie immer, nebenbei hin.

»Ich und jemanden aufregen! Nein, ich bin neben euch frischen Birnenblüten doch schon eine alte Frau. Die Wolke, die ich verursachen sollte, müßte schon in harte, drahtgenähte Hammelhäute eingepackt sein, durch die kein Tropfen durchsickert!« scherzte resigniert die reife Dreißigerin.

Zu dritt begann man nun fleißig Schere und Nadel zu schwingen. Eine stand der anderen mit guten Ratschlägen bei, und nebenher sprach man die letzten häuslichen Vorkommnisse durch. Da kam nun auch der Zwischenfall des verlorenen Pantoffels zur Sprache, und Goldlotos horchte aufmerksam auf, als die Dritte zu erzählen wußte, wie I Tschang Tsing, die Mutter des geprügelten Knaben Eisenbolzen, in der Küche und den hinteren Gemächern über sie hergezogen sei.

»Ein ganzes Meer von Beschimpfungen hat sie über dich und Hsi Men und seinen Schwiegersohn ausgegossen. Das flog nur so von ›Weib‹ und ›Schildkröterich‹ und ›junger Hammel‹. Und ihr wäret doch auch nicht fehlerlos. Erst wurden wir aus ihrem Geschimpfe gar nicht klug, dann ließ sich Hsi Mens Tochter den Jungen kommen, und da erfuhren wir erst den genauen Hergang.

Ein Glück nur, daß im Augenblick Mondfrau nicht dabeisaß, die würde schön über dich gezetert haben.«

»Hat sie sich etwa sonst gegen mich ausgesprochen?«

»Und ob! Von einer neunschwänzigen Füchsin hat sie gesprochen, die das ganze Haus behexe. Du hättest es auf dem Gewissen, daß der brave Lai Wang aus dem Hause gejagt sei und seine Frau sich erhängt habe. Und nun hättest du wieder wegen einer Bagatelle, wegen eines verlorenen Pantoffels, Himmel und Erde in Bewegung gesetzt und einen armen Jungen, der ein bißchen den Topfgucker gespielt hätte, halbtot prügeln lassen. Du hättest eben gefälligst selbst auf deine Schuhe achten sollen. Aber offenbar wärst du damals in der Weinlaube stockbetrunken gewesen. Sonst wäre es doch unbegreiflich, wie man mit einem einzelnen Schuh an den Füßen losgehen könne. Wegen lauter Bagatellen brächtest du das Haus in Aufruhr.«

»So, und wenn der Diener seinen Herrn erstechen will, ist das etwa eine Bagatelle! Schwester Drei, du warst dabei, als Lai Hsing'rl uns vor der drohenden Gefahr warnte. Kann es unsereinem zugemutet werden, den ganzen Tag die Frau eines Mörders zur Bedienung um sich zu haben? Und wenn ich nun nicht gesprochen hätte? Dann hätte ich mich ja geradezu an dem geplanten Verbrechen mitschuldig gemacht. Nein, wer sich schuldig macht, hat sich auch die Strafe zuzuschreiben; wer borgt, muß sich den Gläubiger gefallen lassen; wer mich quält, den quäle ich. Wer weiß, wenn ich nicht rechtzeitig gehandelt hätte, läge ich längst ersoffen im Brunnen.« Goldlotos hatte sich in Hitze gesprochen, ihre Wangen glühten.

»Schwester Fünf«, redete ihr Mong Yü Loh beruhigend zu, »Wir drei verstehen uns und haben keine Geheimnisse voreinander. Aber tu mir den Gefallen und behalte das, was ich dir gesagt habe, hübsch für dich!«

Goldlotos indessen scherte sich wenig um ihre Mahnung. Noch am selben Abend war Hsi Men von allem genau unterrichtet, und die Folge war, daß am nächsten Tage der Diener Lai Tschao mit Frau I Tschang Tsing und dem Knaben Eisenbolzen aus dem Hause mußten. Das eine wenigstens vermochte Mondfrau zu ihren Gunsten durchzusetzen, daß sie künftig in Frau Pings Hause auf der Löwenstraße wohnen und den Diener Ping

An in der Bewachung des Grundstücks ablösen durften. Ping An erhielt statt dessen einen Pförtnerposten in Hsi Mens Hause. Wiederum hatte Goldlotos über eine lästige Widersacherin triumphiert. –

Die zarten Purpurfäden, mit denen sie Hsi Men an ihre Person gefesselt hielt, erwiesen sich zäh und fest wie Metalldraht, und er wiederum war unerschöpflich in der Erfindung immer neuer Abwandlungen des Liebesspiels.

Eines Mittags saß er, einen Bananenblattwedel schwenkend, im Aussichtspavillon in der offenen ›Halle des gesammelten Rundblicks‹ und überließ sich der Stimmung der in mittäglichem Sonnenglast brütenden, von Wohlgerüchen erfüllten stillen Parklandschaft, deren Zauber der Dichter andeutet, wenn er sagt:

Über grünen Schatten
Glasten Mittagsgluten.
Turm und Steinterrasse
Tauchen still aus Fluten.
Zephir rührt den Vorhang,
Leise klirrt's kristallen.
Schwere Rosendüfte
Streichen durch die Hallen.

Eben hatte ihm Zofe Tschun Meh eine Schüssel eisgekühlter Pflaumenkaltschale hingesetzt.

»Was treibt deine Herrin?« fragte er.

»Sie läßt sich von Herbstaster ein Bad rüsten. Inzwischen hat sie sich etwas hingelegt.«

»Oh, dann werde ich sie überrumpeln. Das gibt einen herrlichen Spuk.«

Er schlürfte seine Kaltschale aus, dann erhob er sich, gab den Schultern der Zofe einen Dreh nach der Seitenpforte hin, die zum Pavillon von Goldlotos führte, und schritt mit ihr davon.

Leise betrat er das Schlafzimmer. Er fand sie eingeschlummert auf ihrem schönen neuen Bett mit der vergoldeten Metallschnekkenverzierung daliegen. Seit nämlich Goldlotos bei der Sechsten ein solches Schneckenmusterbett gesehen, hatte sie ihm nicht eher Ruhe gelassen, als bis er ihr eins von der gleichen Art anschaffte. Sechzig schwere Unzen hatte er für das Prachtstück ausgegeben. Es war rings von einer kunstvoll geschnitzten Holzbrüstung eingefaßt, rechts und links standen zwei neue Wandschirme, deren Stickerei außer den üblichen Blumenranken und Pfauenfedern gleichfalls das Schneckenmotiv aufwies. Die purpurroten Behänge waren mit massiv silbernen Nägeln am oberen Bettrahmen befestigt. Hsi Men hatte nicht gespart.

Goldlotos lag, nur mit einem dünnen, rosafarbenen Batistbusenhalter bekleidet, auf kühler Matte unter einer leichten roten Seidendecke, den Kopf auf ein Kissen mit eingesticktem Mandarinenentenmuster gebettet. Sie schlief fest. Ihr Anblick entfachte augenblicklich sein Verlangen. Er schob Zofe Tschun Meh leise zur Tür hinaus, streifte seine Kleidung hastig herunter, hob die Decke ab und kletterte behutsam über die schöne Schläferin, ihre Schenkel sacht auseinanderschiebend. Und ehe sie Zeit hatte, ihre Sternenäuglein zu einem erschreckten Blinzeln aufzutun, hatte er schon seine Lust an ihr.

»Strolch! Wie kommst du denn herein? Du erschreckst einen ja zu Tode! Ich schlummerte gerade so süß.«

»Ich bin's doch bloß! Du tust ja gerade, als ob ich ein fremder junger Gent wäre.«

»Ach geh! Welcher mit sieben Stirnen und acht Gallen bewehrte Frechling dürfte sich wohl unterstehen, in mein Schlafzimmer einzudringen, zu dem nur du Zutritt hast!«

Nachdem Goldlotos kürzlich vor der Malachitveranda Ohrenzeugin gewesen war, wie Hsi Men die Sechste ob ihres blanken Gesäßes bewunderte, hatte sie sich heimlich ein zartes Jasminblütenöl beschafft und damit ihren Körper während der letzten Tage ausgiebig eingesalbt. Als sie nun jetzt in ihrer rosigen Nacktheit vor ihm lag, wollte es ihm scheinen, als ob sich ihre Haut weicher und geschmeidiger denn sonst anfühle und einen besonders köstlichen Duft ausströme. Auch fesselten die neuen tiefroten Bettschuhe, die sie anhatte, seine Aufmerksamkeit.

»Mir wurde gesagt, du wolltest ein Bad nehmen«, sagte er nach einer Weile.

»Stimmt. Und du darfst mit baden.«

Sie ließ den großen Badezuber von den Zofen hereinbringen und mit heißem orchideenduftendem Wasser füllen. Dann stiegen sie beide hinein und begannen wie zwei muntere Fischlein zu plantschen. Nachdem sie sich so eine Weile an fröhlichem Plantschen vergnügt hatten, preßte er sie mit dem Rücken an die schräge Wandung und wiederholte das alte Spiel. Während sie sich mit der einen Hand am Zuberrand festklammerte und mit der anderen Hand ihre Frisur hielt, die sich aufzulösen drohte, ließ er mit Ausdauer seinen Leib wohl an die zweihundertmal an ihren Leib klatschen und verursachte durch seine Bewegung ein glucksendes, schwappendes Geräusch, das sich anhörte, als wenn sich zwei verliebte Krebse in seichtem Strandwasser tummeln.

Endlich hatte er genug. Sie trockneten sich gegenseitig ab, streiften ein kurzes dünnes Hemd über und streckten ihre angenehm erschlafften Glieder aufs Lager. Bevor sie sich dem Schlafe überließen, stärkten sie sich noch mit einigen frischen Früchten und süßem Gebäck. Auch verlangte es sie nach einem Schluck weißen Weins. Als nun Herbstaster ihrer Herrin den gefüllten silbernen Pokal hinhielt, da fühlte er sich eisig kalt an. Wütend packte Goldlotos den Pokal und schüttete seinen Inhalt der unglücklichen Zofe mitten ins Gesicht.

»Du täppisches Ding, wie kannst du wagen, deinem Herrn so eiskaltes Zeug vorzusetzen! Du bist doch zu nichts zu gebrauchen«, schrie sie die Erschrockene an. »Tschun Meh, führe sie in den Hof und lasse sie strafknien!«

»Der Herr hat doch täglich eisgekühlten Wein verlangt«, verteidigte sich ängstlich schluckend die Gescholtene. »Wer denkt denn, daß er gerade heute die Weise gewechselt hat?«

»Verfluchte Dirne! Mußt du immer widersprechen?« fuhr ihr Goldlotos über den Mund. »Tschun Meh, hau ihr rechts und links zehn runter!«

»Herrin, ich möchte meine Hand nicht gern an ihrer schmutzigen Haut besudeln«, wich Tschun Meh aus. »Ich werde ihr aber draußen im Hof einen gehörigen Stein auf den Kopf legen.«

Und so mußte die arme Herbstaster wiederum in der prallen Nachmittagssonne auf den harten Fliesen im Hofe hinknien und sich den Kopf von der Last eines dicken Steines beschweren lassen. Ein Glück für sie, daß Li Kiao'rl gerade eine neue junge Zofe zu vergeben hatte. Auf Zureden der Sechsten entschloß sich Goldlotos, die fünfzehnjährige ›Sommerblume‹ der Zweiten für sieben Unzen abzukaufen und an Stelle von Herbstaster in ihren Dienst zu nehmen. Herbstaster aber wurde als Küchenmagd in die große Küche geschickt und so von einer launischen Herrin befreit.

DREIUNDZWANZIGSTES KAPITEL

Kanzler Tsai verteilt Ämter und Würden. Hsi Men bekommt einen Sohn und wird Mandarin.

Inzwischen war Lai Pao mit seinem Begleiter Wu Tiän En, Hsi Mens Freund und Schwager, und den mit Geburtstags-Geschenkkisten vollbepackten Maultieren nach beschwerlichem, heißem Marsch glücklich in der östlichen Hauptstadt eingetroffen und in einer Herberge vor dem ›Tor der zehntausend Generationen‹ abgestiegen. Am nächsten Vormittag begaben sie sich samt ihren Maultieren zum Palast des Kanzlers Tsai. Der neue Pförtner, der sie nicht kannte, wollte sie erst nicht einlassen. Als auf seine Frage nach ihrem Woher und Wohin Lai Pao angab, sie seien Abgesandte des Herrn Hsi Men aus der Kreisstadt Tsing ho hsiän in der Provinz Schantung und gekommen, um dem alten Gebieter Geburtstagsgeschenke zu überbringen, erwiderte er unwirsch: »Wißt ihr Kerle nicht, wo ihr seid, daß ihr hier frech Einlaß begehrt? Der alte Gebieter hat nur einen über sich und Millionen unter sich. Hier kommen kaum die drei Staatsräte, die acht Minister, kaum Fürsten und Prinzen herein. Was hat der alte Gebieter mit eurem Herrn zu schaffen, der irgendwo weit weg in der Wildnis der östlichen Reichspforte haust? Schert euch weg!«

Zufällig standen einige Palastbedienstete in der Nähe, denen Lai Pao von seinen früheren Besuchen her bekannt war. Einer trat jetzt heran und sagte beschwichtigend:

»Nehmt's ihm nicht übel! Er ist der neue Pförtner und erst seit wenigen Tagen im Dienst. Drum kennt er euch nicht. Wenn ihr den alten Gebieter zu sprechen wünscht, will ich Onkel Ti für euch herausbitten.«

Lai Pao zog flugs aus seinem Ärmel ein Silberpäckchen im Gewicht von einer Unze und reichte sie dem hilfsbereiten Sprecher hin.

»Ich brauche nichts«, wehrte dieser ab. »Aber legt noch eine Unze zu und gebt sie dem Türhüter und seinem Gehilfen, damit sie euch künftig kennen.«

Lai Pao befolgte eiligst seinen Rat, worauf sich das Gesicht des Pförtners zu einem freundlichen Grinsen verzog.

»Also aus Tsing ho hsiän kommt ihr? Soso. Nun, geduldet euch ein Weilchen. Ich will euch gleich beim Intendanten Ti melden. Der alte Gebieter ist eben aus dem ›Palast der köstlichen Ätherreine‹ zurückgekommen und ruht augenblicklich in der Bibliothek.«

Und er verschwand im Innern. Nach längerem Warten kam er in Begleitung des Intendanten Ti wieder. Onkel Ti trug kühle Bastsandalen an seinen hellen Strümpfen und einen Rock von dünner blauer Seide, wie ihn Tao-Priester zu tragen pflegen. Er kannte Lai Pao bereits von früher.

»Ihr wart schon einmal da und hattet Geschenke für den alten Gebieter mitgebracht, nicht wahr?«

Lai Pao machte einen Kotau und reichte ihm mit der einen Hand seine Besuchskarte, mit der anderen ein in Nankingseide eingeschlagenes Silberpäckchen im Gewicht von dreißig Unzen.

»Mein Herr läßt Euch grüßen«, sagte er, »und bittet Euch in Ermangelung einer würdigeren Gabe, diese belanglose Kleinigkeit als Zeichen seiner freundschaftlichen Gesinnung nicht zu verschmähen.«

»Eigentlich dürfte ich Euer Geschenk nicht annehmen, doch ich möchte Euch nicht kränken . . .«

Er ließ das gewichtige Päckchen in seinem Ärmel verschwinden und warf einen Blick auf die Geschenkliste, die ihm Lai Pao nunmehr übergab. »Kommt mit!«

Er führte sie zu einem zweiten Portal, an dessen Westflügel sich drei Warteräume für Besucher befanden. Hier ließ er sie Platz nehmen und sich durch Tee stärken. Nach einer Weile wurden sie zum alten Gebieter in die vordere Empfangshalle gerufen. Sie knieten vor der Estrade, auf der Kanzler Tsai saß, nieder, während Intendant Ti ihm Besuchskarte und Geschenkliste vorlegte. Einige Diener hatten die mittlerweile ausgepackten Geschenke in die Halle nachgetragen und breiteten sie nun auf der Estrade aus.

Da gleißte nun gelb die goldgetriebene Kanne in Schou-Form, schimmerten matt die Jadebecher, glänzten hell die die vier Jahreszeiten darstellenden Genien des silbernen Tafelaufsatzes, blendeten das Auge die in fünf Farben leuchtenden Atlasroben mit dem eingestickten Schlangenmuster; hier funkelte aus goldenem Kruge edler Tang-yang-Wein, da schichteten sich in silbernen Schalen köstliche Früchte. Mußte sich bei solchem Anblick nicht das Herz des Empfängers weiten?

»Ich kann diese Gaben unmöglich annehmen«, sprach der Kanzler. »Nehmt sie wieder mit!«

Die beiden Abgesandten machten geschwind einige Kotaus.

»Unser Herr schickt diese unansehnlichen Nichtigkeiten lediglich als schwache Zeichen seiner ergebenen Gesinnung. Der alte Gebieter mag sie nach Belieben weiterverteilen.«

»Das ist etwas anderes. Dann will ich eure Gaben für meine Leute zur Rechten und Linken behalten.«

Er winkte seiner Umgebung und ließ die aufgebauten Schätze wegtragen.

»Euer Herr hat mir wiederholt Aufmerksamkeiten erwiesen. Ich weiß nicht recht, wie ich mich erkenntlich zeigen soll. – Besitzt er eigentlich Beamtenrang?«

»Unser Herr ist einfacher Bürger ohne jeden Rang.«

»So. Ich habe zufällig dank kaiserlicher Huld einige Blanko-Bestallungen zur Hand. Ich könnte euren Herrn zum stellvertretenden Kreisrichter ernennen, um die Vakanz auszufüllen, die durch Versetzung des Richters Ho entstanden ist. Was meint ihr?«

Lai Pao schlug mit der Stirn auf den Boden.

»Für die Gnade solcher Erhöhung würde mein Herr dem alten Gebieter Dank zollen, bis ihm die Greisenjahre sein Haar weiß pudern und seinen Leib in Trümmer schlagen.«

Der Kanzler ließ sich einen Schreibtisch bringen und einige Blanko-Bestallungsformulare vorlegen. Eins von ihnen füllte er mit dem Namen Hsi Men Tsing aus. ›Zum stellvertretenden Kreisrichter in Schantung mit dem Titel eines Goldstabwächters wird Hsi Men Tsing hierdurch ernannt‹, hieß es in der Urkunde.

»Und ihr beiden habt als Überbringer der Geburtstagsgeschenke bittere Mühen auf euch genommen«, fuhr der Kanzler fort. – »Wer ist eigentlich dein Begleiter, Lai Pao, der hinter dir kniet?«

»Meines Herrn Schwager Wu Tiän En.«

»So, sein Schwager. Nun, ich will seinen Pflichteifer anerkennen. Ich ernenne ihn zum Postmeister von Tsing ho hsiän.«

Und er füllte ein zweites Bestallungsformular mit dem Namen Wu Tiän En aus.

Der beglückte Wu Tiän En schlug zum Dank so heftig mit der Stirn auf den Boden auf, daß es klatschte, als ob Knoblauchstengel im Mörser gestampft würden.

Der Kanzler füllte nun ein drittes Formular aus, und ehe sich's der gute Lai Pao versah, war er zum Torkommandanten im Palast des Prinzen Yün in Tsing ho hsiän ernannt.

»Hier, nehmt eure Bestallungen«, sagte der Kanzler wohlwollend, »geht damit morgen zum Ministerium des Innern und zum Kriegsministerium, laßt euch dort in die Beamtenregister eintragen und eure Patente und Amtssiegel verabfolgen. Und du, Ti, laß ihnen im Westflügel etwas Wein und Essen vorsetzen. Zahle ihnen auch zehn Unzen aus meiner Schatulle aus, damit es ihnen unterwegs an nichts gebricht.«

Damit waren sie gnädig entlassen. Intendant Ti führte sie in eins der Gastzimmer am Westflügel des Innenportals und ließ ihnen ein üppiges Mahl auftragen. Er wartete, bis sich die Besucher gehörig gesättigt hatten, dann rückte er etwas näher an Lai Pao heran und begann in vertraulichem Tone: »Ich hätte noch ein kleines persönliches Anliegen an euren Herrn. Aber vielleicht wird er nicht darauf eingehen?«

»Aber Herr Ti, wie könnt Ihr nur einen Augenblick an der Bereitwilligkeit meines Herrn zweifeln! Haben wir doch den gnädigen Empfang beim alten Gebieter lediglich Eurer gütigen Einführung zu verdanken. Was es auch immer sei, sprecht getrost Eure Wünsche aus, mein Herr wird sich Euren Befehlen nicht entziehen.«

»Nun also, um ganz offen zu sprechen, ich verlange nach einer jungen Gefährtin. Mein schlichtes Weib ist nun schon an die Vierzig und sehr oft kränklich. Leider ist unsere Ehe kinderlos. Andererseits läßt mir der Dienst beim alten Gebieter wenig Zeit, mich selber um solche persönliche Angelegenheiten zu kümmern. Kurz, wenn Euer Herr die Güte haben sollte, mir ein frisches, mit einigen Vorzügen ausgestattetes Ding so um die Fünfzehn, Sechzehn herum auszumachen, der Preis spielt für mich keine Rolle . . .«

»Oh, mein Herr wird nicht verfehlen . . .«

Inzwischen war das Antwortschreiben an Hsi Men, das den Empfang seiner Geschenke bestätigte, im Sekretariat fertiggemacht worden. Intendant Ti überreichte es Lai Pao nebst den zehn Unzen aus der Kanzlerschatulle und legte für jeden der zwei Abgesandten von sich aus noch weitere fünf Unzen zu. Sie wollten seine Spende erst durchaus nicht annehmen.

»Wir sind ja kaum erst der Wohltat des alten Gebieters teilhaftig geworden. Wie könnten wir . . .?«

»Das hat nichts miteinander zu tun. Ihr werdet mich doch nicht kränken wollen!« Und er bestand darauf, daß sie seine Unzen gleichfalls einsteckten. Ein Sekretär, den er ihnen als Begleiter mitgab, hatte dafür zu sorgen, daß am nächsten Vormittag die Erledigung der Formalitäten in den beiden Ministerien, wie Registrierung und Ausfertigung der Patente und Amtssiegel, ohne Aufschub vor sich ging. Sie spendierten ihm ein Festessen und drei Unzen und konnten bereits am folgenden Tag die Heimreise antreten. –

Es war an einem jener Mittsommertage, an denen man sich wie ein Hund vor der Hitze duckt, da hatte sich Hsi Men mit seinen Frauen und der Hauskapelle im Aussichtspavillon in der luftigen Halle des gesammelten Rundblicks zu frohem Gelage zusammengefunden. Alle Frauen mit Ausnahme der Sechsten waren anwesend.

»Wo steckt denn deine Herrin?« fragte Mondfrau Zofe Hsiu Tschun.

»Sie spürte heute in ihrem Leib heftiges Weh. Deshalb wollte sie nicht ausgehen.«

»Ach, es wird nicht so schlimm sein. Hole sie doch rasch her, sie soll sich die Musik mit anhören.«

»Was ist mit ihr los?« wollte Hsi Men wissen.

»Sie klagt über Schmerzen im Leib und hat sich etwas hingelegt. Sie wird gleich kommen.« Und leise zu Mong Yü Loh: »Sie ist bereits hoch im achten Monat. Es wird wohl bald soweit sein.«

»Es ist noch viel zu früh für die Niederkunft«, meinte Goldlotos bestimmt.

»So, dann mag sie nur kommen und sich die Musik anhören«, echote Hsi Men.

Nach einem Weilchen erschien sie.

»Du bist gewiß in den Luftzug gekommen und hast dich etwas erkältet«, sagte Mondfrau sorglich zu ihr. »Ein Schluck heißen Weines wird dir guttun.«

Auf Hsi Mens Wunsch mußten die vier Musikantinnen Lenzpflaume, Nephritflöte, Orchideenduft und Ying Tschun jetzt das Lied anstimmen: ›Wenn des Sommers Gluten dräuen‹. Frau Ping vermochte nur den Anfang mit anzuhören, mit leisem Stöhnen erhob sie sich mitten während des Vortrags und schleppte sich in ihren Pavillon zurück.

»Sie hat Wehen«, berichtete Zofe Juwelchen, die Mondfrau ihr nachgeschickt hatte.

»Habe ich's doch gesagt!« rief Mondfrau aus. »Aber die Fünfte wußte es ja wieder einmal besser. Und wir haben noch nicht einmal nach der Hebamme geschickt!«

Hsi Men befahl Ping An, wie der Wind zu laufen und Mutter Tsai zu holen. Das Gelage wurde abgebrochen, und alles stürzte zum Pavillon der Sechsten.

»Wie fühlst du dich, Schwester?« fragte Mondfrau teilnehmend.

»Als ob sich mir die Eingeweide umstülpten, als ob eine dicke Kröte in meinem Leibe zappelte.«

»Richte dich lieber etwas auf, damit die Frucht leichteren Ausgang findet und nicht erstickt.«

»Ist denn jemand nach der Hebamme geschickt worden?« wandte sie sich an ihre Umgebung.

»Ping An ist unterwegs«, meldete Tai A'rl.

»Wie unüberlegt, gerade diesen langsamen Alten zu schicken! Die Sache brennt doch! Rasch, spring ihm nach und bring die Frau schleunigst her!«

Tai A'rl mußte also ein Maultier besteigen und im Galopp hinter dem andern herhetzen.

»Diese Aufregung!« flüsterte Goldlotos der Dritten geringschätzig zu und zog sie mit sich hinaus auf ein schattiges Plätzchen unter dem vorspringenden Dachrand. »Man erstickt ja bei dem Gedränge in dem einen Zimmer. Dieses Getue um ein Ungeborenes! Als ob es ein Elefantenjunges zu sehen gäbe!«

Endlich und gerade zur rechten Zeit erschien Mutter Tsai, die Hebamme. »Wer ist denn hier die Hausherrin?« fragte sie in den Knäuel der anwesenden Frauen hinein. Man wies auf Mondfrau. Sie trat auf sie zu und machte ihre Reverenz.

»Nur jetzt keine Umstände!« wehrte Mondfrau ab. »Es wird höchste Zeit, daß Ihr kommt.«

Mutter Tsai trat an das Lager und befühlte den Leib der Sechsten. »Es ist soweit«, erklärte sie. »Sind die Windeln bereit?«

»Sie liegen fix und fertig in meinem Zimmer«, erwiderte Mondfrau. »Juwelchen, lauf und hole sie her!«

»Wollen wir wieder hineingehen und zusehen? Die Alte ist drin«, wandte sich Mong Yü Loh fragend an Goldlotos.

»Bitte geh, wenn du Lust hast. Ich bleibe«, erwiderte Goldlotos kühl. »Was ist schon weiter dabei, zu sehen, wenn eine niederkommt!« Mong Yü Loh blieb ihr zur Gesellschaft nun gleichfalls und begann mit ihr Mutmaßungen und Zweifel auszutauschen, ob das Kind überhaupt von Hsi Men stamme. Jetzt huschte Juwelchen mit einem Pack von mit Seidenbändchen umschlungenen Windeln und Steckkissen an ihnen vorüber.

»Die hatte sich die Erste eigentlich für den eigenen Gebrauch zugelegt«, raunte Mong Yü Loh ihrer Gefährtin zu. »Nun kommt ihr die Sechste zuvor.«

Bald darauf tönte aus dem Schlafzimmer ein schreiendes Kinderstimmchen, und dann erschien Mutter Tsai in der Tür und verkündete mit wichtiger Miene: »Ein Knäblein ist angekommen. Bestellt nur dem Hausherrn, er möchte ein anständiges Freudengeld spendieren.«

Hsi Men, dem Mondfrau die frohe Kunde überbrachte, wusch sich eiligst die Hände und dankte auf den Knien dem Himmel, der Erde und seinen Altvorderen durch ein überreiches Weihrauchopfer und flehte Segen und Schutz auf Mutter und Kind, auf Bad und Windeln herab. Nur eine stimmte in die allgemeine Freude nicht mit ein. Goldlotos hatte sich auf die Kunde hin, daß ein Knäblein geboren sei, grollend in ihren Pavillon zurückgezogen. Sie riegelte die Tür ab, warf sich aufs Bett und weinte bitterlich. Solches geschah am dreiundzwanzigsten Tage des sechsten Monats des vierten Jahres der Regierungsepoche Harmonische Regierung (1115).

Mittlerweile hatte Mutter Tsai das Neugeborene, nachdem sie die Nabelschnur durchgebissen, sorgsam in Windeln gepackt, die Wöchnerin gesäubert und ihr eine kräftige, herzstärkende Suppe bereitet. Dann durfte sie sich nach getaner Arbeit auf Einladung von Mondfrau in deren Zimmer an einer reichlichen Mahlzeit stärken und ihr Freudengeld in der stattlichen Höhe von fünf Unzen einstreichen. Auch lud Hsi Men sie zum Fest der Kindeswaschung am übernächsten Tag und spendete ihr beim Abgang ein schönes Stück Atlas.

Nun begab er sich endlich selber ans Wochenbett, um nach Mutter und Kind zu sehen. Seine Freude über das prächtig geratene Kleine, das sich durch eine besonders helle Hautfarbe auszeichnete, war grenzenlos. Die ganze Nacht verweilte er im Pavillon der Sechsten und wurde nicht müde, immer und immer wieder nach dem Kinde zu schauen.

Anderntags in aller Frühe wurden Diener nach allen Richtungen ausgeschickt, um der Verwandtschaft und Nachbarschaft das frohe Ereignis kundzutun. An zehn Paar mit Lebensnudeln gefüllte Festschachteln mußten sie aus diesem Anlaß verteilen. Als erste Gratulanten stellten sich in Eile, je zwei Schritt mit einem Satze nehmend, Schnorrer Ying und Hsiä Hsi Ta ein. Hsi Men ließ sie im Aussichtspavillon einen Teller Lebensnudeln mit verzehren, dann schickte er sie wieder weg. Heute gab's ja noch vielerlei zu erledigen. Vor allem mußte eine passende Amme gedungen werden. Sie war bald gefunden. Nachbarin Pi brachte das junge Weib eines Dieners ins Haus. Sie hatte vor einem Monat ihr Kind verloren, und nun sollte auch der Mann, den man zum Kriegsdienst ausgehoben hatte, von ihr weg und ins Feld. Mondfrau fand an der kräftigen adretten Dreißigerin Gefallen, und so wurde sie der Nachbarin Pi für die geforderten sechs Unzen abgekauft und im Pavillon der Sechsten einquartiert, um früh und abends das Kind zu stillen. Sie erhielt den Namen Ju I'rl, ›Nach Wunsch‹.

Mitten in den Trubel dieses Tages platzte die Rückkunft von

Hsi Mens beiden Abgesandten aus der östlichen Hauptstadt. Das gab nun eine neue freudige Überraschung. Hsi Men mit dem Titel eines Goldstabwächters zum stellvertretenden Kreisrichter ernannt! Von seinen Schläfenwinkeln an pflanzte sich quer über sein ganzes Gesicht ein strahlendes Lachen, als Lai Pao vor ihm auf den Tisch sein schönes Amtssiegel in doppelter Ausfertigung niederlegte und daneben mehrere ministerielle Bestallungsurkunden und Begleitschreiben ausbreitete. Er raffte alle diese Kostbarkeiten eilends zusammen und stürzte nach den hinteren Gemächern, um sich gemeinsam mit seinen Frauen an ihrem Anblick zu weiden.

»Es hat dem alten Gebieter gefallen, mein Haus zu erhöhen und mich zum stellvertretenden Kreisrichter zu ernennen«, verkündete er feierlich. »Ich darf den Titel Goldstabwächter tragen und bin jetzt Mandarin der fünften Klasse! Und du«, fügte er, zu Mondfrau gewandt, galant hinzu, »darfst künftig dein Haar mit der Goldblume einer Mandarinengattin schmücken. Zwei frohe Ereignisse innerhalb eines knappen halben Monats! Wolkenhohes Glück ist unserm Haus beschieden! Das stramme Kerlchen aber, das uns die Sechste beschert hat, soll morgen bei der Feier der Kindeswaschung den Namen Kwan ko'rl, ›Brüderchen Mandarin‹, empfangen!«

Mitunter prahlt in falschem Glanze schlechtes Eisen,
Indessen echtes Gold verborgen nicht darf gleißen.

VIERUNDZWANZIGSTES KAPITEL

Goldlotos läßt den jungen Tschen strafsingen. Intendant Ti wiederholt brieflich sein Verlangen nach einer Jungfrau.

Ein Monat war verstrichen. Er hatte dem Hause Hsi Men weidlich viel Unruhe und Trubel beschert. Da war zunächst Meister Tschao, der mit seinen sieben Gesellen im östlichen Seitenflügel eine förmliche kleine Schneiderwerkstatt aufgetan hatte, um in mehrtägiger fieberhafter Arbeit Hsi Mens Amtsgarderobe pünktlich fertigzustellen. Dann galt es, neue Besuchskarten auszuschreiben. Dann mußten zahllose Gratulanten empfangen werden. Dann kam der vom Astrologen ausgesuchte Glückstag erster Ordnung, an dem Hsi Men mit großem Gepränge sein Amt antrat. Und dann folgten drei Festessen von noch nie dagewesener Üppigkeit, eins für die Verwandtschaft und Nachbarschaft, eine offizielle Abfütterung für die Beamtenschaft und schließlich heute ein zwangloses Freundschaftsgelage für die neun Schwurbrüder.

Während vorn Hsi Mens Kumpane tobten und mit den zur Unterhaltung geladenen vier Blumenmädchen Zimmetblüte, Silberchen, Lieblingsparfüm und ›Nephritspange‹ scherzten, saß hinten Goldlotos trübe gestimmt vor dem Spiegel und machte sich wieder einmal umsonst schön. Sie fühlte mit wachsender Unruhe, daß ihr Hsi Men seit der Geburt des Kindes mehr und mehr entglitt. Immer seltener wurden seine Besuche, dagegen pflegte er jetzt Nacht für Nacht im Pavillon der Sechsten zu weilen.

Nun war sie mit Frisieren fertig. Vor Langerweile gähnend, erhob sie sich und schlenderte in den Park hinein. Lautes Kinderwimmern, das an ihr Ohr drang, veranlaßte sie, ihren Schritt zum Pavillon der Sechsten zu lenken.

»Fehlt dem Kleinen etwas?« fragte sie die Amme.

»Er hat Sehnsucht nach seiner Mutter. Sie weilt in den hinteren Gemächern.«

»Du, du!« machte Goldlotos scherzend zu dem Kleinen, sich über die Wiege neigend. »So ein kleiner Wicht, kaum geboren, kennt schon seine Mama! Warte, ich werde dich zu ihr hintragen.«

»Herrin, nehmt ihn lieber nicht heraus! Er hat Angst vor Euch und wird Euch vollmachen«, warnte die Amme.

»Schweig, du Stück faules Fleisch!« herrschte Goldlotos sie an. »Ich packe ihn in die Steppkissen. Was kann schon passieren?«

Und sie nahm den Kleinen aus der Wiege und trug ihn bald an die Brust geschmiegt, bald ihn ausgelassen hochschwenkend, nach den hinteren Gemächern.

»Sieh, wen ich da bringe!« rief sie lachend Mondfrau zu, die in der Wandelgalerie vor ihrem Wohnzimmer saß. »Der kleine Mann suchte seine Mama.«

Und wieder schwenkte sie übermütig ihre leichte Last über dem Kopf.

»Aber Schwester Fünf, wie kannst du nur so leichtfertig mit dem Kinde umgehen! Du wirst ihm einen schönen Tigerschreck einjagen!« tadelte Mondfrau. »Seine Mutter ist drin. – Schwester Sechs, komm heraus! Dein Junge verlangt nach dir!« rief sie hinein.

Erschrocken kam Frau Ping herausgestürzt.

»Du hättest das Kind lieber bei der Amme im Zimmer lassen sollen«, sagte sie vorwurfsvoll zu Goldlotos. »Es war höchst überflüssig, es herzubringen. Und wie ich sehe, hast du auch schon nasse Flecken am Kleid. Geschieht dir ganz recht.«

»Er hatte so nach dir gejammert«, entschuldigte sich Goldlotos etwas verlegen.

Frau Ping nahm ihr das Kind ab, barg es schützend an ihrer Mutterbrust und trug es in ihren Pavillon zurück.

»Wie konntest du das Kind nur aus deiner Obhut geben und von der Fünften wegschleppen lassen!« schalt sie die Amme.

»Sie hat es mir gegen meinen Willen entrissen.«

Allmählich gelang es ihr, das Kind zu beruhigen und in Schlaf zu lullen. Aber mitten in der Nacht schien es plötzlich durch einen bösen Traum aufgescheucht zu werden, es begann wieder kläglich zu wimmern, wurde von Fieberschauern geschüttelt und brach in Schweiß aus. Vergebens hielt ihm die Amme zur Beruhigung die Brust hin. Es drehte das Köpfchen weg und schrie nur noch kläglicher

»Was fehlt denn dem Kind?« fragte Hsi Men ganz besorgt, als er spät nachts nach Verabschiedung der letzten Gäste das Schlafzimmer der Sechsten betrat. Sie getraute sich nicht recht, Goldlotos als Schuldige anzugeben, und beschränkte sich darauf, mit einem Achselzucken zu erwidern. Natürlich mußte die unschuldige Amme einen unverdienten Rüffel einstecken. Dann stürzte Hsi Men nochmals weg, um sich mit Mondfrau zu besprechen. Auch Mondfrau, die den wahren Anlaß für die jähe Erkrankung des Kleinen recht wohl kannte, war so rücksichtsvoll, Goldlotos zu schonen und ihren Streich mit keinem Wort zu erwähnen.

»Ich werde morgen die alte Liu kommen lassen«, schlug sie vor.

»Laß bloß das alberne Weib mit ihrer verrückten Beiznadel

weg!« widersprach er. »Wir wollen lieber einen vernünftigen Kinderarzt bestellen.«

»Ach, für so ein Geschöpf, das kaum einen Monat alt ist, kommt doch kein Kinderarzt in Frage.«

Und sie blieb dabei, am andern Vormittag, nachdem er sich wie gewöhnlich in der Frühe zum Amt begeben hatte, die bewährte Mutter Liu kommen zu lassen. Die Medizin, die die Alte dem Kinde einflößte, erwies sich tatsächlich als wirksam. Es fiel in tiefen Schlummer, und als es erwachte, nahm es die Brust der Amme bereitwillig an. Frau Ping fiel ein Stein vom Herzen. Als aber kurz darauf Mondfrau ihr Zimmer betrat, um nach dem Befinden des Kleinen zu sehen, schauten sich die beiden Frauen bedeutungsvoll an.

»Habe ich's nicht gesagt?« bemerkte Mondfrau; »sie ist eine neunschwänzige Füchsin, die das ganze Haus behext!« –

Als an diesem Tage Hsi Men in Gesellschaft von Mondfrau seine Mittagsmahlzeit einnahm, wurde Schnorrer Ying gemeldet. Hsi Men ließ ihn einstweilen im Aussichtspavillon warten.

»Was will er denn heute schon wieder bei dir?« fragte Mondfrau. »Er war doch erst gestern da.«

»Er kommt in einer geschäftlichen Angelegenheit«, klärte sie Hsi Men auf. »Ein ihm bekannter Seidenhändler aus Hu tschou, der zur Zeit hier auf der Durchreise ist, möchte gern seine Ware an mich loswerden. Er fordert fünfhundert Unzen, fünfzig mehr, als ich ihm geboten habe. Er drängt nun zum Abschluß, und Schnorrer Ying kommt in seinem Auftrag, um die Sache mit mir perfekt zu machen. Das soll auch geschehen. Ich bin nämlich entschlossen, in unserem Haus auf der Löwenstraße einen Seidenladen aufzumachen. Die Lage hat ja den großen Vorteil, daß hinten an unser Haus das Grundstück des Prinzen Yün anstößt, wo unser Lai Pao sein bißchen Tordienst tut. Er wird dank seiner Stellung meinem Geschäft, das so bequem in der Nähe liegt, viel vornehme Kundschaft zuführen und sich gleichzeitig mit um die Geschäftsführung kümmern und so weiter für meinen Nutzen arbeiten können.«

»Du wirst dich aber nach einem passenden Hauptgeschäftsführer umsehen müssen.«

»Ist schon geschehen. Ein Bekannter von Freund Ying, ein gewisser Han Tao Kwo, soll es werden. Er ist in der Seidenbranche zu Hause und mir von Freund Ying als in jeder Beziehung tüchtig und zuverlässig empfohlen. Da es ihm zur Selbständigkeit an Kapital fehlt, ist er froh, den Geschäftsführerposten bei mir zu bekommen.«

Inzwischen saß Schnorrer Ying, der sich vom Abschluß dieses Geschäftes einen hübschen Batzen Nebenverdienst versprach, voll brennender Ungeduld im Aussichtspavillon und goß eine Schale Tee nach der andern hinunter. Der junge Tschen leistete ihm Gesellschaft. Endlich erschien Hsi Men und gleichzeitig Lai Pao, mehrere schwere Beutel mit vierhundertfünfzig Silberunzen schleppend, bei deren Anblick sich Freund Yings Augen vor Freude weiteten.

»Nun vorwärts!« trieb Hsi Men. »Bringe das Geld dem Händler! Und dann gleich Karren gemietet und die Ware in den Laden geschafft. Heute ist ein günstiger Tag dafür.«

Schnorrer Ying machte sich schleunigst mit Lai Pao zu der Herberge vor dem Stadttor auf, wo der Händler aus Hu tschou wohnte. Dort wußte Schnorrer Ying, hinter Lai Paos Rücken, noch einmal mit dem Händler auf Tod und Leben zu feilschen, mit dem Erfolg, daß der Kaufpreis schließlich auf vierhundertzwanzig heruntergedrückt wurde. Von den überschüssigen dreißig Unzen steckte er zwanzig als persönliches Bittergeld in die Tasche, während er die restlichen zehn großmütig mit Lai Pao teilte. Dann wurden Karren und Kulis gemietet und die Seidenballen in die Löwenstraße geschafft. Wenige Tage später wurde der Anstellungsvertrag mit Han Tao Kwo unterzeichnet. Der neue Geschäftsführer war ein untersetzter Vierziger mit vollem rundem Gesicht und einem beweglichen Mund, der wie ein Wasserfall zu sprechen wußte. Er und Lai Pao bekamen ein anständiges Betriebskapital in die Hand, um Angestelltenlöhne, Färbkosten und Inventar zu bezahlen, und gar bald begann unter ihrer doppelten Leitung der neueröffnete Seidenladen trefflich zu florieren. Es wurde ein täglicher Umsatz von einigen Dutzend Silberlingen erzielt. Hsi Men ahnte nicht, daß ihm der neue Geschäftsführer auch noch in anderer als geschäftlicher Hinsicht vorteilhaft und wertvoll werden sollte. –

Goldlotos hatte es dem jungen Tschen nicht vergessen können, wie keck er neulich den Trumpf des verlorenen roten Pantoffels gegen sie ausgespielt hatte. Eines Tages im achten Monat sollte sich ihr Gelegenheit bieten, an ihm Rache zu üben. Sie saß mit ihrer Mutter bei der Sechsten zu Besuch, als Zofe Tschun Meh gerufen wurde. Der junge Tschen sei unten und wolle Sachen aus der Pfandkammer im Pavillon der Fünften holen. Sie möchte mitkommen und ihm die Außentür zum Obergeschoß öffnen. Der Betrieb der Pfandleihe vorn hatte sich nämlich ständig vergrößert, so daß Hsi Men gezwungen gewesen war, im Pavillon von Goldlotos eine zweite Pfandkammer einzurichten.

Einer ihrer plötzlichen Launen folgend, rief Goldlotos der Zofe nach: »Wenn er seine Sachen herausgeholt hat, bring ihn her. Ich lade ihn zu einer Erfrischung ein.«

Aber der junge Tschen wollte nicht recht. Vorn drängten sich die Kunden vor der Ladentafel. Er hatte keine Zeit zu verlieren.

»Bring ihn unter allen Umständen her!« befahl Goldlotos, als ihr Tschun Meh seine Weigerung mitteilte. Und sie gab ihr zur Unterstützung Zofe Hsiu Tschun mit. Beide Zofen schleppten den Widerspenstigen endlich herbei. Er mußte die abgeholten Pfandsachen in die Ecke legen und Platz nehmen, dann sollte er eine große bis zum Rand gefüllte Schale Tee austrinken.

»Allenfalls ein, zwei kleine Schälchen«, wehrte er sich, »aber diese Riesenschale, nein – die Leute im Laden warten doch auf mich.«

»Laß sie warten!« beharrte Goldlotos und bestand darauf, daß er die große Schale leerte. Dann bekam er ein paar Becher Wein vorgesetzt und mußte auch noch aus Höflichkeit einige dargebotene ungeschälte Nüsse mit den Zähnen zerknacken.

»Schwägerin, habt Mitleid mit mir!« flehte er. »Wenn Schwiegervater mich mitten während der Geschäftszeit mit weinroten Wangen erwischt . . .«

»Ich dachte, Ihr hättet keine Angst vor ihm?« sagte sie kühl. »Habt Ihr Euch nicht mal so oder ähnlich geäußert?«

Endlich gelang es ihm, in einem Augenblick lebhafter Unterhaltung, als Goldlotos nicht auf ihn achtgab, zu seinen Sachen zu gelangen und rasch hinauszuschlüpfen.

»Er hat den Schlüssel zur Pfandkammer liegengelassen«, bemerkte Zofe Ying Tschun, als er fort war.

»Her damit!« befahl Goldlotos und barg ihn rasch unter ihrem Kleid.

»Und ihr verratet mich nicht! Ich möchte ihn erst etwas zappeln lassen.«

Sehr bald kam dann der junge Tschen zurück und fragte ganz bestürzt nach dem verlorenen Schlüssel.

»Was geht uns dein Schlüssel an?« beschied ihn Goldlotos kühl. »Gewiß hast du ihn drüben verloren.«

»Nein, ich entsinne mich genau, daß ich ihn mit hierher gebracht habe. Er muß hier sein. Helft mir doch suchen! Die Kunden warten. Wenn er sich nicht findet, muß ich die Tür aufbrechen lassen.«

Frau Ping konnte sich vor Lachen über seine Verlegenheit kaum halten. Wie ein Ochse, der den Mahlstein im Kreise dreht, so ließ er seine Blicke ängstlich suchend rings im Zimmer umherschweifen. Auf einmal sah er ein Stück Schlüsselband unter dem Jupon der Fünften hervorlugen. Schon wollte er mit der Hand danach fassen, da hatte sie, ihm zuvorkommend, den Schlüssel geschwind tief in ihren Ärmel geschoben.

»Was würde Herr Hsi Men wohl von Euch denken, wenn er erführe, daß ich im Besitz Eures Schlüssels bin, he?« fragte sie spöttisch, sich an seiner Angst weidend. Er fiel ihr zu Füßen und flehte sie mit kläglicher Stimme wie ein Huhn beim Abschlachten an, das Spiel doch endlich zu beenden.

»Nicht eher, als bis Ihr ein schönes Lied vorgetragen habt. Ihr singt doch so gern hin und wieder im Laden. Warum sollen nur die Angestellten vorn von Eurer Stimme Genuß haben? Wir möchten uns auch gern an Eurer Kunst erfreuen.«

Und obwohl ihm wenig nach Singen zumute war, mußte er wohl oder übel ein Stück aus seinem Repertoire zum besten geben. Aber damit war ihr Rachebedürfnis noch nicht befriedigt. Er mußte sich noch zu einem zweiten bequemen. Dann ließ sie ihn laufen.

»Wenn ich wollte, könnte ich Euch bis zum späten Abend weitersingen lassen. Und ihm, den Ihr angeblich nicht fürchtet, brauchte ich nur zu sagen, Ihr wäret keck in mein Zimmer eingedrungen, nachdem Ihr in der Trunkenheit den Schlüssel verlegt hättet. Es würde Euch übel bekommen. Ihr kennt meinen

Grundsatz: Wer mich quält, den quäle ich. Nun sind wir quitt. Geht!« –

Da Hsi Men erst gegen Abend zurückerwartet wurde, unternahm an diesem Nachmittag Mondfrau mit der Zweiten, Dritten, Fünften und Sechsten eine gemeinsame Besichtigung des von Hsi Men neuerworbenen Grundstücks des Nachbarn Kiao, der sich kürzlich in einer anderen Stadtgegend angekauft hatte. Ein unglücklicher Zufall wollte es, daß Mondfrau beim Aufstieg ins Obergeschoß auf der Treppe ausrutschte und hinfiel. Sie hatte sich zwar am Geländer festhalten können und keine äußere Verletzung davongetragen, aber der Schreck hatte sie so benommen, daß sie schleunigst ihre Sänfte bestieg und sich nach Hause tragen ließ. Unterwegs stellten sich im Leib der Schwangeren heftige Schmerzen ein. Mutter Liu, die sie eilends kommen ließ, erklärte mit bedenklichem Kopfschütteln, der Fall werde zweifellos ihrem Sechsmonatskind das Leben gekostet haben und sie müsse sich um ihrer eigenen Gesundheit willen zu einer Fehlgeburt entschließen. So schluckte denn Mondfrau eine doppelte Dosis der schwarzen abführenden Pillen und die Absinthlösung, die ihr die Alte reichte, und kam in derselben Nacht mit einem toten, schon ziemlich weit entwickelten Kind nieder. Es war ein männliches Kind! Arme Mondfrau! Eine stolze Hoffnung war damit zerbrochen. Und Hsi Men sollte nicht einmal erfahren, wie nahe sie schon am Ziele gewesen war. –

Seit Hsi Men Vater eines Sohnes und obendrein Mandarin geworden war, hatte sich in seiner ganzen Lebensführung ein beträchtlicher Wandel vollzogen. Zweimal täglich begab er sich nun aufs Amt, um mit dem Richterkollegen Ho ernsthafte Beratungen und Sitzungen abzuhalten. Dazu kamen zahlreiche offizielle Verpflichtungen, die der neue Posten mit sich brachte. Das alles war zeitraubend und anstrengend. Kurz, von dem einst gewohnten sorglosen, lockeren Treiben konnte keine Rede mehr sein. Im Gegenteil, der Umgang mit seinen früheren Zechkumpanen und Schwurbrüdern wurde ihm allgemach lästig, ja seine Pförtner bekamen strikte Weisung, ihn zu verleugnen, falls ihm die Genossen einstiger froher Tage ihren unerwünschten Besuch machen sollten. Nur Schnorrer Ying und Hsiä Hsi Ta hatten nach wie vor jederzeit bei ihm Zutritt. Aber auch die Blumenhöfe der fünf

金瓶梅　第四十三回　爭寵愛金蓮鬬氣

賣富貴吳月攀新

一

金瓶梅

第四十四回　避馬房侍女偷金

下象棋佳人消夜

金瓶梅　第四十五回　應伯爵勸當銅鑼

李瓶兒解衣銀姐

Straßen und sieben Gassen mußten mehr und mehr den Glanz seiner Nähe entbehren. Er hatte sie, wie so manches andere, was ihm früher wichtig war, vergessen.

Doch im Drang der Geschäfte hatte er noch eine andere Sache ganz vergessen, die ihm auch unter den heutigen Verhältnissen wichtig genug sein mußte: Eines Tages erschien ein reitender Bote aus der östlichen Hauptstadt und überbrachte ein Handschreiben des Intendanten Ti vom Kanzlerpalast. Es lautete:

›Der alte Ti in der östlichen Hauptstadt neigt sein Haupt und entbietet dem in die ‚Halle der seidenblumigen Talente' berufenen großen Hsi Men seinen Gruß.

Seit langem habe ich, vor Eurer Türschwelle kauernd, von fern bewundernd zu Euch aufgeschaut wie zum erhabenen Taischan-Gipfel oder zum Sternbild des Großen Bären. Ohne daß ich zuvor des köstlichen Genusses Eurer persönlichen Bekanntschaft teilhaftig geworden wäre, habt Ihr mich zu wiederholten Malen mit dicken Beweisen Eurer Gunst beschämt und zu unauslöschlichem Danke verpflichtet. Die erhabene Weisung, die Ihr mir letztlich zugehen ließet, war mir wie eine Erzinschrift ins Herz gegraben, und Ihr könnt überzeugt sein, daß ich Euch jederzeit nach Kräften zu stützen bemüht bin wie einen würdigen alten Gebieter von hundertzehn Jahren.

Was nun die kleine Angelegenheit betrifft, mit der ich Euch im Vertrauen auf Eure grenzenlose Güte kürzlich belästigt hatte, so wähne ich, daß Ihr sie inzwischen für mich erledigt habt. Indem ich Euch bitte, beifolgende zehn Goldunzen als kümmerlichen Ausdruck meines Dankes anzunehmen, hoffe ich in demütiger Erwartung, daß Ihr mich demnächst einer geneigten Antwort würdigen werdet . . .‹

Als Hsi Men zu Ende gelesen hatte, stieß er seine Zungenspitze zahllose Male schmatzend an den oberen Gaumen und tat einen langen Seufzer des Bedauerns. Dann sagte er zu Mondfrau:

»Wie konnte ich diese Sache nur vergessen? Wir müssen sofort nach einer Vermittlerin schicken.«

Mondfrau, die noch gar nicht im Bilde war, wollte wissen, um welche Sache es sich handle.

»Als damals Lai Pao meine Geschenke beim Kanzler ablieferte, hat ihm doch Intendant Ti einen Auftrag für mich mitgegeben. Er bat mich, ihm, da er kinderlos und seine einzige Gattin schon an die Vierzig und immer kränklich sei, ein junges Mädchen für sein Nebengemach zu beschaffen. Der Preis spiele keine Rolle. Ob die Betreffende reich oder arm, sei gleichgültig, Hauptsache wäre, daß sie jung, so um fünfzehn, sechzehn herum, und mit äußeren Vorzügen ausgestattet sei. Er würde mir alle Unkosten ersetzen und mich zum Dank künftig immer nach Kräften beim Kanzler fördern und stützen. Das ist doch sehr wichtig. Wie konnte ich nur so vergeßlich sein! Aber die vielen Amtsgeschäfte! Und dann ist mir ja auch Lai Pao durch seinen neuen Posten aus den Augen gekommen und hat mich nicht mehr daran erinnern können. Zu ärgerlich! Und der Bote hat überdies hinterlassen, er wolle bereits morgen nachmittag meine Antwort abholen, da er sofort weiter müsse. Was soll ich nur machen? Herr Ti wird sich schön über mich wundern. Bis morgen muß das Mädchen beschafft sein. Wie wär's denn, wenn ich einfach unsere Hsiu Tschun schickte?«

»Na, renne nur nicht gleich so überstürzt los, als ob ein Steppenbrand hinter dir her wäre! Nachdem du drei Monate über der Sache vertrödelt hast, muß das nun nicht gleich von heute zu morgen gemacht sein. Du kannst doch nicht eine gewöhnliche Zofe schicken. Herr Ti macht Ansprüche, da kommt nur eine wohlbehütete Haustochter in Frage. Du mußt dich die Sache schon etwas kosten lassen und dich gedulden, bis die Vermittlerin etwas Passendes gefunden hat.«

»Aber der Bote will morgen schon Antwort haben.«

»Wenn's weiter nichts ist! Nimm ihn gut auf und halte Herrn Ti noch eine Weile hin! Schreibe in deiner Antwort, das Mädchen sei schon gefunden, aber die Ausstattung sei noch nicht beisammen. Du würdest die Betreffende in Kürze nach der Hauptstadt senden.«

»Ausgezeichnet! So wird's gemacht!«

Der junge Tschen mußte also schleunigst ein wohlgedrechseltes Antwortschreiben aufsetzen, und als am andern Tage der Bote erschien, wurde er von Hsi Men persönlich empfangen, reichlich bewirtet und, mit fünf Unzen beschenkt, seines Weges geschickt.

Mondfrau aber setzte die alte Fong und Mutter Pi und einige

andere Heiratsvermittlerinnen nach einer passenden Haustochter in Trab.

Drei Tage später begegnete Hsi Men auf einem Spazierritt durch die Stadt von weitem der alten Fong. Er ließ sie von seinem Burschen heranholen.

»He, Mutter Fong, wie steht's denn mit der Haustochter? Noch nicht gefunden?« rief er sie an.

»Wie habe ich mich dieser Tage nach einer umgesehen! Aber es war alles nichts Gescheites. Doch zuletzt hat sich durch puren Zufall die Richtige für Euch gefunden. Wenn mich nicht zufällig ihre Mutter gestern im Vorübergehen zu einer Schale Tee eingeladen hätte, wäre sie mir bis heute entgangen. Ich sage Euch, ein Geschöpf von hundertprozentiger Klasse! Ein Rassefohlen von knapp fünfzehn! Wie sie das Köpfchen neigt, wie sie die Frisur trägt, das muß jedes Malers Pinsel entzücken! Dieser ranke Leib! Diese Füßchen! Dieses glatte Gesichtchen! Dieses winzige Mäulchen! Ein göttliches Geschöpf! ›Liebling‹ heißt sie mit Vornamen und ist am Tag des Drachenbootfestes geboren. Denkt nur nicht, daß ich übertreibe! Ihr werdet Euch schön in sie verlieben, wenn Ihr sie erst einmal gesehen habt!«

»Ach, macht keine Witze! Die Kleine kommt für mich diesmal nicht in Frage. Wißt Ihr denn, für wen sie bestimmt ist? Für den hochmögenden Intendanten Ti im Palast des Kanzlers Tsai! Er hat sie für sein Nebengemach ausersehen und erhofft von ihr einen Stammhalter. Ich bekam von ihm den ehrenvollen Auftrag, die Passende für ihn auszusuchen. Euer Schaden soll es nicht sein, wenn meine Wahl seinen Wünschen entspricht. Wessen Tochter ist sie eigentlich? Und habt Ihr Euch schon die Karte mit den acht Zeichen ihrer Geburt beschafft?«

»Wessen Tochter sie ist? Ei, da braucht Ihr gar nicht erst weit zu suchen. Das Kind des Geschäftsführers in Eurem Seidenladen ist sie, des Herrn Han Tao Kwo Töchterlein aus erster Ehe. Und wenn Ihr's wünscht, will ich mit ihrem Vater einen Tag verabreden, an dem Ihr sie in Augenschein nehmen könnt.«

»Soso! Dann sprich nur mit ihm und verschaffe dir die Karte mit den acht Zeichen.«

Zwei Tage später fand sich die alte Fong mit der gewünschten Karte bei ihm ein. Es handelte sich tatsächlich um die Tochter seines Geschäftsführers Han Tao Kwo, fünfzehn Jahre alt, geboren am fünften Tage des fünften Monats.

»Ich habe also mit dem Alten gesprochen«, berichtete Mutter Fong. »Er meint, da Ihr es seid, der sich seiner Tochter annehme, könne es wohl nur ihr Glück sein. Aber er wisse nicht, wie er in seiner armseligen Hütte die erforderliche Ausstattung beschaffen solle.«

»Sage ihm, er brauche sich nicht für einen Kupferling Ausgaben zu machen. Für Kleidung, Wäsche, Schmuck, für alles würde ich selber sorgen und ihm obendrein zwanzig Unzen bar zur Verfügung stellen. Bloß um passendes Schuhwerk möge er sich kümmern. Ferner bestellt ihm, ich würde ihn persönlich zur Begleitung seiner Tochter mit nach der Residenz schicken, das sei besser, als sie der Obhut einer Kammerfrau anzuvertrauen. Im übrigen erhoffe Herr Ti von seiner Tochter hauptsächlich ein Kind, und deshalb würde sie so gut wie eine Hauptgattin aufgenommen werden, und es stünde ihr ein sorgloses Leben voll Glanz und Ehre bevor.«

»Und wann soll er sich für Euren Besuch rüsten?«

»Ich werde gleich morgen hingehen. Er soll aber ja keine Umstände machen. Eine Schale Tee sei völlig ausreichend. Ich würde gleich nach der Besichtigung wieder aufbrechen.«

»Ihr werdet ihn doch nicht kränken wollen. Er wird es sich nicht nehmen lassen, Euch anständig aufzunehmen.«

»Unsinn! Die Amtsgeschäfte gehen vor.«

Als Hsi Men am folgenden Nachmittag, von zwei Burschen begleitet, mit der Augenmaske gegen Erkennung gesichert, vor dem schlichten Heim der Han in der schmuddligen Ochsenfellgasse abstieg, wurde er lediglich von der Frau des Hauses, ›sechste Wang‹ war ihr Name, und dem Töchterlein empfangen. Denn der Hausvater hatte ja den ganzen Tag über im Seidenladen zu tun. Außerdem war die alte Fong zum Bedienen und Teeservieren zur Stelle. Der doch gewiß verwöhnte Hsi Men war aufs äußerste überrascht, in der sechsten Wang eine ganz besondere Schönheit vor sich zu sehen. Kaum daß er der Tochter an ihrer Seite einen Blick gönnte, mußte er mit starr gerichteter Pupille immer und immer wieder ihre jugendliche Stiefmutter ansehen. Sie war groß und schlank und von vollendetem Ebenmaß. Die natürliche Lieblichkeit ihrer Züge, die frische Glätte ihrer Wangen machten Puder und Schminke überflüssig. Wie die anmutigen Konturen ferner Höhen waren ihre Brauen geschwungen, in ihren Augen lag der feuchte Schimmer der Herbstwelle, ein leichtes Öffnen ihres kleinen Sandelduftmundes genügte, um Bienen verrückt zu machen, um Schmetterlinge außer Rand und Band zu bringen und sie in lüsternem Begehren ihren Saugrüssel sich rekken zu lassen.

Eine Weile hatte Hsi Men, in stumme Bewunderung versunken, still dagestanden. Nun schweifte sein Blick zur Tochter hinüber. Auch sie war eine untadelige Schönheit, und doch, so wollte es ihm scheinen, war sie unansehnlich neben ihrer noch schöneren Stiefmutter.

Jetzt ließ sie die Kleine wie einen von Zephir bewegten Blütenzweig vor Hsi Men hinschweben, einen vierfachen Kotau vollziehen und dann sittsam beiseite treten. Hsi Men mußte Platz nehmen, und während sein Mund die ihm dargebotene Schale Tee bedächtig ausschlürfte, verschlangen seine Augen, über den Schalenrand hinweglugend, unentwegt sein schönes Gegenüber. Nun winkte er Tai A'rl heran und ließ ihn aus einer Reisetasche zwei Stücke geblümter Seide, vier goldene Fingerringe und zwanzig Silberunzen auspacken. Das alles mußte die alte Fong auf ein Teebrett legen und der sechsten Wang überreichen. Die sechste Wang steckte der Tochter die Ringe an die Finger, hieß sie sich dankend empfehlen und schob sie zur Tür hinaus.

»Sendet mir Eure Tochter übermorgen in mein Haus«, eröffnete Hsi Men die kurze sachliche Unterhaltung. »Sie wird dann bei mir ihre gesamte Ausstattung geschneidert bekommen. Diese paar Silberlinge verwendet dazu, ihr passendes Schuhwerk zu beschaffen.«

»Daß wir unser Haupt aufrecht tragen, daß unsere Füße auf festem Boden schreiten dürfen, haben wir lediglich Eurer Gunst zu danken«, beeilte sie sich zu erwidern. »Und nun nehmt Ihr Euch so großmütig unseres Kindes an und überhäuft uns obendrein mit dicken Geschenken! Wie können wir Euch das je danken?«

Eine Weile noch flossen die Liebenswürdigkeiten hinüber und herüber, dann erhob sich Hsi Men und brach auf. Und auch ein hübsches Plänchen nahm er fix und fertig mit nach Hause.

Zwei Tage später lieferte Frau Han ihre liebreizende Stieftochter ab. Sie blieb nun gleich bis zu ihrer Abreise als Gast in Hsi Mens Haus. Meister Tschao mußte wieder mit seinen Gesellen antreten und aus den herrlichen weiß und rot und grün und golden schimmernden duftigen und schweren Seidenstoffen, die Hsi Men persönlich ausgesucht und gekauft hatte, eine vollständige Brautausstattung zurechtschneidern. Außerdem besorgte Hsi Men neue Goldlacktruhen, einen großen Toilettenspiegel, Vasen, Krüge, kupferne Waschschüsseln, Badezuber, bronzene Kohlenbecken und was sonst alles zur Einrichtung eines kultivierten Frauengemachs gehört.

Am Zehnten des neunten Monats trat dann Liebling in einem mit vier Maultieren bespannten dichtverhängten Reisewagen die Brautfahrt nach der östlichen Hauptstadt an. Ihr Vater sowie Lai Pao als Hsi Mens Vertrauensmann, ferner vier Vorreiter und zwei mit Pfeil und Bogen bewehrte Wachtleute aus dem Kreisyamen gaben ihr das Geleit.

FÜNFUNDZWANZIGSTES KAPITEL

Hsi Men nimmt sich die sechste Wang zur Beute. In der Schneenacht spielt Goldlotos die Pi pa.

Wenige Tage nach Lieblings Abreise fand sich Hsi Men eines Abends bei der alten Fong in der Löwenstraße ein. Er schob ihr einen Silberling hin.

»Hier, für deine Bemühung in der Angelegenheit von Hans Töchterlein. Bist du inzwischen einmal bei seiner Frau gewesen?«

»Ich habe sie täglich besucht, damit sie sich nicht gar zu verlassen fühlt. Die ersten zwei, drei Tage war sie recht unglücklich und hat unaufhörlich geweint. Nun hat sie sich endlich beruhigt. Sie wollte wissen, ob ich schon mein Bittergeld von Euch bekommen hätte. Ich sagte ihr, ich wäre noch nicht wieder zu Euch gekommen, auch wäret Ihr durch Amtsgeschäfte so in Anspruch genommen, doch hättet Ihr mir eine anständige Entschädigung zugesagt, sobald Vater Han von der Hauptstadt zurück sei.«

»Das ist selbstverständlich. – Noch eins«, er blickte umher, ob auch niemand in der Nähe sei, dann neigte er sich dicht ans Ohr der Alten und fuhr leise fort: »Wenn du wieder zu ihr gehst, bestelle ihr nur, ich ließe sie grüßen, und wenn ich Zeit hätte, würde ich sie gern mal länger besuchen, gleich auf einen halben Tag, hörst du? Und gehe recht bald! Morgen komme ich wieder und hole mir Antwort.«

Die Alte grinste verschmitzt.

»Ihr seid ein Schöner! Erst stöbert Ihr eine in undurchdringliche Felle eingenähte züchtige Haustochter auf, grabt den Goldschatz einer wohlbehüteten Jungfrau aus, und dann stellt Ihr auch noch ihrer Mutter nach! Nun, heute ist's schon zu spät. Aber geduldet Euch bis morgen, da werde ich eine dicke Lederhaut von Dreistigkeit über mein Gesicht ziehen und sprechen. Inzwischen seid Ihr gewiß neugierig, etwas Näheres über sie zu erfahren. Also, sie ist eine jüngere Schwester unsres Schlächtermeisters Wang aus der Hinteren Straße, die jüngste von sechs Schwestern, daher sechste Wang benamst, dreiundzwanzig Jahre alt, unter dem Sternbild der Viper geboren. Wie sie sich anzuziehen weiß, davon habt Ihr Euch ja bereits überzeugen können, aber Ihr sollt erst einmal ihren Leib sehen! Also morgen bringe ich Euch Bescheid.«

Noch am selben Abend flitzte die Alte zur sechsten Wang hinüber in die Ochsenfellgasse. Nachdem sich die Unterhaltung eine Weile um das leckere Makkaronigericht gedreht hatte, das vom Abend zuvor noch aufgewärmt bereitstand, und die schöne junge Frau ein paar essigsaure Tränen ob ihrer Verlassenheit vergossen hattc, kam Mutter Fong sachte auf den Zweck ihres Besuches zu sprechen.

»Ja, ja«, seufzte sie teilnehmend, »es ist eine alte Erfahrung:

Ein Sohn im Haus läßt alle Nachbarn warm sich regen,
Ist's eine Tochter, mag kein Wasser sich bewegen.

Doch wartet nur, wenn Eure Tochter erst in der Residenz festen Fuß gefaßt und ein Knäblein zur Welt gebracht hat, dann wird es euch Eltern gut gehen, und ihr werdet die alte Person noch einmal segnen. Natürlich kann ich verstehen, daß Ihr Euch jetzt etwas einsam fühlt. Ist es Euch nicht besonders am Abend etwas bange, so allein im Haus?«

»Und da fragt Ihr noch? Ihr treibt wirklich mit mir Spott.«

»Nun, ich bin ja noch da. Aber es könnte sein, daß ich einmal nicht kommen kann. Wie wär's, wenn ich Euch dann jemanden, für den ich einstehen kann, zur Gesellschaft herschickte? Mögt Ihr?«

»Welchen Jemand meint Ihr?«

»Ei, wen anders wohl als unsern guten Herrn Hsi Men? Also hört! Er war kürzlich bei mir und hat im Gespräch durchblicken lassen, wie sehr Ihr ihm in Eurer kalten Einsamkeit leid tut. Er würde Euch gern einmal einen halben Tag Gesellschaft leisten. Was denkt Ihr darüber? Es ist ja kein Mensch da, der es erfährt. Wenn Ihr ihm Einlaß in Euer Pförtchen gewährt, dann braucht Ihr Euch nicht mehr um Kleidung und Nahrung und Bedienung zu sorgen. Alles sollt Ihr haben. Und wenn Ihr erst vertrauter miteinander geworden seid, dann wird er Euch auch eine hübsche Wohnung verschaffen, hübscher als dieses abgelegene Loch hier in der schmuddeligen Ochsenfellgasse.«

»Aber er hat doch schon mehrere Frauen in seinem Haus, schön wie Göttinnen! Wie kann er mich unansehnliches Stück begehren wollen!«

»Wie könnt Ihr nur so gering von Euch denken! Bei einem Mann von Leidenschaft ist die Liebe wie die Sonne, die ihre Bahn im Westen abläuft und im Osten immer wieder neu aufersteht. Es war rein von der Vorsehung gewollt, daß er Euch neulich von Angesicht zu sehen bekam. Seitdem kommt Ihr ihm nicht mehr aus dem Sinn. Würde er mir wohl einen Silberling spendiert haben, wenn er's nicht ernst meinte? Ich bin auf seinen ausdrücklichen Wunsch hier, damit Ihr's nur wißt!«

Die junge Frau stieß schwer atmend einen Mund voll Luft aus. »Gut, wenn er mich der Beachtung würdigt, so will ich ihn morgen erwarten.«

Hsi Men war außer sich vor Freude, als er anderntags von der alten Fong das günstige Ergebnis ihres Besuchs erfuhr. Er wog ihr auf der Stelle sechs Silberunzen ab.

»Hier, für einige notwendige kleine Einkäufe.« Die Alte nahm ihren Korb und besorgte hurtig verschiedene Essereien und Getränke, um die bescheidene Küche der sechsten Wang auf den Halbtagsbesuch eines verwöhnten Liebhabers würdig vorzubereiten.

Am frühen Nachmittag ritt Hsi Men, maskiert und von zwei Burschen begleitet, vor. Tai A'rl behielt er zur Aufwartung da, der andere Bursche mußte sein Pferd einstweilen nach dem Haus in der Löwenstraße bringen. In ihrem besten Staat, frisch gewaschen, die Fingernägel sorgfältig gestutzt und poliert, empfing ihn die sechste Wang in einem nach hinten gelegenen Verandazimmer. Die ganze Wohnung glänzte von Sauberkeit, auf Tisch und Stühlen lag kein Stäubchen.

»Ich schulde dem Herrn noch unaussprechlichen Dank für all das Gute, das er meiner Tochter hat angedeihen lassen«, so begann unter den üblichen Förmlichkeiten die Unterhaltung.

»Ich hatte bisher versäumt, Euch und Eurem Gatten meine Aufwartung zu machen. Hoffentlich fühlt Ihr Euch nicht gekränkt.«

»Aber wie kann denn von Kränkung die Rede sein, wo wir nur Wohltaten von Euch empfangen haben!«

Sie machte viermal Kotau, dann servierte die alte Fong Tee. Draußen klappte die Haustür zu, von Tai A'rl bewacht. Gleich darauf bat die junge Frau ihren Gast ins Schlafzimmer hinüber. Sie hatte es nach Möglichkeit wohnlich und behaglich eingerichtet. Über dem Kang, seitlich von der mit einem Pergamentfenster versehenen Eingangstür, hingen in Ermangelung von Bettvorhängen vier kunstvoll ausgeschnittene Seidenfetzen von verschiedenen Farben herab. Als Ersatz für einen stabilen Wandschirm prangte außerdem an einer Wand ein sinnig mit Blumen und Bienen und Papageien bestickter Tuchstreifen. Am Fußboden schwelten hier und da wohlriechende Zedernholzscheite. Die sonstige dürftige Einrichtung des Raumes bestand aus einem Toilettentisch mit Spiegel, einigen Vasen, Waschgeschirr aus billigem Zinn und einem einzigen Lehnstuhl. Auf diesen ließ sich Hsi Men nieder.

Die sechste Wang reichte ihm eine volle Schale Tee mit einem Schaumgemisch aus Walnüssen und gesalzenen Bambussprossen, dann nahm sie am Bettrand Platz. Man unterhielt sich des kürzeren und längeren über verschiedene häusliche Angelegenheiten. Hsi Men, den es störte, sie mit dem Servierbrett hantieren zu sehen, bemerkte: »Ihr müßtet eigentlich eine junge Bedienung haben.«

»Ja, ich kann es nicht leugnen«, fiel sie rasch ein, »es ist recht lästig für mich, daß ich, seit meine Tochter fort ist, bei allem und jedem selber die Hände rühren muß.«

»Dem kann leicht abgeholfen werden. Ich werde Mutter Fong beauftragen, Euch morgen eine junge Magd zu dingen. Die Bezahlung laßt meine Sorge sein.«

»Aber wie kann ich denn schon wieder Eure Güte in Anspruch nehmen? Ich stehe ohnehin tief in Eurer Schuld.«

Es machte ihm innerlich Vergnügen, zu sehen, wie geschickt sie die Worte zu setzen wußte. Gerade in diesem Augenblick brachte die alte Fong den gedeckten Tisch herein.

»He, Mutter Fong, hier muß eine junge Hilfe ins Haus«, sagte er zu ihr. »Sieh dich morgen nach einer um!«

»Ei, dann bedankt Euch nur schön bei ihm, Frauchen«, wandte sich Mutter Fong an die sechste Wang. »Ich wüßte auch, wo eine zu finden ist. Schwägerin Tschao in der Südstadt würde gern ihre dreizehnjährige Kleine in Stellung geben, aber sie verlangt vier Silberlinge. Wenn der hohe Herr einverstanden ist . . .«

»Abgemacht«, entschied Hsi Men, und die junge Frau dankte ihm mit einem hastigen »Wan fu«.

Man ging nun zum Mahle über. Die sechste Wang wollte ihrem hohen Gast den ersten Becher Wein unter einem neuen zeremoniellen Kniefall reichen, was aber Hsi Men nicht zuließ.

»Genug der Zeremonien«, sagte er, sie galant emporziehend, worauf sie lächelnd ein neues »Wan fu« hauchte. Nachdem die alte Fong ihr Menü aufgetragen hatte, verzog sie sich, die Tür hinter sich zuziehend, diskret in die Küche, um sich dort in Gesellschaft von Tai A'rl an den reichlichen Überresten des Mahls zu delektieren.

Drinnen war die Unterhaltung inzwischen nach wenigen Bechern warm und wärmer geworden. Erst trank man zusammen vom gleichen Becherrand. Dann rückte sie ihren niedrigen Schemel dichter und dichter an seinen Lehnstuhl. Er legte seinen Arm um ihren Nacken und küßte sie mit brünstigem Zungenkuß, sie ließ wie von ungefähr ihre Hand nach seinem Schoß gleiten und tastete mit sanftem Druck nach seinem Nephritstengel. In wechselseitigem Begehren brodelten die erhitzten Wasser ihrer Leidenschaft zusammen. Nun legte sie ihre Hüllen ab, und er streifte seine Kleidung herunter. Während er aus der Innentasche des Rockes sein Liebesrüstzeug hervorholte und den silbernen Traghalter anlegte, hatte sie sich bereits zwischen den Kissen des Kang zurechtgekuschelt und erwartete gespannt seinen Angriff. Auf seinen Wunsch kletterte sie auf seinen Schoß, umhalste und herzte ihn eine Weile, dann hob sie den einen Schenkel hoch und lenkte mit weicher Hand seinen Stengel in ihren Kelch. Mit wohligem Behagen fühlte er ihr zartes Fleisch, ihre glatte Haut. Die sechste Wang kannte Abwandlungen des Liebesspiels, die sogar dem vielerfahrenen Hsi Men neuen Reiz boten. Hochbefriedigt trennte er sich bei sinkendem Abend von seinem neuen Liebchen.

Seines Versprechens eingedenk, gab er am nächsten Tag der alten Fong die verlangten vier Unzen für die dreizehnjährige Tochter der Schwägerin Tschao in der Südstadt. Sie mußte noch am selben Tag unter dem Namen ›Buntseidchen‹ ihren Dienst bei der sechsten Wang antreten. Die Süßigkeit des gestrigen Erlebnisses hatte so starken Eindruck auf ihn gemacht, daß es ihn bereits am übernächsten Tag wieder zur Ochsenfellgasse hintrieb. Und dann folgte Besuch auf Besuch.

Seine Frauen ahnten bisher nichts von seinem neuesten Umgang, weil er sich stets pünktlich zum ersten Trommelschlag wieder zu Hause einzufinden pflegte. Auch Goldlotos zog er diesmal nicht wie sonst ins Vertrauen. Aber Frau Ping fiel es auf, daß sich ihre alte Fong gar nicht mehr blicken ließ. Auch hatte sie zwei-, dreimal vergeblich nach ihr schicken lassen. Sie hatte sich immer entschuldigt, daß sie den ganzen Tag außerhalb zu tun habe. Oder sie war überhaupt nicht anzutreffen. Endlich gelang es einmal dem Diener Hua Tung'rl, sie unterwegs aufzulesen und zum Pavillon ihrer Herrin mitzuschleppen.

»Nanu, wo treibst du dich denn die ganze Zeit herum?« fragte Frau Ping erstaunt. »Man bekommt ja keinen Schatten mehr von dir zu sehen. Ich habe schon ein paarmal vergeblich nach dir geschickt. Es gibt eine Menge Kleider zu plätten und Wäsche zu waschen; ich möchte gern, daß du meinen Zofen etwas beistehst.«

»Was meint Ihr wohl, wie ich die ganze Zeit über beschäftigt war!« entschuldigte sich die Alte wichtigtuend. »Ich habe doch auch mit meinen eigenen Angelegenheiten zu tun. Man kann doch nicht gleichzeitig Schreiber und Soldat, Salzhändler und Steinmetz sein.«

»Schwindlerin! Na, du wirst etwas zu hören bekommen bei der Ersten!«

Die alte Fong machte, bevor sie sich zu Mondfrau getraute, schnell noch einen Sprung in die Küche, um zu horchen, wie der Wind wehe. Sie traf Nephritflöte, eine ihrer Zofen, in der Küche an.

»Nun, auch mal wieder da, Mutter Fong? Die Sechste wird Euch einen Fetzen Fleisch aus dem Leibe beißen, so böse ist sie, daß sie nicht den Rand eines Schattens mehr von Euch zu sehen bekam.«

»So, meinst du? Sie war aber ganz friedlich. Ich komme nämlich eben von ihr her.«

»Um so schlimmer wird's Euch bei der Ersten ergehen. Sie hat immer gefragt, wo Ihr mit den Weintrauben bleibt, die Ihr besorgen solltet.«

»Da fragt sie umsonst. Der Weinhändler war schon unterwegs nach seiner südlichen Heimat. Du kannst ihr ja ihr Geld wiedergeben. Hier ist es.«

»Nein, nein, gib es ihr nur selbst!«

Die verschmitzte Alte zog es aber vor, das Geld lieber in der Tasche steckenzulassen, als sie nachher vor Mondfrau stand. Sie kannte ja deren gutmütige schlichte Natur und sollte sich in ihrer Berechnung nicht täuschen. Mondfrau also hörte geduldig ihre erfundene Ausrede von dem Weinhändler an, der angeblich schon abgereist sei und erst im nächsten Jahre im dritten Monat wiederkomme und dann zwei verschiedene Sorten prima Weintrauben mitbringen werde, dann sagte sie:

»Gut, dann behalte nur das Geld einstweilen und besorge mir im nächsten Jahr einen Korb Trauben von jeder Sorte!«

Und sie setzte ihr auch noch Tee und Kuchen vor und ließ sie arglos wieder gehen.

»Nun, hat sie dich ordentlich ausgescholten?« wollte Frau Ping wissen, als sich die alte Fong nachher wieder bei ihr einfand.

»Im Gegenteil, ich habe mich so geschickt aufgeführt, daß sie die Freundlichkeit selber war und mich sogar noch mit Tee und Kuchen bewirtet hat«, berichtete die Alte stolz.

»Das hast du deiner dreisten Zunge zu danken. Eigentlich hätte sie dich wie einen plumpen Junikäfer bei deinem Schwindel festnageln sollen. Aber nun wird hiergeblieben und fleißig gewaschen!«

»Morgen, Herrin, morgen. Heute nachmittag muß ich unbedingt noch einen dringlichen Gang zu einem befreundeten Haus erledigen.« Und weg war sie, zwei Schritte mit jedem Satz nehmend. Ihr war ja darum zu tun, rasch zur sechsten Wang zu kommen, wo sie um diese Stunde Hsi Men erwartete. Und sie vermutete richtig. Denn als sie am seitlichen Ausgang der vorderen Halle vorüberflitzte, stand Tai A'rl davor und rief sie leise an: »Macht schnell! Er hat Kin Tschun'rl schon nach Wein hergeschickt.«

Um diese Stunde saß Hsi Men wirklich bei der sechsten Wang.

»Der Wein, den man bei dir vorgesetzt bekommt, schmeckt nicht«, hatte er gerade gesagt, »ich habe uns heute welchen aus meinem eigenen Keller mitbringen lassen. Der wird dir besser munden. Ich habe ihn von einem Hofeunuchen geschenkt bekommen. ›Klarer Bambusblättertropfen‹ heißt er und hat's gehörig in sich, ein ausgezeichnetes Weinchen, stärkend wie Medizin.«

Sie sah sofort eine günstige Gelegenheit, ihren Vorteil wahrzunehmen, und erwiderte behend:

»Ja, was kann man auch schon in dieser obskuren Wohngegend für Wein bekommen? Da müßte ich schon weit weg nach der Hauptstadt schicken, wo die großen Geschäfte sind . . .«

»Warte, bis dein Mann zurück ist«, unterbrach er sie, richtig auf den von ihr gewünschten Gedankengang eingehend, »dann werde ich ein paar Unzen springen lassen und euch eine kleine Wohnung in der Löwenstraße kaufen. Da wohnt sich's besser, und außerdem hat dann dein Mann nicht weit zum Laden, was wiederum meinem Geschäft zugute kommt.«

»Ach ja, das wäre fein!« stimmte sie lebhaft zu. »Dort haben wir auch nicht so das Gerede der kleinen Leute zu befürchten wie hier. Mein Mann ist ja das wenigste, der wird uns nicht stören.« —

Eines Tages zu Beginn des zehnten Monats kamen Lai Pao

und Han Tao Kwo aus der östlichen Hauptstadt zurück. Intendant Ti war von der Jungfrau, die Hsi Men für ihn ausgesucht hatte, höchst entzückt gewesen und hatte die beiden Abgesandten zwei Tage lang mit großartiger Gastlichkeit bei sich aufgenommen. Außer einem überschwenglichen Dankschreiben und einem herrlichen Rappen aus der Tanguten-Steppe hatte er ihnen fünfzig Unzen Kaufgeld für Hsi Men mitgegeben und ihnen noch eine persönliche Reisekostenentschädigung von zwanzig Unzen spendiert.

Mit Befriedigung las Hsi Men das Dankschreiben durch. Es stand darin, daß Herr Ti ihn von nun an als Bruder und Anverwandten betrachten und nach Kräften begönnern wolle. Als nun Han Tao Kwo die fünfzig Silberlinge seinem Brotherrn mit einem respektvollen Kotau überreichen wollte, wehrte Hsi Men großmütig ab. »Behalte nur das Geld als wohlverdiente Entschädigung für die gute Erziehung, die du deiner Tochter hast angedeihen lassen«, sprach er; und als Han sich bescheiden gegen die Annahme eines so üppigen Geschenkes sträubte, setzte er hinzu: »Ich bin dir ernstlich böse, wenn du es nicht annimmst. Übrigens gib es noch nicht aus. Ich habe einen Vorschlag, wie du es nützlich anlegen kannst. Darüber spreche ich noch mit dir.«

Daheim hieß die sechste Wang ihren Mann mit herzlicher Freude willkommen. Während sie seine Sachen vom Staube der Landstraße rein bürstete und seine Koffer auspackte, ließ sie sich ausführlich den Verlauf der Reise berichten, vor allem wollte sie wissen, wie die Tochter in ihrem neuen Heim aufgehoben sei.

»Großartig«, erwiderte Han. »Sie bewohnt drei Zimmer, hat zwei Zofen zur Bedienung; an Kleidung, Wäsche, Schmuck, an nichts fehlt es ihr. Am Tag nach ihrem Einzug wurde sie der Hauptgattin vorgestellt. Herr Ti ist glücklich über ihren Besitz. Er hat mich und Lai Pao zwei Tage lang als seine Gäste beherbergt und uns und unsere Leute derart mit Wein und ausgesuchten Gerichten traktiert, daß wir einfach nicht mehr konnten. Zum Schluß hat er mir noch fünfzig Unzen Kaufgeld für Herrn Hsi Men mitgegeben, und denke dir, Herr Hsi Men war so nobel, das Geld mir zu schenken. Er wollte durchaus, daß ich es behalten sollte, obwohl ich mich zwei-, dreimal dagegen sträubte. Hier ist es.«

Hochbefriedigt nahm seine Frau den stattlichen Betrag in Verwahrung. »Noch eins«, sagte sie. »Der guten alten Fong möchten wir einen Silberling spendieren. Sie hat sich meiner während deiner Abwesenheit so rührend angenommen und mich über meine Einsamkeit hinweggetröstet.

In diesem Augenblick trat Buntseidchen ins Zimmer und brachte Tee.

»Wer ist denn das?« fragte er verwundert.

»Unsere neue Magd. Sie heißt Buntseidchen. – Komm her, Kind, und mache hübsch Kotau vor deinem Herrn!«

Buntseidchen machte pflichtschuldig ihren Kotau und verschwand wieder in der Küche. Natürlich war die sechste Wang ihrem Manne Aufklärung schuldig, wieso sie sich in ihrer schlichten Hütte auf einmal den Luxus einer Bedienung leisten konnte; und da sie ihn als vorurteilsfrei und weitherzig kannte, berichtete sie denn offen und rückhaltlos von ihrem vorteilhaften Verkehr mit Hsi Men und wie er ihr erst zu einer Bedienung verholfen und dann eine neue hübsche Wohnung in der Löwenstraße in Aussicht gestellt hatte.

»Aha, jetzt verstehe ich, warum ich durchaus die fünfzig Unzen annehmen, aber nicht ausgeben sollte«, sagte Han schmunzelnd. »Sie sind natürlich für die neue Wohnung bestimmt.«

»Und bei den fünfzig wird's wohl nicht bleiben«, fuhr sie fort. »Da wird wohl noch manche Unze hinzukommen. Nun, wenn wir dafür eine schöne Wohnung bekommen und vielleicht auch noch etwas Kleidung und Schmuck für mich abfällt, dann will ich ihm zuliebe meinen Körper mit Vergnügen ein wenig herumwälzen.«

»Wenn er morgen, während ich im Laden bin, wiederkommt, dann sei nur lieb und nett wie sonst zu ihm und tue so, als ob ich noch gar nichts wüßte. Wir müssen diese herrliche Gelegenheit, mühelos Geld von der Straße aufzulesen, gehörig wahrnehmen.«

»Das kann dir unnützem Schelm natürlich so passen, eine fertige Mahlzeit zu verspeisen. Wenn du bloß wüßtest, was deine arme Frau auszustehen hat, ehe die Mahlzeit fertig ist!«

Beide Eheleute blickten sich eine Weile an, dann brachen sie in ein schallendes Lachen aus.

Tatsächlich war noch kein halber Monat vergangen, da hatte Hsi Men für das Ehepaar Han auf der Löwenstraße östlich von der Marmorbrücke ein hübsches Haus gekauft. Hundertzwanzig Unzen hatte er dafür geopfert. Es zählte zwei Räume in der Breite und ging vier Räume in die Tiefe. Vorn lagen zwei Empfangszimmer, dann kamen zwei Andachtsräume, der eine für die Aufstellung eines Buddhabildes, der andere für die Aufnahme der Ahnentafeln bestimmt, es folgten zwei Wohnräume, den Beschluß machten die Küche und eine Vorratskammer.

Als die Nachbarn erfuhren, daß es sich um den Geschäftsführer des reichen, hochmögenden Hsi Men und seine Frau handle, da beeilten sie sich, die Ankömmlinge bei ihrem Einzug eifrig zu beglückwünschen und ihnen zum Willkommen Tee und Gebäckschachteln ins Haus zu bringen. Ihn nannten sie kordial großer Bruder, und sie redeten sie als Schwägerin Han an. Und vom Gesinde der Nachbarschaft wurden sie Onkel und Tante tituliert.

Wenn Hsi Men eine seiner nachmittäglichen Freundschaftsvisiten bei Frau Han abstattete – das geschah mindestens einmal in jeder Woche –, dann war der Ehemann so rücksichtsvoll, gleich im Laden zu übernachten, um seinen Brotherrn ja nicht in seinem Vergnügen zu stören. Im Gegenteil, er ermunterte seine Frau noch, recht zärtlich und entgegenkommend zu ihm zu sein. Ganz ungeniert konnte Hsi Men im Hause Han aus und ein gehen, gleichgültig, ob es am Morgen oder am Abend war. Wie die Glut im Kohlenbecken, so währte heiß und beständig seine Neigung zur sechsten Wang. Und die Nachbarn, denen das Treiben im Hause Han natürlich nicht entging, hüteten ihre Zunge und schwiegen. Wer hätte gewagt, es mit dem geldschweren, einflußreichen Herrn Hsi Men zu verderben? –

Der Herbst war vergangen. Draußen begann es zu frösteln. Drinnen aber in ihrem Pavillon saß Goldlotos und litt von Tag zu Tag mehr unter der frostigen Einsamkeit, die zwischen den eisvogelgemusterten Kissen, den lotosblumenbestickten Vorhängen ihres Lagers waltete.

Und wieder brach einer jener eintönigen Abende herein, an dem sie, an die Geistermauer vorm Pavilloneingang gelehnt, harrend stand und stand und vergeblich nach ihm Ausschau hielt.

Nun war es dunkel geworden. Sie begab sich seufzend in ihr von silberner Lampe erhelltes Schlafgemach, streckte sich aufs Lager nieder, legte ihre Pi pa quer über die Knie und begann mit leiser Stimme eine klagende Weise zu improvisieren:

Trüben Sinnes lange
Lehnte ich am Schrein,
Nun, noch angekleidet,
Liege ich allein . . . .

Sie hielt inne und lauschte. Draußen hatte die Windharfe am Dachfirst ihr melodisches Summen ertönen lassen. Und war das nicht eben der harte Anschlag des eisernen Türrings an der Pforte gewesen? Zofe Lenzpflaume mußte eilends springen und nachsehen, ob Hsi Men draußen sei. Aber die Kleine kam kopfschüttelnd zurück.

»Ihr habt Euch verhört, Herrin. Es waren Eisschloßen, die der Wind an die Tür wehte.«

Goldlotos griff erneut in die Saiten und fuhr fort zu singen:

Hohles Windessausen
Tönt von draußen her,
An das Fenster klatschen
Eiseskörner schwer . . .

Es war im Zimmer dunkel geworden, die Lampe drohte auszugehen. Sie legte die Laute beiseite und erhob sich nachlässig, um den heruntergebrannten Docht höher zu ziehen und neue Räucherkerzchen anzustecken. Dann nahm sie wehen Herzens ihren Gesang wieder auf:

Lässig an der Lampe
Tastet meine Hand,
Setzt mit müder Geste
Räucherwerk in Brand.
Ach, wenn erst die lange
Nacht vorüber wäre!
Und doch graut mir wieder
Vor des Tages Leere.
Wann, ach wann wird enden
Dieses Wartens Pein?
Sollen meine Lenze
Leer vergeudet sein?

Oh, wie brennt in heißem
Weh mein armes Herz!
Doch was kümmert jenen
Der Verlaßnen Schmerz!

Hsi Men war an diesem Abend bei seinem Amtskollegen, dem Richter Ho, zu Gast gewesen, der sich für ein ihm von Hsi Men geschenktes Reitpferd erkenntlich zeigen wollte. Am späten Abend und bei garstigem, mit Regen vermischtem Schneetreiben hatte er sich auf den Nachhauseweg gemacht. Eine glitschige weiße Schicht auf Mütze und Pelzwerk, so war er in den Pavillon der Sechsten gestapft gekommen. Denn daß er stets, wenn er von einem Ausgang heimkam, zuallererst nach Mutter und Kind sah, war ihm zur festen Gewohnheit geworden. Die Sechste hatte ihm aus den durchnäßten Übersachen geholfen und Zofe Ying Tschun in Eile nach Tee und einem warmen Imbiß geschickt.

»Schläft der Kleine schon?« war seine erste Frage, während er in einen bequemen Hausrock schlüpfte und die durchnäßten Stiefel gegen warme Galoschen eintauschte.

»Eben ist er eingeschlummert. Er war so vergnügt heute nachmittag. Du kommst recht früh heim?«

»Der gute Ho hatte sich wegen des Gaules, den ich ihm neulich überlassen habe, mächtig angestrengt mit seinem Essen, sogar zwei nette junge Schauspieler waren zur Unterhaltung aufgeboten. Aber bei diesem greulichen Wetter zog ich es vor, mich etwas früher zu drücken.«

»Möchtest du einen heißen Hirseschnaps trinken? Du wirst schön durchfroren sein.«

»Danke, ich habe Appetit auf guten Traubenwein. Dieses selbstgebraute Zeug, das ich heute vorgesetzt bekam, dieser Chrysanthemumwein, schmeckte ebenso abscheulich, wie er roch.«

Inzwischen hatte Ying Tschun den Tisch gedeckt und einige warme Platten aufgetragen. Neben dem Tisch spendete ein frischgefülltes Kohlenbecken seine wohltuende Wärme. Und so setzte man sich, langte zu und genoß zu zweit das friedliche Behagen eines häuslichen Winterabends.

Inzwischen wähnte Goldlotos Hsi Men noch immer außerhalb des Hauses. In ihrer trostlosen Stimmung konnte sie keinen Schlaf finden. Auch hielt sie eine vage Hoffnung aufgelöst, in die

Kissen vergraben, bei halb herabgelassenen Vorhängen und mattem Lampenschein und vertrieb sich die Zeit damit, auf der Pi pa zu klimpern und dazu zu singen:

Herzloser Gefährte,
Hassen muß ich dich,
Der du deine Freundin
Grausam läßt im Stich . . .

Wieder packte sie nervöse Unruhe. Sie rief Lenzpflaume herbei. »Geh geschwind und schau nach, ob dein Herr jetzt gekommen ist«, befahl sie.

Eine geraume Weile verging, ehe die Zofe wiederkam.

»Er ist schon längst daheim!« meldete sie. »Bei der Sechsten sitzt er und trinkt gemütlich mit ihr Wein.«

Goldlotos war es, als ob ihr Herz von mehreren Dolchen gleichzeitig zerschlitzt würde.

»Treuloser Bandit!« stieß sie einige Male halblaut aus zornig zusammengepreßten Lippen hervor, während ihre kleinen Fäuste heftig auf die Kissen trommelten und Tränen der Wut aus ihren Augen hervorschossen. Dann griff sie wieder zur Pi pa und sang mit laut anschwellender Stimme, so daß es durch den stillen Park bis zum nahen Pavillon der Sechsten hinüberschallte:

Gram mit harten Krallen
Schlug in mein Gemüt,
Einzig mir im Busen
Trübsal düster glüht.
Hier der süße Pfirsich,
Dort die saure Beere –
Beide zu verwechseln
Wahrlich Blindheit wäre.
Wann, ach wann wird enden
Dieses Wartens Pein?
Sollen meine Lenze
Leer vergeudet sein?
Oh, wie brennt in heißem
Weh mein armes Herz!
Doch was kümmert jenen
Der Verlaßnen Schmerz!

Hsi Men hatte während der letzten Strophen aufgehorcht.

»Wer singt denn da in später Nacht zur Pi pa?« fragte er verwundert.

»Es wird die Fünfte sein, sie kann gewiß nicht einschlafen«, erwiderte Frau Ping.

»Wir sollten sie bitten, uns noch etwas Gesellschaft zu leisten.«

Und sie schickte Zofe Hsiu Tschun hinüber, während Zofe Ying Tschun schnell noch ein drittes Gedeck auflegen mußte. Nach einer Weile kam Hsiu Tschun allein zurück.

»Sie will nicht kommen«, lautete ihr Bescheid.

»Geh noch einmal und bestelle ihr, ich und Herr Hsi Men ließen sie bitten«, befahl Frau Ping.

»Sie hat die Pforte verriegelt und mir sagen lassen, sie habe bereits die Lampe ausgeblasen und sich schlafen gelegt«, lautete der neue Bescheid.

»Ist ja nur Rederei. Komm, wir wollen selber gehen und sie herüberholen«, sagte Hsi Men zu Frau Ping und ging mit ihr durch den dunklen Park hinüber zum Nachbarpavillon. Nach wiederholtem Pochen wurde ihnen ein kleiner Spalt der Tür geöffnet, durch den Lenzpflaume sichtbar wurde. Hsi Men stieß die Tür energisch vollends auf und zog Frau Ping mit sich hinein. Sie fanden Goldlotos noch angekleidet, aber mit aufgelöster Frisur, unter halb herabgelassenen Vorhängen auf ihrem Lager liegen, die Pi pa zur Seite.

»Komisches Frauenzimmer, muß man dich dreimal bitten, ehe du kommst?« sagte Hsi Men zu ihr.

Sie richtete sich in sitzende Stellung auf und verharrte so eine lange Weile regungslos, in stummes Nachsinnen versunken. Endlich tat sie den Mund auf:

»Warum wollt ihr mich Unselige aus meiner selbstgewählten kühlen Einsamkeit herausreißen? Tut mir den Gefallen und laßt mich allein. Ich möchte euch wirklich nicht unnütz bemühen.«

»Du sprichst wie ein achtzigjähriges zahnloses altes Mütterchen. Es ist lächerlich!« brummte Hsi Men. »Die Sechste möchte gern eine Partie Schach mit dir spielen. Hast du keine Lust?«

»Komm doch, tu mir den Gefallen!« bat Frau Ping. »Wir wollen auch noch einen Becher Wein vergnügt zusammen trinken.«

»Geh schon, Schwester, laß mich allein!« erwiderte Goldlotos. »Ich fühle mich seit ein paar Tagen nicht recht wohl, lebe nur noch von dünnen Krankensuppen und möchte den ganzen Tag ruhen.«

»Aber warum hast du uns das nicht längst wissen lassen? Dann hätte ich doch nach dem Arzt geschickt«, fiel Hsi Men bestürzt ein.

»Damit du mir glaubst – Tschun Meh, bringe den Spiegel her!«

Sie nahm den Spiegel in die Hand und betrachtete sich beim Schein der Lampe eine Weile aufmerksam.

»Nun, merkst du nicht, wie mager ich im Gesicht geworden bin?«

Er nahm ihr den Spiegel aus der Hand, guckte hinein und bemerkte scherzend: »Merkwürdig, mich macht der Spiegel nicht mager.«

»Du hast bei deinem sorglosen guten Leben auch keinen Grund zum Magerwerden, eher zum Fettwerden!« schalt sie, durch seinen Scherz schon halb wieder versöhnlich gestimmt.

Er schob sich dicht an sie heran, legte seinen Arm um ihren Nacken und gab ihr einen zärtlichen Kuß. Dann tastete er prüfend ihren Leib ab und bemerkte mit komischem Ernst: »Wirklich, Kind, du bist richtig mager geworden.«

»Hu, wie kalt deine Hände sind!« sagte sie, sich schüttelnd. »Aber kein Wunder, du bist ja eben aus Eis und fühlst nicht, wie ich leide.«

Nach langem Hin und Her gelang es, sie zum Aufstehen und Mitkommen zu bewegen. Und nachdem man eine gemeinsame Partie Schach gespielt und sich mit einigen Bechern Wein in Stimmung getrunken hatte, entschloß sich Hsi Men auf Frau Pings Zureden, in dieser Nacht seit langem wieder einmal das Lager mit seiner Fünften zu teilen.

SECHSUNDZWANZIGSTES KAPITEL

Ein habgieriger Diener trachtet seinem Herrn nach dem Leben. Hsi Men erweist sich als bestechlicher Richter.

In dieser Nacht verschwendete Goldlotos hundert Zärtlichkeiten an ihn, umflocht ihn mit tausend Liebkosungen. Sie schien förmlich zu bedauern, daß sie vor Zärtlichkeit nicht gänzlich in seinen Leib kriechen konnte. Ihre Tränen flossen so reichlich, daß sich ein Leviathan darin hätte baden können. Ihre Worte quollen über von Sanftmut und Hingabe. Mit all dem hoffte sie sein Herz zurückzukaufen. Doch vergeblich. Als der neue Morgen kam, waren seine Gedanken längst wieder zur sechsten Wang geflattert, und Goldlotos war bereits wieder vergessen.

Ja, er hielt es nicht einmal für nötig, sich an ihrem Geburtstag, der auf den Neunten des ersten Monats fiel, auch nur für einen kurzen Augenblick bei ihr zu zeigen. Vielmehr weilte er diesen ganzen Tag mit Schnorrer Ying, Hsiä Hsi Ta, dem älteren Bruder von Mondfrau und dem älteren Bruder von Frau Ping im Nephritkaisertempel, wo unter umständlichem Zeremoniell und mit großem Pomp die feierliche Proklamierung eines Tempelnamens für sein Söhnchen zelebriert wurde, der ihm Schutz gegen Erkrankung und schlimme Einflüsse böser Geister gewähren sollte. Auf Hsi Mens Wunsch waren außer dem Oberpriester Wu sämtliche sechzehn Tempelbrüder zur Vornahme dieser Zeremonie aufgeboten worden; das sich anschließende unvermeidliche üppige Festmahl zog sich so in die Länge, daß Hsi Men es vorzog, gleich im Tempel zu übernachten.

An diesem Abend also saß Goldlotos mit den fünf anderen Frauen und sechs Gratulantinnen in den Räumen von Mondfrau noch spät beisammen, wartete vergeblich auf Hsi Mens Rückkehr und langweilte sich.

Nachdem sich die Unterhaltung über die letzten häuslichen Ereignisse hinreichend erschöpft hatte, mußten auf allgemeinen Wunsch die beiden Nonnen Ta und Wang aus dem nahen Kwan-Yin-Kloster, die bei keiner Familienfestlichkeit im Hause Hsi Men zu fehlen pflegten, abwechselnd eine Heiligenlegende zum besten geben. Ihr monotoner Vortrag, den hin und wieder das Rasseln der Gebetstrommeln unterbrach, übte auf die Zuhörerinnen eine sanft einschläfernde Wirkung aus, so daß eine nach der andern, voran Goldlotos, mitten während der Erzählung aus dem Zimmer verschwand und sich zur Ruhe begab.

Nur Mondfrau, deren schlichtes Gemüt für die Lehre Buddhas besonders empfänglich war, hielt bis zuletzt aus und hatte nicht eher Ruhe, als bis ihr Nonne Wang, mit der sie für diese Nacht das Schlafzimmer teilte, die Legende zu Ende erzählt hatte. Inzwischen war die vierte Nachtwache verstrichen, der Hahn hatte bereits gekräht. Aber die gute Mondfrau sollte noch nicht zum Schlafen kommen.

»Warum seid Ihr eigentlich die ganze Zeit so ernst?« fragte auf einmal Nonne Wang. »Nie sieht man Euch lustig.«

»Kann man heiter sein, wenn man etwas so Trauriges wie ich durchgemacht hat?« Und Mondfrau erzählte, wie sie im achten Monat bei Besichtigung des Hauses Kiao auf der Treppe ausgeglitten war und infolge des Falles eine Fehlgeburt erlitten hatte.

»War die Frucht denn schon entwickelt?«

»Es war ein schon ziemlich fertig entwickeltes Siebenmonatskind, und zwar ein männliches!«

»Das ist allerdings traurig, meine Gute! Wer weiß, was es für ein prächtiges Geschöpf geworden wäre! Dieses Kind von der Sechsten, die doch erst so kurze Zeit im Hause weilt, na, was kann da schon Gutes dran sein?«

»Wie es der Himmel schickt«, sagte Mondfrau ergeben.

»Oh, man kann auch etwas nachhelfen. Äbtissin Pi kennt ein Rezept. Sie hat es im vorigen Jahre bei einer Frau Ministerialsekretär Tschen angewendet. Diese Frau Tschen ist etwa in Eurem Alter und war bisher kinderlos geblieben; sie hatte nur mehrere Fehlgeburten gehabt. Nachdem sie nun im letzten Jahr den Wundertrank der Äbtissin Pi eingenommen hat, ist sie kürzlich mit einem gesunden, kräftigen Söhnchen niedergekommen. Nur eine Schwierigkeit hat es mit dem Rezept.«

»Und die wäre?«

»Man braucht die Plazenta eines erstgeborenen Kindes. Diese Plazenta muß man in Wein abspülen, dann trocknen und zu Asche verbrennen. Diese Asche wird dann den übrigen Bestandteilen des Trankes beigemischt, und das Ganze müßt Ihr am siebenmalsiebenten Tag des Sechziger-Zyklus unbemerkt von Menschen und Geistern bei nüchternem Magen mit gelbem Wein hinunterspülen. Genau einen Monat später werdet Ihr Euch schwanger fühlen.«

»Zu welchem Kloster gehört die Nonne Pi?« wollte Mondfrau jetzt wissen.

»Ursprünglich zum ›Kloster der irdischen Verborgenheit‹. Neuerdings ist sie Äbtissin im ›Kloster der blühenden Lehre‹ in der Südvorstadt geworden. Sie zählt schon siebzig Jahre und kann Euch alle Sutras erläutern und sämtliche Heiligenlegenden am Schnürchen heruntererzählen. Einen vollen Monat lang könnte sie Euch ohne Aufhören Legenden vortragen. Darum geht sie auch ständig in feinen Häusern aus und ein, halbe Monate lang behält man sie bisweilen zu Gast.«

»Ihr müßt sie unbedingt zu mir einladen.«

»Gern. Auch den Trank will ich Euch besorgen. Nur weiß ich nicht recht, wo ich die eine Sache hernehmen soll, die so schwierig zu beschaffen ist.«

»Ich gebe Euch Geld dafür.«

»Gut. Also ich lasse von mir hören, sobald ich den Trunk bereitet habe. Es wird keinen halben Monat dauern.«

»Aber es bleibt unter uns.«

»Verlaßt Euch darauf!«

Am nächsten Vormittag, als sich Nonne Wang verabschiedete, drückte ihr Mondfrau einen Silberling in die Hand. »Später, wenn Ihr alles fertiggemacht habt, bekommt Ihr mehr.«

Geschätzte Leser, man muß sich in großen Häusern davor hüten, solchen Nonnen Zutritt in die inneren Gemächer zu gewähren und sie mit den Frauen des Hauses intim werden zu lassen. Ihre geistlichen Andachten und ihr frommes Legendenerzählen sind häufig nur ein Vorwand, um hinter dem Rücken des Hausherrn Wärme zu spenden und Kälte zu stehlen. Was vermögen sie nicht alles für Unfug anzurichten!

Wie stets um die Neujahrszeit, so ging es auch in diesem Jahre während der Tage vor dem Laternenfest in Hsi Mens Haus hoch

金瓶梅

第四十六回 元夜遊行遇雨雪

妻妾戲笑卜龜兒

第四十七回　苗青謀財害主

一

西門枉法受脏

金瓶梅　第四十八回　弄私情戲贈一枝桃

走捷徑探歸七件事

her. Kaum war der Geburtstag von Goldlotos vorbei, da galt es, sich für den großen Empfang zu Frau Pings Geburtstag zu rüsten, der auf den Fünfzehnten des ersten Monats, den Tag des Laternenfestes, fiel. Zwischendurch, am Dreizehnten, waren sämtliche Frauen in das neue Heim des reichen Nachbarn Kiao geladen.

Wenige Tage vorher erklärte Goldlotos kurz und bestimmt, sie werde dieser Einladung nicht Folge leisten, denn sie habe nichts anzuziehen und wolle sich nicht lächerlich machen. Da blieb Hsi Men nichts anderes übrig, als Meister Tschao mit seinen Gesellen herbeizurufen und in aller Eile seinen sechs Frauen neue Kleider, im ganzen dreißig Stück, schneidern zu lassen. Und als er ein paar Tage später der Zofe Tschun Meh mitteilte, sie und Ying Tschun und Nephritflöte und Orchideenduft sollten sich am Fünfzehnten für das Weinkredenzen bereit halten und recht nett anziehen, da tat es die listige Kleine ihrer Herrin gleich und erklärte, sie würde sich auf keinen Fall an der Festtafel zeigen, denn sie hätte nichts anzuziehen und wollte sich nicht auslachen lassen. Und Meister Tschao mußte mit seinen Gesellen abermals antreten und flugs für die vier Lieblingszofen sechzehn neue Kleider anfertigen.

Mit großem Pomp wurde dann der Tag des Laternenfestes und gleichzeitig Frau Pings Geburtstag begangen. Außer vier Sängerinnen hatte Hsi Men zu Ehren der Gäste die zwanzig Köpfe zählende Schauspielertruppe des kaiserlichen Prinzen Yün, seines Nachbarn von der Löwenstraße, engagiert und eine Theaterbühne in dem an die vordere Empfangshalle anstoßenden westlichen Seitenflügel aufbauen lassen. Aufgeführt wurde das berühmte Schauspiel ›Die Geschichte des westlichen Pavillons‹. Den Abschluß dieses Tages bildete ein großartiges Feuerwerk, das unter der Aufsicht von Pen Se und dem jungen Tschen vor dem Tore abgebrannt wurde und eine dichtgedrängte Zuschauermenge herbeigelockt hatte, die in weitem Umkreise Hsi Mens Haus umlagerte.

Hsi Men selbst blieb dem häuslichen Trubel fern. Er hatte es vorgezogen, mit Schnorrer Ying und Hsiä Hsi Ta einen Bummel über den Laternenmarkt zu machen und sich alsdann in seinem Haus auf der Löwenstraße mit der sechsten Wang zu vergnügen.

Abgesehen von den herkömmlichen Festlichkeiten sollte dieser erste Monat des neuen Jahres Hsi Men zwei wichtige Ereignisse bringen. Das eine wichtige Ereignis war häuslicher Art. Als seine Frauen sich am Dreizehnten zum Hause des reichen Nachbarn Kiao begaben, hatten sie auch Hsi Mens Söhnchen samt seiner Amme Ju I'rl mitgenommen. Die Eltern Kiao besaßen nur ein einziges Kind, ein drei Monate altes Töchterchen. Während des Essens hatte die Amme Ju I'rl den Kleinen im Kinderzimmer untergebracht und in seinen Steppkissen auf ein Bett dicht neben das drei Monate alte Töchterchen des Hauses gelegt. Als nun nach aufgehobener Tafel die ganze Gesellschaft hereinkam, um nach den Kindern zu sehen, da gewahrte man mit freudiger Überraschung, daß sich beide Kinder aus ihren Kissen befreit hatten und mit Ärmchen und Beinchen vergnügt aufeinander zustrampelten und sich gegenseitig betätschelten.

Die versammelten Frauen der beiderseitigen Familien waren sich natürlich einig, hierin einen Wink des Himmels zu sehen und die zwei Kinder für verlobt zu erklären.

Mondfrau schickte eiligst Boten nach Hause und ließ rote Seidenstoffe herbeischaffen, mit denen die Wände in der Empfangshalle des Hauses Kiao drapiert wurden, um das frohe Ereignis äußerlich zu kennzeichnen. Und bereits am nächsten Vormittag schickte das Haus Kiao ansehnliche Verlobungsgeschenke ins Haus Hsi Men.

Hsi Men stand vor einer vollendeten Tatsache. Anstandshalber mußte er die Geschenke erwidern und damit sein Einverständnis mit dem Verlöbnis kundtun. Aber im Grunde billigte er die übereilte Wahl der Frauen nicht. Nachbar Kiao sei zwar reich und angesehen, so äußerte er zu Mondfrau, aber doch nur ein einfacher Bürger ohne Beamtenrang, folglich ihm, Hsi Men, nicht ebenbürtig. Und seine abfällige Meinung mußte irgendwie zu den Ohren der Familie Kiao gedrungen sein, denn als zwei Tage später die Kiaos in Hsi Mens Hause zu Gast weilten, da ließ die siebzigjährige Ahne Kiao Wu in der Unterhaltung beiläufig die Bemerkung fallen, daß eine ihrer Nichten kaiserliche Nebenfrau zweiten Ranges und Herrin des östlichen Palastes sei, womit sie offensichtlich andeuten wollte, daß Hsi Mens Familie ihrer eigenen erst recht nicht ebenbürtig sei. –

Das zweite wichtige Ereignis betraf Hsi Mens Amt.

Hier muß unsere Erzählung etwas weiter ausholen. Damals lebte in der Stadt Kwang ling, die zum Bezirk Yang tschou in der Provinz Kiang nan gehört, der reiche Privatgelehrte Miao Tiän Hsiu. Er war vierzig Jahre alt und besaß nur eine junge, unverheiratete Tochter. Da seine Hauptgattin beständig kränkelte und bettlägerig war, hatte er die gesamte Haushaltung in die Hände seiner bevorzugten Nebenfrau, einer gewissen Tiao Ki'rl gelegt, die ursprünglich ein Singmädchen gewesen und von ihm für den hohen Preis von dreihundert Unzen erworben worden war.

Eines Tages klopfte an seiner Tür ein alter Mönch aus dem Kloster der gnadenreichen Vergeltung in der östlichen Hauptstadt an. Er war ausgeschickt worden, um im Lande Spenden für ein neues Klostergong aufzubringen. Der wohlhabende Herr Miao war kein Geizhals; er spendete also dem Wandermönch fünfzig Unzen. Als der Mönch dankend abwehrte und meinte, die Hälfte sei völlig genügend, erwiderte er lächelnd: »Behaltet es nur! Die eine Hälfte ist für Buddha, die andere Hälfte für seinen Diener zur Wegzehrung bestimmt.«

Der Mönch, der sich für so viel Güte gern erkenntlich zeigen wollte, erteilte ihm beim Weggehen zum Dank einen guten Rat: »Herr, Euer linkes Auge sitzt zu tief in der Augenhöhle. Euch droht Tod auf der Straße. Wenn ich Euch raten darf, geht in diesem ganzen Jahr nicht aus dem Hause. Ihr wart so gütig zu mir. Erlaubt dem armseligen Mönch, daß er zum Dank von seiner Kunst, in die Zukunft zu sehen, Gebrauch macht. Nochmals laßt Euch warnen: Unternehmt keine Reise!«

Hierauf zog er seines Weges. Es war etwa einen halben Monat später, da überraschte Herr Miao bei einem Spaziergang durch den hinteren Park zufällig seinen Diener Miao Tsing bei einer vertraulichen Tändelei mit seiner Nebenfrau Tiao Ki'rl. Erzürnt über solche Frechheit verabreichte er ihm eine gehörige Tracht Prügel und wies ihm dann die Tür. Aber der Diener bat ihn so flehentlich um Nachsicht, daß er sich erweichen ließ und ihn schließlich weiter im Hause behielt. Seit dieser Stunde aber hegte der Diener einen heimlichen Haß gegen ihn.

Herr Miao hatte einen Vetter namens Huang, der gleichfalls aus dem Bezirk Yang tschou stammte und ebenso wie er eine gründliche Kenntnis der konfuzianischen Schriften besaß. Er hatte es zum Doktor zweiten Grades gebracht und bekleidete in der östlichen Residenz Kai fong fu den Posten eines hauptstädtischen Unterpräfekten.

Von diesem Vetter erhielt nun Herr Miao eines Tages ein Schreiben mit der freundschaftlichen Einladung zu einem Besuch in der Residenz, und zwar solle der Besuch einerseits dem Vergnügen und andererseits dem nützlichen Zweck einer Besprechung über seinen Eintritt in die Beamtenlaufbahn dienen. Herr Miao war von dem Vorschlag entzückt und äußerte zu seinen Frauen: »Kai fong fu ist kaiserliche Residenz, da gibt's eine Fülle zu sehen und zu erleben. Eine Reise dahin war schon immer ein Herzenswunsch von mir. Diese Einladung meines Vetters kommt mir herrlich gelegen.«

Aber seine Hauptgattin riet ihm ab.

»Hast du schon die Warnung des Mönches vergessen?« sagte sie. »Du möchtest auf keinen Fall Reisen unternehmen. Der Weg nach der östlichen Hauptstadt ist weit; wer weiß, was dir unterwegs zustoßen kann. Von deinem Eintritt in den Staatsdienst ist bisher niemals die Rede gewesen. Und hier würdest du eine kranke Frau, eine junge Tochter ohne Schutz, einen großen Haushalt ohne zuverlässige Aussicht zurücklassen. Nein, reise lieber nicht!«

Herr Miao wurde ernstlich böse, er wollte ihre Einwendungen durchaus nicht anhören.

»Wozu hat man, als ich geboren wurde, Pfeil und Bogen an der Tür aufgehängt? Ich bin ein Mann und werde mich doch nicht vor einer schönen Reise fürchten! Die Welt das ganze Leben lang nur durchs Fenster anzugucken hat wenig Wert. Nein, ich fühle Zutrauen in der Brust und habe genügend Geld im Beutel. Warum soll ich nicht noch zu Erfolg und Ehre kommen? Der Vorschlag von Vetter Huang ist herrlich, darüber gibt's keine Worte zu verlieren.«

Und noch am selben Tage ging es ans Einpacken. Eine kleine Dschunke wurde gemietet, einige mit Gold und Silber vollgepackte Kisten wurden mit an Bord genommen, und an einem glücklichen Tag im letzten Herbstdrittel wurde die Fahrt nach der östlichen Hauptstadt angetreten. Zur Begleitung nahm Herr

Miao den Diener Miao Tsing und einen jungen Burschen namens An Tung mit.

Nach einigen Tagen Kanalfahrt war man im Bereich der Provinz Schantung angelangt.

Ein alter Satz lautet: Wer Gesinde sich erspart, bleibt vor Schererei bewahrt.

Während eines Nachts die Dschunke in einer stillen Bucht des Tsing-Flusses unweit der Stadt Tsing ho hsiän ankerte und Herr Miao sich friedlichem Schlummer hingab, war sein Diener noch wach und brütete einen finsteren Plan gegen seinen Herrn aus. Er hatte es nicht verwinden können, daß er damals im Park von ihm ertappt und körperlich gezüchtigt worden war. ›Die Gelegenheit zur Rache ist da‹, so sprach er bei sich selbst. ›Die beiden Leute der Besatzung werden zweifellos mitmachen, wenn ich ihnen Teilung der Beute verspreche. Am besten ist es, man läßt ihn in den Wellen verschwinden. Die nächste Aufgabe ist dann, seiner kranken Frau zu Hause möglichst rasch zum Sterben zu verhelfen. Ist sie erst tot, dann gehört die schöne Tiao Ki'rl und sein ganzer Besitz mir.‹

Er machte sich unverzüglich an die beiden Schiffsleute heran. »Die ledernen Koffer meines Herrn enthalten tausend Silberunzen in bar, und in den Kampferkisten sind Seidenballen und Kleider im Werte von zweitausend Unzen untergebracht«, so sprach er zu ihnen. »Wenn ihr mitmacht, dann bekommt ihr jeder euer Drittel ab.«

Tschan San und Wong Pa, so hießen die beiden Schiffer, grinsten sich gegenseitig an, dann erwiderten sie: »Was Ihr meint, daran haben wir selber schon längst gedacht.«

Und damit war der Handel abgeschlossen. Es war um die Mitternacht, Herr Miao und sein Bursche An Tung lagen in der mittleren Kajüte in tiefem Schlafe, da ließ Diener Miao Tsing vom Heck her mehrere Male den gellenden Ruf »Räuber! Räuber!« durch die Stille der Nacht schallen. Die beiden Schläfer fuhren erschreckt vom Lager und stürzten aufs Deck hinaus. Da sprang auch schon Tschen San auf Herrn Miao zu, stieß ihm ein Messer in die Kehle und warf ihn kopfüber ins Wasser.

Gleichzeitig bekam sein Bursche von Wong Pa einen wuchtigen Hieb mit einem schweren Knüppel über den Kopf, und als er einige Schritte weitertaumelte, erhielt er noch einen kräftigen Stoß rückwärts, der ihn gleichfalls über den Bordrand ins Wasser beförderte.

Ohne sich weiter um ihre beiden Opfer zu kümmern, machten sich die drei Schurken sogleich über den Inhalt der Koffer und Kisten her. Die Piraten meinten: »Wenn wir beide im Besitz von solchen Seidenballen und feinen Kleidungsstücken betroffen werden, dann machen wir uns unbedingt verdächtig. Bei Euch ist das etwas anderes. Ihr gehört zu seinem Haushalt, da kann niemand etwas Auffälliges dabei finden. Nehmt Ihr deshalb die Seidenstoffe und Kleider und laßt uns beiden das Bargeld.«

Miao Tsing war einverstanden, und nachdem die Teilung dergestalt vorgenommen war, wurde die Dschunke wieder in Fahrt gesetzt, und zwar auf seinen Wunsch den Tsing-Fluß aufwärts gesteuert. An der Zollbarre von Lin tsing ging er mit seiner Ladung an Land, und während die beiden Schiffer mit der Dschunke die Rückfahrt antraten, schaffte er seine Kisten auf dem Landwege nach der Kreisstadt Tsing ho hsiän. Denn das war der nächste größere Handelsplatz, wo er seine Ware am ehesten zu Geld machen konnte.

In einer vornehmen Herberge vor dem Stadtwall stieg er ab und begann nun allmählich seine Beute Stück für Stück auf den Markt zu bringen.

Als er zufällig einmal einem alten Geschäftsfreund seines Herrn aus Yang tschou begegnete, war er schnell mit der Ausrede fertig, sein Herr würde mit einem späteren Schiff nachkommen.

Aber nicht umsonst heißt es:

Was auch der Mensch ersinnt, erdenkt,
Zu guter Letzt der Himmel lenkt.

Zwar hatte Herr Miao seine Unklugheit, eine aufrichtig gemeinte Warnung verlacht zu haben, mit dem Leben bezahlen müssen, aber sein Bursche, obwohl durch den Hieb mit dem Knüppel anfangs betäubt, hatte sich schwimmend über Wasser halten können und war glücklich von einem zufällig vorüberfahrenden Fischerboot gerettet worden. Die alte Fischerin, der das Boot gehörte, hatte dem erschöpften Jungen erst warme Sachen anzuziehen und etwas zu essen und zu trinken gegeben, dann hatte sie sich von ihm seine Geschichte erzählen lassen.

»Was willst du nun anfangen?« fragte sie teilnehmend, als er mit Erzählen fertig war. »Möchtest du nach Yang tschou zurück? Sonst, wenn es dir recht ist, könntest du auch bei mir bleiben und mir bei der Fischerei zur Hand gehen.«

»Das wäre mir am liebsten«, stimmte An Tung freudig zu. »Denn was soll ich ohne meinen armen Herrn noch in Yang tschou?«

»Gut, dann bleibst du also einstweilen bei mir. Und ich will meine alten Augen waschen und aufpassen, ob ich nicht herausbekomme, wer die Mörder deines Herrn gewesen sind.«

Eines Tages um die Neujahrszeit besuchte die alte Fischerin mit ihrem Schützling den Fischmarkt von Tsing ho hsiän, um einen Korb Fische zu verkaufen. Da entdeckte plötzlich An Tung unter der Käufermenge die beiden Schiffer Tschen San und Wong Pa. Sie waren bei hellem Tage bereits angeheitert und steckten jeder in einem der guten Anzüge seines früheren Herrn.

An Tung stieß die alte Fischerin heimlich an: »Das sind sie«, sagte er leise zu ihr.

»Gut, wir wollen ihnen folgen.«

Und sie ließen sie nicht mehr aus den Augen und beobachteten, wie sie Fische einkauften und dann ihre Dschunke bestiegen, die am nahen Ufer festgemacht war, wie sie sich ein Fischgericht brieten und dann an Deck zu einer fröhlichen Schmauserei niederließen, wobei sie einer mächtigen Weinkanne gehörig Zuspruch taten.

»Wir wollen schleunigst eine Klageschrift aufsetzen. Die sollen uns nicht entwischen! Übermorgen haben wir Laternenfest, da werden sie schwerlich an Abfahrt denken«, sagte die Alte und zog den Jungen eilig mit sich fort zu ihrem Boot.

An Tun setzte geschwind eine Anklageschrift auf und trug sie noch zur selben Stunde zum Yamen des Strompräfekten Tschou. Der Strompräfekt schenkte der Klageschrift, da sie jeder klingenden Unterlage entbehrte, keine Beachtung und reichte sie an den Kreisrichter Hsia weiter. Dieser konnte in Anbetracht der ernsten Anklage, die auf Raubmord lautete, nicht umhin, dem Antrag des jungen An Tung stattzugeben, und schickte demgemäß am nächsten Tage seine Häscher aus, die mit An Tungs Hilfe die betreffende Dschunke ausfindig machten und die beiden Piraten festnahmen.

Das unerwartete Auftreten des von ihnen tot geglaubten Zeugen aus der Mordnacht hatte sie dermaßen eingeschüchtert, daß sie bei ihrer Vernehmung durch Richter Hsia sogleich, ohne daß erst die Anwendung der Folter nötig war, ihre Tat eingestanden. Ja, sie benannten noch weiter den Diener Miao Tsing als eigentlichen Anstifter des Verbrechens. Sie wurden also in Haft behalten, auch An Tung wurde als Zeuge in Gewahrsam genommen, und außerdem wurden Häscher ausgesandt, die sich des Dieners Miao Tsing bemächtigen sollten.

Nun erlitt das Verfahren infolge des Laternenfestes, an dem die Behörden und Ämter geschlossen waren, eine zweitägige Unterbrechung. In dieser Zeit gelang es einem Yamenboten, der mit Miao Tsing bekannt war, diesen von dem gegen ihn erlassenen Haftbefehl heimlich zu verständigen. Tödlich erschrocken, schloß Miao Tsing sogleich sein Zimmer in der Herberge ab und flüchtete sich in die Wohnung des ihm befreundeten Handelsmaklers Yo San in der Löwenstraße.

Zufällig stieß dessen Wohnung Wand an Wand an das Haus von Hsi Mens Geschäftsführer Han Tao Kwo, und obendrein unterhielt seine Frau eine dicke Freundschaft mit ihrer Nachbarin, der sechsten Wang. Sie pflegten sich gegenseitig häufig zu besuchen. Dem Makler Yo San war sofort die sorgenvolle Miene seines Gastes aufgefallen. Als er nun auf seine Frage nach dem Grunde den Sachverhalt erfuhr, meinte er, die Sache wäre nicht so schlimm, Miao Tsing brauche sich nicht weiter zu beunruhigen.

»Ihr müßt nämlich wissen, daß Nachbar Han Tao Kwo der Geschäftsführer des hochmögenden reichen Herrn Hsi Men ist. Herr Hsi Men aber ist weiter der Amtskollege des Kreisrichters Hsia. Außerdem unterhält er zu diesem Haus zufällig sehr intime Beziehungen und ist dem Nachbar Han und seiner Frau bei allen Anliegen, die sie haben, gern gefügig und entgegenkommend. Es bedarf Eurerseits nur einiger kleiner Aufwendungen, um diese mißliche Sache aus der Welt zu schaffen. Ich oder vielmehr meine Frau würde nicht verfehlen, ins Nachbarhaus hinüberzugehen und ein Wort zu Euren Gunsten einzulegen.«

Beglückt fiel Miao Tsing auf die Knie. »Oh, wenn Ihr Euch meiner annehmen wolltet, ich würde Eure Güte reichlich lohnen. Allerdings habe ich im Augenblick nicht allzuviel bei mir. Hoffentlich werden die fünfzig Silberunzen und die beiden neuen Gewänder aus geblümtem Damast, die ich in der Eile mitgenommen habe, einstweilen ausreichen.«

Er schrieb schnell eine Geschenkliste aus, die Yo San nebst den darauf verzeichneten Gegenständen seiner Frau aushändigte.

Frau Yo San wurde kurz verständigt, und dann eilte sie hinüber zur sechsten Wang. Die sechste Wang nahm die ihr hochwillkommene Spende freudig an und versprach, ihr möglichstes zu tun.

Aber es vergingen zwei Tage. Hsi Men, durch den Festtrubel in Anspruch genommen, fand keine Zeit zu einem Besuch in der Löwenstraße. Endlich, am Abend des Siebzehnten, sah sie Tai A'rl am Hause vorüberreiten. Sie winkte ihn schnell herein.

»Wo kommst du her?«

»Aus Tung ping fu. Ich hatte meinen Herrn hinbegleiten müssen, er wollte dem Präfekten Geschenke und Neujahrswünsche überbringen.«

»Bestelle ihm doch, ich ließe ihn dringend zu einer Rücksprache herbitten.«

Und die sechste Wang zeigte dem Burschen die Geschenkliste und erzählte ihm, worum es sich handle.

»Werte Frau Tante, mir scheint, die Sache ist nicht so einfach, wie Ihr sie anseht«, meinte Tai A'rl bedenklich. »Die beiden Piraten haben bereits gestanden, und die paar Unzen werden kaum ausreichen, um die Beine eines kleinen Amtsschreibers in Bewegung zu setzen. Ich jedenfalls müßte schon zwanzig Unzen beanspruchen, wenn Ihr wollt, daß ich mit meinem Herrn spreche!«

»Du vertracktes kleines Ölmaul, das könnte dir so passen, zu einer Gratismahlzeit zu kommen!« sagte lachend die sechste Wang. »Ich kann auch ganz gut auf deine gütige Mitwirkung verzichten, wenn du Angst hast.«

»Das ist es nicht, Frau Tante, aber so eine Sache will doch reiflich erwogen sein.« Nun, die sechste Wang verstand seinen Wink und setzte ihm zunächst ein paar leckere Platten und einige Becher guten Weines vor. Schließlich erklärte er sich bereit, Hsi Men ihren Wunsch zu übermitteln, und machte sich wieder auf den Weg.

Am späten Abend fand sich Hsi Men auch wirklich in der Löwenstraße ein.

Die sechste Wang hatte ihren Mann vorher von seinem wahrscheinlichen Besuch verständigt, und Han Tao Kwo war wie üblich so rücksichtsvoll, in diesem Falle gar nicht erst nach Hause zu kommen, sondern gleich im Laden zu übernachten. So war sie also ganz ungestört mit ihrem Besucher allein.

Bevor sie auf das eigentliche Thema zu sprechen kam, machte sie einleitend erst einige Umschweife.

»Also dein Söhnchen ist verlobt, wie ich höre? Das war gewiß eine große Freude für dein Haus?«

»Für mich weniger. Das haben die Weiber gemacht. Es ist eine völlig übereilte Geschichte, diese Verlobung.«

»Ich verstehe, heute, wo du eine hohe Amtsstellung einnimmst, sind die Kiaos, sie mögen sonst hochachtbare Leute sein, keine passende Partie für dein Haus.«

»Na, laß schon. Was hat es jetzt noch für Zweck, Worte darüber zu verlieren?«

Sie lud ihn von dem kühlen Verandazimmer in ihr Schlafzimmer hinüber, wo ein Kohlenbecken mollige Wärme spendierte. Sobald sie merkte, daß auch er allmählich etwas wärmer wurde, begann sie mit der Sprache herauszurücken und das Anliegen ihrer Nachbarin vorzutragen.

Hsi Men hörte sie ruhig an, dann wollte er wissen, für welchen Preis sich Miao Tsing von seiner Verurteilung loskaufen wolle.

Die sechste Wang zeigte ihm die Geschenkliste und holte die fünfzig Unzen und die beiden seidenen Gewänder aus der Truhe. Hsi Men lachte gerade heraus.

»Das ist alles? Mit solchen Bagatellen will sich ein gemeiner Räuber und Mordanstifter loskaufen? Du mußt nur wissen, wie verzweifelt seine Sache steht. Die beiden Piraten, seine Spießgesellen, sind verhaftet und haben bereits alles eingestanden. Sie werden ihren Kopf verlieren. Ein Zeuge, der dabei war, ist da. Nein, für einen so lächerlichen Preis kommt der Bursche nicht frei. Du hättest das bißchen Zeug gar nicht erst annehmen sollen.

Er hat doch Ware im Werte von zweitausend Unzen beiseite gebracht! Wo hat er denn seinen Schatz verborgen?«

Die sechste Wang lief daraufhin in die Küche und schickte durch Buntseidchen Miao Tsings Geschenke auf der Stelle zur Nachbarin zurück. Die Angelegenheit sei aussichtslos, so ließ sie ihr bestellen, sie möchte sich nicht weiter damit befassen.

Miao Tsing fühlte sich in einen Eiskübel gestülpt. Er beschwor Yo Sans Frau nochmals, für ihn hinüberzugehen. Er sei bereit, sämtliche zweitausend Unzen, die seine Ware wert sei, preiszugeben, wenn er nur mit dem Leben davonkomme. Nach kurzer Beratung entschloß sich Yo Sans Frau, nochmals zur Nachbarin hinüberzugehen.

»Er bietet Herrn Hsi Men die eine Hälfte seiner gesamten Ware im Werte von tausend Unzen an«, so sprach in der Küche die Nachbarin zur sechsten Wang. »Wenn Herr Hsi Men es aber vorzieht, bares Geld zu nehmen, dann bittet er um einen Aufschub von drei Tagen. In dieser Zeit wird es ihm gelingen, die Ware zu veräußern, und dann wird er Herrn Hsi Men die tausend Unzen persönlich überbringen.«

Die sechste Wang begab sich zu Hsi Men ins Schlafzimmer zurück, teilte ihm das neue Angebot Miao Tsings mit und übergab ihm die neue Geschenkliste.

»Das ist etwas anderes«, sagte Hsi Men befriedigt. »Ich könnte ja veranlassen, daß die Vollstreckung des Haftbefehls noch ein paar Tage hinausgezögert wird. Im übrigen bin ich einverstanden, daß er mir seine Spende in bar ins Haus bringt.«

Miao Tsing wußte sich vor Glück nicht zu fassen, als Yo Sans Frau mit diesem gütigen Bescheid zurückkam.

Noch in der gleichen Nacht mußte sein Freund, der Makler Yo San, rennen und Käufer, soviel er nur konnte, von allen Seiten zur Stelle schaffen. Tatsächlich gelang es, innerhalb von drei Tagen die gesamte Ware loszuschlagen. Als Erlös wurden eintausendsiebenhundert Unzen erzielt.

Nunmehr schickte Miao Tsing der sechsten Wang erneut eine Spende ins Haus, diesmal aber gleich hundert Unzen und vier erstklassige Kleider, und dann machte er sich am Abend des Neunzehnten zu Hsi Mens Hause auf. In seinem Gefolge schleppten einige Lastträger ein geschlachtetes Schwein und vier mit Silberbarren gefüllte Weinkrüge mit. Hsi Mens Personal war vom Zweck seines Besuches bereits unterrichtet, und so wurde er ohne weiteres eingelassen und durch den düsteren Park zum Aussichtspavillon geführt, wo ihn Hsi Men erwartete. Unterwegs versäumte er nicht, nach rechts und links etliche Wohltaten auszustreuen, wobei auf die Diener Tai A'rl, Ping An, Schu Tung'rl und Kin Tung je zehn Unzen entfielen.

Hsi Men hatte es ausdrücklich vermieden, Lampen oder Laternen anstecken zu lassen. Der Empfang spielte sich völlig im Dunkeln ab. Nur der eben aufsteigende Mond spendete eine spärliche Beleuchtung. Miao Tsing warf sich vor Hsi Men zu Boden und begann: »Ihr habt Euch gnädig herabgelassen, mich aus meinem Jammer herauszureißen. Bis meine Knochen stückweise auseinanderbrechen, mein Leib in Staub zerfällt, werde ich Euch dafür Dank wissen.«

»Schon gut. Ich habe deinen Fall noch nicht völlig untersucht«, erwiderte Hsi Men. »Jedenfalls bedeutet die Aussage der beiden verhafteten Schiffer eine böse Belastung für dich, und du wirst gut tun, schleunigst zu verschwinden, und zwar noch heute nacht. Auf deine Bitte hin habe ich mich entschlossen, dich laufen zu lassen. Um dich nicht zu kränken, will ich auch deine Spende annehmen und mit meinem Kollegen, Herrn Hsia, teilen, der in deiner Sache ja auch ein Wort mitzureden hat.«

Er ließ ihm noch eine Schale Tee bringen, die Miao Tsing stehend, scheu unter die Pinien an der Parkmauer gedrückt, einnehmen mußte. Dann war er entlassen. Er eilte in die Löwenstraße zurück, packte schleunigst seine Sachen, verabschiedete sich von seinen Gastfreunden, mietete zwei Saumtiere und schlüpfte im ersten Morgengrauen zum Stadttor hinaus, um nach Yang tschou zurückzukehren.

Hurtig wie ein Hofhund,
Der ins Freie pirscht,
Wie ein flinkes Fischlein,
Das durchs Netz entwischt.

Als am nächsten Tag auf dem Heimritt vom Yamen Richter Hsia sich an der Hauptstraße von Hsi Men trennen wollte, hob dieser die Peitsche in die Höhe und bedeutete ihm, daß er gern noch etwas mit ihm daheim besprechen möchte. Richter Hsia begleitete ihn also nach Hause und ließ sich zum Aussichtspavillon im Park führen. Nachdem man sich's bequem gemacht, ein solennes Mahl bewältigt und die goldenen Weinbecher etliche Male geleert hatte, kam Hsi Men sachte auf den Fall Miao Tsing zu sprechen.

»Der Bursche hat neulich durch die Frau seines Gastfreundes ein wiederholtes Bittgesuch an mich gerichtet und mir verschiedene Geschenke ins Haus geschickt. Ich wollte in der Sache nicht eigenmächtig entscheiden, deshalb habe ich Euch heute zu einer Unterredung hergebeten.«

Er reichte ihm Miao Tsings Geschenkliste.

»Ich richte mich ganz nach Eurem werten Ermessen«, sagte Kollege Hsia, nachdem er die Liste eingesehen hatte.

»Mein Vorschlag geht dahin, daß wir das Verfahren auf die beiden Piraten beschränken. Vor allem müssen wir herauskriegen, wo sie das geraubte Gut haben. Den Miao Tsing lassen wir ganz aus dem Spiele, ebenso lassen wir den Zeugen An Tung laufen. Sollte sich später wirklich der Leichnam des verschwundenen Miao Tiän Hsiu finden, so könnte man immer noch auf seine Zeugenschaft zurückkommen. Die Geschenke habt selbstverständlich Ihr zu beanspruchen.«

»Auf keinen Fall, Herr Kollege!« zierte sich aus Höflichkeit der andere. »Die ganze Mühe dieser Sache habt Ihr auf Euch genommen. Wie komme ich dazu? Im übrigen stimme ich Eurem Vorschlag vollkommen bei.«

Man stritt eine lange Weile hin und her, dann einigte man sich auf Teilung, und nachdem man das Ergebnis noch gehörig begossen hatte, empfahl sich Richter Hsia, wobei ihm Tai A'rl wohlverpackt in harmlosen Eßschachteln fünfhundert Unzen hinterhertragen mußte.

Eine alte Regel lautet: Was das Feuer für den Braten, das ist Geld bei Magistraten.

Als am nächsten Tage – das gesamte untere Gerichtspersonal war inzwischen von Yo San im Auftrage Miao Tsings gleichfalls mit erklecklichen Beträgen bedacht worden – die beiden Piraten zur Verhandlung vorgeführt wurden und in ihrer Aussage von Miao Tsing als dem eigentlichen Anstifter des Raubmordes zu sprechen anfingen, da wurden sie von Hsi Men zornig unterbrochen: »Ihr verfluchten Banditen«, schrie er sie an, »seit Jahren treibt ihr gewohnheitsmäßig auf Strömen und Flüssen unter der Maske friedlicher Schiffer euer Piratenhandwerk. Aus Ärger, weil ihr überführt seid, wollt ihr nun auch noch einen unschuldigen Dritten in euer Verbrechen hineinziehen. – He, Zeuge An Tung, tritt vor und sage aus: Wer hat damals deinen Herrn erschlagen, und wer hat dich ins Wasser gestoßen?«

»Es war gegen Mitternacht«, so berichtete An Tung, »da wurden wir, mein Herr und ich, durch Miao Tsings laute Hilferufe aus dem Schlaf geweckt. Als wir aus der Kajüte auf Deck stürzten, da stieß Tschen San meinem Herrn ein Messer in den Hals und warf ihn dann über Bord. Ich bekam von Wong Pa einen Hieb mit einem Knüppel über den Kopf und einen Stoß, so daß ich gleichfalls ins Wasser fiel. Was damals aus Miao Tsing geworden ist, weiß ich nicht.«

»Gut, die Aussage dieses Zeugen ist maßgebend. Enthält sie auch nur mit einem Wort etwas Belastendes für Miao Tsing? Nein. Erspart euch also eure törichten Anschuldigungen! Gesteht lieber, wo ihr das geraubte Gut habt.«

Er ließ den beiden die Knöchelpresse anlegen und ihnen dreißig mit dem Bambusprügel überziehen. Unter dem Eindruck dieser peinlichen Befragung gestanden sie schreiend: »Tausend Unzen hatten wir damals erbeutet, davon haben wir die Hälfte verbraucht, die andre Hälfte haben wir da und da versteckt.«

Sie wurden abgeführt, und die Verhandlung war geschlossen. Die beiden Richter setzten ein Protokoll auf und schickten es mit den beiden Angeklagten zu dem mit Hsi Men eng befreundeten Präfekten Hu von Tung ping fu. Dieser erkannte im Sinne des Protokolls auf Todesstrafe gegen Tschen San und Wong Pa und ließ im übrigen die Sache auf sich beruhen.

An Tung als Zeuge war auf freien Fuß gesetzt worden. Er gab sich aber, da er Miao Tsing in starkem Verdacht hatte, mit der getroffenen Entscheidung keineswegs zufrieden, sondern reiste nach der östlichen Hauptstadt und suchte den Vetter seines erschlagenen Herrn, den Unterpräfekten Huang, auf. Dem erzählte er, wie die beiden Piraten den Diener Miao Tsing klar und deutlich als Anstifter des Raubmordes bezeichnet hätten, wie es aber Miao Tsing durch Bestechung der Richter gelungen sei, daß das Verfahren gegen ihn eingestellt wurde. Die Gerechtigkeit heische, daß das Verbrechen des ungetreuen Dieners, der nach Aussage der Piraten die gesamte Ware seines Herrn damals an sich gebracht hätte, die verdiente Sühne finde.

Herr Huang setzte noch am selben Abend die Aussage des Burschen An Tung schriftlich auf und fügte ein Begleitschreiben bei, adressiert an den für die Provinz Schantung zuständigen Zensor Tsong. Dann gab er dem Burschen Reisegeld und schickte ihn mit dem doppelten Schreiben schleunigst nach Schantung zum Zensor Tsong.

Herr Tsong hielt sich auf seiner Inspektionsreise durch Schantung um diese Zeit in der Präfekturstadt Tung tschang fu auf. Er war Doktor ersten Grades und wegen seiner strengen Rechtlichkeit bekannt und gefürchtet. An Tung sah wohlweislich davon ab, sein Anliegen erst den Untergebenen des Zensors anzuvertrauen. Pflegen sich doch solche Kreaturen erst dann zu regen, wenn sie gehörig geschmiert worden waren. Lieber wollte er seine Klage gleich persönlich beim Zensor während der öffentlichen Gerichtssitzung anbringen. Er faßte sich also ein Herz und fand sich pünktlich eines Morgens vor der Gerichtshalle in der Präfektur, wo der Zensor amtieren würde, ein. Jetzt dröhnte drinnen das Wolkengong zum Zeichen, daß der Zensor seinen Platz am Richtertisch eingenommen und die Sitzung eröffnet habe. Die Flügel des Halleneingangs taten sich weit auf, und heraus schritten nacheinander drei Yamendiener mit Bannern verschiedener Aufschrift.

Auf dem ersten Banner stand groß geschrieben ›Klagsachen von Angehörigen, Verwandten und Verschwägerten des kaiserlichen Hauses und des reichsunmittelbaren hohen Adels‹. Auf dem zweiten Banner hieß es ›Klagsachen der Zivil- und Militärmandarine‹. Das dritte Banner endlich trug die Inschrift ›Klagsachen der hundert Familien‹. Diesem letzten Banner schloß sich An Tung mit zahlreichen anderen Leuten an und folgte ihm zu jenem Platz in der Halle, der als Standort für die Klienten aus dem Volke bestimmt war.

Er wartete geduldig, bis alle anderen Leute abgefertigt waren, dann trat er mutig vor und warf sich vor der Zinnoberestrade, auf der der Zensor thronte, zu Boden.

»Was soll das heißen?« fragten ihn barsch die Yamenbüttel rechts und links vom Richtertisch.

An Tung zog als Antwort das Schreiben des Unterpräfekten Huang hervor und hielt es mit hochgestreckten Händen zum Richtertisch hin.

»Nehmt es ihm ab und bringt es her!« ließ sich die Stimme des Zensors vernehmen.

Gehorsam stürzten mehrere Büttel auf den Knienden hin, entrissen ihm das Schreiben und legten es vor dem Zensor auf den Richtertisch nieder.

Der Zensor öffnete es und las:

›Huang in der Hauptstadt

An seinen ehemaligen Kommilitonen,
den Pfeiler des Staates
Tsong.

Nun ist schon ein Jahr seit der glanzvollen Zeit unseres Zusammenseins verstrichen. Wie sehr misse ich die Nähe des guten Wegkameraden! Als ich im vorigen Herbst das Juwel Eures Briefes erhielt, da begab sich meine Seele augenblicklich auf die Wanderung und war wieder mit Eurer Seele vereint. Wie groß war meine freudige Genugtuung, zu vernehmen, daß Ihr zum Zensor für die Provinz Schantung auserwählt worden seid. Eures Amtes ist es, ungetreue Staatsdiener, die ihre Macht gebrauchen, um das Recht zu verletzen und persönliche Vorteile zu heimsen, öffentlich zu tadeln. Da möchte ich nun nicht verfehlen, Eure Aufmerksamkeit auf das noch ungesühnte Verbrechen eines gewissen Miao Tsing, begangen an seinem Herrn, dem ehrenwerten Doktor Miao Tiän Hsiu aus Yang tschou, zu lenken. Möget Ihr Euch, wenn Ihr nach Tung ping fu kommt, dieses Falles annehmen, damit der Gerechtigkeit Genüge geschehe. Eine ausführliche Klagschrift wird Überbringer dieses Schreibens, ein gewisser An Tung, in Eure Hände legen.

Geschrieben im mittleren Frühling
in der Hoffnung auf einen Tag des Wiedersehens
Huang.‹

»Ist eine schriftliche Anklage da?« wollte der Zensor wissen.

»Hast du eine Anklageschrift bei dir?« echoten die Yamenbüttel zur Rechten und Linken, den Knienden umringend. An Tung griff in den Busen und langte seine Klageschrift hervor. Der Zensor las. Dann ergriff er seinen Pinsel und setzte eine Verfügung auf, gerichtet an den Präfekten von Tung ping fu, worin dieser ersucht wurde, Nachforschungen über die Leiche des in seinem Bezirk erschlagenen Miao Tiän Hsiu anzustellen und über das Ergebnis Bericht einzusenden. Dem Burschen An Tung wurde aufgegeben, sich nach Tung ping fu zu begeben und sich dort zum Zweck der Leichenrekognoszierung zur Verfügung zu halten. An Tung machte Kotau und empfahl sich durch den seitlichen Halleneingang.

Herr Tsong steckte die Klagschrift und seine Verfügung in einen Umschlag, versiegelte ihn mit dem länglichen Amtssiegel und beauftragte den Kreisvorstehergehilfen Ti vom Kreise Yang ku hsiän, das Schreiben zum Präfekten Hu von Tung ping fu zu bringen.

Dieser Ti, aus Ho nan gebürtig, war von etwas eckiger, eigensinniger Natur und machte bei seinen Untersuchungen mitunter die größten Dummheiten. Aber dafür war er unbestechlich.

Herrn Tis Weg führte an der Kreisstadt Tsing ho hsiän vorüber. Als er nun am Ufer des Tsing-Flusses westlich der Stadtmauer entlangritt, da begegnete ihm ein seltsames Naturspiel. Dicht zu Häupten seines Pferdes erhob sich plötzlich ein spitzer Staubkegel, der beharrlich auf der Landstraße vor ihm hinwirbelte und nicht weichen wollte. Betroffen hielt Herr Ti sein Pferd an und befahl einigen Leuten seines Gefolges, dem Windkegel nachzureiten. Nach einer Weile kamen die Leute zurück und berichteten, der Windkegel habe sich in Richtung des neuen Flußhafens weiterbewegt, um an einer gewissen Stelle dicht an der Uferböschung haltzumachen und sich dann aufzulösen. Herr Ti ritt nun nach der bezeichneten Stelle hin und ließ dort von einigen in der Nähe beschäftigten Feldarbeitern das Erdreich mit Hacken und Schaufeln aufgraben. Und siehe, da kam in wenigen Fuß Tiefe ein männlicher Leichnam zum Vorschein. Am Halse aber zeigte der Leichnam ein Wundmal wie von einem Messerschnitt.

Jetzt wurde ein amtlicher Leichenbeschauer aus der Stadt herbeigeholt, der ein Protokoll über den Befund aufsetzen mußte. Dann stellte Herr Ti fest, daß die am nächsten bei der Fundstelle gelegene menschliche Wohnstätte ein buddhistisches Kloster sei, das ›Kloster der mütterlichen Barmherzigkeit‹. Er ließ sämtliche Klosterinsassen antreten und nahm sie streng ins Verhör. Wie sie angaben, war eines Abends im zehnten Monat des vergangenen Jahres, während sie schwimmende Totenlämpchen flußabwärts treiben ließen, ein Leichnam an der betreffenden Stelle des Ufers, wo sie gerade weilten, angeschwemmt worden. Aus Nächstenliebe hätten sie ihn vollends herausgefischt und ein trockenes Grab geschaufelt. Sonst wußten sie nichts über den Toten auszusagen. Das war nun für den guten Herrn Ti wieder so recht eine Gelegenheit, sich als Meister von kühnen Schlußfolgerungen zu zeigen.

»Natürlich steckt ihr hinter der dunklen Geschichte!« beschuldigte er die verdutzten Mönche. »Ihr habt den Mann hier verscharrt, nachdem ihr ihn zuvor ausgeraubt und erschlagen hattet. Und jetzt wollt ihr euch damit herausschwindeln, der Fluß habe ihn angetrieben.«

Und ohne ihnen ein Wort der Gegenrede zu vergönnen, ließ er ihnen von seinen Schergen hundert Stockschläge überziehen, der Abt mußte sich außerdem die Fingerpresse gefallen lassen. Dann warf er sie samt und sonders in den Kerker und berichtete, stolz auf seinen Erfolg, an den Zensor Tsong.

Herr Huang aber konnte sich bei längerem Nachdenken seiner Auffassung nicht anschließen. ›Wenn die Mönche den Mann wirklich umgebracht hätten, warum haben sie ihn dann nicht einfach in den Fluß geworfen, sondern ihn ausgerechnet in nächster Nähe ihres Klosters beerdigt?‹ so sagte er sich. ›Damit haben sie doch zweifellos ein gutes Gewissen bewiesen.‹ Und er entließ sie auf der Stelle wieder aus der Haft.

Kurz darauf traf An Tung in Tung ping fu ein und meldete sich, wie ihn der Zensor geheißen, bei der Präfektur. Er wurde zum öffentlichen Leichenschauhaus geführt, und da erkannte er in der kürzlich ausgegrabenen, soeben eingelieferten Leiche vom Tsing-Fluß seinen früheren Herrn wieder.

»Es ist mein armer Herr«, rief er bekümmert aus. »Ich erkenne ihn an dem Wundmal dort am Halse.« Sein Zeugnis wurde Herrn Tsong berichtet, der sich nunmehr die beiden Piraten vorführen ließ. Sie blieben bei ihrer früheren Aussage, daß sie vom Diener

Miao Tsing zum Morde angestiftet worden seien. Der Zensor erließ daraufhin einen Haftbefehl gegen Miao Tsing und setzte gleichzeitig eine Tadelschrift gegen die beiden Richter auf, die den Hauptschuldigen für Geld begünstigt und somit das Recht zu einer käuflichen Handelsware erniedrigt hatten. –

Seitdem die sechste Wang durch Miao Tsing in den unverhofften Besitz von hundert Silberlingen und vier schönen neuen Kleidern gekommen war, hatte sie bei Tage keine Ruhe, fand sie bei Nacht keinen Schlaf mehr. Beständig lag sie ihrem Manne mit den verschiedensten Vorschlägen in den Ohren, wie das viele Geld wohl am besten zu verwenden sei. Da wurden Ringe und Agraffen gekauft, für ein silbernes Haarnetz wurden allein sechzehn Unzen ausgegeben, da mußte der Schneider kommen und dieses und jenes Kleidungsstück für sie anfertigen, und schließlich fand sie die bisherige Bedienung nicht mehr ausreichend und nahm eine neue Zofe namens ›Lenzduft‹ ins Haus.

Als Hsi Men eines Tages bei der sechsten Wang zu Besuch weilte und hinten im Hof ein Bedürfnis verrichtete, da gewahrte er im Nachbargrundstück eine Mondterrasse, von der aus man bequem in das Grundstück seines Geschäftsführers hineinblicken konnte. Er empfand das als störend und fragte die sechste Wang, zu welchem Hause diese Mondterrasse gehöre.

»Zum Hause von Nachbar Yo San«, erwiderte sie.

»So, dann laß den Leuten sagen, sie möchten ihre Mondterrasse schleunigst abreißen. Sie beeinträchtigt das ungestörte Wohnen in deinem Hause. Tun sie es nicht gutwillig, dann schicke ich ihnen die Baupolizei auf den Hals.«

Die sechste Wang beriet sich daraufhin mit ihrem Mann.

»Die Yo Sans sind gute Nachbarn und Freunde von uns Da werden wir ihnen schwerlich zumuten können, ihre Mondterrasse abzubrechen, wie Herr Hsi Men will«, meinte sie.

»Ich weiß einen Ausweg«, sagte ihr Mann. »Wir pflanzen einfach ein paar Bäume hin, die die Aussicht verdecken. Außerdem bauen wir uns selber eine Mondterrasse. Die obere Plattform können wir schön als Platz zum Weingären verwenden, und unten bauen wir einen anständigen Bedürfnisraum und einen Pferdestall ein, in dem Herr Hsi Men sein Pferd einstellen kann, wenn er zu Besuch herkommt.«

»Ach, wozu brauchen wir eine Mondterrasse? Wir wollen doch lieber gleich einen anständigen Backsteinbau mit zwei Wohnräumen hinsetzen.«

»Gut, und die Wohnräume lassen wir übereinander liegen, damit den Leuten nebenan die Aussicht hübsch versperrt ist.«

Und so wurden weitere dreißig Unzen für den Anbau im Hofe geopfert.

Bei Hsi Men selbst wollte die Bauerei auch kein Ende nehmen. Seit Monaten waren die Bauhandwerker in dem Landgrundstück draußen vor den Toren der Stadt, wo die Erbbegräbnisstätte seiner Familie lag, beschäftigt gewesen. Sie hatten einen neuen Hügel aufgeschichtet und darauf einen Aussichtspavillon mit Wohnräumen errichtet. Seit der Geburt seines Sohnes und seiner Ernennung zum Kreisrichter hatte Hsi Men noch keine Muße gefunden, hinauszugehen und seinen Ahnen zu opfern.

Nunmehr aber, nachdem auch das neue von Pfirsich- und Weidenbäumen umstandene Eingangsportal und die zur Ahnenhalle führende Geisterstraße fertiggestellt waren, die sich zwischen steilen, mit Kiefern und Zypressen bepflanzten Abhängen hinzog, beschloß er, am sechsten Tage des dritten Monats, am Tage des Tsing-ming-Festes, draußen ein feierliches Ahnenopfer darzubringen.

Einige Tage vorher lud er schriftlich eine stattliche Anzahl von Freunden und Verwandten zur Teilnahme an der Feierlichkeit ein. Der Tag sollte diesmal mit besonderem Gepränge begangen werden. Große Vorräte an Speisen und Wein waren beizeiten hinausgeschafft worden, während eine Schauspielertruppe und die vier Singmädchen Zimmetblüte, Silberchen, Nephritspange und ›Holdchen‹ zur Unterhaltung der Gäste aufgeboten waren.

Es war ein langer Zug von etwa dreißig Sänften, der sich in der Frühe des Tsing-ming-Tages durch das südliche Stadttor hinausbewegte. Unter den geladenen Gästen befanden sich der reiche Nachbar Kiao, die beiden Brüder von Mondfrau, ein Bruder von Frau Ping, Schnorrer Ying, Hsiä Hsi Ta, Pen Se, Han Tao Kwo, der junge Tschen und ein Dutzend Frauen der Verwandtschaft und Freundschaft. Außer Hsi Men nebst Tochter und sämtlichen sechs Frauen nahmen noch die vier Lieblingszofen Lenzpflaume, Nephritflöte, Ying Tschun und Orchideenduft an dem Ausflug teil. Auch das noch nicht einmal ein Jahr alte Söhnchen war nebst seiner Amme Ju I'rl mitgenommen worden. Zwar hatte sich Mondfrau heftig gegen seine Mitnahme gesträubt, weil die alte Liu, die sie nach wie vor als ärztliche Ratgeberin zu befragen pflegte, ihr dringend abgeraten hatte, aber Hsi Men hatte sie verlacht und entgegnet, er werde sich doch von so einer alten Kurpfuscherin keine Vorschriften machen lassen.

Aber als man sich um die aus weißem Jade gehauene Opferterrasse gruppiert hatte und mitten während der Opferzeremonie plötzlich die Musik mit dem Dröhnen der Gongs und der Pauken einfiel, da wurde dem Kleinen so bange, daß er scheu das Köpfchen an der Brust der Amme barg und kaum zu atmen wagte. Mondfrau, die es bemerkte, verständigte leise Frau Ping, seine Mutter.

»Laß ihn von der Amme weiter hinter tragen, wo es ruhig ist, der Lärm der Musik erschreckt ihn. Es war unverantwortlich, das Kind überhaupt mitzunehmen. Aber auf mich wurde ja wieder einmal nicht gehört.«

Auf Wunsch von Frau Ping mußte die Musik eine Weile aussetzen, bis die Amme den Kleinen, ihm die Ohren zuhaltend, außer Hörweite gebracht hatte.

Nachdem die Opferzeremonie beendet und ein Gebetstext verlesen und verbrannt worden war, um von der Flamme den Geistern der abgeschiedenen Ahnen übermittelt zu werden, lud Hsi Men die männlichen Gäste zur Tafel in die Empfangshalle, während Mondfrau die weiblichen Gäste auf blumigem Pfad durch ernste Zypressenhaine und heitere Bambuswäldchen zum Aussichtspavillon auf dem neuen Hügel führte.

Dort zeigte während des Mahles eine Schauspielertruppe ihre Kunst, während vorn die männlichen Gäste von den vier Singmädchen mit Gesang und Tanz unterhalten wurden und zwischendurch von ihnen Wein kredenzt bekamen. Die vier Zofen versahen das Amt des Weineinschenkens im Aussichtspavillon. Nach dem Mahle erging man sich lustwandelnd in dem weitläufigen Park. Goldlotos ergötzte sich in Gesellschaft von Mong Yü Loh, Hsi Mens Tochter, Zimmetblüte und Silberchen am Schaukelspiel.

Hinter dem Aussichtspavillon befanden sich drei Räume, die

Hsi Men reich mit Ruhelagern und Diwanen, mit Toilettentischen und Alabasterspiegeln ausgestattet hatte. Ein Springbrunnen plätscherte drinnen und spendete klares Trinkwasser, an schneeweiß getünchten Wänden hingen Schriftrollen und Bilder, es fehlte nicht an Lauten und einem Schachspieltisch. Diese freundlichen Räume waren für die weiblichen Gäste bestimmt, die hier ungestört Toilette machen und der Ruhe pflegen konnten.

In einem dieser Räume hatte Amme Ju I'rl ihren kleinen Schützling untergebracht und, in seine Steppkissen eingepackt, auf einem goldgesprenkelten Ruhelager niedergelegt. Zofe Ying Tschun war gleichfalls anwesend, saß am Lagerrand und spielte mit dem Kleinen. Auf einmal trat Goldlotos ein, in der Hand einen abgebrochenen Pfirsichzweig schwenkend.

»Warum bist du denn nicht oben im Pavillon beim Gästebedienen?« fragte sie Ying Tschun.

»Meine Herrin hieß mich auf den Kleinen aufzupassen. Es sind ja noch drei Zofen zum Bedienen da.«

Inzwischen hatte die Amme, durch frühere Erfahrungen gewitzigt, beim Eintritt von Goldlotos den Kleinen sofort in die Arme genommen. Goldlotos neigte sich zu dem Kind und sagte scherzend: »Kleiner Feigling! Hast dich vorhin vom Gong und der Pauke so erschrecken lassen, daß du keinen Laut hervorbrachtest!«

Sie nahm ihn aus seinen Decken und Kissen heraus, drückte ihn an ihre Brust und küßte ihn. Während sie so den Kleinen herzte, war der junge Tschen, den Vorhang beiseite schiebend, leise ins Zimmer getreten. Er trat an Goldlotos heran und begann gleichfalls, das Kind zu streicheln und zu necken, und seltsam, seine Nähe machte es zutraulich und ließ es vor Vergnügen quietschen. Da nahm er es Goldlotos ab und küßte es herzhaft. Goldlotos sah es mit Neid, wie zutraulich das Kind zum jungen Tschen war.

»Wenn ich es küsse, wird es böse und zerzaust mir die Frisur«, bemerkte sie.

»Habt Ihr nicht früher einmal behauptet, ich verstünde nicht zu küssen?« erwiderte er mit herausforderndem Lächeln.

Sie hatte zwar eine entsprechende Entgegnung auf der Zunge,

aber mit Rücksicht auf die Anwesenheit von Amme und Zofe beschränkte sie sich darauf, ihm mit dem Griffe eines Fächers einen leichten Schlag zu versetzen. Die Berührung mit dem Fächer aufs angenehmste empfindend, schnellte er wie ein Karpfen auf, der nach einem Brocken hascht.

»Au! Das tat aber weh!« rief er lachend aus. »Ich habe doch nur so dünnes Zeug an. Ihr solltet mich wirklich etwas schonender behandeln, Frau Schwägerin!«

»Oh, Ihr Schelm verdient keine Schonung. Wenn Ihr mich wieder reizt, werde ich Euch noch viel derber behandeln.«

Die Amme hatte das Kind inzwischen wieder an sich genommen und sich mit der Zofe ins Nebenzimmer entfernt, um die beiden nicht in ihrer verliebten Tändelei zu stören. Jetzt traten sie wieder ins Freie hinaus, denn sie sahen Mong Yü Loh, Hsi Mens Tochter und Zimmetblüte kommen und wollten sich nicht gern zu zweit im Zimmer überraschen lassen. Goldlotos ließ den jungen Tschen vorangehen und drückte ihm leise von hinten ihren zu einem Reif zusammengebogenen Pfirsichzweig aufs Haupt.

»Was hat man denn mit deiner Frisur angestellt?« fragte ihn belustigt seine Frau.

Er faßte nach seinem Schopf und nahm in stummer Verwirrung den Blütenreif herunter. –

Gegen Abend ging es dann in wohlgeordnetem Zuge zur Stadt zurück, zuerst die Frauensänften, von vier Dienern geleitet, dann Hsi Men, von vier Wachleuten gefolgt, mit den männlichen Gästen zu Pferde; den Beschluß machte der Koch mit mehreren Trägern, die die Speisekörbe zurückschleppten.

Daheim erwartete Hsi Men eine Überraschung. Kaum war er vom Pferde gestiegen, da meldete man ihm, Richter Hsia habe im Laufe des Tages erst persönlich vorgesprochen und später zweimal einen Boten geschickt. Er habe Hsi Men dringend sprechen wollen. Hsi Men konnte sich nicht recht erklären, welcher dringende Anlaß Herrn Hsia hergeführt haben mochte.

»Hat er irgend etwas hinterlassen?« fragte er seinen Kammerdiener Schu Tung'rl, der ihm beim Umkleiden behilflich war.

»Nur, daß die Sache von großer Wichtigkeit sei und daß er Euch unbedingt noch heute sprechen müsse.«

Während Hsi Men in seinem Hirn Mutmaßungen und Zweifel

wälzte, trat Lai Pao ein und meldete: »Herr Hsia ist soeben gekommen.«

Eilig stürzte Hsi Men zu seiner Begrüßung in die vordere Empfangshalle. »Es tut mir unendlich leid, daß ich Euren früheren Besuch verfehlt habe. Ich weilte heute auswärts, um meinen Ahnen zu opfern und ihre Gräber rein zu fegen. Bitte, entschuldigt meinen Mangel an Voraussicht.«

»Bitte sehr, ich muß Euch streng vertraulich sprechen. Sind wir hier ganz ungestört?«

Hsi Men zog es vor, seinen Gast in den abgelegenen Aussichtspavillon zu führen, und ordnete an, daß während der Unterredung niemand von der Dienerschaft den Pavillon betreten dürfe.

»Heute morgen«, so hub Herr Hsia an, »erhielt ich ganz unerwartet den Besuch unseres Kreisvorstehers Li. Er teilte mir mit, daß der Zensor für die Provinz Schantung uns beide beim Throne denunzieren will. Seine Anklage ist bereits unterwegs nach der östlichen Hauptstadt. Ich habe mir sofort eine Abschrift der Anklageschrift verschafft und Euch mitgebracht. Hier ist sie.«

Hsi Men verlor die Farbe.

Hastig nahm er das Schriftstück entgegen, hielt es unter die Lampe und las wie folgt:

›Throneingabe
des Zensors für die Provinz Schantung
Tsong.

In alten Zeiten, damals, als Meister Kung tse seine Frühlings- und Herbstannalen abfaßte, pflegten die Herrscher von Zeit zu Zeit eine Inspektionsreise durchs Reich zu unternehmen, um allenthalben Licht über die weisen Absichten einer guten Regierung zu verbreiten und der Bevölkerung zu höherer Gesittung zu verhelfen. Heute ist es unser, der Zensoren, Amt, diesen alten guten Brauch fortzusetzen, insbesondere dem Recht Geltung zu verschaffen und ungeeignete Beamte zu brandmarken und dem Thron zur Bestrafung vorzuschlagen.

Nachdem ich vor Jahresfrist beauftragt wurde, im Sinne dieser Aufgabe im Bereiche der Provinz Schantung zu spüren und zu jagen, muß ich heute am Ende meiner einjährigen Amtsperiode noch Anklage gegen zwei richterliche Beamte erheben. Der eine ist Hsia, Kreisrichter von Tsing ho hsiän in der Präfektur Tung

金瓶梅　第四十九回　請巡按屈體求榮　一

遇胡僧現身施藥

金瓶梅

第五十回

琴童潛聽燕鶯歡

玳安嬉遊蝴蝶巷

第五十一回　打貓兒金蓮品玉

鬭葉子敬濟輸金

ping fu ... seit langem für Bestechungen zugänglich ... Schandfleck der Beamtenschaft ... mitleidlos wie ein tobender Orkan gegen arme Schächer ... unterwürfige Mienen und biegsame Sklavenknie, wenn er von reichen Schurken bezahlt wird ... Der andere ist Hsi Men Tsing, Hilfsrichter des gleichen Kreises ... von Haus aus Spießgeselle von Markt- und Gassenpöbel ... durch dunkle Machenschaften zum Amt gelangt ... so ignorant, daß er Gemüse nicht von Korn unterscheiden kann ... anrüchiges Privatleben ... läßt Frauen und Kebsen ohne Schutzvorhang über die Straße gehen und sich ungebührlich aufführen ... zecht vor den Augen von Passanten mit Freudenmädchen auf dem Balkon seines Hauses am Laternenmarkt ... unterhält unerlaubte Beziehungen zur Frau seines Geschäftsführers Han ... hat sich im Schutze der Nacht von dem Verbrecher Miao Tsing Bestechungsgelder aushändigen lassen ...

Diese beiden sind unwürdig, ein Amt zu bekleiden, und ich bitte um einen Erlaß an die zuständigen Ministerien, in eine Prüfung dieser Anklage einzutreten und die entsprechenden Maßnahmen zu ergreifen, damit die Grundsätze einer sauberen Staatsverwaltung gewahrt bleiben und dem Glanz der kaiserlichen Regierung kein Abbruch geschehe ...‹

Hsi Men blickte den anderen verdutzt an.

»Was nun?« fragte Herr Hsia.

»Es wird uns nichts anderes übrigbleiben«, entgegnete Hsi Men nach einer Weile angestrengten Nachdenkens, »als daß wir schleunigst zum alten Gebieter in der östlichen Hauptstadt schikken und seinen Beistand erkaufen.«

Herr Hsia war ganz seiner Meinung und brach sofort auf, um zu Hause die erforderlichen Anordnungen zu treffen.

Bereits am nächsten Morgen in aller Frühe rasten Hsi Mens Vertrauter Lai Pao und Herrn Hsias Diener Hsia Schou nach Kai fong fu. Lai Pao führte dreihundert Unzen bar sowie verschiedenen Gold-, Silber- und Edelsteinschmuck und einen Brief für den Intendanten Ti mit sich. Hsia Schou hatte in seinem Koffer zweihundert Unzen Gold und zwei schöne Silberkannen verstaut.

Zu den Aufregungen dieser Nacht trat für Hsi Men noch die Sorge um sein Kind. Die nervöse Erregung, die der Kleine von dem weiten Ausflug mit nach Hause gebracht hatte, hielt die ganze Nacht an. Er wollte weder einschlafen noch die Brust der Amme annehmen. Weinend lag er in seinen Kissen und wälzte sich, wie von irgendeinem Schreck geängstigt, unruhig hin und her. Seine besorgte Mutter fragte Mondfrau um Rat.

»Was habe ich nicht gegen seine Mitnahme geredet!« sagte Mondfrau. »Das Kind ist ja noch nicht ein Jahr alt. Aber dieser eigensinnige Mann ist ja unbelehrbar.«

Sie schickte nach ihrer alten Liu, während Hsi Men einen Kinderarzt kommen ließ. Es war ein fortwährendes Türaufmachen und Türzumachen in dieser unruhigen Nacht. Zum Glück sah die alte Liu den Zustand des Kindes nicht als besorgniserregend an. »Es ist ihm irgendein Schreck in den Leib gefahren«, meinte sie. »Vielleicht ist ihm unterwegs der ›Marschall der fünf Bahnen‹ begegnet. Ich werde ihm etwas eingeben, was es schnell beruhigen wird.«

Tatsächlich bewirkten die zinnoberroten Pillen, die sie in einer aus Binsen und Lotosblättern bereiteten Brühe aufgelöst den Kleinen schlucken ließ, daß er sich alsbald beruhigte und einschlief. Frau Ping schenkte der Alten zum Dank eine Unze. Sie kam später noch einmal in Begleitung ihres Mannes, des blinden Sternenguckers, wieder und ließ ihn heimlich im Aussichtspavillon zum Wohle des kleinen Patienten seine Beschwörungsformeln hersagen und einen Teufelaustreibungstanz vollführen.

In angestrengten Tag- und Nachtmärschen waren die beiden Abgesandten Lai Pao und Hsia Schou in der kurzen Frist von sechs Tagen nach Kai fong fu gehetzt und hatten ihre Geschenke beim Intendanten Ti abgeliefert. Herr Ti hatte früher nicht umsonst das Versprechen gegeben, daß er Hsi Men stützen wolle wie einen alten Gebieter von hundertzehn Jahren. Nachdem er Hsi Mens Brief gelesen hatte, erklärte er den Boten, es sei kein Anlaß zu Beunruhigung.

»Die Anklageschrift des Zensors Tsong ist hier noch gar nicht eingegangen. Wenn sie eintrifft, werde ich mit dem Kanzler sprechen und dafür Sorge tragen, daß sie bei dem zuständigen Ministerium, das ist das Kriegsministerium, einfach zu den Akten gelegt wird und völlig unbeantwortet und unberücksichtigt bleibt. Herrn Tsongs Amtsperiode ist sowieso abgelaufen. Bestellt nur euren Herren, sie könnten ganz ohne Sorge sein.«

Er bewirtete die beiden gastlich und spendierte ihnen auch noch je fünf Silberlinge Reisegeld, worauf sie sich schleunigst auf den Heimweg machten.

Hsi Men, der vor Unruhe den Tag ihrer Rückkehr gar nicht erwarten konnte, fühlte sich durch den günstigen Bescheid, den sie mitbrachten, von einer schweren Last befreit.

»Aber wie kommt es, daß die Eingabe des Zensors zur Zeit eures Dortseins noch gar nicht in der östlichen Hauptstadt eingetroffen war?« fragte er erstaunt.

»Wir sind ihr zuvorgekommen dadurch, daß wir die Entfernung bis Kai fong fu in nur fünf Tagen bewältigt haben. Vermutlich ist die Eingabe aber inzwischen angelangt. Denn auf dem Rückmarsch begegneten wir auf der Landstraße einem Trupp Postreiter mit Schellen an den Pferdehälsen und gelben Postbeuteln an den Sätteln. Sie führten zwei gezackte Banner mit Fasanenschweifwedeln an der Spitze mit sich. Vermutlich waren das die Kuriere des Zensors Tsong.«

»Na, meinetwegen«, sagte Hsi Men lachend. »Sie kommen zu spät.«

Er entließ Hsia Schou mit Grüßen an seinen Herrn, den Richter Hsia, und belohnte seinen Diener Lai Pao mit fünf Unzen, zwei Flaschen Wein, einem mächtigen Braten und einem Ruhetag zum Ausschlafen.

SIEBENUNDZWANZIGSTES KAPITEL

Pater Fan verhilft Hsi Men zu Wunderpillen. Nonne Pi verschafft Mondfrau einen Zaubertrank.

Am nächsten Tage beeilte sich Richter Hsia, seinem Kollegen Hsi Men einen Dankesbesuch abzustatten.

»Ohne Eure Erleuchtung und Euren starken Beistand hätte ich mir wirklich nicht aus der Schwierigkeit zu helfen gewußt«, sagte er voll ehrlicher Anerkennung.

Hsi Men lächelte geschmeichelt.

»Mag der Zensor vorbringen, was er will. Unser alter Gebieter in der Hauptstadt verfügt auch über einen hellen Verstand.«

Und mit fröhlich sorglosem Zechen feierte man bis zum späten Abend die glückliche Rettung aus einer großen Gefahr.

Als auf seine Anklage gegen die beiden ungetreuen Richter nichts erfolgte, war es dem Zensor Tsong natürlich klar, daß sich der Kanzler Tsai King hatte bestechen lassen. Voll gerechten Zornes benutzte er die Audienz, in der er bei Ablauf seiner einjährigen Zensoratsperiode vom Himmelssohn empfangen wurde, um an den Stufen des Thrones eine neue Anklageschrift niederzulegen, in der er gleichzeitig den Kanzler wegen einiger kürzlich erlassener unsozialer Wirtschaftsgesetze aufs heftigste angriff. Die Neuregelung des Salzmonopols und des öffentlichen Kornspeicherwesens, so führte er aus, komme nur einigen Reichen zugute und sei bestimmt, der Landbevölkerung das Fett abzuzapfen, und wenn nicht der Reichsfriede ernstlich gefährdet werden solle, müßten die betreffenden Gesetze rückgängig gemacht werden.

Aber seine gutgemeinten Vorstellungen blieben erfolglos. Der Kanzler besaß damals uneingeschränkt das Ohr des Himmelssohnes und verstand es, die Angriffe seines Widersachers zu entkräften. Er wußte es weiter einzurichten, daß Herr Tsong als Präfekt nach Tsing tschou fu in der Provinz Schen hsi versetzt wurde. Der neue Zensor für die Provinz Schen hsi aber, ein gewisser Sung Pan, war ein Schwager seines Sohnes, des Großsekretärs Tsai Yu. Dieser Zensor ließ es sich nun auf heimliche Weisung des Kanzlers angelegen sein, seinerseits das Privatleben des verhaßten Tsong zu überwachen, wobei er nicht davor zurückschreckte, dessen Gesinde zu Spionierdiensten zu verwenden, und er intrigierte so lange gegen ihn, bis Herr Tsong, der Plackereien müde und um einem aussichtslosen Gerichtsverfahren zu entgehen, Amt und Familie im Stich ließ und sich in eine entlegene Bergeinsamkeit zurückzog. Doch das ist eine spätere Angelegenheit. –

In diese Tage fiel der gleichzeitige Besuch zweier Würdenträger, der dem Hause Hsi Men viel Ehre und viel Kosten bereitete. Besagter Zensor Sung war auf der Reise nach der Provinz Schen hsi in Tsing ho hsiän zufällig mit des Kanzlers Adoptivsohn Tsai

Schen zusammengetroffen, der gerade seinen Posten als Salzkämmerer der beiden Huai-Provinzen antreten wollte. Auf dringende Empfehlung des Intendanten Ti hatte Zensor Sung die Absicht gehabt, auf der Durchreise dem angesehenen, reichen und so überaus noblen Herrn Hsi Men seine Aufwartung zu machen. Tsai Schen aber, der schon vor einigen Monaten Hsi Mens Gastlichkeit erprobt hatte, wollte ohnehin die alte Beziehung auffrischen, und so beschlossen die beiden Mandarine, ihm gemeinsam ihren Besuch abzustatten.

Hsi Men war rechtzeitig von ihrer Absicht unterrichtet gewesen und hatte entsprechende Vorbereitungen zu einem glanzvollen Empfang getroffen. Natürlich erregten die beiden, von großem Ehrengefolge begleiteten Mandarinensänften in der Stadt beträchtliches Aufsehen, und Hsi Men war wieder einmal der Mittelpunkt des Tagesgespräches. Was muß das für ein bedeutender Mensch sein, so hieß es allgemein, wenn zwei fremde hohe Mandarine eigens ihre Dienstreise unterbrechen, um ihm ihre Aufwartung zu machen!

Hsi Men übertraf sich diesmal selbst an Gastlichkeit. Nicht nur, daß er das gesamte Gefolge seiner beiden Gäste mit bewirtete, er schickte ihnen auch noch reichlichen Proviant auf ihre Reisedschunken, und zwar je fünfzig Flaschen Wein, fünfhundert Stück Gebäck und gewaltige Bratenstücke im Gewicht von hundert Pfund. Und als Herr Sung, ein lebhafter Kiang-hsi-Mann, der nicht einen Theaterakt lang stillsitzen konnte, gegen Abend zum Aufbruch drängte, da gab ihm Hsi Men noch ein ganzes Menü samt zugehörigem silbernen und goldenen Tafelgeschirr, in zwanzig Eßkörben verstaut, als Geschenk mit auf den Weg. Darunter befanden sich zwei große irdene Krüge Wein, zwei ganze Hammel, ein Paar goldene Schüsseln, zwei silberne Henkelkannen, zehn silberne Weinbecher, zwei Silberschalen, ein Paar elfenbeinerne Eßstäbchen, zwei Paar Goldblattblumen, zwei rotseidene Tischdecken. In gleicher Weise wurde auch der Salzkämmerer Tsai Schen bedacht. An die tausend Unzen ließ sich Hsi Men diesen Tag kosten.

Herr Tsai Schen verabschiedete sich erst am nächsten Tag. Hsi Men ließ ihn in der Malachitveranda übernachten und hatte sich eine besondere Überraschung für ihn ausgedacht. Als er spät abends die festlich erhellten Räume der Malachitveranda betrat, da begrüßten ihn lächelnd und knicksend zwei niedliche junge Mädchen. Es waren ›Goldreif‹ und ›Holdchen‹, die Hsi Men heimlich zu Ehren seines Gastes herbestellt hatte. Ihre reizende Gesellschaft und der reichlich genossene Wein inspirierten Herrn Tsai Schens dichterische Kraft. Er wollte beweisen, daß er nicht umsonst bei der vorjährigen Palastprüfung als Erster, als Tschuang yüan, aus dem Wettkampf der blühenden Talente hervorgegangen war. Er ergriff also den Pinsel, fügte in behenden Schlangenwindungen Zeichen an Zeichen und verewigte sich zunächst durch einen Achtzeiler an der Zimmerwand. Und dann bettelte Holdchen, die er sich unter den beiden Singmädchen als Bettgenossin für diese Nacht erkoren hatte, so lange, bis er abermals den Pinsel ergriff und einen Vierzeiler auf ihren goldbetupften Fächer hinwarf.

Selbstverständlich wußte auch Hsi Men seinen Vorteil aus einem so wichtigen Besuch zu ziehen. Herr Tsai Schen als Salzkämmerer zweier wichtiger Salzprovinzen hatte ja über den Bezug von Salz durch die Großabnehmer zu entscheiden. Hsi Men aber betrieb in Gemeinschaft mit Nachbar Kiao die Großabnahme und Weiterveräußerung von Salz schon lange als gewinnreichen Erwerbszweig. In vorgeschrittener Weinstimmung führte er also dem Gast seinen vertrauten Diener Lai Pao vor und kündigte an, daß dieser sich demnächst als sein Bevollmächtigter in Yang tschou, dem Amtssitz des Salzkämmerers, einfinden werde. Er bitte, ihn dann beim Bezug von Salz vorzugsweise und etwas früher als die übrigen Großabnehmer zu berücksichtigen. Worauf ihm Herr Tsai Schen lächelnd zusagte, er wolle ihm einen Vorsprung von einem vollen Monat vor den anderen Großabnehmern einräumen. Dadurch würde Hsi Men in der Lage sein, seinen Salzposten zu einer Zeit, während der Markt noch knapp ist, loszuschlagen und auf diese Weise höhere Preise zu erzielen. Unter diesen Umständen lohnte sich's schon, etwas reichliche Gastlichkeit zu üben.

Anderntags ließ es sich Hsi Men nicht nehmen, Herrn Tsai Schen noch das Geleit zum Stadttore hinaus und bis zum Buddhatempel Yung fu se zu geben, wo Hsi Men für seinen Gast ein opulentes Abschiedsfrühstück vorbereitet hatte. Nun waren die letzten Höflichkeitsfloskeln ausgetauscht, die letzten tiefen Verneigungen gewechselt worden, Herr Tsai Schen war in die Sänfte gestiegen, um sich zu seiner Reisedschunke tragen zu lassen, und Hsi Men kehrte allein zu der verlassenen Tafel im Tempelinnern zurück. Nach den Anstrengungen der letzten beiden Tage tat ihm die klösterliche Stille, die ihn hier umfing, wohl, und er beschloß, noch länger zu verweilen. Das Erscheinen des Abtes riß ihn aus beschaulicher Betrachtung.

»Welches ist Euer Alter?« fragte er ihn, als er den Schnee in seinen Brauen bemerkte.

»Der geringe Bonze zählt vierundsiebzig Jahre«, erwiderte der Abt.

»Und wieviel Klosterbrüder seid ihr?«

»Dreißig.«

»Hm, Platz genug ist ja für euch vorhanden, euer Kloster ist schön geräumig angelegt, aber es macht noch einen unfertigen Eindruck.«

»Euer Blick hat Euch nicht getrogen. Unser Kloster ist eine Stiftung des Strompräfekten Tschou, aber leider ging während des Bauens das Geld aus, daher ist es in halbfertigem Zustand geblieben.«

»Soso, Herr Tschou ist also euer Patron. Sein Landgut liegt ja auch nicht weit ab. Nun, wendet euch nur an Herrn Tschou und bittet ihn um weitere Mittel. Ich bin bereit, meinerseits auch etwas zu den Baukosten beizutragen.«

Er reichte ihm eine Unze Silber.

»Hier, eine kleine Entschädigung für die Umstände, die ich Euch heute verursacht habe.«

Der Abt bedankte sich unterwürfig.

»Verzeiht, daß ich keine Anstalten zu einem würdigen Empfang getroffen habe. Euer Besuch kam so unerwartet.«

»Schon gut. Jetzt möchte ich mal austreten.«

Der Abt ließ ihm von einem jungen Novizen die Pforte zum rückwärtigen Klosterteil öffnen. Nachdem er sein Geschäft verrichtet hatte, sah er sich um. Er erblickte, abgesondert von den Wohnzellen der Mönche, eine große, fünfteilige Andachtshalle, in deren Stille sich die Klosterbrüder zurückzogen, wenn sie sich heiliger Dhyana-Versenkung hingeben wollten. Drinnen sah er eine ganze Anzahl von Wolkenwandermönchen im dämmerigen Halbdunkel über ihre Sutras gebeugt knien, in der Hand den hohlen Holzfisch, das Sinnbild der Schlaflosigkeit, mit dem die Tag- und Nachtwachen angeschlagen zu werden pflegen. Ohne bestimmte Absicht, nur von Neugierde getrieben, lenkte Hsi Men seinen Schritt in die Halle und hielt Umschau.

Unter den Knienden erregte seine besondere Aufmerksamkeit die seltsame Gestalt eines dürren, ausgemergelten Mönches, dessen fleischlose Glieder wie Holzstücke gegen die Falten der geflickten rotbraunen Kutte spießten. Fanatisch glühten ihm aus dem mageren Antlitz zwei kreisrunde Leopardenaugen. Um die blanke Glatze wand sich ein wächserner Reif, unter dem Kinn flatterte ihm wirres, ungepflegtes Barthaar. Er schien ein wahrer Arhat, ein auserwählter Buddhajünger zu sein, wie er mit vornübergeneigtem Kopf und eingezogenem Hals so entrückt und verzückt über der Andachtsbank kauerte, daß er gar nicht bemerkte, wie ihm aus den Nasenlöchern, zwei dünnen Nephritstäbchen gleich, der Nasenschleim herabtroff.

›Der scheint, nach seinem absonderlichen Aussehen und Gehabe zu urteilen, ein besonders fortgeschrittener Adept zu sein‹, dachte Hsi Men im stillen. ›Ich werde ihn wachrufen und befragen.‹ Und mit lauter Stimme rief er ihn an: »He, Meister, wie heißt Ihr, und wo seid Ihr her?«

Aber er mußte seinen Anruf noch zweimal wiederholen, ehe der Mönch aus seiner Verzückung erwachte, sich langsam in seiner Andachtsbank aufrichtete, sich reckte und streckte, mit dem Auge blinzelte und endlich mit einem Ruck in die Höhe sprang. Zu Hsi Men gewandt, nickte er ein paarmal mit dem Kopf und krächzte endlich mit rauher Stimme: »Ich bin Pater Fan und komme weit her aus den Westlanden. In Indiens Waldeinsamkeit, auf ragendem Gipfel liegt das ›Kloster des kalten Saales‹, dem ich zugehöre. Mit den Wolken bin ich hierher gewandert. Ich bin in der Kunst erprobt, Arzneien zu spenden und Kranke zu heilen. Was ist des hohen Herrn Begehr?«

»Soso, also auf Arzneimittel versteht Ihr Euch? Das trifft sich ja ausgezeichnet. Habt Ihr zufällig ein brauchbares Stärkungsmittel für Männer?«

»Habe ich, habe ich.«

»Gut, dann möchte ich Euch gleich zu einem Besuch einladen. Kommt Ihr mit?«

»Komme mit, komme mit.«

»Dann wollen wir aufbrechen.«

Der Mönch kramte unter der Bank einen eisenbeschlagenen Knotenstock und einen mit Medizinflaschen gefüllten ledernen Doppelbeutel hervor, schob den Stecken zwischen die Beutel, schwang ihn mit seiner daran baumelnden Last behend über den Rücken und folgte Hsi Men zum Klosterausgang. Dort winkte Hsi Men seinen Burschen Tai A'rl heran.

»Besorge für den Meister und dich zwei Maultiere und reite mit ihm voraus«, befahl er. »Ich werde euch unterwegs einholen.«

»Mitnichten, Herr«, mengte sich da der Mönch ein. »Ich brauche kein Reittier und werde trotzdem zu Fuß schneller angelangt sein als Ihr zu Pferd.«

›Er muß wirklich in den höheren Künsten zu Hause sein, wenn er sich solch eine vermessene Sprache herausnimmt‹, dachte Hsi Men bei sich und erklärte sich einverstanden, ihn zu Fuß laufen zu lassen, gab ihm aber der Sicherheit halber Tai A'rl als Begleiter mit, weil er Angst hatte, der Mönch könnte ihm unterwegs entweichen.

An diesem Tag, es war der Siebzehnte des vierten Monats, hatte nicht nur Li Kiao'rl, Hsi Mens zweite Frau, sondern auch seine heimliche Geliebte, die sechste Wang, Geburtstag. Die sechste Wang hatte das Verlangen, den Abend in Hsi Mens Gesellschaft zu verbringen, und so schickte sie ihren jüngeren Bruder Wang Tsing aus, um den Burschen Tai A'rl von ihrem Wunsche zu verständigen. Tai A'rl aber weilte noch außerhalb, und so beschloß Wang Tsing, ihn am Hauptportal zu erwarten. Eine Stunde mochte er dort wartend gestanden haben, da erschienen Mondfrau und Li Kiao'rl. Sie begleiteten Mutter Li, die ihrer Tochter eine Geburtstagsvisite gemacht hatte, zur Sänfte zurück. Als Mondfrau den fremden fünfzehnjährigen Burschen im Toreingang stehen sah, fragte sie ihn nach seinem Woher und Wohin. Wang Tsing machte einen verlegenen Kotau, dann erwiderte er: »Ich bin vom Hause Han geschickt und warte auf Bruder An.«

Da im Hause Hsi Men die Namen mehrerer Diener auf An lauteten, wollte Mondfrau wissen, welchen Bruder An er meine. Der Diener Ping An, der dabeistand und befürchtete, der Bursche möchte sich verplappern und das Geheimnis von Hsi Mens Beziehungen zur sechsten Wang verraten, schob ihn rasch beiseite und antwortete an seiner Stelle: »Er ist vom Hause Han geschickt und soll sich bei Tai A'rl erkundigen, wann Herr Han Tao Kwo heute nach Hause kommt.«

Mondfrau gab sich mit dieser Auskunft zufrieden und kehrte in die inneren Gemächer zurück.

Endlich traf der Erwartete in Begleitung des Mönches Fan ein. Er war gänzlich außer Atem und triefte am ganzen Körper von Schweiß. Der Mönch dagegen zeigte nicht die geringste Spur von Erschöpfung und Anstrengung. Ping An verständigte den Ankömmling rasch von der Botschaft der sechsten Wang.

»Beinahe wäre die Geschichte dumm ausgelaufen«, fügte er hinzu. »Mondfrau kam zufällig dazu, und wenn ich nicht für den Jungen rasch mit einer harmlosen Antwort eingesprungen wäre, würde der Pferdefuß an der Geschichte zum Vorschein gekommen sein. Wenn sie dich etwa fragen sollte, dann paß hübsch auf, daß deine Worte mit meiner Aussage übereinstimmen.«

Tai A'rl hörte kaum zu. Er war nur darauf bedacht, sich mit seinem Fächer Kühlung zuzufächeln.

»Der ganze Tag ist einem verdorben«, murmelte er ingrimmig vor sich hin. »Wozu muß ich auch mit diesem verfluchten Kahlkopf zu Fuß hierher rennen! Keinen Augenblick Rast hat mir der Kerl auf dem ganzen Weg vom Kloster bis hierher gegönnt. Der Herr stellt ihm noch ausdrücklich ein Maultier zur Verfügung, und der verrückte Mönch versteift sich darauf, bei dieser Hitze zu Fuß zu gehen! Meine Sohlen sind durch, als ob sie ein Schleifstein abgewetzt hätte, und meine Beine tragen mich kaum noch. Die ganze Puste ist mir bei dieser sinnlosen Rennerei ausgegangen.«

»Wozu hat der Herr denn eigentlich den Kahlkopf herbestellt?« wollte Ping An wissen.

»Ach, was weiß ich! Zu irgendeiner Salbaderei.«

Während sie sich noch unterhielten, traf Hsi Men mit dem übrigen Gefolge ein.

»Was, Ihr seid schon da, Meister?« rief er erstaunt aus, als er den

Mönch erblickte. »Das kann ja gar nicht mit rechten Dingen zugegangen sein!«

Er stieg vom Pferd und führte den Mönch in die vordere Empfangshalle. Während er sich dann umkleidete, hatte sein Besucher Zeit, die von Glanz und Reichtum zeugende Umgebung in Augenschein zu nehmen. Welch hohe Ausmaße zeigte diese stattliche Halle, welch geräumige Tiefe hatten diese weiten Höfe! Am Eingang wie Bartsträhnen herunterrieselnd die glitzernden Schnüre des grünen Perlenvorhangs, dessen Muster auf einer Schildkröte hockende Frösche aufweist. Über den Fußboden gebreitete Löwenfelle und schwellende Teppiche. In der Hallenmitte das gewaltige Rund des vielfüßigen, weit ausgebauchten Tisches aus fettig glänzendem Ebenholz. Auf der Tischmitte in kreisrunden Rahmen eingefügt die kostbare Ziersteinplatte aus Ta li fu in der Provinz Yünnan, wie das buddhistische Weltall auf einem Sumeru-Berggipfel als Untergestell ruhend. Rings um den Tisch mit Eidechsenköpfen gezierte Armsessel aus dick und schwellend geädertem Zedernholz. An den Wänden, zwischen rotbraune Bambusstäbe gespannt, Bildrollen aus am Rande achatartig schraffiertem Seidendamast.

»Beliebt es dem Meister, Wein zu trinken?« erkundigte sich Hsi Men, als er, mit Umkleiden fertig, wieder in die Halle kam.

»Fleischkost und Wein, beides ist dem schlichten Bettelmönch gleich willkommen«, erwiderte sein ausgehungerter Gast getrost.

Hsi Men erteilte der Küche entsprechende Anweisung. Nun war wegen des Geburtstages von Li Kiao'rl die Küche gerade heute überreich mit auserlesenen Gerichten und Leckereien versehen, und so wurde Platte auf Platte, Schüssel auf Schüssel, Teller auf Teller aufgetragen, der schlichte Mönch verschmähte nichts, und sein Appetit schien keine Grenzen zu haben. Mit spielender Leichtigkeit vertilgte er die leichten Leckerhappen der Vorgerichte, mit unermüdlicher Ausdauer arbeitete er sich durch die schweren Bratsachen der Mittelgänge hindurch und legte sein Eßstäbchen erst beiseite, nachdem er das vollständige Menü einer opulenten Festtafel restlos bewältigt hatte. Zwischendurch goß er tapfer die ihm vorgesetzten Getränke, gleichgültig, ob kleine Becher oder große Humpen, ob Reisschnaps oder Traubenwein, in einem Zuge hinunter. So aß und trank er, bis ihm die Augen aus den Höhlen quollen. Endlich hatte er genug.

»Der schlichte Bettelmönch ist zum Bersten gesättigt«, sagte er, worauf Hsi Men Tafel und Geschirr abräumen ließ, um endlich zur Sache zu kommen.

»Wie ist es mit dem versprochenen Kraftmittel?« fragte er gespannt.

»Ich habe es mit. Es ist ein uraltes Vermächtnis von Meister Lao tse, der es nach einem Rezept der Fee Hsi Wang Mu, der Königinmutter des Westens, angefertigt hat. Weil Ihr mir so dicke Freundlichkeiten zuteil werden ließet, sollt Ihr einige Pillen haben.«

Er langte in seinen ledernen Medizinbeutel und holte einen ausgehöhlten Flaschenkürbis heraus, aus dessen Bauch er hundertzehn Pillen auf den Tisch kollern ließ.

»Jedesmal eine Pille! Auf keinen Fall mehr! Und mit etwas Kornschnaps hinunterschlucken!« sagte er. Dann langte er aus einem anderen Flaschenkürbis eine Schachtel mit roter Salbe im Gewicht von etwas über eine fünftel Unze.

»Hier, zum Einsalben des Pferdeauges. Jedesmal knapp zweitausendstel Unzen aufstreichen! Der Vorrat reicht genau für hundertzehn Kuren.«

»Und welches ist die Wirkung Eurer Mittel?«

»Ihr Gebrauch wird Euch mit Windeseile in die ›Grotten des ewigen Lenzes‹ versetzen, wird die Kräfte Eurer Lenden verdoppeln, verzehnfachen, Euch Haar und Bart sprießen lassen, die Zähne festmachen, der Augen Schärfe steigern. Euer Begehren wird maßlos sein. Ihr werdet in einer Nacht zehn Frauen bezwingen. Keiner Kurtisane Sinnlichkeit wird Euch standhalten. Und sollte Euch während des Kampfes Erschlaffung überkommen, dann genügt ein Schluck kalten Wassers, um Eure Kraft neu zu beleben und für den Rest der Nacht das Orchideengemach mit Lenzhauch zu erfüllen.«

Das hörte Hsi Men gern. Nun wollte er auch noch das Rezept wissen, nach dem die Pillen und die Salbe herzustellen seien. Denn er dachte schon in kluger Voraussicht an die Zeit, da sein Vorrat erschöpft sein würde. Er wolle jeden Preis für die Angabe des Rezeptes bezahlen. Und um sein Wort zu bekräftigen, schob er dem Mönch auf der Stelle dreißig blanke Silberlinge hin. Der aber wollte das Geheimnis der Herstellung nicht verraten und lehnte die Annahme der dreißig Silberlinge lachend ab.

»Ich habe der Welt entsagt und das Gelübde der Armut geleistet, mit den Wolken ziehe ich hierhin und dorthin, was sollen mir irdische Schätze? Die Pillen und die Salbe habe ich Euch aus Freundschaft überlassen, weil Ihr mir Eure dicke Gunst erwiesen habt. Euer Geld mag ich nicht!«

Und er schickte sich zum Weggehen an.

»Dann nehmt wenigstens ein Stück Tuch für eine neue Kutte als Geschenk an!« drängte Hsi Men und winkte seinen Leuten, einen Ballen Stoff herunterzubringen. Diese nützliche Gabe nahm Pater Fan dankend an, dann schlug er die geballten Hände zum Abschiedsgruß zusammen, schwang den Stecken mit dem daran baumelnden ledernen Medizinbeutel über den Buckel und empfahl sich. An der Türschwelle drehte er sich noch einmal um und sagte: »Also nicht mehr als eine Pille auf einmal nehmen! Denkt daran, denkt daran!« –

Unter den Gratulantinnen, die sich anläßlich des Geburtstags von Li Kiao'rl im Hause Hsi Men eingefunden hatten, befand sich auch die Nonne Wang, und zwar hatte sie diesmal, um ihr Mondfrau gegebenes Versprechen einzulösen, die Äbtissin Pi vom Kloster der blühenden Lehre mitgebracht. Diese würdige Dame war in Begleitung zweier niedlicher fünfzehnjähriger Novizen namens Miao Fong und Miao Kü, was soviel bedeutet wie ›Herrlicher Phönix‹ und ›Herrliches Vergnügen‹. Sie stak in langer, teefarbener, härener Kutte und trug über ihrer bläulich schimmernden Glatze eine saubere helle Nonnenhaube. Sie war groß und korpulent. Zwischen fetten Schweinsaugen klaffte ein breiter Mund, dem anzusehen war, daß er Worte zu kauen und Sätze zu zermalmen gewohnt war. Mondfrau behandelte sie mit ausgesuchter Zuvorkommenheit und redete sie respektvoll ›Gebieterin‹ an, während sie umgekehrt Mondfrau höflich ›Boddhisatva‹ des Hauses oder ›Hohe Dame‹ titulierte. Während man bei Tee und ausgewählten vegetarischen Platten andächtig ihren Reden lauschte, sah Mondfrau draußen am Fenster den Diener Schu Tung'rl vorüberkommen, verschiedenes Eß- und Trinkgerät schleppend, das er von der Tafel in der vorderen Empfangshalle abgeräumt hatte und wieder nach hinten trug.

»Ist der Wein trinkende und Fleisch essende Mönch vorn schon weg?« fragte ihn Mondfrau im Vorübergehen.

»Er hat sich eben empfohlen. Der Herr bringt ihn gerade zum Tor.«

Schwägerin Wu wollte wissen, von welchem Mönch die Rede sei.

»Mein Mann hat ihn aus dem Yung-fu-se-Kloster mitgebracht, wo er heute dem Salzkommissar Tsai ein Abschiedsfrühstück gab«, erzählte Mondfrau. »Der merkwürdige Mensch hat sich an Wein und Bratsachen bei uns ein Gütchen getan, als ob es keine Klostervorschriften gäbe, aber das Geld, das ihm mein Mann für irgendeine Medizin geben wollte, hat er nicht angenommen.«

»Ja, von gutem Essen und Trinken mag man sich schwer trennen«, fiel lachend die Äbtissin ein. »Wir Nonnen zeigen ja darin einige Selbstbeherrschung, aber diese Klosterbrüder nehmen es alle nicht so genau mit der Vorschrift. Das ist eine ganz schlimme Sorte. In der Tripitaka steht geschrieben: Was man in diesem Leben verpraßt, muß man in einer späteren Existenz wieder zurückerstatten.«

»Du meine Güte, dann werden wir, die wir hier den ganzen Tag lang wohlleben und schwelgen, in unserer späteren Existenz schön dafür büßen müssen!« meinte erschrocken Schwägerin Wu.

»Nun, gute Menschen wie der Boddhisatva des Hauses machen natürlich eine Ausnahme«, räumte die Äbtissin schmeichelnd ein. »Die haben sich ihr Wohlleben eben durch wackeres Verhalten in einer früheren Existenz verdient. Wie man im Frühjahr sät, so wird man im Herbste ernten. Genauso verhält es sich mit dem Glück und Unglück unserer verschiedenen Existenzen.«

Während also die Äbtissin den andächtig lauschenden Frauen ihre krausen Weisheiten zum besten gab, hatte Hsi Men den Wandermönch Fan zum Tor gebracht und verabschiedet. Als er sich nun zu seinen Räumen zurückbegab, trat Tai A'rl an ihn heran und teilte ihm leise mit, Frau Han habe ihren jüngeren Bruder hergeschickt und lasse ihm sagen, er möchte sie unbedingt heute abend zur Feier ihres Geburtstages besuchen.

Diese Aufforderung kam Hsi Men gerade recht. Da hatte er ja die beste Gelegenheit, seine Kraftmittel zu erproben. Er schickte schleunigst einen Krug besten Weins nach der Löwenstraße, eine Weile später fand er sich selbst ein.

»Wenn man dich zu Hause nach mir fragt«, trug er Tai A'rl auf, der sein Pferd einstweilen wieder zurückführen mußte, »so sage nur, ich wäre im Geschäft auf der Löwenstraße mit der Durchsicht von Rechnungen beschäftigt.«

Die sechste Wang hieß ihn freudig willkommen und bedankte sich für den Wein.

»Ich hatte gar nicht mehr an deinen Geburtstag gedacht«, entschuldigte er sich. »Gut, daß du einen Boten geschickt hast! Hier ...« Er reichte ihr galant sein Geburtstagsangebinde, ein Paar goldene Agraffen in Schou-Form. Dann gab er ihr eine halbe Unze Bruchsilber.

»Wiege ein Zehntel davon ab und laß meinen Burschen dafür etwas südlichen Kornschnaps besorgen«, bat er sie.

Sie war nicht wenig erstaunt. »Ausgerechnet Kornschnaps? Du hast dir wohl die besseren Weine übergetrunken?« scherzte sie und schickte Kin Tung aus, um das Gewünschte zu holen.

Sobald Tai A'rl das Pferd seines Herrn in den Stall zurückgebracht hatte, warf er sich, noch todmüde von der Lauferei mit Pater Fan, aufs Lager und ruhte sich eine Stunde lang aus. Es war bereits gegen Abend, als er wieder munter wurde. Flugs erhob er sich und ging zur Lampenkammer, denn er brauchte Laternen, um seinem Herrn beim Nachhauseweg voranzuleuchten. Mondfrau, die ihn vor der Lampenkammer stehen sah, fragte ihn:

»Bei wem ist eigentlich dein Herr heute abend zu Besuch? Er ist am Nachmittag, gleich nachdem sich der Mönch entfernt hatte, ohne sich von mir zu verabschieden, ausgegangen.«

»Er ist bei niemandem zu Besuch. Er wollte ins Geschäft auf der Löwenstraße gehen und Rechnungen durchsehen.«

»Aber er braucht doch nicht einen halben Tag, um Rechnungen durchzusehen.«

»Vielleicht ist er hinterher noch irgendwo eingekehrt.«

»Ach geh, er wird doch nicht ohne Gesellschaft einkehren. Wer weiß, was da wieder dahintersteckt.«

Sie ließ ihm von Juwelchen die gewünschten Laternen aus der

Laternenkammer holen und schärfte ihm noch ein, er möchte seinen Herrn daran erinnern, daß seine zweite Gattin heute Geburtstag feiere.

Tai A'rl nickte gehorsam und machte sich mit Hsi Mens Pferd und einem kleinen Burschen, der die Laternen schleppen mußte, zur Löwenstraße auf. Da sein Herr noch hinter verschlossenen Türen bei der sechsten Wang weilte, ging er in die Küche und ließ sich die Abendmahlzeit schmecken, die die alte Fong für ihn bereitgestellt hatte.

»Hört, Mutter Fong«, neckte er sie während einer Eßpause, »Ihr steht doch eigentlich bei unserer sechsten Herrin Frau Ping in Dienst. Wie wäre es, wenn ich der sechsten Herrin nun verraten würde, daß Ihr hier hinter ihrem Rücken bei Frau Han Dienst tut?«

»Unterstehe dich's ja nicht, kleiner Affe!« eiferte die alte Fong, ihm einen Klaps versetzend. »Ich könnte ihr ja nicht mehr vor die Augen treten, wenn es herauskäme. Daß du ja deinen Mund hältst! Verstanden?«

Der Schelm freute sich diebisch, ihr einen Schreck eingejagt zu haben, und machte sich mit neuem Eifer über die Schüsseln her. Währenddessen hatte sich Kin Tung unbemerkt weggestohlen und unter das Fenster der Schlafkammer geschlichen, in der sein Herr mit der sechsten Wang Kurzweil trieb. Da beobachtete er nun mit Interesse, wie Hsi Men eine rote Pille mit Kornschnaps hinunterspülte und dann das Pferdeauge mit einer rötlichen Salbe bestrich, die er einer silbernen Dose entnahm. Hei, wie sich da sein Ding in jähem Zorne steil und wuchtig, prall und dunkelrot sechs Zoll hoch aufbäumte! Auch die sechste Wang hatte seine Hantierungen mit Interesse verfolgt, und als sie nun sein Etwas stärker und gewaltiger denn je zwischen ihren Fingern fühlte, meinte sie lachend:

»Nun verstehe ich, warum du nach Kornschnaps verlangtest«, und er seinerseits, von dem erstaunlichen Erfolg aufs angenehmste überrascht, erzählte ihr, welche Bewandtnis es mit dem Mönche Fan und seinen Kraftmitteln habe. In ausgiebiger Weise übten nun die beiden das gewohnte Liebesspiel, und es wollte ihnen erscheinen, als hätten sie noch nie so viel Vergnügen dabei verspürt wie diesmal. Die sechste Wang war gänzlich berauscht.

»Mein Ta ta, ich könnte sterben vor Wonne!« stöhnte sie in seliger Lust. »Rücke die Lampe etwas näher! Es ist so aufregend, hinzusehen!«

Er hielt einen Augenblick in seiner emsigen Tätigkeit inne. »Weißt du, ich schicke deinen Alten dieser Tage mit meinem Diener Lai Pao nach Yang tschou zur Salzkammer und später zu den Seidenspinnern von Hu tschou. Da sind wir dann schön allein.«

»Ach ja, lieber Ta ta, schicke ihn irgendwohin! Ich weiß sowieso nichts mit dieser Schildkröte hier zu Hause anzufangen. Wer wird dann in seiner Abwesenheit das Geschäft in der Löwenstraße führen?«

»Freund Pen Se wird ihn vertreten.«

Das alles konnte Kin Tung draußen vor dem Fenster mit ansehen und belauschen, und er bedauerte nur, daß ihm jetzt Tai A'rl auf die Schulter klopfte und in seiner aufregenden Beobachtertätigkeit störte.

»Ach, was hast du von dem bloßen Zusehen und Lauschen!« meinte der andere geringschätzig. »Wir wollen lieber die günstige Gelegenheit wahrnehmen und uns ein wenig in die nahe Schmetterlingsgasse verziehen. Ich kenne dort das Haus Lu, da sind kürzlich zwei schmucke Dirnen neu eingetroffen. ›Goldchen‹ und ›Rivalin‹ heißen sie und zählen höchstens achtzehn Jahre. Die werden uns die Zeit angenehm kürzen.«

Und er zog seinen Kameraden mit sich fort zur Schmetterlingsgasse, wo sie in Gesellschaft von Goldchen und Rivalin eine Weile die Kavaliere spielten und sich mit Fleiß als gelehrige Schüler ihres Herrn und Meisters in Liebesdingen zu erweisen bemühten. Bis der kleine Laternenträger ihnen das verabredete Zeichen gab, daß Hsi Men beim Ankleiden sei und sich zum Aufbruch anschickte, und die Pflicht sie zur Löwenstraße zurückrief. –

Mittlerweile saßen Hsi Mens Frauen daheim um die beiden Nonnen herum und lauschten ihren Erzählungen aus dem Klosterleben oder hörten sich die geistlichen Lieder an, die die beiden iungen Novizen vortragen mußten. Mondfrau war böse über Hsi Mens langes Ausbleiben, und sie schalt auf seinen Burschen Tai A'rl, der sie gewiß wieder beschwindelt habe. Ihr Verdacht wurde bestätigt, als sie, von Neugierde getrieben, das Schlafzimmer von Goldlotos aufsuchte und das betreffende Schubfach des Wandschranks hinter dem Bett, in dem er gewöhnlich sein Liebesrüstzeug aufzubewahren pflegte, leer fand.

»Wer weiß, wo er sich wieder herumtreibt«, sagte sie unmutig.

»Gewiß in irgendeinem Blumenhof«, meinte Goldlotos gelassen. Wer von den Frauen hätte auch auf die sechste Wang geraten? Endlich kam Hsi Men heim, begab sich aber gar nicht erst in den Wohnsalon, wo seine Frauen versammelt waren, sondern zog sich gleich in den Pavillon der Sechsten zurück. Daß er da war, wurde erst bemerkt, als Bursche Kin Tung seinen Hut und Besuchsrock der Zofe Juwelchen zum Aufbewahren brachte.

»Wo bleibt denn dein Herr?« fragte Mondfrau ganz erstaunt.

»Er hat sich in den Pavillon der sechsten Herrin begeben«, erwiderte Kin Tung.

»Aber ist das denn eine Art, sich überhaupt nicht zu zeigen?« schalt Mondfrau. »Er wird doch hier erwartet.«

Frau Ping erhob sich flugs und eilte in ihren Pavillon.

»Was suchst du denn jetzt schon hier?« fragte sie ihn vorwurfsvoll. »Deine Zweite hat doch heute Geburtstag und erwartet, daß du sie beglückwünschen kommst.«

»Ach, dazu ist morgen auch noch Zeit«, sagte er gleichgültig lachend. »Ich fühle mich etwas vom Wein mitgenommen.«

»Nun, auf einen Becher mehr oder weniger wird es nicht ankommen«, meinte die Sechste und zog den Widerstrebenden mit sich in den Wohnsalon.

»Wo hast du denn heute bis zum späten Abend so allein geweilt?« forschte Mondfrau.

»Ich habe mit Freund Ying noch etwas gebechert.«

Sie war beruhigt. »Dachte ich mir's doch gleich, daß du nicht allein einkehrst, wie der dumme Tai A'rl meinte.«

Um sich weiterer heikler Befragung zu entziehen, empfahl er sich, nachdem er anstandshalber seinen Glückwunschbecher mit Li Kiao'rl gewechselt hatte, bald wieder und kehrte in den Pavillon der Sechsten zurück.

Die Sechste hatte sich schon hingelegt, als er ihr Schlafzimmer betrat. Der Kleine lag an ihrer Seite und schlummerte bereits fest. Hsi Men störte das wenig, er dachte nur an sein Vergnügen. Seiner Kraftpille wohnte nämlich eine nachhaltige Wirkung inne.

Wer eine genossen hatte, der wurde einen ganzen Tag lang das Verlangen nach dem Weibe nicht los. Ungeachtet des eben erst mit der sechsten Wang ausgefochtenen hitzigen Kampfes zeigte Hsi Men keine Spur von Erschlaffung.

Er ließ sich also sogleich von Zofe Ying Tschun aus den Kleidern helfen und wollte sich dann zur Sechsten betten. Aber sie wehrte ab. »Geh doch heute zu einer anderen!« bat sie. »Der Kleine schlummert gerade so süß, du störst hier.«

Er umschlang ihren Hals und küßte sie.

»Dein Sklave möchte aber gerade bei dir schlafen«, bettelte er und ließ sie sein Etwas sehen.

»Hu, wie entsetzlich groß!« rief sie ganz erschrocken aus. »Wie hast du denn das fertiggebracht?«

»Ja, das macht Pater Fans Kraftpille«, belehrte er sie lachend. »Und wenn du mich nicht erhörst, komme ich um vor ungestilltem Drang.«

»Aber nimm doch Vernunft an! Geh doch zur Fünften!«

»Ich weiß nicht, aber heute bin ich gerade auf dich wie toll versessen!«

»Du Narr, da muß ich wirklich lachen. Wo hast du dir nur heute deinen Verstand weggetrunken? Na, ich will dir den Gefallen tun, aber wenn ich sterben muß, hast du mich auf dem Gewissen.«

Und seinem kläglichen Flehen nachgebend, ließ sie ihn schließlich gewähren. Vorher aber mußte Zofe Ying Tschun den Kleinen zur Amme ins Nebenzimmer hinübertragen. Und so konnte sich Hsi Men an diesem Abend zum zweiten Male von der Wunderkraft seiner Pillen überzeugen. –

Inzwischen hatten sich die anderen Frauen zur Ruhe begeben. Die beiden Nonnen übernachteten in den Räumen von Mondfrau. Als sie nun zu dritt unter sich waren, brachte Nonne Wang ein Medizinfläschchen zum Vorschein.

»Hier ist der versprochene Trank«, sagte sie geheimnisvoll zu Mondfrau.

»Also am siebenmalsiebenten Tage des Sechziger-Zyklus mit gelbem Wein vermengt trinken!« setzte Nonne Pi hinzu. »Wenn Ihr dann am gleichen Abend bei Eurem Manne schlaft, wird Euer Schoß bestimmt mit einem Knäblein gesegnet werden. Aber Ihr dürft zu keinem Menschen davon reden!«

Mondfrau nahm das Fläschchen hastig an sich.

»Vielen Dank!« murmelte sie. »Und an meinem Geburtstag im ersten Monat zähle ich bestimmt auf Euren Besuch.«

»Es war nicht leicht, das gewisse Etwas zu beschaffen«, betonte Nonne Wang. »Schließlich ist es Schwester Pi geglückt, sich eine ihr bekannte Hebamme für drei Batzen gefällig zu machen und durch sie die Plazenta eines erstgeborenen Knäbleins zu erhalten. Wir haben sie fein säuberlich mit Wein abgespült, getrocknet und geröstet, gesiebt und in den Trank gemischt.«

Mondfrau verstand den Wink und beeilte sich, beiden Nonnen je eine Silberunze auszuhändigen.

»Wenn sich der gewünschte Erfolg einstellt, sollt Ihr auch noch Stoff für eine neue Kutte bekommen«, versprach sie. Und wieder einmal hatte sich der alte Satz bestätigt:

Um eine Traglast Wahrheit auszutragen,
Bedarf's der Mühen von zehn Tagen.
Doch um zehn Lasten Schwindel loszuschlagen,
Braucht man noch keinen Tag lang nachzufragen.

ACHTUNDZWANZIGSTES KAPITEL

Schnorrer Ying scheucht ein Liebespaar in der Grotte auf. Goldlotos genießt mit dem jungen Tschen heimliche Freuden.

Am nächsten Vormittag saß Mondfrau mit der Gattin ihres älteren Bruders und den beiden Nonnen gerade beim Frühstück, als unerwartet Hsi Men den Vorhang beiseite schob und ins Zimmer trat. Rasch faßte Schwägerin Wu die beiden Nonnen bei der Hand und zog sie mit sich hinüber zu den Räumen von Li Kiao'rl.

»Das war doch Nonne Pi?« sagte Hsi Men erstaunt zu Mondfrau. »Was hat denn das verfluchte Aas, dieser weibliche Glatzschädel hier zu suchen?«

»Du solltest deine Zunge etwas mehr im Zaum halten«, wies ihn Mondfrau zurecht. »Was hat sie dir denn angetan, daß du sie so unflätig schmähst? Woher kennst du sie überhaupt?«

»Und ob ich sie kenne! Das ist doch die Alte, die Himmel und Erde foppt und ihr Kloster zur Kuppelstätte macht. Sie hat doch seinerzeit die jüngste Tochter vom Ministerialrat Tschen im Kloster der irdischen Verborgenheit heimlich mit einem jungen Liebhaber buhlen und sich dafür bezahlen lassen. Die Sache ist später ruchbar geworden und vor mein Tribunal gekommen. Ich habe damals die jungen Leute zum Ehepaar gemacht, der alten Kuppelnonne aber habe ich die Kutte heruntergerissen und ihr zwanzig mit dem Stock überziehen lassen. Auch wurde sie, als des geistlichen Standes unwürdig, verurteilt, wieder in den Laienstand einzutreten. Wieso trägt sie denn heute noch die Nonnenkutte?«

»Ach geh! Sie ist eine strenggläubige Person von frommstem Lebenswandel.«

»Der darin besteht, daß sie nachts Männer durch die Klosterpforte einläßt!« höhnte er.

»Ach, hör auf, Bosheit auszuschwitzen! Ich lasse nichts auf sie kommen. – Wann schickst du übrigens deine Leute zur Salzkammer nach Yang tschou?« fragte sie, um das ihr peinliche Gespräch auf ein anderes Thema zu lenken.

»Übermorgen, am Zwanzigsten des Monats, das ist ein günstiger Reisetag. Ich schicke Lai Pao und Han Tao Kwo, und als Bevollmächtigter von Nachbar Kiao geht Tsui Pen mit. Sie bekommen von jedem von uns beiden fünfhundert Unzen mit. Davon können wir uns reichlich mit Salzvorrat eindecken.«

»Und wer führt in Han's Abwesenheit das Seidengeschäft in der Löwenstraße?«

»Pen Se.«

Hsi Men wurde hinausgerufen. Han Tao Kwo und Lai Pao hatten sich eingestellt, um die Salzgelder und ihr Reisegeld in Empfang zu nehmen. Hsi Men begab sich mit ihnen in den Aussichtspavillon, wo man das Geld nachzählte und dann gemeinsam in Päckchen und Bündel verpackte. Während man gerade mit dieser Arbeit beschäftigt war, fand sich Schnorrer Ying ein.

»Was wird denn da verstaut?« erkundigte er sich neugierig.

»Das Salzgeld«, erwiderte Hsi Men. »Am Zwanzigsten ziehen meine Boten nach Yang tschou los.«

»Oh, das wird ein dickes Geschäft für dich werden. Da kann

man schon jetzt gratulieren«, meinte Schnorrer Ying. Er besprach mit Hsi Men verschiedene geschäftliche Angelegenheiten, dann platzte er auf einmal los: »Hast du eigentlich schon von Zimmetblütes Skandal gehört?«

»Ich weiß von keinem Skandal.«

»Also höre: Der dritte Sohn unseres angesehenen Mitbürgers, des Exministers Wang, ist doch mit einer bildschönen Nichte des Obereunuchen Liu Huang in der östlichen Hauptstadt verheiratet. Er hatte letztes Neujahr mit seiner jungen Frau in der Hauptstadt bei seinem Schwiegeronkel verlebt und bei dieser Gelegenheit eine Summe von tausend Unzen geschenkt bekommen. Die hat er nun nach seiner Rückkehr hier in Gesellschaft von unseren Bundesbrüdern Tschu Schi Niän und Sun Tiän Hua in Freudenhäusern durchgebracht, hauptsächlich bei Zimmetblüte. Ferner hat er die kleine Tsi Hsiang'rl aus dem Hause Tsi in der Zweiten Gasse entjungfert. Aus Kummer über seinen Lebenswandel hat seine junge Frau daheim einen Selbstmordversuch durch Erhängen unternommen. Als das dem alten Huang in Kai fong fu zu Ohren gekommen ist, hat er beim Präfekten von Tung ping fu Haftbefehl gegen Tschu und Sun sowie die kleine Tsi Hsiang'rl und Zimmetblüte erwirkt. Tschu und Sun sind gestern verhaftet worden, die beiden Mädel haben rechtzeitig entwischen können. Zimmetblüte wollte heute zu dir kommen und deinen Beistand erbitten. Ich wundere mich, daß sie noch nicht da war. Sie hat mich beschworen, ein gutes Wort für sie bei dir einzulegen.«

Er war in großer Eile und stürmte gleich, nachdem er seine Neuigkeit ausgepackt hatte, wieder fort. Am Hauptportal traf er richtig mit Zimmetblüte zusammen, die gerade ihrer Sänfte entstieg. Er begrüßte sie und verständigte sie flüchtig, daß er Hsi Men bereits auf ihren Besuch vorbereitet habe.

Hsi Men ließ sie in das Wohnzimmer von Mondfrau führen. Da stand sie nun vor ihm in bescheidenem teefarbenem Kleid, das Blütenantlitz blaß und verwirrt, das Wolkenhaar nur oberflächlich geordnet und ohne Schmuck, mit einem weißen Spitzentuch nervös ihre Stirn betupfend.

»Ach, dieses Mißgeschick!« begann sie. »Wirklich, man kann ruhig im Zimmer sitzen und nichts Schlimmes denken, da bricht das Unheil herein. Also denkt Euch, Herr, gestern besuchten uns

Tschu Schi Niän und Sun Tiän Hua und brachten einen uns völlig fremden jungen Mann namens Wang mit. Meine Schwester war nicht daheim, und Mutter war auch ausgegangen, um ihrer Tante zum Geburtstag zu gratulieren. Ach, hätte ich sie doch begleitet! Ich wollte etwas später nachkommen, aber Tschu und Sun kreisten beständig um mich herum und drängten mich, ich möchte nicht ausgehen und ihrem Begleiter etwas Gesellschaft leisten. Sie wollten inzwischen rasch einen Sprung zu Euch tun. Kaum sind sie vor der Tür, da werden sie von einer Schar Leute umringt und abgeführt. Darauf ist der junge Herr Wang zur Hoftür hinaus geflüchtet, und ich bin hinter ihm her ins Nachbarhaus gerannt und habe mich bei Mutter Tschu verkrochen. Mutter war natürlich zu Tode erschrocken, als sie gestern heimkehrte und von unserem Hausdiener erfuhr, was inzwischen passiert war. Heute morgen in aller Frühe sind nun einige Schergen vom Kreisyamen erschienen, haben an die Tür gepoltert, einen Haftbefehl vorgewiesen und mich abholen wollen. Nach der östlichen Hauptstadt sollte ich gebracht werden, zum Verhör. Ist das nicht entsetzlich? Ach, Herr, nehmt Euch meiner an, sonst bin ich verloren! Und Ihr, liebe Herrin«, wandte sie sich an Mondfrau, »legt, bitte, ein gutes Wort für mich ein!«

Hsi Men zog sie lächelnd aus ihrer knienden Stellung empor, dann fragte er: »Stand außer deinem sonst noch ein Name auf dem Haftbefehl?«

»Ja, der von Tsi Hsiang'rl, die der junge Wang entjungfert hat. Mag er in ihrem Hause Geld ausgegeben und Schulden gemacht haben, was hat unser Haus damit zu schaffen? Wenn er auch nur einen Batzen von seinem Geld bei uns gelassen hat, dann sollen meine Pupillen aus den Augen purzeln, und wenn die Tsi Hsiang'rl in unserem Hause entjungfert worden ist, dann soll mein Körper mit so viel tellergroßen Eiterbeulen geschlagen werden, wie er Haarporen zählt.«

Von Mitleid gerührt, griff Mondfrau zu ihren Gunsten ein.

»Erspare ihr doch solche schreckliche Schwüre«, sagte sie zu Hsi Men. »Du siehst doch, wie dringend die Arme deine Hilfe braucht.«

»Hat man die Tsi Hsiang'rl schon verhaftet?« wollte er wissen.

»Nein, sie hält sich im Anwesen des Prinzen Yün verborgen.«

»So? Dann will ich dich für einige Tage bei mir aufnehmen und gleich beim Kreisvorsteher Li Fürsprache für dich einlegen.«

Und er ließ von Schu Tung'rl in Eile ein Schreiben aufsetzen und Herrn Li überbringen. In dem Schreiben war gesagt, daß er für Zimmetblüte bürgen könne und darum bitte, von ihrer Verhaftung abzusehen. Nach einer Weile kam Schu Tung'rl mit einem Antwortbrief zurück.

»Herr Li läßt sagen«, berichtete er, »daß er Euch in jeder anderen Sache gern zu Diensten sei. Aber in diesem Falle liege eine ausdrückliche Verfügung einer höheren Behörde in der Hauptstadt vor, die er nicht gut umgehen könne. Doch wolle er mit Rücksicht auf Eure Fürsprache die Vollstreckung des Haftbefehls noch um einige Tage hinausschieben. Aber dann sei er der Behörde in der Hauptstadt Rechenschaft schuldig.«

»Schade«, sagte Hsi Men und tat einen Seufzer des Bedauerns. »Schade, daß ich Lai Pao nicht schicken kann. Aber er muß ja übermorgen nach Yang tschou zur Salzkammer. Nun habe ich niemanden für die Hauptstadt.«

»Laß doch die beiden anderen einstweilen nach Yang tschou reisen und schicke Lai Pao nach Kai fong fu«, schlug Mondfrau vor. »Er kann ja nach seiner Rückkehr immer noch nach Yang tschou fahren. Sieh doch, wie verängstigt die Kleine ist.«

Zimmetblüte tat flugs einen demütigen Fußfall vor ihr und Hsi Men, um ihre Fürbitte zu unterstützen.

Hsi Men dachte eine Weile nach, dann ließ er Lai Pao herbeirufen.

»Ich habe mir die Sache anders überlegt«, sagte er zu ihm. »Du wirst am Zwanzigsten nicht mit nach Yang tschou gehen. Ich brauche dich für eine dringende Reise nach der östlichen Hauptstadt, und zwar sollst du bereits morgen aufbrechen. Du mußt Intendant Ti aufsuchen und ihn unter allen Umständen dazu bewegen, daß er den Haftbefehl gegen Zimmetblüte rückgängig machen läßt.«

Zimmetblüte machte vor Lai Pao rasch einen Knicks, den er mit einem Gegengruß erwiderte: »Ihr könnt auf mich zählen, Kusinchen«, sagte er zu ihr.

Hsi Men ließ in Eile von seinem schreibgewandten Burschen Schu Tung'rl einen Brief an den Intendanten Ti aufsetzen und

金瓶梅 第五十二回 應伯爵山洞戲春嬌

潘金蓮花園調愛壻

第五十三回　潘金蓮驚散幽歡

吳月娘拜求子息

第五十四回　應伯爵隔花戲金釧

任醫官垂帳診瓶兒

fügte ein Päckchen mit zwanzig Unzen bei, das Lai Pao gleichzeitig übergeben sollte. Zimmetblüte aber reichte ihm generös fünf Unzen aus ihrer eigenen Tasche.

»Eine Kleinigkeit für unterwegs«, sagte sie. »Wenn Ihr zurück seid, wird Euch Mutter noch besonders danken.«

Hsi Men wollte es nicht zulassen, daß er von Zimmetblüte Geld annehme, und ließ sie ihre fünf Unzen wieder einstecken, was sie nach einigem Zieren gern tat. Statt dessen gab er Lai Pao fünf Unzen aus seiner Tasche. Sie verneigte sich vor Lai Pao und sagte: »Vielen Dank, Vetter, daß Ihr Euch für mich bemühen wollt. Hoffentlich brecht Ihr recht bald auf, damit Ihr Euch nicht verspätet.«

»Morgen in aller Frühe, zur Stunde des fünften Trommelschlags geht's los«, versprach er ihr und empfahl sich, um in die Löwenstraße zu eilen und den Kollegen Han Tao Kwo zu verständigen, daß er am Zwanzigsten nicht mit nach Yang tschou reisen könnte.

»Wenn ich meinen Auftrag in der östlichen Hauptstadt erledigt habe, soll ich nach Yang tschou nachkommen. Wo werde ich Euch dort erreichen?« fragte er Han.

»Herr Hsi Men hat uns empfohlen, in der Herberge des Wang Po Ju am Hafen Quartier zu nehmen. Es ist ein großes Haus, in dem früher schon Herrn Hsi Mens Vater viel verkehrt hat. Dort müßt Ihr nach uns fragen.«

»Schwägerin, habt Ihr Eurer verheirateten Tochter in der Hauptstadt irgend etwas mitzugeben oder auszurichten?« fragte Lai Pao die sechste Wang.

»Ihr könntet Liebling diese beiden Haarspangen und diese zwei Paar Pantoffeln mitnehmen. Und erkundigt Euch auch, bitte, etwas nach ihrem Ergehen, damit wir uns hier keine Sorgen um sie zu machen brauchen.«

Er versprach es, nahm das Päckchen mit den Gegenständen für Liebling an sich und eilte nach Hause, um sich für die Reise fertig zu machen. –

Inzwischen saß Zimmetblüte, von Hsi Mens Frauen umringt, im Wohnzimmer der Ersten, ließ sich von rechts und links mit Fragen bestürmen und war nicht wenig stolz, auf einmal Gegenstand der allgemeinen Neugierde und Anteilnahme zu sein. Ihre anfängliche Verzagtheit war rasch gewichen, seitdem sie sich in Hsi Mens Schutz wußte, und hatte der gewohnten heiteren Sorglosigkeit Platz gemacht. Ja, sie fühlte sich sogar dazu aufgelegt, nach einer Laute zu verlangen und ein Lied zum besten zu geben. Das war der verständigen Mondfrau aber doch zuviel.

»Kind, wie kannst du nur in solcher Lage Stimmung zum Singen haben!« sagte sie kopfschüttelnd.

»Ach, wennschon!« entgegnete Zimmetblüte leichthin. »Seit ich mich in Herrn Hsi Mens Schutz weiß, bin ich wieder ganz ohne Sorge.«

»Man merkt doch gleich, daß sie aus einem Blumenhof stammt«, bemerkte Mong Yü Loh ironisch. »Wie flink so eine ihr Gesicht verändern kann! Eben kam sie mit einer Trauermiene und sorgenvoll zusammengezogenen Brauen her und war vor Aufregung nicht imstande, einen Schluck Tee zu genießen, und jetzt ist sie schon wieder vergnügt und guter Dinge, als wäre nichts gewesen.«

Wodurch sich aber Zimmetblüte nicht abhalten ließ, ihre Nephritfinger geschmeidig über die Darmsaiten zu spreizen und ein Liedchen zu trällern.

Jetzt erschien Kin Tung und meldete, der Herr habe sich in den Pavillon der Fünften begeben. Goldlotos wäre natürlich am liebsten sogleich aufgesprungen und davongelaufen, aber da drei Gäste anwesend waren, gebot ihr der Anstand, sitzen zu bleiben. Mondfrau merkte ihr die innere Unruhe an und hieß sie lächelnd gehen. Goldlotos suchte eine möglichst gleichgültige Miene zu bewahren, während sie sich empfahl, und dann eilte sie so rasch, wie ihre Füße sie tragen konnten, ihrem Pavillon zu. Und an diesem Abend war sie die dritte, an der Hsi Men die Kraft seiner Wunderpillen erprobte. –

Es war zwei Tage später. Hsi Men saß an diesem Nachmittag mit seinen Freunden Schnorrer Ying und Hsiä Hsi Ta im Aussichtspavillon bei einem fröhlichen Schmaus, dessen Veranlassung ein fettes Schwein gewesen, das ihm nebst anderen Gaben kürzlich von befreundeter Seite ins Haus geschickt und heute geschlachtet worden war. Zimmetblüte mußte durch Gesang und Spiel für Hebung der Stimmung sorgen.

Mittlerweile waren Hsi Mens Frauen in der östlichen Wandelgalerie versammelt und tranken Tee. Während sie so saßen und plauderten, sahen sie den Barbier Tschou leise und schüchtern an die Mauer der gegenüberliegenden Hofseite gedrückt vorüberschleichen. Er hatte heute seinen Dienst im Hause Hsi Men und bereits am Mittag Hsi Mens Kopf verschönt und seinen Körper ausgiebig massiert und nach den Regeln der Atemgymnastik bearbeitet. Nun strich er durch das weite Anwesen, nach etwaigen weiteren Aufträgen spähend.

»Der kommt gerade recht«, rief Frau Ping aus. »He, Barbier, du könntest meinem Kleinen das Haar schneiden.«

Hurtig sprang das Männlein heran und machte vor den versammelten Frauen seinen Kotau.

»Der Herr äußerte bereits den gleichen Wunsch.«

»Wir möchten aber erst den Kalender fragen, ob heute auch ein passender Tag zum Haarschneiden ist«, gab Mondfrau zu bedenken. »Liebe Schwester Fünf, sei doch so gut und schau einmal im Kalender nach.«

Goldlotos ließ sich von Zofe Juwelchen den Kalender bringen. »Heute ist ein günstiger Tag zum Haarschneiden«, verkündete sie, nachdem sie geraume Weile im Kalender studiert hatte.

Also wurde Amme Ju I'rl mit dem Kleinen herbeigerufen, ein Becken mit warmem Wasser bereitgestellt, und während Juwelchen, ein Handtuch über dem Arm, das kleine Köpfchen hielt, ging Barbier Tschou, nachdem er seinen Gerätekasten ausgepackt hatte, unter allgemeiner gespannter Anteilnahme der anwesenden Frauen behutsam an sein verantwortungsvolles Werk. Der ängstliche Kleine hub nach den ersten Schnitten mit der Schere zu winseln an, und als der Barbier unbekümmert mit Schneiden fortfuhr, hielt das Kind, wie es so seine Art war, wenn es sich fürchtete, den Atem an, daß sein ganzes Gesicht rot anlief, und tat keinen Mucks. Ganz erschrocken und ihn schon dem Ersticken nahe wähnend, rief seine Mutter dem Barbier zu: »Halt ein, halt ein! Das Kind erstickt!«, worauf der schüchterne Barbier, seinerseits erschrocken, seine Sachen zusammenraffte und eilends davonsprang. Der Kalender hatte seine Zuverlässigkeit glänzend erwiesen!

Nachdem der Kleine die fremde Hand und die kalte Schere nicht mehr an seinem Köpfchen spürte, wagte er endlich wieder zu atmen, und alles ringsherum atmete gleichzeitig mit auf. Während seine Mutter ihn tätschelte und beklopfte und ihm ermunternd zuredete, sagte Mondfrau zu ihr: »Schwester Sechs, du kannst doch selbst dem Kleinen das Haar schneiden. Er ist nun einmal kein Held. Wozu brauchtest du den Barbier zu rufen?«

Dann, zu Goldlotos gewandt, fuhr sie fort: »Schwester Fünf, da du gerade den Kalender zur Hand hast, könntest du einmal nachsehen, auf welchen Monatstag der Siebenmalsiebente des Zyklus fällt?«

»Auf den Dreiundzwanzigsten«, erwiderte Goldlotos nach eifrigem Suchen im Kalender. »Wozu willst du es übrigens wissen?«

»Ach, nur so.«

Törichte Mondfrau! Eben erst war sie Zeugin der Unzuverlässigkeit des Kalenders gewesen, und in der gleichen Minute, voll gläubigen Vertrauens auf die Schwindelworte der Nonne Pi, befragte sie ihn von neuem!

Der Schmaus im Aussichtspavillon hatte inzwischen unter fröhlichem Lärmen und lustigen Scherzen sein Ende gefunden. Die stark angeheiterten Kumpane Schnorrer Ying und Hsiä Hsi Ta hatten sich glücklich zu einem Würfelspiel zusammengefunden; Zimmetblüte, deren schöne Gesangsvorträge von Schnorrer Ying beständig mit losen Worten und schlechten Witzen unterbrochen worden waren, hatte sich auf ein heimliches Augenzwinkern Hsi Mens hin in den Park weggestohlen, und eine Weile später hatte es Hsi Men verstanden, sich unauffällig von der Tafel zu drücken und ihr nachzuschleichen. Sie war zum felsigen Gestade des Weihers vorausgegangen, wo sie, von Gebüsch geborgen und Blumen pflückend, ihn erwartete.

Die beiden Zechkumpane, in ihr Würfelspiel vertieft, wunderten sich endlich doch, daß Hsi Men gar nicht wiederkam.

»Wo ist denn dein Herr hingegangen?« fragten sie den bedienenden Burschen Hua Tung'rl.

»Er ist erst nach den hinteren Gemächern gegangen, hat sie aber inzwischen wieder verlassen.«

»Merkwürdig, dann müßte er doch eigentlich wieder zurück sein«, brummte Schnorrer Ying. »Nun, ich werde mich mal auf die Suche nach ihm machen, bleibe du inzwischen hier sitzen«, wandte er sich an seinen Kumpan. Und während dieser den Burschen Hua Tung'rl zu einer Partie Schach einlud, um sich die Zeit zu kürzen, schlenderte er gemächlich und nach allen Seiten Ausschau haltend in den Park hinein.

Hsi Men war keineswegs nach den hinteren Gemächern gegangen, sondern hatte lediglich einen Sprung nach dem Pavillon der Sechsten getan, dort eine Kraftpille geschluckt und sich dann auf die Suche nach Zimmetblüte begeben. Am felsigen Weiherufer unweit der Kaschmirdistellaube hatte er sie endlich im Gebüsch entdeckt und sie mit sich zur Grotte des verborgenen Lenzes gezogen. Nachdem er die Tür zugemacht, hatte er sich mit ihr auf dem kleinen Diwan niedergelassen und sie zärtlich auf seinen Schoß gehoben.

Alsdann hatte er ihr sein Etwas zu sehen gegeben und sich über die Maßen gefreut, bei ihr das gleiche schreckhafte Staunen wie bei den andern drei Frauen wahrzunehmen, die sich bereits vor ihr von der Wunderwirkung seiner Kraftpillen hatten überzeugen dürfen. Er ließ sie erst eine Weile die Flöte spielen, dann hob er ihre zierlichen Goldlilien über seine Schultern und ging zu der geläufigen Spielweise über.

Inzwischen suchte Schnorrer Ying Pavillon für Pavillon, Laube für Laube vergeblich nach dem verschwundenen Freunde ab. Er kroch durch die Blaue Grotte, durchsuchte die Kaschmirdistellaube, spähte in die Weinlaube und gelangte endlich an die in Zypressen und Bambus gebettete Grotte des verborgenen Lenzes. Dort blieb er stehen und lauschte. Ganz deutlich hatte er irgendwoher in der Nähe ein Lachen gehört. Da entdeckte er Fußspuren im Sande, er folgte ihnen und gelangte nach wenigen Schritten an einen aus einer Felsnische herabrieselnden Perlenvorhang. Als er ihn auseinanderschlug, stand er vor einer Grottenpforte, deren zwei Flügel nur lose angelehnt waren, so daß man durch einen Spalt ins Innere spähen konnte. Da es aber drinnen dunkel war, zog es Schnorrer Ying vor, sein Ohr an die Tür zu pressen und zu lauschen. Jetzt unterschied er Zimmetblütes Stimme.

»Ta ta, mach etwas rasch!« hörte er sie sagen. »Es könnte jemand vorüberkommen und uns hier entdecken.«

Bauz! stieß Schnorrer Ying im gleichen Augenblick die Pforte auf und sprang mit einem lauten Ausruf in die Grotte vor das zu engem Knäuel verstrickte Paar. Hsi Men hatte Zimmetblütes

Beine geschultert und war gerade im schönsten Zuge. Nun suchte er sich eiligst von seiner Partnerin zu lösen.

»Rasch, Wasser her! Hier sind zwei aneinandergeleimt!« rief Schnorrer Ying im Scherz.

»Frecher Eindringling! Uns so zu erschrecken!« schalt Zimmetblüte, während sie hastig ihre Hüllen überstreifte.

»Verrückter Hund! Raus mit dir!« schnob ihn Hsi Men halb ärgerlich, halb belustigt an. »Solche Scherze könntest du dir eigentlich ersparen.«

»Erst schön bitte, bitte sagen, kleines Fräulein! Wenn ich nun zu Mondfrau laufe und ihr erzähle, daß du ihr zum Dank für ihre gütige Fürsprache den Gatten stiehlst? Was dann, he?«

»Das sähe Euch Schnorrer ähnlich! Geht schon!«

»Gut, ich gehe, aber ich verlange wenigstens einen Kuß als Schweigegeld.«

Und rasch hatte er sie umhalst und geküßt, dann wandte er sich zum Ausgang.

»Willst du nicht gefälligst die Pforte hinter dir zumachen?« rief ihm Hsi Men nach. »Wenn nun jemand von der Dienerschaft vorüberkommt und uns sieht!«

Kaum war er draußen und hatte die Pforte geschlossen, da setzten die beiden drinnen das unterbrochene Spiel fort, bis die Wolke barst und den erlösenden Regen spendete. Dann kleideten sie sich an und schlüpften vorsichtig aus der Grotte, um sich auf getrennten Pfaden, er zum Pavillon der Sechsten, sie zu den Gemächern von Mondfrau zu begeben. –

Am nächsten Tage war Hsi Men auf das Landgut des ihm befreundeten früheren Obereunuchen und jetzigen Ziegeleibesitzers Liu geladen, von dem er das Material für seine Neubauten zu beziehen pflegte. Das Landgut lag gut dreißig Li von der südlichen Stadtmauer entfernt, daher ging Hsi Men gar nicht erst aufs Amt, sondern beschloß, den ganzen Tag draußen zu verbringen.

Seine Frauen daheim benutzten seine Abwesenheit, um unter sich ein kleines Gelage zu veranstalten und den Park zu genießen. Erst speiste man im Aussichtspavillon, dann wurde im Pavillon der Wolkenrast weitergetrunken und dazu die Zeit mit Schach- und Flaschenspiel und allerhand anderer Kurzweil vertrieben.

»Wo steckt denn dein Gatte?« fragte Mondfrau Hsi Mens Tochter.

»Er mußte noch einen geschäftlichen Gang in die Stadt tun, fällige Schulden einzukassieren. Er wird wohl bald zurück sein.«

Nach einer Weile erschien denn auch der junge Tschen und durfte an der Tafel mit Platz nehmen und sich an Spiel und Unterhaltung beteiligen.

»Ich habe zweihundertfünfzig Unzen fällige Leihgelder beim Kaufmann Hsü einkassiert und Eurer Zofe Nephritflöte in fünf Beuteln ausgehändigt«, meldete er Mondfrau, die Hsi Mens Bargeld in ihren Truhen zu verwahren pflegte.

Nachdem die Becher einige Male geleert worden waren, teilte sich die Gesellschaft in zwei Gruppen. Mondfrau, Li Kiao'rl und Zimmetblüte hatten sich zu einer Schachpartie niedergelassen, die übrigen Frauen fühlten das Bedürfnis, sich Bewegung zu machen, und schwärmten gleich einer Schar bunter Schmetterlinge durch den Park. Goldlotos hatte sich keiner von beiden Gruppen angeschlossen, sondern erging sich, ihren weißen Atlasfächer schwenkend und Kühlung suchend, in dem schattigen Bananenhain am Abhang des Aussichtshügels.

Eben hatte sie sich gebückt, um eine schöne rote Blume, die unweit eines Mauervorsprungs aus dem Grase leuchtete, zu pflükken, da hörte sie sich im Rücken leise vom jungen Tschen angerufen. Er war ihr heimlich gefolgt.

»Schwägerin Fünf, darf ich Euch suchen helfen? Aber der Grasboden hier ist schlüpfrig, nehmt Euch in acht, daß Ihr nicht ausgleitet! Es würde mir in der Seele weh tun.«

Goldlotos wandte den Kopf und blickte ihn schräg von unten mit Augen an, in denen infolge reichlich genossenen Weines der feuchte Schimmer der Herbstwelle lag.

»Schelm, Ihr seid mir nachgelaufen«, sagte sie lächelnd. »Wenn uns nun jemand sieht! Würde es Euch wirklich schmerzen, wenn mein Fuß ausglitte?«

»Ich schwöre . . .«

»Habt Ihr übrigens das Taschentuch bei Euch, daß Ihr mir heute in der Stadt besorgen wolltet?«

»Hier ist es«, sprach er, ein feines buntes Batisttüchlein aus der Ärmeltasche ziehend. »Und was bekomme ich als Belohnung?«

Gleichzeitig beugte er sein Gesicht dicht an ihre Schulter, worauf sie mit ihrem Fächer heftig rückwärts wedelte, um ihn zurückzuscheuchen. Zufällig kam in diesem Augenblick Frau Ping mit ihrem Kleinen im Arm und der Zofe Ju I'rl zur Seite den Pfad an der Fichtenwand entlanggeschritten. Von weitem hatte sie zwar Goldlotos, aber nicht den durch ihren Rücken gedeckten Tschen entdecken können, und sie wähnte, daß das heftige Fächerschwenken einem Schmetterling gelte.

»Schwester Fünf, hast du ihn getroffen?« rief sie hinüber. »Ach, sei so lieb und schenke ihn meinem Kleinen zum Spielen!«

Erschrocken hatte sich der junge Tschen zusammengekauert, um nicht gesehen zu werden, und hatte sich, drei, vier Schritte rückwärts rutschend, in eine Felsspalte des Bergabhanges verkrochen.

»Er ist mir leider entwischt. Hat dir übrigens Vetter Tschen schon das versprochene Taschentuch gegeben?« rief Goldlotos in gemachter Unbefangenheit zurück.

»Noch nicht.«

»Ich habe meins schon. Er wollte es mir nicht gern vor seiner Frau geben und hat es mir vorhin heimlich zugesteckt. Möchtest du es sehen? So komm herüber.«

Frau Ping kam heran und ließ sich neben Goldlotos unter dichtem Bananengebüsch auf moosbewachsenem Felsgesims nieder, um das neue Taschentuch zu bewundern.

»Hier ist es schön schattig und kühl«, sagte die Sechste. Dann rief sie der abseits stehenden Amme zu: »Lauf doch zu Ying Tschun und sage ihr, sie möchte ein paar Kissen und eine Matte für den Kleinen herbringen, ferner mein Dominospiel. Ich möchte hier mit der Fünften eine Partie Domino spielen. Du selbst kannst im Pavillon bleiben und die Wohnung hüten.«

Nach einer Weile brachte Zofe Ying Tschun das Gewünschte. Frau Ping bereitete auf dem Grasboden aus Matte und Kissen ein weiches Lager für ihren Kleinen, dann machte sie sich mit Goldlotos an eine Partie Domino. Da sie Durst verspürte, wurde Ying Tschun abgeschickt, um Tee zu holen. Die beiden Frauen saßen nun eine Weile allein beim Domino, da winkte Mong Yü Loh von dem hochgelegenen Pavillon der Wolkenrast herüber.

»Schwester Sechs, du möchtest heraufkommen«, rief sie herunter. »Mondfrau möchte dich sprechen.«

Frau Ping erhob sich, um dem Rufe Folge zu leisten.

»Sei doch so gut und gib inzwischen auf das Kind ein wenig acht, bis ich wiederkomme«, bat sie Goldlotos beim Weggehen.

Kaum sah sich Goldlotos allein, so schritt sie rasch auf den Felsspalt zu, in den sich der junge Tschen verkrochen hatte.

»Sie ist fort. Ihr könnt herauskommen«, rief sie mit gedämpfter Stimme hinein.

»Schwägerin, kommt doch einmal näher und seht Euch die riesigen Champignons an, die hier wachsen«, rief er gedämpft zurück.

Goldlotos trat in das schummerige Dämmerdunkel der Felsspalte ein. Jetzt spürte sie seine Knie, fühlte sie seinen heißen Atem . . .

Inzwischen war Frau Ping zum Pavillon der Wolkenrast hinaufgeklommen. Sie fand dort Mondfrau mit Mong Yü Loh und Zimmetblüte beim Flaschenspiel.

»Komm, Schwester, du sollst mitspielen«, forderte Mondfrau sie auf.

»Aber es ist ja unten niemand zum Behüten des Kindes«, wandte sie ein.

»Ach, Schwester Fünf ist ja in der Nähe. Da wird ihm nichts zustoßen.«

»Schwester Drei, geh du einstweilen hinunter und passe etwas auf das Kind auf!« schlug Mondfrau vor.

»Dann bring es doch lieber gleich herauf. Und du«, wandte sich Frau Ping an Juwelchen, »geh mit und trage die Matte und die Kissen nach.«

Als nun Mong Yü Loh und Juwelchen an dem Rastplatz unter dem Bananengebüsch eintrafen, da fanden sie das Kind ganz verlassen, auf seiner Matte liegend, mit Händchen und Füßchen strampelnd und dazu kläglich wimmernd. Dicht am Rande der Matte aber hockte eine große schwarze Katze, die beim Näherkommen der beiden Frauen wie ein Rauch davonstob.

»Wo steckt denn bloß Schwester Fünf? Es ist doch unverantwortlich von ihr, das Kind so allein zu lassen!« sagte Mong Yü Loh entrüstet. »Nun hat es sich natürlich vor dem greulichen schwarzen Katzenvieh gefürchtet.«

Jetzt kam Goldlotos rasch aus der Felsspalte herausgeschlüpft und gesellte sich mit unbefangener Miene zu den beiden.

»Ich mußte bloß einmal verschwinden. So eine harmlose Katze ist doch wirklich kein Grund, um vor Aufregung gleich weiße Augenbrauen und rote Augen zu bekommen.«

Zum Glück übersah Mong Yü Loh die Felsspalte, nahm das Kind auf den Arm, suchte es mit Tätscheln zu beruhigen und trug es geschwind zum Pavillon der Wolkenrast hinauf, während ihr Juwelchen Matte und Kissen nachtrug. Um etwaigen Redereien zu begegnen, schloß sich ihnen Goldlotos gleich an.

Inzwischen war der junge Tschen, als er sich vergewissert hatte, daß ringsum keines Menschen Vorderzahn zu erblicken war, behutsam aus seinem Versteck hervorgekrochen und hatte sich, den Weg an der Wand aus Fichtengehölz entlang nehmend, zum Aussichtspavillon begeben. Er war mit dem Erlebnis dieses Nachmittags nur halb zufrieden. Zwar hatte er die Geliebte küssen und kosen dürfen, aber an das Endziel seiner Wünsche war er noch nicht gelangt.

Als nun der Abend herabsank und Hsi Men immer noch nicht zurückkam, da trieb es ihn von neuem in den Park hinaus, ruhelos durch Büsche und Stege zu streichen und mit brennenden Eingeweiden nach der einen Geliebten zu suchen und zu spähen. Und seine Mühe sollte belohnt werden. An einem versteckten Plätzchen im Tale hinter dem Aussichtshügel fand er sie endlich. In Gedanken verloren, die Duftwange auf die linke Hand gestützt, saß sie einsam auf moosigem Gestein zwischen dichtem Gebüsch und lauschte dem Murmeln des nahe vorbeirieselnden Bächleins. ›Schade, daß ich keine Schale zur Hand habe, um sie von hinten mit einem Schwapp Wasser zu überschütten‹, dachte er im stillen bei sich.

Durch grünes Schattendunkel lautlos weitergleitend, schlich er sich von hinten dicht an sie heran, dann faßte er mit plötzlichem Griff ihre beiden Hände und preßte ihr dreist seinen Mund auf die Lippen.

»Ach, Geliebte aus einer früheren Existenz!« stöhnte er. »Warum mußten wir heute nachmittag von der Dritten so rasch und gemein gestört werden? Ich hätte vor Wut sterben können!«

Sie war erschrocken herumgefahren. Aber in ihren Schreck

mischte sich alsbald heimliche Freude, als sie in ihrem Angreifer den jungen Tschen gewahrte.

»Schelm, mich so zu erschrecken! Wollt Ihr mich wohl gleich loslassen? Wenn uns jemand sieht!«

Aber er dachte gar nicht daran, sie freizugeben, vielmehr ließ er seine Hände abwärts gleiten und begann an ihrem Hosenbund zu nesteln. Sie sträubte sich zwar, aber ihr Sträuben war schon halb Nachgeben. Jetzt hatte er den Knoten ihres Hosenbundes glücklich aufgeknüpft.

»Schlingel! Frechling!« brachte sie mit unterdrückter Stimme hervor. »Aber so leicht, wie Ihr Euch einbildet, sollt Ihr es nicht haben!«

»Ach, Geliebte meiner früheren Existenz, erhört Euren Sklaven!« flehte er. »Wenn es Euch verlangt, mein Herz, meine Leber gesotten oder gebraten zu verspeisen, für Euch will ich sie mir gern aus dem Leibe schneiden. Nur diesmal, dieses eine Mal erhört mich!«

Sie, schon längst von der roten Woge wollüstigen Begehrens durchflutet, wehrte sich zwar eine Weile zum Schein noch schwach gegen den Druck seiner brünstigen Umschlingung, dann aber konnte sie es sich nicht versagen, sein Einlaß heischendes Etwas mit weicher Hand zu fassen und in die rechte Richtung zu lenken. An eine Rotlack-Balustrade gelehnt, standen sie so in inniger Verstrickung und genossen die lange ersehnte Vereinigung. Doch die unbequeme Stellung ließ ihn nicht zum Ziele gelangen, und so bat er, sie möchte sich doch zu Boden legen. Denn diesmal war er fest entschlossen, die Gunst der Stunde restlos auszukosten. Aber sie bangte, es könnte unversehens jemand des Weges daherkommen, auch wollte sie sich ihre Frisur nicht gern in Unordnung bringen lassen.

»Heute nicht«, sagte sie leise zu ihm. »Ein andermal sollt Ihr Euren Willen haben.«

Und so verharrten sie in ihrer unbequemen Stellung an der Rotlack-Balustrade, und er stöhnte sein Tjin tjin, und sie hauchte ihr Ta ta stehend weiter. Doch jetzt vernahmen sie hinter der nahen Mauer her Sandknirschen von sich nähernden Schritten und hörten menschliche Stimmen. Rasch und leider zu früh lösten sie sich aus ihrer Verstrickung und stoben auseinander. Die Stimmen rührten von Tai A'rl und Schu Tung'rl her, die im Park nach Mondfrau suchten, um ihr Hsi Mens Rückkunft zu melden.

Hsi Men schwankte bedenklich, als er vom Pferde stieg. Er hatte eine lange und schwere Sitzung hinter sich. Er begab sich diesmal in die Gemächer von Mondfrau, schloß sie bei seinem Eintritt zärtlich in die Arme und machte Miene, in dieser Nacht das Lager mit ihr zu teilen. Aber Mondfrau besann sich, daß der berühmte Siebenmalsiebente des Sechziger-Zyklus, der ihr von der weisen Nonne empfohlen worden war, erst auf den folgenden Tag falle, und so wehrte sie ihn ab.

»Ich fühle mich heute noch nicht völlig wohl, tu mir daher den Gefallen und übernachte heute bei einer anderen«, bat sie ihn.

»Verstehe, du stößt dich an meiner Bezechtheit«, brachte er lallend hervor. »Na, meinetwegen, dann gehe ich wieder.«

»Du brauchst dich nicht gleich gekränkt zu fühlen. Es ist nicht wegen deines Zustandes, nein, nur wegen ... du verstehst doch ... Aber morgen erwarte ich dich.«

Er tat ihr also den Gefallen und wählte für diese Nacht den Pavillon seiner Fünften als Quartier. –

Der nächste Tag war für Mondfrau ein Tag der Weihe. Nachdem sie sich in der Frühe erhoben und angekleidet hatte, mußte Juwelchen ein Weihrauchtischchen mit dem üblichen Räuchergerät aufbauen, dahinter wurde eine Bildrolle aufgehängt, auf der die Göttin Kwan Yin, die Schutzherrin der werdenden Mütter, in weißem Gewande mit einem Kind auf dem Arm, dargestellt war. Nachdem der Inhalt der bronzenen Räuchergefäße in Brand gesetzt worden, zündete sie ein Räucherstäbchen an und verneigte sich viermal nach Westen, als der Himmelsrichtung, aus der Buddhas Lehre gekommen war. Hierauf breitete sie eine Schriftrolle auseinander und las unter vierundzwanzig weiteren Verneigungen die vierundzwanzig Abschnitte einer buddhistischen Sutra herunter.

Nunmehr holte sie aus einer Truhe das Fläschchen mit dem Zaubertrank hervor, den ihr die Nonnen Pi und Wang bereitet hatten, und stellte es auf das Weihrauchtischchen. Es folgten vier neue Verneigungen. Hierauf sprach sie ein kurzes Gebet:

»Erhabener Himmel! Höre das Flehen der demütigen Magd aus dem Hause Wu und laß sie durch deinen Beistand und die Kraft des Trankes der Nonnen Wang und Pi baldigst eines männlichen Nachkommens genesen!«

Juwelchen mußte hierauf etwas gelben Wein heiß machen und in einen Pokal schütten. Mondfrau nahm den Pokal in die Hand, schüttete den Wundertrank dazu, verrührte die beiden Flüssigkeiten, dann kniete sie, mit dem Gesicht nach Westen gewandt, nieder und trank den Inhalt des Pokals aus. Das Getränk hinterließ in ihrer Kehle einen leicht ranzigen Geschmack, der ihr eine Weile den Atem benahm und sie zum Husten reizte. Zum Schluß kamen noch vier weitere Verneigungen. Dann war die Zeremonie beendet.

An diesem ganzen Tage verließ sie ihre Räume nicht. Als Hsi Men am Abend zu ihr kam, fand er sie geschmückt in ihrem sorgfältig hergerichteten und mit Wohlgerüchen erfüllten Schlafzimmer auf ihn harrend vor. Juwelchen mußte ein kleines, ausgewähltes Nachtmahl auftragen.

»Gestehe, du wolltest mich gestern wegen meines bezechten Zustandes nicht bei dir behalten?« fragte er sie lächelnd.

»Nein, ich war wirklich etwas unpäßlich«, log sie, da ihr die Nonnen eingeschärft hatten, sie dürfe das Geheimnis des Wundertrankes keinem Menschen anvertrauen. »Wie kannst du nur so mißtrauisch sein! Zwei langjährige Ehegatten wie wir haben doch keine Geheimnisse voreinander!«

Er machte sich mit gutem Appetit über die Fischplatte und die gebratene Ente her, und nachdem er sich mit zehn Bechern in die nötige Stimmung getrunken hatte, bestiegen sie seit langer Zeit wieder einmal gemeinsam das eheliche Lager und tummelten sich vergnügt wie die munteren Fischlein im Wasser.

NEUNUNDZWANZIGSTES KAPITEL

Hsi Men wird zweimal vom Kanzler empfangen. Er stürzt sich für einen Freund in Unkosten.

Seit seinen letzten beiden vorzeitig abgebrochenen Begegnungen mit Goldlotos war der junge Tschen nur von dem einen Verlangen beseelt, bei einer dritten Begegnung das begonnene Werk endlich zur ersehnten Vollendung zu bringen. Als er daher an einem der nächsten Nachmittage Hsi Men als Gast seiner Freunde Schnorrer Ying und Tschang Schi Kiä draußen vorm Stadtwall im Stadtparkpavillon wußte, benutzte er die Gelegenheit, um sich aus dem Geschäft wegzustehlen und suchend im Park umherzustreichen.

Lange Zeit hatte er spähend vor der Grotte des verborgenen Lenzes gestanden, in der Hoffnung, der Fuß der Geliebten würde sich einmal in diese an lauschigen Schlupfwinkeln reiche Gegend verirren. Aber da ihn seine Hoffnung trog, machte er sich kurz entschlossen geradenwegs zu ihrem Pavillon auf.

Ohne ihren Zofen oder sonst einem Menschen zu begegnen, gelangte er ungehindert durch die Eingangspforte an die Schwelle ihres Wohngemachs. Er hemmte einen Augenblick seinen Schritt und lauschte. Sie sang. Und an sein Ohr drangen gerade die Worte:

Kaum daß er sie kurz besessen,
Hat er sie schon längst vergessen ...

was er natürlich auf sich bezog.

»Wie könnte ich dich je vergessen, Geliebte!«

Mit diesen Worten in ihren Sang einfallend, stürmte er jäh in ihr Zimmer und zog sie innig an sich.

»Liebes, du darfst mir nicht zürnen, daß ich mich seit neulich nicht blicken ließ«, sagte er. »Aber das Geschäft ließ mich nicht frei, auch bot sich noch keine Gelegenheit für mich, im Park zu bummeln. Aber heute ist Hsi Men mit Freund Ying und Tschang draußen im Stadtpark, da konnte ich herkommen. Ich habe lange vor der Schneegrotte gestanden und vergeblich auf dich gewartet. Ich bin vor Sehnsucht nach dir fast gestorben.«

»Leise, leise!« mahnte sie ihn. »Die Wände haben Ohren. Wir müssen vorsichtig sein.«

Sie spähte durch das Fenster in den Park hinaus. Da sah sie von weitem Juwelchen mit einem Stück weißen Stoffes auf dem Arm gemächlich herangeschlendert kommen. Auf einmal, dicht vor dem Pavillon, machte die Kleine kehrt und lief zurück.

»Komisches Ding!« sagte Goldlotos nachdenklich. »Sie wollte hierher. Warum kehrte sie auf einmal um? Vielleicht hatte sie etwas vergessen. Dann wird sie auch gewiß wiederkommen.«

»Fort! geschwind fort!« drängte sie ihren Liebhaber. »Ich möchte uns keinen Unannehmlichkeiten aussetzen.«

Und dem jungen Tschen blieb nichts anderes übrig, als sich schleunigst davonzumachen. Goldlotos hatte richtig gedacht. Juwelchen war von Mondfrau mit dem Stoff zu einem Jupon zu ihr geschickt worden, den sie einer Bekannten als Geschenk zugedacht hatte. Goldlotos sollte die Stickerei ausführen, und Juwelchen hatte das betreffende Muster vergessen. Deshalb kehrte sie plötzlich wieder um. Ihre Vergeßlichkeit wurde diesmal den zwei Verliebten zur Rettung. Als Juwelchen nach einer Weile wieder erschien, war der junge Tschen längst auf und davon. –

Eines Nachmittags im ersten Drittel des fünften Monats traf der mit Spannung aus der östlichen Hauptstadt zurückerwartete Lai Pao ein.

»Nun, wie steht's mit Zimmetblütes Angelegenheit? Hast du den Intendanten Ti gesprochen?« forschte Hsi Men.

»Er hat mich empfangen, und nachdem er Euren Brief gelesen, hat er mich mit einem Empfehlungsschreiben und einem Sekretär zum Polizeiprafekten Tschu, der die Untersuchung in dieser Sache führt, geschickt. Herr Tschu hat nach Durchsicht des Empfehlungsschreibens geäußert: da vom Kanzlerpalast aus Fürsprache eingelegt sei, wolle er das Verfahren einstellen und keine weiteren Verhaftungen vornehmen. Die bereits Verhafteten wolle er, um dem Kläger, dem Obereunuchen Liu Huang, einige Genugtuung zu verschaffen, noch ein paar Tage in Haft behalten und sie dann straflos entlassen. Eunuchen seien sowieso von Natur geneigt, eine anfangs mit Eifer angepackte Sache zwischen Kopf und Schwanz aufzugeben und sich leicht zu beruhigen.«

»Dann kann sich ja die kleine Tsi Hsiang'rl gratulieren, daß ihr die Haft erspart bleibt«, fiel Schnorrer Ying ein, der zufällig gerade bei Hsi Men zu Besuch war.

»Und Freund Sun und Tschu kommen im Schlafe durch mein tatkräftiges Eingreifen frei«, setzte Hsi Men lachend hinzu, nachdem er das Antwortschreiben des Intendanten Ti durchgelesen hatte.

»Herr Ti läßt Euch noch etwas bestellen«, ergänzte Lai Pao seinen Bericht. »Er trug mir beim Weggehen auf, Euch zu sagen, Ihr möchtet zum Geburtstag des Kanzlers diesmal unbedingt nach Kai fong fu kommen und Eure Glückwünsche persönlich überbringen. Außerdem habe auch Herr Ti selbst den Wunsch, Euch zu sehen.«

»Eigentlich bin ich auf die Reise nicht vorbereitet«, bemerkte Hsi Men, »aber da die Einladung so dringend ist, werde ich mich diesmal dazu entschließen. – Du hast eine beschwerliche Reise hinter dir, Lai Pao. Ich beurlaube dich auf zwei Tage. Da kannst du dich mal gründlich stärken und ausruhen. Aber dann mußt du dich zur Reise nach Yang tschou bereit machen.«

Er war entlassen, und Hsi Men erhob sich, um Zimmetblüte zu verständigen, die bei Mondfrau weilte. Sie war von der günstigen Botschaft bereits unterrichtet und beeilte sich bei seinem Eintritt, strahlend einen Dankeskotau vor ihm und Mondfrau zu verrichten.

»Ihr habt mich aus großer Not gerettet«, sprach sie. »Wie kann ich Euch jemals danken?«

»Es war selbstverständlich, daß wir dir beistanden, nachdem du einmal Schutz in unserem Haus gesucht hattest.«

»Schließlich konnte ich ja auch Anspruch auf Eure Hilfe erheben, da ich gänzlich unschuldig an der Sache war. Aber wie kommt die Person, diese Tsi Hsiang'rl dazu, von Eurer Gunst und Fürsprache zu profitieren? In deren Haus wird das Geld nur so gescheffelt, kein Wunder, daß sich der junge Wang dort ruiniert hat. Ich bin nur durch ihre Schuld in die Sache hineingezogen worden. Sie verdient gar nicht, daß sie so ohne Strafe wegkommt.«

»Natürlich, unverschämtes Glück hat das Mädel gehabt«, stimmte ihr Hsi Men lachend bei.

Und nachdem sie noch versprochen hatte, nächstens mit ihrer

Mutter zu einer feierlichen Dankesvisite wiederzukommen, verabschiedete sich die Kleine und kehrte schleunigst in ihren Blumenhof zurück. –

Der sorgfältig aus dem Kalender ausgesuchte glückliche Tag, an dem Hsi Men die Reise nach der östlichen Hauptstadt antreten wollte, war gekommen. Als Begleiter hatte er die vier jüngeren Diener Kin Tung, Lai An, Schu Tung'rl und Hua Tung'rl bestimmt. Seine sämtlichen Frauen hatten ihm beim Einpacken geholfen, und nicht weniger als zwanzig Traglasten machten die zahlreichen Koffer und Gepäckstücke aus, in denen lediglich die für den Kanzler bestimmten Geburtstagsgeschenke verstaut waren.

Am Abend vor der Abreise gab's noch ein festliches Abschiedsmahl. Diese letzte Nacht ruhte er bei Mondfrau. Am nächsten Morgen setzte sich dann der lange Zug in Bewegung. An der Spitze ein Meldereiter, der vorauseilen mußte, um den Poststationen unterwegs die Ankunft seines Herrn zu melden und für rechtzeitige Beschaffung des Nachtquartiers zu sorgen. Dann der Troß, bestehend aus Trägern und Maultieren, die an die dreißig Traglasten Gepäck zu schleppen hatten. In der Mitte Hsi Men in leichter Reisesänfte. Den Beschluß bildeten die vier Diener zu Pferde.

Bevor er die Sänfte bestieg, ging Hsi Men noch einmal in den Pavillon seiner Sechsten, die seit einiger Zeit kränkelte und bettlägerig war, und nahm zärtlich von ihr und seinem Kinde Abschied.

»Also nimm die Medizin fleißig ein, die dir der Doktor Yen verschrieben hat«, sprach er zu ihr, »damit du hübsch gesund bist, wenn ich wiederkomme.«

»Gib du auch auf dich unterwegs acht und komme gesund wieder!« entgegnete sie, ein paar Abschiedstränen vergießend.

Die übrigen Frauen brachten ihn bis vor das Hauptportal und schauten der davonziehenden Sänfte so lange nach, bis sie ihren Blicken entschwunden war. –

Ohne Zwischenfall langte Hsi Men nach zehntägiger Reise vor dem Tor der zehntausend Generationen in der östlichen Hauptstadt an. Unterwegs war er zahlreichen Mandarinensänften begegnet, deren Insassen alle wie er das gleiche Ziel hatten, dem

Kanzler Tsai King ihre Glückwünsche zum Geburtstag darzubringen.

Es war Abend geworden, als Hsi Mens Sänfte den marmornen Pailoh auf der Drachenkraftstraße passiert und bald darauf im Innenhof des Kanzlerpalastes vor der Wohnung des Intendanten Ti niedergesetzt wurde, wo Hsi Men Quartier nahm.

Herr Ti bewillkommnete ihn mit einem auserlesenen Mahle, dessen Finessen selbst von der Tafel des Kanzlers nicht überboten werden konnten. Nach einigen Bechern hub Hsi Men an:

»Ich habe einige unansehnliche Geschenke für den alten Gebieter mitgebracht. Natürlich bin ich nicht so vermessen, anzunehmen, daß er sie auch nur eines Blickes würdigen wird. Ich hoffe lediglich, daß er sie als schwachen Ausdruck meiner aufrichtigen kindlichen Verehrung ansehen und nicht verschmähen wird. Und dann habe ich noch eine besondere Bitte an Euch, lieber Herr Vetter. Es ist schon lange mein sehnlicher Wunsch, zum alten Gebieter als trockener Sohn in nähere persönliche Beziehung zu treten. Ich würde dann nicht umsonst gelebt haben, wenn dieser Wunsch in Erfüllung ginge. Dürfte ich in dieser Hinsicht wohl auf Eure geneigte Fürsprache zählen?«

»Warum nicht? Wir sind zwar hohe Beamte und Würdenträger, aber doch auch Menschen, die sich menschliche Achtung und Zuneigung gern gefallen lassen. Ihr habt Euch, wie ich aus der Geschenkliste ersehe, wieder so außerordentlich angestrengt. Ich bin überzeugt, der alte Gebieter wird Euch nicht nur gern als Adoptivsohn in seine engere Gemeinschaft aufnehmen, sondern auch noch dafür sorgen, daß Euer Beamtenrang erhöht wird.«

Seine Antwort erfüllte Hsi Men mit stolzer Vorfreude, und in gehobener Stimmung begab er sich nach aufgehobener Tafel in das prunkvolle Gastzimmer, das ihm der aufmerksame Hausherr in den Bibliotheksräumen eingerichtet hatte. Es fehlte an keiner Behaglichkeit und keinem Luxus, bloß das eine empfand er als störenden Mangel, daß er, der jede Nacht eine Frau zu umarmen gewohnt war, sein prächtiges Lager allein genießen mußte.

Hsi Men war schon am zeitigen Morgen wach und konnte deutlich hören, wie der Schließer durch die Gänge und Höfe schlurfte und Tür für Tür, Pforte für Pforte aufschloß. Denn bei Nacht pflegte Herr Ti sämtliche Räume abschließen zu lassen.

Um die neunte Stunde erschienen zwei Diener in Hsi Mens Zimmer und brachten parfümiertes warmes Waschwasser und Handtücher. Hsi Men kleidete sich an und begab sich ins Wohnzimmer, wo ihn Herr Ti bereits erwartete und zur Frühstückstafel lud. Die geräumige, rotlackierte Serviertrommel, die ein Bediensteter aus der Küche brachte, bot ihm in kleinen Schalen nicht weniger als dreißig verschiedene delikate Gerichte zur Auswahl. Dazu wurde milder Phönixtee geschlürft und aus silberner Kanne leichter Wein geschenkt.

»Lieber Herr Vetter, laßt Euch beim Frühstück nicht stören«, sagte Herr Ti, sich erhebend. »Mich entschuldigt, bitte, auf eine Weile, ich möchte den alten Gebieter begrüßen. Wenn ich zurück bin, werde ich Euch bei ihm einführen und ihm Eure Geschenke vorlegen lassen.«

Nach einer Weile erschien er in geschäftiger Hast wieder.

»Der alte Gebieter ist gerade beim Ankleiden in seiner Bibliothek. Draußen vor der Empfangshalle drängen sich bereits die Gratulanten, die ganze Hofbeamtenschaft, Zivil- und Militärmandarine sind vollzählig versammelt. Ich habe Euch beim alten Gebieter angemeldet und erwirkt, daß er Euch vor allen anderen Besuchern empfängt. Wir können gleich gehen.«

Hsi Men, der sich bereits in seinen besten Staat geworfen hatte, vernahm es mit Befriedigung und ließ seinen freundwilligen Gastgeber das Amt des Führers übernehmen. Da die Empfangshalle ziemlich weit entfernt lag, legte er den Weg dahin in der Sänfte zurück. Hinterdrein folgten Träger und Diener des Intendanten und schleppten die zwanzig Traglasten Geschenke.

Beim Passieren der verschiedenen Vorhöfe gewahrte Hsi Men, wie sich die Gratulanten, die Mandarine aller Grade, Schulter an Schulter und Rücken hinter Rücken zur Cour drängten, und er war im stillen seinem liebenswürdigen Gastgeber dankbar, daß er ihm den Vortritt vor der Masse verschafft hatte. Vor dem Eingangsportal zum eigentlichen Kanzlerpalast stieg Hsi Men aus der Sänfte, machte eine tiefe Verneigung und ließ sich von Herrn Ti hineinführen.

Es fiel ihm auf, daß der mittlere Flügel des dreiteiligen Portals geschlossen war und die Besucher sich sämtlich durch die beiden kleineren Seitenflügel drängten. Der mittlere Eingang sei lediglich dem Himmelssohn zur Benutzung vorbehalten, ward ihm auf seine Frage zur Antwort.

Der Weg führte nun durch verschiedene Höfe und Doppeltore, vor denen bewaffnete Wächter aufgestellt waren, die darauf sahen, daß sich das lebhafte Kommen und Gehen in Reihe und Ordnung abwickelte. Jeder einzelne Posten neigte sich grüßend vor Herrn Ti und wollte wissen, wer der Fremde sei, den er zur Seite habe, worauf Herr Ti dann zur Antwort gab, es sei ein persönlicher Verwandter von ihm, der aus Schantung zur Gratulationscour gekommen sei.

Der Pfad bog aus der bisher eingehaltenen, geraden Richtung ab und wand sich seitlich um ein stattliches Gebäude mit farbenfroh leuchtendem Giebelfries und geschnitztem Gebälk und goldgelb schimmernden Dachschindeln. Gleichzeitig tönte von irgendwoher verborgene Musik wie himmlische Sphärenklänge an Hsi Mens Ohr.

»Wie kommt denn Musik an diese menschenabgelegene Stätte?« fragte er erstaunt.

»Der alte Gebieter hält sich eine Hauskapelle von vierundzwanzig jungen Sängerinnen und Tänzerinnen«, belehrte ihn sein Begleiter. »Ob nun ein Teufelstanz oder eine fromme Kwan-Yin-Musik oder die Mondfeenpantomime des alten Tang-Kaisers Hsüan Tsung gewünscht wird, die Mädchen können mit jedem Programm aufwarten. Dreimal am Tage läßt sich der alte Gebieter von ihnen Tafelmusik machen, zum Frühstück, zum Mittagessen und zur Abendtafel. Offenbar ist er augenblicklich gerade beim Frühstück.«

Und richtig, da schlug auch schon eine köstliche Duftwelle an ihre Nasen und verband sich mit den Klangwogen der lieblichen Musik.

»Wir können unseren Schritt mäßigen, wir sind gleich am Ziel«, setzte Herr Ti hinzu.

Und nachdem sie den halben Bogen einer kreisrunden offenen Wandelgalerie durchschritten hatten, standen sie vor einer hochragenden herrlichen Halle. Auf weiten Rasenflächen zur Rechten und zur Linken zwischen köstlichen Blumen und immergrünem Gesträuch tummelten sich Scharen seltener Vögel, stelzten Kraniche, zogen Pfauen ihre schillernden Schleppen. Es war ein farbenfrohes, leuchtendes Bild, an dem man sich nicht satt sehen konnte. Doch Hsi Men hatte keine Muße, sich beschaulich zu verweilen.

Auf die Kunde, daß der Kanzler soeben in der Halle Platz genommen habe, schritten die beiden hinein, Intendant Ti voran, Hsi Men in möglichst würdiger Haltung dicht hinter ihm. Und nun stand er vor dem mit einem Tigerfell belegten Armsessel, in dem, das Gesicht nach dem Halleneingang gewandt, der alte Gebieter thronte, der mit großer, schlangengemusterter, affenroter Staatsrobe bekleidet war. Hinter ihm, durch einen Wandschirm gedeckt, aber deutlich zu sehen, drängte sich eine Schar von etwa dreißig schönen jungen Frauen in kostbarer Kleidung, nervös mit Fächern wedelnd oder seidne Ziertüchlein schwenkend und mit gespannter Aufmerksamkeit die Vorgänge der Hallenmitte verfolgend.

Intendant Ti war, Hsi Men vorlassend, zur Seite getreten. Hsi Men warf sich nieder und machte vier Kotaus, worauf sich der Kanzler erhob, mit leichter Verneigung zurückgrüßte und sich wieder niederließ. Nun schritt Herr Ti auf den Sessel zu, neigte sich zum alten Gebieter hinab und flüsterte ihm etwas ins Ohr. Hsi Men wußte, daß es seinen Wunsch nach Adoption betraf. Als er nun, nachdem Ti auf seinen Platz zurückgekehrt war, vier neue Kotaus vollzog und der alte Gebieter diesmal sitzen blieb, da wußte er, daß ihm zu erkennen gegeben werden sollte, der alte Gebieter habe ihn adoptiert und betrachte sich als seinen Vater, der den Sohnesgruß nicht zu erwidern brauche. Nun tat Hsi Men seinen Mund zu einer kleinen Ansprache auf:

»Ehrwürdiger Vater, anläßlich der köstlichen Weihe des heutigen Tages hat sich Euer pflichtvergessener Sohn aufgemacht und einige unansehnliche Kleinigkeiten mitgebracht, die er Euch zu Füßen legen zu dürfen bittet, lediglich um zum schwachen Ausdruck zu bringen, daß er über tausend Li hinweg respektvoll Euer gedacht hat.«

Der Kanzler winkte seiner Umgebung, Hsi Men einen Sessel hinzurücken, und lud ihn zum Platznehmen ein, was Hsi Men unter einer Verbeugung tat. Während man ihm Tee reichte, war Ti eilig zum Halleneingang gelaufen und hatte den draußen mit den Geschenken harrenden Trägern ein Zeichen gegeben. Nun erschienen sie mit ihren zwanzig Traglasten, öffneten die bastgeflochtenen Koffer und breiteten die darin geborgenen Schätze vor der Estrade aus, auf der der Kanzler saß. Da türmten sich nun die Prunkgewänder und Stoffballen, funkelten die goldenen Pokale, schimmerten die Jadebecher, die zehn großen Perlen, prunkte der jadene Gürtel, gleißte das Geld der zweihundert Unzen wiegenden Goldbarren.

Der Kanzler betrachtete, die Geschenkliste in der Hand, mit Wohlgefallen die vor ihm aufgebauten Schätze, ließ sich zu einem kurzen Dankeswort herab und befahl seinem Intendanten gnädig, die Geschenke nach der Schatzkammer zu schaffen, auch zeichnete er den Geber dadurch aus, daß er ihm Wein vorsetzen ließ. Aber Hsi Men wußte, daß es für ihn schicklich sei, nicht allzulange zu verweilen, da der Kanzler noch viele Besucher erwartete. So begnügte er sich mit einem Anstandsschluck, dann stand er auf und bat, sich empfehlen zu dürfen.

»Am Nachmittag erwarte ich Euch als meinen Gast«, lud ihn der Kanzler huldvoll ein und begleitete ihn sogar einige Schritte in der Richtung zum Halleneingang. Wieder in Herrn Tis Behausung angelangt, entledigte sich Hsi Men seiner Amtsrobe, nahm das Mittagsmahl ein und legte sich dann etwas nieder, um am Nachmittag wieder frisch zu sein.

Als er sich dann, wieder in großer Amtstracht, zum zweiten Male zum Kanzlerpalast aufmachte, ließ er sich von seinen vier Dienern begleiten, und Lai An mußte eine Schachtel voll kleiner Geldpäckchen mitnehmen, die er an verschiedene Leute aus der Umgebung des Kanzlers verteilen sollte.

Es bedeutete eine besondere Auszeichnung, daß der Kanzler ihn für heute zum Mahle geladen hatte. Denn eigentlich war dieser Tag lediglich für die Gratulationscour bestimmt, und die zahlreichen Besucher, deren Kommen und Gehen den ganzen Tag anhielt, wurden nur einzeln mit einem Becher Wein abgefertigt. Die eigentlichen gemeinsamen Festbankette fanden erst an den nächsten drei aufeinanderfolgenden Tagen statt, und zwar am ersten Tag das Bankett für die Mitglieder des kaiserlichen Hauses und die Obereunuchen, am zweiten Tag das Bankett für die Minister und Spitzen der hauptstädtischen Behörden, am dritten Tag das Bankett für die übrigen höheren und niederen Würdenträger. Da nun Hsi Men so weit hergekommen war und sich mit seinen Geschenken so außerordentlich angestrengt hatte, würdigte ihn der Kanzler der Ehre, bereits heute gesondert bei ihm speisen zu dürfen.

Er empfing seinen Gast vor der Türschwelle unter dem Dachrand, was wiederum eine besondere Auszeichnung bedeutete, und wollte ihn eigentlich beim Eintritt voranschreiten lassen. Aber das duldete Hsi Men unter keinen Umständen, es gab einen langen Höflichkeitswettstreit, schließlich schritt der Kanzler voran, und Hsi Men folgte ihm devot tänzelnden Schrittes mit geschmeidig gekrümmtem Rücken nach. Während sie unter einigen herzlichen Begrüßungsworten der Art, wie sie zwischen Vater und Sohn gewechselt werden, an getrennten kleinen Tafeln Platz nahmen, fielen die vierundzwanzig Schönen der Hauskapelle mit der Tafelmusik ein.

Der Kanzler reichte mit eigener Hand seinem Gast einen gefüllten Becher, den dieser aus Bescheidenheit anfänglich nicht annehmen wollte und schließlich nach heftigem Sträuben stehend leerte. Nun gab er seinerseits seinem in der Nähe befehlsgewärtig stehenden Diener Schu Tung'rl einen Wink, worauf ihm dieser einen von zu Hause mitgenommenen goldenen Pokal, der die Form einer Pfirsichblüte hatte, auf den Tisch hinsetzte. Den füllte Hsi Men voll Wein und trug ihn zur Tafel des Kanzlers, um ihn kniend mit den Worten: »Mögen dem ehrwürdigen Vater tausend Jahre beschieden sein!« zu überreichen.

Man sah es der Miene des Kanzlers an, daß er über so viel höflichen Anstand erfreut und gerührt war.

»Steht auf, mein Sohn!« sprach er und trank den dargebotenen Pokal leer. Natürlich war ihm das wertvolle Gefäß gleichzeitig als Geschenk zugedacht.

Bis zur sinkenden Dämmerung währte das Mahl, dessen zahllose Wunder und Köstlichkeiten im einzelnen nicht näher geschildert werden sollen. Hsi Men versäumte es nicht, jedem der ihn bedienenden Leute des Kanzlers ein Geldpäckchen zuzustekken. Endlich hielt er den Augenblick für gekommen, sich zu empfehlen. Unter der höflichen Versicherung, daß er sich künftig gewiß nicht wieder erdreisten werde, den ehrwürdigen Vater mit seinem respektlosen Besuch zu belästigen, machte er seine Abschiedsverneigungen und begab sich in die Wohnung von Intendant Ti zurück, um sich nach den Anstrengungen des Tages zeitig zur Ruhe zu begeben.

Nach acht mit Besuchen und Gastereien ausgefüllten Tagen Aufenthalt in der Hauptstadt packte ihn plötzlich das zwingende Verlangen, pfeilgeschwind nach Hause zurückzukehren. So gab er also seinen Dienern Befehl zum Einpacken, verabschiedete sich von seinem Gastgeber, der ihn auf Tod und Leben zu bleiben nötigte, und machte sich auf den Weg nach Schantung.

Daheim hatten seine Frauen inzwischen die Tage seiner Abwesenheit still und gesetzt in ihren Gemächern verbracht und sich die Zeit mit fleißiger Handarbeit vertrieben. Die gewohnten heiteren Gesellschaftsspiele, die fröhlichen Gartenpartien waren einstweilen von der Tagesordnung abgesetzt. Nur Goldlotos machte eine Ausnahme. Heiter und ausgelassen wie immer, ohne sich um die Meinung der anderen zu kümmern, strich sie täglich geputzt und schöngemacht wie ein geschliffener Juwel durch den Park und kreiste unaufhörlich vor der Grotte des verborgenen Lenzes in der Hoffnung, dem jungen Tschen zu begegnen. Und er wiederum war mit seinen Gedanken nur bei ihr, und sooft es die Zeit und die Umstände zuließen, trieb es ihn gleichfalls in den Park hinaus, und so kam es zu manchem verschwiegenen Stelldichein, zu heimlichen Umarmungen und Küssereien. Nur wollte es ihm zu seinem Leidwesen infolge der vielen spähenden Augen und lauschenden Ohren des großen Haushaltes nie glükken, den Genuß dieser Begegnung bis zum ersehnten Ende auszukosten.

Eines Tages nun trat Tai A'rl staubig und erhitzt in das Wohnzimmer, in dem Mondfrau und die anderen Frauen beisammensaßen, warf sich zu Boden und meldete Hsi Mens Ankunft.

»Ich mußte vorausreiten, seine Sänfte ist noch knapp zwanzig Li vom Stadtwall entfernt und wird in wenigen Stunden eintreffen.«

Seine Meldung verursachte freudigen Aufruhr. Eilig wurde Toilette gemacht, es wurden Anweisungen für den Willkommensschmaus in die Küche gesandt, und dann begaben sich sämtliche Frauen erwartungsvoll zur Begrüßung des Heimgekehrten in die vordere Empfangshalle.

Endlich stieg er aus der Sänfte und trat lächelnd in den Kreis

金瓶梅

第五十五回　西門慶兩番慶壽誕

苗員外一諾贈歌童

金瓶梅

第五十六回

西門慶捐金助朋友

常峙節得鈔傲妻兒

第五十七回　開緣簿千金喜捨

戲雕欄一笑回嗔

der harrenden Frauen, jede einzelne in der Reihenfolge ihres Ranges begrüßend.

»War das Kind immer wohlauf? Hast du fleißig von der Medizin des Doktors Yen eingenommen, und geht es jetzt besser?«, das war seine erste Frage, an die Sechste gerichtet.

»Dem Kind hat nichts gefehlt, und ich fühle eine leichte Besserung, seit ich die Medizin einnehme«, erwiderte Frau Ping.

Dann ging es ans Erzählen. In dieser Nacht ruhte er bei Mondfrau, und es ist überflüssig, zu erwähnen, daß beide Gatten den lange entbehrten Regen diesmal doppelt beglückend empfanden.

Am nächsten Tage fanden sich als erste Besucher Schnorrer Ying und Tschang Schi Kiä ein, von denen der letztere seit einiger Zeit mit Eifer bemüht war, die frühere Gunst des reichen Schwurbruders zurückzugewinnen. In stummer Bewunderung lauschten sie dem, was Hsi Men von den Herrlichkeiten der Hauptstadt und von seinem großartigen Empfang beim Kanzler zu erzählen wußte. Beim Weggehen gab Tschang zu verstehen, daß er noch ein kleines Anliegen habe.

»Na, lege los!« ermunterte ihn Hsi Men, als er seine zaghafte Miene und stockende Sprache gewahrte.

»Ich wollte schon lange meine gegenwärtige unbequeme Wohnung mit einer besseren vertauschen. Allerdings kostet das einiges Geld, und daran fehlt es. Könnte ich auf deinen freundschaftlichen Beistand zählen? Natürlich würde ich dir ein Darlehen später mit reichlichen Zinsen zurückerstatten . . .«

»Von Zinsen kann gar keine Rede sein, ich bin nur augenblicklich etwas knapp. Gedulde dich, bis meine Leute mit dem Seidentransport aus Hu tschou eintreffen, dann wollen wir darüber reden.«

In Wirklichkeit verhielt es sich so, daß Freund Tschang schon seit Monaten seine Miete schuldig geblieben war und von seinem Hauswirt arg bedrängt wurde. Er war daher von Hsi Mens hinhaltendem Bescheid keineswegs erbaut und zog ziemlich beklommen mit Schnorrer Ying wieder ab.

Tag um Tag verging, ohne daß er von Hsi Men Bescheid erhielt. Beständig lag er Schnorrer Ying in den Ohren, er möchte sich doch nochmals für ihn verwenden. Schnorrer Ying tat ihm auch den Gefallen und machte sich noch einige Male mit ihm auf, um den Freund zu sprechen, aber stets wurde ihnen an der Pforte der Bescheid zuteil, der Herr sei nicht zu Hause.

Daß ihm von seinem Hauswirt zugesetzt wurde, daran hatte sich der arme Tschang schon gewöhnt, aber beständig die Vorwürfe und das Schelten seiner Frau anzuhören, wurde ihm allgemach unerträglich.

»Ein netter Ehemann, der sich nicht einmal eine Wohnung für seine Familie leisten kann!« höhnte sie. »Du bist nun, wer weiß wie lange, mit dem reichen Hsi Men befreundet, aber wenn es darauf ankommt, diese Beziehung auch einmal nutzbar zu machen, da bringst du einen Krug voll schlechten Wassers statt guten Weines mit nach Hause.«

Zehn Tage lang hatte er das mit angehört und blöde dreinblikkend dazu geschwiegen. Nun aber konnte er es nicht länger ertragen und raffte sich zu einem Entschlusse auf. Am Morgen des elften Tages nach seinem vergeblichen Bittgesuch erhob er sich in aller Frühe von seinem Lager und stürzte zu Schnorrer Ying. Er nötigte ihn in eine Wirtsstube und bestellte ihm ein warmes Frühstück und eine Flasche Wein. Nachdem einige Becher geleert worden waren, hub er an:

»Ich habe in der bewußten Angelegenheit seit unserer letzten Rücksprache mit Hsi Men nichts wieder von ihm gehört. Am Tage muß ich mich von meinem Hauswirt mahnen und drängen lassen, und nachts überschüttet mich meine Frau mit Vorwürfen und raubt mir den ruhigen Schlaf. Das halte ich nicht länger aus. Tu mir den Gefallen und begleite mich nochmals zu Hsi Men, solange es früh am Tage und er noch nicht aufs Amt gegangen ist. Ich muß ihn unbedingt sprechen.«

»Dein Vertrauen ehrt mich«, erwiderte der andere. »Gut, ich will dir zuliebe den Versuch unternehmen.«

Sie frühstückten schnell zu Ende, dann eilten sie zum Hause des Freundes.

Es war gerade die köstliche Zeit des Herbstanfangs, wo man sich an der klaren Luft und dem erfrischenden Goldwind labt und doppelt zu frohem Zechen aufgelegt ist. Kurz, Hsi Men war mehrere Tage hintereinander aus den Gelagen und Gastereien nicht mehr herausgekommen, und da er dringend einer Ausspannung bedurfte, hatte er zufällig den heutigen Tag als amtsfreien

Ruhetag bestimmt, auch bereits eine Einladung des Strompräfekten Tschou abgesagt und erging sich seit dem Frühstück mit Mondfrau, Mong Yü Loh, Goldlotos und Frau Ping unter heiterem Geplauder in den schönen weiten Anlagen seines Parkes.

Ying und Tschang dankten dem Himmel, daß sie endlich einmal das Glück hatten, ihn anzutreffen, und ließen sich in die Empfangshalle führen. Während sie saßen und warteten, sahen sie draußen die beiden Burschen Schu Tung und Hua Tung, eine große, mit seidenen Kleidern vollgestopfte Kiste an einer Tragstange schleppend, über den Hof kommen. Sie keuchten ordentlich unter ihrer schweren Last und setzten sie gerade vor dem Halleneingang nieder, um ein wenig zu verschnaufen.

»Wo steckt denn euer Herr?« rief Ying sie an.

»Hinten im Park.«

»Seid doch so gut und meldet uns.«

Sie nickten und verschwanden mit ihrer Last. Endlich kam Schu Tung zurück und teilte ihnen mit, Hsi Men würde gleich erscheinen.

»Seit eurem letzten Besuch war meine ganze Zeit mit Einladungen und Verpflichtungen ausgefüllt«, entschuldigte er sich. »Schrecklich, man wird überhaupt nicht mehr nüchtern. Ich bin ganz herunter mit meinen Kräften und habe bereits eine Einladung zum Strompräfekten Tschou für heute abgesagt. Ich mußte einmal ausspannen.«

»Da wurde doch eben eine Kiste mit Kleidern vorübergeschleppt. Was soll es denn damit?« erkundigte sich Ying.

»Nun, jetzt, wo es in den Herbst geht, heißt es neue Garderobe für die Frauen anschaffen. In der Kiste waren einige neue, noch unfertige Kleider für meine Erste.«

Tschang blickte ganz entgeistert drein. »Was, diese vielen Kleider waren lediglich für die Erste bestimmt?« platzte er heraus. »Demnach brauchst du für deine sämtlichen sechs Frauen sechs Kisten Kleider! Mußt du ein reicher Kerl sein! Bei unsereinem langt es kaum zu einem einzigen Fetzen schlichten Kattuns«, schloß er seufzend seine trübsinnige Betrachtung, die den beiden anderen ein herzliches Lachen entlockte.

»Sind deine Leute mit ihrer Seidenfracht immer noch nicht aus Hu tschou zurück?« fragte Ying, sachlich werdend.

»Nein. Ich weiß gar nicht, wo sie sich so lange aufhalten. Eine briefliche Nachricht habe ich auch nicht bekommen, ich bin schon ganz beunruhigt.«

»Im Ernst, lieber Freund«, fuhr Ying, etwas dichter an seine Seite rückend, fort, »unser guter Tschang ist etwas in Verlegenheit. Sein Hauswirt drängt ihn, und obendrein setzt ihm seine Frau täglich mit schweren Vorwürfen zu. Er ist ganz verzweifelt, daß du seit neulich nichts mehr von dir hören ließest. Jetzt, wo die kühle Jahreszeit kommt, fehlt es ihm und seiner Frau zum Überfluß an Herbstgarderobe. Alle ihre warmen Sachen haben sie versetzt. Rasche Hilfe ist doppelte Hilfe. Wenn du schon bereit bist, ihm beizuspringen, solltest du es gleich tun und ihm ersparen, daß er sich noch länger das Keifen seiner Frau anhören muß. Auf seinen dringenden Wunsch bin ich heute mit ihm hergekommen, um deine Hilfe für ihn zu erbitten.«

»Ich habe es ja versprochen, ihm behilflich zu sein. Aber gerade jetzt... ihr werdet begreifen, diese kostspielige Reise nach Kai fong fu... Ich wollte eigentlich erst das Eintreffen der Seidenfracht abwarten. Dann kann ich mir ja bare Mittel beschaffen. Ist Tschang denn so sehr im Druck?«

»Und ob! Vor allem aber kann er die Redereien seiner Frau nicht mehr anhören.«

Hsi Men dachte eine Weile nach.

»Wieviel Zimmer benötigt er für die neue Wohnung?«

»Nun, ein Wohnzimmer, ein Empfangszimmer, ein Schlafzimmer, eine Küche, vier Räume braucht er schon für sich und seine Frau. Unter drei, vier Unzen werden die nicht zu haben sein.«

»Dann will ich folgenden Vorschlag machen: Ich werde ihm heute einstweilen ein paar Unzen Bruchsilber geben, die ich zufällig dahabe. Davon mag er die notwendigen Ausgaben für Garderobe und Haushalt bestreiten. Sobald er eine passende Wohnung gefunden hat, werde ich ihm dann noch das Mietgeld vorstrecken.«

Er winkte Schu Tung heran.

»Laß dir von der ersten Herrin aus meinem ledernen Geldköfferchen das Päckchen mit dem Bruchsilber geben!«

Schu Tung brachte das Gewünschte.

»Hier, es ist ein übriggebliebenes Geschenkpäckchen von meinem neulichen Besuch im Kanzlerpalast«, sagte er, den Inhalt vor den beiden Freunden ausbreitend. »Es ist Bruchsilber im Gewicht von zwölf Unzen.«

Mit heißen Augen verschlang Tschang den Haufen weißer kleiner Metallbrocken. Geschwind wickelte er das Päckchen wieder zusammen und barg es glückstrahlend in seiner Ärmeltasche. Dann stand er auf und verneigte sich dankend vor dem Spender, worauf man zu einer kleinen philosophischen Betrachtung über Wert und beste Verwendung des Geldes überging.

»Wieviel Fälle aus früheren Zeiten«, meinte Schnorrer Ying nachdenklich, »sind von Leuten bekannt, die ihr Geld nicht zusammenhalten konnten und mit vollen Händen wegwarfen, aber anderseits in ihren Söhnen und Enkelkindern gesegnet wurden, die des Hauses Ansehen und Wohlstand mehrten und das Erbe der Väter schließlich vervielfachen halfen. Umgekehrt hat man viele Beispiele von reichen Geizkragen, die nur immer an Sparen und Geldaufhäufen gedacht haben, aber mit so nichtsnutzigen Nachkommen gestraft wurden, daß sie später nicht einmal etwas zur Instandhaltung der Familiengräber übrighatten. Daraus kann man ersehen, wie gerechte Vergeltung der Himmel übt.«

»Gewiß, dieses Zeug da«, sagte Hsi Men, auf den Beutel mit dem Bruchsilber weisend, »liebt Umlauf und Bewegung, haßt das Stilliegen. Es ist ein vom Himmel für alle Menschen gleichermaßen bestimmtes nützliches Naturerzeugnis. Wenn es an einer Stelle übermäßig angehäuft wird, fehlt es eben an anderer Stelle. Dieses Aufspeichern von Schätzen an einer Stelle ist entschieden ein Verbrechen an der Allgemeinheit.«

Also theoretisierte man noch eine Weile, dann empfahl sich Tschang und kehrte in gehobener Stimmung in seine kalte Behausung zurück.

Kaum hatte er den Fuß über die Schwelle gesetzt, da wurde er von seiner Frau mit lautem Geschimpfe begrüßt.

»Du Nichtsnutz, du Blankknüppel, den ganzen Tag auf der Straße herumzubummeln und dein Weib daheim hungern zu lassen! Schämst du dich nicht, draußen sorglos deinem Vergnügen nachzujagen, während wir nicht wissen, wo wir für die nächste Zeit bleiben sollen? Du lebst deinem Vergnügen, und deiner Frau überläßt du es, den schlechten sauren Atem zu schlucken, den gehässige Menschen gegen uns aushauchen.«

Freund Tschang tat das Maul nicht auf und ließ sie getrost zu Ende schimpfen. Dann, als sie endlich schwieg, langte er von ungefähr seinen Silberbeutel aus der Ärmeltasche und ließ ihn nachlässig auf die Tischplatte niederklirren. Nun machte er ihn auf, glotzte hinein und sagte, Überraschung spielend:

»Ei, was sehe ich da blinken, was höre ich da klingen? Ein Schatz! Ich bin starr vor Staunen! Warum hast du dich nicht etwas früher eingestellt, lieber Schatz? Dann wäre mir das Toben dieses bösen Weibes da erspart geblieben.«

Mit weit aufgerissenen Augen den blinkenden Haufen anstarrend, schmiegte sie sich zärtlich an seine Seite und streckte schon begehrlich die Hand aus. Doch er schob sie sanft beiseite, deckte den Schatz wieder zu und sprach: »Sonst hattest du nur Schmähungen für mich übrig, jetzt beim Anblick des Silbers wirst du auf einmal zärtlich. Aber zur Strafe für dein liebloses Benehmen wirst du nichts davon bekommen. Morgen werde ich von dir wegziehen und dich allein lassen. Ich habe es satt, mir von dir das Leben schwermachen zu lassen.«

Sie zwang sich zu einem verlegenen Lächeln: »Ach, du treibst nur Scherz. Gestehe lieber ernsthaft, wo das Geld herkommt.«

Und als er stumm blieb, fuhr sie unsicher fort:

»Du bist mir doch nicht etwa böse? Ich meinte es doch gut und wollte dich nur etwas energisch machen. Nun, da Geld im Hause ist, können wir ja in aller Ruhe beratschlagen, was wir alles damit anfangen. Wie kannst du nur gleich so übelnehmend gegen dein braves Weib sein, das dir immer die Treue gehalten hat! Du tust mir wirklich unrecht.«

Als er noch immer den Mund nicht auftat, spielte sie die Gekränkte und begann ein paar Tränen zu vergießen. Jetzt tat er einen langen Seufzer und zitierte, um ihre Zerknirschung vollständig zu machen:

»Sie webt kein Linnen,
Bestellt kein Feld,
Doch mit Zank sie dem Manne
Das Leben vergällt.«

Eine lange Weile saßen sie stumm nebeneinander. Er dachte

bei sich: ›Recht geschähe es ihr schon, wenn ich sie für ihre Bosheit büßen ließe. Aber die Leute würden mich herzlos schelten, und mit Hsi Men würde ich es möglicherweise verderben.‹

»Ist ja alles nur Scherz!« platzte er auf einmal laut lachend heraus. »Wer denkt denn daran, dir böse zu sein? Ich will dir nun auch erklären, wie ich zu dem Geld gekommen bin. Weil ich deine Vorwürfe nicht mehr anhören konnte, hab ich mich heute morgen mit Freund Ying zu Hsi Men aufgemacht. Wir hatten Glück, er war zufällig zu Hause und hat mir diese zwölf Unzen geliehen. Davon sollen wir einstweilen unsere notwendigsten Ausgaben bestreiten. Sobald wir die neue Wohnung gefunden haben, bekommen wir mehr.«

»So, von Herrn Hsi Men stammt das Geld? Aber daß du nur ja sparsam damit umgehst! Das Notwendigste ist, daß wir uns warme Sachen für den Winter anschaffen.«

»Ganz meine Ansicht.«

»Hast du schon gegessen?«

»Ich wohl, aber du noch nicht. Ich werde gehen und etwas für dich einholen.«

»Aber nur Reis.«

Er nahm den Korb aus Weidengeflecht unter den Arm und verschwand auf die Straße. Als sie bei seinem Wiederkommen in dem Korb außer dem Reis noch ein Stück Hammelfleisch bemerkte, fing sie bereits wieder an zu schelten und seine Verschwendungssucht zu tadeln.

»Ich muß dich doch entschädigen für die Kränkung, die ich dir vorhin angetan habe«, sagte er galant. »Eigentlich genügt ein ganzer gebratener Ochse nicht, um mein Unrecht gutzumachen.«

Unter Scherzen und Neckereien ging so die Unterhaltung der wieder versöhnten Ehegatten hin und her, dann verschwand die Frau in der Küche und bereitete sich ihre Mittagsmahlzeit.

Diesen Nachmittag benutzte Tschang, um sich auf der Hauptstraße zu ergehen und mit der behaglichen Sicherheit des zahlungskräftigen Käufers die Auslagen der verschiedenen Kleidergeschäfte in Augenschein zu nehmen. Schließlich erstand er für sie einen ungemusterten blauseidenen und einen geblümten rotseidenen langen gefütterten Überrock, einen grünen und einen weißen kurzen Taffetjupon und einen weißen Taffetunterrock, zusammen fünf Stück. Und sich selber leistete er einen papageigelben gefütterten langen Oberrock und einige einfache Röcke aus Kattun und Grasleinen. Insgesamt gab er sechs Unzen und fünf Batzen dafür aus. Er ließ alles in ein großes Bündel verschnüren, nahm es über den Rücken und ging damit heim. Ihre erste Frage war: »Wie teuer?«

»Sechs Unzen fünf Batzen.«

Natürlich fand sie das viel zu teuer, aber der Anblick der schönen neuen Sachen söhnte sie bald wieder aus; sie packte alles sorgfältig in eine Truhe und verbrachte den Rest des Tages seit langer Zeit einmal wieder zufrieden und glücklich mit ihm. All ihr Groll war in das Ostmeer geplumpst, wo es am tiefsten ist.

Nachdem sich am Vormittag Tschang von Hsi Men verabschiedet hatte, war Schnorrer Ying noch eine Weile im Gespräch mit dem Freunde zusammengeblieben.

»Obwohl ich nur einen kleinen Amtsposten innehabe«, hub Hsi Men an, »nehmen meine Beziehungen zu allen möglichen Mandarinen der Hauptstadt und der Provinz einen immer größeren Umfang an, und seitdem ich gar die Ehre hatte, vom Kanzler empfangen zu werden, kann ich mich vor der Flut von Briefen und Schreibereien gar nicht mehr retten. Ich brauche unbedingt einen schreibgewandten Magister zur Entlastung, der gleichzeitig auch künftig meinem Söhnchen Hauslehrer sein kann. Kannst du mir vielleicht eine geeignete Kraft empfehlen?«

»Das ist nicht so einfach. Wenn der Betreffende hier im Hause wohnen soll, dann muß er, abgesehen von seinen sonstigen Fähigkeiten, auch noch eine besonders charakterfeste Persönlichkeit sein. Ich wüßte ja jemanden für dich. Es ist ein alter Freund von mir, er heißt Wasser und ist Doktor dritten Grades, ein ganz hervorragend fähiger Mensch. Und was seinen Charakter anlangt, so ist er durch und durch von den moralischen Grundsätzen des alten Kung tse und Mong tse durchtränkt. Übrigens besitzt er hundert Morgen Landes und drei Wohnhäuser.«

»Nun, da hat er ja anscheinend genug zu leben und wird schwerlich in Stellung gehen wollen.«

»Allerdings hat er seinen Grundbesitz und seine Häuser leider seit langem verkaufen müssen und besitzt heute nichts als seine nackte Haut, wenig genug für eine vierköpfige Familie. Denn er hat eine reizende junge Frau von zwanzig Jahren und zwei niedliche kleine Kinderchen . . .«

»Nun, wenn er eine so reizende junge Frau hat«, unterbrach ihn Hsi Men von neuem, »dann wird er sie wohl ungern im Stich lassen, um bei fremden Leuten in Stellung zu gehen.«

»Ein Glück nur«, fuhr Schnorrer Ying mit unbeirrtem Ernst fort, »daß ihm seine Frau vor zwei Jahren von einem Liebhaber nach der östlichen Hauptstadt entführt worden ist und seine beiden Kinderchen früh an den Blattern gestorben sind. Denn er könnte sie sowieso nicht ernähren. So steht er also heute ganz allein und wird mit Vergnügen eine Stellung annehmen.«

»Verrückter Kerl, laß endlich deine Witze und sage mir im Ernst, ob du ihn für geeignet hältst.«

»Und ob! Was seine Fähigkeiten anlangt, so ist er einfach unvergleichlich. Schriftstücke wird er dir aufsetzen, sage ich dir, die reinen Gedichte! Deinen Briefwechsel wird er mit Glanz verbrämen, daß die Leute aus ihrem Staunen über deine hohe Bildung gar nicht herauskommen.«

»Hm, das läßt sich hören. Allerdings möchte ich mich erst einmal durch eine kleine Probe von seinem Schriftstil überzeugen, ehe ich mich zu einer Anstellung entschließe. Da er allein ist, kann er ja gut in meinem Hause wohnen, und er soll's nicht schlecht haben.«

»Eine Stilprobe? Damit kann ich dir dienen. Er schrieb gerade neulich einen Brief, in dem er mich bat, eine passende Stellung für ihn ausfindig zu machen. Ich weiß den Brief noch auswendig. Höre zu . . .«

Und er wiederholte aus dem Gedächtnis die zehn Sätze des betreffenden Briefes. Als er fertig war, lachte Hsi Men gerade heraus.

»Das ist doch ein Gedicht, kein Brief! Da ist die Rede von einem gelben Papagei, von Dachsparren und Wolken und Rauch und allem möglichen. Wo ist auch nur mit einem Wort etwas von Stellung gesagt? Das muß ja ein ganz konfuser Kopf sein!«

»Lieber Freund, das verstehst du nicht«, belehrte ihn Schnorrer Ying. »Das ist ja gerade die Kunst des höheren Stils, nüchterne Alltagsdinge in blumigen Redewendungen zu verstecken. Für den Kenner, zumal unter Freunden und guten Bekannten, ist es ein

Hochgenuß, den versteckten Sinn aus den Zeichen eines solchen Schreibens herauszulesen. Das ist Leckerspeise, Labsal für den Geist. Dieser Brief ist ein Meisterwerk des höheren Stils.«

»Na, meinetwegen. Und wie steht's mit seinem Charakter?«

»Oh, was seinen Charakter anlangt, da steht er vielleicht noch höher als hinsichtlich seiner geistigen Fähigkeiten. Er war einmal vier Jahre lang Hauslehrer bei Minister Li. In dem Hause wimmelte es von Dutzenden hübscher junger Zofen. Glaubst du, er hätte auch nur eine einzige angesehen, obwohl sie ihm gehörig nachgestellt haben? Wie ein Heiliger hat er nur über den Büchern gesessen. Für deinen frauenreichen Haushalt dürfte er also der richtige Mann sein. Du kannst ihn getrost mit deinen Frauen in einem Zimmer schlafen lassen, ich stehe dafür ein, daß er sie nicht anrührt.«

»Ach, du verfluchter Spaßmacher, mit dir ist ja keine ernsthafte Unterhaltung möglich«, brach lachend Hsi Men die Beratung ab. »Ich werde mich einfach an Magister Warm halten, der mir kürzlich vom Kollegen Hsia empfohlen worden ist.«